LES THANATONAUTES

Né en 1961 à Toulouse, Bernard Werber a publié sa première nouvelle dans un *fanzine* à l'âge de 14 ans. Après avoir été pendant dix ans journaliste scientifique dans les plus grands *news magazines* français, il se consacre à l'écriture romanesque.
Dès son premier livre, *Les Fourmis*, ce jeune écrivain s'est imposé comme un maître original d'un nouveau style de littérature à cheval entre la saga d'aventures, le roman fantastique et le conte philosophique. *Le Jour des fourmis*, publié deux ans plus tard, traduit en vingt-deux langues, a obtenu le Grand Prix des lectrices de *Elle* et le Grand Prix des lecteurs du Livre de Poche 1995. Il a même été mis au programme de certaines classes de français, philosophie et... mathématiques.

W9-AXH-893

BERNARD WERBER

Les Thanatonautes

ROMAN

ALBIN MICHEL

DICTIONNAIRE

THANATONAUTE n. m. (du grec *thanatos*, mort, et *nautês*, navigateur). Explorateur de la mort.

MANUEL D'HISTOIRE

QUELQUES DATES À RETENIR

1492 : Premiers pas sur le continent américain
1969 : Premiers pas sur la Lune
2062 : Premiers pas sur le continent des morts
2068 : Premières publicités sur le chemin de la réin-
        carnation

Manuel à l'usage des classes de cours élémentaire 2e année.

PREMIÈRE ÉPOQUE :
LE TEMPS DES BRICOLEURS

1 - MANUEL D'HISTOIRE

Jadis, tous les hommes avaient peur de la mort. Elle était comme un bruit de fond permanent que nul n'oubliait une seconde. Chacun savait qu'au bout de tous ses actes se trouvait sa propre disparition. Et cette angoisse gâchait tous les plaisirs.

Woody Allen, un philosophe américain de la fin du XXᵉ siècle, avait une phrase pour décrire l'état d'esprit qui régnait en ces temps-là : « Tant que l'homme sera mortel, il ne pourra pas être vraiment décontracté. »

Manuel d'histoire, cours élémentaire 2ᵉ année.

2 – JOURNAL INTIME DE MICHAEL PINSON

Ai-je le droit de tout raconter ?

Même à présent, avec le recul, j'ai du mal à croire que ce qui s'est passé s'est réellement déroulé. J'ai du mal à croire que j'ai participé à cette formidable épopée. Et j'ai du mal à croire que j'y ai survécu pour en témoigner.

Évidemment, personne n'aurait pu se figurer que tout irait si vite et si loin. Personne.

Qu'est-ce qui nous a poussés dans cette folie ? Je ne sais pas. Peut-être quelque chose de tout bête qu'on nomme la curiosité. Cette même curiosité qui nous donne envie de nous pencher au-dessus des ravins pour nous apercevoir combien notre chute serait affreuse si on faisait un pas de plus.

Peut-être aussi le besoin d'aventure dans un monde de plus en plus désœuvré et dépassionné.

Certains disent : « C'était inscrit, cela devait se passer ainsi. » Moi je ne crois pas aux destins préécrits. Je crois que les hommes font des choix et qu'ils les assument. Ce sont ces choix qui dessinent les destins et ce sont ces choix des hommes qui dessinent peut-être l'univers.

Je me souviens de tout, de chaque épisode, de chaque mot, de chaque expression de cette grande aventure.

Ai-je le droit de tout vous raconter ?

Pile : je raconte. Face : je garde le secret.

Pile.

Si je devais chercher les origines de tous les événements qui se sont enchaînés, il faudrait que je remonte loin, très loin dans mon propre passé.

3 – FICHE DE POLICE
Demande de renseignements descriptifs basiques

Nom : Pinson
Prénom : Michael
Cheveux : Bruns
Yeux : Bruns
Taille : 1 m 75
Signes particuliers : Néant
Commentaire : Pionnier du mouvement thanatonautique
Point faible : Manque de confiance en soi

4 – CHEZ DUPONT TOUT EST BON

Comme pour tous les enfants, il y eut pour moi le jour M, de la découverte de la mort. Mon premier mort était justement un homme accoutumé à vivre parmi les cadavres. C'était M. Dupont, notre boucher. Sa devise était inscrite en gros caractères sur sa vitrine : « Chez Dupont tout est bon. » Un matin, ma mère m'annonça qu'on ne pourrait pas acheter chez lui du filet mignon pour demain dimanche car

M. Dupont était mort. Il avait été écrasé par une carcasse de bœuf charolais qui s'était inopinément décrochée.

Je devais avoir quatre ans. À brûle-pourpoint, je demandai à ma mère ce que cela signifiait ce mot : « M.O.R.T. »

Ma mère se montra aussi embarrassée que le jour où je lui avais demandé si ses pilules contraceptives pourraient soigner ma toux.

Elle baissa les yeux.

– Eh bien, heu, être mort, cela signifie « n'être plus là ».

– Comme sortir d'une pièce ?

– Pas seulement d'une pièce. C'est aussi quitter la maison, la ville, le pays.

– Voyager loin, alors ? Comme quand on part en vacances ?

– Heu... non, pas exactement. Parce que, lorsque l'on est mort, on ne bouge plus.

– On ne bouge plus et on s'en va loin ? C'est super ! Comment est-ce possible ?

C'est peut-être sur cette tentative maladroite visant à expliquer le décès du boucher Dupont que naquit en moi le terreau de curiosité sur lequel, bien plus tard, Raoul Razorbak put faire germer ses délires.

Enfin du moins, c'est ce qu'il me semble.

Trois mois après, quand on m'annonça que mon arrière-grand-mère Aglaé était morte, elle aussi, je déclarai, paraît-il : « Mémé Aglaé est morte ? Alors, là, ça m'étonnerait qu'elle en soit capable ! » Furieux, mon arrière-grand-père roula des yeux terribles et proféra cette phrase que je n'oublierai jamais :

– Mais tu ne sais donc pas que *la mort est la chose la plus affreuse qui puisse arriver* !

Non. Je ne le savais pas.

– Ah bon... je croyais que..., balbutiai-je.

– *On ne plaisante pas avec ces choses-là !* ajouta-t-il pour enfoncer le clou. S'il y a quelque chose avec quoi on ne plaisante pas, c'est bien la mort !

Mon père prit le relais. Tous voulaient me faire comprendre que la mort était un tabou absolu. On n'en parle pas, on ne l'évoque pas, si on prononce son nom, c'est avec crainte et respect. En aucun cas on ne peut prononcer ce mot en vain, cela porte malheur.

On me secoua.

— Ton arrière-grand-mère Aglaé est morte. C'est horrible. Et si tu n'étais pas sans cœur... tu pleurerais !

Il faut dire que, depuis l'aurore, mon frère Conrad, lui, se déversait comme une serpillière de bain qu'on essore.

Ah bon, quand les gens meurent, il faut pleurer ? On ne me dit jamais rien. Les choses qui vont sans dire vont mieux en les disant.

Pour m'aider à pleurer, mon père, excédé par mon arrogance juvénile, me gratifia d'ailleurs d'une paire de gifles. Comme ça, espérait-il, je me rappellerais : un, de la phrase « la mort est la chose la plus affreuse qui puisse arriver » et deux, qu' « on ne plaisante pas avec ces choses-là ».

— Pourquoi tu n'as pas pleuré ? insista à nouveau mon père en rentrant de l'enterrement d'arrière-grand-mère Aglaé.

— Laisse-le tranquille, Michael n'a que cinq ans, il ne sait même pas ce qu'est la mort, me défendit mollement ma mère.

— Il le sait très bien mais il ne pense qu'à lui, alors la mort des autres l'indiffère. Tu verras, quand nous mourrons, il ne pleurera pas non plus !

Là, je commençai à comprendre pour de bon qu'on ne rigole pas avec la mort. Après ça, dès qu'on m'annonçait un passage de vie à trépas, je me contraignais à penser très fort à quelque chose de très triste... des épinards en branches bouillis, par exemple. Les larmes venaient sans problème et cela faisait plaisir à tout le monde.

J'eus ensuite un contact plus direct avec la mort. En effet, à sept ans, ce fut moi qui mourus. L'événement se produisit en février, par une belle journée claire. Il faut dire que nous avions eu auparavant un mois de janvier très doux et il est très fréquent qu'à un doux mois de janvier succède un février très ensoleillé.

5 – OÙ LE HÉROS MEURT DE SUITE

– *Attention !*
– Malheur...
– Mon Dieu !
– Prenez garde ! Vous ne voyez donc pas qu'il va...
– Noooon ! ! ! ! ! !

Long crissement de freins. Choc sourd et feutré. Je courais après mon ballon qui avait roulé sur la chaussée et le pare-chocs de la voiture de sport verte me cueillit juste sous les genoux, là où la peau est la plus tendre. Mes pieds décollèrent de terre. Je fus catapulté dans le ciel.

L'air siffla à mes oreilles. Je m'envolais au-dessus du sol. Un vent frais s'engouffra par ma bouche béante. Là-dessous, loin en bas, des badauds me scrutaient, épouvantés.

Une femme hurla en me voyant m'élever. Du sang s'échappait de mon pantalon, formant une flaque sur l'asphalte.

Tout se passa comme au ralenti. Je volais au niveau des toits, observant des silhouettes s'agitant dans des mansardes. Pour la première fois, surgit alors dans mon esprit la question qui m'obséderait si souvent par la suite : « Mais qu'est-ce que je fais donc ici ? »

Oui, à cet instant, suspendu dans le ciel une fraction de temps, je compris que je n'avais rien compris.

Qui suis-je ?
D'où viens-je ?
Où vais-je ?

Éternelles questions. Chacun se les pose un jour. Moi, je me les posai en cet instant où je mourais.

J'étais monté très haut. Je redescendis très vite. Mon épaule percuta le capot de la voiture de sport verte. Je rebondis et ma tête alla heurter le rebord du trottoir. Craquement. Bruit sourd. Des visages effarés se penchèrent sur moi.

J'avais envie de parler, mais je ne pouvais plus rien faire, ni dire, ni bouger. La lumière du soleil se mit à décroître lentement. En février, le soleil est quand même timide. On sent que les giboulées de mars ne vont pas tarder. Le ciel

13

s'éteignit progressivement. Bientôt je fus dans le noir, le silence. Plus d'odeur, plus de sensation, plus rien. Rideau.

J'avais juste sept ans et je venais de mourir pour la première fois.

6 – PUBLICITÉ

« La vie est belle. N'écoutez pas les racontars. La vie est belle. La vie est un produit testé et approuvé par plus de soixante-dix milliards d'humains depuis trois millions d'années. Voilà bien la preuve de sa qualité irremplaçable. »

**Ceci est un message de l'ANPV,
l'Agence nationale pour la promotion de la vie.**

7 – MANUEL D'HISTOIRE

Jusqu'à l'apparition de la thanatonautique, la mort était considérée comme l'un des principaux tabous de l'humanité. Pour mieux lutter contre son image, les hommes avaient recours à des processus mentaux que nous qualifierions de superstitions. Certains considéraient, par exemple, qu'une médaille métallique à l'effigie de saint Christophe, accrochée à un tableau de bord, permettait d'éviter de mortels accidents de voitures.

Avant le XXIe siècle, on plaisantait ainsi couramment : « En cas d'accident de voiture, c'est l'automobiliste qui a le plus gros saint Christophe qui a le plus de chances de s'en sortir. »

Manuel d'histoire, cours élémentaire 2ᵉ année.

8 – OÙ LE HÉROS MEURT MOINS
QU'ON AURAIT PU LE CROIRE

Attente. Rien d'horrible ne se produisit.

Arrière-grand-père avait tort. Mourir n'était pas si affreux que ça. Il ne se passait rien et c'était tout.

Le noir et le silence durèrent très longtemps.

Enfin, j'ouvris les yeux. Une silhouette gracile apparut dans un halo de lumière opaque. Un ange, sûrement.

L'ange se pencha sur moi. L'ange ressemblait étrangement à une femme mais une femme très belle comme on n'en voit jamais sur terre. Elle était blonde, avec des yeux bruns.

Son parfum sentait l'abricot.

Autour de nous, tout était blanc et serein.

Je devais être au Paradis parce que l'ange me sourit.

— Ouahé... udéen... éatu... heu.

Les anges devaient parler un langage à eux. Un jargon d'ange incompréhensible pour les non-anges.

— Fou... nafhé... ludéhen... éatuheu.

Elle répéta avec patience cette psalmodie et me passa sa main douce et fraîche sur mon front lisse d'enfant accidenté.

— Vous... n'avez... plus de... température.

Je regardai autour de moi, passablement hébété.

— Ça va ? Vous me comprenez ? Vous n'avez plus de température.

— Où suis-je ? Au Paradis ?

— Non. Au service de réanimation de l'hôpital Saint-Louis.

L'ange me rassura.

— Vous n'êtes pas mort. Vous avez juste quelques contusions. Vous avez de la chance que le capot de la voiture ait amorti votre chute. Vous n'avez qu'une grosse estafilade aux genoux.

— Je me suis évanoui ?

— Oui, pendant trois heures.

J'avais perdu connaissance depuis trois heures et je n'en avais aucun souvenir ! Pas la moindre bribe d'idée ou de sensation. Durant ces trois heures, il ne s'était rien passé.

L'infirmière me plaça le coussin sous les reins pour que je puisse m'asseoir plus confortablement. J'étais peut-être mort pendant trois heures mais cela ne m'avait fait ni chaud ni froid.

Ce qui me causa de vifs maux de tête, en revanche, ce fut l'arrivée de ma famille. Ils étaient tous très gentils et sanglotaient comme si j'avais réellement rendu l'âme. Ils affirmaient s'être fait beaucoup de souci pour moi. « Nous

nous sommes fait un sang d'encre », disaient-ils très exactement. J'eus l'impression qu'ils regrettaient un peu que je m'en sois tiré. Si j'étais mort, ils m'auraient si bien regretté. D'un coup, j'aurais acquis toutes les vertus.

9 – FICHE DE POLICE
Objet : Demande de renseignements psychologiques concernant un certain Michael Pinson

Le sujet à étudier semble globalement normal. On décèle cependant chez lui quelques fragilités psychologiques provoquées par un entourage familial trop étouffant. Le sujet vit en permanence dans le doute. Pour lui, le dernier qui parle a toujours raison. Il ignore ce qu'il veut. Il ne comprend pas son époque. Légères tendances paranoïaques.

À noter : les parents n'ont jamais cru bon de révéler au sujet susnommé qu'il était un enfant adopté.

10 – UN VAUTOUR

Cette première excursion hors la vie ne m'avait rien appris de véritablement intéressant sur la mort, si ce n'était qu'elle demeurerait encore longtemps source d'ennuis avec ma famille.

Par la suite, vers mes huit, neuf ans, je m'intéressai davantage à la mort, mais cette fois à celle des autres. Il faut préciser que la télévision exhibait tous les soirs aux actualités de vingt heures des morts en veux-tu en voilà. Il y avait d'abord les trépassés des guerres. Ceux-là portaient des uniformes vert et rouge. Il y avait ensuite les décédés des routes des vacances : vêtements bariolés. Venaient enfin les défunts célèbres : habits de paillettes.

À la télévision, tout était plus simple que dans la vie. On comprenait tout de suite que la mort était triste parce que les images étaient accompagnées d'une musique funèbre. La télévision, même les enfants et les débiles pouvaient comprendre. Les trépassés des guerres avaient droit à une symphonie de Beethoven, les décédés des vacances à un concertino vivaldien et les stars victimes d'overdose à du Mozart lent au violoncelle.

Je ne manquai pas de remarquer que dès qu'une vedette décédait, ses ventes de disques montaient en flèche, ses films passaient et repassaient sur le petit écran et tout le monde disait du bien du défunt. Comme si la mort avait effacé tous ses péchés. Plus fort encore : leur trépas n'empêchait pas les artistes de travailler. Les meilleurs disques de John Lennon, de Jimmy Hendrix ou de Jim Morrison étaient apparus sur le marché bien après leur mort.

Mon enterrement suivant fut celui de l'oncle Norbert. Un type formidable, assurait-on dans le cortège funèbre. C'est là d'ailleurs que j'entendis pour la première fois la fameuse expression : «Ce sont toujours les meilleurs qui partent les premiers.» Je n'avais que huit ans mais je ne pus m'empêcher de penser : «Alors là, tout autour, il ne reste que les mauvais ?»

À ces funérailles-ci, je me montrai impeccable. Dès le départ du convoi, je me concentrai sur les épinards en branches bouillis. Je sanglotai de plus belle en y rajoutant des anchois. Même mon frère Conrad ne parvint pas à se hisser à la hauteur de mes larmes.

En arrivant au cimetière du Père-Lachaise, j'avais rajouté en plus au menu de mes pleurs des brocolis et de la cervelle d'agneau crue. Berk. J'en défaillis presque de dégoût. Dans la petite foule, quelqu'un chuchota : «J'ignorais que Michael était à ce point lié à l'oncle Norbert.» Ma mère remarqua que le fait était d'autant plus étonnant que je ne l'avais, pour tout dire, jamais rencontré. N'empêche, j'avais découvert la recette des enterrements réussis : épinards en branches, anchois, brocolis et cervelle d'agneau.

Journée mémorable s'il en fut car, en plus, je rencontrai pour la première fois Raoul Razorbak.

Nous étions rassemblés devant la tombe de feu mon oncle Norbert quand je remarquai un peu plus loin ce qui m'apparut d'abord comme un vautour posé sur une sépulture. Il ne s'agissait pas d'un oiseau de proie. C'était Raoul.

Profitant d'un instant d'inattention – après tout j'avais fourni mon quota de larmes –, je m'approchai de la sombre silhouette. Une sorte de grand échalas solitaire était assis sur une pierre funéraire, fixant le ciel.

– Bonjour, dis-je poliment. Que faites-vous là ?

Silence. De près, le vautour semblait un gamin. Il était maigre, le visage décharné laissait saillir ses pommettes sous des lunettes d'écaille. Ses mains élancées et raffinées étaient posées sur son pantalon comme deux araignées tranquilles attendant les ordres de leur maître. Le garçon baissa la tête et me considéra avec un calme et une profondeur que je n'avais encore jamais rencontrés chez quelqu'un d'à peu près mon âge.

Je répétai ma question :

– Alors, qu'est-ce que vous faites là ?

Une main-araignée remonta à toute vitesse le versant nord de son manteau pour se ficher dans un nez long et droit.

– Tu peux me tutoyer, déclara-t-il avec solennité.

Il s'expliqua enfin :

– Je suis sur la tombe de mon père. Je m'efforce de percevoir s'il a des choses à me dire.

Je pouffai. Il hésita avant d'éclater de rire à son tour. Il n'y avait rien d'autre à faire qu'à se gausser d'un enfant maigre qui passait des heures sur une tombe à attendre tout en regardant défiler les nuages.

– Comment tu t'appelles ?

– Raoul Razorbak. Tu peux m'appeler Raoul. Et toi ?

– Michael Pinson. Tu peux m'appeler Michael.

Il me jaugea.

– Pinson ? Pour un pinson, tu m'as l'air d'un drôle d'oiseau.

Je tentai de garder contenance. Il y avait une phrase passe-partout qu'on m'avait apprise pour ce genre de situation délicate.

– C'est celui qui le dit qui l'est.

Il éclata à nouveau de rire.

11 – FICHE DE POLICE
Demande de renseignements descriptifs basiques

Nom : Razorbak
Prénom : Raoul
Cheveux : Bruns
Yeux : Bruns
Taille : 1 m 90
Signes particuliers : Port de lunettes
Commentaires : Pionnier du mouvement thanatonautique
Point faible : Excès de confiance en soi

12 – AMITIÉ

Par la suite, Raoul et moi prîmes l'habitude de nous retrouver au cimetière du Père-Lachaise tous les mercredis après-midi. J'aimais bien marcher aux côtés de sa longue silhouette maigre. En plus, il avait toujours des histoires fantastiques à me raconter.

– Nous sommes nés trop tard, Michael.

– Et pourquoi donc ?

– Parce que tout a déjà été inventé, tout a déjà été exploré. Mon rêve aurait été d'être le premier homme à inventer la poudre ou l'électricité, ne serait-ce que le premier à fabriquer un arc et des flèches. Je me serais contenté d'un rien.

» Mais tout a déjà été découvert. La réalité va plus vite que la science-fiction. Il n'y a plus d'inventeurs, que des suiveurs. Des gens qui perfectionnent ce que d'autres ont découvert il y a longtemps. Le dernier à avoir connu cette fantastique impression de déflorer un nouvel univers, ça a dû être Einstein. Tu t'imagines le vertige dans la tête quand il a compris qu'on pouvait calculer la vitesse de la lumière !

Non, je ne me l'imaginais pas.

Raoul me considéra, navré.

– Tu devrais lire davantage de livres, Michael. Le monde se divise en deux catégories de gens : ceux qui lisent des livres et ceux qui écoutent ceux qui ont lu des livres. Mieux vaut appartenir à la première catégorie, crois-moi.

Je rétorquai qu'il parlait justement comme un livre et nous rîmes ensemble. À chacun son rôle : Raoul déclamait des vérités premières, j'en plaisantais, puis nous nous en esclaffions de concert. En fait, on rigolait de n'importe quoi comme des bossus.

N'empêche, Raoul Razorbak avait lu des quantités de livres. Ce fut lui d'ailleurs qui me donna le goût de la lecture en me faisant connaître des auteurs, selon ses propres termes, « pas rasoirs » : Rabelais, Edgar Allan Poe, Lewis Carroll, H. G. Wells, Jules Verne, Isaac Asimov, Frank Herbert, Philip K. Dick.

- Les écrivains « pas rasoirs », il n'y en a pas tellement, expliquait Raoul. La plupart des auteurs se figurent que plus ils sont incompréhensibles, plus ils paraissent intelligents. Ils étirent donc leurs phrases sur vingt lignes. Ils obtiennent ensuite des prix littéraires, et puis les gens achètent leurs bouquins pour décorer leur salon et faire croire aux personnes qui viennent chez eux qu'ils sont capables de lire des trucs aussi sophistiqués. J'ai même feuilleté des livres où il ne se passait rien. Strictement rien. Un quidam arrive, voit une bonne femme, la drague. Elle lui dit qu'elle ne sait pas si elle couchera ou couchera pas avec lui. Au bout de huit cents pages, elle se décide enfin à annoncer que décidément, c'est non.

— Mais quel intérêt y a-t-il à écrire des livres où il ne se passe strictement rien ? m'enquis-je.

— Manque d'idées. Pauvreté d'imagination. D'où biographies et autobiographies, autobiographies et biographies romancées... Des écrivains incapables d'inventer un monde ne peuvent que décrire leur monde, si pauvre soit-il. Même en littérature, il n'y a plus d'inventeurs. Alors, faute de fond, les auteurs lèchent leur style, fignolent la forme. Décris sur dix longues pages tes malheurs avec un furoncle et tu auras de bonnes chances de remporter le Goncourt.

Gloussements partagés.

— Crois-moi, si l'*Odyssée* d'Homère était publié pour la première fois aujourd'hui, il n'apparaîtrait même pas dans les listes des meilleures ventes. Il serait classé avec les livres de fantastique et d'horreur. Il n'y aurait que les gamins comme nous qui le lirions, pour les histoires de cyclope, de magicienne, de sirène et autres monstres.

Raoul était né doté de la rare capacité de juger par lui-même. Lui ne répétait pas doctement les idées toutes faites serinées à la télévision ou dans les journaux. Je crois que c'est ce qui me séduisait tant chez lui, cette liberté d'esprit, sa résistance à toutes les influences. Lui en rendait grâce à son père. Il était professeur de philosophie, soulignait-il, et lui avait enseigné l'amour des livres. Raoul en lisait près d'un par jour. Surtout des ouvrages fantastiques ou de science-fiction.

— Le secret de la liberté, c'est la librairie, aimait-il dire.

13 – ON NE VEILLE JAMAIS ASSEZ
À SES ENTRAILLES

Un mercredi après-midi où, assis sur un banc, nous considérions en silence les nuages s'effilochant au-dessus du cimetière, Raoul sortit un épais cahier de son cartable. L'ouvrant, il me montra une page qu'il avait dû découper dans un livre consacré à la mythologie antique avant de la coller.

Il y avait une image représentant une barque égyptienne ainsi que différents personnages.

Il commenta :

— Au centre de la nef se tient Râ, le dieu solaire. Un défunt est agenouillé devant lui. De part et d'autre, se tiennent deux autres divinités : Isis et Néphthys. De sa main gauche, Isis indique une direction et, dans sa droite, elle brandit une croix ansée, symbole de l'éternité qui attend le voyageur de l'au-delà.

— Les Égyptiens croyaient en un au-delà ?

— Bien sûr. Là, à l'extrémité gauche de l'image, on reconnaît Anubis, avec sa tête de chacal. C'est lui le guide qui accompagnera le défunt, celui qui tient dans sa main une urne contenant son estomac et ses intestins.

Je retins un haut-le-cœur.

Raoul adopta un ton professoral :

— « Tout mort doit veiller à ce qu'on ne lui vole point ses entrailles », dit un proverbe de l'Égypte antique.

Il tourna la page, passant à d'autres images.

— Là, le mort grimpe à son tour dans la barque. Soit il

est accueilli par Râ en personne, soit par un porc. Le porc dévore les âmes des damnés qu'il conduit dans l'enfer des malédictions où règnent des bourreaux cruels qui leur feront subir mille supplices au moyen de leurs doigts crochus terminés par de longs ongles en pointe.

– Quelle horreur !

Raoul me conseilla de me montrer moins hâtif dans mes jugements.

– Si c'est Râ lui-même qui consent à accueillir le mort, tout ira mieux. Le défunt s'installera debout aux côtés des dieux, et la barque commencera à glisser, halée le long du rivage par une longue corde qui est en fait un boa vivant.

– Super !

Raoul leva les yeux au ciel. Avec mes enthousiasmes et mes écœurements alternés, je commençais à l'exaspérer. Il continua pourtant. Après tout, j'étais son seul public.

– Ce boa est un gentil serpent qui éloigne les ennemis de la lumière. Il fait de son mieux mais il y a un autre reptile, méchant celui-là, Apophis, l'incarnation de Seth, le dieu du mal. Lui tourne autour de la barque pour la faire chavirer. Parfois il sort de l'eau et crache du feu. Il fait tournoyer le bateau et bondit hors des flots dans l'espoir de gober l'âme épouvantée du défunt. Si celui-ci tient bon, la nef de la mort poursuit son chemin et glisse le long du fleuve souterrain qui traverse les douze mondes inférieurs. Il y a beaucoup d'écueils à éviter. Il faut passer les portes de l'Enfer, contourner les monstres aquatiques, se protéger des démons volants. Mais si le mort réussit toutes ses épreuves, il...

À ma grande consternation, Raoul s'interrompit.

– On continuera la semaine prochaine. Il est déjà sept heures, ma mère va s'inquiéter.

Ma frustration l'amusa.

– Chaque chose en son temps. Ne sois pas impatient.

La nuit suivante, pour la première fois je rêvai que je m'envolais, transperçant les nuages. J'étais comme un oiseau. Non, j'étais un oiseau. Et je volais, je volais... Et puis soudain, au détour d'un cumulus, j'aperçus une femme vêtue de blanc. Elle était assise sur un nuage et elle était très belle. Son corps était jeune et élancé. Je m'approchai et constatai qu'elle tenait un masque à la main. Je m'approchai encore et là, j'eus un sursaut de terreur. Le masque n'était que squelette, crâne de mort, avec des orbites vides, une bouche sans lèvres au rictus figé. Je me réveillai en sueur. D'un bond, je me précipitai vers la salle de bains, passai la tête sous le robinet d'eau fraîche pour me laver de ce cauchemar.

Le lendemain, au petit déjeuner, j'interrogeai ma mère :

– Maman, tu crois qu'on peut voler comme des oiseaux ?

Mon accident m'aurait-il un peu dérangé ? Elle me lança un coup d'œil bizarre.

– Cesse de dire des sottises et avale tes céréales.

14 – MYTHOLOGIE MÉSOPOTAMIENNE

«Où vas-tu, Gilgamesh ?
La vie que tu cherches
Tu ne la trouveras pas
Lorsque les Dieux créèrent les hommes
Ils leur destinèrent la mort
Et pour eux ils gardèrent
La vie éternelle.»

L'Épopée de Gilgamesh.

Extrait de la thèse *La Mort cette inconnue*, par Francis Razorbak.

15 – RAOUL EST MABOUL

Chaque fois que nous nous retrouvions au cimetière du Père-Lachaise, Raoul et moi parlions de la mort. Enfin, Raoul parlait de la mort, et moi je l'écoutais. Rien de morbide, de sale ou de macabre dans ces discussions. Nous discutions de la mort comme d'un phénomène intéressant, de la même manière que nous aurions pu parler d'extraterrestres ou de motos.

– J'ai fait un rêve, lui dis-je.

Je voulais lui raconter l'histoire de la femme en satin blanc au masque de squelette assise dans le ciel mais il ne m'en laissa pas le temps. D'emblée, il m'interrompit :

– Moi aussi, j'ai fait un rêve. Je fabriquais un chariot de

feu. J'y grimpais et des chevaux de feu m'entraînaient vers le soleil. Il me fallait traverser des cercles de feu pour m'approcher de l'astre et plus je traversais de cercles, mieux j'avais l'impression de comprendre les choses.

J'appris par la suite que ce n'était pas par hasard que Raoul s'intéressait à la mort. Un soir, en rentrant de l'école, il s'était dirigé droit vers les toilettes et, là, il avait découvert son père pendu à la chasse d'eau. Francis Razorbak avait été professeur de philosophie au lycée Jean-Jaurès à Paris.

Francis Razorbak avait-il découvert quelque chose de si intéressant sur l'au-delà qu'il avait eu envie de quitter ce monde ?

Raoul en était convaincu. Son père ne se serait pas tué par tristesse ou par dépit. Il était mort pour mieux cerner un mystère. Mon ami en était d'autant plus certain que, depuis plusieurs mois, son père s'était attelé à la rédaction d'une thèse intitulée *La Mort cette inconnue*.

Il avait sans doute découvert quelque chose d'essentiel car, juste avant de se pendre, il avait mis le feu à son ouvrage. Des feuilles calcinées voletaient encore dans la cheminée quand Raoul avait trouvé le corps. Une centaine étaient encore lisibles. Il y était question de mythologies antiques et de cultes des morts.

Depuis, Raoul n'avait plus cessé d'y penser. Qu'est-ce que son père avait déniché de si important ? Qu'était-il allé chercher dans la mort ?

Raoul n'avait pas pleuré le jour des funérailles. Mais lui, personne ne l'avait grondé. Nul ne lui avait adressé le moindre reproche. Il avait simplement entendu : « Ce pauvre gosse est tellement traumatisé par la pendaison de son père qu'il en est incapable de pleurer. » Si je l'avais connu plus tôt, je lui aurais refilé ma recette à base d'épinards bouillis et de cervelle d'agneau et ça lui aurait épargné ce genre de réflexions.

Le père à peine enterré, le comportement de la mère de Raoul changea du tout au tout. Elle lui accorda tous ses caprices. Elle lui achetait tous les jouets, tous les livres, tous les journaux qu'il réclamait. Il était libre de son temps. Ma mère à moi affirmait qu'il n'était qu'un enfant trop gâté parce que fils unique et orphelin de son père. Quitte à renoncer à une partie de ma famille, moi aussi j'aurais bien aimé être un enfant gâté.

Chez moi, on ne me passait rien.

– Qu'est-ce que tu as à encore traîner avec ce petit Razorbak ? demanda mon père, en allumant un de ses cigares qui empestaient à trente mètres à la ronde.

Je protestai avec ferveur.

– Il est mon meilleur copain.

– Alors, tu ne sais pas choisir tes copains, affirma mon père. Ce gamin n'est pas normal, c'est évident.

– Pourquoi ?

– Ne joue pas les innocents. Son père était dépressif au point de se suicider. Avec semblable hérédité, n'importe quel gosse aurait de quoi être cinoque. En plus, sa mère ne travaille pas et se contente de sa pension. Tout ça est malsain. Tu devrais fréquenter des gens plus normaux.

– Raoul est normal, assurai-je avec force.

Toujours perfide, mon frère Conrad jugea le moment venu d'ajouter son grain de sel.

– Le suicide est une maladie héréditaire. Les enfants de suicidés sont tentés par le suicide tout comme les enfants de divorcés font tout pour que leur mariage sombre.

Tout le monde fit semblant de n'avoir pas entendu les remarques de mon crétin de frère. Ma mère n'en prit pas moins le relais.

– Tu juges normal de passer des heures assis dans un cimetière, comme Raoul à ce qu'il paraît ?

– Écoute, maman, il est libre de faire ce qu'il veut de son temps. Du moment qu'il ne dérange personne...

– Défends-le ! Qui se ressemble s'assemble. La preuve, on t'a vu en train de discuter avec lui parmi les tombes !

– Même si c'est vrai, et alors ?

– Alors, ça porte malheur de déranger les morts. Il faut les laisser reposer en paix, déclara péremptoirement Conrad, toujours prêt à m'enfoncer quand j'avais déjà la tête sous l'eau.

– Conrad, crétin ! Conrad, crétin ! m'écriai-je, et je lui décochai un coup de poing.

Nous roulâmes par terre. Mon père attendit que Conrad

ait riposté pour nous séparer. Pas assez longtemps cependant pour me laisser le temps de prendre ma revanche.

— Du calme, les gosses, ou alors c'est moi qui me chargerai de distribuer les claques. Conrad a raison. Ça porte malheur de traîner dans les cimetières.

D'une quinte de toux caverneuse, il recracha sous forme liquide la fumée de son cigare avant d'ajouter :

— Il existe des endroits pour discuter. Des cafés, des jardins, des clubs sportifs. Les cimetières sont pour les morts, pas pour les vivants.

— Mais, papa...

— Michael, tu m'embêtes à la fin. Cesse de faire le malin sinon, je ne te louperai pas.

J'eus droit à une nouvelle paire de gifles et je me mis aussitôt à pleurnicher pour en éviter une autre.

— Tu vois que tu sais pleurer quand tu veux, remarqua mon père, sardonique.

Conrad était radieux. Ma mère m'intima de gagner ma chambre.

C'est ainsi que je commençai à apprendre comment fonctionnait le monde. Il faut pleurer les morts. Il faut obéir à ses parents. Il faut supporter Conrad. Il ne faut pas faire le malin. Il ne faut pas traîner dans les cimetières. Il faut choisir ses amis parmi les gens dits normaux. Le suicide est une maladie héréditaire et peut-être même contagieuse.

Dans l'obscurité de ma chambre, avec, encore dans ma bouche, le goût salé de mes larmes de douleur, je me sentis soudain très seul. Ce soir-là, une gifle encore imprimée sur ma joue brûlante, je regrettai d'être né dans un univers si contraignant.

16 – LE POIDS D'UNE PLUME

— Le défunt doit passer les portes de l'Enfer, éviter les monstres aquatiques, se protéger des démons volants. S'il y parvient, il se retrouvera face à Osiris, le Juge suprême, ainsi que devant un tribunal constitué de quarante-deux divins assesseurs. Il lui faudra alors prouver la pureté de son âme par une confession négative dans laquelle il déclarera n'avoir jamais commis de péchés ou d'offenses graves durant la vie qu'il vient juste de quitter. Il dira :

Je n'ai pas commis d'iniquité contre les hommes
Je n'ai pas maltraité les gens
Je n'ai pas caché la vérité
Je n'ai pas blasphémé Dieu
Je n'ai pas appauvri un pauvre
Je n'ai pas fait ce qui est abominable aux dieux
Je n'ai pas desservi un esclave auprès de son maître
Je n'ai pas forniqué dans les lieux saints de ma ville
Je n'ai pas affamé
Je n'ai pas fait pleurer
Je n'ai pas tué
Je n'ai pas ordonné de tuer

— Il peut donc affirmer ce qu'il veut, mentir même ? demandai-je à Raoul.

— Oui. Il dispose du droit de mentir. Les dieux lui posent des questions, au défunt de les tromper. Mais sa tâche n'est guère facile car les dieux savent beaucoup de choses. Normal, ce sont des dieux.

— Et ensuite ?

— S'il sort vainqueur de cette épreuve, il affrontera la seconde partie du jugement, en présence cette fois de nouveaux dieux.

Raoul se tut un instant pour mieux maintenir le suspense.

— Il y aura là Maat, la déesse de la justice, et Thot le dieu de la sagesse et de l'étude à tête d'ibis. Lui consignera le témoignage du défunt sur une tablette. Ensuite viendra Anubis, le dieu à tête de chacal, nanti d'une grande balance qui servira à la pesée de l'âme.

— Comment peut-on peser une âme ?

Raoul ignora une question aussi évidente, fronça les sourcils, tourna une page et poursuivit :

— Anubis dépose sur un plateau le cœur du défunt et une plume sur l'autre. Si le cœur est plus léger que la plume, le mort est déclaré innocent. Si le cœur s'avère plus lourd que la plume, il sera donné en pâture à un dieu à corps de lion et tête de crocodile, chargé de dévorer les âmes indignes de l'Éternité.

– Et quel sera le sort réservé au... gagnant ?

– Libéré du poids de ses vies, il rejoindra la lumière du soleil levant.

– Super !

– ... Là l'attendra Khépri, le dieu à tête de scarabée d'or. Là s'achèvera son chemin. L'âme justifiée connaîtra les félicités éternelles. À elle d'entonner alors l'hymne des vainqueurs qui ont réussi leur parcours sur terre et dans l'au-delà. Écoute cet hymne.

Raoul se dressa sur une pierre funéraire, fit face à une lune acnéique et, d'une voix claire, entreprit de déclamer les antiques paroles :

> *Le lien est dénoué*
> *J'ai jeté à terre tout le mal qui est en moi*
> *Ô Osiris puissant*
> *Je viens enfin de naître*
> *Regarde-moi, je viens de naître.*

Raoul avait achevé la lecture du grand livre de mythologie antique. Il avait accompli son exploit. De la sueur perlait à son front. Il souriait comme si Anubis venait tout juste de le déclarer vainqueur de sa propre vie.

– Belle histoire ! m'exclamai-je. Tu crois que là-haut, pour les morts, ça se passe vraiment comme ça ?

– Je n'en sais rien. C'est une allégorie. Ces Égyptiens avaient de toute évidence acquis un grand savoir sur la question mais, comme ils ne tenaient pas à le révéler à mauvais escient, ils ont eu recours à des métaphores et à des termes poétiques. Un écrivain aurait été incapable d'inventer tout ça par un beau jour d'inspiration. Ces mythes puisent leur origine dans une sorte de bon sens universel. La preuve, toutes les religions racontent plus ou moins la même histoire que celle-ci, en usant de termes différents. Toutes les religions affirment qu'il existe un monde par-delà la mort. Qu'il y a des épreuves et, au bout, la réincarnation ou la libération. Plus des deux tiers de l'humanité croient en la réincarnation.

– Mais tu penses vraiment qu'il y a une barque avec des dieux qui...

Raoul me fit signe de me taire.

– Chut ! On vient.

Il était neuf heures du soir, déjà, et le cimetière avait naturellement fermé ses grilles. Qui pouvait donc venir troubler sa paix ? Et comment d'autres avaient-ils franchi les portails clos ? Nous, nous avions trouvé un passage en escaladant le grand platane à l'angle nord-ouest dont les branches penchaient par-dessus le mur d'enceinte. Nous étions convaincus d'être les seuls à connaître cette voie.

Nous nous glissâmes furtivement en direction d'une rumeur sourde.

Nous vîmes un groupe en capes noires passant au travers d'une grille en trompe-l'œil.

17 – MANUEL D'HISTOIRE

Nos ancêtres croyaient que la mort est un passage de l'état de tout à l'état de rien. Pour mieux supporter cette idée, ils inventèrent des religions (ensemble de rites fondés sur des mythes). La plupart assuraient qu'il existait un autre monde au-delà de celui-ci mais personne n'y croyait vraiment. Les religions servaient surtout de signes de ralliement à l'intention de groupes ethniques spécifiques.

Manuel d'histoire, cours élémentaire 2ᵉ année.

18 – CONTRE LES IMBÉCILES

La bande s'immobilisa devant une tombe, alluma des torches, entreprit de déposer toutes sortes d'objets hétéroclites sur une pierre tombale. Je distinguai des photos, des livres et même des statuettes.

Raoul et moi nous dissimulâmes derrière une sépulture occupée par feu un acteur-rocker-play-boy, victime d'une arête de poisson avalée de travers. Pour la petite histoire, la star toussa plus d'une heure durant, s'efforçant de se libérer de cette étrange intrusion dans sa glotte. Nul ne songea à lui venir en aide dans un restaurant pourtant bondé. Tout le monde se figura que l'idole était en train de se livrer à un happening sauvage, inventant de nouvelles danses et une nouvelle façon de chanter. On applaudit à tout rompre son ultime sursaut d'agonie.

Quoi qu'il en soit, de là où nous nous tenions, nous étions à même de suivre toute la scène. Les encapés avaient enfilé des cagoules noires et psalmodiaient maintenant d'étranges incantations.

— Ils prononcent des prières à l'envers, me souffla Raoul.

Je compris que « Segna sed erem, eiram eulas suov ej » signifiait en fait « Je vous salue Marie, Mère des anges ».

— Sûrement une secte satanique, ajouta mon ami.

La suite de la litanie lui donna raison.

Ô Grand Belzébuth, accorde-nous un peu de ton pouvoir
Ô Grand Belzébuth, fais-nous entrevoir ton monde
Ô Grand Belzébuth, apprends-nous à être invisibles
Ô Grand Belzébuth, apprends-nous à être aussi rapides que le vent
Ô Grand Belzébuth, apprends-nous à faire revivre les morts

Je frissonnai mais Raoul Razorbak demeura impassible. Son calme et son courage étaient communicatifs. Nous nous rapprochâmes du groupe. De près, les adeptes étaient encore plus impressionnants. Certains portaient tatoués sur leur front des symboles maléfiques : boucs souriants, diables tournoyants, serpents se mordant la queue.

Après encore maintes prières et incantations, ils allumèrent des bougies qu'ils disposèrent en étoile à cinq branches. Ils firent brûler de la poudre d'os qui se calcina dans un nuage de fumée mauve. Enfin, d'un sac, ils sortirent un coq noir qui se débattit de son mieux, non sans y laisser quelques plumes.

— Ce coq noir, Grand Belzébuth, nous te le sacrifions. Une âme de coq contre une âme d'amok !

En chœur, tous reprirent :

— Une âme de coq pour une âme d'amok !

La volaille fut égorgée et son sang dispersé aux cinq branches de l'étoile.

Ils exhibèrent alors une poule blanche.

– Cette poule blanche, Grand Belzébuth, nous te la sacrifions. Une âme de poule contre une âme de goule.

À l'unisson :

– Une âme de poule pour une âme de goule. Une âme d'oiseau pour une âme de bourreau.

– Tu as peur ? me chuchota Raoul à l'oreille.

Je m'efforçais de demeurer à sa hauteur mais ne parvenais plus à contrôler le tremblement qui envahissait mes membres. Il fallait surtout éviter de claquer des dents. Le bruit alerterait ces amateurs de messe noire.

– Quand on a peur dans la vie, c'est parce qu'on ne sait pas quelle décision prendre, dit tranquillement mon jeune compagnon.

Je secouai la tête en signe d'incompréhension.

Raoul sortit une pièce de deux francs.

– Dans la vie, poursuivit-il, on a toujours le choix. Agir ou s'enfuir. Pardonner ou se venger. Aimer ou haïr.

Était-ce bien le moment de philosopher ? Lui demeurait imperturbable.

– Nous avons peur quand nous ignorons quel parti prendre parce que tant d'éléments entrent en compte que nous finissons par ne plus comprendre ce qui se passe réellement autour de nous. Comment choisir quand le monde est si complexe ? Comment ? Avec une pièce. Rien ne peut influencer une pièce de monnaie. Elle est insensible aux illusions, elle n'entend pas les arguments fallacieux, elle ne redoute rien. Elle peut donc te fournir le courage qui te manque.

Ayant dit cela, il jeta la pièce au plus haut des cieux. Elle retomba côté pile. Raoul afficha un sourire victorieux.

– Pile ! Pile, cela signifie : Oui. Allons-y. En avant. Pile, cela signifie « Feu vert ». Allez, viens. Toi et moi contre les imbéciles, m'annonça-t-il.

Tout près, la sinistre cérémonie se poursuivait.

D'un sac plus grand, les Belzébuthiens tiraient une petite chèvre blanche qui bêla tristement, aveuglée par les bougies.

– Nous te sacrifions cette chèvre blanche afin que tu nous

31

ouvres un hublot du pays des morts. Une âme de chèvre pour une âme de...

Une voix gutturale retentit dans le cimetière.

– Une âme de chèvre pour une bande de mièvres.

Le coutelas, déjà levé pour décapiter la bête, s'arrêta net.

C'était Raoul dressé à côté de moi qui hurlait avec l'assurance que lui donnait le simple fait d'être tombé côté pile.

– Hors de ma vue, serviteurs de Belzébuth ! Belzébuth est mort depuis longtemps. Ceux qui lui vouent un culte seront damnés. Je suis Astaroth, le neuvième prince des Ténèbres et je vous maudis. Ne venez plus jamais souiller d'impur sang animal des tombes sacrées. Vous réveillez les morts et vous énervez les dieux !

Les Belzébuthiens s'étaient figés, interloqués. Ils cherchaient la provenance de ce message, mais ne voyaient rien. Raoul possédait *la* voix. Il avait *la* voix car la pièce de monnaie l'avait assuré de l'action à entreprendre. Tout était devenu clair. Pour lui, pour moi et pour « eux » aussi. Raoul était la force. Eux n'étaient que des importuns. Raoul n'était qu'un enfant mais il était leur maître. Face à cette inquiétante irruption, les hommes masqués préférèrent déguerpir. La petite chèvre fila en sens inverse.

Il était donc facile de remporter une bataille. Pile, je serais le plus fort. Face, je serais un lâche. Piécette, décide à ma place de mon comportement.

Raoul me serra l'épaule et me confia la pièce de deux francs.

– Je te l'offre. Dorénavant, tu n'auras plus peur de rien et tu sauras adopter le bon choix. Tu seras doté d'une amie qui jamais ne faillira.

Dans le creux de ma main, la pièce irradiait.

19 – FICHE DE POLICE
Demande de renseignements psychologiques concernant Raoul Razorbak.

Il semble que l'enfant dit Raoul Razorbak soit frappé de délires psychotiques. À plusieurs reprises déjà, il est entré dans de violentes colères et a mis en danger la vie de son entourage. Sa mère refuse pourtant tout internement dans un centre de soins psychiatriques. Interrogée par un spécialiste, elle a déclaré que son fils avait été très affecté par la mort de son père. «Il a simplement besoin de compenser», a-t-elle dit.

Le jeune Raoul Razorbak ne s'étant pour l'heure livré à aucun délit et ne semblant pas sur le point de sombrer dans la délinquance, le service estime toute procédure active prématurée.

20 – MANUEL D'HISTOIRE
LA MORT DE NOS GRANDS-PÈRES

Principales causes de décès en France en 1965 (vers la fin du second millénaire), classées en ordre décroissant selon le nombre des victimes. Vous remarquerez que certaines des maladies de l'époque sont, de nos jours, éradiquées.

Maladies du cœur	98 392
Cancers	93 834
Lésions vasculaires cérébrales	62 746
Accidents de voiture	32 723
Cirrhoses du foie	16 325
Affections respiratoires	16 274
Pneumonies	11 166
Grippes	9 008
Diabètes	8 118
Suicides	7 156
Crimes et assassinats	361
Causes inconnues	87 201

Manuel d'histoire, cours élémentaire 2ᵉ année.

21 – MONSIEUR JE-DÉLIRE-SEC

Dans les années qui suivirent notre première rencontre au cimetière du Père-Lachaise, notre amitié devint de plus en plus étroite. Raoul m'enseignait tant de choses !

— Comme tu es naïf, Michael ! Tu te figures que le monde est gentil et donc que la meilleure manière de t'y insérer est de faire toi-même preuve de gentillesse. Mais tu as tort. Active un peu tes méninges. L'avenir n'appartient pas aux gentils mais aux innovateurs, aux audacieux, à ceux qui n'ont peur de rien.

– Tu n'as peur de rien, toi ?

– De rien.

– Pas même de la souffrance physique ?

– Il suffit de le vouloir pour ne pas en ressentir.

Pour mieux me le prouver, il sortit son briquet et plongea son index dans la flamme jusqu'à ce que l'air s'imprègne d'une odeur de corne brûlée. J'étais à la fois écœuré et fasciné.

– Ouah ! Comment fais-tu ça ?

– J'effectue d'abord le vide dans mon esprit, et puis je me dis que quelqu'un d'autre subit cette douleur et qu'elle ne me concerne en rien.

– Tu n'as pas peur du feu ?

– Ni de l'eau, ni de la terre, ni du métal. Celui qui ne craint rien est tout-puissant et rien ne lui sera refusé. Telle est ma leçon numéro deux. La première était qu'une pièce de deux francs sera ta meilleure conseillère. La seconde est que la peur n'existe que si tu lui permets d'exister.

– C'est ton père qui t'a appris ça ?

– Il disait de ne jamais regarder en arrière en escaladant une montagne. Si on regarde, on risque d'être pris de vertige, de paniquer et de tomber. En revanche, si tu grimpes droit vers le sommet, tu seras toujours en sécurité.

– Mais si tu n'as peur de rien, qu'est-ce qui te pousse à avancer ?

– Le mystère. Le besoin d'élucider le mystère de la mort de mon père et celui de la mort en général.

Tandis qu'il prononçait ces mots, sa main droite toujours si semblable à une araignée vint recouvrir son front comme pour contenir on ne sait quel tourment. Ses yeux s'exorbitèrent comme si son crâne était rongé de l'intérieur.

Je m'inquiétai :

– Tu ne te sens pas bien ?

Il mit longtemps à me répondre. Puis, comme reprenant sa respiration et ses esprits :

– Rien qu'une migraine. Ça va passer, dit-il durement.

Ce fut la seule fois où je le vis en proie à une crise. Pour moi, Raoul était un surhomme. Il était un maître.

Raoul m'impressionnait. Comme il était mon aîné d'un an, je donnai un coup de collier pour sauter une classe et me retrouver sur les mêmes bancs que lui. Alors, tout devint facile. Il me permettait de copier ses devoirs et, en dehors des cours, il continuait à me raconter de merveilleuses histoires.

Tous, dans la classe, ne partageaient pas mon engouement. Le professeur de français avait surnommé l'élève Razorbak « Monsieur Je-délire-sec ».

– Accrochez-vous bien. Aujourd'hui, « Monsieur-Je-délire-sec » nous envoie une copie à se taper les cuisses. Le sujet que je vous avais donné était, je tiens à vous le rappeler : « Racontez vos vacances idéales. » Ah çà ! « Monsieur Je-délire-sec » n'est pas allé se promener du côté du Touquet, de Saint-Tropez, de La Baule, voire de Barcelone ou de Londres. Non, lui a carrément filé au pays des morts. Et... il nous en envoie des cartes postales.

Ricanement général.

– Je cite : « Tandis que ma barque fonçait vers la lumière, je m'accrochai au boa, car un serpent de feu avait surgi à l'avant du vaisseau. La déesse Néphtys me conseilla de ne pas m'affoler et de tenir le cap. La princesse Isis, elle, me tendit sa croix ansée pour repousser le monstre. »

Les élèves s'esclaffèrent en se poussant du coude tandis que le pédagogue concluait, doctoral :

– « Monsieur Je-délire-sec », je ne puis que vous conseiller d'avoir recours aux soins d'un bon psychanalyste, voire d'un psychiatre. En attendant, sachez que vous avez échappé au zéro pointé. Je vous ai mis 1 sur 20, rien que pour m'avoir fait autant rire en vous lisant. D'ailleurs, je cherche toujours votre copie en premier tant je suis sûr de passer un bon moment avec vous. Continuez donc ainsi, monsieur Razorbak, et je rirai encore longtemps car vous redoublerez sans aucun doute cette classe.

Raoul ne cilla pas. Il était imperméable à ce type de remarques, surtout émanant d'un homme tel que ce prof de français pour qui il n'éprouvait aucune estime. Le problème vint d'ailleurs. De la classe elle-même.

Comme dans la plupart des écoles, les élèves de notre lycée étaient des adolescents cruels, et il suffisait qu'on leur désigne du doigt un soi-disant « marginal » pour qu'ils donnent l'hallali. Dans notre classe, le chef de bande était un gamin arrogant du nom de Martinez. Avec ses acolytes, ils nous poursuivirent à la sortie et nous encerclèrent.

– Princesse Isis, princesse Isis, scandèrent-ils. Tu veux ma croix ansée dans la figure ?

J'eus très peur. Pour me dégager, je lançai un grand coup de pied dans le tibia du gros Martinez et, en retour, celui-ci me fit éclater le nez d'un coup de poing. Mon visage était en sang. Nous étions deux contre six mais le problème c'était que Raoul, pourtant beaucoup plus grand et plus fort que moi, semblait avoir renoncé à se défendre. Il ne se battait pas. Il recevait les coups sans les rendre !

Je glapis.

– Allez, Raoul ! On va les avoir comme les Belzébuthiens. Toi et moi contre les imbéciles, Raoul !

Il ne bougea pas. Nous ne tardâmes pas à nous effondrer sous un déluge de coups de poing et de pied. Face à cette absence de résistance, la bande du gros Martinez finit par se lasser et s'en fut avec des V de victoire. Je me relevai en me massant les bosses.

– Tu as eu peur ? interrogeai-je.

– Non, dit-il.

– Pourquoi ne t'es-tu pas battu, alors ?

– À quoi bon ? Je n'ai pas d'énergie à gaspiller pour des vétilles. De toute façon, je ne sais pas me battre contre des esprits primitifs, ajouta-t-il en ramassant ses lunettes brisées.

– Mais tu as su mettre en fuite les Belzébuthiens !

– C'était un jeu. Et puis, ils étaient peut-être méchants mais ils étaient beaucoup plus subtils que ces abrutis. Face à des hommes des cavernes, je suis impuissant.

Nous nous soutînmes mutuellement.

– Toi et moi contre les imbéciles, disais-tu.

– Navré de te décevoir. Il faut encore que les imbéciles disposent d'un minimum d'intelligence pour que je puisse entrer en guerre contre eux.

J'étais effaré :

– Mais alors, les types de la trempe de Martinez nous casseront tout le temps la gueule.

– Possible, fit-il sobrement. Mais ils se fatigueront avant moi.

– Et s'ils te tuent ?

Il haussa les épaules.

– Bah ! La vie n'est qu'un passage.

Je fus envahi d'une noire prémonition. Les imbéciles étaient capables de l'emporter. Raoul n'était pas toujours le plus fort. Il venait même de s'avérer un comble de faiblesse. Je soupirai.

– Quoi qu'il arrive, tu pourras quand même toujours compter sur moi pour t'aider dans les coups durs.

Cette nuit-là, je rêvai de nouveau que je m'envolais pour rencontrer dans les nuages une femme en satin blanc au masque de squelette.

22 – PHILOSOPHIE PASCALIENNE

« L'immortalité de l'âme nous importe si fort, nous touche si profondément qu'il faut avoir perdu tout sentiment pour être dans l'indifférence de savoir ce qu'il en est.

Notre premier intérêt et notre premier devoir est de nous éclaircir sur ce sujet d'où dépend toute notre conduite.

Et c'est pourquoi, entre ceux qui n'en sont pas persuadés, je fais une extrême différence de ceux qui travaillent de toutes leurs forces à s'en instruire, à ceux qui vivent sans s'en mettre en peine et sans y penser.

Cette négligence d'une affaire où il s'agit d'eux-mêmes, de leur identité, de leur tout, m'irrite plus qu'elle ne m'attendrit. Elle m'étonne et m'épouvante : c'est un monstre pour moi. Je ne dis pas ceci par le zèle pieux d'une dévotion spirituelle. J'entends au contraire qu'on doit avoir ce sentiment par un principe d'intérêt humain. »

Blaise Pascal

Extrait de la thèse *La Mort cette inconnue*, par Francis Razorbak.

J'avais quatorze ans quand Raoul vint me chercher à la maison en m'intimant de me dépêcher. Mes parents maugréèrent. Non seulement c'était l'heure du dîner mais ils persistaient à estimer que Raoul Razorbak exerçait sur moi une très mauvaise influence. Comme j'avais ces derniers temps obtenu d'excellentes notes en maths, en copiant sur mon ami, bien sûr, ils hésitèrent à me priver de sortie.

Ils m'ordonnèrent pourtant de prendre garde et de rester sur le qui-vive. Tout en nouant mon cache-col, mon père me chuchota que c'était de nos meilleurs amis que venaient toujours nos pires ennuis.

Ma mère renchérit, perfide :

– Moi, voilà comme je définis un « ami » : c'est celui dont la trahison provoque la plus vive surprise.

Raoul m'entraîna vers l'hôpital Saint-Louis en m'expliquant qu'on venait d'y créer un service regroupant mourants et comateux. « Service d'accompagnement des mourants », l'avait-on pudiquement baptisé. Il avait été installé dans l'aile gauche d'un bâtiment annexe. Je demandai ce qu'il comptait faire en pareil lieu. Il riposta tout net que cette visite serait pour nous une excellente occasion d'en apprendre davantage.

– Davantage ? Et sur quoi ?

– Sur la mort, évidemment !

L'idée de pénétrer dans un hôpital ne m'enthousiasmait guère. L'endroit serait rempli d'adultes sérieux et je serais étonné qu'ils nous laissent y jouer.

Raoul Razorbak, cependant, n'était jamais à court d'arguments. Il me raconta avoir lu dans des journaux qu'après un coma des gens se réveillaient et racontaient des histoires extraordinaires. Ces rescapés prétendaient avoir assisté à des spectacles étranges. Ils n'avaient pas vu de barques ni de serpents cracheurs de feu mais d'attirantes lumières.

– Tu parles des expériences aux frontières de la mort, ce que les Américains nomment les NDE, pour « Near Death Experiences » ?

– C'est ça. Des NDE.

Tout le monde savait ce qu'étaient les NDE. Elles avaient été très à la mode, un moment. Il y avait eu plusieurs best-sellers sur ce thème. Des hebdomadaires les avaient mises en couverture. Et puis, comme toutes les modes, celle-là aussi avait fini par s'estomper. Après tout, on ne disposait d'aucune preuve, d'aucun indice tangible, juste de quelques jolies histoires recueillies de bric et de broc.

Raoul croirait-il à pareilles fables ?

Il étala devant moi plusieurs coupures de journaux et nous nous agenouillâmes pour mieux les examiner. Ces extraits n'étaient pas tirés de magazines réputés pour leur sérieux ou la rigueur de leurs enquêtes. Des titres en caractères gras et baveux annonçaient la couleur : « Voyage au-delà de la mort », « Témoignage d'après-coma », « La vie après la vie », « J'en suis revenu et j'aime ça », « La mort et puis après »...

Pour Raoul, ces mots semblaient auréolés d'une poésie particulière. Après tout, son père était là-bas...

En guise d'illustrations, il n'y avait que des photos floues avec auras superposées ou des reproductions de tableaux de Jérôme Bosch.

Dans les textes, Raoul avait souligné en jaune fluo quelques passages qu'il estimait essentiels : « Selon un sondage de l'Institut américain Gallup, huit millions d'Américains prétendent avoir connu une NDE. » « Une enquête effectuée en milieu hospitalier démontre que 37 % des comateux assurent avoir flotté hors de leur corps, 23 % ont aperçu un tunnel, 16 % ont été happés par une lumière bénéfique. »

Je haussai les épaules.

– Je ne veux pas t'ôter tes illusions, mais...

– Mais quoi ?

– J'ai eu un accident de voiture. J'ai valdingué dans les airs et je me suis assommé en retombant. Trois heures sans connaissance. Un vrai coma. Et je n'ai pas aperçu l'ombre d'un tunnel ni la moindre lumière bénéfique.

Il parut surpris.

– Tu as vu quoi, alors ?

– Rien, précisément. Rien de rien.

Mon ami me considéra comme si j'étais frappé d'une maladie rare provoquée par un virus non encore répertorié.

– Tu affirmes avoir été dans le coma et n'en avoir conservé aucun souvenir ?

– Affirmatif.

Raoul se gratta pensivement le menton puis son visage s'illumina :

– Je sais pourquoi !

Il ménagea ses effets avant de prononcer une phrase que je méditerais longtemps :

– Tu n'as rien vu parce que... tu n'étais pas « assez » mort.

24 – AU PAYS DES MOINES BLANCS

Une heure plus tard, nous étions devant l'hôpital Saint-Louis. L'entrée était éclairée. Un garde en uniforme surveillait les allées et venues. Profitant de sa haute taille, Raoul avait enfilé un pardessus défraîchi dans l'espoir de se vieillir. Il me prit par la main. Il espérait qu'ensemble nous passerions pour un père et un fils se rendant au chevet d'une grand-mère en convalescence.

Las, le garde ne fut pas dupe.

– Dites, les mioches, y a de meilleurs terrains de jeux dans le coin.

– Nous venons rendre visite à notre grand-mère, fit Raoul, la voix éplorée.

– Comment s'appelle-t-elle ?

Raoul n'hésita pas.

– Madame Saliapino. Elle est dans le coma. On l'a mise dans le nouveau service d'accompagnement des mourants.

Quel génie de l'improvisation ! Il aurait lancé Dupuis ou Durant, cela aurait tout de suite fait suspect, mais « Saliapino », cela faisait juste assez bizarre pour sembler vrai.

Le garde adopta une mine de circonstance. « Accompagnement des mourants », l'expression provoquait immédiatement le malaise. Il était certainement au courant de la création de ce service qui avait dû faire jaser dans les couloirs. Il se ravisa, nous fit signe de passer, s'excusant presque d'avoir ralenti notre course.

Nous pénétrâmes dans un labyrinthe étincelant. Des corridors, encore des corridors... Nous poussâmes plusieurs portes découvrant au fur et à mesure un surprenant univers.

C'était la deuxième fois que je pénétrais dans un hôpital mais l'effet était toujours aussi déroutant. C'était comme d'être entré par effraction dans un temple de blancheur où s'agitaient des sorciers vêtus de blanc et de jeunes prêtresses nues sous leur blouse immaculée.

Tout était réglé comme par une chorégraphie antique. Des ambulanciers déposaient des offrandes empaquetées dans des draps souillés. Les jeunes prêtresses les déballaient avant de les transporter dans des salles carrelées où des grands prêtres, reconnaissables à leur masque carré et à leurs gants transparents, les tripotaient en les soupesant comme s'ils arrivaient à y lire des augures.

De cette vision naquirent les prémisses de ma vocation médicale. L'odeur de l'éther, les infirmières, les oripeaux blancs, la faculté de fouiller à ma guise les entrailles de mes contemporains, voilà qui était vraiment intéressant. Là résidait le véritable pouvoir ! Moi aussi, je serais un sorcier blanc.

Ravi comme un gangster qui a enfin trouvé la salle des coffres-forts, Raoul me souffla à l'oreille :

– Psst... Par ici !

Nous poussâmes une porte vitrée.

Et nous faillîmes battre en retraite devant le spectacle. La plupart des patients qu'accueillait le service d'accompagnement des mourants étaient vraiment mal en point. Sur notre droite, un vieillard édenté, figé bouche bée, empuantissait l'air à dix mètres à la ronde. Tout près, un être émacié au sexe indéfini fixait sans ciller une tache brune, au plafond. Une morve transparente ruisselait le long de son nez sans qu'il songe à l'essuyer. À gauche, une dame chauve n'avait plus qu'une touffe de poils teints en blond sur son front ridé. Elle cherchait à réprimer le tremblement incessant de sa main droite en la comprimant avec sa main gauche. Évidemment, elle n'y réussissait pas et insultait le membre rebelle dans un langage rendu incompréhensible par son dentier décollé.

La mort, n'en déplaise à Raoul, ce n'était pas des dieux,

des déesses, des monstres, des rivières pleines de serpents. La mort, c'était cela : des gens en train de pourrir lentement.

Mes parents avaient raison : la mort était affreuse. J'aurais déguerpi sur-le-champ si Raoul ne m'avait entraîné vers la dame à la touffe blonde.

– Excusez-nous de vous déranger, madame.

– Bb...oon...jour, bégaya-t-elle, l'esprit aussi frissonnant que le corps.

– Nous sommes tous deux étudiants d'une école de journalisme. Nous aimerions vous interviewer.

– Pour... Pourquoi moi ? dit-elle avec effort.

– Parce que votre cas nous intéresse.

– Je... ne... suis... pas... intéressante. Par...tez !

Du morveux, nous n'obtînmes aucune réaction. Nous nous dirigeâmes donc vers l'aïeul puant qui nous considéra tels deux agaçants petits moustiques. Il s'énerva comme si on le dérangeait dans des occupations pressantes :

– Quoi, quoi, qu'est-ce que vous me voulez ?

Raoul reprit son laïus :

– Bonjour, nous sommes des élèves d'une école de journalisme et nous effectuons un reportage sur les personnes ayant survécu à un coma.

Le vieux se redressa, très fier :

– Bien sûr que j'ai survécu à un coma. Cinq jours dans le coma et voyez, je suis toujours là !

Une lueur s'alluma dans l'œil de Raoul.

– Et c'était comment ? demanda-t-il, comme s'il s'adressait à un touriste de retour de Chine.

L'homme le considéra, interloqué :

– Que voulez-vous dire ?

– Eh bien, qu'est-ce que vous avez ressenti pendant que vous étiez dans le coma ?

Visiblement, l'autre ne voyait pas où il voulait en venir.

– J'ai été cinq jours dans le coma, je vous dis. Le coma, c'est justement quand on ne ressent plus rien !

Raoul insista :

– Vous n'avez pas eu d'hallucination ? Vous ne vous souvenez pas d'une lumière, d'un couloir, de quelque chose ?

Le moribond s'emporta :

– Non mais, le coma, c'est pas du cinéma. D'abord, on est très mal. Ensuite, on se réveille et on souffre de partout. C'est pas une partie de plaisir. Vous écrivez dans quel journal ?

Un infirmier surgit de nulle part et se mit aussitôt à glapir :

– Qui êtes-vous ? Vous n'avez pas fini d'embêter mes malades ? Qui vous a donné l'autorisation de pénétrer ici ? Vous ne savez pas lire ? Vous n'avez pas vu le panneau : « Entrée interdite à toute personne étrangère au service » ?

– Toi et moi contre les imbéciles ! lança Raoul.

Et ensemble, nous partîmes au galop. Nous nous perdîmes dans un dédale de couloirs carrelés. Nous traversâmes une salle réservée aux grands brûlés, une autre destinée aux handicapés moteurs pour aboutir finalement précisément où il ne fallait pas. Au funérarium.

Des cadavres nus étaient alignés dans une vingtaine de bacs chromés, le visage crispé dans une ultime douleur. Certains avaient encore les yeux ouverts.

Armé d'une pince, un jeune étudiant s'affairait à leur ôter bagues ou alliances. L'une d'entre elles ne voulait pas glisser. La peau avait gonflé autour du métal. Alors, sans hésitation, l'étudiant coinça le doigt entre les lames de la pince et serra. Clac. Cela tomba sur le sol en faisant un bruit de métal et de viande.

Je faillis m'évanouir. Raoul me traîna dehors. Nous étions tous deux exténués.

Mon ami avait tort. Mes parents avaient raison. La mort était quelque chose de dégoûtant. Il ne fallait pas la regarder, pas l'approcher, pas en parler et pas même y penser.

25 – MYTHOLOGIE LAPONE

Pour les Lapons, la vie est une pâte molle qui recouvre les squelettes. L'âme n'est que dans les os de ce squelette.

Aussi, quand ils pêchent du poisson, ils prennent bien soin d'en ôter la chair sans briser la moindre arête. Ils rejettent ensuite les tiges osseuses à l'endroit même où ils ont pêché le poisson vivant. Ils sont convaincus que la Nature se chargera de les regarnir et que, quand ils reviendront, quelques jours, quelques semaines ou quelques mois plus tard, une nouvelle nourriture fraîche les attendra là.

Pour eux, la chair n'est que pur ornement autour des os imprégnés de la vraie âme. On retrouve ce même respect du squelette chez les Mongols et les Yakoutes qui s'efforcent de reconstituer intacts, en position debout, les ours qu'ils ont tués. Et pour ne pas risquer de briser les délicats os du crâne, ils se privent de manger les cervelles, pourtant mets de choix.

Extrait de la thèse *La Mort cette inconnue*, par Francis Razorbak.

26 – SÉPARATION

Peu après notre escapade à l'hôpital Saint-Louis, la mère de Raoul déménagea en province et de longues années s'écoulèrent avant que nous nous rencontrions à nouveau.

Mon père mourut la même année d'un cancer du poumon. Les cigares à dix francs ne l'avaient pas raté. Épinards, brocolis et anchois, je déversai un torrent de larmes à son enterrement mais nul ne parut s'en soucier.

Sitôt rentrée des funérailles, ma mère se transforma en une mégère tyrannique. Elle commença à vouloir se mêler de tout, à tout vouloir surveiller et régenter dans ma vie. Sans se gêner, elle fouillait dans mes affaires et découvrit ainsi mon journal intime que je croyais pourtant bien caché sous mon matelas. Elle entreprit aussitôt d'en lire à haute voix les meilleurs passages devant mon frère Conrad, enchanté de cette humiliation suprême.

Je mis du temps à me remettre de cette blessure. Mon journal avait toujours été pour moi comme un ami à qui je me confiais sans craindre d'être jugé. Ce n'était peut-être pas de sa faute mais cet ami, maintenant, il m'avait bel et bien trahi.

Conrad commenta, toujours malin :

– Tiens, je ne savais pas que tu en pinçais pour cette mijaurée de Béatrice. Elle est franchement moche avec ses couettes et tous ses boutons sur la tronche. T'es vraiment vicieux.

Je tentai de faire bonne figure mais ma mère savait pertinemment qu'elle venait de me priver d'un allié. Elle ne voulait pas que j'aie des amis. Pas même des objets amis. Elle considérait qu'elle suffisait à satisfaire tous mes besoins de communication avec l'extérieur.

– Raconte-moi tout, me dit-elle. Moi, je saurai garder tous tes secrets, rester muette comme une tombe. Ton cahier, n'importe qui aurait pu le trouver. Heureusement encore qu'il n'est pas tombé dans des mains étrangères !

Je préférai éviter la polémique. Je ne rétorquai donc pas qu'à part les siennes, nulles mains étrangères ne se seraient crues autorisées à fouiner sous mon lit.

Impossible de surcroît de me venger des ricanements de Conrad en exhibant son journal intime à lui. Il n'en tenait pas. Il n'en avait pas besoin. Il n'avait rien à dire à quiconque et pas plus à lui-même. Il était heureux comme ça, à traverser la vie sans même essayer de la comprendre.

Ayant perdu mon confident, l'absence de Raoul devint encore plus pesante. Personne d'autre, au lycée, ne portait le moindre intérêt à la mythologie antique. Pour mes camarades de classe, le mot « mort » ne possédait pas la moindre magie et, quand je leur parlais de cadavres, ils avaient tendance à se tapoter le front de la main. « Tu gnognottes de la touffe, mon vieux, va te faire psychanalyser chez les Grecs ! »

– T'es encore jeune pour t'obnubiler sur la mort, me sermonna Béatrice. Attends soixante ans. C'est trop tôt, maintenant.

Je lui répondis du tac au tac :

– Bon, alors parlons de l'amour ! Ça, c'est un sujet qui convient aux jeunes, non ?

Elle recula, horrifiée. Je tentai de l'amadouer :

– Mais je ne demande pas mieux que de me marier avec toi...

Elle s'enfuit en courant. Elle clama ensuite à tous les échos que je n'étais qu'un obsédé sexuel et que j'avais même tenté de la violer. En plus, j'étais sûrement un meurtrier-criminel-assassin-multirécidiviste, sinon pourquoi je m'intéresserais tant à la mort et aux cadavres ?

Plus de journal confident, plus d'ami, pas de petite amie, aucun atome crochu avec ma famille, la vie paraissait bien fade. Raoul ne m'écrivait pas. J'étais vraiment seul sur cette planète.

Heureusement, il me restait les livres. Raoul ne m'avait pas trompé en disant que les livres, eux, étaient des amis qui ne trahissaient jamais. Les livres connaissaient les mythologies antiques. Ils n'avaient pas peur de parler de mort ou d'amour.

Mais chaque fois que mes yeux lisaient le mot « mort », je repensais à Raoul. Je savais que la mort de son père avait provoqué chez lui cette obsession. Il voulait savoir ce qu'il aurait pu lui dire avant de mourir. Le mien de père m'avait tout dit de son vivant : « Ne fais pas de bêtises », « Tiens-toi droit, voilà ta mère », « Méfie-toi de ceux qui prétendent te vouloir du bien », « Prends exemple sur Conrad », « Tu ne peux donc pas manger proprement ? Les serviettes ne sont pas faites pour les chiens », « Continue comme ça et tu vas t'en prendre une », « Passe-moi ma boîte de cigares », « Mets pas tes doigts dans le nez », « Ne te cure pas les dents avec les tickets de métro », « Cache bien ton argent », « Qu'est-ce que t'as à encore lire un livre ? Tu ferais mieux d'aider ta mère à débarrasser la table ». Le parfait héritage spirituel. Merci, papa.

Raoul avait quand même tort de se polariser sur la mort. La mort, pas besoin d'être savant pour le comprendre : c'était tout simplement la fin de la vie. Point à la ligne. Comme un film qui s'arrête quand on éteint la télévision...

Le soir, je rêvais pourtant encore souvent que je m'envolais et, là-haut, je croisais toujours la dame en satin blanc au masque de squelette. Ce cauchemar-là, je ne l'avais pas inscrit dans mon cahier.

27 – MYTHOLOGIE HINDOUISTE

« Ceux qui savent ainsi et ceux-là qui, dans la forêt, savent que la foi est la vérité, ceux-là entrent dans la flamme, de la flamme dans le jour, du jour dans la quinzaine claire, de la quinzaine dans les six mois durant lesquels le soleil monte vers le nord, de ces mois dans le monde des Dieux, du monde des Dieux dans le soleil, du soleil dans la région des éclairs.

Parvenus dans la région des éclairs, un être spirituel survient qui les transporte dans les mondes du Brahmane : dans ces mondes, ils habitent des lointains insondables. Pour eux, point de retour ici-bas. »

(Brhadāranyaka-upanisad)

Extrait de la thèse *La Mort cette inconnue*, par Francis Razorbak.

28 – RAOUL EST DE RETOUR

Dès l'âge de dix-huit ans, je décidai de devenir médecin. J'entamai les études idoines et, était-ce vraiment un hasard ? je choisis comme spécialités l'anesthésie et la réanimation.

Je me retrouvai au cœur du temple, responsable de vies humaines inquiètes de survivre. Peut-être avais-je aussi souhaité frayer parmi ces prêtresses qu'on disait nues sous leur blouse blanche. En tout cas, j'eus tôt fait de vérifier qu'il s'agissait là d'une mythologie. Les infirmières sont souvent en tee-shirt.

J'avais trente-deux ans quand Raoul revint sans crier gare dans mon existence. Il téléphona et me donna évidemment rendez-vous au cimetière du Père-Lachaise.

Il était encore plus grand, plus efflanqué, plus maigre que dans mon souvenir. Il était de retour à Paris. Après de si longues années d'absence, je fus très flatté que son premier geste ait été de renouer contact avec moi.

Il eut la délicatesse de ne pas me parler tout de suite de la mort. Comme moi, il avait mûri. Plus question de rire de tout, à tort et à travers. Plus de jeux de mots stupides, de calembours ou de contrepèteries.

Il était maintenant chercheur en biologie au CNRS, avec titre de professeur. Il commença pourtant par évoquer ses maîtresses. Les femmes ne faisaient que passer dans sa vie car elles ne le comprenaient pas. Elles le jugeaient trop... morbide. Il pesta :

– Pourquoi les plus jolies filles sont-elles toujours les plus bêtes ?

– Pourquoi ne dragues-tu donc pas les laides ? répondis-je.

Nous aurions dû nous esclaffer mais l'enfance avait passé. Il se contenta de sourire.

– Et toi, Michael, tu sors beaucoup ?

– Pas vraiment.

Il me donna une grande tape dans le dos.

– Trop timide, hein ?

– Trop imaginatif, peut-être. Je rêve parfois qu'il existe quelque part une princesse charmante et qu'elle m'attend, moi et personne d'autre.

– Tu crois à la Belle au bois dormant ? Mais si tu sors avec une fille avant de la rencontrer, c'est comme si tu la trompais à l'avance.

– Exactement. C'est l'impression que je ressens à chaque fois.

Les mains arachnéides de Raoul papillonnaient autour de moi, m'enveloppant de leur présence protectrice. Comment avais-je pu vivre si longtemps loin de lui et de sa folie ?

– Ah..., soupira-t-il. Tu es trop fleur bleue, Michael. Ce monde est trop dur pour les rêveurs comme toi. Tu dois t'armer pour apprendre à lutter.

Nous évoquâmes avec nostalgie notre escarmouche avec les Belzébuthiens. Il me parla ensuite de ses recherches. Il œuvrait actuellement sur l'hibernation des marmottes. Comme beaucoup d'autres animaux, les marmottes étaient capables de demeurer trois mois, cœur ralenti à 90 %, sans respirer, sans manger, sans bouger, sans dormir. Raoul avait poussé plus loin le phénomène. Après le sommeil, il voulait frôler les limbes de la mort. Pour provoquer une hibernation artificielle encore plus profonde chez une marmotte, il suffisait de la plonger dans un bain réfrigéré à 0°C. La température interne chutait rapidement, les battements cardiaques ralentissaient au point de s'arrêter complètement mais la bête n'en mourait pas pour autant. Il était possible de la réanimer une demi-heure plus tard, rien qu'en la frictionnant.

Je soupçonnais mon ami de qualifier d'hibernation ce que nous, médecins, appelions «coma». Cependant, ses expériences étaient couronnées de succès et, dans les congrès internationaux, certains le surnommaient déjà «l'éveilleur de marmottes congelées».

De but en blanc, je lui demandai s'il avait découvert d'autres textes anciens sur l'au-delà. Il s'anima aussitôt. Il n'avait pas osé espérer que j'aborderais si vite son sujet de prédilection.

– Les Grecs ! s'exclama-t-il avec gourmandise. Les Grecs croyaient en des univers ronds et concentriques. Chaque univers renfermait un univers plus petit que lui, puis un autre plus petit encore, à la manière d'une cible. Au centre de celle-ci était le monde grec, celui où vivaient les hommes.

Raoul était lancé.

– Donc, au centre, les Grecs dans le premier monde. Puis autour, les encerclant, les Barbares du deuxième monde, ceux-ci étant eux-mêmes cernés par un troisième, le monde des monstres, comprenant entre autres les hideuses créatures des terres boréales.

Je récapitulai :

– Hommes, Barbares, monstres, trois couches, non ?

– Non, rectifia-t-il vivement, beaucoup plus. Après le monde des monstres, vient la mer. Là se trouve l'île des Bienheureux, paradis où résident les immortels. Là aussi est l'île du Rêve, traversée par un fleuve qui ne coule que la nuit. Elle est recouverte de fleurs de lotus. En son centre est implantée la ville aux quatre portes. Deux laissent entrer les cauchemars, deux autres s'ouvrent aux songes délicieux. Hypnos, le dieu du rêve, contrôle les quatre issues.

– Ouaah !

– Après la mer, poursuivit Raoul, il y a de nouveau une terre. C'est le rivage du continent des morts. Les arbres n'y portent que des fruits secs. C'est là que tous les vaisseaux échouent et que tout s'achève.

Il y eut un silence, meublé de décors tour à tour paradisiaques ou infernaux. Raoul rompit l'enchantement en m'interrogeant sur mon métier de réanimateur-anesthésiste. Il multipliait les questions techniques. Il voulait savoir quels produits j'utilisais pour mes humains, estimant qu'ils pourraient aussi bien lui servir pour ses marmottes.

A. Comas

Selon mon ami le docteur Michael Pinson, il existe trois formes courantes de coma :

Coma 1 : Coma vigile. La conscience est abolie mais le patient réagit aux stimulations extérieures. Il peut durer de trente secondes à trois jours.

Coma 2 : Le patient ne répond plus aux stimulations extérieures, qu'on le pince ou qu'on le pique. Il peut durer jusqu'à une semaine.

Coma 3 : Coma profond. Cessation de toutes formes d'activité. Mouvements de décérébration. Les membres supérieurs sont comme tétanisés. Les battements du cœur deviennent irréguliers (défibrillations). D'après Michael, il est impossible de sortir de ce type de coma.

B. Effets extérieurs
1) Mydriase (dilatation complète de la pupille).
2) Paralysie.
3) Déviation de la bouche.

C. Comment tirer un patient du coma ?
Méthodes utilisées par Michael :
1) Massage cardiaque.
2) Intubations des voies aériennes supérieures.
3) Chocs électriques de 200 à 300 joules.
4) Injections d'adrénaline intracardiaque.

D. Comment provoquer un coma ?
Produits utilisés par Michael :
1) Sodium.
2) Thiopental (prévoir une agitation au réveil), Propofol (endormissement rapide, réveil sans problèmes).
3) Dropéridol (effets moins puissants, analgésie passagère, sentiment de déconnexion d'une durée d'une heure après le réveil, risques d'arrêt cardio-respiratoire). Il faut adapter la posologie au poids du patient.
4) Chlorure de potassium (provoque des troubles cardiaques et des fibrillations ventriculaires).

E. Fréquences cardiaques chez l'homme
Normale : entre 65 et 80 battements/minute.
Au plus bas : 40 battements/minute.
Certains yogis descendent jusqu'à 38 mais il s'agit de cas exceptionnels.
Minimum : en dessous de 40 battements cardiaques/minute, abaissement net du flux cérébral, risque de syncope (brève perte de connaissance d'une durée inférieure à deux minutes). Le sujet ne garde généralement aucun souvenir de l'incident.
Maximum : 220 battements/minute moins l'âge du sujet.

Notes de travail pour les recherches thanatonautiques. Raoul Razorbak.

30 – MANUEL D'HISTOIRE

La thanatonautique naquit d'un incident fortuit. La plupart des historiens la datent du jour de l'attentat contre le président Lucinder.

Manuel d'histoire, cours élémentaire 2ᵉ année.

31 – LE PRÉSIDENT LUCINDER

Debout dans sa limousine noire, le président Lucinder saluait la foule, le sourire contrit. En fait, il était au supplice tant il souffrait d'un ongle incarné à son orteil. Ce n'était pas une consolation de penser que Jules César avait sans doute lui aussi été tourmenté par de pareilles vicissitudes lors de ses grandes parades militaires. Et Alexandre le Grand avec sa syphilis ? En plus, à l'époque, on ne savait pas la soigner...

Jules César avait toujours derrière lui un esclave chargé à la fois de brandir sa couronne de laurier et de lui répéter régulièrement à l'oreille : « Souviens-toi que tu n'es qu'un homme. » Lucinder n'avait pas besoin d'esclave pour se le rappeler, son ongle incarné y suffisait.

Il salua la foule qui l'ovationnait tout en se demandant

comment s'en débarrasser. Son médecin lui conseillait une opération, mais jusqu'ici le chef de la Nation ne s'était encore jamais allongé sur un billard. Il n'aimait pas l'idée d'être endormi tandis que des inconnus dissimulés sous des masques de gaze et armés de lames pointues tripoteraient sa chair palpitante. Bien sûr, il pouvait aussi avoir recours à son pédicure particulier. Ce dernier promettait de venir à bout du problème sans en passer par le bloc opératoire mais il lui faudrait alors entailler l'orteil à vif, sans anesthésie. Rien de très enthousiasmant.

Quelle source de problèmes que la défroque humaine ! Quelque chose clochait toujours quelque part. Des rhumatismes, des caries, une conjonctivite... La semaine dernière, Lucinder avait été tourmenté par un réveil de son ulcère.

– Ne t'inquiète donc pas, Jean, lui avait conseillé son épouse. Tu es contrarié à cause de l'Amérique du Sud. Tu iras mieux demain. Selon un proverbe de chez moi, « être en bonne santé signifie être tous les jours malade en un endroit différent ».

Très drôle ! N'empêche, elle lui avait servi un peu de lait chaud et la douleur s'était calmée. L'ongle incarné s'avérait plus coriace.

« Vive Lucinder ! » criait-on alentour. « Lucinder, président ! » scandait tout un groupe. Ah, ce nouveau mandat ! Il allait devoir s'en préoccuper bientôt. Le scrutin était proche.

Sans ce maudit orteil, Lucinder eût passé un bon moment sous ces acclamations. Il adorait les bains de foule. Il embrassa une fillette aux joues roses qu'une femme brandissait sous son nez. La gamine lui remit un bouquet de fleurs du genre à provoquer à tout coup une allergie.

La voiture redémarra. Il s'efforçait de remuer un peu ses orteils emprisonnés dans ses souliers neufs rigides quand un grand type en costume trois-pièces s'élança vers lui, revolver au poing. Des coups de feu résonnèrent à ses oreilles.

– Tiens, on m'assassine ! songea calmement le Président.

C'était la première fois et la dernière, sûrement. Du sang tiède ruisselait sur son nombril. Lucinder sourit. C'était une bonne manière d'entrer dans l'Histoire avec un grand H. Son prédécesseur, le président Congomas, avait vu son mandat prématurément abrégé par un cancer de la prostate. De quoi faire rigoler la postérité.

Il avait de la chance, avec son technocrate au revolver noir. Les présidents assassinés avaient toujours droit aux honneurs des manuels scolaires. On vantait leurs visions grandioses, l'audace de leurs projets. Des enfants réciteraient ses louanges dans des écoles. Il n'existait pas d'autre immortalité.

Lucinder aperçut son assassin qui se fondait dans la foule. Et ses gardes du corps qui restaient là sans réagir ! Quelle leçon ! Il ne fallait pas compter sur tous ces professionnels à la noix.

Qui donc le détestait ainsi au point d'organiser sa mort ? Bah, il s'en moquait maintenant. Rien n'avait plus d'importance, y compris son maudit ongle incarné. La mort était le meilleur remède contre tous les petits maux de l'existence.

– Un docteur ! Vite, un docteur ! cria quelqu'un près de lui.

Que ces gens se taisent... Il n'existait pas de praticien capable de l'aider. C'était trop tard. Une balle lui avait percé le cœur. Ce n'était pas un médecin qu'il fallait quérir, plutôt un nouveau président pour le remplacer tandis que lui irait rejoindre César, Abraham Lincoln et Kennedy au firmament des grands hommes d'État assassinés.

Des bras n'en hissèrent pas moins Lucinder sur un brancard. L'enfermèrent dans une ambulance aux insupportables sirènes hurlantes. D'invisibles spécialistes placèrent un miroir sur sa bouche, massèrent ses poumons. Il y en eut même un d'assez sans-gêne pour oser un bouche-à-bouche.

Il n'en mourait pas moins. Des souvenirs défilèrent à toute vitesse dans son esprit. Quatre ans : sa première gifle imméritée et sa première hargne. Sept ans : premier tableau d'honneur grâce à un voisin qui l'avait laissé copier sa composition. Dix-sept ans : sa première fille (il l'avait revue depuis ; ç'avait été une erreur : elle était affreuse). Vingt et un ans : licence d'histoire, sans tricher cette fois. Vingt-trois ans : maîtrise de philosophie antique. Vingt-cinq ans : doctorat d'histoire de l'Antiquité. Vingt-sept ans : entrée au parti social-démocrate grâce aux relations de son père et déjà un slogan pour sa future carrière : « Ceux qui connaissent bien le passé sont les mieux à même de construire le futur. »

Vingt-huit ans : mariage avec le premier « poussin » (une actrice dont il avait oublié jusqu'au nom). Vingt-neuf ans : premiers coups bas et premières trahisons pour s'élever à l'intérieur de l'appareil du parti. Trente-deux ans : élection à la mairie de Toulouse, fortune bâtie sur la vente de terrains municipaux, premiers tableaux de maître, premières sculptures antiques, des maîtresses en pagaille. Trente-cinq ans : élection à l'Assemblée nationale, premier château en Lozère. Trente-six ans : divorce et remariage avec le second « poussin » (top model allemand, pois chiche pour cervelle mais jambes à damner un saint). Trente-sept ans : éclosion de mouflets dans tous les coins. Trente-huit ans : courte traversée du désert provoquée par l'affaire des pots-de-vin sur la vente d'avions pakistanais.

Trente-neuf ans : retour fulgurant sur la scène politique grâce à de nouvelles épousailles (la propre fille du président Congomas, un bon choix cette fois). Nomination au ministère des Affaires étrangères et première action véritablement répugnante : l'organisation de l'assassinat du président du Pérou, remplacé par un fantoche.

Quarante-cinq ans : mort du président Congomas. Campagne de Lucinder à la présidence de la belle République française grâce à une campagne entièrement financée par le Pérou. Nouveau slogan : « Lucinder a étudié l'Histoire, à présent il l'écrit. » Échec. Cinquante-deux ans : nouvelle élection. Victoire : le Pouvoir. Enfin l'Élysée. Mainmise sur les Services secrets. Musée particulier d'antiquités discrètement « récupérées » à l'étranger. Le caviar à la louche. Cinquante-cinq ans : menaces de guerre nucléaire. L'ennemi prend peur, recule, et Lucinder rate sa première bonne occasion d'entrer dans l'Histoire.

Cinquante-six ans : des maîtresses de plus en plus jeunes. Cinquante-sept ans : rencontre avec son premier vrai ami, Vercingétorix, un labrador noir, insoupçonnable, lui, d'arrivisme.

Enfin, cinquante-huit ans et conclusion, à l'instant, de cette belle biographie : assassinat du grand homme lors d'un bain de foule à Versailles.

Plus de bulles-miroirs. Une vie, même de président, ce n'est pas plus que ça. Poussière, tu retournes à la poussière. Cendre, tu retournes à la cendre. Asticot, tu finis dans l'estomac des asticots.

Si seulement on lui permettait de décéder en paix ! Même les asticots ont droit à la tranquillité finale. Mais non, on lui soulève les paupières, on le place sur un billard... On le tripote, on le déshabille, on le branche sur des appareils compliqués et autour de lui, ça jacasse, ça jacasse. « Tout faire pour sauver le Président », répètent-ils. Les sots !

À quoi bon tous ces efforts ? Lui sentait une grande fatigue l'envahir. C'était comme si la vie le quittait progressivement. Exactement ça. Ça sortait. Il sentait que ça sortait. Pas possible ! Jean Lucinder sentait... qu'il sortait. Il sortait de son corps. Ça alors ! Il sortait vraiment de son corps. Lui, enfin lui ou quoi d'autre ? Il y avait quelque chose d'autre... comment pourrait-on appeler cela ? Son âme ? Son corps immatériel ? Son ectoplasme ? Sa pensée matérialisée ? C'était lui en transparent et léger. Ça se séparait, ça se désincrustait, ça se scindait. Quelle sensation !

Il décolla, abandonna sa peau, tel un vieux vêtement usagé. Il s'élevait, montait, montait encore. Il ne souffrait plus des orteils. Il était si léger !

Son... nouveau « moi » s'attarda un instant au plafond. De là, il contempla le cadavre allongé et tous ces experts en plein acharnement thérapeutique. Aucun respect pour sa dépouille. Ils ouvraient sa cage thoracique, lui cassaient des côtes, plantaient des électrodes directement dans son muscle cardiaque !

Inutile de rester plus longtemps ici, on l'appelait ailleurs. Une ficelle transparente, sorte de cordon ombilical, le reliait encore à sa carcasse humaine. Elle s'étirait, cordon argenté et élastique, au fur et à mesure qu'il s'en éloignait.

Il traversa le plafond, passa par plusieurs étages remplis de malades. Enfin, ce fut le toit et puis le ciel. Une lumière bienveillante l'appelait au loin. Fantastique ! D'autres gens, beaucoup d'autres gens, voletaient autour de lui, comme lui étirant leur cordon argenté. Il eut l'impression de participer à une formidable fête.

Mais soudain son propre cordon ombilical argenté cessa

de s'étirer, il se durcit, se tendit, on le tirait par en bas ! Il dut se rendre à l'évidence : Lucinder ne mourait plus. Les autres ectoplasmes le regardaient sans comprendre : pourquoi ne continuait-il plus en avant ? Le cordon le tira, l'élastique se rétracta brusquement. Il retraversa le toit, les plafonds, il revint dans la salle d'opération et vit les infirmiers qui lui lâchaient des décharges de plusieurs centaines de volts directement dans le cœur. « C'est interdit de faire ça ! » Il avait fait voter une loi là-dessus, deux ans auparavant, pour limiter l'acharnement thérapeutique. Il s'en souvenait, c'était l'article 676 : « Lorsque l'activité cardiaque aura cessé, on ne procédera à aucune manipulation, agression ou opération susceptible de forcer le cœur défaillant à redémarrer. » Seulement, comme il était président, on estimait évidemment que sa vie était au-dessus des lois. Ah, les salauds ! Ah, les petits fumiers ! Une fois encore il découvrait les désagréments d'être l'homme le plus important du pays. À cette seconde il n'eut qu'une envie : être un clochard dont personne ne se souciait. Clochard, mendiant, ouvrier, femme au foyer, n'importe quoi, mais qu'on lui fiche la paix. Qu'on lui accorde l'apaisement de la mort. C'est le premier droit du citoyen : mourir en toute tranquillité.

« Laissez-moi crever ! Laissez-moi crever ! » hurla-t-il à tue-tête. Mais son ectoplasme n'avait pas de voix. Le cordon d'argent l'entraînait toujours plus bas. Il ne pouvait plus remonter. Floup, il réintégra son ex-cadavre. Quelle sensation désagréable ! Ouille, il ressentait déjà à nouveau son ongle incarné ! Et ses côtes qu'on avait cassées pour atteindre le cœur. En plus on lui lâcha une nouvelle décharge électrique, cette fois ça faisait très, très mal.

Il ouvrit les yeux. Évidemment les médecins et les infirmiers poussaient des cris de joie et se congratulaient les uns les autres. Les imbéciles...

— On a réussi, on a réussi !

— Son cœur bat à nouveau, il respire, il est sauvé !

Sauvé ? Sauvé de qui, sauvé de quoi ? Pas d'eux, en tout cas. Il souffrait, il souffrait. Il balbutia dans une grimace quelque chose d'incompréhensible. « Arrêtez les décharges, refermez la cage thoracique ! »

Il aurait voulu crier : « Fermez la porte, il y a des courants d'air. »

Il avait mal, si mal dans tous ses nerfs.

Te voici donc à nouveau, ô mon corps douloureux.

Il ouvrit une paupière, il y avait plein de gens autour de son lit.

Il avait mal, si mal. Tous ses nerfs étaient à vif. Il referma les yeux pour bénéficier d'encore un instant de répit et se remémorer le merveilleux pays lumineux, là-haut dans le ciel.

32 – FICHE DE POLICE
Demande de renseignements descriptifs basiques

Nom : Lucinder
Prénom : Jean
Cheveux : Gris
Yeux : Gris
Taille : 1 m 78
Signes particuliers : Néant
Commentaire : Pionnier du mouvement thanatonautique
Point faible : Président de la République

33 – LE MINISTRE MERCASSIER

Entièrement meublé en style Louis XV, le bureau présidentiel était fort vaste. La pièce était peu éclairée, mais suffisamment pour discerner des tableaux illustres et de coquines sculptures grecques. L'art était une bonne façon d'impressionner les béotiens. Benoît Mercassier, ministre de la Recherche, ne l'ignorait pas. Il savait aussi que, même s'il ne distinguait pas son visage, le président Lucinder était là, assis en face de lui. La lampe du bureau n'éclairait que ses mains mais l'épaisse silhouette lui était familière, le labrador noir, à ses pieds, aussi.

C'était la première entrevue entre les deux hommes depuis l'attentat qui avait failli coûter son chef à la Nation. Pourquoi le Président l'avait-il contacté, lui, précisément, alors qu'il y avait tant de dossiers de politique intérieure ou étrangère à régler de bien plus grande urgence que les problèmes de chercheurs toujours en quête de subsides ?

Comme Mercassier n'en pouvait plus du silence qui s'éternisait, il osa le rompre le premier. Il hésita et opta pour quelques banalités de circonstance :

– Comment allez-vous, monsieur le Président ? Il semblerait que vous vous remettiez bien de votre opération. Ces médecins ont accompli des miracles.

Lucinder songea qu'il se serait volontiers passé de ce type de miracles. Il s'avança dans la lumière. Des yeux gris particulièrement brillants se posèrent sur l'interlocuteur recroquevillé sur une chaise de brocart rouge.

– Mercassier, je vous ai convoqué car j'ai besoin de l'avis d'un expert. Vous seul pouvez m'aider.

– J'en serais enchanté, monsieur le Président. De quoi s'agit-il ?

Se penchant en arrière, Lucinder replongea dans la pénombre. C'était étrange, le moindre de ses gestes dégageait une insolite majesté. Quant à son visage, il paraissait être devenu soudain plus... (Mercassier s'étonna de l'adjectif qui lui vint à l'esprit) plus humain.

– Vous avez une formation de biologiste, n'est-ce pas ? émit Lucinder. Dites-moi, que pensez-vous des expériences post-comatiques ?

Mercassier le fixa, interloqué. Le Président s'agaça :

– Les NDE, les *Near Death Experiences,* ces gens qui au dernier moment sortent de leur corps et puis reviennent à cause, enfin, grâce aux progrès de la médecine ?

Benoît Mercassier n'en croyait pas ses oreilles. Voilà que Lucinder, si réaliste d'ordinaire, s'intéressait à présent à des phénomènes mystiques. Ce que c'était que d'avoir côtoyé la mort ! Il hésita.

– Je pense qu'il s'agit d'une mode, d'un phénomène de société qui passera comme tant d'autres avant lui. Les gens ont besoin de croire au merveilleux, au surnaturel, qu'il existe autre chose que ce monde matérialiste ici-bas. Alors quelques écrivains, des gourous, des charlatans en profitent pour en faire leur fonds de commerce en racontant des sornettes. Ce besoin est ancré depuis toujours dans l'homme. Les religions en sont la preuve. Il suffit de promettre le paradis dans un futur imaginaire pour que les gens avalent plus facilement l'amère pilule du présent. Crédulité, sottise et naïveté.

– C'est vraiment là ce que vous pensez ?

– Bien sûr. Quel plus beau rêve que celui d'un au-delà paradisiaque ? Quel plus « faux » rêve ?

Lucinder toussota :

– Et pourtant, s'il y avait quelque chose de vrai dans ces... racontars ?

Le scientifique ricana :

– Depuis le temps, il en existerait des preuves. C'est l'histoire de l'homme qui a vu l'homme qui a vu l'homme qui a vu l'homme qui a vu l'ours. De nos jours, tout fonctionne à l'envers. C'est aux sceptiques d'apporter la preuve que leurs doutes sont fondés. Il suffit que n'importe qui annonce la fin du monde pour demain pour qu'on exige des spécialistes qu'ils prouvent qu'elle n'aura pas lieu.

Lucinder s'efforça à l'impartialité.

– Pas de preuves, dites-vous ? Peut-être qu'il n'y en a pas parce que nul n'en a cherché ? Existe-t-il seulement une étude officielle sur le sujet ?

– Heu, pas à ma connaissance, fit Mercassier, troublé. Jusqu'ici, on s'est contenté d'enregistrer de douteux témoignages. Que se passe-t-il ? Ce sujet vous intéresse-t-il ?

– Oh ! oui, Benoît ! s'exclama Lucinder. Beaucoup même, parce que l'homme qui a vu l'ours, comme vous dites, et directement même, eh bien, c'est moi.

Le ministre de la Recherche contempla son Président avec incrédulité. Il se demandait si, après tout, l'attentat n'avait pas laissé chez son vis-à-vis d'irrémédiables séquelles. Son cœur ayant été atteint, le cerveau n'avait pas été irrigué plusieurs minutes durant. Certaines zones se seraient-elles nécrosées ? Serait-il à présent victime de délires psychotiques ?

– Cessez de me dévisager ainsi, Benoît ! s'exclama durement Lucinder. Je viens de vous annoncer que j'ai vécu une NDE, pas que je vais instaurer un État communiste !

– Je ne vous crois pas, riposta d'instinct le scientifique.

Le Président haussa les épaules.

– Je n'y aurais pas cru moi-même si cela ne m'était pas

arrivé. Mais voilà, ça m'est arrivé. J'ai entrevu un continent merveilleux et je voudrais en apprendre davantage là-dessus.

– Entrevu... De vos yeux vu ?

– Mais oui.

Toujours rationnel, Mercassier proposa une explication :

– Avant de mourir, le corps produit souvent des morphines naturelles en abondance. De quoi griser l'agonisant avant le grand départ, comme une petite gourmandise chimique en guise d'ultime feu d'artifice... Il y a sûrement là de quoi provoquer quelques fantastiques hallucinations, « continent merveilleux » ou autres. C'est sans doute ce qui vous est arrivé sur la table d'opération.

Dans le halo de la lampe de bureau, Lucinder n'avait pas l'air halluciné. Au contraire. Son cerveau serait-il quand même endommagé ? Fallait-il alerter les autres ministres, la presse, mettre le Président hors d'état de nuire avant qu'il n'engage le pays dans quelque opération démentielle ? Benoît Mercassier se tordit les mains sous son siège. Mais en face, son interlocuteur reprenait déjà, très calme :

– Je connais les effets de la drogue, Benoît. Je me suis déjà drogué et je sais faire la différence entre un début d'overdose et le réel. Combien de fois ne m'avez-vous pas répété que, dans n'importe quel domaine scientifique, il suffit d'investir en abondance pour parvenir rapidement à des résultats ?

– Certes, mais...

– Un pour cent du budget des Anciens Combattants, attribué en douce, ça vous va ?

Mercassier était au supplice.

– Je refuse. Je suis un vrai scientifique et je ne peux me prêter à une pareille mascarade.

– J'insiste.

– Dans ce cas. Je préfère démissionner.

– Vraiment ?

Classé par catégories socioprofessionnelles (d'époque), voici un tableau comparatif du nombre de personnes dépassant l'âge de 50 ans sur une base de mille hommes pour chaque catégorie. Statistiques 1970 (fin du second millénaire).

- Instituteurs :   732
- Cadres supérieurs et professions libérales :   719
- Ingénieurs :   700
- Clergé catholique :   692
- Agriculteurs :   653
- Chefs d'entreprise et commerçants :   631
- Employés de bureau :   623
- Cadres moyens :   616
- Ouvriers :   590
- Salariés agricoles :   565

Manuel d'histoire, cours élémentaire 2ᵉ année.

35 – LA NOUVELLE AUSTRALIE

L'esprit vide, Benoît Mercassier déambula longuement sur les Champs-Élysées. Il était convaincu de l'inexistence des NDE et voilà qu'il était mandaté pour en prouver l'irréfutable réalité. Autant demander à un athée de démontrer l'existence de Dieu ou à un publiciste végétarien de vanter les mérites de la viande.

Il savait parfaitement pourquoi Lucinder l'avait élu pour cette tâche. Le Président adorait contraindre ses hommes à pratiquer le paradoxe. Il obligeait des ministres de droite à appliquer des politiques de gauche, des écologistes à louer le tout-nucléaire, des protectionnistes à prôner le libre-échange...

Il venait quand même d'allouer deux cent mille francs à son fichu « Projet Paradis ». Là, il ne s'agissait plus d'abstraction. Mais de là à prouver qu'on s'envolait hors de son corps à l'heure de sa mort pour gagner un « continent merveilleux »...

Lucinder n'était pas le premier chef d'État à se lancer dans des projets hurluberlus. Mercassier se souvenait qu'il y avait déjà bien longtemps, dans les années soixante-dix, un fantasque président américain du nom de Jimmy Carter s'était mis en tête d'entrer en contact avec les ovnis. Aux ovnis, il croyait dur comme fer. Il avait lancé un programme recoupant tous les témoignages sur ces fameux «Objets Volants Non Identifiés». On imagine la mine d'austères savants contraints d'écouter hallucinés et illuminés à la chaîne ! Il avait dilapidé l'argent des contribuables en construisant un gigantesque émetteur-récepteur censé capter les messages d'éventuelles intelligences extraterrestres et communiquer avec elles. Et il s'était étonné ensuite de ne pas être réélu !

Lucinder courait lui aussi à sa Berezina mais, pour sa part, Mercassier n'avait pas le choix. C'était soit caresser les lubies du Président dans le sens du poil, soit renoncer à son portefeuille et, tout naturellement, il tenait à sa petite parcelle de pouvoir. Tant pis pour les Anciens Combattants ! Il trouverait comment utiliser les fameux deux cent mille francs.

Oui, mais comment ? Comme chaque fois qu'il était dans le doute, Mercassier songea aussitôt à faire appel à son meilleur et plus proche conseiller : son épouse, Jill.

À son grand étonnement, elle ne parut nullement surprise quand, au dîner, il lui exposa son problème de NDE. Tout en répartissant dans leurs assiettes une purée de brocolis, elle réfléchit :

– Ce qu'il te faut pour commencer, c'est inventer un protocole d'expérimentation. Inventer un test répondant à la question : «Oui ou non, y a-t-il quelque chose après la mort ?» Qu'as-tu comme données pour point de départ ?

– Une seule, soupira-t-il, mais de taille. Le Président est convaincu d'avoir vécu une NDE !

Comme toujours, elle le réconforta :

– Sois positif. Pour réussir, il faut être d'avance convaincu de la victoire.

– Mais, se lamenta-t-il, on ne peut pas exiger de moi que je croie aux NDE. Ce serait faire fi de tout ce qu'on m'a inculqué à la faculté des sciences !

Elle coupa court à ses jérémiades :

– Tu n'es plus un scientifique, tu es un politicien. Réfléchis donc en politicien, sinon on ne s'en sortira jamais. Que raconte-t-il donc, ton Président ?

– Il affirme avoir entrevu un « continent merveilleux »...

– Un « continent merveilleux » ?

Jill fronça les sourcils.

– C'est drôle, ce sont les mots exacts qu'ont employés les premiers navigateurs européens en découvrant le continent où je suis née : l'Australie !

– Quel rapport ? demanda-t-il en se versant un verre de vin.

– On t'a donné un nouveau continent à explorer. Tu dois donc adopter l'état d'esprit des pionniers du XVIe siècle. Ils ignoraient qu'il existait une terre à l'est de l'Indonésie. Ceux qui l'auraient affirmé seraient passés pour d'aimables cinglés tout comme tu traites de fariboles les déclarations du Président.

– Quand même, il y avait là un continent bien palpable, avec des prairies, des arbres, des bêtes, des aborigènes !

– Facile à dire au XXIe siècle, mais à l'époque imagine-toi un peu ? Parler de terres australes était tout aussi étrange que d'évoquer aujourd'hui un continent par-delà la mort.

S'il n'avait pas tant tenu à garder l'esprit lucide, Mercassier aurait volontiers vidé toute la bouteille de bourgueil. Une bonne année, d'ailleurs. Jill poursuivait son raisonnement :

– Mets-toi dans la peau d'un ministre de ce temps-là. À l'occasion d'un voyage maritime, ton roi a fait naufrage et s'est figuré entrevoir un « continent merveilleux ». Il a été secouru par un autre navire de son escadre avant d'avoir pu s'y avancer mais, dès son retour en sa capitale, il a ordonné à son ministre des Transports de faire le nécessaire pour en apprendre davantage sur l'île mystérieuse.

Vu sous cet angle, évidemment... Jill Mercassier insista :

– Tu n'as qu'à baptiser ton pays des morts « la Nouvelle Australie » et adopter ensuite une mentalité d'explorateur. Le défi est digne de notre modernité. Tu t'imagines, au XXXIe siècle, des gens ricanant : « Et dire que ces arriérés ignoraient tout du continent des morts ! » En l'an 3000, il y aura encore un président pour chercher à aller plus loin, à remonter le temps peut-être. Et le ministre chargé de la mission enverra ce Mercassier d'antan qui avait reçu, lui, un mandat bien plus facile à remplir : juste visiter le pays des morts...

Sa femme était si convaincante que Benoît ne put s'empêcher de lui demander :

— Mais tu y crois, toi, à ce continent des morts ?

— Quelle importance ? Ce que je sais, c'est que si j'avais été l'épouse du ministre des Transports du XVIe siècle, je lui aurais conseillé d'affréter des navires et d'aller vérifier s'il y avait une Australie. De toute manière, tu seras soit l'homme qui a découvert ce continent inconnu, soit celui qui aura prouvé son inexistence. Dans les deux cas, tu pars gagnant.

À son tour, Jill empoigna la bouteille.

Fixant sa verte purée, son mari bougonna :

— Très bien, mais quel bateau envoyer dans un tel endroit ?

D'un coup, elle vida son verre :

— On en revient donc au problème du protocole d'expérimentation. Veux-tu de la salade ?

Non. Il n'avait plus faim. Ses soucis lui coupaient l'appétit. Ce n'était pas le cas de Jill qui alla chercher dans la cuisine un bol de laitue et de tomates. Tout à son affaire, elle se rassit en récapitulant :

— Bon, on a déjà décidé d'appeler ton nouveau continent « la Nouvelle Australie ». Et qui expédiait-on pour coloniser l'Australie ? Des bagnards, des prisonniers de droit commun, des voyous de la pire espèce. Et pourquoi eux, précisément ?

Là, Mercassier se retrouvait dans son élément.

— Parce qu'on pensait que l'Australie risquait d'être un pays dangereux et qu'il valait mieux ne pas y envoyer des gens dont la perte constituerait un manque pour la société.

Son visage s'éclaircit au fur et à mesure qu'il parlait. Comme d'habitude, Jill n'avait pas failli. Elle lui avait fourni une solution.

— Benoît, tu as trouvé quels matelots partiront à l'assaut de ton nouveau continent. À présent, il faut les nantir d'un capitaine.

Le ministre de la Recherche sourit, rasséréné :

– Là-dessus, j'ai mon idée !

36 – MYTHOLOGIE AZTÈQUE

Chez les Aztèques, ce ne sont pas les mérites acquis pendant la vie terrestre qui déterminent l'existence dans l'au-delà mais les circonstances qui ont entouré la mort.

La meilleure façon de décéder est de mourir au combat. Elle conduit les Quanteca (compagnons de l'Aigle) au Tonatiuhichan, le paradis oriental où le défunt siégera aux côtés du dieu de la guerre.

Le décès par noyade ou par maladie liée à l'eau (comme la lèpre) induit un voyage vers le Tlalocan, le paradis de Tlaloc, le dieu de la pluie.

Ceux qui n'ont pas été reconnus par un quelconque dieu vont au Mictlan, lieu d'enfer où ils subissent quatre années d'épreuves avant la dissolution finale.

C'est là le domaine de Mictlantecuhtli, le monde souterrain. On y pénètre par des cavernes. L'âme doit traverser huit séjours souterrains avant de parvenir au neuvième monde.

Premier obstacle : le Chicnahuapan, un cours d'eau que le mort doit traverser en s'accrochant à la queue d'un chien roux préalablement sacrifié sur sa tombe. Les animaux sacrifiés lors des funérailles servent de psychopompes, c'est-à-dire qu'ils guident l'âme au travers du pays des morts.

Deuxième obstacle : deux montagnes s'entrechoquant à intervalles irréguliers.

Troisième obstacle : gravir une montagne aux sentiers escarpés recouverts de cailloux pointus.

Quatrième obstacle : subir un vent d'obsidienne, tempête glaciale charriant des pierres effilées.

Cinquième obstacle : passer entre des drapeaux géants claquant au vent à perte de vue.

Sixième obstacle : essuyer des tirs de flèches qui cherchent à transpercer le défunt.

Septième obstacle : attaque massive d'animaux féroces désireux de lui avaler le cœur.

Huitième obstacle : un défilé étroit où le mort risque de se perdre.

Il a enfin mérité d'accéder à la dissolution.

Extrait de la thèse _La Mort cette inconnue_, par Francis Razorbak.

37 – À PROPOS

Raoul Razorbak me rappela quelques semaines plus tard. Il avait hâte de me voir. Sa voix était étrange et il paraissait en proie à une vive émotion. Pour une fois, il me fixa rendez-vous non pas au Père-Lachaise mais chez lui, dans son appartement.

Ce fut à peine si je le reconnus quand il m'ouvrit la porte. Il avait encore maigri et arborait l'expression que j'avais appris à reconnaître chez les schizophrènes de l'hôpital.

– Ah ! Michael, enfin !

Il me désigna un fauteuil en me conseillant de m'y caler confortablement. Son exposé allait me surprendre.

Aurait-il obtenu des résultats inattendus dans ses recherches sur l'hibernation des marmottes ? Mais en quoi me concerneraient-ils ? J'étais médecin, pas biologiste.

– As-tu entendu parler de l'attentat dont a été victime le président Lucinder ?

Bien sûr que j'en avais entendu parler. Nul dans le pays n'aurait pu y échapper. La presse, la télévision, la radio en avaient fait leurs gros titres. Notre chef d'État avait été abattu à bout portant à l'occasion d'un bain de foule à Versailles. Les meilleurs spécialistes l'avaient tiré d'affaire in extremis. En quoi cet incident était-il lié à l'agitation de mon ami ?

– Dès le lendemain, le président Lucinder a chargé son ministre de la Recherche de...

Il s'arrêta net et m'empoigna :

– Suis-moi.

Les premières xénogreffes furent instaurées vers le milieu du xxᵉ siècle, plus précisément dans les années 1960-1970. Dès lors, l'homme malade devenait comme une voiture dont il suffisait de changer les pièces défectueuses. Du coup, la mort prit figure de simple accident mécanique. S'il y avait décès, c'était faute de pièces de rechange adéquates. Des chercheurs conçurent des cœurs de cochon dotés des caractères génétiques correspondant aux réceptacles humains où ils seraient implantés. Les techniques permettant de supporter des organes étrangers étaient sans cesse améliorées. Tout était remplaçable, sauf le cerveau. Et encore !

Il devint logique de penser qu'un jour, on parviendrait à venir à bout de toutes les pannes, y compris de la panne suprême : la mort. Ce n'était qu'une question de technologie. Simultanément, la durée de vie s'allongea. Avoir les apparences de la vieillesse était synonyme de négligence. À chacun de bien entretenir sa mécanique biologique.

On dissimula les vieillards ratatinés ou d'aspect peu ragoûtant pour mieux exhiber ceux qui pratiquaient, rayonnants, le tennis ou la course à pied. À l'époque, on pensait que la meilleure manière de lutter contre la mort était d'en camoufler les symptômes avant-coureurs.

Manuel d'histoire, cours élémentaire 2ᵉ année.

39 – AMANDINE

Mon ami Raoul me poussa dans son antique Renault 20 décapotable et démarra en trombe.

– Où me conduis-tu ?

– Là où tout se passe.

Je ne pus tirer davantage de lui. Le vent emportait mes questions comme ses réponses. Quoi qu'il en fût, nous sortions de Paris. Je frémis quand il ralentit enfin devant une sinistre pancarte : « Pénitencier de Fleury-Mérogis ».

De l'extérieur, le lieu ressemblait davantage à une petite ville ou à un hôpital qu'à une prison. Raoul se gara dans le parking contigu et m'entraîna vers l'entrée. Il présenta une autorisation, moi ma carte d'identité. Nous franchîmes un sas, empruntâmes un long couloir, frappâmes à une porte.

Un homme déjà contrarié nous ouvrit. Sa physionomie se renfrogna encore à la vue de Razorbak, pour sa part très souriant.

– Mes salutations, monsieur le Directeur. J'ai tenu à vous présenter le docteur Michael Pinson. Vous devrez le doter d'un laissez-passer dans les plus brefs délais. Merci d'avance.

Avant que le directeur ait pu répondre, nous étions déjà dans de nouveaux corridors. J'eus l'impression que les gardiens que nous croisions nous considéraient d'un œil mauvais.

Nous nous retrouvâmes dans une cour. Nous étions au centre de la bourgade-prison. C'était immense. Cinq blocs de bâtiments s'étiraient à perte de vue. Chacun recelait en son centre un terrain de football. Raoul m'expliqua que les détenus pratiquaient énormément le sport, mais qu'à cette heure ils étaient encore consignés dans leurs cellules.

Heureusement, car beaucoup me paraissaient très fâchés de notre présence. Accrochés aux barreaux des premiers étages, ils rugissaient :

– Ordures, salauds, on aura votre peau !

Visiblement, les gardiens ne mettaient aucun zèle à les faire taire.

Une voix se détacha :

– Nous savons ce que vous fabriquez dans le D2. Des gens comme vous ne méritent pas de vivre !

Je commençais à être inquiet. Qu'avait donc fait mon ami Raoul, lui qui poursuivait sa route avec insouciance, pour mettre ces hommes en pareil état de rage ? Je savais comme ses passions pouvaient l'entraîner loin, très loin, au-delà de toute raison même.

Bâtiment D2. Je suivis le réprouvé, moins par désir d'en apprendre davantage que pour ne pas demeurer seul, entre des prisonniers furieux et des gardiens tout aussi hostiles. Encore des couloirs, des portes blindées et des déver-rouillages. Des escaliers. D'autres escaliers. L'impression d'une descente aux enfers. D'en bas, provenaient des rires

68

gras mêlés à de longues plaintes. Est-ce qu'on enfermait des fous par ici ?

Plus bas, toujours plus bas. Plus sombre, toujours plus sombre. Je songeais à la méthode inventée par Esculape pour traiter la folie. Il y avait de cela plus de trois mille ans, dans un établissement de soins appelé Esclapion et dont on peut encore voir les ruines en Turquie, ce pionnier de la psychiatrie avait installé un dédale d'obscurs tunnels. Après une longue attente pendant laquelle ils avaient été conditionnés à espérer le plaisir suprême, on y conduisait les déments. Des chants retentissaient dès l'entrée et plus on s'enfonçait dans le noir labyrinthe, plus ils devenaient mélodieux. Quand, charmé, l'aliéné s'arrêtait à l'endroit le plus ténébreux, on déversait sur lui un tonneau plein de gluants serpents sous lesquels se débattait alors le malheureux, surpris au zénith de la béatitude. Soit il mourait sur-le-champ de frayeur, soit il ressortait guéri. En fait, Esculape avait inventé l'électrochoc.

Moi, à la dérive dans les sous-sols de Fleury-Mérogis, je me demandais quand j'allais recevoir mon baril de reptiles glacés.

Ce fut alors que Raoul exhiba une clef rouillée qui ouvrait une grosse porte cloutée. Je découvris derrière un vaste hangar aux allures de capharnaüm tant le désordre y était grand. Il y avait trois hommes en survêtement et une jeune femme blonde vêtue d'une blouse noire qui me donna une impression de déjà vu.

Les hommes se levèrent et saluèrent respectueusement mon ami.

– Je vous présente le docteur Michael Pinson, dont je vous ai déjà parlé.

– Merci d'être venu, docteur, s'exclamèrent-ils en chœur.

– Mademoiselle Ballus, notre infirmière, poursuivit Raoul.

Je saluai la fille et constatai qu'elle me jaugeait du regard.

L'endroit devait être un lazaret désaffecté. Sur ma droite, une paillasse de laboratoire était jonchée de fioles fumantes, sans doute de l'azote liquide. Au centre de la pièce, trônait un vieux fauteuil de dentiste, par endroits crevé, et cerné de machines encombrées de fils électriques torsadés et d'écrans clignotants.

L'ensemble ressemblait au garage d'un bricoleur du dimanche. À voir l'état des appareils, les manettes et les leviers rouillés, je me demandais même si Raoul n'avait pas fait les poubelles des universités. Les écrans des oscilloscopes étaient fendillés, les électrodes des cardiographes noircis par l'âge.

Cependant, j'avais moi-même suffisamment l'habitude des laboratoires pour savoir que la vision impeccable et immaculée qu'en donnent toujours les films est généralement erronée. Dans la réalité, pas de paillasses nickel ni de blouses tout juste sorties de la blanchisserie, plutôt des types en pulls mités dans des locaux de fortune.

Un ami travaillant sur un sujet pourtant aussi important que la trajectoire de la pensée à travers les méandres du cerveau n'avait pour seul abri qu'un parking sis dans les sous-sols de l'hôpital Bichat où tout s'entrechoquait à chaque bruyant passage du métro souterrain. Faute de crédits, il n'avait pu acquérir de support en métal pour son récepteur d'ondes cérébrales et s'était résolu à bricoler un machin en bois, collé avec du scotch et consolidé avec des punaises. Eh oui, même en France, la recherche n'est plus ce qu'elle était.

— Mon cher Michael, ici s'effectuent les plus audacieuses expériences de notre génération, déclara pompeusement Raoul, me tirant de mes réflexions. Jadis, te souviens-tu, nous parlions de la mort lors de nos rencontres au Père-Lachaise. Je l'évoquais alors comme un continent inexploré. À présent, ici, nous tentons d'y planter des drapeaux.

Ça y était. La barrique de serpents m'était tombée sur la tête. Raoul, Raoul Razorbak, mon meilleur et plus ancien ami, était devenu fou. Voilà qu'il se livrait à des expériences sur la mort ! Comme je restais hébété, il s'expliqua :

— Le président Lucinder a vécu une NDE à l'occasion de son récent attentat à Versailles. Il a donc chargé Benoît Mercassier, son ministre de la Recherche, de lancer un programme d'études sur les au-delà du coma. Il se trouve que ce dernier avait lu mes articles sur « les mises en hibernation artificielle poussées des marmottes » dans des revues internationales. Il m'a contacté et demandé si je pourrais reproduire pareilles expériences sur des humains. J'ai sauté sur l'occasion. Mes marmottes étaient peut-être parties dans un autre monde, mais elles étaient incapables de me raconter ce qu'elles y avaient vu. Des hommes, eux, le sauraient. Oui, mon cher, j'ai le feu vert du gouvernement pour des recherches sur les NDE, à l'aide de volontaires, par ailleurs prisonniers de droit commun. Ces messieurs sont nos pilotes de l'au-delà. Ce sont, hum...

Il réfléchit un instant comme s'il cherchait l'inspiration.

— Ce sont des...

Puis son visage s'éclaira :

— ... des tha-na-to-nautes. Du grec, *thanatos,* la mort, et *nautês,* navigateur. Des thanatonautes. Joli mot en vérité. Thanatonaute. — Il répéta encore. — Thanatonaute : un mot de la même famille, donc, que cosmonaute ou astronaute. Cela va devenir la dénomination générique de référence. Nous avons enfin inventé *le* terme. Nous utilisons des thanatonautes pour faire de la tha-na-to-nautique.

Il s'écoutait tout seul, à son propre ravissement.

— En conséquence, notre hangar est un thanatodrome, puisque d'ici décollent nos... thanatonautes.

Un vocabulaire nouveau venait de naître dans ces bas-fonds de Fleury-Mérogis. Raoul rayonnait.

La jeune fille blonde produisit une bouteille de mousseux et des biscuits secs. Tout le monde but à ce baptême. Seul je restai sombre et repoussai la flûte que Raoul me tendait.

— Excusez-moi. Je ne veux pas jouer les trouble-fête mais si j'ai bien compris, ici, on joue avec la vie. Ces messieurs ont mission de partir à la conquête du pays des morts, c'est ça ?

— Mais oui, Michael. Fabuleux, non ?

Raoul leva la main, désignant un plafond maculé de taches.

— Et quel formidable défi pour notre génération et les générations futures : l'exploration de l'au-delà.

Je me dégageai.

— Raoul, madame, messieurs, dis-je très calmement, je me vois dans l'obligation de vous quitter. Je n'ai que faire de fous suicidaires, qu'ils jouissent ou non du soutien de leur gouvernement. Sur ce, je vous salue.

Je me dirigeais prestement vers la sortie quand l'infirmière m'agrippa le bras. Pour la première fois, j'entendis le son de sa voix.

– Attendez, nous avons besoin de vous.

Elle n'avait pas supplié, elle avait usé d'un ton froid presque indifférent. Celui qu'elle devait employer dans l'exercice de son métier pour réclamer du coton hydrophile ou un scalpel à bout chromé.

Je croisai son regard. Elle avait des yeux d'une couleur rare : bleu marine avec un peu de beige au centre, un iris semblable à une île perdue sur un océan. J'y plongeai aussitôt comme dans un gouffre noir.

Elle, continuait à me fixer, sans me sourire, sans vraiment d'aménité. Comme si le seul fait de m'avoir adressé la parole constituait déjà la plus grande des concessions. Je reculai. J'avais hâte de fuir ce lieu mortel.

40 – FICHE DE POLICE
Demande de renseignements descriptifs basiques

Nom : Ballus
Prénom : Amandine
Cheveux : Blonds
Yeux : Bleu marine
Taille : 1 m 69
Signes particuliers : Néant
Commentaire : Pionnière du mouvement thanatonautique
Point faible : Très portée sur le sexe

41 – MYTHOLOGIE AMAZONIENNE

Le Principe créateur du monde décida jadis de rendre les hommes immortels. Il leur ordonna : «Rendez-vous sur les rives du fleuve. Vous verrez défiler trois pirogues. N'arrêtez surtout pas les deux premières. Attendez la troisième et embrassez l'Esprit qui s'y trouvera.»

Devant la première pirogue, chargée de viande pourrie

couverte de vermine et exhalant des odeurs nauséabondes, les Indiens reculèrent, écœurés. Mais quand apparut la seconde, ils virent un mort à forme humaine et ils se précipitèrent pour le réconforter. Il était trop tard quand survint l'esprit du Principe créateur dans le troisième vaisseau. Il constata avec effroi que les hommes avaient embrassé la mort. Ils avaient donc fait leur choix.

Extrait de la thèse *La Mort cette inconnue*, **par Francis Razorbak.**

42 – GLISSEMENT PROGRESSIF VERS LE CRIME

Pendant deux semaines environ, je n'eus aucune nouvelle de mon ex-ami le professeur Razorbak et de son thanatomachin. Je l'avoue, j'étais très déçu. Raoul, l'idole de ma jeunesse, était parvenu à réaliser ses fantasmes et j'en étais révulsé. Je songeais même à le dénoncer à la police. S'il effectuait des expériences « mortelles » sur des cobayes humains, il fallait le mettre hors d'état de nuire.

Au nom de notre ancienne amitié, je m'abstins pourtant. Je me répétais que s'il avait reçu, comme il le prétendait, le soutien du chef de l'État, c'était qu'il avait été à même de fournir des garanties adéquates.

« Nous avons besoin de vous », avait dit la jeune infirmière et cette phrase me hantait. En quoi auraient-ils besoin de moi pour tuer des gens ? Un peu de cyanure ou de mortaux-rats, et hop ! Moi, j'avais prêté le serment d'Hippocrate et l'une des règles majeures de mon métier était de sauver des vies, non de les abréger.

Quand Raoul me rappela, je voulus lui dire que je souhaitais ne plus jamais entendre parler de lui et de ses expériences mais quelque chose me retint, peut-être notre ancienne amitié, peut-être les mots de l'infirmière qui résonnaient encore à mes oreilles.

Il me rendit visite dans mon studio. Il semblait avoir encore vieilli et sa nervosité se lisait dans son regard. Il n'avait sûrement pas dormi depuis plusieurs jours. Il allumait à la chaîne de fines cigarettes à l'eucalyptus dites « biddies » qu'il aspirait en quelques bouffées.

– Michael, ne me juge pas.

— Je ne te juge pas. J'essaie de te comprendre et je ne te comprends pas.

— Qu'importe l'individu Razorbak. Seul le projet compte. Il transcende les êtres. Il est un défi à la hauteur de notre génération. Je te choque, mais tous les précurseurs ont été jugés choquants par leurs contemporains. Rabelais, le jovial écrivain Rabelais, se rendait la nuit dans les cimetières pour déterrer les cadavres et en étudier l'anatomie afin de faire progresser la médecine. À l'époque, pareils agissements constituaient un crime. Mais c'est grâce à lui qu'on a compris par la suite la circulation sanguine et qu'on a sauvé des vies grâce à des transfusions. Michael, si tu avais vécu alors et si Rabelais t'avait demandé de l'aider dans ses expéditions nocturnes, qu'aurais-tu répondu ?

Je pesai la question.

— J'aurais dit d'accord, répondis-je enfin. D'accord, car ses... patients étaient déjà morts. Mais tes cobayes, Raoul, car tes fameux thanatonautes ne sont que des cobayes, ils sont bien vivants, eux ! Et toutes tes manipulations n'ont pour objectif que de les faire passer de vie à trépas, je me trompe ? Oui ou non ?

Raoul tripota son briquet de ses longues mains agitées. Aucune flamme ne jaillit. Soit il tremblait trop pour actionner le mécanisme, soit la pierre était usée.

— Tu ne te trompes pas, dit-il, se contrôlant. Au départ, nous disposions de cinq thanatonautes et deux sont déjà décédés. Ils sont morts bêtement, simplement parce que je ne suis pas médecin et que je n'ai pas su les réanimer. Je sais comment placer des marmottes en hibernation et les ramener à la vie, mais en ce qui concerne des êtres humains, j'en suis incapable. J'ignore comment doser avec précision les produits anesthésiants. Aussi, afin de mettre un terme à ce gâchis, je t'ai appelé à la rescousse, toi et ton esprit à la fois imaginatif et ingénieux.

Je lui tendis des allumettes.

— Anesthésier les gens, c'est certes mon métier. Les mettre dans le coma, c'est une tout autre affaire.

Il se leva et arpenta la pièce.

— Réfléchis. Innove ! J'ai besoin de toi, Michael. Tu m'as affirmé un jour que je pourrais toujours compter sur toi. Eh bien, ce jour est venu. J'ai besoin de toi, Michael, et je te demande ton aide.

Bien sûr que j'avais envie de l'aider. Comme au bon vieux temps. Lui et moi contre les imbéciles. Mais, cette fois, il n'y avait pas d'imbéciles en face. Il s'agissait d'affronter quelque chose de froid et d'inconnu qu'on appelle la mort. Rien qu'à l'évoquer, les gens se signaient. Et lui envoyait *ad patres* les pauvres malheureux qui se confiaient à lui. Par pure curiosité. Pour régler ses problèmes avec son père. Pour satisfaire son orgueil d'explorateur d'un monde nouveau. Raoul, « mon ami Raoul », assassinait froidement des gens qui ne lui avaient nui en rien... Il les tuait au nom de la science. Tout en moi criait « Au fou ! ».

Il me considéra avec l'affection d'un grand frère pour son cadet.

— Connais-tu ce proverbe chinois : « Celui qui pose une question risque cinq minutes d'avoir l'air bête, celui qui ne pose pas de question restera bête toute sa vie » ?

Je restai sur son terrain.

— Il existe une phrase plus connue, hébraïque celle-là : « Tu ne tueras pas ton prochain. » C'est l'un des Dix Commandements. On le trouve inscrit dans la Bible.

Il interrompit ses déambulations pour agripper fermement mes poignets. Ses mains d'araignée étaient tièdes et moites. Il plongea ses yeux dans les miens pour mieux me convaincre.

— Il aurait fallu rajouter un onzième commandement : « Tu ne mourras pas dans l'ignorance. » Cinq, dix, cinquante personnes devront peut-être y passer, je l'admets. Mais quel enjeu ! Si nous réussissons, nous saurons enfin ce qu'est la mort et les gens cesseront d'avoir peur de mourir. Tous ces types en survêtement que tu as vus dans notre laboratoire sont des prisonniers, tu le sais, et ils sont tous volontaires. Je les ai triés sur le volet. Ils ont tous un point en commun : avoir été condamnés à la détention à perpétuité et avoir écrit au Président pour réclamer le rétablissement de la peine de mort plutôt que de moisir à vie dans leur geôle. Je me suis entretenu avec une cinquantaine de ces excédés. J'ai retenu ceux qui me semblaient sincères dans leur volonté de renoncer à la vie tant leur sort leur répugnait. Je leur ai parlé du projet « Paradis ». Ils se sont immédiatement enflammés.

– Parce que tu les as trompés, dis-je en haussant les épaules. Ce ne sont pas des scientifiques. Ils ignorent qu'ils ont 99,999 % de chances de laisser leur peau dans tes petites expériences. Eux aussi craignent la mort, même s'ils assurent le contraire. À l'instant suprême, tout le monde a peur !

Il m'empoigna plus fermement encore. Il me faisait mal mais il ignora mes efforts pour me dégager.

– Je ne les ai pas trompés. Jamais. Ils connaissent tous les risques. Ils savent que beaucoup mourront avant qu'un jour quelqu'un réussisse à revenir après une NDE volontairement provoquée. Celui-là sera un véritable pionnier. Il aura accompli le premier pas dans la conquête du monde des morts. Au fond, c'est comme une loterie, beaucoup de perdants pour un seul gagnant...

Il se rassit, s'empara de la bouteille de whisky que j'avais déposée avec des verres sur ma table basse et se servit une rasade d'alcool. Avec mes allumettes, il ranima une de ses fines cigarettes biddies.

– Michael, même toi et moi, nous mourrons un jour, et alors, juste avant de mourir, nous nous demanderons ce que nous avons fait de nos vies. Autant tenter quelque chose d'original ! Frayons une voie. Si nous échouons, d'autres continueront. La thanatonautique n'en est qu'à ses balbutiements.

Tant d'entêtement me consterna.

– Tu t'es fixé une mission impossible, soupirai-je.

– Impossible, c'est ce qu'on a dit à Christophe Colomb quand il s'est affirmé capable de faire tenir un œuf droit.

J'eus un sourire amer.

– En l'occurrence, c'était facile. Il suffisait de tapoter la base de l'œuf.

– Oui, mais il l'avait découvert le premier. Tiens, je vais te soumettre un problème qui te semblera sans doute aussi impossible que celui de l'œuf de Colomb en son temps.

Il sortit de la poche de sa veste un calepin et un crayon.

– Saurais-tu dessiner un cercle et le point central de son axe sans lever ton stylo ?

Pour mieux me montrer la figure à obtenir, il traça lui-même un rond avec un point au milieu.

– Fais la même chose, mais sans lever ton stylo, ordonnat-il.

– C'est impossible et tu le sais bien !

– Pas plus que de faire tenir un œuf droit. Pas plus que de conquérir le continent des morts.

Examinant le rond et le point, j'eus une moue dubitative.

– Tu possèdes vraiment une solution ?

– Oui, et je vais te le prouver tout de suite.

C'est le moment que choisit mon cher frère Conrad pour surgir sans crier gare dans mon appartement. La porte était ouverte et il n'avait évidemment pas pris la peine de frapper.

– Salut, la compagnie ! lança-t-il gaiement.

Je ne souhaitais pas poursuivre cette conversation devant mon crétin de frère. Je tentai de mettre définitivement un terme à ce débat scabreux.

– Désolé, Raoul, mais l'affaire que tu me proposes ne m'intéresse pas. Quant à ton problème, à moins de tricher, il n'existe aucun moyen de le résoudre.

– Homme de peu de foi ! s'exclama-t-il, très sûr de lui.

Lançant une carte de visite sur la table, il ajouta :

– Tu me trouveras à ce numéro si tu changes d'avis.

Sur cette flèche finale, il s'éclipsa sans un au revoir.

– Il me semble que je connais cet individu, remarqua mon frère.

Autant changer de sujet :

– Alors, Conrad, fis-je, jovial et comme si j'étais content de le voir, alors, Conrad, qu'est-ce que tu deviens ?

Il allait être intarissable et ses propos m'ennuyaient à l'avance. Je savais parfaitement ce que devenait Conrad. Il était dans l'import-export de « tout ce qu'on peut fourrer dans des containers ». Il s'était enrichi. Il s'était marié. Il avait deux enfants. Il possédait une superbe voiture de sport coréenne. Il jouait au tennis. Il fréquentait les salons où l'on cause et il avait son associée pour maîtresse.

Conrad étala à plaisir les derniers épisodes de son heureuse existence. Il avait acquis des tableaux de maître à un prix dérisoire, acheté une maison sur la côte bretonne et j'y serais le bienvenu au cas où j'aurais envie de l'aider à la retapisser. Ses enfants excellaient à l'école. J'affichais un bon sourire, mais encore deux ou trois bonnes nouvelles dans ce genre et je ne pourrais plus retenir mon envie croissante de lui expédier mon poing dans la figure. Rien n'est plus agaçant que le bonheur des autres. Surtout quand il sert de jauge à votre propre déconfiture...

Trois, quatre fois par semaine, ma mère me téléphonait :

– Dis donc, Michael, quand est-ce que tu auras toi aussi quelque chose de bon à m'annoncer ? Il est grand temps que tu songes à fonder un foyer. Regarde Conrad, comme il est heureux, lui.

Mais ma mère ne se contentait d'ailleurs pas de m'inciter au mariage. Elle agissait. Je l'avais surprise un jour en train de rédiger une annonce matrimoniale pour un journal : « Grand médecin, riche, intelligent, beau et spirituel, cherche femme même niveau. » Enfin, tel était à peu près l'esprit de son texte. J'avais piqué une de ces colères !

Tandis que je m'obnubilais sur l'énigme du cercle et de son axe, Conrad continuait à exposer tous les détails de son bonheur. Il détaillait chaque pièce de son manoir breton et expliquait comment il avait roulé l'autochtone pour l'obtenir au quart de son prix.

Ah, ce sourire supérieur ! Plus il parlait et plus je discernais la pitié dans sa voix. « Ce pauvre Michael, pensait-il, tant d'années d'études pour en arriver à cette vie solitaire, triste et misérable. »

C'est vrai qu'à cette époque ma vie n'était pas terrible.

Je vivais seul, en célibataire, dans mon petit studio de la rue Réaumur. Plus que tout, la solitude me pesait, et je ne trouvais plus aucune satisfaction dans mon travail. J'arrivais le matin à l'hôpital. J'examinais les fiches des futurs opérés. Je préparais mes produits, plantais des seringues, surveillais des écrans.

Je n'avais par chance jamais connu d'accident en tant qu'anesthésiste mais mon existence de grand prêtre en blouse blanche était loin de répondre à toutes les promesses de mon court passage d'antan à l'hôpital Saint-Louis. Les infirmières n'étaient pas nues sous leur tenue de travail. Quelques-unes étaient certes faciles mais elles ne s'abandonnaient que dans l'espoir de se marier avec un médecin afin de pouvoir enfin cesser de travailler.

Mon métier ne m'avait finalement apporté que des déceptions.

Je ne jouissais pas de l'estime de mes supérieurs, ni de celle de mes subalternes et mes égaux m'ignoraient. Je n'étais qu'une pièce rapportée, un rouage doté d'une fonction bien précise. On t'amène un patient, tu me l'endors, je l'opère et au suivant. Pas de bonjour et pas de bonsoir.

Conrad jacassait, jacassait toujours, et je me disais qu'il devait exister autre chose que ma vie actuelle et son soi-disant bonheur. Il existait sûrement une alternative quelque part.

Et comment tracer un cercle et son axe sans lever le stylo ? Impossible, forcément impossible.

J'étais malheureux et Raoul était parti, emportant avec lui sa folie, sa passion, l'aventure, m'abandonnant à ma solitude et à mes dégoûts.

Sur la table basse, la carte de visite luisait comme un mirage.

Un cercle et son axe... Impossible !

43 – PHILOSOPHIE BOUDDHISTE

« Que pensez-vous, ô disciples, qui soit le plus grand :

Les eaux du vaste océan ou les pleurs que vous avez versés tandis qu'en ce long pèlerinage vous erriez, vous précipitant de nouvelles naissances en de nouvelles morts,

Unis à ce que vous haïssiez,

Séparés de ce que vous aimiez ?

Ainsi, pendant de longs âges, vous avez souffert les peines, la malchance, la douleur et gavé le sol des cimetières,

Longtemps assez pour être lassé de l'existence,

Longtemps assez pour souhaiter échapper à tout cela. »

Discours du Bouddha

Extrait de la thèse *La Mort cette inconnue*, par Francis Razorbak.

Il fallut encore plusieurs semaines de petites exaspérations, de petites humiliations et d'incommensurable ennui pour que je me décide à basculer du côté de Raoul et de sa folie.

Les coups de fil persistants de ma mère et les visites inopinées de mon frère jouèrent pour beaucoup en cette faveur. Ajoutez-y une légère déception amoureuse (une collègue de travail qui s'était refusée à moi pour sortir finalement avec un stomato débile), pas même un bon livre pour me réconforter et vous comprendrez que j'étais prêt pour Fleury-Mérogis.

Ce ne fut pourtant pas cette minable accumulation de déboires qui détermina mon choix, mais une vieille dame toute racornie en attente d'une opération cruciale.

J'étais là, piqûre anesthésiante en main, quand une assistante vint m'avertir que le chirurgien n'était pas prêt. Je savais ce que cela signifiait. Cette andouille était en train de se livrer, histoire de se détendre, à une partie de jambes en l'air avec son infirmière dans les vestiaires. Dès qu'ils en auraient fini avec leurs ébats, je pourrais endormir ma patiente afin qu'il lui ôte sa tumeur à la vessie, avec une chance sur deux pour qu'elle se réveille.

C'était si... nul ! Cinq mille ans de civilisation pour en arriver à patienter en attendant qu'un chirurgien veuille bien éjaculer pour qu'on tente cinq minutes plus tard de sauver la vie d'une malade !

— Pourquoi riez-vous ? s'enquit la vieille dame.

— Ce n'est rien. C'est nerveux.

— Votre rire me rappelle celui de mon mari avant sa mort. J'aimais bien l'entendre rire. Il a été emporté par une rupture d'anévrisme. Il a eu de la chance, lui. Il n'a pas eu le temps de se voir décrépir. Il est décédé... en bonne santé.

Son rire, à elle, sonna comme un grelot funeste.

— Avec cette opération, je m'en vais enfin le rejoindre.

— Que racontez-vous là ! Le docteur Leveau est un as.

L'aïeule agita la tête.

— Mais c'est que je compte bien y rester. J'en ai plus

qu'assez de vivre toute seule. Je veux retrouver mon mari. Là-haut. Au Paradis.

– Vous croyez qu'il y a un Paradis ?

– Bien sûr. Ce serait trop affreux si tout s'arrêtait avec cette vie. Il y a forcément un « après » quelque part. J'y retrouverai mon André, là ou dans une autre vie, ça m'est égal. On s'aimait tellement et depuis si longtemps !

– Ne parlez pas comme ça. Le docteur Leveau va vous le soigner, votre petit bobo.

Je me récriai avec d'autant moins de conviction que j'avais plusieurs fois été témoin de l'incompétence de ce praticien.

Elle me fixa avec des yeux de chien fidèle aimant.

– Et alors je devrais retourner vivre toute seule avec mes souvenirs dans mon trop grand appartement... Quelle horreur !

– Mais la vie, c'est quand même...

– Un fichu passage, hein ? Sans amour, la vie, c'est vraiment une vallée de larmes.

– Mais il n'y a pas que l'amour, il y a aussi...

– Il y a quoi ? Les fleurs, les petits oiseaux ? Quelles sottises ! Moi, dans ma vie, il n'y a eu qu'André et je n'ai vécu que pour lui. Alors, cette histoire à ma vessie, quelle chance !

– Vous n'avez pas d'enfants ? demandai-je.

– Si. Ils attendent l'héritage en trépignant. Après l'opération, ils vous téléphoneront sûrement, docteur, pour savoir s'ils peuvent commander immédiatement leur nouvelle voiture ou s'ils seront obligés d'attendre encore un peu.

Nos regards se croisèrent. D'eux-mêmes, les mots se formèrent sur mes lèvres.

– Est-ce que vous savez comment dessiner un cercle et son point central sans lever son stylo ?

Elle pouffa.

– Quelle question ! On apprend tous ça à la maternelle.

Sur un mouchoir en papier usagé, elle me montra comment procéder. Je m'extasiai. C'était si évident qu'il était naturel que je n'y aie pas pensé.

La petite vieille m'adressa un clin d'œil amusé. Elle était

du genre à comprendre combien je pouvais attacher d'importance à ce genre de vétilles.

– Il suffisait d'y penser, dit-elle.

Ayant enfin compris, je songeai que Raoul était vraiment un génie. Un génie capable de faire un cercle et son centre sans lever le stylo pouvait peut-être narguer la mort...

Là-dessus, deux solides aides-soignants antillais entrèrent en poussant un chariot d'instruments suivis par le chirurgien guilleret.

Cinq heures plus tard, elle était passée de vie à trépas. Leveau jeta méchamment ses gants transparents caoutchoutés. Il pesta. La faute au matériel vétuste, à la malade qui avait trop attendu, la faute à pas de chance...

– Et si on allait boire une bière ? me proposa-t-il.

Le téléphone sonna. Comme prévu, c'étaient les enfants de la petite vieille. Je leur raccrochai au nez. Ma main fouillait déjà ma poche en quête de la carte de visite de Raoul.

45 – MANUEL D'HISTOIRE

On ignore comment débuta le mouvement thanatonautique. Selon certains historiens, à l'origine il y eut un groupe d'amis désireux de tenter une expérience inédite. D'après d'autres sources, les premiers thanatonautes n'avaient que des motivations purement économiques. Ils voulaient s'enrichir rapidement en lançant une nouvelle mode.

Manuel d'histoire, cours élémentaire 2ᵉ année.

46 – ALLONS-Y

J'étais conscient que Raoul me proposait de devenir le complice de ses crimes futurs. Des crimes au nom de la science ou de je ne savais trop quels rêves de conquête de l'au-delà.

L'idée d'envoyer des gens à la mort par pure curiosité me choquait toujours autant mais, en même temps, tout en moi aspirait à un peu de piment dans mon existence.

Pour me décider, j'eus quand même recours à trois pièces de deux francs. J'avais amélioré la méthode de Raoul en utilisant désormais non pas une, mais trois piécettes. Je disposais ainsi d'un avis plus nuancé. Pile-pile-pile signifiait : absolument oui. Pile-pile-face : plutôt oui. Face-face-pile : plutôt non. Face-face-face : absolument non.

Les pièces volèrent pour aller interroger le ciel. Puis elles atterrirent les unes après les autres.

Pile-pile-face : plutôt oui.

Je décrochai mon téléphone. Le soir même, un Raoul enchanté me parlait longuement du projet. Dans mon studio, ses mains voltigeaient au-dessus de sa tête comme deux pigeons heureux.

Il s'enivrait de paroles.

– Nous serons les premiers ! Nous conquerrons ce « continent merveilleux ».

Continent merveilleux contre serment d'Hippocrate. Je tentai un ultime baroud d'honneur. Plus tard, si survenait le pire, je pourrais ainsi toujours me convaincre que Raoul m'avait forcé la main.

Il usa de nouveaux arguments :

– Galilée aussi s'est fait traiter de fou.

Après Colomb, Galilée ! Décidément, ce pauvre Galilée aura servi d'alibi à nombre d'imaginations délirantes. Bien pratique, le coup de Galilée...

– D'accord, Galilée a été traité de fou et il était parfaitement sain d'esprit. Mais pour un Galilée, injustement accusé, combien de véritables déments ?

– La mort..., commença-t-il.

– La mort, je la vois quotidiennement à l'hôpital. Les types crèvent et ils ne prennent pas du tout l'air de thanatonautes. Au bout de quelques heures, ils commencent à empester, les membres prennent une rigidité cadavérique. La mort, ça pue. C'est un tas de viande qui se nécrose.

– Le corps pourrit, l'âme décolle, prononça philosophiquement mon ami.

– Tu sais que j'ai connu un coma et que je n'ai pas décollé.

Il prit un air navré.

– Mon pauvre Michael, tu n'as jamais eu de chance.

J'aurais dû rappeler à Raoul que je savais très bien pourquoi il s'intéressait à la mort. Toujours son père et son suicide. Il avait davantage besoin d'une bonne psychanalyse que de son projet « Paradis ». Mais pile-pile-face, j'avais déjà opté.

– Bon, venons-en au fait. Tu m'as déjà raconté avoir raté les deux premiers envols pour cause de mauvais dosage de substances anesthésiantes. Mais qu'avais-tu utilisé pour provoquer le coma ?

Son visage s'illumina d'un grand sourire. Il me serra dans ses bras comme avant. Il éclata de rire. Il savait qu'il avait gagné.

47 – PHILOSOPHIE CHINOISE

« Veux-tu apprendre à bien vivre ? Apprends d'abord à mourir. »

Confucius

Extrait de la thèse *La Mort cette inconnue*, par Francis Razorbak.

48 – AMANDINE EST SI JOLIE

Les paupières de la jolie infirmière s'abaissèrent sur ses yeux bleu marine mais son silence me sembla cette fois une sourde félicitation.

J'avais l'impression de la connaître depuis longtemps tant elle ressemblait à la Grace Kelly du film d'Hitchcock, *Fenêtre sur cour*. En beaucoup plus belle, naturellement.

Dans le hangar de Fleury-Mérogis, tout le monde parut content de me voir. La présence d'un médecin, anesthésiste de surcroît, devait rassurer à la fois l'équipage et les candidats au suicide.

Raoul fit les présentations. L'infirmière répondait au prénom d'Amandine, les futurs thanatonautes étaient Clément, Marcellin et Hugues.

– Au départ, nous disposions de cinq thanatonautes, me rappela notre capitaine. Deux sont décédés, victimes d'une erreur médicamenteuse. On ne s'improvise pas anesthésiste. Bienvenue donc parmi nous !

Les trois prisonniers en survêtement me saluèrent en me jaugeant avec suspicion.

Raoul m'entraîna vers la paillasse de laboratoire et ses fioles.

– Tu apprendras en même temps que nous. Tous ensemble, nous pénétrons en territoire inconnu. Nous n'avons pas de prédécesseurs. Nous sommes comme ces premiers hommes qui posèrent jadis leurs pieds en Amérique ou en Australie. À nous de découvrir notre « Nouvelle Australie » et d'y planter nos drapeaux !

Le professeur Razorbak avait retrouvé tout son sérieux. Dans ses prunelles, la passion du travail bien fait avait remplacé la folie pure.

– Montrons au docteur Pinson notre façon de procéder à un coma, dit-il.

Sans hésiter, Marcellin, le plus petit des volontaires, s'installa sur le vétuste fauteuil de dentiste. L'infirmière s'affaira à lui placer des électrodes sur la poitrine et le front, plus toutes sortes de détecteurs de chaleur, d'humidité, de vitesse du pouls. Tous ces fils étaient reliés à des écrans où défilaient des lignes vertes.

J'examinai la scène.

– Ôtez-moi tout ce bazar !

Ça y était. J'étais partie prenante de leurs fantasmes. J'étudiai le contenu de la paillasse, des étagères au-dessus, déchiffrai des étiquettes, réfléchissant au mélange le mieux susceptible de provoquer un coma.

Une solution saline pour dilater les veines, du thiopental pour anesthésier et du chlorure de potassium pour ralentir les mouvements cardiaques...

Certains États américains préféraient jadis cette méthode au cyanure ou à la chaise électrique pour éliminer leurs condamnés à mort. Pour ma part, j'espérais qu'en diluant davantage le chlorure de potassium, les battements cardiaques diminueraient sans cesser pour autant, permettant ainsi une lente coulée vers le coma, si possible contrôlable par le cerveau.

Et par moi...

Avec l'aide de Raoul et des trois autres candidats thanatonautes, je construisis un dispositif assez astucieux : une petite potence en plastique de vingt centimètres de haut à laquelle je suspendis la solution saline dans son grand flacon, puis le thiopental dans un plus petit et enfin le chlorure de potassium. Je liai un système de minuterie électrique aux robinets des tuyaux afin que chaque substance soit délivrée à l'instant considéré par moi comme le plus propice. Le thiopental serait propulsé vingt-cinq secondes après l'injection de la solution saline et le chlorure de potassium, trois minutes plus tard. Le tout serait administré au moyen d'un unique tuyau, terminal des précédents, débouchant sur une seule aiguille creuse.

Je baptisai *booster* l'ensemble du dispositif chimique. Le thanatonaute lui-même le déclencherait en appuyant sur un interrupteur électrique en forme de poire qui actionnerait la minuterie. Sans m'en rendre compte, je venais d'inventer la première « machine à mourir » visant à conquérir officiellement le pays des morts. Je crois qu'elle se trouve actuellement au Smithsonian Institute, à Washington.

Mon adresse et mon assurance impressionnèrent l'assistance. Raoul avait raison. À chaque problème technique, sa solution technique. Moi, j'étais surtout content de mon interrupteur. Je n'aurais pas de bouton à actionner. Donc pas de responsabilité directe. Je ne voulais pas être un bourreau.

L'intéressé déciderait lui-même de l'instant de son départ et, en cas d'échec, ce ne serait qu'un suicide de plus.

Je priai Amandine d'enfoncer l'aiguille dans la veine du bras de Marcellin. D'un geste assuré, elle pinça l'intérieur du coude du thanatonaute, enfonça la grosse aiguille et ne fit perler qu'une toute petite goutte de sang. L'homme ne grimaça même pas.

Je posai alors la poire de l'interrupteur électrique dans la main moite de Marcellin puis lui expliquai :

– Quand vous presserez ce bouton, cela déclenchera la pompe électrique.

Un instant, je faillis dire « cela déclenchera votre mort ».

Marcellin afficha un air entendu, comme si je lui parlais de mécanique pour un moteur de voiture.

– Tout va bien ? lui demanda Raoul.

– Au poil. Je fais totalement confiance au toubib.

J'essayais de ne pas me laisser gagner par cette frénésie qui rendait Raoul si nerveux.

– Et après ? s'enquit-il.

Il me fixait du regard de l'enfant naïf qui s'accroche à tout prix à l'existence du Père Noël, du marchand de sable et à la possibilité de toucher le tiercé dans l'ordre.

Je m'empêtrai.

– Eh bien, heu...

– Vous en faites pas, toubib. Après, j'improviserai.

Il me fit un clin d'œil complice.

Brave type. Il voulait même m'éviter la culpabilité. Il savait qu'il allait au-devant d'obstacles insurmontables et il voulait me décharger de tous les pépins qui pourraient se produire. J'eus un instant envie de lui dire « va-t'en vite, tant qu'il est encore temps ». Mais Raoul, voyant mon embarras, trancha avec un...

– Bravo ! Bravo, Marcellin, bien parlé !

Tout le monde applaudit, y compris moi.

Nous applaudîmes quoi ? Je ne sais... Peut-être mon dispositif « booster vers l'au-delà », peut-être le courage de Marcellin, peut-être la beauté d'Amandine qui n'avait rien à faire ici. C'est vrai, une poupée comme ça devrait être mannequin. « Complice d'assassinat », c'est vraiment pas un métier d'avenir.

– Nous allons maintenant procéder au lancement d'une âme..., déclama Raoul.

Et il éteignit sa cigarette.

Marcellin était souriant comme un alpiniste du dimanche s'attaquant à l'Everest avec des chaussures de ville neuves. Il fit un petit salut qui n'avait rien à voir avec le salut d'un condamné. Tous, nous lui répondîmes en souriant et en l'encourageant.

– Allez, bon voyage !

Amandine recouvrit notre touriste d'une couverture réfrigérante tandis que je procédais aux derniers ajustements des ordinateurs.

– Prêt ?

– Prêt !

Amandine mit en marche la caméra vidéo qui filmerait la

scène. Marcellin se signa. Fermant les yeux, il entreprit le lent décompte :

– Six... cinq... quatre... trois... deux... un... Décollage !

Puis il pressa très fort l'interrupteur.

49 – MYTHOLOGIE DES MAYAS

Chez les Mayas, la mort signifiait le départ pour l'Enfer, un enfer nommé Mitnal. Là, les démons torturaient l'âme par le froid, la faim, la soif et la misère.

Les Mayas s'étaient dotés de neuf seigneurs de la nuit, correspondant sans doute aux neuf séjours souterrains des Aztèques.

L'âme du mort devait franchir cinq fleuves de sang, de poussière et d'épines. Parvenue à un carrefour, elle affrontait ensuite l'épreuve des maisons : la maison d'ambre, la maison des couteaux, la maison du froid, la maison des jaguars et la maison des vampires.

Extrait de la thèse *La Mort cette inconnue*, par Francis Razorbak.

50 – MARCELLIN COBAYE HUMAIN,
AMANDINE FEMME DIVINE

Tous nos regards fixèrent intensément les écrans de contrôle. Le cœur de Marcellin battait peut-être faiblement mais il battait toujours. Son pouls était descendu bien au-dessous de celui d'une personne plongée dans un sommeil profond. Sa température avait baissé de près de quatre degrés.

– Il est parti depuis combien de temps ? interrogea un détenu.

Amandine consulta sa montre. Je savais, moi, qu'il y avait plus d'une demi-heure que Marcellin avait accompli le grand saut. Depuis plus de vingt minutes, il se trouvait dans un coma profond.

Sa physionomie était celle d'un homme qui dort.

– Pourvu qu'il réussisse, pourvu qu'il réussisse ! psalmo-

dièrent Hugues et Clément, les deux autres futurs thanatonautes.

Je voulus palper Marcellin pour mieux me rendre compte
de l'état de son organisme mais Raoul me retint :

— Ne le touche pas encore. Il ne faut pas le réveiller trop
tôt.

— Mais comment saurons-nous s'il a réussi ?

— S'il ouvre les yeux, il aura réussi, dit sobrement le chef
du projet « Paradis ».

Toutes les dix secondes, le *ping* de l'électrocardiogramme
résonnait comme le sonar d'un sous-marin atomique en
route vers des profondeurs insondables. Le corps de Marcellin était toujours affalé sur le fauteuil de dentiste. Mais
où pouvait bien se trouver son âme ?

51 – ET D'UN

Depuis plus d'une heure, je m'acharnais à pratiquer un
massage cardiaque. Dès que les *ping* de l'électrocardiogramme s'étaient tus, ç'avait été l'affolement général.

Amandine frictionnait les bras et les jambes de Marcellin,
tandis que Raoul lui enfilait un masque à oxygène. Ensemble
nous comptions « un, deux, trois », et je pressais la cage
thoracique, mes deux mains sur la zone du cœur. Puis Raoul
insuffla de l'air dans les narines pour relancer la pompe
respiratoire.

L'application d'électrochocs n'eut pas d'autre conséquence que de lui faire ouvrir d'un coup les yeux et la
bouche. Des yeux vides et une bouche muette.

À force de nous escrimer sur le corps inerte de Marcellin,
nous étions en nage.

Je réprimais dans ma tête la question « qu'est-ce que je
fais ici ? ». Mais plus je regardais ce qu'il me fallait bien
qualifier de cadavre, plus l'interrogation devenait obsédante.
« Qu'est-ce que je fais donc ici ? »

Oui, que faisais-je donc ici ?

J'aurais voulu être ailleurs, occupé à autre chose. N'avoir
jamais participé à cette opération.

Il était trop tard pour ramener Marcellin à la vie. Il était trop tard et nous le savions tous, mais nous refusions de l'admettre. Surtout moi. En ce qui me concernait, c'était mon premier « assassinat » et je peux vous jurer que ça vous remue les tripes d'entendre un type bien vivant vous dire « salut ! » et de le contempler un peu plus tard raide comme un arbre sec !

Raoul se dégagea.

— Il s'en est allé trop loin, murmura-t-il, furieux. Il est parti trop loin et il n'a plus su revenir.

Amandine s'était épuisée à frictionner Marcellin. Des gouttes de sueur perlaient sur son front lisse, coulaient tout au long de ses joues parsemées de taches de rousseur, glissaient enfin dans son corsage trop pudique. L'instant était dramatique et pourtant je connus peut-être là le moment le plus érotique de toute mon existence. Quelle vision que cette superbe jeune femme luttant contre la mort, armée de ses seules mains douces ! Éros toujours proche de Thanatos ! Je compris alors d'où me venait cette impression de la connaître depuis longtemps. Elle ne ressemblait pas seulement à Grace Kelly mais aussi à l'infirmière présente à mon réveil, après l'accident de voiture de mon enfance. Même allure d'ange, même grain de peau, même parfum d'abricot.

Un type venait de mourir, et moi je reluquais une infirmière. Je m'écœurais.

— Qu'allons-nous faire du corps ? m'écriai-je.

Raoul ne répondit pas tout de suite. Il s'attarda d'abord à contempler Marcellin en un improbable espoir.

Puis, avec détachement, il m'expliqua :

— Le Président nous couvre. Chaque prison connaît un taux de suicide de 4 %. Marcellin fera partie du lot, voilà tout.

— C'est de la folie criminelle ! vociférai-je. Comment ai-je pu me laisser embarquer dans cette sinistre aventure ? Tu m'as trompé, Raoul, tu m'as trompé, tu as trahi notre amitié pour la fondre dans ta démence. Vous me dégoûtez tous autant que vous êtes. Un type est mort à cause de votre inconscience. Tu m'as trompé et tu l'as trompé.

Raoul se leva, très digne, et soudain il m'empoigna par le col. Son regard lançait des flammes, il me postillonna au visage.

– Non, je ne t'ai pas trompé. Mais l'enjeu est si colossal qu'il est obligatoire que nous connaissions l'échec avant la réussite. Rome ne s'est point bâtie en un jour. Nous ne sommes plus des enfants, Michael. Ceci n'est pas un jeu. Nous devons payer le prix fort. Tout a un prix, sinon ce serait trop facile. Si c'était plus simple, d'autres y seraient déjà parvenus avant nous. C'est parce que c'est dur que nous aurons le mérite de réussir.

Je me défendis mollement.

– Si nous réussissons un jour. Et cela me semble de plus en plus improbable.

Raoul me relâcha. Il considérait Marcellin dont la bouche était toujours grande ouverte. Cette bouche béante était insupportable à voir, alors il plaça une pince à vis entre les mâchoires de Marcellin, serra et vissa pour les obliger à se rapprocher jusqu'à la fermeture, puis étant parvenu à fermer cette bouche accusatrice, il se retourna vers les autres.

– Peut-être que vous aussi vous pensez comme Michael. Si vous voulez renoncer, il en est encore temps.

Raoul fit face à chacun, attendant une réaction. Nous regardions le cadavre de Marcellin et cela nous impressionnait car, à cause de la pince à mâchoires, sa bouche ressemblait maintenant à un bec d'oiseau, perdu dans ses joues creuses.

– Moi, je renonce ! s'exclama Clément. Je croyais qu'avec le docteur, tout serait plus sûr mais lui non plus n'est pas assez fort pour lutter contre la mort. Si vous devez tuer dix mille pauvres types avant de réussir, je préfère ne pas me trouver parmi eux. Inutile de me rappeler notre accord. Je vous promets de ne jamais parler à quiconque de votre projet « Paradis ». Il me fait bien trop peur.

– Et toi, Hugues ? interrogea Raoul d'une voix égale.

– Je reste, lança fièrement le volontaire.

– Tu souhaites être notre prochain thanatonaute ?

– Oui. Je préfère encore crever que de retourner dans ma cellule.

Du menton, il désigna le corps de Marcellin.

– Lui au moins il n'est plus enfermé dans une cellule minable !

– Très bien, dit Raoul. Et toi, Amandine ?

— Je reste, annonça-t-elle sans manifester la moindre émotion.

Je n'en croyais pas mes oreilles.

— Mais vous êtes tous cinglés, ma parole ! Clément a raison. On risque de tuer dix mille personnes avant d'obtenir le moindre résultat. En tout cas, ne comptez plus sur moi.

J'enlevai ma blouse blanche et la jetai sur la paillasse, cassant ainsi quelques fioles qui aussitôt laissèrent exhaler des odeurs d'éther.

Puis je partis en claquant fort la porte.

52 – NOTE ADMINISTRATIVE

De : Benoît Mercassier
Au : Président Lucinder

Conformément à vos directives, les expériences ont commencé. L'équipe de recherche est composée du professeur Raoul Razorbak, biologiste spécialisé dans la mise en hibernation des rongeurs, et du docteur Michael Pinson, médecin anesthésiste, assistés par l'infirmière Amandine Ballus.

Cinq détenus se sont portés cobayes volontaires. Le projet « Paradis » est lancé.

53 – ÉTAT D'ÂME

Je regagnai mon appartement passablement secoué. Seul chez moi, je hurlai comme hurlent les coyotes les soirs de pleine lune, sans parvenir pour autant à me délivrer du stress provoqué par la mort de Marcellin. Que faire ? Poursuivre était mal, abandonner le prochain thanatonaute était mal aussi. Alors, je hurlai. Des voisins tapèrent avec des balais contre mes murs. Ils obtinrent le résultat escompté. Je me tus mais ne me calmai pas pour autant.

J'étais déchiré. J'étais incapable de renoncer à revoir Amandine. Je n'avais plus envie d'expédier encore des gens dans le coma. Les idées de Raoul me fascinaient. Je refusais d'avoir d'autres cadavres sur la conscience. Je ne voulais plus vivre dans une éternelle solitude. Retourner à la routine de mon travail à l'hôpital me rebutait. Raoul avait raison au moins sur un point : son projet était peut-être terrible, mais quelle aventure grandiose !

Lui était fou et obsédé par le suicide de son père. Mais Amandine, qu'est-ce qui avait pu pousser une créature aussi ravissante à s'embarquer dans cette galère ? Peut-être était-elle elle aussi convaincue d'être une pionnière d'un monde nouveau. Raoul avait tellement de bagout.

J'avalai petit verre de porto blanc sur petit verre de porto blanc jusqu'à en être saoul. Je cherchai à m'endormir en lisant un roman. Une fois de plus, j'étais seul dans mon lit et, par-dessus le marché, avec un mort sur la conscience. Mes draps étaient aussi glacés qu'une couverture réfrigérante.

En prenant mon petit crème le lendemain matin, au bistrot du coin, je songeais que c'était peut-être un excès de chlorure de potassium qui avait provoqué le décès de Marcellin. Le produit était hautement toxique, il fallait en réduire la dose.

À moins que ce ne soit un problème d'anesthésiant.

Normalement, nous utilisons trois sortes d'anesthésiant. Les narcotiques, les morphiniques et les curares. J'avais préféré les narcotiques par habitude. Mais pour une « bonne mort », mieux valait un curare.

Hum. Non. Je continuerais avec un narcotique.

Peu à peu, je ne fus plus obnubilé que par des problèmes techniques. Mes réflexes professionnels se déclenchèrent automatiquement. Mes cours de chimie me revinrent en mémoire.

Hum. J'aurais peut-être dû utiliser du Propofol, me dis-je. C'est un nouveau narcotique, avec un meilleur réveil. Normalement, le réveil s'effectue en cinq minutes et s'avère très clair... Non, le Propofol interagira sûrement mal avec le chlorure. Donc autant conserver le thiopental. Mais en quelle quantité ? Habituellement, il faut compter cinq milligrammes par kilo. Cinq milligrammes dose minimale, dix milligrammes dose maximale. J'ai donné 850 milligrammes à Marcellin qui pesait 85 kilos. Il faudrait peut-être abaisser la dose...

À 14 heures, j'appelai Raoul. À 16 heures, nous étions tous de nouveau réunis dans notre thanatodrome de Fleury-Mérogis. Comme d'habitude, les détenus nous avaient copieusement insultés au passage. À eux, inutile de leur faire croire que Marcellin s'était volontairement suicidé. Le directeur du pénitencier nous croisa sans nous saluer, évitant même de nous regarder.

En revanche, Hugues nous accueillit avec gentillesse.

— Ne vous inquiétez pas, docteur, on va y arriver !

Ce n'était pas pour moi que je m'inquiétais, c'était plutôt pour lui...

Je diminuai mes doses. 600 milligrammes pour Hugues qui pesait 80 kilos. Cela devrait suffire.

Raoul consignait la moindre de mes manipulations. Je suppose qu'il voulait être à même de les reproduire au cas où je déciderais pour de bon de l'abandonner.

Amandine tendit un verre d'eau fraîche à Hugues.

— Le verre du condamné ? ironisa-t-il.

— Non, répondit-elle avec sérieux.

Le thanatonaute prit place sur le fauteuil de dentiste. On procéda aux formalités : mise en place des capteurs, prise de pouls, prise de température, couverture réfrigérante.

— Prêt ?

— Prêt.

— Prête ! renchérit Amandine en branchant la caméra vidéo.

Hugues marmonna une prière. Puis il fit un grand signe de croix et prononça à toute vitesse comme pour s'en débarrasser :

— Six, quatre, cinq, trois, deux, un, décollage !

Il fit la grimace comme s'il avalait une pilule amère et pressa l'interrupteur.

Les Japonais nomment Yomi le pays des morts. On raconte que le dieu Izanagi partit un jour au pays de Yomi pour y rechercher Izanami, sa sœur, qui était aussi sa femme. Quand il la retrouva, il la pria de revenir dans le monde des vivants. «Oh, mon mari, pourquoi venez-vous si tard? répondit la déesse. J'ai goûté aux mets cuits au four des dieux de Yomi et je leur appartiens désormais. Néanmoins, je vais tenter de les convaincre de me libérer. Priez pendant ce temps et surtout ne me regardez pas.»

Mais Izanagi tenait à revoir sa sœur-épouse. Enfreignant son ordre, il prit son peigne, s'en servit comme d'un outil pour se casser une dent puis transforma cette dent en torche qu'il enflamma. Il put alors discerner Izanami. Il découvrit un cadavre rongé par les vers, dont les huit divinités du tonnerre avaient pris possession. Effrayé, il s'enfuit en criant être tombé par erreur dans un lieu d'horreur et de pourriture. Furieuse qu'il déguerpisse sans l'attendre, Izanami se déclara humiliée. Elle envoya les hideuses harpies de Yomi à la poursuite d'Izanagi, mais il réussit à leur échapper.

Izanami se lança elle-même à sa poursuite. Izanagi la piégea dans une caverne. Au moment où les deux divinités devaient prononcer la phrase du divorce, Izanami déclara : «Chaque jour j'étranglerai mille personnes de ton pays pour te faire payer ton forfait. − Et moi, chaque jour je ferai naître mille cinq cents personnes», rétorqua Izanagi sans se décontenancer.

Extrait de la thèse *La Mort cette inconnue*, par Francis Razorbak.

55 − ET DE DIX

Hugues ne revint jamais. Il demeura à mi-chemin entre le continent des morts et celui des vivants. Il ne mourut pas, mais sortit du coma prostré, le regard fixe, l'encéphalogramme presque plat et l'électrocardiogramme très espacé. Il était devenu un légume. Son cœur et son cerveau fonctionnaient, certes, mais il n'était plus capable de se mouvoir ou de parler.

Je le fis admettre au service d'accompagnement des mourants de mon hôpital. On lui aménagea une chambre spéciale. Plusieurs années plus tard, Hugues fut transporté avec toutes les précautions possibles au Smithsonian Institute de Washington, section Musée de la mort. Chacun put voir ce qu'il advenait de ceux qui restaient coincés entre deux mondes.

Quand je repense à cette deuxième tentative de décollage, j'estime qu'elle aurait très bien pu réussir. L'expérience fut en tout cas précieuse car elle me permit de doser le thiopental et le chlorure de potassium dans une fourchette raisonnable.

Quoi qu'il en soit, nous avions épuisé nos cinq cobayes. Trois morts, un démissionnaire, un légume. Joli bilan !

Raoul entreprit aussitôt des démarches auprès du ministre Mercassier pour qu'il nous fournisse de nouveaux sujets. Le ministre obtint un second feu vert du président Lucinder. Commença alors une impitoyable sélection. Nous voulions des détenus à perpétuité, prêts à tout pour échapper à la prison. Ils pouvaient éprouver des envies de suicide, mais pas trop. Il nous fallait des hommes sains d'esprit, ni drogués ni alcooliques.

Et surtout, il était indispensable qu'ils soient en bonne santé afin de supporter le chlorure de potassium. On ne mourait bien qu'en bonne santé, c'était évident.

Par le plus grand hasard, le gros Martinez, le chef de la bande de voyous qui nous agressait jadis à la sortie du lycée, se présenta à nous. Il ne nous reconnut point. Moi, je songeai à la phrase de Lao-tseu : « Si quelqu'un t'a offensé, ne cherche pas à te venger. Assieds-toi au bord de la rivière et bientôt tu verras passer son cadavre. »

Martinez avait abouti en prison à la suite d'une sombre histoire de braquage de banque. Comme il était devenu presque obèse, il ne s'enfuit pas aussi vite que ses complices. Il était bon à la boxe mais nul à la course. Le policier qui le rattrapa alors qu'il haletait, tout essoufflé, avait dû être meilleur que lui en gym. Las, deux personnes avaient été tuées à l'occasion de ce lamentable fait divers. Les jurés ne reconnurent aucune circonstance atténuante. Perpétuité pour Martinez.

Il passa brillamment les tests de sélection des thanatonautes. Il se montra même fort intéressé de participer à une expérience qui pouvait lui apporter la célébrité. Il croyait en sa bonne étoile qui lui permettrait de survivre à nos manipulations, si dangereuses soient-elles.

— Vous savez, messieurs les docteurs, brailla-t-il, Martinez, y a rien qui lui fait peur.

Je me souvenais qu'en effet, quand il se jetait sur nous avec ses acolytes à cinq contre deux, il ne semblait nullement redouter mes petits poings.

Raoul déclara n'éprouver aucune rancune envers Martinez et qu'il ferait un très bon cobaye. Pour ma part, je préférai le rayer de la liste de nos candidats. Je me souvenais suffisamment de ses raclées pour ne pas craindre de m'égarer avec lui dans mes délicats dosages. Martinez, je lui réservais un chien de ma chienne. Ne pouvant garder l'esprit froid, je préférais l'exclure.

Le gangster recalé beugla que nous n'acceptions que des pistonnés, qu'on lui refusait toute chance de devenir riche et célèbre. Il nous insulta.

Heureusement encore qu'il ne nous avait pas reconnus ! Dans sa fureur, il aurait été capable de porter plainte pour favoritisme et traitement arbitraire.

Martinez ne figura donc pas parmi nos cinq prochains cobayes. Ou plutôt, devrais-je dire, nos cinq prochains décédés. Les trépas avaient cessé de m'émouvoir. Ma sensibilité s'était émoussée. J'avais l'impression d'expédier des fusées dans l'espace. Si celles-ci explosaient au décollage, à nous de procéder aux ajustements nécessaires pour que la mise à feu suivante soit couronnée de succès.

Troisième série de cobayes. Parmi eux, un prénommé Marc.

Capteurs, prise de pouls, prise de température, couverture réfrigérante. Raoul lança :

— Prêt ?

Nous répondîmes en chœur.

— Prêt !

— Prête !

Pourvu que notre homme ne meure pas de peur. Il transpirait et grelottait à la fois. Il n'arrêtait pas de faire des signes de croix.

– Six... cinq... quatre... trois... deux... un et demi... un et quart... un... dé..., décollage ? Bon, décolla...ge ! balbutia-t-il, pas vraiment convaincu.

Et il s'y reprit à deux fois pour presser l'interrupteur sur lequel son doigt en sueur avait glissé.

56 – MYTHOLOGIE MÉSOPOTAMIENNE

Dans la mythologie mésopotamienne, le pays des morts s'appelle le « pays de non-retour ». Chant :

Ceux qui y pénètrent ne reçoivent plus la lumière.
La poussière et la terre sont leurs seules nourritures.
Ils sont vêtus à la manière des oiseaux.
La poussière recouvre tout, les portes et les verrous.

Un jour, la belle Ishtar, déesse de l'Amour, descendit aux Enfers. La reine Ereshkigal ordonna au gardien de la traiter selon les antiques usages. Chaque fois que la déesse traverserait l'une des sept portes de l'Enfer, elle serait successivement dépouillée d'abord de sa robe et de sa couronne, puis de ses pendants d'oreilles, de ses colliers, de son pectoral, de sa ceinture, de ses bracelets, de ses anneaux de cheville et enfin de ses sous-vêtements. Ishtar arriva donc nue devant Ereshkigal qui lui infligea les soixante tortures sur différentes parties de son corps.

Pourtant, ce furent les humains qui subirent les conséquences de cette captivité car, sans Ishtar, la terre avait perdu sa fertilité. Chant :

Depuis qu'Ishtar est descendue au pays de non-retour,
Le taureau ne féconde plus la vache, l'homme ne s'accouple
* plus avec la femme.*

Les hommes dépêchèrent un eunuque à Ereshkigal. Lorsqu'il lui demanda de l'autoriser à boire à l'outre qui contient l'eau de la vie, elle le maudit. Chant :

Ta nourriture sera celle des égouts de la Cité,
Tu resteras à l'ombre des remparts
Tu habiteras sur le seuil des maisons
Et les ivrognes et les assoiffés frapperont ta joue.

Il semblerait que l'eunuque avait été envoyé aux Enfers pour y être échangé contre Ishtar. En ce lieu, la stérilité pouvait donc être échangée contre la fertilité. De fait, quelque temps plus tard, Ereshkigal ordonna qu'Ishtar soit aspergée d'eau de la vie, puis escortée aux portes de l'Enfer. Au fur et à mesure qu'elle franchit les sept portes en sens inverse, tous ses biens lui furent rendus. C'est ainsi que, sur Terre, les choses reprirent leur cours normal.

Extrait de la thèse *La Mort cette inconnue,* par Francis Razorbak.

57 – ERREUR DE MANIP

Frictions. Réchauffement. Chocs électriques.
Marc ouvrit les yeux et nous écarquillâmes les nôtres.
Est-ce que nous aurions enfin réussi ?
Notre héros nous tira de notre stupeur en se levant d'un coup, s'agitant, brisant tout autour de lui et poussant des hurlements.
— Je les ai vus ! Ils sont là ! Ils sont partout. Pas possible de leur échapper, ils sont partout !
— Qui ? Mais enfin, qui donc ? interrogea Raoul de son ton le plus ferme.
— Les diables ! Il y a des diables partout et ils veulent me pousser dans un grand chaudron et me mettre à cuire. Je ne veux pas mourir. Je ne veux plus jamais les revoir. Ils sont trop horribles.
Il me fixa de ses prunelles opaques et vociféra :
— Toi aussi, tu es un diable. Les diables sont partout.
Il me lança une fiole à la figure. Il poursuivit Amandine avec des seringues et lui en planta une dans les fesses. Il me balafra le front d'un coup de bistouri quand je tentai de m'interposer. J'en conserve encore la cicatrice.
Ce comportement entama quelque peu notre enthousiasme. Après le légume, un dément ! Même Raoul avait été

impressionné par la violence de Marc. En même temps, nous nous interrogions. Et si nous avions réussi ? Si Marc nous ramenait vraiment un témoignage de l'au-delà ? Ce n'était pas de sa faute s'il ne reflétait que l'horreur.

Nous n'en détruisîmes pas moins le film vidéo et Marc fut enfermé dans un asile d'aliénés. Pourtant, il avait été notre premier cobaye à expérimenter une NDE. Il n'en avait peut-être pas ramené de beaux souvenirs de couloirs lumineux mais il n'en était pas moins rentré le corps, sinon l'esprit, indemne.

Ce soir-là, je raccompagnai Amandine chez elle dans ma voiture. L'infirmière ne cessait de croiser et de décroiser ses jolies jambes. Sa blessure à la fesse était bénigne. Moi, j'avais eu besoin de vingt-cinq points de suture.

La robe noire d'Amandine – elle était toujours vêtue de noir – émettait des crissements très sensuels.

Elle n'avait pas eu envie de prendre le RER après cette séance mouvementée et, d'ailleurs, ni elle ni moi ne tenions après cela à passer la soirée seuls.

Tout en conduisant, je murmurai :

– Peut-être qu'on devrait arrêter là ?

Amandine et son perpétuel mutisme. Je m'étais toujours dit : « Elle doit penser des choses merveilleuses tellement elle est belle et tellement elle ne dit rien. » Mais aujourd'hui j'en avais assez de son silence. Elle n'était pas un objet décoratif. Elle avait vu comme moi ces gens qui mouraient ou devenaient fous pour une expérience des plus aléatoires.

J'insistai :

– Tant de morts inutiles ! Et pour quels piètres résultats... Qu'en pensez-vous ? Je ne vous ai jamais entendue prononcer la moindre phrase de plus de trois mots depuis que nous nous connaissons. Nous travaillons ensemble. Nous devons nous parler. Il faut que vous m'aidiez à stopper Raoul. Cette affaire a assez duré. Sans vous, je ne le convaincrai jamais.

Elle consentit enfin à me regarder. Elle me fixa longtemps, intensément. Sa bouche s'ouvrit. Elle allait enfin parler.

– Au contraire.

– Quoi, au contraire ?

– Au contraire, nous avons le devoir de continuer. Justement pour que toutes ces morts n'aient pas été inutiles. Nos thanatonautes savaient tous ce qu'ils risquaient. Ils savaient tous que leur mort donnerait au suivant un peu plus de chance de réussir.

– C'est comme une partie de poker où on miserait toujours plus pour récupérer ses pertes ! m'exclamai-je. C'est ainsi qu'on court à sa ruine. Quinze victimes ! Pas un projet de recherche, un jeu de massacre, oui !

– Nous sommes des pionniers, riposta-t-elle, glaciale.

– Je connais un bon proverbe là-dessus : « Il est facile de reconnaître le vrai pionnier. C'est celui qui gît au milieu de la plaine du Far West avec une flèche dans le dos. »

Elle s'énerva davantage encore :

– Vous croyez que tous ces morts ne me minent pas, moi aussi ? Tous nos thanatonautes étaient des gens formidables, avec tellement de courage...

Sa voix se brisa. Mais c'était la première fois qu'elle alignait deux phrases à la suite. Autant profiter de l'aubaine. Je la provoquai :

– Ce n'était pas du courage, c'était un comportement suicidaire.

– Comportement suicidaire ! Et Christophe Colomb, il n'était pas complètement suicidaire pour s'en aller si loin sur une coquille de noix ? Et Youri Gagarine, avec sa boîte en tôle dans sa fusée, ce n'était pas suicidaire ? Sans les suicidaires, le monde n'avancerait pas...

Ah ça ! Galilée, Colomb, et maintenant Gagarine, les précédents ne leur manquaient pas pour justifier l'hécatombe !

Amandine était maintenant lancée. Elle s'entêta à me vouvoyer.

– Je crois que vous ne comprenez rien, docteur Pinson. Vous ne trouvez pas étrange qu'on trouve si facilement des volontaires ? Les détenus sont tous au courant de nos déboires, alors pourquoi viennent-ils ? Je vais vous le dire, moi : parce que, dans notre thanatodrome, ces déchets de la société ont soudain le sentiment de se transformer en héros !

– Dans ce cas, pourquoi les autres nous crachent-ils dessus à chaque passage ?

– Paradoxe. Ils nous en veulent de la mort de leurs amis,

et pourtant eux aussi sont prêts à mourir. Et un jour, l'un d'entre eux réussira, j'en suis persuadée.

Tout en Amandine me fascinait. Sa froideur, son mutisme, son mystère et maintenant sa ferveur...

La blonde en noir était comme une présence brûlante dans ma voiture qui affolait complètement mes sens. Peut-être qu'à force de fréquenter la mort, mes pulsions de vie s'étaient exacerbées ! Pour une fois j'étais seul avec Amandine, et une Amandine émouvante et émue. Je tentai le tout pour le tout. L'occasion était unique. Ma main quitta le levier de vitesse et profita d'un cahot pour atterrir sur son genou. Sa peau était satinée et dégageait une douceur incroyable.

Elle repoussa ma paume comme un objet malsain.

— Désolée, Michael, mais vraiment vous n'êtes pas du tout mon type d'homme.

Et c'était quoi, son type d'homme ?

58 – TOUJOURS RIEN

Le jeudi 25 août, le ministre de la Recherche nous rendit visite incognito dans notre thanatodrome de Fleury-Mérogis. Benoît Mercassier tenait à assister en personne à un « décollage ». Il présentait le visage soucieux d'un homme qui se demande s'il n'est pas en train de commettre la sottise du siècle. Auquel cas, était-il encore temps de sauver les meubles avant une inévitable interpellation à la Chambre ?

Il me serra la main, me félicita sans réelle conviction et, surtout, encouragea les cinq thanatonautes de la nouvelle équipe. Il interrogea discrètement Raoul sur le nombre de nos échecs et sursauta quand celui-ci lui glissa le chiffre à l'oreille.

Il revint alors vers moi et m'entraîna à l'écart, dans un coin de la pièce :

— Peut-être que vos boosters sont trop toxiques ?

— Non. Moi aussi, j'ai cru ça d'abord. Mais le problème n'est pas là.

— Où est-il donc ?

— Eh bien, après tant d'expériences, j'ai maintenant

l'impression qu'une fois dans le coma, ils sont placés devant, comment dire, devant un... choix. Partir ou revenir. Et ils préfèrent tous s'en aller.

Mercassier plissa le front.

— En ce cas, vous ne pouvez pas les récupérer de force, avec des décharges électriques plus puissantes, par exemple ? Vous savez, ils n'ont pas pris de gants pour ramener le président Lucinder ici-bas. Ils lui ont carrément planté des électrodes dans le cœur !

Je réfléchis. Nous discutions entre scientifiques qui se portent une estime mutuelle. Je pesai mes mots.

— Ce n'est pas si simple. Il faudrait pouvoir déterminer le moment exact où ils sont « assez partis » mais pas encore « trop partis ». C'est aussi un problème de timing. Ces types ont eu de la chance avec Lucinder, ils ont dû le ramener juste à l'infime seconde où tout était encore possible. Sûrement un pur hasard.

Le ministre chercha à se montrer intelligent dans un domaine où, au fond, il ne connaissait pas grand-chose.

— Tentez quand même d'augmenter le voltage, de diminuer la quantité de narcotique, d'abaisser la dose de chlorure de potassium. De les réveiller plus tôt, peut-être.

Nous avions déjà tout essayé, mais je hochai la tête comme s'il venait enfin de me révéler la recette miracle. Je ne voulais pourtant pas le tromper, aussi j'ajoutai :

— Il faudrait qu'ils choisissent volontairement de revenir lorsqu'ils en ont encore la possibilité. J'y ai beaucoup pensé, vous savez. Nous ignorons tout de ce qui les pousse à continuer sur le chemin de la mort. Qu'est-ce qu'on leur offre, là-haut ? Si on connaissait la carotte, on saurait en proposer de plus attirante !

— Vos thanatonautes me rappellent ces marins du XVIe siècle qui préféraient rester sur les îles paradisiaques du Pacifique, avec des femmes superbes et des fruits parfumés, plutôt que de regagner péniblement leur Europe natale !

Il était vrai que la situation présentait bien des points communs avec les révoltés du *Bounty* par exemple. Nos thanatonautes étaient des repris de justice comme les marins de l'époque et tout aussi avides qu'eux de s'évader vers de nouvelles contrées.

– Comment retenir un mort ? s'interrogeait Mercassier. Qu'est-ce qui pousse les gens à se battre, les malades à souhaiter leur guérison ?

– Le goût du bonheur, soupirai-je.

– Oui, mais qu'est-ce qui rend heureux ? Comment influencer vos gens quand ils seront confrontés au dilemme « partir ou revenir » ? Les motivations sont si diverses !

J'avais déjà constaté, à l'hôpital, que la volonté humaine intervenait pour une bonne part dans les cas de guérison spontanée. Certains refusaient tout simplement de mourir et ils parvenaient à rester en vie. Dans une étude sur la communauté chinoise de Los Angeles, j'avais lu que le taux de mortalité chutait à pratiquement zéro le jour de leur fête du Nouvel An. Vieillards et moribonds se programmaient pour rester en vie et profiter encore de ce jour-là. Le lendemain, le nombre des morts redevenait normal.

Les capacités de la pensée humaine sont infinies. Moi-même, je m'étais amusé à développer un peu les possibilités de mon cerveau en le programmant pour qu'il m'ouvre les yeux à huit heures, sans user d'un réveil. Ça marchait à tous les coups. Je savais aussi que j'avais stocké des quantités d'informations dans les méandres de mon cerveau et que je n'avais qu'à ouvrir des tiroirs dans mon crâne pour en disposer. Il y aurait certainement des recherches passionnantes à effectuer sur l'autoprogrammation de son propre système nerveux.

Alors, pourquoi ne pas revenir du coma de par sa seule volonté ?

Le thanatonaute du jour, en tout cas, n'opta pas pour le retour. Effrayés par ses mouvements convulsifs au moment de son trépas, ses quatre compagnons renoncèrent à l'unisson. Nous décidâmes de ne désormais plus compter sur les effets de l'émulation de groupe. Désormais, nos pionniers décolleraient un par un et en notre seule présence. Mais peut-être était-il déjà trop tard. Même à Fleury-Mérogis, il nous devenait de plus en plus difficile de recruter des volontaires.

Selon les Tibétains, le panthéon bouddhique est peuplé de neuf groupes de démons :

1. Les God-sbyin : Gardiens des temples. À l'origine des grandes épidémies.

2. Les Bdud : Démons des hautes sphères. Ils peuvent prendre la forme de poissons, d'oiseaux, d'herbes ou de pierres. Leur chef loge dans un château noir haut de neuf étages.

3. Les Srin-po : Ogres géants.

4. Les Klu : Divinités des Enfers à forme de serpent.

5. Les Btsan : Dieux vivant dans les cieux, les forêts, les montagnes et les glaciers.

6. Les Lha : Divinités célestes de couleur blanche. Bienveillants et censés résider sur les épaules de tout un chacun

7. Les Dmu : Mauvais démons.

8. Les Dré : Messagers de la mort, tenus souvent pour responsables des maladies mortelles. Tout ce qui arrive de mauvais aux hommes est provoqué par des Dré.

9. Les Gan-dré : Groupe de divinités malfaisantes.

Extrait de la thèse *La Mort cette inconnue*, **par Francis Razorbak.**

60 – FÉLIX KERBOZ

À proprement parler, Félix Kerboz n'était pas quelqu'un qu'on aimerait avoir pour voisin. Mais on pouvait lui accorder le bénéfice de quelques circonstances atténuantes.

D'abord, il n'avait pas été un enfant désiré. Lorsque le magazine de défense des consommateurs *Nous testons pour vous* avait démontré que la marque de préservatifs utilisée par son père n'était fiable qu'à 96 %, Félix n'aurait pu se douter qu'il ferait partie des 4 % d'échecs. Son père non plus. Le fait qu'il était parti depuis trente-cinq ans acheter des cigarettes prouve combien cette trahison l'avait décontenancé.

D'emblée, Suzette, la mère, chercha à se faire avorter mais, à peine fœtus, Félix s'accrochait déjà à la vie comme une teigne sur les poils d'un chien. Les efforts répétés des faiseurs d'anges n'eurent pour seul résultat que d'abîmer le visage du bébé en gestation.

Par deux fois ensuite, sa mère tenta de le noyer. Sous prétexte de lui rincer son shampooing, elle lui avait enfoncé la tête sous l'eau de la baignoire. Elle avait mal calculé son coup et l'avait remonté trop tôt. Plus tard, elle poussa dans le fleuve le bambin qui tenait à peine sur ses jambes. Mais Félix possédait déjà le don de se tirer des pires situations. Il évita de peu l'hélice de la péniche, qui ne lui avait causé qu'une grande cicatrice sur la joue, et il parvint à regagner la berge en s'aidant du parapluie que sa mère lui tendait maladroitement en l'abattant sur sa tête.

Toute sa jeunesse, Félix Kerboz s'était demandé pourquoi tout le monde lui en voulait tant. Parce qu'il était laid ? Parce qu'on lui enviait sa mère superbe ?

Il serra longtemps les dents mais, quand Suzette mourut, il éclata. Il constata qu'il avait perdu la seule personne qu'il aimait sur cette planète. À présent, il avait la haine.

Elle se manifesta d'abord par l'attaque en règle des pneus d'une innocente voiture qu'il larda de coups de couteau. Pas de quoi l'apaiser ! Il s'acoquina avec une bande de voyous et entreprit de racketter les gosses de riches qui avaient des mamans vivantes, les veinards ! Il en tua trois qui rechignaient à payer et devint ainsi l'exécuteur des basses œuvres de sa bande. Mais quand, vers dix-huit ans, ses copains commencèrent à montrer quelque intérêt pour le sexe opposé, Félix refusa de participer aux viols. Ce qui l'excitait, c'était de débarquer chez des bourgeois et de leur planter son surin dans les côtes. C'était sa manière à lui de venger sa mère adorée qui avait toujours trimé si dur pour l'élever.

Quand, à vingt-cinq ans, il comparut devant une cour d'assises, il ne réussit pas à convaincre les jurés du plaisir indicible qu'il y a à enfoncer un bon couteau long et pointu dans le ventre mou de son prochain. Sa passion pour les jolis coups portés à l'arme blanche n'était pas communicable. Conformément au réquisitoire de l'avocat général, il fut condamné à deux cent quatre-vingt-quatre ans de réclusion criminelle, réductible à deux cent cinquante-six ans en cas de bonne conduite. L'avocat de Félix lui expliqua que cela équivalait à une peine à perpétuité, « à moins que les progrès de la médecine ne prolongent la durée de la vie humaine au-delà de la moyenne actuelle de quatre-vingt-dix ans ».

Travailler du matin au soir à fabriquer des brosses en poils de sanglier ne suffit pas au bonheur du détenu. Il s'était juré de sortir légalement de prison. Déjà, son bon comportement lui avait valu le report à deux cent cinquante-six ans. Comment accélérer encore le processus ?

Le directeur du pénitencier ne manquait pas d'idées. De nos jours, tout était à vendre. C'était ça, la société moderne. Ses années libérables, Kerboz n'avait qu'à les « acheter ».

– Mais avec quel argent ? s'inquiéta le malheureux.

– Qui parle d'argent, ici ? Disposer d'un bon corps sain, pour un grand gaillard comme toi, c'est déjà un formidable capital !

Commença alors une terrible comptabilité.

Pour gagner des années, Félix testait des produits pharmaceutiques non encore agréés, dont on ne connaissait pas les effets secondaires.

Depuis que, sous la pression des amis des bêtes, les expériences sur les animaux avaient été interdites, les industriels n'avaient plus d'autre recours que les prisonniers.

Il obtint ainsi trois ans de réduction de peine pour l'essai d'un défibrillateur cardiaque qui lui donna des arythmies et le laissa insomniaque. Des dentifrices trop fluorés lui détériorèrent le foie (cinq ans de réduction de peine). Des savons trop détergents lui emportèrent des fragments de peau au niveau des articulations (trois ans de réduction de peine). Une aspirine suractivée provoqua un ulcère (deux ans de réduction de peine). Une lotion capillaire particulièrement corrosive le laissa à moitié chauve (quatre ans de réduction de peine). Félix Kerboz gardait le moral et s'étonnait même parfois de constater que certains produits étaient en fait parfaitement inoffensifs !

Lors de mutineries, il fit le coup de poing aux côtés des gardiens (deux ans de réduction de peine). Il dénonça des trafiquants de drogue qui sévissaient à l'intérieur de la prison (trois ans de réduction de peine au prix de la hargne de nombreux codétenus en manque).

– Qu'est-ce que t'as à toujours fayoter comme ça, Félix ?

– M'embêtez pas. J'suis ni fayot ni barge, les mecs. J'ai des ambitions, moi. Je veux sortir d'ici la tête haute.

– Tu parles ! Continue avec toutes ces saloperies chimiques et tu sortiras les pieds devant.

Chaque samedi, il donnait son sang (une semaine de réduction de peine par quart de litre). Le jeudi, il fumait dix paquets de cigarettes sans filtre pour les besoins d'une étude du ministère de la Santé sur les méfaits du tabac (une journée de réduction de peine par paquet inhalé). Le lundi et le mardi, il subissait des tests de privations sensorielles. Il passait toute la journée dans une pièce blanche insonorisée, sans bouger et sans manger. Le soir, des hommes en blouse blanche vérifiaient à quel point l'épreuve l'avait commotionné.

Misère après misère, Félix était parvenu à ramener sa peine à une durée de cent quarante-huit ans. Il n'avait plus qu'un seul rein valide. Un anti-inflammatoire aux effets particulièrement pervers l'avait rendu sourd d'une oreille. Il clignait sans cesse des yeux à cause de lentilles de contact si souples et si adhésives qu'une fois déposées elles s'étaient avérées impossibles à retirer. N'empêche, il était convaincu qu'un jour il sortirait.

Quand le directeur lui parla du projet « Paradis » et des quatre-vingts ans de réduction de peine qu'il entraînait, il ne songea pas un instant à réclamer de plus amples renseignements. Jamais on ne lui avait proposé si beau cadeau.

Certes, une rumeur courait la prison selon laquelle des centaines de détenus auraient laissé leur peau dans la pièce sous les caves où se déroulait l'expérience. Félix n'en avait cure. Après tout ce qu'il avait avalé sans crever, il avait confiance en sa bonne étoile. Les autres avaient manqué de chance, voilà tout ! Après tout, on n'a rien sans rien et pour quatre-vingts ans de réduction de peine, on devait vous réclamer un solide effort.

Il s'installa de bon gré dans le fauteuil. Il tendit son torse aux électrodes. Il serra contre lui la couverture réfrigérante.

– Prêt ?

– Ben, j'suis à vos ordres, répondit Kerboz.

– Prêt.

– Prête !

Pas de prière. Pas de signe de croix. Pas de doigts croisés. Félix se contenta de bien caler la chique qu'il conservait toujours dans sa joue droite. De toute façon, il n'avait rien compris à tout ce déploiement scientifique et il s'en fichait complètement, uniquement concentré sur la mirobolante prime qui s'ensuivrait. Quatre-vingts ans de réduction de peine !

Comme on le lui avait ordonné, il compta lentement.

– Six... cinq... quatre... trois... deux... un... décollage.

Puis il pressa innocemment l'interrupteur.

61 – MYTHOLOGIE INDIENNE CHIPPEWA

Les Indiens Chippewa, qui vivent dans le Wisconsin tout près du lac Supérieur, pensent qu'après la mort la vie continue exactement comme avant, sans fin et sans aucune progression dans un sens ou dans un autre. C'est toujours le même film qui se répète, sans aucun objectif, aucune morale, aucun sens.

Extrait de la thèse *La Mort cette inconnue,* par Francis Razorbak.

62 – FICHE DE POLICE

Message aux services concernés

Raoul Razorbak aidé d'une équipe de scientifiques se livre actuellement à des expériences sur la mort. Plus d'une centaine de personnes en ont déjà été victimes. Faut-il réagir au plus vite ?

Réponse des services concernés

Non. Pas encore.

63 – NOUVELLE TENTATIVE

Raoul, Amandine et moi avions déployé la panoplie habituelle de réveil post-comatique. On n'y croyait plus vraiment. Seul Raoul fixait attentivement le corps devenu objet en répétant comme une prière : « Réveille-toi, je t'en prie, réveille-toi. »

Nous entreprîmes les manipulations réanimatoires, scrutant vaguement l'électrocardiogramme et l'électro-encéphalogramme.

— Réveille-toi, réveille-toi ! psalmodiait Raoul.

Machinalement, j'accomplissais tous les gestes d'usage. Il fallut un grand cri pour me sortir de ma torpeur.

— Il a bougé un doigt ! hurlait Raoul. Reculez, reculez-vous tous ! Il a bougé !

Je ne voulais pas me faire d'illusions, mais je reculai.

Tout à coup, l'électrocardiogramme couina. Un petit *ping* timide, d'abord. Puis un *ping, ping*. Enfin un *ping, ping, ping* résolu. Le doigt rebougea. Puis tous les doigts.

Sur le fauteuil, après la main, c'était le bras, puis l'épaule qui remuaient. Pourvu que nous n'ayons pas encore affaire à un dément. En prévision d'une nouvelle mésaventure de ce genre, je portais en permanence dans ma poche une petite matraque en caoutchouc.

Les cils vibrèrent. Les yeux s'ouvrirent. La bouche se tordit en une grimace qui se transforma en un sourire. *Ping, ping, ping,* le cerveau et le cœur avaient retrouvé leur rythme normal.

Notre cobaye ne semblait ni légume ni dément.

Et il était sain et sauf. Le thanatonaute avait regagné le thanatodrome sain et sauf !

— *Yaaaaaaaaaahouuuuuuuuuhhhhhhk ! On a ré-u-ssi !* rugit Raoul.

Le hangar résonna de cris de joie. Amandine, Raoul et moi nous étreignîmes avec frénésie.

Naturellement, Raoul se ressaisit le premier :

— Alors, c'était comment ? demanda-t-il en se penchant vers Félix.

Nous guettions avec avidité le premier mot qui allait surgir de notre voyageur extraordinaire. Quel que soit ce mot, il entrerait probablement dans les manuels d'histoire, celui du premier homme ayant réussi un aller-retour au pays des morts.

Tout à coup, le plus grand silence régna dans la pièce. Nous avions tellement attendu ce moment. Jusque-là on avait toujours échoué, et c'était cet énergumène aux allures de pithécanthrope qui détenait les réponses dont le monde rêvait depuis toujours.

Il ouvrit la bouche. Il allait parler. Non, il referma les lèvres. Puis sa bouche se rouvrit pour une deuxième tentative d'émission. Il cligna des yeux. Une voix rauque articula péniblement :

– Ah... putain.

Nous le fixions avec surprise. Il se massa le front.

– Wouah, putain, le truc !

Puis il nous dévisagea, comme s'il était étonné qu'on lui accorde autant d'attention.

– Alors j'les ai, mes quatre-vingts ans de remise de peine ?

Nous aurions volontiers secoué notre patient pour le féliciter mais nous comprîmes qu'il fallait lui laisser le temps de reprendre ses esprits. Raoul insista quand même :

– C'était comment ?

L'homme se frotta les poignets, cligna des yeux.

– Ben, comment vous dire ? J'suis sorti de ma barbaque. Au début, ça m'a filé les jetons. J'étais comme un p'tit zosieau. Putain ! J'ai volé hors de mon corps... Je suis monté là-haut avec tous les macchabées frais du jour. Y en a qui avaient de ces tronches ! On a volé comme ça un moment, et puis on est arrivés dans un grand anneau de lumière. Ça ressemblait à ces cerceaux de feu dans lesquels on fait sauter les tigres, comme au cirque Pinder à la télé.

Il reprit son souffle. Nous écoutions avidement chaque mot qui sortait de sa bouche. Ravi de tant d'attention, il continua :

– C'était pas croyable. Dans le milieu, y avait comme une lampe de poche. Un cercle de néon avec une lumière au milieu, et cette lumière, c'était comme si elle me causait. Elle me disait de venir, de m'approcher. Alors j'suis venu, j'suis entré dans le cercle de feu comme un tigre de cirque. J'ai approché la lumière de la lampe de poche...

Raoul ne put s'empêcher de couper :

– Donc un cercle de feu et une lumière au centre ?

– C'est ça. Comme une cible. J'sais pas si j'vous ai dit

que ça parlait directement à mon cerveau. Ça me disait d'avancer encore. Que tout allait bien.

– Et vous avez avancé ? s'enquit Amandine, passionnée.

– Ben oui. J'ai vu alors comme une sorte de cône ou d'entonnoir avec des choses qui tournaient.

– Quelles choses ?

– Ben, des trucs, quoi ! Des étoiles, des vapeurs, des giclées de trucs bizarres qui tourbillonnaient pour former ce fichu entonnoir grand comme une centaine de maisons empilées.

Raoul tapa son poing droit contre sa paume gauche.

– Le continent des morts ! s'exclama-t-il. Il a vu le continent des morts !

– Continuez, je vous en prie, suppliai-je.

– Ben, j'ai encore avancé et plus j'avançais, plus cette lumière me turlupinait au point que j'ai eu l'impression que je ne pourrais jamais plus faire demi-tour. On aurait eu bonne mine, moi et ma réduction de peine ! Et la lumière qui serinait dans ma tête que cela n'avait plus d'importance, que tout en bas n'était que futilité et connerie... Ah ! ça, elle parlait bien. En plus, on se serait cru dans une caverne d'Ali Baba, pleine de trésors, enfin pas de l'or et de l'argent, mais remplie de sensations agréables. C'était bon et chaud et sucré et doux. Comme si j'avais retrouvé ma maman. Z'avez pas un verre d'eau ? J'ai la bouche toute sèche.

Amandine alla quérir un gobelet. Il le vida d'un trait avant de reprendre :

– J'pouvais pas faire autrement que d'avancer, putain ! Mais là, j'ai vu comme une espèce de mur transparent. Pas un mur de briques, plutôt un mur de peau de fesse. Comme de la gélatine. J'ai même pensé : je suis dans un trou du cul translucide. J'ai compris que ça devenait casse-gueule. Si je traversais le mur, je ne pourrais plus jamais revenir et adieu, mes quatre-vingts ans de réduc. J'ai mis les freins.

Ce type était donc arrivé à résoudre mon problème de « choix ». Il avait trouvé des raisons de rester vivant. Je n'en revenais pas.

Lui soupirait :

– C'était pas facile, savez. L'a fallu que je prenne vachement sur moi pour faire demi-tour avec mon âme. Et puis, au bout d'un moment, y a eu une sorte de longue ficelle blanche argentée qui m'a ramené d'un coup ici et j'ai rouvert mes mirettes.

Ce fut comme si c'étaient nous trois, Raoul, Amandine et moi, qui avions visité le septième ciel. Ainsi, tous ces sacrifices n'avaient pas été vains. Nos efforts portaient enfin leurs fruits. Un homme avait franchi la barrière de la mort et il était revenu pour nous décrire l'au-delà. Et qu'y avait-il plus loin encore que ce monde lumineux et immatériel ?

Après l'eau fraîche, Félix réclama une rasade de rhum. Amandine se precipita de nouveau.

Je m'excitai :

– Il faut organiser une conférence de presse. Les gens doivent savoir...

Raoul me calma prestement.

– Trop tôt, dit-il. Pour l'heure, notre projet doit demeurer ce qu'il est : top secret.

64 – LUCINDER

Le président Lucinder flatta le col de Vercingétorix. Il exultait.

– Ils ont donc réussi, Mercassier ?

– Oui. J'ai vu, de mes yeux vu, la cassette vidéo montrant le lancement et le réatterrissage de ce... thanatonaute.

– Thanatonaute ?

– C'est le mot qu'ils ont inventé pour désigner leurs cobayes. Ça signifie « voyageur de la mort » ou quelque chose comme ça, en grec.

Le Président plissa les paupières et sourit :

– Très joli, très poétique. Enfin, j'aime bien ce nom. Un peu technique, certes, mais un peu de sérieux ne nuit nullement à notre expérience.

En fait, Lucinder jubilait. N'importe quelle désignation l'aurait enchanté : macchabophiles, mortopilotes, visiteurs du paradis... Il se serait esbaudi de même.

Mercassier chercha à ramener son attention sur lui. Après tout, c'était lui l'organisateur du projet, et il était légitime qu'il s'enorgueillisse de sa réussite. Toujours fidèle à la ligne de conduite tracée par son épouse, il risqua :

– En somme, ils sont comme des pionniers explorant une Nouvelle Australie.

– Eh oui, Mercassier. Vous avez enfin compris ma pensée.

Le ministre chercherait à s'assurer le mérite de cette découverte mais ce serait lui, le Président à la vision grandiose, qui entrerait dans les livres d'histoire. Lucinder songea qu'il avait gagné l'immortalité. Il aurait sa statue dans des squares, des rues porteraient son nom... Il avait pris des risques. Il en avait payé le prix : des dizaines de morts, une centaine, à ce qu'il paraissait... Mais il avait réussi !

Mercassier interrompit ses rêves de gloire :

– Et maintenant, que fait-on, monsieur le Président ?

65 – MANUEL D'HISTOIRE

Dès les premiers lancements de thanatonautes, les résultats dépassèrent tous les espoirs. Premier volontaire, Félix Kerboz parvint immédiatement à décoller et à atterrir. Les pionniers s'étonnèrent d'être parvenus aussi rapidement au succès.

Manuel d'histoire, cours élémentaire 2ᵉ année.

66 – MYTHOLOGIE CELTE

Selon la mythologie celte, l'au-delà est un domaine mystérieux qui ne connaît ni la mort, ni le travail, ni l'hiver. Il est peuplé de dieux, d'esprits et de gens à l'éternelle jeunesse. Les Gallois appellent ce pays ANNWN. Là se trouvent le chaudron de la résurrection et le chaudron de l'abondance. Le chaudron de la résurrection rend la vie aux guerriers morts et celui de l'abondance fournit la substance qui rendra éternels ceux qui la consomment.

Pour les Gallois et les Irlandais, l'ANNWN, l'au-delà, est doté de la même réalité que le monde matériel. Quelques pratiques magiques suffisent donc pour basculer de l'un à l'autre.

Extrait de la thèse *La Mort cette inconnue,* **par Francis Razorbak.**

67 – APRÈS LA FÊTE

– J'aimerais être Félix.

Amandine, d'habitude si réservée, ne cachait plus son allégresse. Comme après chaque séance, je la raccompagnais. Ce soir-là, nous étions un peu éméchés. Au thanatodrome, faute de moyens nous n'avions pu fêter qu'au mousseux notre triomphe secret. Les gobelets plastique avaient volé haut eux aussi.

– Quel fantastique moment nous avons vécu ! Comme j'aimerais être ce premier homme, ce premier thanatonaute à avoir posé le pied sur le continent suprême et à en être revenu ! Ah oui, comme j'aimerais être Félix !

Je m'efforçai de lui remettre les pieds sur terre.

– Pas si simple. Il faut être motivé. Vous l'avez entendu, lui-même a été attiré par la lumière. Il a hésité à revenir. Il n'y est parvenu que parce qu'il s'était programmé avant tout à obtenir sa remise de peine en ce bas monde.

J'accélérai. Derrière les vitres, un paysage de mornes banlieues défilait dans la pénombre. Je jetai un coup d'œil de côté sur Amandine qui se repoudrait soigneusement le nez en dépit des cahots.

Je commençais à mieux la connaître. Raoul m'avait parlé d'elle. Cette si jolie femme était une infirmière très consciencieuse. Trop consciencieuse, même. Elle n'avait plus supporté de voir mourir dans son hôpital les patients qui lui étaient confiés. À l'école déjà, elle ne supportait pas les mauvaises notes. À l'hôpital, chaque décès n'était pour elle qu'un autre zéro pointé. Quand son malade mourait sur la table d'opération, elle s'en sentait responsable.

Ses collègues lui répétaient toujours que ce n'était pas de sa faute, mais elle n'en croyait rien. Elle demeurait convaincue que chaque décès était une nouvelle preuve de son incompétence.

Amandine se figurait que les gens mouraient par manque

d'amour. Pour elle, même quelqu'un en phase terminale d'un cancer généralisé l'avait choisi. Et s'il avait fait ce choix, c'était que son entourage s'était avéré incapable de lui faire apprécier la vie. En conséquence, elle s'était efforcée d'aimer plus fort encore chacun de ses patients. Et comme ils mouraient quand même, elle se reprochait de ne pas avoir su déverser sur eux suffisamment d'affection.

Inutile de souligner que, dans ces conditions, Amandine Ballus aurait mieux fait de changer de métier. Mais, tout comme Raoul, les échecs l'incitaient à toujours recommencer, jusqu'à la perfection ou l'autodestruction. Quand elle lut par hasard une petite annonce concernant un projet lié à l'accompagnement des mourants et nécessitant une infirmière motivée, elle s'empressa d'y répondre. À peine Raoul Razorbak lui avait-il parlé du projet « Paradis » qu'elle était déjà décidée à se consacrer corps et âme à cette entreprise consistant à ramener les morts dans le monde des vivants.

Et aussi étonnant que cela puisse paraître, que les victimes du projet soient d'abord si nombreuses ne la gêna nullement. Amandine était dotée d'une étrange logique : elle était toute disposée à tuer quelques personnes de suite dans l'espoir d'en sauver beaucoup d'autres dans un futur indéterminé.

– J'aimerais être Félix, répétait-elle. Il est si courageux et même si beau.

Je fis la moue. Il ne fallait quand même pas exagérer. Courageux, peut-être, mais beau, ce pithécanthrope ?

– Il a dû affronter des épreuves terribles, là-haut.

C'était elle qui était belle quand elle parlait de Félix.

– Qu'est-ce qu'on fait maintenant ? demandai-je pour changer de sujet.

– On va augmenter le nombre des décollages. Raoul a déjà annoncé la bonne nouvelle au ministre Mercassier. Le Président tient à nous féliciter personnellement. Il a déjà contacté le directeur du pénitencier pour qu'il sélectionne une centaine de nouveaux candidats thanatonautes.

Elle était aussi joyeuse que s'il s'agissait d'organiser de sympathiques surprises-parties.

– On a gagné, marmonna-t-elle en retenant sa félicité.

68 – FICHE DE POLICE
Demande de renseignements descriptifs basiques

Nom : Kerboz
Prénom : Félix
Cheveux : Blonds et rares
Taille : 1 m 95
Signes particuliers : Haute stature, visage couturé de cicatrices
Commentaires : Premier thanatonaute à avoir regagné le monde des vivants
Point faible : Quotient intellectuel faible

69 – LU DANS LA PRESSE

SCANDALE : LE PRÉSIDENT LUCINDER SACRIFIE DES PRISONNIERS DE DROIT COMMUN POUR DE PRÉTENDUES EXPÉRIENCES SCIENTIFIQUES

Il nous a fallu de longues investigations pour nous convaincre que le président Lucinder n'était autre que l'un des plus grands criminels de notre temps. Plus pervers qu'un Landru ou qu'un Petiot, le président Lucinder, notre chef d'État, l'élu d'une majorité des Français, a assassiné de sang-froid des hommes qu'il ne connaissait même pas.

Ses victimes : des détenus de droit commun qui ne demandaient qu'à purger leur peine en toute sérénité. Son prétexte ou plutôt son mobile, comme on voudra : l'étude de la mort ! Car, en effet, notre président de la République chérit un hobby particulier : non pas le golf, la cuisine au beurre ou la numismatique, mais la mort !

Assisté de quelques complices liés à sa cause, le ministre de la Recherche Mercassier, le professeur Raoul Razorbak, biologiste fou, le docteur Michael Pinson, médecin-anesthétiste véreux, Amandine Ballus, infirmière arriviste, le Président tuait à tour de bras.

On estime à cent vingt-trois le nombre de prisonniers déjà passés à trépas grâce aux bons soins de ce « commando de la mort programmée » et ce, rien que pour satisfaire la morbide curiosité d'un chef d'État despote.

On se croirait revenu à ces temps barbares où des empereurs romains avaient droit de vie et de mort sur d'impuissants esclaves. Certains faisaient tuer les uns après les autres des quidams pris au hasard pour voir si la tunique de Jésus-Christ arrivait à les ressusciter.

Cependant, de nos jours il n'y a plus d'empereur (même si Lucinder se prend parfois pour un César !), il n'y a plus d'esclaves. Du moins le pensions-nous jusqu'à aujourd'hui. Nous étions convaincus d'être dirigés par un président démocratiquement élu par ses concitoyens. Un président qui a pour premier devoir de veiller à la bonne santé de ses administrés et non de les occire !

À peine le directeur de la prison de Fleury-Mérogis, révolté par tous ces cadavres s'accumulant chaque jour dans ses caves, avait-il révélé la terrible vérité en exclusivité à notre rédaction, l'opposition s'est empressée de réclamer la levée de l'immunité présidentielle. Le Parlement a aussitôt désigné une commission d'enquête pour vérifier les faits.

La plupart des ministres interrogés refusent de se rendre à l'évidence mais certains annoncent déjà qu'au cas où la commission apporterait la preuve de ces meurtres en série, ils proposeront aussitôt leur démission.

Pour sa part, le ministre Mercassier n'a pas attendu les résultats de ce supplément d'information pour s'enfuir en Australie avec sa femme et échapper ainsi à toute poursuite judiciaire.

70 – RENDEZ-VOUS AVEC LA MEUTE

À l'euphorie, succéda l'amertume. Nous nous étions envolés avec la réussite de Kerboz, nous retombions parmi les pelletées d'injures et poursuivis par l'opprobre général.

Le directeur de Fleury avait réussi son effet. L'affaire prenait chaque jour plus d'ampleur. Les journaux renchérissaient dans l'offensive. Des éditorialistes suggéraient qu'on nous fasse subir nos propres expériences. Des sondages révélèrent que 78 % de la population souhaitaient nous mettre au plus vite hors d'état de nuire derrière de solides barreaux.

Un juge d'instruction ouvrit une enquête. Il nous convoqua à tour de rôle. Il me promit un traitement de faveur si je chargeais mes complices. Je suppose qu'il s'engagea de même envers les autres. Dans le doute, je préférai rester coi.

Le juge ordonna une perquisition et des policiers sondèrent mon appartement, démontant mon plancher latte par latte comme si j'avais pu cacher des cadavres là-dessous !

L'assemblée des copropriétaires me somma aimablement de déguerpir avant la fin du trimestre. La concierge m'expliqua que ma présence dans l'immeuble en faisait baisser le prix du mètre carré.

J'osais à peine sortir de chez moi. Dans les rues, les enfants me couraient après en hurlant : « Le boucher de Fleury-Mérogis, le boucher de Fleury-Mérogis ! » Pour nous tenir chaud les uns les autres, nous prîmes l'habitude, avec Amandine, de nous retrouver régulièrement chez Raoul. Lui semblait prendre les choses avec nonchalance. Ces contretemps passagers n'entraveraient pas la marche de l'histoire, estimait-il.

Il avait cependant du mérite à demeurer aussi serein. Il avait été limogé de son poste de chercheur au CNRS. Sa Renault 20 décapotable avait explosé dans un attentat revendiqué par un « Comité des prisonniers survivants » inconnu jusqu'à ce jour. Sur la porte de son immeuble était bombé en grosses lettres rouges : « Ici demeure le meurtrier de 123 innocents. »

Comme nous nous remontions mutuellement le moral en nous rappelant l'essor de Kerboz, un homme au chapeau enfoncé jusqu'aux yeux sonna à la porte. Le président Lucinder en personne. C'était la première fois que je le voyais. Après de rapides présentations, il nous transmit les dernières informations sur notre affaire. Il ne fut pas très encourageant. Se plantant devant la table comme s'il tenait meeting, il déclama :

– Mes amis, apprêtons-nous à affronter la tempête. Ce que nous avons subi jusqu'ici n'est rien auprès de ce qui nous attend. Amis et ennemis politiques se sont ligués pour me régler mon compte. Ils se fichent bien de quelques prisonniers expédiés *ad patres* mais beaucoup souhaiteraient devenir calife à la place du calife. Je me méfie surtout de mes amis, eux savent comment m'atteindre. Je regrette de vous avoir entraînés dans cette tourmente, mais après tout nous savions les risques que nous prenions. Si seulement cet ingrat de Mercassier et cet imbécile de directeur de Fleury-Mérogis ne nous avaient pas trahis !

Le Président baissait les bras. J'étais au bord de la panique. Raoul, fidèle à lui-même, ne cilla pas, même quand un pavé vint défoncer une fenêtre du salon.

Il servit du whisky à la ronde.

– Vous vous trompez tous. Jamais les circonstances ne nous ont été aussi favorables, déclara-t-il. Sans ces fuites imprévues, nous serions encore à bricoler dans les sous-sols de la prison. Désormais, nous œuvrerons au grand jour. Président, le monde entier s'inclinera devant votre audace et votre génie.

Lucinder parut sceptique.

– Allons, allons, je ne suis plus rien. Ce n'est plus la peine de me flatter.

– Mais si, insista mon ami. Michael avait raison quand il disait qu'il fallait divulguer au plus vite nos résultats à la presse. Félix est un héros. Il mérite célébrité et reconnaissance.

Le Président ne comprenait pas où Razorbak voulait en venir. Moi, j'avais saisi d'emblée. À sa place, je lançai :

– Il faut attaquer au lieu de nous cantonner dans la défense. Tous ensemble, tous unis contre les imbéciles !

Au début, nous avions eu l'impression d'être un groupe de conspirateurs sur le point d'être pris au piège. Et puis, peu à peu, nous nous regardâmes. Nous étions peu nombreux, mais nous avions du cran. Nous n'étions pas spécialement doués, pourtant nous avions essayé ensemble de changer le monde. Il ne fallait pas renoncer. Amandine, Raoul, Félix, Lucinder. Jamais je ne m'étais senti aussi complice d'autres humains.

71 – MYTHOLOGIE GRECQUE

Laissé pour mort sur un champ de bataille, Er le Pamphilien se retrouva dans une pièce nantie de quatre ouvertures : deux sur le ciel, deux sur la Terre. Les âmes vertueuses montaient au ciel. Les ombres descendaient vers la Terre.

Les âmes criminelles y descendaient par une fente, et par l'autre remontaient les âmes recouvertes de poussière.

Er vit les châtiments infligés aux méchants. Il parvint dans le lieu merveilleux où s'élève la colonne qui est l'axe du monde. Accompagné d'âmes, il se rendit au Céthé où coule le fleuve Amélès dont les eaux procurent l'oubli.

Il y eut un grondement et Er reprit vie sur le bûcher funéraire au grand dam des humains qui l'entouraient. Il raconta comment il avait vu le pays des morts et en était revenu indemne. Personne ne crut son histoire. On lui tourna le dos avec dépit.

Extrait de la thèse *La Mort cette inconnue*, **par Francis Razorbak.**

72 – EN AVANT TOUTE

Le scandale prenait des proportions insensées. Des photos de ce qu'ils nommaient notre «laboratoire de la mort programmée» s'étalaient à la une de tous les journaux. À la lumière crue des flashes, la pièce semblait une sinistre salle de torture. Des journalistes malveillants avaient même rajouté au premier plan des bistouris ensanglantés et des pinces encore recouvertes de poils collés.

Il y eut ensuite la découverte du «charnier présidentiel». En fait, le crématorium de la prison de Fleury-Mérogis. Comme il n'y avait plus trace des corps de nos thanatonautes malchanceux, les journalistes avaient imaginé des montages avec des mannequins rougis.

Ils avaient photographié de manière floue pour donner un côté encore plus dramatique et plus réaliste. Comme si ces clichés avaient été pris par un espion durant notre activité. Un reporter eut même l'aubaine de photographier un vrai suicidé de Fleury-Mérogis. Le type s'était pendu bien après qu'on nous avait interdit l'accès au thanatodrome. Cela ne changea rien. Son portrait boursouflé, langue sortie et yeux exorbités, fit rapidement la une de tous les magazines. «Ils ont osé!» était-il inscrit sobrement sous la photo de ce malheureux que nous n'avions jamais vu. Juste au-dessous s'affichaient nos portraits à nous : les assassins. Nous portâmes plainte pour diffamation mais cela ne servit à rien.

Tels des rats quittant le navire, les ministres démission-
nèrent les uns après les autres. Un gouvernement de crise
fut formé. Le président Lucinder fut destitué de ses fonctions
à la tête de l'État jusqu'à plus amples informations.

Depuis l'Australie, Mercassier accusait Lucinder de
l'avoir obligé à agir sans tenir compte de ses refus. Il ne fit
toutefois aucune allusion à notre expérience réussie.

Lucinder se garda de répliquer au coup par coup. Il se
contenta d'une apparition à la télévision dans une émission
populaire pour déclarer que tous les pionniers avaient été
décriés en leur temps. Il parla d'inimaginables progrès, de
conquête de l'au-delà, d'un continent inexploré.

La journaliste qui l'interrogeait resta de marbre. Elle rappela que même des prisonniers de droit commun étaient des
hommes et non des cobayes, que même un Président violait
le droit en autorisant des expériences mortelles.

Jean Lucinder ignora ses remarques. En guise de conclusion, il fit face à la caméra et annonça tout de go :

– Chers téléspectateurs, chers concitoyens, oui, je
l'avoue, nous avons tué au nom du savoir, pour dépasser
notre condition humaine. Et nous avons réussi ! Un de nos
volontaires est allé dans l'au-delà et en est revenu indemne.
Il se nomme Félix Kerboz. C'est en quelque sorte un pilote,
un voyageur de la mort. Nous le nommons un thanatonaute.
Nous sommes prêts à recommencer avec lui l'expérience en
direct. Si elle échoue, je suis prêt à me soumettre à votre
jugement et je comprendrai très bien sa dureté. Demain, dès
demain, je vous propose de recommencer avec mon équipe
une tentative de décollage pour l'au-delà. Toutes les télévisions de l'Hexagone et du monde pourront être présentes,
l'événement se déroulera au Palais des Congrès, à 16 heures.

73 – MYTHOLOGIE INDIENNE D'AMAZONIE

Jadis, les hommes ne mouraient pas.

Un jour cependant, une jeune fille rencontra le dieu de la
Vieillesse. Il échangea sa peau ridée et chenue contre la
sienne, qui était souple et douce.

Depuis, les hommes vieillissent et meurent.

Extrait de la thèse *La Mort cette inconnue*, par Francis Razorbak.

74 – LE TOUT POUR LE TOUT

16 heures. Le Palais des Congrès, à Paris, grouillait de monde. Des spectateurs s'échangeaient des journaux et commentaient de nouveaux témoignages accablants, émanant de l'infatigable Mercassier et de l'implacable directeur de Fleury-Mérogis, en passe de devenir une vedette.

Au premier rang, deux députés ne cachaient pas leurs impressions :

– Ce pauvre Lucinder, il est fini. Il voulait connaître le pays des morts, il va être servi ! Sa mort politique est en tout cas irréversible.

– Quand même, fit l'autre dubitatif, toute cette mise en scène... Il doit lui rester quelques biscuits. C'est un vieux renard.

– Pensez-vous ! C'est son chant du cygne. Il ne dispose plus que de 0,5 % d'opinion favorable ! Normal. Il y a sûrement 0,5 % de cinglés dans la population pour croire au surnaturel et aux NDE.

Ils haussèrent les épaules.

Violemment éclairée par deux projecteurs, une jolie journaliste rousse s'exprimait face à une caméra :

– Huit experts scientifiques sont présents dans la salle afin de surveiller toutes les manipulations et d'éviter tout trucage. Certains spécialistes ont exprimé la crainte que le président Lucinder utilise deux frères jumeaux, tuant l'un pour mieux ressusciter l'autre. C'est un vieux tour de prestidigitation bien connu. Mais avec tant de regards et d'objectifs braqués sur la scène, pareille embrouille sera impossible. On imagine mal un chef d'État, déjà malmené dans l'opinion, disposé à la tenter !

Dans l'attente du « spectacle », des groupes se formaient. On discutait, on s'interrogeait :

– Vous avez lu l'article du *Matin* ? Un scientifique y explique très bien pourquoi il est impossible de survivre à la mort. « Dès qu'un cerveau cesse d'être irrigué, il se nécrose. Dès qu'une cellule nerveuse meurt, elle perd ses facultés physiologiques, donc ses facultés de représentation et de mémorisation. »

– Et cette faribole de surdose naturelle de liquide endocrinien qui provoquerait des hallucinations de voyage, vous y croyez ?

Il y eut des ricanements.

– Je ne vois pas pourquoi un corps à l'agonie utiliserait ses dernières énergies pour fabriquer des images ! s'exclama quelqu'un.

Les deux députés se calèrent dans des fauteuils, au premier rang.

– Lucinder voulait rentrer dans l'Histoire avec un grand H, reprit l'un. Il n'a plus à s'en faire. Il y rentrera. Et par la grande porte, encore ! Cent vingt-trois assassinats sur les bras, ce n'est pas tous les matins qu'un chef d'État porte un tel chapeau.

– Beau procès en perspective !

Les feux de la rampe s'allumèrent. Sur la scène, trônait un simple fauteuil de dentiste. Il y avait aussi des tas de fils électriques reliés à des écrans géants qui clignotaient comme autant d'œils borgnes.

L'événement serait diffusé en duplex dans une soixantaine de pays. Un président de la République se ridiculisant en direct, le spectacle valait bien un concert de rock'n roll ou un match de football !

Des machinistes installèrent huit chaises autour du fauteuil de dentiste. Là siégeraient les huit experts désignés par la commission parlementaire. Quatre médecins, trois biologistes, et même un prestidigitateur.

Ils surgirent sous les applaudissements. La salle était déchaînée. Elle acclama ces vieilles barbiches de l'Académie comme autant de matadors descendus ensemble dans l'arène pour venir à bout d'un gros taureau retors. Ils avaient un peu le trac. Jamais ils n'avaient connu une telle popularité dans leurs travaux précédents. Certains tendirent même leurs mains vers la foule. S'ils avaient pu promettre les oreilles et la queue du Président, ils ne s'en seraient pas privés. En guise de banderilles, ils dégainèrent leurs stylos et commencèrent à noter sur des petits carnets rigides toutes sortes d'observations sur le matériel présent.

Un célèbre présentateur de télévision aux cheveux gominés monta à son tour sur l'estrade, accompagné par un cameraman et un preneur de son. Après quelques essais tests de voix et d'image, la lumière rouge de la caméra s'alluma.

– Mesdames et messieurs, bonsoir, et merci de regarder RTV1, la chaîne qui vous en montre plus. Ici, dans cette salle du Palais des Congrès, l'ambiance est survoltée. Le président Lucinder s'apprête à jouer toute sa carrière sur un fantastique coup de dé : prouver au monde entier qu'il est possible de visiter l'au-delà comme s'il ne s'agissait que d'un continent éloigné. Dans le public, l'émotion est à son comble. Allons-nous assister, impuissants, à un nouvel assassinat en direct ? Ou, au contraire, à l'expérience du siècle ? Le suspense est intense...

75 – MYTHOLOGIE GROENLANDAISE

Pour la population du Groenland, le paradis se situe au fond de l'Océan. Y règne le perpétuel été du soleil de minuit. Ceux qui ont peiné ici-bas peuvent enfin se reposer et jouir du fruit de leurs efforts. Là est un royaume d'abondance, où ne manquent ni les chiens, ni les rennes, ni les poissons, ni les ours. Les phoques s'y trouvent tout cuits et prêts à être mangés.

Extrait de la thèse *La Mort cette inconnue*, par Francis Razorbak.

76 – LA FAMILLE

Ce fut tout d'abord ma mère qui m'appela :
– Mon fils, n'y va pas !
Conrad, lui, me conseilla de me barrer vite fait en Argentine.

Tous ces gens bien-pensants qui voulaient mon bien m'écœuraient et renforçaient au contraire ma volonté de m'enfoncer dans ma marginalité.

Je les assurai qu'il n'était pas question pour moi d'abandonner mes amis dans la difficulté. J'avais ma part de responsabilité dans les événements présents. Je l'assumerais.

– Bon, si tu y vas, j'irai aussi, dit ma mère. Je défendrai toujours mes fils, bec et ongles, quoi qu'il arrive !

Et c'est ce qu'elle fit. Repérée par le journaliste de RTV1 qui cherchait à meubler l'antenne dans l'attente du grand moment, ma génitrice vida son cœur en direct, devant des millions de voyeurs.

– Voyez-vous, Michael a toujours été trop gentil et prêt à rendre service à tout le monde. Il a certes ses petits défauts, mais ce n'est pas un criminel. Si le président de la République s'est laissé entraîner par ces illuminés, pourquoi pas mon fils ? C'est à cause de la solitude si mon garçon se retrouve mêlé à cette histoire. Vivre tout le temps seul, ça vous monte à la tête ! Si seulement il m'avait écoutée, si seulement il s'était marié, nous n'en serions pas là ! Mon petit Michael n'a jamais eu beaucoup de volonté. Il a toujours été à la merci de ceux qui parlent haut et fort. Comme ce Razorbak. (Puis, plus bas :) Ah, dites donc, j'ai une question. Est-ce que vous croyez que je pourrai lui faire parvenir des colis dans sa cellule de prison ?

Le journaliste gominé reconnut son ignorance sur ce sujet et remercia poliment ma mère.

77 – MYTHOLOGIE BIBLIQUE

Selon la Bible, la vie d'Adam se résume à douze étapes :

À la première heure, la poussière se rassembla.

À la deuxième heure, la poussière se transforma en une masse informe.

À la troisième heure, des membres furent façonnés.

À la quatrième heure, une âme fut insufflée.

À la cinquième heure, il se tint debout.

À la sixième heure, il sut désigner ce qui l'entourait.

À la septième heure, il reçut Ève pour compagne.

À la huitième heure, à deux sur un lit ils montèrent, à quatre ils en descendirent.

À la neuvième heure, il reçut ordre de ne point goûter au fruit de la connaissance.

À la dixième heure, il commit la faute.

À la onzième heure, il fut jugé.

À la douzième heure, il fut chassé du jardin d'Éden.

Extrait de la thèse *La Mort cette inconnue*, par Francis Razorbak.

78 – ÊTRE OU NE PAS ÊTRE

Premier à entrer dans l'arène – comprenez : à monter sur scène –, je n'en menais pas large. Les experts du comité refusèrent de me serrer la main et, derrière moi, je devinais Amandine, pétrie de peur.

L'assistance fondit en huées.

Un homme en blouson et casquette se détacha :

– Crapule ! Tu as tué mon fils !

De mon mieux, je me cramponnais au micro :

– Nous n'avons assassiné personne ! criai-je à m'en briser la gorge. Personne ! Tous les détenus qui ont participé au projet « Paradis » s'étaient portés volontaires pour l'expérience. Ils en connaissaient les risques et ils ont chaque fois eux-mêmes pressé le bouton déclenchant le processus d'envol.

– D'envol ? De mort, oui ! Qui peut être volontaire pour mourir ? Il y a un volontaire, par ici ? hurla quelqu'un.

– Mort aux tueurs en blouse blanche ! Mort aux tueurs en blouse blanche ! scandèrent des spectateurs déchaînés.

Les sifflements redoublèrent quand le président Lucinder s'approcha à son tour du micro. Des tomates atterrirent à ses pieds. Le cordon de policiers placés devant la scène s'étoffa de renforts d'urgence.

De ses mains, le Président fit des gestes d'apaisement. Sa longue habitude de meetings politiques perturbés lui avait appris à prendre l'ascendant sur une salle agitée.

– Mesdames et messieurs, mes amis, dit-il, calmez-vous ! L'expérience que nous allons tenter devant vous a déjà réussi, mais en l'absence de tout expert officiel susceptible d'en témoigner. À présent, je me soumets au jugement de la Nation, de la planète même. Si l'homme que nous enverrons devant vous dans l'au-delà n'en revient pas, je m'engage à comparaître devant toute cour de justice adéquate pour répondre de mes échecs.

Quelques insultes retentirent encore mais, très vite, un lourd silence remplaça le tumulte. Félix Kerboz venait de faire son apparition. Les projecteurs se braquèrent aussitôt sur lui et le smoking impeccable qui était son nouvel uniforme de thanatonaute. Sa tête de bandit contrastait avec ses vêtements de dandy. Il était arrivé entre deux gendarmes. À la figure tourmentée de Félix, je compris que quelque chose clochait.

L'animateur de télévision se précipita :

— Et voici Félix Kerboz, seul homme, selon le président Lucinder, à avoir accompli l'impossible aller-retour entre le monde des vivants et celui des morts. Cette prouesse, il va la tenter une seconde fois devant les caméras du monde entier et en exclusivité nationale pour RTV1, la chaîne qui vous en montre plus !

Notre équipe échangea des coups d'œil inquiets. Tous, nous connaissions assez Félix pour percevoir son trouble. Était-ce la foule qui l'intimidait ?

Le Président lui donna une grande tape sur l'épaule.

— En forme, Félix ?

Une grimace défigura davantage encore le visage de Félix. Des téléspectateurs qui avaient rejoint l'émission en cours de route se demandèrent s'ils n'avaient pas zappé par erreur sur un film d'épouvante.

— Ben, ça pourrait aller mieux, murmura notre thanatonaute.

— Le trac ?

— Ah, c'est pas ça, glapit Félix. J'ai un ongle incarné qui me tracasse et, putain, j'ai pas fermé l'œil de la nuit.

Lucinder sursauta.

— Un ongle incarné ? Pourquoi ne pas l'avoir dit plus tôt !

Lucinder allait l'engueuler mais ce n'était pas le moment.

— Un ongle incarné ? Je connais ça. C'est très douloureux mais ça se soigne facilement.

— J'ai bien pris de l'aspirine mais ça me fait mal quand même. Quelle saloperie !

Je suggérai de remettre l'opération à plus tard. Si Félix

souffrait, il se laisserait aspirer par la lumière plutôt que de retourner dans sa carcasse endolorie.

Le Président le supplia :

– Vous reviendrez à la vie, Félix, vous me le promettez ? J'ai déjà signé votre décret d'amnistie. Si vous réussissez, vous serez libre, définitivement libre. Vous comprenez, Félix ? Vous serez désormais un citoyen respectable.

L'homme ne semblait pas convaincu.

L'assistance hésitait entre de nouvelles insultes ou des applaudissements mais retenait encore son souffle.

L'animateur expliqua que le Président encourageait son poulain à la façon d'un entraîneur avant un match de boxe.

Nous, la mine sombre, nous préparions nos instruments.

Maintenant, Lucinder secouait carrément Félix :

– Vous serez libre ! On vous appellera Monsieur Kerboz et vous serez riche et célèbre ! On vous mettra dans une voiture découverte et les gens vous applaudiront et vous lanceront des confettis comme pour Neil Armstrong après ses premiers pas sur la Lune !

– Ouais, ça m' plairait bien si y avait pas ce fichu ongle incarné.

– Bon sang, après toutes les potions toxiques que vous avez ingurgitées, votre ulcère, vos cloques et votre peau trouée, ce n'est quand même pas un malheureux orteil douloureux qui vous fera abandonner vos espoirs d'une vie meilleure !

– Mais c'est si bien là-haut, on s'y sent si léger, y a plus aucun tracas...

Lucinder s'emporta :

– Félix, la vie, ce n'est quand même pas du flan !

– J'me demande c'qui y a de bien dans cette vie-là. Le problème, c'est que j'm'en souviens plus.

– L'argent, les femmes, les parfums, les couchers de soleil sur la mer, les voitures, les palaces, énuméra Lucinder.

Puis se mettant, en fin politique, dans la peau de son cobaye, il ajouta :

– Et si vous préférez l'alcool, la drogue, la violence, la vitesse... Allons, Félix ! Nous avons besoin de vous. Vous avez des amis à présent, un Président, des savants remarquables, la plus ravissante des infirmières ! Tant de gens n'ont pas votre chance ! Et nous comptons tous sur vous.

Félix baissa les yeux et rougit tel un enfant coupable :

– Ouais, j'sais tout ça. Mais en haut, ils m'veulent du bien, eux aussi. J'ai pas eu tellement de chance dans ce monde et cet ongle incarné en plus, ces gens hostiles devant... Dans ce monde j'ai pas eu beaucoup de satisfaction. J'en ai jamais eu à bien réfléchir.

Lucinder considéra le colosse avec stupéfaction :

– Pas de satisfaction, Félix ? Vous voulez dire que... Jamais... Vous n'avez jamais...

Notre armoire à glace était maintenant écarlate.

– Ben ouais. Personne ne m'a jamais aimé à part ma mère, et ma mère, justement, elle est là-haut.

La foule s'impatientait.

– Mort au singe ! lança un plaisantin.

L'animateur meubla tant bien que mal :

– Félix Kerboz mesure 1,95 m et pèse 100 kg, des mensurations plutôt harmonieuses pour un homme de son âge. D'après le dossier de presse, le poids et la taille n'influent en rien la qualité du passage de la vie à la mort mais il est préférable pourtant que le sujet soit en bonne condition physique.

Amandine n'avait rien perdu des propos échangés entre Félix et le Président. Elle s'avança :

– Vous êtes puceau, Félix ? C'est ça ?

Il vira au bordeaux.

La blonde infirmière hésita, réfléchit un instant, puis elle murmura quelque chose à l'oreille de son patient. D'un coup, le visage de Félix passa par plusieurs couleurs de l'arc-en-ciel. Il étira ses lèvres en une caricature de sourire. Côte à côte, ils ressemblaient à Quasimodo et Esmeralda. Un Quasimodo s'apprêtant à aller au supplice...

Il ne quittait plus Amandine des yeux. Il se reprit.

– Bon, allons-y. Mon putain d'ongle est en train de me ficher la paix un instant.

Lucinder suggéra que je rajoute un analgésique à mes boosters pour que Félix ne sente plus son orteil. Mais je refusai. Ce n'était pas le moment d'expérimenter de nouveaux mélanges. 800 milligrammes de thiopental seraient

130

ma dose et il n'y aurait pas d'autre médicament en dehors des habituelles potions.

Le président Lucinder dégrafa le nœud papillon du smoking de Kerboz. Il leva sa manche et plaça les électrodes. On aurait juré qu'il avait fait cela toute sa vie.

– Lucinder, va te rhabiller, tu n'es qu'un assassin !

Je vins lui donner un coup de main. Après tout, maintenant, nous étions tous dans la même galère.

Amandine s'affairait avec diligence.

Elle ressentait tous les quolibets comme autant de lances. Mais elle préférait jouer le tout pour le tout. Elle régla l'électrocardiogramme, l'électro-encéphalogramme puis me dédia un maigre sourire complice tandis que les insultes continuaient de pleuvoir.

– Assassins ! Assassins !

Le mot d'ordre fut repris par toute la salle qui le scanda en rythme.

Félix Kerboz respirait lentement, de plus en plus lentement, comme Raoul lui avait appris à le faire. Il inspirait avec le nez, soufflait avec la bouche. Cette méthode de respiration artificielle avait été inventée, paraît-il, pour aider les femmes à accoucher sans douleur.

– De mon côté, tout est prêt ! déclara le président Lucinder qui avait fini de poser une dernière électrode sur la poitrine velue du thanatonaute.

– Prêt moi aussi, dit Raoul en serrant les capteurs de pouls.

– Prêt ! dis-je.

– Prête ! renchérit Amandine.

Les scientifiques du comité s'approchèrent pour mieux examiner l'ensemble du dispositif. Ils vérifièrent que les électrodes étaient conformes aux normes en vigueur. Ils prirent eux aussi le pouls de Félix. Le prestidigitateur donna des coups de talon dans le plancher de la scène, à la recherche d'une trappe ou d'un quelconque dispositif de bascule. Il enfonça une aiguille dans la mousse du fauteuil, ce qui ravit le public qui s'attendait qu'il découvre peut-être un couloir secret dans notre fauteuil de dentiste. Lorsqu'il eut terminé, il adressa un signe aux autres. Ils notèrent avec empressement toutes sortes d'informations. Puis ils se rassirent, satisfaits pour l'instant, et nous firent un geste qui signifiait que nous pouvions procéder. Silence.

Dans l'immensité du Palais des Congrès, on aurait pu entendre une âme voler.

— Allons-y ! grogna Raoul, passablement agacé par cette foule hostile.

— Ben, ciao, les amis ! dit Félix en agitant ses gros doigts boudinés.

Amandine lui caressa ses rares cheveux et déposa un petit baiser au coin de ses lèvres, juste comme il allait fermer les yeux.

— Reviens ! murmura-t-elle.

Félix souriait en comptant :

— Six... cinq... quatre... trois... deux... un... Décollage !

Et prestement il appuya sur l'interrupteur et se propulsa hors de cette vie.

79 – MANUEL D'HISTOIRE

Vers la fin du XXe siècle, les dictionnaires et les encyclopédies donnaient de la mort les définitions suivantes :

MORT : cessation définitive de la vie.

Définition courante : On dit de quelqu'un qu'il est mort quand son cœur ne bat plus et qu'il a cessé de respirer.

Définition américaine, adoptée en 1981 : Un individu est déclaré décédé après cessation irréversible de toutes les fonctions du cerveau.

Définition médicale : Arrêt irréversible des contractions cardiaques. Caractère artificiel de la respiration maintenue par un poumon mécanique. Abolition totale des réflexes. Disparition de tout signal électroencéphalographique. Destruction totale des structures cérébrales.

Formalités à accomplir en cas de mort : Notifier le décès à la mairie la plus proche. Le médecin légiste du quartier vérifiera le trépas et dressera un constat qu'il remettra à la famille du défunt ou à un préposé aux pompes funèbres. Accompagné du livret de famille du décédé, ce constat devra être remis au service d'état civil de la mairie qui délivrera en échange un permis d'inhumer et une autorisation de fermeture du cercueil. En cas de mort violente ou suspecte, le médecin légiste avertit le procureur de la République qui peut exiger une autopsie. La famille n'est pas obligée de rendre publiques les causes du décès. Il est obligatoire d'attendre vingt-quatre heures au moins avant de procéder aux funérailles.

Prix de la concession : Variable, selon la durée, la notoriété du cimetière et le prix du terrain. Le mètre carré vaut évidemment plus cher dans les villes que dans les campagnes.

3 000 F pour un cercueil ordinaire en bois blanc. Compter des suppléments pour l'ébène, l'acajou, le capitonnage intérieur.

1 800 F pour les pompes funèbres, plus selon le nombre de croque-morts mis à disposition.

3 000 F pour la location du corbillard.

4 800 F pour les articles funéraires, fleurs et décorations diverses.

700 F pour le marbrier.

1 000 F par an pour le nettoyage et la restauration de la sépulture.

200 F pour les faire-part. Plus frais postaux.

1 000 F de TVA.

1 300 F de taxe municipale.

200 F de service religieux (suppléments à prévoir selon les confessions et les services demandés : messe, chœur, etc.).

Soit un total de 17 000 F minimum, concession non comprise.

Manuel d'histoire, cours élémentaire 2ᵉ année.

80 – ATTENTE

Depuis déjà dix minutes, une ligne continue défilait sur l'électrocardiogramme et toujours pas le moindre *ping* !

Fidèle à ses habitudes, Raoul Razorbak notait sur son calepin tous les paramètres : durée, température, activités cardiaque, cérébrale, électrique, impressions personnelles, etc.

Raoul revint, l'air préoccupé.

— Alors ? risquai-je.

Il haussa les épaules.

133

La foule se taisait, scrutant l'homme gisant sous les projecteurs. Tournant autour du fauteuil comme des mouches autour d'une charogne, les experts prenaient eux aussi leurs notes, leur stylo crissant bruyamment sur le papier quadrillé. Ils avaient toujours un nouveau cadran à examiner. Ils faisaient cela essentiellement pour se dégourdir les jambes mais prenaient des airs entendus laissant présager le pire.

Le prestidigitateur était le meilleur acteur : lui, il avait toutes sortes de mimiques dubitatives.

Le présentateur de RTV1 ne savait plus comment meubler le temps vacant. Il évoqua la météo, propice à ce genre d'expérience, et l'histoire du Palais des Congrès qui avait vu se dérouler sous son toit tellement d'événements saisissants.

Mains jointes et visage de madone, Amandine priait en silence.

Moi aussi.

81 – MYTHOLOGIE SCANDINAVE

Balder était un bienveillant dieu scandinave. Fils d'Odin, il était réputé pour sa compassion et sa beauté. Une nuit, il rêva de sa propre mort. Les dieux en conçurent une grande inquiétude et sa mère, la déesse Frigg, contraignit quasiment tout et tous à ne jamais nuire à son fils. Elle fit prêter serment de bonne volonté à la terre, au fer, aux pierres, aux arbres, aux maladies, aux oiseaux, aux poissons, aux serpents, à tous les animaux.

Constatant que Balder était désormais invulnérable, les dieux s'amusèrent à lancer sur lui toutes sortes d'objets dangereux qui ne le blessaient pourtant jamais.

Il advint cependant que, jaloux du pouvoir de Balder, le méchant dieu Loki se déguisa en femme et se rendit chez Frigg afin de lui arracher son secret. Il apprit ainsi que la déesse avait négligé de faire prêter serment à une plante appelée *Mistilteinn* car elle l'estimait trop frêle et trop fragile pour pouvoir causer le moindre mal à son fils.

Loki convainquit alors Hödr, le dieu aveugle, de s'emparer de cette plante et de frapper Balder. Guidé par

Loki, Hödr blessa mortellement Balder car la plante s'était transformée en javelot. Loki annonça alors à tous que l'on n'échappe pas à la mort, même lorsqu'on est béni par les dieux.

Extrait de la thèse *La Mort cette inconnue*, **par Francis Razorbak.**

82 – AU PALAIS DES CONGRÈS

Les policiers en civil qui s'étaient glissés dans la salle sur la sollicitation du juge instruisant l'affaire se rapprochaient peu à peu de la scène. Ils ne voulaient pas que nous puissions nous enfuir après l'échec de notre représentation.

Cela faisait maintenant cinq minutes que nous frictionnions et électrocutions sans résultat Félix.

La foule silencieuse devenait de moins en moins silencieuse.

Les experts scientifiques étiraient des sourires entendus après chaque décharge électrique, s'approchaient doctement pour caresser le poignet de Félix et vérifier son pouls. Ils étaient très satisfaits car on ne percevait rien.

J'enlevai ma blouse blanche et, en maillot de corps, dégoulinant de sueur, je continuai à pratiquer le massage cardiaque. Nous comptions ensemble « un, deux, trois », je pressais sur la cage thoracique avec mes deux mains à plat dans la zone du cœur, et Raoul insufflait de l'air dans les narines avec une pompe manuelle pour relancer l'activité respiratoire.

Les policiers se rapprochèrent encore.

– Un, deux, trois ! Allez, on y croit, on y croit, répétait mon ami.

Il avait raison. Il fallait y croire. La main dans le feu peut y rester si on la croit invulnérable. Il me l'avait montré.

Nous les bousculions sans ménagements pour la moindre de nos manœuvres. Et plus le pessimisme nous gagnait, plus nous les bousculions. Ils ne semblaient pas y porter attention. Il est normal que le taureau tente de blesser les matadors avant sa mise à mort.

Dans la salle, au léger bruit de fond, avaient succédé des

bavardages et des rumeurs. On percevait même des rires contenus.

Encore un instant, et ce serait l'hallali.

D'autres policiers prirent faction derrière nous de façon à nous interdire une fuite par les coulisses.

La foi déplace les montagnes, pourquoi ne serait-elle pas capable de reproduire un petit miracle de rien du tout, seulement rendre vie à ce gros sac de peau rempli de sang et de viscères ?

– S'il y a une cellule vivante dans cette viande, il faut qu'elle réponde à mon appel, dit Raoul. Ohé ! ohé ! on est là, on attend. Un, deux, trois, un, deux, trois.

Et il pressait la cage thoracique de Félix.

– Bon sang, réveille-toi, Félix. Déconne pas ! criai-je à mon tour.

Un policier monta sur la scène. On devait avoir l'air de fous dangereux se défoulant sur un cadavre pour tous les téléspectateurs suivant nos prouesses.

– Un, deux, trois ! Réveille-toi, Félix, bon sang !

Un policier sortit des menottes.

– Un, deux, trois ! Félix, bon Dieu, ne nous laisse pas tomber !

Les huit experts vinrent constater le décès avec des airs entendus. Des mouches sur un fruit écrasé.

Un policier me saisit le poignet. J'entendis un claquement sec de menottes et une voix qui prononçait : « Au nom de la loi, je vous arrête pour homicide par empoisonnement. »

Déjà Raoul et Amandine étaient eux aussi menottés. On n'osait pas encore toucher à Lucinder qui, auréolé de son statut de président de la République française, restait intouchable.

– À mort ! À mort les thanatonautes ! hurlait la salle trop heureuse de voir son chef dans la panade.

Rien n'est plus jouissif pour le peuple que de voir ses maîtres traînés dans la boue.

– La peine de mort pour les thanatonautes !

Au premier rang, mon frère clamait : « Je te l'avais bien dit. » Ma mère essayait à elle seule de calmer toute la salle. Elle commença par ses voisins immédiats. Puis elle se répandit dans les travées.

– Mon fils n'y est pour rien, arrêtez, vous vous trompez, mon fils n'y est pour rien, il s'est laissé entraîner.

Elle avait déjà tout prévu. Plus tard, lors du procès, elle ressortirait mes carnets de bons points depuis la maternelle afin de prouver que j'avais été un bon garçon. Elle avait d'ailleurs acheté par avance une robe pour l'audience.

Les policiers nous prirent par les bras pour nous emporter à travers la salle enfiévrée. Déjà les gens s'approchaient pour nous insulter et nous cracher dessus. Quelle horrible sensation d'avoir ses mains menottées pendant que des gens vous conspuent. Quelqu'un jeta un œuf pourri qui vint s'écraser sur mon front. Amandine reçut une tomate. Raoul eut lui aussi droit à son œuf, plus vert et plus puant que le mien.

Le président Lucinder s'était rassis, effondré. Il ne pensait pas à nous aider ou à aider Félix, il pensait seulement qu'il s'était trompé, qu'il avait eu un délire et regrettait tout. Lui qui voulait être célèbre, désormais il était fini. Il n'avait pas su remporter la victoire à Alésia, comme César. Au dernier moment, la mort, suprême bastion, s'était avérée inexpugnable.

Le journaliste de RTV1 fit signe à son cameraman de multiplier les gros plans sur le visage impassible de Félix. On lui collait la torche à quelques centimètres du visage et on filmait le moindre de ses pores immobiles, le moindre de ses poils grillant sous la trop forte lumière.

Au revoir, Félix.

Les policiers me tiraient par les menottes.

Il se passa alors quelque chose d'imprévu.

On entendit un retentissant « Aïe ».

Toutes les respirations s'arrêtèrent. Tous, nous restâmes figés. J'avais reconnu la voix qui avait dit « Aïe ». Cette voix, cette voix...

L'homme responsable de la lumière avait trébuché et laissé tomber sa torche électrique sur l'œil de Félix.

Déjà le présentateur exultait.

– C'est incroyable, mesdames et messieurs, simplement incroyable, prodigieux et colossal. L'homme, celui qu'on peut appeler à partir de maintenant « le premier homme à avoir mis officiellement les pieds dans l'au-delà et à en être revenu », est... vivant. Félix Kerboz est vivant !

Sur ordre des experts, les policiers hébétés nous ôtèrent vite les menottes. La salle était redevenue muette. On n'entendait plus que l'inépuisable animateur de la télévision qui débitait au mètre ses commentaires, trop content d'avoir enfin du spectaculaire dans son show. Il savait qu'il était en train de jouer sa carrière et il n'avait pas l'intention de laisser passer une occasion aussi rare. Lui aussi comptait désormais avoir son nom inscrit dans les livres d'histoire, au pire dans les livres d'histoire du journalisme.

– Je peux vous dire que l'émotion est générale. Dès que les premiers *ping* ont commencé à retentir sur l'électro-encéphalogramme, il y a eu d'abord un instant d'incrédulité puis une clameur s'est élevée dans la salle. Une clameur d'effroi, mesdames et messieurs, car nous avions tous conscience que c'était un mort qui revenait parmi les vivants. RTV1, la chaîne qui vous en montre plus, va vous repasser un ralenti du premier mouvement de paupières de Félix Kerboz. Un mouvement de paupières intervenu longtemps après l'arrêt de son cœur. Et un mouvement de paupières intervenu, il faut bien le dire, grâce à nous, grâce à... RTV1, la télé qui ranime même les morts. Je vais essayer tout de suite d'avoir une interview exclusive de Félix, et juste après nous passerons une page de publicité. Nous vous rappelons cependant que toute cette soirée était sponsorisée par le cirage Dragon noir. Le cirage Dragon noir, le seul qui vous sort du coltar.

Lucinder, Amandine, Raoul et moi étions entre le rire et les larmes. Nous courions pour revenir sur scène. *The show must go on.* Les médecins et les experts scientifiques reculaient abasourdis et hochaient la tête comme s'ils n'arrivaient pas à en croire leurs propres yeux, leurs propres oreilles, leurs propres sens tactiles.

Ils continuèrent de palper Félix, de vérifier les machines de contrôle. Il y eut même un scientifique pour regarder sous le fauteuil. Au cas où l'on aurait quand même substitué un frère jumeau au cadavre.

Je pris le pouls de Félix, écoutai son cœur, examinai sa rétine, ses dents.

Mais tout le monde savait, voyait, était contraint de reconnaître l'irréfutable. Nous avions réussi. Raoul, Félix, Amandine, Lucinder et moi contre les imbéciles.

Félix bafouilla.

– Putain, la virée, putain, j'ai jamais eu ça, comme ça. A... alors, je l'ai ou je l'ai pas, mon amnistie ?

Amandine se précipita et lui murmura quelque chose à l'oreille. Aussitôt son regard fit eurêka.

Il se pencha vers le micro du journaliste de RTV1 et articula parfaitement :

– *C'est un petit pas pour mon âme, mais un grand pas pour l'humanité.*

D'un coup la tension tomba. Debout, on ovationna le héros. On ne dira jamais assez l'importance d'un bon slogan. Des applaudissements fusèrent. Plus personne ne retenait ses vivats.

– Chers spectateurs de RTV1, c'est un moment historique et une phrase historique que vient de nous délivrer notre thanatonaute national. Un petit pas pour mon âme, mais un grand pas pour l'humanité. Le clin d'œil à l'Histoire est superbe. Cet homme a réussi une *Near Death Experience* en direct devant nous. Qu'est-ce qui a voyagé ? Faute de mieux, Félix a nommé cela son « âme ». L'image est poétique. Reste à trouver l'explication scientifique. C'est avec une grande...

Nous étreignîmes Félix Kerboz avec ferveur.

– C'est bon, là ? Euh... et pour mon amnistie, on est toujours OK ?

– Tu l'as. Tu l'as, tu es libre, désormais ! annonça le président Lucinder.

– Pas trop tôt. Putain, il faut se donner du mal de nos jours pour être bourgeois !

Amandine ne le quittait pas.

– Tu es là ! Tu es là : vivant.

– Ben... ouais, vous voyez je suis revenu. Chuis revenu, les copains. Cette fois-ci, j'ai bien regardé, j'ai bien tout regardé. Si vous voulez, je pourrai vous faire un dessin pour vous montrer comment c'est. Putain, c'est pas croyab', je peux vous dire.

Raoul Razorbak s'approcha, nerveux.

– Une carte ! Nous allons tracer une carte du continent des morts et chaque fois que nous progresserons, nous reporterons les nouveaux détails sur cette carte.

La salle était déchaînée.

Le présentateur de RTV1 nous poursuivit en clamant :

– Hep ! monsieur Kerboz, c'est pour RTV1. Nos spectateurs ont le droit de savoir comment c'était là-haut ! Monsieur Kerboz, vous êtes le héros du siècle, monsieur Kerboz !

Félix s'arrêta, chercha ses mots puis articula :

– Ben... Je peux vous dire que la mort, putain, c'est incroyable, c'est pas du tout ce que l'on croit, y a plein de couleurs, plein de décors, plein de... ça déménage un max ! Oh, et puis, je sais pas comment en causer, c'est trop.

Le journaliste de RTV1 nous colla aux basques. Il devait remplir un quota de temps pour son cirage et il ne l'avait pas encore complètement atteint. Il quémandait le moindre commentaire.

Raoul me donna un coup dans les côtes.

– Vas-y, Michael, fais-leur un discours !

Sans même réfléchir je m'avançai sur le podium. Tous les flashes m'illuminèrent.

– Mesdames et messieurs, nous avons eu la plus belle des récompenses. Nous avons réussi à envoyer et à récupérer un thanatonaute.

Il y eut un grand silence. Un journaliste me posa une question :

– Docteur Pinson, vous êtes l'un des plus grands artisans de la victoire d'aujourd'hui. Que pensez-vous faire maintenant ?

Je m'approchai encore un peu du micro.

– Ce jour est un grand jour.

Tout le monde m'écoutait.

– Nous avons vaincu la mort. À partir d'aujourd'hui, rien n'est plus pareil. Il faut complètement changer nos points de vue. Nous venons de basculer dans un univers nouveau. Il y aura toujours un avant et un après aujourd'hui. Moi-même j'ai des difficultés à le croire. Pourtant nous venons de prouver que...

C'est à ce moment qu'à nouveau réapparut la phrase maléfique.

(Mais, au fait, qu'est-ce que je fais ici ?)

– Nous venons de prouver que...

Soudain, je pris conscience d'être là, ici et maintenant, ayant accompli quelque chose d'historique. Une fois cette pensée bizarre dans la tête, rien ne put la chasser.

La foule continuait de m'écouter, la télévision zoomait sur mon visage. Des millions de personnes m'observaient en direct, la bouche ouverte et ne disant rien.

– Docteur Pinson ?

J'étais incapable de prononcer une syllabe de plus. Le journaliste, très gêné, s'efforça d'enchaîner.

– Hum... Et vous, monsieur le Président... vous avez réussi à prouver votre bonne foi, est-ce que cela changera votre politique avant les prochaines législatives ?

Le président Lucinder n'y porta pas attention. Il nous murmura :

– Venez, mes amis, ne nous occupons pas de cette plèbe. Nous sommes maintenant sortis d'affaire, poursuivons l'effort. Allons dessiner les premiers plans du continent des morts.

– Où ça ?

– Au thanatodrome de Fleury-Mérogis. Il n'y a que là où nous aurons la paix.

Notre petit groupe devenait de plus en plus soudé.

83 – MYTHOLOGIE PERSANE

« Le poisson disait au canard dans la poêle :

"Crois-tu que l'eau remontera un jour le cours de la rivière ?"

Le canard répondit : "Quand nous serons rôtis,

Qu'importe que le monde soit mer ou mirage" ?

De la Terre à Saturne,

J'ai résolu tous les problèmes,

J'ai évité les pièges et les embuscades,

J'ai défait chaque nœud, sauf celui de la mort. »

Omar Khayyām (1050-1123), *Rubai Yat.*

Extrait de la thèse *La Mort cette inconnue*, par Francis Razorbak.

Une clameur de félicitations monta des cellules. Les détenus avaient suivi en direct sur RTV1 le « voyage » de Félix. Notre thanatonaute saluait à la ronde et ses yeux clignaient, cette fois comme pour dire : « Je le savais bien, je vous l'avais bien dit. »

Dans le lazaret transformé en thanatodrome, Raoul s'empara d'un papier cartonné et de feutres de couleur. Nous fîmes cercle autour de lui tandis que Félix tentait de décrire avec précision ses visions de l'au-delà.

C'était touchant de contempler cette brute épaisse, cherchant ses mots, fouillant son esprit en quête de l'expression exacte, tellement désireux de nous satisfaire, nous, ses premiers amis.

Il se gratta le front, il se gratta le dos, il se gratta les aisselles. Il plissa le front. Le cartographe s'impatienta :

– Alors, c'était comment ?

– Ben, d'abord y a l'entonnoir avec sur les bords une espèce de couronne d'écume ou de coton, quelque chose comme ça.

Raoul commença une esquisse :

– Non, dit Félix. Plus large, l'entonnoir.

Il ferma les yeux pour mieux revoir l'image magique.

– Comme un pneu de néon qui s'éparpillerait en filoches de dentelles. Quelque chose de liquide... Comment dire ? De grandes vagues de poudre d'étoiles bleuâtres, des jaillissements de lumière aquatique. On a vraiment l'impression d'être suspendu dans les airs en plein océan, un océan qui tournerait sur lui-même pour former une couronne de lumière et d'étincelles.

Le pithécanthrope devenait poète. Amandine était attendrie.

Raoul effaça, recommença un motif qui ressemblait à une laitue légèrement effeuillée :

– C'est mieux, approuva Félix. Comprenez ? On flotte dans une sorte de gelée de feu, on éprouve pourtant une agréable sensation de fraîcheur marine. Ça m'a vraiment rappelé la première fois que j'ai vu la mer.

– De quelle couleur exactement, tout ça ?

– Ben, blanc-bleu... Mais fluo en plus et tournant comme un manège. Ça aspirait des tas d'autres macchabs autour de moi. Ils avaient tous des fils blancs accrochés à leur nombril qui se cassaient net quand ils fonçaient plus loin à l'intérieur du cône.

– Qui se cassaient net ? s'étonna Lucinder.

– Ben, ouais. Du coup, ils étaient libérés d'en bas et ils pouvaient accélérer encore un bon coup.

– Qui étaient ces gens ? demanda Amandine.

– Des macchabs de tous les pays, de toutes les races, des jeunes, des vieux, des grands, des petits...

Raoul nous intima de nous taire. Nos questions risquaient de déconcentrer l'explorateur. Il nous fournirait plus tard les détails que nous désirions.

– Continue, avec ton entonnoir blanc-bleu.

– Ben, il se resserre un peu pour se transformer en un gigantesque tube. Là, les couleurs des parois foncent puis virent au turquoise. Le turquoise, je ne suis pas allé jusque-là mais j'ai vu où ça prenait cette teinte.

– L'entonnoir tourne tout le temps ?

– Ouais, très lentement sur les bords et de plus en plus vite au fur et à mesure qu'on avance. Ensuite, il se rétrécit et devient plus lumineux. Il y a toute cette foule dans le couloir turquoise, et même moi j'ai changé de forme.

– Tu étais comment ?

Félix se redressa fièrement.

– J'avais toujours mon corps de thanatonaute mais il était devenu transparent, si transparent que je voyais au travers de moi-même. C'était très chouette. J'avais complètement oublié mon corps. Je ne sentais même plus mon ongle incarné. J'étais comme...

– ... Une plume ? suggérai-je, songeant au *Livre des morts* égyptien que m'avait cité Raoul.

– Ouais. Ou un courant d'air un peu durci.

Raoul s'affairait sur son papier. Son dessin prenait forme. L'entonnoir, le couloir, des gens transparents tranchant leurs longs cordons ombilicaux... La mort révélait-elle enfin son apparence ? Cela ressemblait de loin à une grosse tête échevelée.

– C'était grand ? demandai-je.

– Immense. L'endroit le plus étroit que j'ai vu devait bien avoir un diamètre de plusieurs dizaines de kilomètres ! Pensez que tous les macchabs de la planète s'engouffraient à cent à l'heure là-dedans ! Et, ah oui ! y avait pas de haut et y avait pas de bas. On aurait p't'être pu marcher sur les parois mais c'était pas la peine, vu qu'on volait.

– Il y avait aussi des animaux ? s'enquit Amandine.

– Nan, pas de bestiaux. Que des humains. Mais y en avait en troupeaux complets. Doit y avoir une guerre quelque part qui fournit tout un tas de barbaque. Et tout ça glissait dans le couloir paisiblement, sans se percuter, malgré la vitesse. On était tous attirés par la lumière comme des papillons.

Raoul leva son crayon.

– Tous ces morts transparents vont donc forcément s'entrechoquer à un moment donné, remarquai-je.

– Où vous êtes-vous arrêté exactement ? interrogea Lucinder.

Sur le papier, Félix désigna du doigt un endroit situé sur le bord évasé de l'entonnoir blanc-bleu.

– Ici.

Tant de précision nous stupéfia.

– J'pouvais pas aller plus loin, expliqua Félix. Un centimètre de plus et mon cordon argenté se coupait lui aussi et c'était « ciao la compagnie ».

– Mais vous disiez que le cordon était élastique à l'infini, remarqua le Président.

– C'est dans la tête que ça se passe. Plus on est aimanté par la lumière, plus le cordon devient sec et cassant, plus il se fragilise. Bordel, encore un centimètre et j'avais plus du tout envie de revoir ce monde-ci. Ce point-là, c'était ma dernière limite.

Il reposa le doigt au même endroit. Au feutre noir, Raoul Razorbak y traça une longue ligne en pointillé : « Mur comatique », écrivit-il dessous.

– Et ça signifie quoi ? fis-je.

– Je pense que c'est comme le mur du son en son temps. C'est une limite qu'on ne peut pour l'instant franchir sans danger. Maintenant que nous avons ce début de carte, nous avons aussi un objectif : dépasser cette ligne.

Alors Raoul inscrivit derrière le trait marquant le mur comatique, en lettres épaisses : *Terra incognita*.

Terre inconnue.

Nous considérâmes le papier avec respect. Ainsi entamait-on l'exploration d'un nouveau continent. Un premier contact, d'abord la plage, et puis ensuite, au fur et à mesure que les pionniers s'avançaient dans les terres, des montagnes, des prairies, des lacs prenaient place sur la carte et la *Terra incognita* reculait toujours plus loin vers les bords du papier. Ainsi en était-il allé en Afrique, en Amérique, en Australie. Peu à peu, des hommes en avaient effacé les deux mots, label d'ignorance.

Terra incognita... Les témoins de l'expérience du Palais des Congrès avaient cru assister à l'aboutissement d'un projet politico-scientifique. Nous quatre, Lucinder, Amandine, Raoul et moi, nous savions bien que, au contraire, ce n'était pas une fin mais un début.

Il fallait explorer ce tunnel mauve qui devenait turquoise. Il fallait compléter la carte et faire reculer les deux mots : *Terra incognita*.

Raoul joignit ses mains.

– Tout droit, toujours tout droit vers l'inconnu, marmonna-t-il, sans réprimer un sourire de conquistador glorieux.

C'était un nouveau slogan pour nous motiver.

Nous nous regardâmes tous avec une même lueur dans le regard.

L'aventure ne faisait que commencer.

En avant vers l'Inconnu.

tour dans cette aventure. Une affaire à suivre, donc, dans nos colonnes.

Journal de Tokyo : À LA RECHERCHE DE SES ANCÊTRES

Un homme a voulu à tout prix partir à la recherche de ses aïeux. Un Occidental nommé Félix Kerboz a tenté de rejoindre ses ancêtres en se suicidant au chlorure de potassium, produit particulièrement toxique. Il s'est réveillé vingt minutes plus tard, absolument indemne. Des chercheurs japonais s'efforcent à présent de répondre à la plus audacieuse des questions : peut-on visiter le pays de nos ancêtres (et éventuellement le photographier) tout comme n'importe quelle autre contrée touristique de la Terre ?

Journal de New York : SACRÉS FRANÇAIS

Une petite équipe artisanale de chercheurs français s'est lancée dans une expérience bizarre : s'empoisonner afin de visiter l'au-delà. Depuis quelques semaines, les Français, informés du projet, conspuaient leur président de la République, Jean Lucinder, en l'accusant de n'être qu'un assassin en série, le projet mené sous son haut patronage ayant provoqué une centaine de victimes avant d'aboutir. Quant aux inventifs chercheurs, ils étaient menacés de poursuites judiciaires tant il est commun en France que les scientifiques aient les ailes coupées par une bureaucratie tatillonne. (C'est la raison d'ailleurs pour laquelle les meilleurs scientifiques français ont pris l'habitude de s'expatrier aux États-Unis où ils peuvent œuvrer en paix à leur futur prix Nobel.) Cette fois, quatre courageux citoyens ont réussi à prouver la valeur de leurs travaux à une nation et même à des experts hostiles, et cela devant les caméras des télévisions internationales, présentes pour témoigner que Félix Kerboz est parti pour le continent des morts et en est rentré sans dommages. Il s'agit d'un ancien criminel, condamné à perpétuité puis gracié en récompense de cet exploit et qui entame à présent une carrière de *self-made man*. Plusieurs sociétés américaines lui ont déjà proposé des sommes considérables afin qu'il interprète son propre personnage dans un film à gros budget. Il n'a pas encore donné sa réponse mais on pense déjà à Carol Turkson pour le rôle de l'infirmière Amandine et à Fred

O'Bannon pour celui du président français Lucinder. Bientôt sur vos écrans.

Journal de Rome : LE PAPE FURIEUX

Les Français s'étant mis en tête de conquérir le continent des morts, le Pape s'est déclaré indigné que la science cherche à outrepasser ses droits. « La mort n'appartient qu'à Dieu et Dieu s'exprime par la voix du Vatican », a rappelé le Saint-Père, ajoutant : « Nous ne saurions encourager ces envois de personnes dans l'au-delà. Nous prions instamment les autorités françaises de contacter l'archevêché de Paris avant toute nouvelle expédition de ce type. » Une bulle pontificale est attendue d'un instant à l'autre.

Journal de Madrid : LE CAS LUCINDER

Le président de la République française, M. Jean Lucinder, passait depuis plusieurs semaines dans son pays pour un parfait dément. Or, il s'avère désormais être un esprit particulièrement éclairé dont nous devrions peut-être suivre l'exemple. Certes, Lucinder a souvent manqué d'humour et n'a jamais manifesté beaucoup de compassion à l'égard des nations en difficulté. D'ailleurs, nous avons déjà critiqué dans nos colonnes sa politique protectionniste et à courte vue. Nous n'en témoignerons donc que plus d'admiration pour le grand dessein qu'il entretenait dans le plus grand secret : la conquête du continent des morts ! Contre toute attente, le cobaye français Félix Kerboz est parvenu à se rendre dans le Continent Ultime et à en revenir. Notre gouvernement pense lancer un programme d'étude qui cherchera à faire mieux comprendre ce phénomène.

Journal de Berlin : UNE MANŒUVRE DE DIVERSION

Les Français sont décidément pleins de ressources. Tandis que leur économie bat de l'aile, que les grèves succèdent aux manifestations hostiles, qu'ils cherchent vainement à endiguer la progression de la drogue et les vagues d'immigration clandestine, leur président, M. Jean Lucinder, tente de détourner les esprits de la crise en se livrant à des expériences sur la mort. Il serait parvenu, dit-on, à envoyer un

homme dans l'au-delà. Une équipe d'experts allemands vérifiera prochainement cette douteuse expérience.

Feu vert pour la conquête du continent des morts. Comme
au temps de la politique de la canonnière, les grandes puissances ne cachent pas leurs appétits coloniaux. Depuis
quelques jours et en dépit de la discrétion et des démentis
qui ont entouré leurs manœuvres, des experts américains,
anglais, allemands, italiens et nippons ont entrepris de
construire des thanatodromes. De source sûre, nous avons
appris que le Français Félix Kerboz a d'ores et déjà atteint
une sorte de point zéro, invisible et impossible à franchir.
Cette frontière-limite serait située à coma plus vingt minutes.

86 – APRÈS LA VICTOIRE

Plus de doute possible. La communauté scientifique,
l'opinion publique et la presse saluaient la réussite du projet
« Paradis ». Le comité d'experts, venu au Palais des Congrès
pour nous accabler, remit au Parlement un rapport reconnaissant au contraire notre mérite et notre sérieux.

Plus personne n'osait parler du « laboratoire de la mort
programmée » ou du « charnier présidentiel ».

« Qu'est-ce que la mort ? Qu'est-ce que la mort ?
Qu'est-ce que la mort ? Qu'est-ce que la mort ? Qu'est-ce
que la mort ? Qu'est-ce que la mort ?... »

Je pourrais écrire cette phrase vingt pages durant. Il faudrait au moins ça pour restituer le degré d'avidité de savoir
qui m'habitait.

Quand on ne sait pas, on ne se pose pas trop de questions,
mais quand on commence à disposer d'un début d'explication, on veut à tout prix tout savoir, tout comprendre.

La mort était devenue un mystère à portée de mes
neurones et mon cerveau réclamait davantage d'informations.

Le fait de l'avoir approchée, presque contrôlée, aurait dû
me rassurer. « La mort, ce n'est que ça. Un pays où l'on
peut effectuer un aller-retour ! » Hercule, précurseur, s'était

déjà rendu en enfer pour affronter Cerbère. Pourquoi pas nous ?

Raoul avait réussi son coup, j'étais désormais tenaillé par le désir de savoir ce qui arrivait aux hommes après leur décès. Que m'arriverait-il, à moi, lorsque tout serait fini ? Après tout, si la vie était un feuilleton, autant savoir quand s'achèverait le dernier épisode.

Pour ma part, j'étais encore sous le choc. Les questions se multipliaient dans ma tête. L'homme pouvait-il, à force d'imagination et de conviction, conquérir toutes les dimensions ? Quelles étaient ses limites ? Et surtout, qu'était-ce que la mort, la mort, la mort ?...

Le président Lucinder nous réunit en conférence à l'Élysée. Il nous accueillit dans sa salle de travail, lieu bourré d'ordinateurs et d'écrans de contrôle, quasiment austère, très éloigné en tout cas du splendide bureau d'apparat où il recevait d'ordinaire ses visiteurs officiels dans un luxe Louis XV.

Le chef d'État nous expliqua que nous devions à présent mettre les bouchées doubles. Nous en avions fini avec les sceptiques. Nous étions maintenant aux prises avec de nouveaux adversaires : les copieurs. En effet, pour prix de notre gloire, partout de par le monde se construisaient des thanatodromes.

– Pas question de se laisser doubler par les Américains ou les Japonais. Ça s'est déjà vu dans l'aviation, pestait-il. Les frères Wright ont prétendu avoir fabriqué le premier avion alors que nous savons tous que le premier à en avoir mis un au point a été Clément Ader ! Vous avez réussi un décollage, prenez garde, il y en aura certainement pour prétendre vous avoir devancés dans l'au-delà.

Après notre triomphe au Palais des Congrès, constaté par un large public, j'imaginais mal quelque obscure équipe étrangère se présentant pour nous contester la primauté de la recherche.

Je protestai.

– Nous disposons de la formule chimique précise du *booster* d'un « champion » à présenter à la face du monde, nous avons même inventé le vocabulaire des voyages entre les deux mondes. Notre précédent historique est incontestable et notre avance si grande que les autres mettront du temps à nous rattraper.

Lucinder leva les bras au ciel.

– Pensez-vous ! Pendant que nos députés chipotent sur nos crédits, des universités américaines mettent des sommes considérables à la disposition de leurs chercheurs. Et ils ne travailleront pas dans les bas-fonds d'une prison, eux ! Avec un fauteuil de dentiste davantage digne d'une salle de musée que d'un lieu d'expérimentation ! Non, ils nageront dans le luxe, avec tous les appareils les plus modernes du monde ! D'ailleurs, nous allons nous aussi passer à la vitesse supérieure. Je ne vois qu'un moyen de subvenir à vos besoins : professeur Razorbak, docteur Pinson, mademoiselle Ballus et monsieur Félix Kerboz, vous êtes dorénavant directement rattachés à la Présidence. Je vous nomme hauts fonctionnaires d'État.

C'était Conrad qui allait en faire une tête quand je lui annoncerais ça.

– Parfait. Nous allons pouvoir améliorer notre labo, se félicita Raoul.

Lucinder l'interrompit :

– Ah non, Razorbak, plus de bricolage ! C'est de compétition internationale qu'il s'agit. Notre pays a son rang à tenir dans le monde. De surcroît, nous n'avons plus aucune raison de nous cacher. Au contraire, il nous faut opérer au grand jour. Nous construirons donc un nouveau thanatodrome, plus moderne et plus spacieux. Il faut construire un lieu « historique ». Un nouvel arc de triomphe. L'arc de triomphe des conquérants de la mort.

Comme beaucoup d'hommes politiques, Lucinder s'enivrait de ses propres paroles. En même temps, il prenait plaisir à galvaniser une troupe qu'il considérait sienne. Nous constituions ses troupes d'élite, son commando personnel d'explorateurs prêts à tout pour l'aider à entrer dans l'Histoire.

Pourtant, nous ne partagions pas les mêmes ambitions. Si lui était en quête d'immortalité, nous, nous recherchions l'aventure et voulions percer un mystère aussi vieux que l'humanité même.

Un huissier, collier doré autour du cou, ouvrit la porte à

grand bruit. L'audience était terminée. D'autres affaires appelaient le Président. Il était temps pour nous de déguerpir.

– Nos services spécialisés me tiendront au courant des progrès de nos adversaires, dit-il (et, en guise d'adieu, il ajouta :) Et maintenant, mademoiselle, messieurs, confiance et au travail !

87 – PHILOSOPHIE JUIVE

« La vie nous habitue à la mort par le sommeil
La vie nous avertit qu'il existe une autre vie par le rêve. »

Éliphas Lévi.

Extrait de la thèse *La Mort cette inconnue*, par Francis Razorbak.

88 – AFFAIRE DE FAMILLE

Après l'effervescence du Palais des Congrès, je passai une semaine seul dans mon appartement. Je constatai que la solitude est plus facile à supporter dans l'euphorie que dans la défaite mais, pourtant, je n'en souffrais pas moins. Somme toute, je m'attendais à quoi ? À des hordes de fans guettant mes allées et venues en bas de l'immeuble ? J'avais toujours été Michael Pinson, homme seul et, photo dans la presse ou pas, Michael Pinson, homme seul je restais.

En guise d'épitaphe, j'imaginais très bien sur ma pierre tombale : « Ci-gît Michael Pinson, simple et seul comme tout le monde. »

Je me consolai au porto blanc et consacrai des heures à la relecture de vieux livres de mythologie.

Lassé de ces textes souvent fastidieux, je feuilletai au hasard quelques magazines. Tous étaient garnis de ces articles sur le bonheur des acteurs si beaux et si souriants qui se marient et se trompent comme je claque des doigts. Chaque page étalait l'image obscène d'un couple rayonnant du bonheur du mariage ou de l'enfantement. Les plumitifs assuraient qu'ils étaient géniaux, uniques, primés, modestes malgré tout, décontractés et gentils en permanence. Ils soutenaient la lutte contre la polio, ils adoptaient des enfants du tiers monde, ils parlaient de l'amour comme de la seule valeur irremplaçable, ils présentaient leurs nouveaux amis, géniaux et souriants eux aussi. Les thanatonautes étaient tous heureux, maintenant. Félix était une vedette. Raoul retrouvait le chemin de son père, le président Lucinder était célèbre, Amandine pensait pouvoir sauver les hommes, et moi ?

Moi, j'étais désœuvré. Personne à qui parler, personne à qui confier ma peine et ma joie mélangées.

À nouveau, j'eus envie de hurler à la lune comme les coyotes du désert. Aouuuuuu ! Je m'arrêtai dès que les voisins se manifestèrent. Je me forçai à lire avec rage chacun des articles parlant du bonheur des acteurs, des artistes, des politiciens.

Il fallait se reprendre. J'étais trop impatient.

Il était 10 h 30 et, à cet instant, je ne pus m'empêcher d'émettre un vœu. Celui d'être entouré d'humains avec qui discuter.

— Salut, la compagnie !

Pas de chance, c'étaient ma mère et mon frère. Ils se jetèrent sur moi.

— Mon petit, mon tout-petit, je suis si fière de toi. J'ai toujours su que tu réussirais ! Une mère sent cela...

— Bravo, frérot, pour un bon coup c'était un bon coup !

Ils prirent possession de mon canapé comme s'ils étaient chez eux et mon frère fit main basse sur ce qu'il me restait de porto blanc.

Conrad entreprit ensuite de me parler de mes intérêts financiers qu'il me faudrait désormais gérer avec l'aide d'un conseiller avisé. Ma mère souligna qu'avec la réputation qui était maintenant la mienne, je pourrais sans doute épouser une belle actrice ou une héritière de haut vol. Elle avait déjà découpé des articles dans des magazines sur plusieurs charmantes jeunes personnes qui pourraient me convenir.

— Toutes les femmes vont tomber à tes pieds, déclarat-elle, l'œil gourmand.

— Mais c'est que... que j'ai déjà une petite amie, dis-je à tout hasard, tout à mon désir de me protéger de son encombrante sollicitude.

Ma mère s'indigna aussitôt :

– Quoi ! Comment ! éructa-t-elle. Tu as une petite amie et tu la caches à ta mère !

– C'est que...

– Moi, je devine qui c'est, jubila Conrad. L'amie de Michael, c'est l'infirmière ! La superbe petite pépée blonde aux yeux marine qui était près de toi sur le plateau du Palais des Congrès ! Chapeau, frérot, elle ressemble à Grace Kelly mais en mieux. C'est drôle, pourtant. À la façon dont elle s'est jetée dans les bras de votre cobaye, j'aurais plutôt cru qu'elle en était éprise !

Comme d'habitude, mon fichu frère avait mis le doigt sur ma plus insigne faiblesse et il prenait plaisir à enfoncer le couteau dans la plaie. Ma mère le fit taire :

– Une infirmière ? Pourquoi pas ? Il n'y a pas de sot métier. Quand l'épouses-tu ? Je serais vraiment contente de te voir marié. Tu as bien besoin d'une femme pour mettre de l'ordre dans ta vie. Regarde comme tu es fagoté ! Tu attraperas froid si tu ne te couvres pas assez. En plus, tu manges sûrement tout le temps au restaurant. Les restaurants, ils économisent le plus possible sur les clients, ils ne servent que des restes et des produits de dernière catégorie. J'espère que tu ne manges jamais de viande hachée ?

– Je sais, maman, je sais, admis-je dans un effort pour contenir l'avalanche.

– Alors, tant mieux. Ton infirmière t'apprendra à te nourrir et à te vêtir. Écoute-moi, au moins. Ne commence pas à jouer les fiers sous prétexte qu'on t'a vu à la télé !

– Non, maman, dis-je.

– Non, quoi ?

– Non, je ne joue pas les fiers.

– Ah, je te préviens, tu ne vas pas commencer à nous snober parce que tu es devenu une vedette internationale ! Pas de ça avec nous, hein ?

Plutôt capituler qu'entrer dans un vain débat ! Conrad ricana, goguenard, face à ce qu'il prit pour de la soumission. Feuilletant les livres posés sur ma table basse, il s'exclama :

– Tiens, tu donnes dans la littérature mystique, maintenant ?

– Je lis ce qui me plaît et je n'ai de comptes à rendre à personne, m'énervai-je.

Je voulais bien plier devant ma mère mais m'incliner devant Conrad, c'était trop me demander.

Il ânonna :

– Le *Popol Vuh* ou *Livre des événements*, c'est un grimoire pour sorcier ?

Je lui arrachai le précieux ouvrage des mains.

– C'est la bible des Indiens Mayas Quichés du Mexique, lui crachai-je au visage.

– Ah ouais ! Et ça : *Yi-king, Le Livre des transformations*, et puis ça, le *Bardo Thödol, Le Livre des morts*. Et celui-là, le *Ramayana*. Dis donc, il y a de tout ici. Il ne te manque plus que le *Kama-sutra* !

– Conrad, si tu es venu pour me provoquer, fiche le camp avant que je ne te casse la figure ! Retourne frimer avec ton fric, tes bagnoles et tes femmes et laisse-moi en paix !

– La paix des cimetières ! chantonna Conrad.

Je m'élançai, poings en avant, quand ma mère s'interposa.

– Ne parle pas à ton frère sur ce ton. Lui, il ne m'a apporté que des satisfactions. Lui, il s'est marié, il m'a donné des petits-enfants. Il n'a rien à se reprocher ! Lui, il ne joue pas le fier parce qu'il est passé à la télévision.

De quoi s'arracher les cheveux avec un couteau à huîtres ! Je respirai lentement pour retrouver mon calme.

– Si vous n'êtes venus que pour m'exaspérer, je préfère ne pas vous retenir plus longtemps. Vous aviez peur que je sois heureux ? Vous vouliez me gâcher mon plaisir ?

Ma mère avait remarqué que, comme à mon habitude, j'avais laissé ouvert le premier bouton de ma chemise pour être plus à l'aise et, comme à son habitude, elle s'empressa de le fermer, me pinçant le cou au passage. Elle profita de ce que je suffoquais pour reprendre le monopole de la conversation.

– Comment oses-tu nous parler sur ce ton ? s'indigna-t-elle. Nous t'avons toujours encouragé. Même quand tu passais ton temps à traîner dans les cimetières avec Razorbak, je ne t'ai jamais fait de reproches, et pourtant je connais beaucoup de mères qui n'auraient pas permis à leurs enfants de fréquenter des petits cinglés.

– Raoul n'est pas cinglé !

– Il est quand même un peu spécial, tu l'admettras et...

– On parle de moi ?

Un de ces jours, il faudrait que je songe à poser de solides serrures sur ma porte. On entrait ici comme dans un moulin. Des verrous, un œilleton, une sonnette, et bonjour l'intimité !

En attendant, tant pis si Raoul avait entendu les propos désobligeants de ma mère ! Lui non plus n'avait pas à surgir à l'improviste.

– Bonjour, Raoul, dis-je froidement.

– Mais oui, professeur Razorbak, admit mon frère, du respect plein la voix, nous parlions justement de vous. Nous pensons que, comme vous êtes maintenant riches et célèbres, vous avez besoin d'un conseiller financier pour veiller sur vos intérêts. Après tout, vous deux et la fille, vous formez comme un groupe de rock. Il vous faut un imprésario, quelqu'un qui gère votre image, qui s'occupe de vos contrats, qui...

Je m'attendais que Raoul mouche sèchement ce loustic. Pas du tout, il l'écoutait avec attention.

– C'est ton frère ? demanda-t-il.

– Oui, avouai-je piteusement.

– Et je suis sa mère ! claironna fièrement ladite génitrice.

Raoul fit atterrir une de ses mains sur son menton.

– Il a des idées, ton frère, reconnut-il, c'est vrai qu'il va nous falloir gérer notre nouveau thanatodrome au plus fin.

Conrad se rengorgeait, précisant ses projets :

– Justement, j'ai pensé qu'il serait intéressant aussi d'ouvrir une boutique de souvenirs à côté de votre nouveau thanatodrome. On pourrait y vendre des tee-shirts comme celui-ci.

« Mourir est notre métier », pouvait-on lire sur celui qu'il tira de sa poche.

J'étais atterré. Pas Raoul. Il examina l'étoffe.

– Bonne idée ! Ça rétrécit au lavage ?

– Non. C'est garanti grand teint, j'ai vérifié, dit ma mère.

Raoul, disposé à brader nos projets sacrés aux marchands du Temple ? Je n'en revenais pas.

– Mais...

Il m'imposa silence.

— Ton frère a raison, Michael. Une boutique permettrait de mieux faire connaître notre travail, d'asseoir notre image de marque auprès du grand public.

— Et moi je serais votre attachée de presse ! s'exclama ma tendre mère. Et comme ça, je pourrais voir Michael plus souvent. Je m'occuperais mieux de lui.

Je me frottai les yeux. Non, je ne rêvais pas. Nous avions commencé par vouloir percer les mystères de la mort, et donc changer la vie, changer le monde, changer l'humanité... Et voilà que nous nous retrouvions en train d'organiser l'ouverture d'un magasin de « souvenirs thanas ». Nous vivions vraiment une époque merveilleuse ! Peut-être que si Jésus-Christ revenait sur terre, lui aussi serait obligé de populariser son message, « Aimez-vous les uns les autres », sur des tee-shirts mauves. Et « Heureux les simples d'esprit, le royaume des cieux leur appartient », sur des sweats blancs 70 % coton 30 % acrylique à laver à l'eau tiède. Ça conviendrait parfaitement à Conrad.

J'imaginai de même Lao-tseu popularisé dans une échoppe de gadgets. « Celui qui sait ne parle pas. Celui qui parle ne sait pas. » Un maillot string du tonnerre !

Enfin, si Raoul, mon ami le professeur Raoul Razorbak, n'y trouvait rien à redire, qui étais-je pour m'y opposer ?

Mon frère ouvrirait le magasin, commanderait des fripes et de la pacotille en gros à Taïwan et ma mère tiendrait la boutique.

Je haussai les épaules en me répétant qu'au moins le ridicule, lui, ne tuait personne.

— Et ton infirmière, quand est-ce que tu me la présentes ? reprit ma mère pour m'achever.

89 – MYTHOLOGIE AUSTRALIENNE

La mythologie des aborigènes d'Australie évoque Numbakulla, le « Toujours-Existant », issu de rien. Numbakulla est un être venu de nulle part qui surgit soudain sur la terre nue. Il se dirige vers le nord et des montagnes, des fleuves, accessoirement des plantes et des animaux, naissent sur son passage.

En marchant, il répand des enfants-esprits qui sont autant d'âmes immortelles issues de son corps. Dans une grotte, il grave des signes sacrés, appelés *Tjurungas*, dotés du pouvoir d'émettre de l'énergie. Le Premier Ancêtre est né de l'union d'un Tjurunga et d'un enfant-esprit.

D'autres ancêtres ont été engendrés ensuite de la même façon et se sont chargés d'éduquer les premiers hommes.

Un jour, Numbakulla planta un poteau au milieu d'un terrain. Il l'enduisit de son sang avant d'y grimper puis fit signe au Premier Ancêtre de le rejoindre. Mais le sang ayant rendu le poteau trop glissant, l'aïeul chut sur le sol.

Numbakulla fut donc seul à atteindre le ciel et il tira le poteau derrière lui.

Plus jamais on ne le revit.

Les hommes savent depuis que l'immortalité leur a échappé à jamais. Le poteau sacré reste l'axe autour duquel tourne l'ordre d'ici-bas, tel que l'a voulu Numbakulla.

Extrait de la thèse *La Mort cette inconnue*, par Francis Razorbak.

90 – LE THANATODROME
DES BUTTES-CHAUMONT

Grâce aux crédits spéciaux de la Présidence de la République, nous bâtîmes un superbe thanatodrome. Ce n'était pas un arc de triomphe mais un petit immeuble d'aspect moderne, dans un quartier tranquille. Nous en avions choisi soigneusement l'emplacement. Il était situé rue Botzaris, tout en haut des Buttes-Chaumont.

Raoul avait trouvé amusant d'étudier la mort près du site où jadis trônait le gibet de Montfaucon, de sinistre mémoire. Là avaient été pendus, au nom du roi, innocents et brigands du Moyen Âge.

En deux mois, tout fut prêt.

Nous disposions de sept étages donnant sur le parc des Buttes-Chaumont. Les quatre derniers étages comportaient douze petits appartements, soit trois par palier. Nous cassâmes les murs aux niveaux supérieurs. Nous installâmes ainsi un laboratoire de 220 mètres carrés au cinquième et une salle d'envol, de mêmes dimensions, au sixième. Le septième étage fut transformé en un penthouse, entièrement clos d'une verrière translucide en hiver, terrasse de plein air en été.

Amandine y aménagea à grand renfort de plantes vertes un salon de réception à son goût. À ce décor colonial, on ajouta un piano Steinway blanc et un bar noir. L'endroit était vraiment du plus grand chic !

Au bas de l'immeuble, une plaque très sobre portait « Thanatodrome de Paris » et, en caractères plus petits, « Accès réservé au personnel ». Raoul avait proposé qu'on ajoute aussi : « Attention, envol de thanatonautes », comme on indique : « Attention, pistes de décollage » à proximité des aéroports. L'idée nous avait beaucoup amusés.

Le président Lucinder inaugura classiquement le bâtiment en fracassant une bouteille sur sa porte. Du vrai champagne, cette fois, pas du mousseux. On ne lésinait plus.

Une soirée de présentation avait été organisée dans le penthouse, à l'intention de la presse. Le chef de l'État prononça un petit discours nous félicitant de nos efforts et nous encourageant à conserver la tête dans la course à la conquête du « Continent Ultime ». Debout sur une estrade cernée de plantes grasses, il énuméra tristement les colonies perdues par la France : Canada, Inde, Afrique occidentale, uniquement parce qu'elle n'avait pas su conserver son avance.

– Cette fois, nous demeurerons les premiers, conclut-il avec force.

Puis, sous les flashes des reporters, il nous décora tous les quatre d'une distinction qu'il avait imaginée spécialement à notre intention : la Légion d'honneur thanatonautique. La médaille représentait un homme aux ailes d'ange fonçant vers un cercle de feu.

Peut-être, à cet instant même où nous nous réchauffions à la chaleur du succès et de la gloire, la mort était-elle en train de nous contempler d'en haut, tout comme des piranhas s'amusent à considérer depuis la rivière boueuse les enfants d'un village lacustre en train de fabriquer un plongeoir de fortune avec des planches rafistolées.

Je chassai ces pensées et revins à l'ambiance bruyante de notre réception. Le journaliste de RTV1 était encore là, il posait des questions à Amandine mais celle-ci semblait peu encline à lui répondre. Amandine la muette. Il fallait la regarder, c'est tout. Mais ce journaliste ne savait plus regarder. Il posait des questions et n'écoutait pas les réponses, il filmait sans voir. À force d'utiliser les sens artificiels du micro et de la caméra, il avait atrophié ses sens naturels. Pourtant, Amandine était si belle. Elle portait ce soir-là un fourreau lamé noir mais j'évitais ses yeux bleu marine qui m'attiraient comme deux gouffres sans fond.

Ma mère profita d'un instant de répit du journaliste de RTV1 pour l'abreuver de réponses à des questions qu'il n'avait pas songé à lui poser. «Oui, un magasin thanato-nautique allait ouvrir», «Oui, ce magasin proposerait des tee-shirts et gadgets rappelant les expériences thanatonautiques», «Non, il n'y aurait pas de soldes avant l'été».

Le président poursuivait son laïus sur l'estrade, se garga-risant de ses propres trouvailles.

– Cet insigne, proféra Lucinder, brandissant sa médaille, est destiné à récompenser tous ceux qui contribueront aux progrès de la thanatonautique, y compris nos collègues étrangers qui pourront venir ici collaborer avec nous. Bonne chance à tous !

Sacré Lucinder. Il était vraiment prêt à n'importe quoi pour avoir son nom dans les manuels d'histoire. Être le président qui avait encouragé les expériences sur la mort ne lui suffisait pas. Pour être certain de marquer les esprits dans le temps et dans l'espace, il lui avait fallu aussi inventer sa médaille, la «médaille Lucinder» et son thanatodrome. Un lieu qui, à n'en pas douter, prendrait un jour le nom de thanatodrome Lucinder comme les aéroports J. F. Kennedy ou Roissy-Charles de Gaulle.

Quant à son idée de faire venir ici tous les thanatonautes victorieux, elle nous permettrait de ne jamais être dépassés par des étrangers. Bien joué.

Je lui portai un toast.

91 – MYTHOLOGIE TIBÉTAINE

> «Sache encore :
> En dehors de tes hallucinations

Il n'existe ni Seigneur juge des morts
Ni démons
Ni vainqueurs de la mort, Majusri.
Comprends-le et sois libéré. »

Bardo Thödol, Le Livre des morts tibétain.

Extrait de la thèse *La Mort cette inconnue*, par Francis Razorbak.

92 – AU TRAVAIL

Dès le lendemain de l'inauguration officielle, nous nous installâmes avec armes et bagages dans notre palais de la mort.

Le Président avait prévu des appartements privés pour chacun d'entre nous. Plus un laboratoire à accès multiples afin que nous puissions travailler la nuit. De fait, comme tous nous avions connu des problèmes de voisinage durant la campagne de calomnie qui avait précédé la séance du Palais des Congrès, nous emménageâmes avec liesse dans cet environnement neuf.

J'optai pour un logis au troisième étage.

Je rejoignis ensuite au laboratoire un Raoul très tourmenté par la volonté de foncer du président Lucinder.

– Les Américains, les Japonais, les Anglais... Il n'a que ces mots à la bouche. Il n'y comprend rien. Il s'agit d'une œuvre de longue haleine. Nous ne pouvons avancer que pas à pas, et en nous entourant des plus grandes précautions, de surcroît.

Je m'étonnai de voir mon ami endosser pareil habit de modérateur, lui qui nous avait toujours encouragés à aller de l'avant malgré tant d'aléas.

– Il ne faut pas confondre vitesse et précipitation.

D'abord calmer les ardeurs de Félix qui souhaitait multiplier les envols.

Notre thanatonaute avait beaucoup changé depuis sa victoire au Palais des Congrès. Il donnait interview sur interview. Il était sans cesse invité à la télévision pour des jeux ou des débats et, quelle que soit l'émission, il adorait ça.

Après trente années où il s'était fait traiter comme un

moins-que-rien, je comprenais cet appétit de revanche. Un chirurgien esthétique avait remodelé son visage balafré. Un ophtalmologiste réputé était parvenu à le débarrasser de ces verres de contact qui l'obligeaient à cligner des yeux. Pour son crâne pelé, il avait eu recours à des implants. Les plus grands couturiers le couvraient de vêtements à titre publicitaire. Beau et élégant, Félix Kerboz incarnait le parfait héros de la mort.

On le voyait partout. Il était de toutes les premières, de tous les vernissages, de toutes les grandes soirées dans les night-clubs à la mode. Inviter le seul thanatonaute du monde à sa table était un privilège que se disputaient les maîtresses de maison les plus huppées. Félix avait aussi fait son entrée dans le livre Guinness des records en tant qu'homme connu pour s'être avancé le plus loin dans le monde post-vital. Entre le plus puissant cracheur de noyaux de cerise et le plus gros buveur de bière, il y figurait en tenue de Superman, aux côtés d'une splendide top model brandissant une faux.

Félix était vraiment devenu très mondain.

D'un côté, nous étions ravis, car cela l'inciterait à revenir ici-bas plutôt que de se laisser entraîner là-haut par on ne savait trop quelle tentation. De l'autre, nous nous agacions des perpétuels retards qu'engendraient inévitablement ses nuits blanches. Il passait parfois des journées entières à récupérer dans son lit plutôt que de venir au thanatodrome, son bureau en quelque sorte. De plus, il s'était tellement habitué à l'admiration générale qu'il ne prêtait plus qu'une oreille distraite à nos conseils et à nos travaux.

Quand même, Félix Kerboz conservait un reste de conscience professionnelle. La première semaine de notre installation aux Buttes-Chaumont, il réussit deux autres allers retours.

Il confirma l'existence d'un mur à « coma plus vingt et une minutes ». Une sorte de membrane vaporeuse qu'il compara à une bouche transparente et fine.

« Après ce mur, le cordon d'argent qui retient au monde casse et la volonté n'a plus envie de faire demi-tour », estimait-il. Tous les journaux reprirent l'expression : « Mur comatique ». Certains l'appelèrent aussi « mur de la mort », ou même « Moloch 1 », ou encore « Moch 1 » en parallèle avec le mur du son, Mach 1.

Moloch, cela me faisait penser à Baal, le dieu phénicien carthaginois. Lors d'un voyage à Sidi-Bou-Saïd, en Tunisie, j'avais vu sa représentation. Une grande statue creuse de métal. On allumait un feu dans son ventre. On jetait en sacrifice les enfants et les vierges dans sa bouche béante.

Juste en bas, au rez-de-chaussée, ma mère avait ouvert sa boutique et vendait comme convenu tee-shirts, porte-clefs et casquettes. Son magasin était sobrement baptisé « Aux conquérants de la mort ».

On y trouvait toutes sortes d'articles hétéroclites : des chopes de bière sur lesquelles on lisait : « Mourir est notre métier ». Une inscription en lettres grasses s'inscrivait sur tous les autres gadgets : « Cendre, tu retournes à la cendre » sur les cendriers ; « La dernière tue » sur les montres ; « Rien ne se perd, rien ne se crée, tout se transforme » sur du papier hygiénique ; « Je meurs et j'aime ça » sur les bougies ; « Le ciel n'attend pas » sur des cerfs-volants. On trouvait aussi des panoplies de Petit Félix, des cassettes vidéo de son envol au Palais des Congrès, des coffrets du parfait petit anesthésiste-thanatonaute avec ma photo.

C'était d'un goût...

Enfin... on choisit ses amis, on ne choisit pas sa famille.

93 – FICHE DE POLICE

Message aux services concernés
Le mouvement thanatonautique est en passe de prendre des proportions impossibles à juguler par les voies normales d'intervention. La thanatonautique est devenue un fait incontournable. À défaut de possibilité d'action sur le mouvement lui-même, nous pouvons en revanche mettre hors jeu ses principaux acteurs (voir fiches d'identification) et notamment Raoul Razorbak, Michael Pinson et Amandine Ballus. Estimons dangereux de les laisser agir plus longtemps. Ils pourraient susciter des troubles graves. Demandons autorisation d'agir.

Réponse des services concernés
Conseillons d'attendre et voir. Trop tôt pour intervenir.

– C'est bien joli, votre « mur comatique », mais si vous ne proposez pas d'explication logique à l'opinion publique, elle ne tardera pas à vous prendre pour des charlatans, et moi aussi par-dessus le marché !

Dans son bureau rempli d'ordinateurs et d'écrans de contrôle, le président Lucinder était très excité. Il avait raison : le discours traduisant une expérience est souvent plus important que l'expérience elle-même. Pasteur ne s'était d'ailleurs pas privé en son temps d'interpréter ses résultats avant de les avoir vraiment vérifiés. Nous avions effectué une fantastique découverte. À nous d'en expliquer le concept au public.

Les longues mains de Raoul allumèrent une de ses cigarettes biddies. Il souffla pensivement la fumée avant de déclarer :

– J'ai peut-être une interprétation à proposer à votre public.

Le Président s'installa confortablement dans son fauteuil à roulettes. Il déclencha le petit système de massage automatique du dos.

– Je vous écoute, dit-il avec bienveillance.

Raoul inhala et exhala avec volupté un rond de fumée à l'eucalyptus.

– Il y a une première explication qui serait la suivante : la mort est une régression biologique. Dans une « mort classique », après que le néo-cortex est grillé, la conscience tombe dans le rhinencéphale et à ce moment on peut observer une NDE. Il subsiste encore des relations chimiques entre le néo-cortex et le rhinencéphale, ce qui fait que les gens peuvent se souvenir de ce tunnel. Ensuite, la conscience tombe dans le cerveau reptilien. Il y a encore des relations entre le néo-cortex et le rhinencéphale, mais plus entre le néo-cortex et le cerveau reptilien. On ne mémorise donc plus. Personne n'a raconté cette phase. Par contre, on a stimulé ce cerveau reptilien, ce qui a provoqué des rêves, des hallucinations, des spectacles extérieurs à soi avec des personnages lilliputiens. La conscience va ensuite du cerveau reptilien aux cellules et des cellules vers le noyau d'ADN. L'ADN est constitué depuis le début du monde, donc à ce moment-là on perçoit, dans une espèce d'état de conscience second, le monde originel.

Lucinder leva la main et se tourna vers moi.

— Je n'ai rien compris. Et vous, Michael, vous avez une interprétation ?

— Une récente théorie parle de « tachyons ». Ce sont de toutes nouvelles particules qu'on vient de découvrir dans l'accélérateur atomique de Saclay. Les tachyons ont une propriété extraordinaire : ils sont plus rapides que la lumière. Ce pourrait être ce qui se trouve dans le champ de la conscience. Lorsque, le matin, on est un peu vasouillard, il paraît que ce sont les tachyons de la conscience qui ne sont pas encore rentrés dans notre peau. Les théoriciens du tachyon pensent que c'est une particule qui n'a pas de passé ni de futur. Ce pourrait être des tachyons qui composent « la matière » de l'âme.

Lucinder caressa son chien.

— C'est séduisant, votre histoire de particules de conscience, mais le mot « tachyon » ne me semble pas très médiatique. Et puis, assez de ce charabia scientifique. Ça va raser tout le monde. Vous, Raoul, je crois que vous vous intéressez aux mystiques. Quelle est la mystique qui donne la version la plus « crédible » ?

— Eh bien, selon le *Bardo Thödol, Le Livre des morts tibétain*, nous serions constitués en fait de trois corps.

— Vous plaisantez ? Vous voulez que je raconte cela à mes électeurs ? sursauta le chef d'État.

— Je vous répète ce qu'affirme le *Bardo*. Donc, nous disposons de trois corps. Le premier est dit « corps physique ». Il est constitué de matière, solide, physique et gazeuse, le tout composant notre organisme. Branché sur les cinq sens, il nous fournit toutes nos perceptions visuelles, auditives, sensorielles, etc. À notre mort, la matière se putréfie et tombe en poussière. Le deuxième corps serait le « corps vital ». C'est une enveloppe magnétique qui enveloppe le corps physique et qui en détermine les lignes de force et les lignes de faiblesse. Là se situent les méridiens énergétiques dont parlent les Chinois et les chakras qu'indiquent les yogis indiens. Là circule notre énergie naturelle, celle que nous émettons et celle que nous recevons de l'extérieur. Cette énergie, les Indiens l'appellent Prana et les Chinois Ki.

Vercingétorix bâilla en lâchant un filet de bave. Je remarquai seulement alors qu'il était pour le moins curieux qu'un président qui se prenait pour César ait baptisé son chien Vercingétorix. Dominer un labrador, piètre victoire !

Face au discours mystico-scientifique de mon ami, le pragmatique élu du peuple semblait mal à l'aise.

– Continuez ! intima-t-il cependant.

– De notre « corps vital » dépendent notre rayonnement, nos vibrations, notre charisme. Tout ce qui fait qu'on plaît ou qu'on déplaît aux gens sans raison apparente. De plus, la maladie ne serait somme toute qu'un déséquilibre entre notre corps physique et notre corps vital. D'où l'acupuncture chinoise qui débloque l'énergie en certains points et la fait circuler en d'autres...

Corps physique, corps vital... Je devinais les pensées de Lucinder. Fallait-il se débarrasser au plus vite de ce savant fou à présent qu'on en avait fini avec le sale boulot et le remplacer par une quelconque sommité scientifique plus « présentable » ?

Un instant, le regard du Président s'égara sur moi comme sur un successeur possible. Après tout, j'étais dans le coup depuis le début et mon esprit paraissait encore sain.

Tout à ses explications, Raoul ne perçut pas les doutes de son interlocuteur. Imperturbable, il poursuivait :

– Descartes, d'ailleurs, ne pensait pas autre chose en déclarant : « La différence entre le corps et l'âme, c'est que le corps est divisible alors que l'âme est indivisible. » Comme quoi tout se recoupe... Bon, il peut donc arriver que corps vital et corps physique se désolidarisent.

– Dans quelles circonstances ?

– Hum, sous l'emprise de la drogue par exemple, ou quand on s'évanouit, qu'on éprouve un orgasme, ou qu'on subit un traumatisme psychologique très fort.

– Ou si on se retrouve plongé dans un coma ?

– Exactement. Mon père, qui a beaucoup planché sur la question, estimait que les médiums et certains mystiques sont parfaitement capables de scinder volontairement leur corps vital de leur corps physique. Il était professeur de philosophie mais il avait une approche très scientifique des choses... Selon lui, ce serait comme se débarrasser d'un gant transparent collé à notre peau.

Le Président caressa son chien.

– J'ai aussi retrouvé des textes écrits par un certain professeur Rupert Sheldrake à la fin du XXᵉ siècle. Ce physicien assurait que les objets possédaient des formes indépendantes de leur matière. L'arbre à venir était déjà inscrit dans la graine, le vieillard était enfoui sous le fœtus et les formes circulaient telles des banques de données mobiles. Sheldrake avait fourni la preuve de l'existence de ces formes immatérielles sans en donner pour autant une explication convaincante. Un phénomène électromagnétique, peut-être ? Après tout, nous possédons tous notre propre empreinte électromagnétique. Cette énergie, c'est à peine si nous la ressentons en rapprochant les paumes de nos mains. Elle est pourtant là, petite boule que nous percevons parfois comme un petit soleil en nous prenant les mains de face, ou encore en effleurant la peau d'une personne étrangère et en recevant soudain comme une décharge électrique. Nous avons caressé une enveloppe invisible. En fait, peut-être avons-nous effleuré une âme !

Lucinder s'impatienta :

– Et le troisième corps ? demanda-t-il.

95 – INTERVIEW

Lu dans le *Magazine féminin*.

M.F. : L'âme, dites-vous ?

KERBOZ : Oui. C'est comme un gant invisible qui nous recouvre et qui s'enlève.

M.F. : Soyez plus précis.

KERBOZ : Là-bas, mon corps ressemble à un nuage transparent, rempli de reflets de différentes couleurs. Il épouse le contour de mon corps normal mais il n'a plus ni consistance ni poids et il se déplace aussi vite qu'il veut. Il peut traverser les objets tout comme les objets peuvent le traverser.

M.F. : C'est un ectoplasme ?

KERBOZ : J'ignore ce qu'est un ectoplasme. Je vous parle de mon corps devenu transparent. Les humains ne peuvent plus le voir, il ne peut plus communiquer avec eux. En revanche, il peut saisir les pensées des vivants. Quelle sensation étrange !

M.F. : Et pour voyager ?

KERBOZ : On voyage à la vitesse de la pensée. Quand je suis transparent [mimant un mouvement de natation], je peux vous traverser comme ça. Je demeure cependant relié à mon corps physique par un cordon ombilical argenté, une sorte de filin de sécurité lumineux et élastique.

M.F. : Et c'est agréable de voler avec son « corps transparent » ?

KERBOZ : Oui. On a l'impression de ne plus avoir de limites. On ne craint plus de se blesser ou de se fatiguer. On n'est plus qu'une pensée en suspension, capable de se déplacer à la vitesse des idées.

M.F. : Il faut quand même beaucoup de courage pour regagner ensuite son corps de douleur !

KERBOZ : Exact. Surtout quand on a un ongle incarné !

96 – PHILOSOPHIE JAPONAISE

« La mort est la voie du samouraï. Si tu dois choisir entre la mort et la vie, opte sans hésiter pour la mort. Rien n'est plus simple. Rassemble ton courage et agis. À en croire certains, mourir sans avoir accompli sa mission serait vain. C'est là une contrefaçon d'éthique samouraï, qui trahit l'esprit calculateur des arrogants marchands d'Osaka.

Dans une telle situation, il devient presque impossible de faire le juste choix. Tous, nous préférons vivre.

Rien de plus naturel alors que de chercher une raison pour survivre. Mais celui qui choisit de continuer à vivre alors qu'il a failli à sa mission, celui-là encourra le mépris que méritent les lâches et les misérables. »

Hagakure, code d'honneur du samouraï, XVIIe siècle.

Extrait de la thèse *La Mort cette inconnue*, par Francis Razorbak.

Le président Lucinder se concentrait sur les propos du professeur Razorbak. Moi-même, j'étais une fois de plus impressionné par mon ami. Raoul savait tant de choses ! Combien de volumes avait-il donc emmagasinés dans son crâne ?

Quand on écoute Raoul, on se dit qu'une bonne bibliothèque vaut tous les gourous et tous les sages orientaux du monde !

— Trois corps, disiez-vous, reprit Lucinder. Le corps physique, le corps vital, et puis ?

— Le corps mental. Il nous fournit nos pensées, nos idées, notre conscience. Le corps mental somatise et déséquilibre à l'occasion les énergies du corps vital. C'est lui qui me fait vous parler en ce moment. Il analyse et synthétise toutes les informations émanant de nos sens et leur donne une signification intellectuelle. C'est le corps mental qui tombe amoureux, qui rit et qui pleure.

Le chef d'État était désormais fasciné.

— Corps physique, corps vital, corps mental. Pas simple certes, mais voilà qui expliquerait que nous gagnions l'au-delà tout en semblant dormir !

98 – DÎNER AUX CHANDELLES

Nous découvrîmes en face du thanatodrome un petit restaurant thaïlandais qui devint peu à peu notre cantine. Il était tenu par M. Lambert, un pur Thaï de Chiang Mai, spécialiste des nouilles sautées au basilic. Tandis que nous discutions avec Amandine et Félix de notre entretien particulier avec le Président, et des nouveaux objectifs de la thanatonautique, un garçonnet se colla à notre table.

— Vous êtes monsieur Félix Kerboz ? demanda-t-il à Félix.

Notre héros acquiesça, béat, toujours heureux d'être reconnu.

L'enfant réclama un autographe et nous fûmes immédiatement cernés par une masse d'admirateurs, tous jurant que Félix était encore plus beau en réalité qu'à la télévision.

Je payai en hâte l'addition et nous battîmes en retraite.

Félix, lui, se serait volontiers attardé. Il rayonnait au soleil des compliments. Il signait son nom sur des menus, des serviettes en papier, des tickets-restaurants et ses yeux pétillaient de bonheur. Il se sentait enfin aimé.

99 – MYTHOLOGIE KENYANE

Pour les Bantous, à l'origine l'homme était immortel. Pour le lui confirmer, Dieu dépêcha d'abord un caméléon. Puis, réflexion faite, Dieu changea d'avis et chargea un second messager, un oiseau cette fois, de l'informer que, pas du tout, l'homme devait mourir.

Le caméléon était arrivé bien avant l'oiseau. Hélas, il bégayait et n'avait pas encore achevé de délivrer son message aux hommes. L'oiseau n'eut donc aucune difficulté à faire connaître le sien : les hommes mourraient et jamais ne reviendraient sur terre dans une forme semblable à celle empruntée lors d'une vie précédente.

Extrait de la thèse *La Mort cette inconnue*, par Francis Razorbak.

100 – FÉLIX VA TROP LOIN

Un mois après l'inauguration du thanatodrome des Buttes-Chaumont, Amandine annonça solennellement ses fiançailles avec Félix. Moi, pauvre imbécile que j'étais, je n'avais rien vu ou alors je n'avais rien voulu voir.

Nous avions pourtant parlé d'Amandine, Raoul et moi. Nous nous étions mis d'accord sur le fait que, pour plaire à cette fille, le seul moyen était de mourir. Il n'y avait qu'un thanatonaute pour l'intéresser. N'empêche, que pouvait-elle trouver à cette brute épaisse de Félix ? D'accord, il était célèbre, et après ? En tout cas, une fois encore notre mystérieuse Amandine m'échappait complètement.

Quand le couple emménagea, j'avoue avoir ressenti un

petit pincement au cœur. Je m'efforçai de ne pas laisser la jalousie dominer mon amitié.

Côté travail, Félix avait beau clamer partout dans la presse qu'il franchirait bientôt Moch 1, il n'y parvenait toujours pas. Pis, il hésitait de plus en plus à décoller. À présent qu'il avait Amandine et qu'il était devenu la coqueluche du Tout-Paris, il n'avait guère envie de replonger dans de hasardeux comas artificiels.

Nous ne pouvions pas laisser reposer plus longtemps nos espoirs sur cet unique et capricieux thanatonaute. Il nous fallait reconstituer au plus vite une écurie. Félix en était le premier convaincu. À tout hasard, nous passâmes une petite annonce dans des quotidiens : « Thanatodrome de Paris cherche des volontaires. »

Nous pensions que les candidats au grand saut se compteraient sur les doigts d'une seule main. Surprise : plus d'un millier de têtes brûlées se présentèrent. La sélection fut draconienne. Raoul, Amandine, Félix et moi, nous les passâmes littéralement au gril. De nous tous, Félix était le plus féroce examinateur. Évidemment, lui connaissait bien les risques et il préférait refroidir ces enthousiastes plutôt que de leur conseiller : « Allez-y ! Envoyez-vous en l'air ! Vous verrez comme ça décoiffe ! »

Les sportifs de haut niveau et les cascadeurs de cinéma s'avérèrent les mieux armés pour franchir nos tests de sélection. Ces garçons connaissaient parfaitement leur corps et, de surcroît, ils savaient ce que c'était que de prendre des risques jusqu'à frôler la mort. Casse-cou mais pas trop !

Pour deuxième thanatonaute officiel, nous choisîmes Jean Bresson. Ce cascadeur expérimenté décolla et atterrit avec aisance. Il n'approcha Moch 1 que de très loin mais, d'après la description qu'il en fit, Félix lui-même admit qu'il avait réussi.

Bresson atteignit « coma plus dix-huit minutes ». Trois autres thanatonautes s'arrêtèrent ensuite à « coma plus dix-sept minutes ». Nous n'avions toujours pas repoussé les limites de la *Terra incognita*, placées à « coma plus vingt et une minutes », mais nous savions maintenant parfaitement ce qu'il y avait autour : un grand couloir gazeux multicolore et tourbillonnant.

Pour ces quatre succès relatifs, nous connûmes vingt-trois échecs. Nous avions multiplié les précautions et pourtant de jeunes et trop bouillants impatients étaient passés entre les mailles de notre filet. Nous affinâmes davantage encore notre batterie de tests de sélection. Il importait de ne retenir que des gens assez mûrs et dotés d'une force de caractère assez grande pour pouvoir résister à l'attrait de la lumière mortelle.

Dehors les m'as-tu-vu, qui ne cherchaient qu'à impressionner leurs copains ou leur petite amie en entrant dans notre noble confrérie ! Dehors les désespérés, qui considéraient la thanatonautique comme le dernier cri en matière de suicide ! Dehors les mal-dans-leur-peau, qui voulaient savoir si là-bas c'était mieux qu'ici ! Un bon thanatonaute est un homme heureux, sain de corps et d'esprit, et qui aurait tout à perdre à mourir.

Nous finîmes par sélectionner de préférence des pères de famille nombreuse !

À force d'expériences, nous disposions quand même à présent de plusieurs certitudes :

1. Le corps restait sur place. Seule l'âme voyageait.

2. En s'échappant, l'âme prenait la forme d'un ectoplasme blanchâtre, capable de passer au travers de toutes les matières et de voler au moins à la vitesse de la lumière.

3. Au moment de la mort, l'ectoplasme s'élevait dans le ciel jusqu'à rejoindre un entonnoir bleu s'achevant par une lumière.

4. L'ectoplasme était relié à l'enveloppe charnelle par un cordon ombilical argenté.

5. Si le cordon était coupé, tout retour à la vie devenait impossible.

6. À « coma plus vingt et une minutes », il y avait un mur.

Des journalistes scientifiques divulguèrent ces quelques informations et on se mit à compter par milliers les bricoleurs qui tentèrent le décollage en usant de boosters plus ou moins artisanaux. Certains se shootaient au thiopental, d'autres au chlorure. Mais ils ignoraient les doses justes. Chaque semaine apportait son lot d'accidentés de la thanatonautique. Certains s'envoyaient dans l'au-delà avec des barbituriques et même du désherbant. Des érotomanes usaient de l'orgasme.

Tout était bon comme carburant : le vin rouge, les champignons hallucinogènes, la vodka, la cocaïne, le saut en élastique, les fruits de mer frelatés, les secousses électriques... En somme, tout ce qui pouvait déconnecter un être humain de la réalité ! Rien n'était plus à la mode que de « thanatonauter ». « Tu n'es même pas fichu de te décorporer » était devenu la plus banale des insultes. Elle sous-entendait que l'individu n'était qu'un corps physique. Qu'il n'était même pas capable de laisser s'exprimer son corps vital ou son corps mental.

Pour mettre un terme à l'hécatombe, le président Lucinder promulgua une loi punissant de lourdes peines de prison quiconque tenterait de pratiquer la thanatonautique en dehors de l'enceinte officielle du Thanatodrome de Paris.

Après une période de mise au vert, Félix décida de repartir à l'assaut de son propre record. À plusieurs reprises, il convoqua journalistes et caméras, mais malgré des tentatives renouvelées il ne parvint pas à franchir Moch 1. À force, la presse se lassa. À chacun de ses retours parmi les vivants, Félix voyait rétrécir la foule de ses admirateurs. Pour ne pas qu'il se décourage tout à fait, Amandine, Raoul et moi allâmes jusqu'à payer des figurants pour remplir la tribune de presse. Félix ne fut pas dupe : il avait appris à savoir qui était qui dans le monde des médias.

Comme il devenait de plus en plus triste et mélancolique, nous lui conseillâmes de prendre sa retraite. Après tout, il en avait déjà assez fait pour l'essor de la thanatonautique. Mais lui n'en démordait pas, il ne se retirerait qu'après avoir dépassé Moch 1. Cela tourna chez lui à l'idée fixe.

101 – MYTHOLOGIE VÉDIQUE

Avance, avance par les chemins antiques par où s'en sont allés mes premiers pères ! Les deux rois, Yoma et le dieu Varuna, qui se complaisent au rite funèbre, tu les verras.

Rig-Veda X, 14

Extrait de la thèse *La Mort cette inconnue*, par Francis Razorbak.

102 – UN PEU DE RÉPIT

Soudain, tout alla de travers. Félix devenait de plus en plus irascible. Il remit son mariage avec Amandine aux calendes grecques. Des ecchymoses suspectes nous apprirent qu'il la battait. D'ailleurs, le soir, les éclats de leurs scènes de ménage retentissaient jusque dans les appartements voisins.

Lui prêtant sa propre âpreté au gain, Félix accusait Amandine de n'en vouloir qu'à son argent. Il était vrai qu'il jouissait d'excellents revenus, surtout depuis que le président Lucinder lui avait alloué une bourse en thanatologie. Ses interviews se négociaient encore un bon prix. Il avait engagé un agent littéraire afin de vendre ses souvenirs à l'éditeur le plus offrant, contrat juteux à la clé. Mon frère lui consentait un pourcentage sur tous les tee-shirts à son effigie. Effectivement, il y avait là de quoi nourrir un gros compte en banque !

Amandine essuyait les coups et les affronts mais elle serrait les dents. Son admiration pour le thanatonaute était la plus forte. Ce ne fut que lorsque Félix commença à s'afficher avec des femmes de petite vertu que son vernis de stoïcisme craqua. Elle vint pleurer sur mon épaule.

Je la consolais de mon mieux. Depuis le premier instant j'en étais amoureux fou, mais j'évitais néanmoins d'émettre le moindre propos douteux sur son fiancé. Elle ne m'aurait pas pardonné les remarques désobligeantes qu'elle déversait pourtant à foison dans le restaurant thaïlandais de M. Lambert.

Entre deux verres d'alcool de riz, de l'eau minérale jaillissait des gouffres bleu marine.

– Reprends-toi.

– Il est si injuste. On dirait qu'il me reproche à moi d'être incapable de passer le premier mur de la mort. Je veux bien l'aider, mais il faudrait encore qu'il consente à me dire comment.

– Il faut le comprendre, dis-je.

Elle ne voulait plus parler. Amandine, c'était tout un monde de choses retenues, de choses cachées. Le jour où cette fille ouvrirait les placards de son cerveau, on y découvrirait sûrement un sacré capharnaüm. Pour l'instant, elle préférait accumuler et ne rien montrer. Seule cette crise et ces larmes témoignaient d'un instant de faiblesse.

Je lui proposai de marcher un peu. Une heure plus tard, nous nous retrouvâmes dans le cimetière du Père-Lachaise.

– C'est ici que j'ai rencontré Raoul.

– Vous êtes de vrais amis, c'est beau, soupira Amandine.

– Quand on était petits, on se faisait casser la gueule par les costauds de la classe.

Elle s'approcha imperceptiblement de moi.

– Je crois que je ne veux plus me marier avec Félix, dit-elle.

– Tu rigoles, il ne s'en remettrait jamais.

– Ne t'en fais pas. Il a toute une cour de femelles qui tournent autour de lui. Il ne restera pas longtemps seul. Félix était puceau, je lui ai appris ce qu'était une femme. Il a visité l'amour et la mort en même temps. Maintenant il peut voler de ses propres ailes. Je n'ai été qu'une initiatrice.

– Tu le regrettes ?

– Non. Mais je sais que nous ne sommes pas faits pour vivre ensemble.

– Tu te trompes. Même si Félix court à gauche et à droite, il n'y a que toi qu'il aime vraiment. Tu es tellement au-dessus des autres. Tu as une classe qui...

Elle eut un petit rire misérable.

– Dis donc, ce ne serait pas toi qui serais en train de me draguer ?

À mon tour de clore les lèvres sur mes secrets.

Elle se serra contre moi, confiante, et nous restâmes là, dans ce froid jardin de sépultures, pas loin de la tombe de Nerval, à contempler les étoiles. Son petit cœur tiède battait contre ma poitrine. Un souffle doux chantait à mes oreilles.

J'aurais volontiers passé ma vie ainsi, mon nez enfoui dans la fourrure dorée de ses cheveux.

D'un brutal coup de torche électrique, un gardien en quête de vandales nous tira moi de mon enchantement, elle de sa torpeur. Elle se secoua :

– Tu as raison, Michael. Il ne faut pas que je me laisse impressionner par quelques disputes passagères ou par des aventures sans lendemain. Je suis injuste envers Félix et je l'épouserai quand il le souhaitera.

Dans le taxi du retour, nous n'avions plus envie de parler ni l'un ni l'autre.

103 – GRABUGE

Le lendemain, au thanatodrome des Buttes-Chaumont, l'ambiance était à l'orage. Félix était rentré fin saoul comme d'habitude, et en compagnie d'une prostituée par-dessus le marché. Ils avaient dormi à même la moquette après qu'il eut vomi sur le trône de lancement.

Arrivé dès l'aube, Raoul avait chassé la fille avant qu'Amandine ne la surprenne et nettoyé ce qui était nettoyable, aidé par Jean Bresson.

Malgré plusieurs gobelets de café chaud, Félix avait toujours la gueule de bois.

– Me faites pas la morale, bordel ! Vous savez qui je suis ? Le premier thanatonaute du monde. Du Monde. Fourrez-vous ça bien dans le crâne. Les autres, ils ne sont que des assistants, des sous-pilotes de pacotille.

Pur hasard, je survins en même temps qu'Amandine. Félix fixa aussitôt sur nous un doigt accusateur.

– Et voilà nos deux tourtereaux ! Si vous croyez que j'ai pas compris votre petit manège, c'est que vous me prenez pour le roi des cons !

Raoul poussa un soupir d'exaspération.

– La ferme, Félix ! J'ai de mauvaises nouvelles pour nous tous. Un fax est tombé ce matin : les Anglais ont réussi à rejoindre Moch 1. Ils sont à « coma plus dix-neuf minutes ». Alors, Félix, tu arrêtes tes sornettes et on se remet au travail avec la rigueur du début. Lever, sept heures. Déjeuner :

fruits et céréales. Check-up complet avant chaque décollage. De la discipline et encore de la discipline, ce n'est qu'ainsi que nous éviterons de nous faire dépasser par ces types.

– De la part de rosbifs, ça m'étonnerait, bredouilla Félix. Dès demain, je vous réussis un « coma plus vingt-trois » aux petits oignons.

– Ah oui ! En attendant, premier thanatonaute du monde, rentre te dessaouler chez toi, ordonna sèchement Raoul.

Quand il prenait ainsi son ton de commandement, même Félix cessait de jouer les vedettes et obéissait au chef incontesté de l'équipe. Pliant l'échine, il déguerpit sur un dernier rot.

Le soir même, Raoul nous convoquait, Amandine et moi, dans le penthouse. Dans ce décor tropical, parmi les plantes grasses, nos problèmes paraissaient souvent plus anodins. Mais là, Raoul était grave :

– Félix ne tourne pas rond, dit-il d'emblée. Faites attention tous les deux. Je sais parfaitement qu'il n'y a rien entre vous mais lui s'est mis des idées en tête et ça le perturbe !

Je ne voulais pas entrer dans un débat pénible pour Amandine, je m'empressai de faire diversion.

– C'est vrai ce que tu nous as raconté, ce matin ? Des Anglais ont réellement touché Moch 1 ?

– C'est tout à fait officiel. Un certain Bill Graham talonne Félix avec son « coma plus dix-neuf minutes ». Vous comprenez donc que l'heure est grave.

Il alluma une de ses fines cigarettes et reprit :

– L'enjeu est trop important. Nous sommes dans une course mondiale. Il n'y a plus de place pour les erreurs. Alors, Amandine, tu vas me faire le plaisir d'avoir une explication franche avec Félix. Montre-lui que tu le soutiens et que, même s'il est saoul, il ne te dégoûte pas.

L'intéressée commença par se défendre.

– Mais... mais...

– Fais ça pour la thanatonautique, si tu ne le fais pas par passion amoureuse.

La jeune infirmière accepta, avec résignation. Le lendemain matin aux aurores, le couple s'expliqua. Ce fut surtout Félix qui s'excusa pour son comportement de la veille. Ils décidèrent de maintenir le mariage et nous reprîmes les procédures de vol.

Alors que Félix était sur le trône de lancement, Raoul le conjura d'être prudent.

– T'inquiète pas, vieux frère. Comme tu dis : « Tout droit, toujours tout droit vers l'inconnu. »

Il s'installa lui-même les boosters dans les veines. Puis le décompte s'égrena.

– Six... cinq... quatre... trois... deux... un. Décollage.

Avant de fermer les yeux, il lança encore une petite phrase en direction d'Amandine.

– Pardonne-moi.

104 – MYTHOLOGIE CHINOISE

« Dans la lointaine île de Kou-chee, vivent des hommes transparents, blancs comme la neige, frais comme des enfants. Ils ne consomment aucune sorte d'aliments mais aspirent le vent et boivent la rosée. Ils se promènent dans l'espace, les nuages leur servent de chars et des dragons de montures. Ils ne s'inquiètent pas des maladies ou des moussons. Ils sont indifférents à tout. Un déluge universel ne les submergerait pas. Un incendie mondial les éviterait. Ils se sont élevés au-dessus de tout. Ils montent dans les airs comme s'ils gravissaient des marches et s'étendent dans le vide comme sur un lit. Le vol de leur âme les porte partout. »

Tchouang-tseu

Extrait de la thèse *La Mort cette inconnue*, par Francis Razorbak.

105 – POINT FINAL

Félix ne revint plus jamais en ce bas monde. Il ne se maria pas et ne raconta jamais ce qu'il avait vu derrière Moch 1. La Grande Faucheuse ne l'avait pas autorisé à poser de nouvelles banderilles. Cerbère l'avait dévoré. Baal l'avait happé. La mort... l'avait tué.

Là-haut, il avait ôté le masque de la Gorgone. Il avait

peut-être vu le visage caché derrière la face de squelette de la femme en satin blanc. Il l'avait vu et il n'était pas revenu pour nous dire ce qu'il avait vu. Cela ne lui avait pas été possible, ou il ne l'avait peut-être pas assez désiré. La lumière attirante au fond du couloir bleu avait été plus forte que notre amitié. Elle avait été plus forte que la célébrité, plus forte que l'amour d'Amandine, plus forte que l'alcool, les prostituées, l'aventure thanatonautique. La mort gardait son mystère.

Il y eut quelques feuilles à scandales pour sous-entendre que j'avais manipulé les boosters pour me débarrasser d'un rival gênant. J'avais beau être follement épris de notre infirmière, jamais je n'aurais été capable pour autant de tuer volontairement quelqu'un, et surtout pas Félix.

En revanche, je me suis demandé si Félix ne s'était pas volontairement porté disparu. Il savait qu'il avait succombé aux pièges de la célébrité et qu'il se détruisait peu à peu. Plus que tout, je crois surtout qu'il redoutait de perdre Amandine. En dépit de ses coucheries, il l'aimait vraiment, sa première et son unique femme.

À la fin, il s'était senti indigne d'elle. Avec les prostituées, il était à son aise. Il se retrouvait dans son médiocre milieu d'origine. La si belle et cultivée Amandine l'impressionnait. Félix pensait ne pas mériter épouse aussi douce et gentille.

« Pardonne-moi. » Tels avaient été ses terribles derniers mots pour Amandine.

L'homme de l'année et même de la décennie eut droit à des funérailles nationales. Son enveloppe charnelle fut ensevelie au cimetière du Père-Lachaise dans un somptueux mausolée de marbre. Une stèle portait gravé : « Ci-gît le premier thanatonaute du monde ».

106 – MYTHOLOGIE AMÉRINDIENNE

Le Trickster, ou dieu Coyote, est l'un des personnages les plus curieux de la mythologie indienne d'Amérique du Nord. À la fois clown cynique et dieu paillard et meurtrier, on le représente souvent avec un énorme pénis et les intestins enroulés autour du corps.

Dans les plaisanteries indiennes, le dieu Coyote est souvent le dindon de la farce. Le Grand Esprit lui permet généralement de commettre toutes les sottises et le mal qu'il souhaite puis intervient pour arranger les choses. Le plus souvent, Trickster s'imagine qu'il est en train de nuire mais, en fait, ses actes suscitent des effets exactement opposés à ceux qu'il avait prévus. Du coup, Trickster, le petit diable rival du Grand Esprit, s'avère bien moins maléfique qu'on ne l'aurait cru.

Extrait de la thèse *La Mort cette inconnue*, par Francis Razorbak.

107 – BILL GRAHAM

Jean Bresson fut le deuxième grand thanatonaute français. Après la disparition de Félix Kerboz, il s'inspira des procédures de sécurité qu'il avait mises au point pour ses cascades cinématographiques avant de tenter un nouveau grand saut.

Il eut ainsi l'idée de munir le fauteuil d'envol d'une minuterie électronique permettant un retour instantané. Elle fonctionnait à la manière d'une ceinture de sécurité. Avant le décollage, le thanatonaute programmait par exemple sa minuterie à « coma plus vingt minutes ». Celle-ci déclenchait ensuite à l'heure prévue un petit choc électrique qui contraignait le cordon à se rétracter brusquement et donc à ramener le thanatonaute sur terre.

Jean Bresson était un vrai professionnel. Il indiquait sur la carte très précisément la zone qu'il visait puis nous rapportait des croquis extrêmement précis de ses observations.

Je profitai de ce pilote fiable pour essayer d'améliorer la formule des boosters. Je testai un nouveau procédé.

Au lieu de déverser d'un coup le narcotique, celui-ci était envoyé à dose moindre et en continu. J'utilisais du Propofol (100 microgrammes par kilo et par minute) associé à de la morphine et à un gaz (desflurane, entre 5 et 10 % au début, mais j'obtins de meilleurs résultats avec de l'isoflurane entre 5 et 15 %). Enfin, pour stabiliser l'activité organique, un dérivé du Valium : l'Hypnovel (0,01 mg/kg). Ces nouveaux outils rendirent les envols un peu plus sûrs.

Nous étions désormais convaincus que n'importe qui pouvait sortir de son corps et se livrer à une décorporation. Simple question de dosage. Mais Jean Bresson encaissait très bien toutes mes concoctions.

Il avançait à son rythme. Il explora « coma plus dix-huit minutes et vingt secondes », « coma plus dix-huit minutes et trente-huit secondes », « coma plus dix-neuf minutes et dix secondes ». Il soignait sa musculation, son alimentation et étudiait ses rythmes biologiques. Il tenait compte de tous les facteurs susceptibles d'influer sur une décorporation, y compris la température ambiante. (Les meilleurs décollages s'effectuèrent à une chaleur de 21°C, avec un taux d'humidité inférieur à la moyenne.)

Ses envols étaient impeccables. Il vérifiait minutieusement ses boosters et se concentrait pendant de longues minutes sur l'objectif à atteindre, conformément à nos cartes.

– Six... cinq... quatre... trois... deux... un. Décollage !

Nous attendions son retour les yeux rivés sur les cadrans des électrocardiogrammes et électro-encéphalogrammes. Puis la minuterie se mettait en marche et les engins de contrôle nous avertissaient de son arrivée imminente.

– Six, cinq, quatre, trois, deux, un ! Atterrissage.

Jean Bresson était méticuleux et méthodique. Pas à pas, avec rigueur et discipline, il progressait sur le continent des morts. Il refusait toute interview à la presse. Il avait renoncé à toute vie sentimentale pour se consacrer uniquement à ses activités professionnelles. Chaque jour, il consignait ses progrès dans un cahier, et avec une petite calculette décidait d'un objectif raisonnable pour le lendemain.

Par-delà la Manche, Bill Graham semblait doté d'une même trempe. Il avait déjà atteint « coma plus dix-neuf minutes et vingt-trois secondes ».

Les deux hommes étaient désormais embarqués dans une course terrible et dangereuse. Tout faux pas risquait de leur être fatal et ils en étaient conscients. Un magazine satirique londonien représenta Graham et Bresson sous la forme de deux petits oiseaux en train de curer les dents d'un crocodile. « Dis donc, Bill, tu crois qu'il va garder la gueule ouverte encore longtemps ? », demandait le Français. Et l'Anglais de répondre : « Non. Et à ta place, je laisserais tomber. »

Mais centimètre par centimètre, chaque jour les deux oisillons s'enfonçaient plus profondément encore dans la gorge du redoutable reptile.

« Coma plus dix-neuf minutes et vingt-trois secondes » pour Graham.

« Coma plus dix-neuf minutes et trente-cinq secondes » pour Bresson.

« Coma plus vingt minutes et une seconde » pour Graham.

Le Britannique avait à présent atteint le même niveau que Félix. Il était face au mur. Moch 1. Et acharné comme il l'était, pas de doute, à son prochain envol, il dépasserait cette première porte.

Raoul était furieux :

– On va se faire doubler par les British sur la ligne d'arrivée, nous, les pionniers ! C'est trop bête.

Ses craintes étaient fondées. Bill Graham n'était pas n'importe qui. Pour la thanatonautique, il avait connu une bonne école : celle du cirque. Ancien trapéziste, il savait se programmer pour partir dans les airs sans filet. Une interview au *Sun* m'avait aussi appris qu'il attribuait son talent à un bon contrôle des prises de stupéfiants. Lui-même ancien toxicomane, il estimait qu'en soi, les drogues n'étaient ni bonnes ni mauvaises mais généraient simplement une énergie qu'il suffisait de contrôler.

Graham expliquait dans un article : « Pourquoi ne pas inscrire le bon usage de la marijuana, du haschisch ou de l'héroïne au programme des universités ? Dans les sociétés dites primitives, chacun se drogue avec des plantes au cours de cérémonies visant à donner un caractère sacré à l'absorption de stupéfiants. En Occident, les toxicomanes sont détruits par les drogues car ils les utilisent n'importe comment. Or il existe des règles à respecter : ne jamais consommer de drogue pour surmonter une dépression, par simple désœuvrement ou pour fuir le réel. Toujours exiger une cérémonie ! Étudier ensuite les effets de chaque produit sur son corps et le doser selon ses attentes. À la limite, on pourrait imaginer un permis de se droguer réservé aux initiés. »

J'en déduisis que l'ex-trapéziste britannique devait sûrement se bricoler une décoction à sa mesure avant chaque décollage. L'hypothèse exaspéra Jean Bresson qui regretta que la thanatonautique ne soit pas décrétée sport olympique. On aurait pu alors exclure Graham pour cause de dopage.

Amandine coula un bras tendre autour des épaules de Jean.

– S'il y a dopage, c'est toi le plus doué. Tu n'es qu'à vingt-six secondes de Bill et sans substance interdite !

– Vingt-six secondes, tu sais ce que c'est, vingt-six secondes, riposta le cascadeur, mécontent.

Raoul déploya la carte toujours marquée de la ligne *Terra incognita* auprès du grand entonnoir.

– Vingt-six secondes en haut, cela doit signifier un territoire grand comme la France. Leur géographie du Continent Ultime a sûrement de l'avance sur la nôtre !

Amandine se serra contre Bresson. Soudain, mes yeux se dessillèrent. Amandine aimait les thanatonautes, tous les thanatonautes et rien que les thanatonautes. Les personnalités propres à Félix Kerboz ou à Jean Bresson ne l'intéressaient pas. Seule leur qualité de pionnier de la mort la passionnait. Tant que je ne deviendrais pas moi-même thanatonaute, elle ne lèverait jamais le regard sur moi. Elle avait son compte à régler avec la mort et elle réservait son amour à ses valeureux combattants.

Stimulé par le doux contact d'Amandine, le cascadeur annonça :

– Demain, j'irai jusqu'à « coma plus vingt minutes ».

– Seulement si tu es assez sûr de toi…, corrigea Raoul.

Le magazine britannique y était allé d'une nouvelle caricature. Les deux oisillons s'affairaient toujours entre les dents du crocodile. « Qu'est-ce qui va m'arriver si je m'enfonce trop profondément dans sa gorge ? » demandait l'oiseau Jean. « Tu vas te réincarner », répondait l'oiseau Bill. « Mais non, il m'avalera et me transformera en une grosse crotte. – Exactement, Jean. C'est cela une… réincarnation ! »

Le dessin me donna une idée. L'issue du duel n'était pas nécessairement fatale.

– Pourquoi se livrer à tout prix à une compétition mortelle ? Si ce Graham est si fortiche, quels que soient les moyens qu'il utilise, nous n'avons qu'à l'inviter ici. Le président Lucinder n'a-t-il pas souhaité que nous accueillions les thanatonautes étrangers pour partager nos connaissances ?

Le visage de Raoul s'éclaira :

– Excellente idée, Michael !

Ce soir-là, Jean raccompagna Amandine à ma place. Solitaire dans mon appartement, je m'acharnai sur mon ordinateur à élaborer une nouvelle formule chimique de booster.

Nous avions tous deviné que les Anglais étaient sur le point de nous coiffer sur le poteau. Et en effet, le lendemain, nous apprîmes que Bill Graham avait dépassé Moch 1.

Selon les journaux du matin, il avait accompli cette prouesse dans la nuit, au moment même où nous envisagions de l'inviter dans notre thanatodrome. Le problème, c'était que Bill Graham n'était pas parvenu à freiner à temps. Moch 1 l'avait avalé.

108 – MYTHOLOGIE SUD-AFRICAINE

À l'époque où tous les animaux étaient encore des êtres humains, il était une fois un petit lièvre qui pleurait la mort de sa mère.

La lune descendit le consoler : « Ne t'inquiète pas, ta mère reviendra. Vois, moi-même, j'apparais, je disparais, on me croit morte mais je réapparais toujours. Il en ira de même pour ta mère. »

Le petit lièvre ne la crut pas. Il alla même jusqu'à se battre avec la lune pour qu'elle le laisse pleurer en paix. Il la griffa si fort qu'elle en porte encore la trace. Alors la lune se fâcha et lui fendit la lèvre : Puisqu'il en est ainsi et que le lièvre ne me croit pas, il ne renaîtra pas comme moi la lune, mais il demeurera mort. »

Quant au lièvre qui, en fait, était un être humain, elle le transforma en un animal apeuré tout juste bon à être chassé. Mais l'on ne doit pas manger une zone précise du lièvre car ce morceau rappelle que celui-ci fut autrefois une personne humaine.

Extrait de la thèse La *Mort cette inconnue*, par Francis Razorbak.

Bill Graham disparu, nous restions toujours en tête de la thanatonautique mondiale. Mais derrière, tout un peloton se regroupait pour nous rattraper et peut-être nous dépasser.

Jean Bresson s'échinait contre le premier mur. Si ce qu'il y avait derrière la *Terra* demeurait *incognita*, la corolle de l'entonnoir, en revanche, était de mieux en mieux connue. Les thanatonautes du monde entier en grappillaient les parois centimètre par centimètre comme des spermatozoïdes pressés.

Le magazine londonien continuait à représenter les pionniers de la mort comme des petits oiseaux picorant la mâchoire d'un crocodile bâilleur. « Approchez, les petits, j'ai toujours faim », disait la légende d'un troisième dessin, montrant le reptile, gueule ouverte, quelques écailles recouvertes de sang et de plumes censées représenter le pauvre Bill.

Jean Bresson n'en perdait pas son calme pour autant. Comme Raoul, il pensait que ce n'était que petit à petit que nous parviendrions à grignoter le mur comatique.

Publicité ou désir d'encourager la science, le président Lucinder créa un trophée assorti d'un prix important : la coupe « Moch 1 » et 500 000 F pour le champion qui le traverserait le premier et reviendrait indemne raconter son voyage.

Des vocations naquirent.

L'heure des « sportifs » avait sonné. Il s'agissait de jeunes gens convaincus de l'impuissance et de l'inutilité de thanatodromes officiels par trop timorés. Ils se proposaient et de partir et de revenir comme bon leur semblait. Après tout, récompensée par une coupe, la thanatonautique s'apparentait à présent au saut à la perche ou à la course de haies. Nous entrâmes donc dans ce que j'appelai la phase « gymnastique ».

Des clubs, des sociétés privés élaborèrent leurs propres pistes d'envol, avec des boosters copiés sur les nôtres. Un esprit ingénieux eut l'idée d'un journal, *Le Petit Thanatonaute illustré,* fournissant des conseils pratiques et proposant les derniers plans du continent des morts. Des fans échangeaient par petites annonces des recettes pour mieux décoller, vendaient des fioles de Propofol ou de chlorure de potassium volés dans les hôpitaux, et même des fauteuils de dentiste.

Y étaient évidemment inclus des posters des plus célèbres thanatonautes, Félix Kerboz, Bill Graham et Jean Bresson.

Et chaque jour le monstre happait sa dose de « sportifs » imprudents. La thanatonautique n'était pas une activité comme les autres. On ne chutait qu'une fois. Nous le répétions sur tous les tons dans nos interviews, mais c'était précisément le risque qui excitait les jeunes.

Pour eux, c'était le summum des frissons. Un peu comme cet art martial japonais, le yaï, où deux lutteurs se placent face à face en tailleur, le gagnant étant le premier qui arrive à dégainer son sabre et à fendre en deux le crâne de son adversaire.

Les accidents ne découragèrent pas les pionniers en herbe. Quant à la prime, elle attira nombre d'escrocs.

Nous recevions une multitude de coups de fil.

Un homme prétendit avoir passé Moch 1 et vu un couloir bleu qui se poursuivait en direction d'une lumière blanche. Mais lorsque nous le convoquâmes et qu'il fut interrogé sous sérum de vérité, il reconnut avoir inventé cette histoire pour toucher la récompense. Beaucoup d'autres plaisantins tentèrent de simuler un vol réussi. Dans les récits les plus délirants que nous reçûmes, il y eut le cas de celui qui vit derrière Moch 1 sa belle-mère, cet autre qui découvrit Jésus-Christ sans barbe, la fusée Apollo 13, une jonction avec le triangle des Bermudes, des extraterrestres, et même... rien. Ce dernier nous fit beaucoup rire. « Derrière la mort il y a... "rien" ! affirmait-il. – Et c'est quoi rien ? – Eh bien, rien c'est rien », répondit-il avec effronterie...

Beaucoup de gens honnêtes y laissèrent aussi leur vie.

De son côté, Jean Bresson, sans faire de vagues, progressait seconde par seconde et millimètre par millimètre. Il était désormais à « coma plus vingt minutes et une seconde ».

Ses départs étaient de plus en plus impeccables. Son cœur ralentissait progressivement et j'avais mis au point une formule de booster beaucoup plus douce qui permettait une meilleure action de la volonté (grâce à un nouveau produit :

le Vecuronium, mais sans vous ennuyer avec les formules chimiques, sachez que le Vecuronium 0,01 mg par kilo, c'est quand même pas mal).

– Aujourd'hui je vais tenter de passer Moch 1, annonça gravement Jean Bresson alors qu'il s'installait pour la énième fois sur le fauteuil d'envol.

– Non, non, ne fais pas ça ! répondit Amandine qui ne cachait plus son affection pour le jeune cascadeur.

Elle lui prit la main. Ils s'embrassèrent longuement. Il la saisit par les épaules.

– N'aie pas peur. Je me suis bien préparé, je connais mon affaire, je sais que, maintenant, je peux y arriver.

Sa voix était calme et décidée. Rien dans son comportement ne décelait la moindre hésitation.

Cette nuit-là il fit bruyamment l'amour avec Amandine et, le lendemain matin, il semblait en pleine forme.

Il se planta lui-même les aiguilles dans les veines et contrôla les écrans comme un pilote se livrant à un check-up de son cockpit avant le décollage.

– Attends, dis-je, si tu réussis, et je crois que tu vas réussir, il faut que la presse soit là.

Jean Bresson réfléchit. Il se fichait des projecteurs et de la gloire. Il avait vu où ces mirages avaient conduit le pauvre Félix. Il était pourtant conscient que, sans publicité, nos crédits s'amenuiseraient et que, de toute façon, en ce qui concernait l'avenir de la thanatonautique, il importait de disposer d'un maximum de témoins.

Il ôta donc les aiguilles et patienta.

À huit heures du soir, toute la presse internationale se serrait sur l'aire d'envol du sixième étage. Nous avions installé des barrières entre le trône de lancement et la zone « visiteurs », agrémentée de fauteuils de cinéma pour le confort de nos invités. Certains n'étaient venus que pour assister de visu à la mort d'un thanatonaute.

En une seconde, ici, quelqu'un allait se dépouiller de son enveloppe charnelle pour peut-être ne plus jamais la retrouver. L'excitation régnait dans les travées. Depuis la nuit des temps, la mort a toujours fasciné les hommes.

Je reconnus, très agité, l'animateur de RTV1 qui avait

officié au Palais des Congrès et, plus serein, Villain, le journaliste représentant du *Petit Thanatonaute illustré*.

Raoul, Jean et moi avions revêtu le smoking des grandes occasions. Avec Amandine, nous avions nettoyé de fond en comble notre thanatodrome qui commençait à prendre des allures de garage négligé.

Sur son trône, Jean Bresson paraissait très concentré. Tout en lui respirait la force, l'assurance et la détermination. On avait disposé au-dessus de lui une carte du Continent Ultime et il la fixa longuement comme pour mieux mémoriser son objectif Moch 1. Traverser Moch 1. Il serra les dents.

« Moch 1, je te transpercerai » s'échappa de sa bouche.

Il souffla encore plusieurs fois.

Il régla son minuteur sur « coma plus vingt-cinq minutes », puis il s'assit sur le fauteuil de dentiste et, toujours avec calme, s'enfonça l'aiguille dans le creux du coude.

Toutes les caméras se mirent en marche alors que les reporters chuchotaient leurs commentaires pour ne pas gêner Jean Bresson dans sa concentration.

« ... eh oui, mesdames et messieurs, Jean Bresson va tenter l'impossible, passer le premier le mur comatique. S'il y réussit, il touchera la coupe plus la prime de 500 000 F. Depuis plusieurs jours l'athlète se prépare et sa concentration est intense... »

– OK, ready, annonça Jean d'un ton sec.

Nous vérifiâmes une dernière fois tous les écrans de contrôle.

– Ready pour moi, dis-je.

– Prête, poursuivit Amandine.

– Prêt, dit Raoul.

Il tendit le pouce comme un aviateur paré au décollage.

– Tout droit, toujours tout droit vers l'inconnu, murmura Raoul.

Jean Bresson égrena lentement :

– Six... cinq (fermeture des paupières)... quatre... trois (renversement de la tête en arrière)... deux (fermeture des poings)... un. Décollage !

Nous croisâmes les doigts. Bonne chance, Jean. « Peste ! me dis-je, ce veinard va enfin découvrir ce qu'il y a derrière la mort. Il va connaître le plus grand de tous les secrets. Le grand mystère, celui auquel nous serons tous confrontés. Il va le trouver et il va nous dire : "La mort c'est ça" ou plutôt : "La mort ce n'était que ça." Veinard. Amandine le gobe des yeux. Veinard. J'aurais peut-être dû partir à sa place. Oui. J'aurais dû », pensai-je, tandis que les caméras tournaient à grande vitesse pour ne pas perdre une milliseconde de la scène.

110 – FICHE DE POLICE

Nom : Bresson
Prénom : Jean
Cheveux : Bruns
Taille : 1 m 78
Signes particuliers : Néant
Commentaire : Pionnier de la thanatonautique
Point faible : Pas de point faible

111 – MANUEL D'HISTOIRE

Une fois la voie ouverte par Félix Kerboz, les vols vers le pays des morts se poursuivirent sans relâche. Le taux d'échec était tombé à un niveau insignifiant car le chemin de l'au-delà était maintenant direct et sûr.

Manuel d'histoire, cours élémentaire 2ᵉ année.

112 – PAR-DELÀ MOCH 1

Attente.

Je consultai ma montre : Jean avait décollé depuis vingt minutes et quarante-cinq secondes. Maintenant il devait être là-bas, à voir ce qui se passait au-delà de Moch 1. Il avait réussi, il avait franchi l'obstacle, et il était en train d'accumuler une connaissance complètement neuve. Il voyait, il savait, il découvrait. Il nous tardait à tous de le voir revenir pour qu'il raconte. Qu'est-ce qui pouvait bien exister après le mur comatique ? Qui ou quoi est la mort ?

Coma plus vingt et une minutes. Il était toujours là-bas, son cordon n'avait pas été coupé et il était toujours récupérable. Formidable.

Coma plus vingt et une minutes et quinze secondes. Il devait se gaver d'informations splendides. Heureux type.

Coma plus vingt et une minutes et seize secondes.

Le corps terrestre fut agité d'un soubresaut. Réflexe nerveux, sans doute.

Coma plus vingt-quatre minutes et trente-six secondes. Les soubresauts se multipliaient. C'était comme si le corps tout entier était secoué de décharges électriques. La face grimaça jusqu'à ne plus présenter qu'un atroce rictus de douleur

– Il se réveille ? demanda un journaliste.

L'électrocardiogramme m'indiqua que le thanatonaute était encore là-bas. Il avait traversé le premier mur de la mort. L'activité de son cerveau s'était accrue alors que celle de son cœur était toujours au minimum.

Ce devait être la surprise devant tant de mystère dévoilé. Car il avait forcément passé la porte. Il avait forcément tout compris. Il était peut-être même en train de crever du plaisir de savoir qui était la Grande Faucheuse. La mort, il en savait tout forcément. Avait-il été surpris par la révélation du mystère ?

Coma plus vingt-quatre minutes et quarante-deux secondes. Il tressautait et grimaçait comme en plein cauchemar. Les mains se crispaient aux bras du fauteuil. Remontées, les manches de chemise du smoking dévoilaient une chair de poule.

Il eut de petits gestes secs. Comme s'il mimait un combat avec un monstre féroce. Il poussait des râles, de la bave mousseuse coulait de sa bouche, il donnait des coups de poing, des coups de hanche. Heureusement qu'une ceinture de sécurité le maintenait au fauteuil d'envol, sinon, avec toutes ces gesticulations, il serait déjà tombé, décrochant du même coup les tuyaux et les fils électriques qui le rattachaient à la Terre.

Les journalistes considéraient la scène, stupéfaits. Tous se doutaient que dévirginiser le continent des morts était certes risqué, mais là le thanatonaute semblait affronter des phénomènes terrifiants. Sa physionomie n'était plus qu'horreur totale.

Coma plus vingt-quatre minutes et cinquante-deux secondes. Il se débattait moins. On avait tous reculé pour éviter ses mains. Cette agitation ne me semblait pas très positive. Raoul se mordait la lèvre inférieure. Amandine plissait la bouche et les yeux.

Je fonçai vers les machines de contrôle.

Coma plus vingt-quatre minutes et cinquante-six secondes. L'électrocardiographe s'était transformé en un sismographe en pleine éruption volcanique. En un instant, je compris que Jean Bresson mourrait bientôt si nous ne faisions rien. Les voyants lumineux clignotaient. Les machines geignaient. Mais déjà son minuteur électrique s'était activé et une forte décharge le fit réintégrer brusquement son corps. Il sursauta encore. Puis tout redevint normal. L'électro-encéphalogramme se radoucit. Les voyants lumineux s'éteignirent. Les machines se calmèrent.

Bresson était sauvé. Nous l'avions récupéré parmi les vivants. Il avait été comme un homme suspendu au-dessus du vide, que nous serions parvenus à hisser d'un coup sur la falaise solide. Sa corde de rappel, en fait son cordon ectoplasmique, par chance avait tenu bon.

Il avait passé le mur du sort.

Doucement, nous nous approchâmes.

– Il a réussi ! braillait derrière nous l'homme de RTV1 qui avait dû profiter de l'attente pour rédiger son reportage. En première exclusivité, la chaîne qui vous en montre plus vous a fait assister au décollage et à l'atterrissage du premier thanatonaute à avoir dépassé Moch 1. En direct, vous avez assisté à un moment historique dont, dès son réveil, Jean Bresson nous livrera le sensationnel récit.

Pouls normal. Activité nerveuse presque normale. Température normale. Activité électrique normale.

Jean Bresson ouvrit un œil, puis l'autre.

Rien sur son visage ne reflétait la normalité dont témoignaient les écrans. Où était passé le calme légendaire du cascadeur ? Ses narines palpitaient, son front était couvert de sueur, son expression n'était que terreur. D'un coup sec, il défit sa ceinture de sécurité et nous considéra tour à tour comme autant d'étrangers.

Le premier, Raoul se domina :

– Ça va ?

Bresson tremblait de tous ses membres. Ça n'allait pas du tout.

– J'ai passé Moch 1...

La salle s'emplit d'applaudissements qui ralentirent bien vite devant l'homme qui tournoyait sur lui-même, affolé.

– J'ai passé Moch 1..., continua-t-il. Mais ce que j'ai vu après est... épouvantable !

Plus d'ovations. Rien que le silence. Jean nous bouscula pour se précipiter vers un micro. S'en emparant, il gémit :

– Il... il... il ne faut pas mourir. Là-haut, après le premier mur, c'est ignoble. Ignoble. Vous ne pouvez pas savoir à quel point. Je vous en prie, tous, je vous en prie : ne mourez plus !

113 – POÉSIE ITALIENNE

« Cerbère, la cruelle et monstrueuse bête,
Aboie et l'aboiement sort de sa triple tête,
Contre les malheureux plongés dans cet Enfer.

L'œil en feu, la crinière immonde et toute sanglante,
Ayant peine à porter sa gorge pantelante,
Il va les déchirant de ses fers.

Eux hurlent sous la pluie, et pour toute allégeance,
Ils présentent un flanc puis l'autre à la souffrance.
Les malheureux pécheurs bien souvent se tournent !

Quand Cerbère nous vit entrer au sombre asile
Il nous montra ses crocs menaçants, le reptile !
De rage et de fureur tous ses membres tremblaient. »

Dante : *La Divine Comédie*, « L'enfer » Chant sixième

Extrait de la thèse La *Mort cette inconnue*, par Francis Razorbak.

Inutile de souligner que cette drôle de « réussite » jeta un froid sur toutes nos activités thanatonautiques.

Jean, toujours halluciné de terreur, expliqua aux journalistes que, derrière le premier mur, se trouvait un pays de pur effroi. L'épouvante totale.

— Est-ce l'enfer ? demanda un journaliste.

— Non, l'enfer doit être plus sympathique, répondit-il avec un cynisme désespéré.

Le président Lucinder organisa comme prévu une petite fête pour remettre à Jean son prix de 500 000 F et sa coupe, mais ce dernier ne vint pas les chercher.

Il se répandait en interviews nous conspuant. Il nous avait baptisés « les oiseaux de malheur ». Il disait qu'il fallait cesser d'explorer le continent des morts, nous avions fait un pas de trop. Il conseillait à tous de ne jamais mourir.

Lui-même s'avouait terrorisé de devoir un jour retourner là-haut.

— Je sais ce qu'est la mort et rien ne me fait plus peur que de mourir. Ah ! si je pouvais éviter cela.

Il s'enferma dans une petite maison qu'il transforma en bunker. Il ne souhaitait plus rencontrer personne.

Il porta en permanence un gilet pare-balles. Deux fois par semaine, il se rendait à tout hasard chez le médecin. Pour éviter toutes les maladies sexuellement transmissibles, il renonça aux femmes. Parce que les décès par accidents étaient si nombreux sur les routes, il abandonna sa voiture dans un terrain vague. Par crainte d'une catastrophe aérienne, il renonça à toute conférence à l'étranger.

Amandine tambourina vainement à sa porte blindée. Quand Raoul le supplia par téléphone de lui fournir au moins quelques indications pour sa carte, il lança : « C'est noir, très noir et on y souffre affreusement », puis raccrocha sèchement.

La péripétie eut des conséquences fâcheuses. Jusqu'ici, le public se passionnait assez pour notre conquête de l'au-delà parce que chacun espérait que nous découvririons la contrée de l'éternel bonheur. Ce n'était pas pour rien que Lucinder et Razorbak avaient baptisé dès le départ notre mission projet «Paradis». Le genre humain s'était convaincu qu'après le couloir bleu de l'extase, nous trouverions la lumière de la sagesse. Mais si le corridor merveilleux ne débouchait que sur la douleur...

Les propos désespérés de Bresson produisirent rapidement leur effet. L'angoisse devint générale. Les médecins vaccinaient à tour de bras. Les ventes d'armes grimpèrent en flèche. Les thanatodromes furent désertés.

Avant, la mort était pour certains simple terminaison de la vie, une extinction des feux, en somme. Pour d'autres, elle avait été promesse d'espérance. Tous savaient maintenant que c'était la punition ultime. L'existence était devenue un paradis éphémère dont nous devrions tous payer un jour la lourde facture.

La vie était une fête. Au-delà, il n'y avait que ténèbres ! Beau succès que l'exploit de Bresson ! Nos expériences confirmaient les deux terribles vérités qu'avait serinées mon père : «La mort est la chose la plus affreuse» et «on ne plaisante pas avec ces choses-là»...

115 – MYTHOLOGIE MÉSOPOTAMIENNE

> « J'ai parcouru tous les pays
> J'ai franchi des monts escarpés.
> J'ai traversé toutes les mers
> Et je n'ai rien trouvé d'heureux
> Je me suis condamné à une vie de misère
> Et j'ai rempli toute ma chair de douleur. »

L'Épopée de Gilgamesh.

Extrait de la thèse *La Mort cette inconnue*, par Francis Razorbak.

116 – THANATOPHOBIE

Après l'affaire Bresson, nous traversâmes une grande et longue phase de marasme. Tout le monde redoutait la mort et les cauchemars indescriptibles dont avait parlé Jean.

Il y eut pourtant d'autres thanatonautes pour traverser le

mur. Mais leurs témoignages ne furent pas plus rassurants. Certains parlaient de leur rencontre avec la Grande Faucheuse, un squelette armé d'une faux qui faisait siffler son arme pour couper les cordons ombilicaux des imprudents qui s'étaient aventurés trop loin.

Un thanatonaute-marabout africain rapporta avoir évité un serpent géant qui crachait du feu. Un chaman islandais prétendit s'être heurté à un dragon rigolard aux dents enduites de sang.

– Ce qui est étrange, c'est que la vision de la mort varie selon les cultures, se contenta de marmonner Raoul, et il fit semblant de se livrer à des calculs avec son compas.

Mais je savais que sa remarque ne le rassurait même pas.

Les témoignages des nouveaux thanatonautes devenaient de plus en plus effrayants. Ils parlaient de centaines d'araignées géantes crachant du venin putride, de rats volants aux longues incisives pointues. On se serait cru en plein récit de Lovecraft. Les descriptions de monstres s'accumulaient, toujours plus démentes.

Un thanatonaute portugais encore ahuri par son atterrissage raconta avoir croisé une chauve-souris dont la tête était ornée d'un collier de crânes humains. Les récits devenaient plus horribles jour après jour.

Moi-même je me mis à redouter la mort. J'étais gagné par ce qu'il fallait bien appeler la « thanatophobie » ambiante. *Le Petit Thanatonaute illustré,* avec ses représentations hyperréalistes, en rajoutait dans le sanglant et le répugnant. La mort, vraiment, c'était à vous faire mourir une seconde fois de peur dès votre trépas ! Où était le repos éternel durement gagné, s'il fallait affronter, sitôt trépassé, tous ces monstres tapis derrière Moch 1 ? Car, à en croire les témoignages des thanatonautes internationaux, ils semblaient tous là, cachés à nous attendre, après Moch 1, qu'on les nomme Diable aux pieds fourchus, Chtulu vaporeux, Dragon gluant, Griffon enflammé, Chimère ricanante, Incube, Succube, Minotaure, Dévoreur d'âmes.

La mort est un piège. La lumière nous attire et les démons surgissent dès son premier rideau.

Inutile de dire que le nombre de suicides chuta du jour au lendemain. Tous les sports réputés dangereux – course automobile, boxe, parachutisme, motocyclisme, saut à cheval, à ski ou à l'élastique – furent peu à peu abandonnés par des amateurs de sensations fortes de moins en moins nombreux. Les dealers n'arrivaient plus à fourguer leur came. Les marchands de tabac fermaient leurs portes. Les pharmacies prospérèrent.

Pour plus de sécurité, la puissance des prises électriques fut abaissée.

Beaucoup de balcons furent grillagés. De multiples paratonnerres hérissaient les toits. Les couturiers mirent en vogue des vêtements rembourrés qui donnaient des allures de pantins à leurs porteurs mais s'avéraient protecteurs en cas de chute. On construisit des rambardes le long des falaises bretonnes.

Au laboratoire, Raoul, qui s'efforçait de demeurer serein dans cette tempête, dessina sur la carte derrière le premier mur un couloir noir orné d'un point d'interrogation.

– Que peut-il bien y avoir derrière qui ait tant effrayé Bresson et les autres ?

Nos expériences étaient pour l'heure suspendues, faute du moindre thanatonaute volontaire. Nous nous réunissions régulièrement au Père-Lachaise, histoire de prendre l'air et de réfléchir de concert.

– Que pense Lucinder ? demanda Amandine.

– Il se contente de répéter « et si Bresson avait raison ? », répondit Raoul. Lui a été enchanté par l'au-delà vu de loin. Il se dit maintenant que, de près, ce pourrait être bien moins intéressant.

– Mais tous les gens qui volaient autour de lui semblaient impatients de se précipiter là-bas, insistai-je.

– Miroir aux alouettes ! C'est lorsqu'on est tout près qu'on comprend qu'on n'aurait jamais dû y aller. Lucinder n'est plus du tout convaincu que la mort soit une partie de plaisir.

Amandine, Raoul et moi étions en plein désarroi. Nous nous étions donné tant de mal pour dévoiler une horreur qui aurait dû demeurer à jamais la plus ultime des surprises.

Tous nos actes, bons ou mauvais, ne nous conduisaient qu'à cette abomination finale. Peut-être était-ce cet inéluctable enfer, ce zoo grouillant de tortueux serpents et de ricanants vampires que toutes les religions du monde avaient cherché à dissimuler ?

Quelle boîte de Pandore avions-nous ouverte ? Quelles forces néfastes avions-nous libérées avec notre curiosité malsaine ? Nous voulions connaître le mystère de la mort... celle-ci nous donnait une sacrée leçon.

— Lucinder souhaite tout abandonner, dit Raoul. Il songe même à démissionner. Il préférerait que les livres d'histoire évitent de mentionner ses petites incursions lugubres.

— Et toi ?

Raoul était aussi à l'aise sur une pierre tombale que sur un divan. Il se cala contre une stèle.

— Ce serait trop facile de renoncer au premier pépin. En débarquant en Afrique, en Australie ou en Indonésie, les premiers explorateurs ont dû faire face à des tribus cannibales, à des forêts hostiles pleines de scorpions mortels et autres animaux sauvages et inconnus. Ils n'ont pas reculé pour autant. Toute exploration comprend sa part de danger. Il ne s'agit pas de partir se promener dans un jardin de roses, avec sur le côté des balançoires pour enfants. Aventure est synonyme de danger !

L'esprit fertile de Raoul s'était forgé des raisons de persévérer. Lui ne tenait pas du tout à abandonner la thanatonautique. Il agita les oiseaux qui lui servaient de mains.

— Toutes ces visions sur l'après-Moch 1 ne concordent pas entre elles, et que tous les témoignages soient négatifs ne signifie pas grand-chose. Jean Bresson reste dans le vague. Lui qui nous avait habitués au sérieux et à la méthode, il ne fait qu'accumuler les adjectifs : horrible, affreux, ignoble... Avec pour seule précision que tout est noir !

— Conclusion ?

Il alluma une de ses cigarettes biddies, se leva, étira ses longues jambes et exhala la fumée d'eucalyptus :

— Conclusion : nous ne pouvons permettre à quelques froussards de stopper nos travaux.

— Jean n'est pas un froussard et il est incapable de mentir, déclara la toujours loyale Amandine.

— Ses sens ont pu l'abuser, remarqua Raoul. Peut-être aussi qu'à une phase de séduction en succède une autre de répulsion...

– Moi aussi je le crois sincère, mais ce qui me tracasse, ce sont toutes ces visions différentes. Il semblerait que, passé le premier mur, l'au-delà se personnalise. Tu te souviens du *Livre des morts* égyptien, Michael ? Il racontait que le mort devait affronter des monstres mais que, s'il parvenait à les vaincre, il poursuivait alors tranquillement sa route. Une épreuve initiatique, en somme, que Jean s'est montré incapable de surmonter ! D'où ses déductions un peu simples que tout n'était qu'horreur après Moch 1.

Je considérai Amandine. Sa vision était mon paradis, ses yeux bleu marine mon grand voyage. Pourquoi chercher plus loin ? Elle masqua le regard qui me tétanisait sous d'épaisses lunettes opaques.

– Alors, Raoul ?

– Alors, nous mettons nos travaux en veilleuse et nous laissons passer le temps. Une nouvelle chasse l'autre. Les gens oublieront la thanatophobie. Et nous poursuivrons pour l'amour de la science !

Entre-temps, Lucinder abolit sa loi interdisant l'acharnement thérapeutique. Nul ne voulait plus se risquer à débrancher un patient pour l'expédier vers on ne savait où. Avant de pénétrer dans un bloc opératoire, les malades laissaient de gros chèques leur garantissant le plus long maintien à l'état de légume en cas d'échec.

Amandine ne revit jamais Jean Bresson. Plus personne ne le revit, d'ailleurs. Il avait finalement encaissé la prime de Lucinder qu'il avait utilisée pour la construction d'un abri anti-atomique. Il s'y était enfoui entre des étagères pleines de boîtes de conserve et de réserves d'eau minérale et nul n'entendit plus parler de lui.

117 – ENSEIGNEMENT YOGI

Quatre comportements intérieurs définissent l'ignorance et les souffrances des hommes :

– Le sentiment d'individualité. Face au succès : « Je suis intelligent »... Face à l'échec : « Je n'y arriverai jamais. »

– L'attachement au plaisir : la recherche du perpétuel contentement comme seul objectif.

– La complaisance dans la dépression : la hantise de souvenirs malheureux qui incite à se venger et à s'opposer à son entourage

– La peur de la mort : le besoin maladif de se cramponner à son existence, preuve de son individualité. Plutôt que d'accepter de vivre jusqu'à la mort en profitant de la vie ici-bas pour mieux développer son être.

Extrait de la thèse *La Mort cette inconnue*, par Francis Razorbak.

118 – STEFANIA

La thanatophobie dura près de six mois. Six mois d'oisiveté forcée, de discussions et de questions ressassées au restaurant thaïlandais de M. Lambert, d'errances au Père-Lachaise, de poussière accumulée dans notre thanatodrome. Dans le penthouse, les plantes envahissaient le piano. Nous ne voyions presque plus Lucinder. Même Vercingétorix, son chien, était morose. Amandine s'était mise à la cuisine et tentait de nous consoler en nous préparant des plats épicés. On jouait aux cartes. Pas au bridge, parce que personne ne voulait faire le... mort.

La lueur d'espoir que guettait Raoul surgit de là où nous l'attendions le moins. Pas des États-Unis où nous savions que la NASA était engagée dans des recherches ultrasecrètes, ni de Grande-Bretagne où Bill Graham avait pourtant laissé derrière lui des émules désireux de suivre ses traces. Notre salut vint d'Italie.

Nous étions au courant de l'existence, à Padoue, d'un thanatodrome très performant mais nous pensions que, comme le nôtre, il était actuellement en sommeil. Or, si les Italiens avaient mis leur programme en veilleuse, ils n'en avaient pas pour autant abandonné complètement leurs décollages. Le 27 avril, ils annoncèrent qu'eux aussi étaient parvenus à envoyer quelqu'un au-delà du premier mur comatique et que leur thanatonaute avait regagné son enveloppe charnelle en rapportant un témoignage nettement plus rassurant que celui de Jean Bresson.

Paradoxalement, les journalistes qui avaient d'emblée prêté foi aux horreurs rapportées par Jean Bresson se montraient sceptiques face à l'exubérance et à l'optimisme des Italiens.

Le thanatonaute italien était en fait une thanatonautesse. Elle se nommait Stefania Chichelli.

Raoul examina longuement son portrait à la une du *Corriere della Sera*. La jeune femme souriante expliquait dans l'article qui lui était consacré qu'après Moch 1 elle avait découvert une vaste lande obscure et noirâtre où elle avait dû lutter contre des bulles de souvenirs particulièrement agressives. Étonnés, ses collègues lui avaient fait répéter ses propos sous sérum de vérité et son récit était demeuré identique.

– Elle ne ment donc pas, dis-je.

– Évidemment que non ! bondit Raoul. Ce qu'elle raconte est parfaitement cohérent.

Je restai songeur.

– Ainsi, Bresson a tout simplement affronté son passé et l'a trouvé si terrible qu'il n'a pas pu le supporter.

Amandine savait que notre cascadeur n'avait jamais subi de psychanalyse. À certains moments, elle avait pensé qu'il en avait besoin tant il se montrait discret sur son passé. Nous décidâmes d'une enquête et découvrîmes qu'en effet Jean avait connu une enfance particulièrement traumatisante. Il l'avait enfouie sous une chape de silence mais toutes ses protections avaient explosé au passage de Moch 1. Tant d'affreux souvenirs lui étaient revenus en mémoire qu'il n'avait pu tenir le choc.

Amandine aurait voulu le consoler. Mais, une fois pour toutes, Bresson avait renoncé au monde. Il ne répondait pas aux tambourinements répétés sur la porte de sa forteresse et il avait définitivement décroché son téléphone.

Curieux, nous invitâmes l'Italienne à venir recevoir à Paris la médaille de la Légion d'honneur thanatonautique créée par Lucinder. La cérémonie eut lieu sans tambours ni trompettes. Nous préférions pour l'heure éviter tout tapage médiatique.

Stefania Chichelli était une petite femme replète au beau visage poupin. De longs cheveux noirs ondulés lui tombaient jusqu'au bas du dos. Son jean et son chemisier paraissaient sans cesse sur le point d'éclater, mais elle ne manquait pas de charme avec ses fraîches joues rondes et son sourire enfantin.

Dès l'aéroport elle nous serra dans ses bras, comme pour nous signifier que nous appartenions tous à une même grande famille, celle des «thanatonautes qui ne craignent pas la mort». Puis elle éclata d'un grand rire, ravageur et surprenant.

Nous l'entraînâmes au restaurant thaïlandais. Dans l'expectative, Lucinder avait préféré se faire excuser.

Ayant vécu plusieurs années à Montpellier, Stefania parlait un français impeccable, à peine ensoleillé d'un délicieux accent transalpin. Elle entreprit d'engloutir des platées de vermicelle aux champignons noirs. La bouche pleine, elle émaillait ses phrases de son rire tonitruant. Jamais je n'avais vu Raoul aussi attentif.

Tout en l'écoutant, négligeant sa propre assiette, il la dévorait quasiment des yeux.

Stefania récapitula. Derrière le premier mur, il y avait une zone sombre et pestilentielle où il ne faisait pas bon s'attarder. Des bulles de souvenirs vous assaillaient comme autant de diables et cherchaient à vous détourner de la belle lumière. Cependant, comme elle était montée avec la ferme intention de redescendre, Stefania ne s'était laissé captiver ni par la merveilleuse lueur ni par les démons du passé.

Toujours intéressé par les techniques de décollage – après tout c'était ma partie –, je lui demandai ce qu'elle utilisait pour s'envoler.

– Méditation tibétaine plus boosters légers au chlorure de potassium. Je n'ai pas envie de m'esquinter le foie !

– Méditation tibétaine ! s'exclama Raoul.

Il manqua de s'étouffer, recracha poliment derrière sa main trois jeunes pousses de soja jaunâtres et demanda :

– Vous êtes... mystique ?

– Évidemment, pouffa la thanatonautesse. Aller vers la mort constitue un acte foncièrement religieux, spirituel tout au moins. Un produit toxique permet de décoller mais comment aller loin sans discipline de l'âme ? Comment décoller proprement sans foi en Dieu ?

Nous restâmes bouche bée. Jusqu'ici nous étions parvenus à ne pas mêler la religion à nos expérimentations scientifiques. Raoul et moi nous intéressions naturellement à toutes les mythologies antiques et aux diverses croyances du monde mais, dans la pratique, nous ne voulions pas nous alourdir de superstitions, quelles que soient leurs provenances.

D'ailleurs, fondamentalement, Raoul était athée. Il s'en vantait, considérant que l'athéisme était la seule attitude possible pour un homme moderne désireux de conserver en tout une attitude scientifique. Pour lui, le scepticisme constituait un progrès par rapport au mysticisme. Dieu n'avait pas été démontré, donc il n'existait pas.

Pour ma part, j'étais plutôt agnostique. En fait, j'avouais mon ignorance. L'athéisme même m'apparaissait comme un comportement religieux. Affirmer l'inexistence de Dieu, c'est déjà professer une opinion en la matière. Je n'ai jamais eu tant d'orgueil. Si jamais un dieu daignait se manifester auprès de nous, misérables créatures terriennes, je changerais sans doute d'attitude. En attendant, je demeurais dans l'expectative.

Mon agnosticisme correspondait à ma vision du monde, laquelle n'était qu'un immense point d'interrogation. Car, si je n'avais aucune opinion sur Dieu, je ne prétendais pas non plus en avoir davantage sur le monde ou sur les hommes. Je n'avais jamais bien compris les êtres de mon entourage, ce qui m'arrivait me semblait toujours survenir par hasard. J'avais cependant parfois l'impression que la nature était douée d'une intelligence propre qui me dépassait.

Raoul pressait Stefania de questions :

– Vous êtes quoi ?

– Bouddhiste tibétaine !

– Bouddhiste ?

– Et alors, ça vous gêne ?

– Non, non, pas vraiment ! s'excusa-t-il, soucieux de ne pas irriter notre opulente consœur. Au contraire même, la mythologie tibétaine me passionne. Seulement, je ne m'imaginais pas les bouddhistes tibétains comme... comme vous !

– Moi, je ne connais rien aux bouddhistes tibétains. Vous êtes la première que je rencontre, dit doucement Amandine.

Stefania enfourna trois pleines fourchettes de poulet au lait de coco et à la coriandre.

– Nous, les bouddhistes tibétains, nous ne vous avons pas attendus pour nous intéresser à la mort. Ça fait plus de cinq mille ans qu'on se penche sur le sujet. Le *Bardo Thödol*, notre livre des morts, constitue un parfait petit manuel pour se livrer à une *Near Death Experience*. Je me décorporais déjà vers l'au-delà que nul n'avait encore entendu parler de votre Félix Kerboz !

Je perçus soudain une certaine irritation sous le masque suave d'Amandine. Pour la première fois, dans notre petit cercle, elle n'était pas au centre de toutes les attentions. Elle n'était plus la seule femme parmi nous et, jalouse, elle voyait Raoul tomber sous le charme, subjugué par les insolites propos de cette Italo-Tibétaine.

Le repas se poursuivit cependant dans la bonne humeur. Raoul Razorbak affichait une allégresse que je ne lui connaissais pas. Il avait enfin découvert une femme qui, comme lui, n'avait qu'un seul véritable sujet d'intérêt : la mort.

119 – FICHE DE POLICE

Nom : Chichelli
Prénom : Stefania
Cheveux : Noirs
Yeux : Noirs
Taille : 1 m 63
Signes particuliers : Néant
Commentaires : Première femme thanatonaute
Point faible : Surcharge de poids

120 – PHILOSOPHIE JAPONAISE

Le Naoshige a dit :
« La voie du samouraï est faite d'une passion pour la mort.

Si un homme est habité d'une telle passion, dix hommes ne pourront en venir à bout.

Il faut être pris de fanatisme et de passion pour la mort pour accomplir des exploits. Si on se laisse envahir par le discernement, il est alors trop tard pour user de cette force.

Selon la voie du samouraï, loyauté et piété filiale sont superflues, seule compte la passion de la mort. Loyauté et piété filiale viendront ensuite l'habiter d'elles-mêmes. »

Extrait de la thèse *La Mort cette inconnue*, **par Francis Razorbak.**

121 – STEFANIA, SON HISTOIRE

Stefania adorait bavarder. Elle nous confia volontiers son histoire. Petite, elle était proportionnellement plus épaisse encore que maintenant. Ses parents étaient restaurateurs et ne lésinaient pas sur la nourriture. Le soir, il fallait terminer les restes qui ne pouvaient pas se conserver jusqu'au lendemain. Simple question d'économie. N'empêche, septième de quatorze enfants, c'était elle la plus grosse et la risée de ses frères et sœurs.

On la surnommait « Poire caramel ». Sa propre mère ne faisait rien pour lui enlever son complexe. Elle lui achetait par avance des vêtements trop larges. « En prévision du futur », disait-elle, fataliste.

Ces habits si amples, si vastes, elle n'y flottait d'ailleurs jamais longtemps. Rapidement, son corps en conquérait le volume.

À l'école, tout le monde se moquait de « Poire caramel » et plus on riait d'elle, plus elle avait faim. Elle avait pourtant l'impression de se nourrir normalement, se contentant de pain avec ses pâtes, de beurre avec son pain et de sauce bolognaise avec son beurre. Mais quand l'angoisse de rester à jamais laide et obèse fondit brusquement sur elle, elle n'eut même plus le temps de réchauffer les plats. Elle avalait ses spaghettis crus, ouvrait à toute vitesse des boîtes de choucroute ou de cassoulet qu'elle engloutissait aussitôt.

Elle se représentait son corps comme une immense poubelle qu'elle ne parvenait jamais à remplir à ras bord. Dans sa phase de plus grande anxiété, elle en arriva à peser plus de cent trente kilos.

Bien sûr, elle avait entamé au moins cent fois un régime, mais son besoin de manger était plus fort que celui de se faire plaisir en maigrissant.

À la période « ingestion de nourriture crue », succéda un

temps de trouble rapport à la nourriture. Elle mangeait, elle mangeait, et puis elle se forçait à vomir pour vider son estomac. Simultanément, elle se gorgea de laxatifs. Comprenant qu'elle mettait sa santé en danger, ses parents tentèrent de la raisonner, mais si le poids anormal de leur enfant les accablait, ils étaient en admiration devant son esprit si agile. Car la petite Stefania avait, dès la maternelle, fait preuve de véritables dons intellectuels. Elle sautait une classe sur deux, obtenait les meilleures notes en toutes les matières, des mathématiques à la philosophie en passant par la géographie et l'histoire.

Les Chichelli renoncèrent à raisonner une fille visiblement plus intelligente qu'eux : « Si elle se conduit ainsi, c'est qu'elle doit avoir des motivations qui nous échappent », soupira son père après l'avoir surprise recrachant de la semoule de couscous crue sucrée au sirop de grenadine.

Son obésité empêchait évidemment Stefania de se mouvoir librement dans l'espace. Soucieuse, à la puberté, de séduire le sexe opposé en dépit de son poids, elle entreprit d'acquérir une démarche sensuelle. Jusqu'ici, elle avançait jambes écartées à la manière d'un canard afin de s'assurer une bonne prise sur le sol sans que ses kilos superflus ne la fassent chuter. Elle se contraignit donc à tenir ses mollets bien parallèles jusqu'à pouvoir porter des escarpins à hauts talons sans craindre de perdre son équilibre ou de se tordre les chevilles. Elle acquit ainsi une démarche assurée.

Les hommes se mirent à la considérer avec convoitise. Tout tenait dans l'art de bouger son corps. Après la marche, elle apprit à s'asseoir avec grâce, à s'allonger voluptueusement à demi sur un canapé, à tenir le cou bien droit au lieu de rentrer la tête dans les épaules. Aucun mouvement n'était anodin.

Pour mieux maîtriser ses gestes, Stefania acquit un chaton dont elle imita tous les mouvements. Elle avait compris qu'une bonne technique lui permettrait de mieux gérer son handicap.

Le félin savait non seulement admirablement se mouvoir mais adoptait tout naturellement au repos des positions d'une grande élégance.

Stefania s'adonna ensuite au yoga et à des sports réclamant une importante force physique tels que l'alpinisme. Certes, ses os supportaient toujours cent kilos de graisse mais eux-mêmes recouvraient des muscles puissants et un squelette dorénavant doté de beaucoup de souplesse.

Compenser. Elle était en passe de compenser.

Le yoga ne suffisait plus. Un bouddhiste tibétain surgit opportunément et elle sut s'en faire un ami. Ce ne fut pas très difficile. L'homme aimait les grosses. Dans nombre de pays du tiers monde, les gros sont enviés pour leur richesse qui leur permet de se nourrir en abondance et considérés comme des demi-dieux. Mais comme il estimait aussi l'esprit de Stefania et qu'il voyait bien que ses formes la rendaient malheureuse, le Tibétain lui apprit que le corps n'était pas une prison hermétiquement close et qu'il était aisé de s'en évader. Par la méditation, on pouvait quitter et regagner à sa guise cette « enveloppe » éphémère.

Il enseigna à la jeune fille quelques techniques de décorporation qu'elle assimila d'autant plus facilement qu'elle s'était déjà accoutumée à maîtriser une grande discipline physique.

Enfin, Stefania était libérée de sa graisse ! En lui permettant de se décorporer, la méditation l'avait sauvée.

Pour éviter toute manifestation de scepticisme de notre part, elle déclara se moquer de savoir si nous la croyions ou non. Nous la rassurâmes bien vite : ce qui nous intéressait vraiment, c'était surtout de comprendre comment elle s'y prenait.

Avec un grand rire, elle consentit à nous éclairer.

À l'heure où les habitants de la Péninsule s'adonnent généralement à la sieste, Stefania s'asseyait en position du lotus et se concentrait sur son envol. Une grande bourrasque envahissait alors sa chambre, arrachant son ectoplasme et l'emportant au-dehors. Elle sortait en général par la fenêtre, plus rarement par le toit et jamais par la porte.

– Les portes sont destinées aux entrées et aux sorties des corps physiques, nous expliqua-t-elle. Il ne faut pas tout mélanger.

Au début, elle éprouva quelques craintes. Aussitôt franchie la fenêtre, elle entrait en effet en contact avec toutes sortes d'esprits, volants eux aussi. Or, il y en avait des bons et il y en avait des mauvais. Il importait de les distinguer.

— En général, les mauvais rasent le sol, mais si on ne parvient pas à se maintenir suffisamment haut au-dessus des toits, ils peuvent devenir menaçants et vous attaquer. Dès qu'on perd de l'altitude, il faut donc regagner très vite son corps pour leur échapper.

Quels étaient exactement ces esprits mauvais ? Stefania se déclara incapable de les définir. Il fallait la croire sur parole. Néanmoins, grâce à la méditation, elle s'affirmait apte à parcourir toute la planète à une vitesse prodigieuse.

Bon, son esprit était devenu léger mais son corps restait toujours aussi pesant. Elle fuyait son problème, elle ne l'affrontait pas. Elle y fut cependant contrainte par un terrible jour de février. Pensionnaire, elle s'était retrouvée, au lycée, coincée au fond d'une baignoire par une bulle d'air qu'emprisonnaient ses bourrelets de graisse. Elle se débattit comme une tortue sur le dos.

Encouragées par les brimades de sa professeur de gymnastique, ses compagnes de pension profitèrent de son impuissance pour déverser sur elle toutes sortes d'immondices.

Quand elles finirent par se lasser et par l'abandonner à son sort, grelottante dans l'eau maintenant glacée, ses progrès en méditation ne lui servirent en rien. Elle avait beau se débattre, son corps était prisonnier d'une coquille de fer-blanc et son âme trop affolée pour s'élever.

Une femme de ménage la délivra plusieurs heures plus tard. Aidée de plusieurs collègues, elle se servit de balais comme de leviers pour décapsuler Stefania de sa baignoire.

Cette humiliation la marqua pour la vie. Stefania décida qu'elle se vengerait et grâce à son arme secrète : son ectoplasme !

S'il traversait les murs, il pouvait aussi bien traverser les chairs ! Chaque soir, elle se mit donc en chasse, décidée à frapper toutes celles qui l'avaient mortifiée. Elle profita de leur sommeil pour envahir ses victimes, commençant par leurs orteils puis remontant jusqu'à leur crâne. Elles s'éveillaient en proie à d'atroces migraines, après avoir vécu d'abominables cauchemars.

Elle garda le meilleur pour la fin. En dernier, elle s'en prit à sa prof de gym, la seule personne adulte présente lors de son calvaire, et qui s'était jointe à ses tortionnaires au lieu de les chasser. Stefania pénétra au plus profond de son cœur, y provoquant des arythmies. Par moments, le muscle cardiaque battait très vite, à d'autres il s'éteignait presque.

La femme s'éveilla en sueur. Elle effectua vainement quelques exercices qu'elle savait propres à calmer ces palpitations. Comprenant qu'il se produisait en elle un phénomène étrange, elle s'agenouilla vivement et pria avec ferveur pour être délivrée du fantôme qui l'avait possédée.

Stefania s'en alla avant qu'une crise cardiaque ne terrassât définitivement la malheureuse. Elle revint pourtant régulièrement la persécuter.

Elle s'enivrait de la puissance que lui offrait le contrôle de son ectoplasme. Elle s'en servait pour sa vengeance et donc pour le mal ; dans beaucoup de religions, cela s'appelle la magie noire.

Elle se vanta auprès de son ami tibétain qui la supplia d'y renoncer. La magie noire, lui dit-il, finit toujours par vous happer et par vous dominer au point que vous ne pouvez plus la maîtriser.

Il fallait que Stefania renonce définitivement à la vengeance. Vengeance contre ses ennemis. Vengeance aussi contre son propre corps.

Elle persévéra. Toutes ses compagnes de classe étaient sous aspirine. La prof de gym eut une fausse couche. Et le regard de Stefania était de plus en plus noir ! Plus personne n'osait la regarder en face. Obscurément, tout le monde sentait qu'elle était à l'origine de faits mystérieux. Jadis, on l'eût accusée de sorcellerie. En plein XXIe siècle, une telle assertion aurait couvert ses auteurs de ridicule.

Quelques filles lui présentèrent des excuses. Stefania les repoussa d'un haussement d'épaules. Et elle continua à frapper. S'en prenant aux systèmes digestifs, elle provoquait des ulcères aux estomacs détestés.

En dernier recours, comprenant que Stefania risquait de basculer définitivement du côté de la « grande colère », son ami bouddhiste tibétain lui confia le secret des réincarnations. Sa religion assurait que chacun, dans ses vies futures, payait pour les bonnes et mauvaises actions accomplies durant son existence présente. Chaque vie devait servir à nous enseigner quelque chose. Amour. Passion. Art. Voilà à quoi on devait consacrer son énergie, à s'améliorer plutôt qu'à détruire. S'en prendre aux autres, c'était vraiment leur accorder trop d'importance !

Stefania se boucha les oreilles. Se produisit alors un événement qui la bouleversa et l'obligea à écouter. Ses compagnes de classe attaquèrent toutes ensemble la femme de ménage qui l'avait sauvée. Elles savaient qu'elle était l'unique amie de « Poire caramel ». Certes, elles n'avaient voulu qu'un peu la bousculer, mais la nuque de l'infortunée heurta l'angle d'un mur. Coup du lapin. La mort fut instantanée.

– C'est ta faute si elle est morte, déclara son ami bouddhiste tibétain. C'est ta faute si ses enfants sont maintenant orphelins. Tu as abîmé ton karma. Si tu ne te décides pas immédiatement à renoncer à ta vengeance, tu en paieras mille fois le prix !

Et sur cet ultime avertissement, exaspéré, il la quitta. Consternée, Stefania comprit qu'il était grand temps de laver son âme de toute la noirceur qui l'avait envahie. Après la boulimie, survint l'anorexie. Elle détestait toujours son corps, même à présent qu'il fondait sous la famine.

Pour retrouver la paix de l'âme, Stefania décida d'avancer plus avant dans la sagesse bouddhiste tibétaine. Une lamaserie l'accueillit à Padoue. Elle espérait qu'une fois sa sérénité retrouvée, son ami réapparaîtrait. Mais elle ne le revit jamais. Et regrossit.

Elle se maria pour complaire à sa famille et accomplir son destin de femme italienne. Mais jamais plus elle ne serait une femme comme toutes les autres. Elle s'était trop avancée sur la voie de la méditation.

Plusieurs années s'écoulèrent avant qu'elle entendît parler de ces Français qui avaient inventé la thanatonautique. Elle voulut, elle aussi, partir à la découverte du continent des morts. Ne serait-ce que pour retrouver la femme de ménage qui l'avait sauvée.

Ses amis lamas connaissaient son histoire, savaient comme elle s'était d'abord adonnée au Mal pour revenir vers le Bien. Ils la gavèrent de lasagnes et de polenta pour lui donner l'énergie du voyage.

Et c'est ainsi qu'elle franchit Moch 1 !

Nous la considérâmes avec admiration. Elle nous examina à tour de rôle, puis annonça :

– Je perçois parfaitement vos karmas. Pour moi, vous êtes tous comme des livres ouverts. Raoul, toi tu es un guerrier. Tu te trouves en plein milieu de ton cycle de réincarnations. Tu es furieux parce que tu as entamé, dans ta vie précédente, quelque chose que tu n'as pas eu le temps de finir. D'où ton impatience à réussir dans cette existence-ci.

– Tu as raison, reconnut Raoul. Mais c'est dans cette vie-ci que j'ai quelque chose à régler.

Stefania décréta que j'étais une âme jeune et pure, incapable de faire le mal parce que je n'y voyais aucun intérêt. Je n'étais qu'au tout début de mon cycle de réincarnations et donc touchant d'ignorance.

– Tu es suffisamment intelligent pour en avoir pris conscience, souligna-t-elle. C'est déjà beaucoup. Aussi as-tu choisi le chemin de la connaissance et c'est le bon chemin.

– Possible, rétorquai-je, agacé qu'on résume ainsi ma personnalité en trois phrases à l'emporte-pièce.

Stefania jugeait quand même les gens un peu trop rapidement. Elle se tourna vers Amandine :

– Toi, ce que tu aimes surtout, c'est faire l'amour, n'est-ce pas ?

Amandine rougit jusqu'aux oreilles.

– Et alors ? demanda-t-elle. En quoi cela t'intéresse-t-il ?

– Je sais, la calma Stefania. Ça ne regarde que toi. Mais, vois-tu, tu donnes trop aux autres. Tu t'imagines ne pouvoir te réaliser pleinement qu'à travers l'amour physique. Quelle erreur ! L'énergie sexuelle est la plus puissante des énergies. Si tu ne l'utilises que pour l'orgasme, tu l'épuiseras en vain. Tu dois apprendre à gérer ce capital et à canaliser cette énergie.

Les thanatonautes étaient des gens solides, au sang froid, au regard fixe. Ils savaient parfaitement où ils allaient. « Tout droit, toujours tout droit vers l'inconnu », telle était leur devise, gravée sur une médaille que tous portaient au cou.

Manuel d'histoire, cours élémentaire 2ᵉ année.

123 – ENSEIGNEMENT YOGI

Comment apprendre à méditer :
– en disciplinant son corps et en l'exerçant à demeurer immobile ;
– en disciplinant son souffle ;
– en disciplinant son mental.
Il suffit de s'isoler dans une pièce, d'adopter une position confortable et de fixer sa pensée sur un point situé entre les deux sourcils.
Toutes les pensées parasites s'effaceront alors. Votre esprit deviendra vacant, à l'écoute du monde alentour. Vous pourrez faire la différence entre ce qui est vous et ce qui appartient au monde. Votre « soi » n'aura plus qu'à s'échapper de votre corps pour visiter l'univers.

Technique de méditation du Rajaz yoga.

Extrait de la thèse *La Mort cette inconnue*, par Francis Razorbak.

124 – ENCORE STEFANIA

Stefania était comme ca.
Raoul se taisait, tout à sa contemplation, sensible uniquement à sa présence. Pour la première fois, je voyais mon ami amoureux. Et la magie paraissait opérer dans les deux sens. Leurs regards se cherchaient et se fuyaient comme un couple de tourterelles à l'arrivée du printemps. En revanche, les mains de Raoul ne se montraient pas, bien enfoncées dans les poches de son pantalon.
Visiblement, Amandine ne partageait pas notre engoue-

ment pour l'Italienne. Elle n'avait pas apprécié ses allusions à sa sexualité. Une inconnue n'avait pas le droit de vous jeter ce genre de remarque à la figure et en présence d'autrui, encore. Dans ses yeux rétrécis, l'océan bleu marine avait englouti les gouffres noirs.

De surcroît, Amandine avait toujours été la seule représentante du sexe féminin dans notre groupe. Elle s'était accoutumée à cette exclusivité. Stefania représentait maintenant une concurrente d'autant plus dangereuse qu'elle, elle avait franchi le premier mur de la mort. Et voilà qu'en plus Raoul, le froid Raoul, se laissait séduire !

Nous avions quitté, rassasiés, le restaurant thaïlandais de M. Lambert pour nous rendre dans notre penthouse où nous étions plus à l'aise pour parler. Je demandai à Stefania de nous montrer comment elle s'y prenait pour méditer.

Elle s'assit en tailleur, la colonne vertébrale bien droite. Ses yeux se fermèrent et, dix minutes durant, elle resta là, immobile, sans le moindre mouvement. Enfin elle rouvrit les paupières.

– Voilà ! s'esclaffa-t-elle. J'ai interrompu le flot tumultueux de mes pensées et je me suis laissé aspirer par une colonne de vide. Je n'ai plus eu qu'à me laisser porter pour décoller par la fenêtre.

– Qu'avez-vous ressenti ?

– Ça ne se définit pas, ça se ressent. C'est comme si vous me demandiez quel est le goût du sel. Je serais bien embarrassée de le décrire à quelqu'un qui ne connaîtrait que le sucré. Quels mots utiliser pour le définir ? Il faut goûter au sel pour savoir ce dont il s'agit. Il faut méditer pour apprendre ce qu'est la méditation.

La réponse était pour le moins vague.

– Mais pratiquement ? insistai-je.

– Vous m'avez vue faire. Adopter une position et m'y tenir. Me concentrer sur une image et rien d'autre. Vous pouvez commencer par vous entraîner en songeant seulement à la flamme d'une bougie. Elle valsera derrière vos paupières closes jusqu'à ce que vous souffliez pour l'éteindre et partir.

– Et aller où ?

– Au ciel. Au continent des morts. Le problème, bien

entendu, est d'accepter l'idée de mourir. Vous hésitez à abandonner votre femme, vos enfants, vos amis. Vous vous croyez indispensable, quelle erreur et quel orgueil ! Pareil état d'esprit rend impropre à la méditation puisque méditer, c'est effectuer un pas vers la mort. Or, il faut accepter naturellement la mort puisque c'est peut-être ce qu'il y a de plus intéressant dans la vie.

Les yeux de Raoul étincelèrent.

– Je ne comprends pas un mot de ce que vous dites, bougonna Amandine, maussade.

De nouveau, le rire communicatif de l'Italienne.

– En fait, le mieux serait de vous montrer comment nous, bouddhistes tibétains, avons appris à mourir. Pour nous, et depuis des millénaires, la mort est une science et non une fatalité. Je vous emmènerai demain au temple tibétain de Paris pour une séance de travaux pratiques. Heureusement que nous avons presque partout notre succursale locale !

125 – PHILOSOPHIE CHRÉTIENNE

« De même que l'esprit, tombé sous l'esclavage de la chair, mérite d'être appelé charnel, de même le corps mérite à bon droit d'être dit spirituel lorsqu'il obéit parfaitement à l'esprit. »

Jérôme, Commentaire sur Isaïe.

Extrait de la thèse *La Mort cette inconnue*, par Francis Razorbak.

126 – TOUJOURS STEFANIA

Une veillée funèbre avait lieu au temple tibétain de Paris. Parmi des volutes d'encens crémeux, de grandes statues d'obèses au regard malicieux nous observaient, Stefania, Raoul, Amandine et moi. Je comprenais comment cette foi avait séduit notre Italienne : la religion bouddhiste vouait un culte à de gros rieurs.

J'appris par la suite que je m'étais livré à un raisonnement par trop simpliste. Ces bouddhas étaient des bouddhas chinois et non des bouddhas tibétains. Les bouddhas tibétains sont beaucoup plus maigres et plus sérieux. Ce devait être une erreur du ministère des Cultes mais, comme les Tibétains n'étaient pas chez eux, ils n'avaient pas osé contester et s'étaient peu à peu habitués à vivre parmi les bouddhas chinois. Les terrifiants bouddhas de leurs envahisseurs. De leurs persécuteurs. De ceux qui avaient anéanti leur peuple.

Des hommes chauves au crâne rugueux, comme frotté au papier de verre, nous saluèrent sans nous connaître. Ils étaient drapés dans des toges safran et faisaient tournoyer des cylindres de bois gravés. Ils psalmodiaient des textes dont je ne percevais pas le sens.

Puis ils se regroupèrent autour d'un gisant. Stefania nous suggéra de les rejoindre.

Un lama entreprit de déclamer une poésie que l'Italienne, polyglotte, nous traduisit simultanément.

« Ô fils, notre fils, ce qu'on nomme la mort est maintenant arrivé !

Tu quittes ce monde mais tu n'es pas seul en ce cas, la mort vient pour tous.

Ne reste pas attaché à cette vie par faiblesse.

Et même si, par faiblesse, tu y restais attaché, tu ne disposes pas du pouvoir de demeurer ici-bas. Tu n'obtiendrais rien d'autre que d'errer dans le Samsara. Ne sois donc pas attaché, ne te montre pas faible. Souviens-toi de la précieuse Trinité.

Ô noble fils ! Quelque frayeur ou terreur qui puisse t'assaillir dans le Chônyid Bardo [la zone après Moch 1 où vous agressaient des bulles de souvenirs ?], lieu où tu rencontreras la réalité, n'oublie pas ces mots et conserve leur signification dans ton cœur : va de l'avant. En eux, se trouve le secret vital de la Connaissance.

Hélas, quand l'expérience de la réalité pèsera sur moi, toute pensée de peur, de terreur, de crainte des apparences rejetées, puissé-je admettre que toute apparition n'est que reflet de ma propre conscience, puissé-je les reconnaître comme étant des apparitions du Bardo.

Au moment si essentiel d'accomplir une grande fin,

puissé-je ne pas craindre les troupes de divinités paisibles et irritées que constituent mes propres pensées.

Ô fils noble ! Si tu ne reconnais pas tes propres pensées, en dépit des méditations et des dévotions auxquelles tu t'es livré ici-bas, si tu n'as pas entendu ce présent enseignement, les lueurs te subjugueront, les sons t'empliront de crainte, les rayons te terrifieront.

Si tu ignores cette clef absolue de tous les enseignements, incapable de reconnaître sons, lumières et rayons, tu erreras dans le Samsara ! »

Les paroles du lama fournissaient une parfaite explication à ce qui était survenu à Jean Bresson et à Stefania, passé le premier mur comatique. Lui était tombé dans le Chônyid Bardo. Elle avait appris à y échapper.

Un moine s'approcha du mourant et se livra à de curieux attouchements.

— Il comprime ses carotides jusqu'à ce qu'elles cessent de battre et que survienne le sommeil, nous précisa Stefania. Lorsque le souffle s'est retiré du canal central de la circulation et qu'il ne peut plus emprunter les canaux latéraux, il est contraint de s'élever et de sortir par l'orifice de Brahma.

— En clair, ce type est en train de se faire assassiner sous nos yeux ! m'exclamai-je, affolé.

Amandine eut une moue de dégoût.

Stefania me considéra avec douceur. Je pensai soudain que, moi aussi, j'avais agi comme ce lama. Au nom de la thanatonautique, j'avais tué des gens pour les expédier dans le continent des morts. Cent vingt-trois cobayes humains décédés par mes soins me ramenèrent au silence.

— Qu'est-ce que l'orifice de Brahma ? questionna Raoul.

— L'orifice de Brahma est la porte par où l'âme sort de notre corps. En fait, c'est un point situé au sommet du crâne, à huit doigts de la racine des cheveux, poursuivit notre guide.

Raoul nota l'emplacement de l' « orifice de Brahma » sur son petit calepin. Somme toute, il s'agissait d'un port de départ pour le Continent Ultime.

Face à l'agonisant, le lama évoquait le premier Bardo, le

premier monde de la mort où il arriverait bientôt. Il le lui décrivit comme « le monde de la vérité en soi ».

– C'est maintenant, dans l'intervalle entre l'arrêt de la respiration extérieure et la cessation du courant interne, que le souffle s'engouffre dans le canal central, nous chuchota Stefania. Il n'existe plus de conscience dans ce corps-ci. Plus le sujet est sain, plus la phase est longue. L'évanouissement peut durer jusqu'à trois jours et demi chez un homme en bonne santé. C'est pour cette raison que nous n'enterrons ni ne disséquons aucun cadavre avant que quatre jours se soient écoulés depuis son trépas. En revanche, si le mort est submergé de péchés et que ces canaux subtils sont impurs, l'instant ne durera qu'une seconde.

– À quoi servent ces quatre jours ? demandai-je.

– À reconnaître progressivement la lumière.

Le bouddhisme tibétain avait décidément réponse à tout. Pour ma part, je me rappelai avec effroi ces histoires de gens qui se réveillaient, enfermés dans leur cercueil enfoui profondément sous la terre. Ils avaient été enterrés trop tôt ! Certains tapaient longuement sur les parois, désespérés, avant de succomber véritablement au manque d'air. D'autres avaient la chance qu'un passant ou un gardien entende leurs appels et étaient considérés comme des miraculés. Quelques-uns exigeaient même d'être enterrés avec une cloche pour signaler éventuellement leur réveil. Et si on se réveillait en plein milieu de la fournaise d'un crématorium ? Il valait vraiment mieux attendre quatre jours...

Jadis, on différenciait mal la mort du coma profond. C'est pourquoi il y avait beaucoup d'enterrés encore vivants. Et aujourd'hui ? J'étais bien placé pour savoir que parfois subsistaient encore des doutes. Arrêt du cœur, arrêt du cerveau, arrêt des sens, quel était le véritable signe du basculement complet dans la mort ?

À la sortie du temple tibétain, nous allâmes nous promener au cimetière du Père-Lachaise pour nous détendre. Raoul et Stefania marchaient devant en plaisantant. Amandine et moi traînions derrière.

– Cette façon d'aguicher Raoul, c'est obscène ! pestait ma jolie blonde. Une femme mariée, en plus ! J'ignore ce que fait son époux là-bas en Italie mais il ferait mieux de surveiller sa femme.

Je n'avais jamais vu Amandine si mécontente. C'était comme si, pour elle, la conquête de l'au-delà avait soudain perdu toute son importance, comme si ne comptait plus que sa seule jalousie !

Elle était sortie avec Félix. Elle était sortie avec Jean. À présent, elle désirait Raoul et me le confiait crûment, à moi qui ne rêvais que d'elle et qu'elle ne voyait pas !

Mon amour était cependant si fort que je m'efforçai de la rassurer

— Ne t'inquiète pas, dis-je. Raoul a la tête sur les épaules.

Elle passa son bras sous le mien.

— Tu crois qu'il ressent quelque chose pour moi ou qu'il ne me considère que comme une simple assistante ?

Pourquoi faut-il que les femmes me choisissent toujours comme confident ? Et les femmes que je désire, en plus !

Évidemment, je prononçai la pire phrase :

— Je crois qu'au fond de lui, Raoul... t'aime.

Il faut être bête comme moi pour dire de pareilles insanités.

Aussitôt elle fut ragaillardie.

— Tu crois vraiment ? me dit-elle sur un air guilleret.

Je m'enfonçai davantage. Au point où j'en étais, c'était difficile de faire pire. Pourtant j'y parvins.

— J'en suis même persuadé. Mais... il n'ose pas te l'avouer.

127 – PUBLICITÉ

« La vie est parfois une vallée de larmes. Mais je l'aime. Hier encore, je n'ai trouvé que des factures dans ma boîte aux lettres. Il n'y avait aucun programme intéressant à la télévision. Ma femme me cherchait tout le temps dispute. Des contractuelles avaient couvert ma voiture de PV et un vandale en avait rayé la carrosserie avec ses clefs. J'ai failli piquer une crise de nerfs, et puis ça m'est passé. Parce que la vie, ce n'est pas que cette accumulation de vilenies. La vie, c'est le plaisir de respirer un air léger, de découvrir des paysages à l'infinie diversité, de rencontrer toutes sortes d'humains sympathiques et intelligents. Alors, je fais la part des choses. La vie, c'est quand même un produit de qualité. Moi, j'en reprends tous les matins et j'en redemande tous les soirs. Faites comme moi ! Aimez la vie, la vie vous le rendra ! »

**Ceci est un message de l'ANPV,
l'Agence nationale pour la promotion de la vie.**

128 – HISTOIRE DE CŒUR

Je me morfondais dans mon appartement du thanatodrome des Buttes-Chaumont, aussi seul que dans mon minuscule studio d'antan.

Stefania avait momentanément regagné la Péninsule. Amandine, Raoul et moi profitâmes de son absence pour vérifier nos appareils et lui permettre à son retour les meilleurs essors possibles.

Les repas en commun étaient devenus une lourde épreuve. Amandine se glissait régulièrement tout contre Raoul et le fixait avec davantage de gourmandise que son assiette. Certes, Raoul était encore sous le charme de la thanatonautesse italienne mais, de jour en jour, les chatteries d'Amandine s'avéraient payantes.

À mon grand désarroi, tous deux tenaient absolument à m'informer en permanence de l'évolution de leurs sentiments. J'étouffais, bouillant d'amertume, dans mon rôle d'homme de confiance.

– Tu as vu, me dit Raoul, je trouve qu'Amandine s'habille de mieux en mieux.

– Elle est toujours en noir...

Il ne m'écoutait pas.

– Elle devient de plus en plus belle, n'est-ce pas ?

– Je l'ai toujours trouvée sublime, répondis-je tristement.

Le soir même, j'apprenais qu'ils dînaient tous deux en tête-à-tête.

Ils ne rentrèrent pas dormir au thanatodrome. Je restai seul. Tout seul dans l'édifice sacré.

Je m'installai sur le trône d'envol, et là, à la croisée de

toutes les énergies du thanatodrome, je tentai de mettre en pratique les conseils de Stefania. Je voulais réussir une méditation transcendantale pour quitter ma peau de pauvre type malheureux.

Je fermai les yeux, je m'efforçai de faire le vide en moi mais, mes paupières à peine closes, le suave visage d'Amandine m'apparut comme sur un écran panoramique. Elle était d'une beauté angélique, elle me considérait avec indulgence et ses cheveux blonds voilaient ses lèvres charnues.

À quoi me servait-il d'être célèbre et estimé si je n'étais même pas capable de posséder la femme de mes désirs ?

J'enrageais. Penser qu'Amandine couchait facilement sauf avec moi qui l'aimais, c'était trop bête. Je rouvris les yeux. Je les imaginai en train de faire l'amour dans un hôtel... « pour ne pas indisposer ce pauvre Michael »... J'eus un petit rire nerveux. « Merde à la thanatonautique ! » comme aurait dit Félix. Quel dommage que Stefania soit partie, elle seule aurait pu empêcher le couple de se former, alors que moi... en fait, je n'avais fait que les aider à commettre le pire. Fallait-il que je sois inconscient pour aider mon meilleur ami à sortir avec la femme de tous mes désirs !

Non, je savais que cela arriverait, de toute façon, alors je m'étais dit que, plus tôt ce serait fait, plus vite je serais fixé.

De là où j'étais, dans le fauteuil, je voyais le gibet où étaient pendues les fioles de produits boosters. À quoi bon vivre ? Et si je tentais moi aussi de franchir le deuxième mur comatique ? Après tout, je n'avais pas grand-chose à craindre de mon passé. Au pire je retrouverais Félix. Je commençai à rouler la manche de ma chemise. Un instant, je me dis que j'étais en train de me suicider par amour, comme un vulgaire adolescent boutonneux...

C'était tellement bête.

J'enfonçai l'aiguille dans la grosse veine de mon poignet qui palpitait comme pour essayer d'éviter cette épreuve.

« Tiens, prends ça, grosse veine, ça t'apprendra à ne pas avoir envoyé assez de sang dans mon cerveau pour trouver les mots qui auraient pu séduire Amandine. »

Je branchai tout l'appareillage. Je saisis la petite poire de l'interrupteur électrique.

Amandine admirait les thanatonautes, elle couchait avec les thanatonautes, elle voulait savoir ce qu'était la mort en approchant les thanatonautes, il fallait donc que je sois thanatonaute pour avoir plus d'intérêt à ses yeux.

Dire que, dans toute cette aventure, j'avais si peu participé. J'étais probablement comme ces marins espagnols qui voyaient les bateaux partir et revenir pour l'Amérique et n'étaient jamais partis eux-mêmes. On ne peut pourtant pas connaître quelque chose que par des on-dit. Il fallait se rendre sur place.

La poire de l'interrupteur électrique était poisseuse dans la paume de ma main tant elle était trempée de sueur d'angoisse.

Qu'étais-je en train de faire ?

Les mots du prêtre tibétain me revenaient aux oreilles comme une comptine d'enfance.

« Ô fils, ô Noble fils, ce qu'on nomme la mort est maintenant arrivé !

Tu quittes ce monde mais tu n'es pas le seul en ce cas, la mort vient pour tous.

Ne reste pas attaché à cette vie par faiblesse. »

Ne pas rester attaché à cette vie par faiblesse... Mon karma n'était vraiment pas terrible, durant cette existence. Dans ma prochaine vie, j'essaierais d'être un dragueur patenté faisant craquer toutes les filles. Une vie pour apprendre à dominer l'amour, une autre pour en profiter. Ouais, je meurs timide, je renaîtrai play-boy.

Je regardai encore une fois la poire de l'interrupteur électrique. J'avalai ma salive et, sans assurance, entamai le décompte rituel :

— Six... cinq... quatre... trois... deux... un. Déco...

La salle s'illumina.

— Il est là, maman ! cria Conrad. Qu'est-ce que tu fiches dans ce fauteuil ? On t'a cherché partout.

— Laisse ton frère tranquille, dit ma mère. Il vérifie sûrement ses trucs. Ne te dérange pas pour nous, Michael, continue. On voulait juste faire avec toi un bilan de l'activité économique de la boutique. Mais cela peut attendre.

Conrad était en train de tripoter tous les boutons des potentiomètres. D'habitude, je ne pouvais pas supporter qu'il touche à tout et je m'énervais rapidement. Ce soir-là, je ne sais pas pourquoi, Conrad, le détestable Conrad, m'apparut soudain comme le parfait exemple du brave type.

Imperceptiblement, mon doigt quitta l'interrupteur d'envol.

– On voudrait aussi avoir les dessins de ce qu'il y a après le deuxième mur pour préparer la nouvelle saison de tee-shirts ! précisa mon frère.

Ma mère s'approcha et déposa sur mon front un gros baiser mouillé.

– Et si tu n'as pas encore pris le temps de manger – tu oublies toujours de te nourrir –, il y a à la maison du pot-au-feu avec un os à moelle, comme tu aimes. À force de dîner au restaurant, tu t'esquintes la santé. Ils ne servent que des restes et des produits de dernier choix. Ça ne vaut pas la cuisine d'une maman !

Jamais je n'avais éprouvé autant d'affection pour ces deux-là. Jamais je n'avais été aussi enchanté de les voir. D'un coup, j'arrachai l'aiguille à mon poignet. Du sang perla qu'ils ne remarquèrent pas.

Je n'étais plus habité que par une seule angoisse : y aurait-il vraiment assez de moelle bien chaude pour l'étaler sur une tartine de pain frais avec beaucoup de gros sel ? Et un peu de poivre. Pas trop, sinon ça gâcherait le goût.

129 – MYTHOLOGIE CHRÉTIENNE

« Puis l'Ange me montra le fleuve de Vie, limpide comme du cristal, qui jaillissait du trône de Dieu et de l'Agneau. Au milieu de la place, de part et d'autre du fleuve, il y a des arbres de Vie qui fructifient douze fois, une fois par mois ; et leurs feuilles peuvent guérir les païens. »

Apocalypse selon saint Jean, 22.

Extrait de la thèse *La Mort cette inconnue*, par Francis Razorbak.

Oublier mes problèmes personnels. Les jours qui suivirent, je tentai de faire abstraction de mon individualité. Pas de désir, pas de souffrance. Je savais que mon désir pour Amandine pouvait très bien se transformer en obsession. Obsession d'autant plus dangereuse que, désormais, elle était hors de portée.

Stefania revint de Florence et je me dis que maintenant que Raoul s'intéressait à une autre, nous devrions peut-être mettre nos solitudes en commun. D'ailleurs, l'Italienne semblait me trouver à son goût. Elle me donnait de grandes claques dans le dos, pouffait et m'appelait son « *stupido Michaelese* ». Un compliment local, sans doute.

Le problème, c'est que je me demandais comment m'y prendre. J'ai toujours été un dragueur nul. J'avais certes connu une dizaine de femmes jusqu'ici mais c'était toujours elles qui s'étaient débrouillées pour m'entraîner dans leur lit et non l'inverse. En plus, je n'ignorais pas que Stefania était mariée, même si elle n'abordait jamais ce sujet.

Curieusement, Raoul et Amandine ne laissaient rien transparaître de leur idylle. Ils ne se tenaient jamais par la main, n'échangeaient pas de baisers volés. Seule une certaine sérénité dans leur comportement indiquait qu'ils avaient momentanément trouvé la paix des sens, l'un auprès de l'autre.

Stefania ne remarqua rien. Elle continua même à se montrer provocante avec Raoul. Normal, un homme heureux en ménage dégage toujours une sorte d'aura qui le rend encore plus séduisant auprès des autres femmes. Moi, avec ma constante angoisse et ma perpétuelle solitude, je ne pouvais que les repousser.

Me restait le travail. Je m'y jetai à corps perdu. Pour notre thanatonautesse, je rêvais de tous les exploits.

Plus je ratais mon rapport avec l'amour, plus je voulais réussir celui avec la mort. D'ailleurs mon rêve récurrent de la femme en satin blanc au masque de squelette se fit à cette époque encore plus présent. Je n'étais peut-être pas arrivé à déshabiller Amandine, mais j'avais l'intention de dépuceler la Grande Faucheuse.

Mort, je vais savoir ce qu'il y a derrière ton masque !

Mort, prépare-toi à révéler ton dernier secret.

Mon fer de lance serait d'ailleurs une femme : Stefania. Stefania, mon bélier qui défoncerait la porte du château noir.

J'améliorai encore les boosters, le trône d'envol, j'ajoutai de nouveaux capteurs sensoriels. Simultanément, j'apprenais les cartes des chakras yogis et les méridiens d'acupuncture. J'essayais de tracer la forme du corps vital dont parlaient les livres tibétains autour de la silhouette humaine. À force d'étudier cette enveloppe, je me surpris même à la débusquer dans mon entourage.

J'étudiai un peu les phénomènes physiologiques liés à la méditation. J'avais toujours cette préoccupation de légitimer la mystique par la science. Selon certains ouvrages, le cerveau émettait des longueurs d'onde différentes selon son activité. Elles pouvaient être captées par un banal électro-encéphalogramme.

Quand on réfléchit « couramment » par exemple, on émet trente à soixante vibrations par seconde, on nomme cela être en phase de rythme d'ondes bêta. Plus on est éveillé, plus on est concentré, plus les vibrations sont nombreuses.

Quand on ferme les yeux, on obtient tout de suite une émission d'ondes plus lentes mais d'amplitude parfois plus haute. On oscille aux alentours de douze vibrations par seconde. On est alors en phase alpha.

Dans la phase de sommeil sans rêve, on est en émission d'ondes delta. Entre une demi et trois vibrations par seconde.

Je le vérifiai sur Stefania, mon cobaye. Je lui avais déposé des capteurs sur les tempes, l'occiput, les pariétaux et je repérai durant l'envol une activité d'émission d'ondes alpha. Cela signifiait que le cerveau sur toute sa surface était dans un état de veille paisible.

Cependant cette découverte ne put être exploitée. Le fait de voir Stefania en ondes alpha nous informait simplement qu'elle contrôlait parfaitement sa méditation.

Durant cette période, notre équipe renforcée fit merveille. Stefania divorça de son lointain époux et s'installa à Paris pour mieux travailler avec nous. On lui trouva au troisième étage un appartement voisin du mien.

Tous les matins, elle décollait du penthouse en n'usant

que de la simple méditation afin de reconnaître de loin les lieux où l'entraînerait le soir cette même méditation, assistée cette fois d'un peu de chimie. Elle était belle, pulpeuse et concentrée, parmi les plantes vertes, près du piano.

Je l'observais partir là-bas et je discutais ensuite longuement avec elle devant les cartes du Continent Ultime. J'ajoutais des ratures, coloriais des zones, jouais avec les mots *Terra incognita,* comme s'il me démangeait de les faire reculer.

Stefania effectua en deux semaines trois incursions au-delà du premier mur et nous pûmes ainsi compléter notre carte de l'au-delà avec une certaine précision, quoiqu'il fût évident que les bulles-souvenirs du passé de Stefania n'étaient pas universelles et qu'en aucun cas elles ne pourraient servir de repère à un autre thanatonaute.

Dans l'attente de résultats sûrs, nous avions désormais renoncé à toute publicité. De toute façon, depuis les révélations terrifiantes de Jean Bresson, la plupart des thanatodromes du monde avaient fermé leurs portes et nous n'avions plus à redouter leur concurrence.

– Six... cinq... quatre... trois... deux... un. Décollage.

Petit envol du soir. La jeune Italienne était étendue sur le fauteuil rouge bordé de métal noir. Ses longs cheveux ondulés coulaient sur son chemisier. Elle ressemblait à une peinture Renaissance de Titien.

Je bus un café serré. Les vols de Stefania étaient de plus en plus longs.

Depuis maintenant près de trente-quatre minutes, elle était plongée dans son coma-méditation.

– Qu'est-ce qu'on fait ? demandai-je à Raoul qui venait d'entrer dans le laboratoire en refermant sa chemise.

Il regarda la minuterie du réveil électrique et s'aperçut qu'elle l'avait programmé pour coma plus trente-huit minutes ! Il bondit.

– C'est de la pure folie ! Jamais elle ne pourra se réveiller.

Je ne m'en étais pas rendu compte.

Il tourna le commutateur de la minuterie pour le remettre d'un coup sur zéro. Aussitôt, le courant électrique se déclencha par petites saccades de plus en plus appuyées, tel un freinage nanti d'un système antiblocage.

– Rentre, Stefania, tu es allée trop loin !

Nous étions inquiets. Pourtant tout se passa bien.

Le retour s'accomplit progressivement.

Stefania ouvrit d'un coup les yeux, battit des paupières comme si elle s'arrachait d'un rêve. Elle nous regarda, sourit, puis annonça fermement :

– Je l'ai vu.

– Tu as vu quoi ?

– J'ai été au fond. Et je l'ai vu. Il y a un second mur ! Moch 2.

Notre thanatonautesse reprit son souffle tandis que Raoul s'emparait de la carte du Continent Ultime.

– Raconte, dit-il.

Elle parla.

– Au début, comme d'habitude, j'ai abouti dans un couloir noir où des bulles de lumière m'attaquaient. Dans chaque bulle se trouvait un souvenir pénible, des choses que j'avais mal réglées. Si vous voulez tout savoir, j'ai vu une petite fille à qui j'avais volé son cartable, j'ai vu ma mère qui pleurait parce que j'avais de mauvaises notes, j'ai vu un jeune homme que j'avais repoussé et qui s'est suicidé de dépit. J'ai revu évidemment le moment où j'étais une tortue sur le dos et le jour où j'ai appris la mort de la femme de ménage de l'école.

» J'ai fait front à tous ces mauvais souvenirs et à chacun j'ai expliqué mes actes. J'avais volé le cartable de la petite fille parce que mes parents n'étaient pas assez riches pour m'en acheter un, j'avais de mauvaises notes à l'école parce que ma mère ne me laissait aucun moment pour travailler à mes devoirs, elle me demandait toujours de faire la vaisselle ou de passer le balai, l'homme que j'avais repoussé me draguait alors que j'étais déjà prise par un autre jeune homme qui me plaisait. Je n'étais pas responsable de la mort de la femme de ménage de l'école.

» Autour de moi, j'ai vu les autres morts se battre contre leurs souvenirs sans arriver à se justifier. Alors les souvenirs peu à peu les submergeaient, comme des globules blancs s'attaquant à un microbe. Ceux qui avaient tué recevaient des coups de la part de leurs victimes, ceux qui avaient été négligents recevaient des gifles. Les paresseux étaient jetés dans la vase. Les colériques étaient emportés par les vagues. Ce spectacle me rappela d'ailleurs étrangement *La Divine Comédie* de Dante.

» Ceux qui avaient péché par avarice voyaient leurs yeux cousus. Ceux qui avaient péché par la luxure voyaient leur chair brûlée. La mort, c'est quand même terrible.

» Lorsque j'eus vaincu mes démons et assisté aux combats de mes voisins, je poursuivis dans le couloir noir qui devenait maintenant violet. Tout, autour de moi, évoquait deux mots : peur et obscurité. Les murs avaient une consistance poudreuse et une odeur de terre qu'on vient de labourer.

Selon elle, l'énorme couloir se réduisait sans cesse mais son diamètre était encore de plusieurs centaines (peut-être milliers ?) de kilomètres.

Il avait la forme d'une cuvette ou d'un entonnoir. Les gens se battaient avec leurs souvenirs sur des corniches escarpées. C'était comme une « falaise cylindrique ». La lumière continuait à palpiter au fond de la cuvette. Mais il n'y avait plus ni haut ni bas.

Elle s'empara de la carte de Raoul et l'inclina de manière que la pointe de l'entonnoir soit dirigée vers le plancher.

– Le cône n'est pas horizontal, mais vertical, certifia-t-elle. Les parois se réduisent au fur et à mesure qu'on descend des corniches sablonneuses.

Elle griffonna :

1. Décollage.
2. Extinction de tout signe de vie normale.
3. Coma.
4. Sortie du monde.
5. Dix-huit minutes de vol dans l'espace.
6. Apparition d'un grand cercle de lumière tournoyant sur lui-même, première image du Continent Ultime. Diamètre approximatif : des milliers de kilomètres dans sa zone claire. Limbes. Plage bleue.
7. Accostage sur la plage de lumière. Arrivée sur le territoire 1.

– Emplacement : coma plus 18 minutes.

– Couleur : bleu. Bleu turquoise virant progressivement au bleu violet.

– Sensations : attrait irrésistible, bleu, eau. Zone fraîche et agréable. Lumière attirante.

– S'achève : sur Moch 1 (diamètre légèrement plus réduit).

TERRITOIRE 2

– Emplacement : coma plus 21 minutes.

– Couleur : noir.

– Sensations : ténèbres, peur, terre. Zone froide et terrifiante où, sur des corniches de plus en plus escarpées, le défunt affronte ses craintes et ses souvenirs les plus pénibles. La lumière est toujours présente mais la peur en détourne l'attention.

– S'achève sur : Moch 2.

– Débouche peut-être sur... Territoire 3 (?).

Stefania gomma une ligne, en traça une autre, repoussa les mots *Terra incognita*. Notre nouvelle frontière se nomma Moch 2. À présent, nous pouvions convoquer la presse. L'annonce eut un retentissement international.

La thanatonautesse expliqua que Jean Bresson avait sans nul doute été vaincu par son passé. Aux journalistes qui cherchèrent à le joindre pour l'interroger, il refusa tout accès. Dans son enfermement, le pauvre homme ne saurait jamais ce qui lui était réellement arrivé là-haut.

Il fallait quand même vaincre la thanatophobie qu'il avait suscitée. On rechercha sa famille, des amis d'antan. Ils racontèrent qu'en effet Jean avait connu une enfance affreuse dans un pensionnat tenu par un individu louche qui abusait des élèves. Pour se prouver qu'il avait dominé ses peurs, Jean était devenu d'abord cascadeur puis thanatonaute. Il avait tout fait pour oublier ses jeunes années mais le premier mur comatique avait surgi pour le lui rappeler et le replonger dans son enfer.

Le directeur du pensionnat fut démasqué, arrêté, et l'établissement fermé.

Mais la peur de la mort n'avait pas totalement disparu

pour autant. On savait désormais que la mort n'était ni un pur paradis ni un total enfer. C'était « autre chose ». Le mystère persistait.

En avant. Tout droit, toujours tout droit vers l'inconnu ! Prochain objectif : Moch 2.

131 – MYTHOLOGIE JUIVE

Quand Adam apparut sur terre, il fut, le premier jour, très surpris de constater que la lumière changeait. Quand le soleil déclina et que les ténèbres envahirent le ciel, Adam pensa que tout était terminé. Sa vie et le monde touchaient à leur fin. « Malheur sur moi ! s'écria-t-il. Sans doute ai-je péché pour que le monde s'assombrisse ainsi. Nous retournerons maintenant au chaos originel. Voici la mort à laquelle le Ciel me condamne. » Il cessa de s'alimenter et pleura toute la nuit.

Lorsque revint l'aube, il s'écria : « Ainsi va donc le monde ! Il s'éteint puis se rallume. » Alors, fou de joie de savoir que tout n'était pas terminé, il se leva, pria et fit des offrandes à Dieu.

Extrait de la thèse *La Mort cette inconnue*, par Francis Razorbak.

132 – BRICOLAGE

Alors que nous progressions à petits pas, centimètre par centimètre, dans le Continent Ultime, un peu partout dans le monde les thanatodromes commencèrent à se réveiller. Il en poussait même comme des champignons.

Le sujet redevenait à la mode. Dès qu'on sut que Stefania avait eu l'idée d'associer la mystique à la science, on bâtit les thanatodromes à côté des temples et après les prisonniers, après les cascadeurs, surgit une nouvelle génération de thanatonautes essentiellement composée de clercs et de moines de toutes confessions.

Parallèlement, après les sceptiques et les enthousiastes, nous dûmes affronter les laïques qui considéraient ce mélange de superstition et de recherche comme détonant.

Ils nous surnommèrent les « conquistadores de la foi », car nous partions conquérir un territoire au nom de principes spirituels préétablis.

De fait, chaque prêtre qui passait le premier mur prétendait avoir vu des symboles de sa religion. C'était normal puisque, dans le territoire noir, le thanatonaute était assailli par ses propres souvenirs.

Les moines bénédictins déclarèrent avoir découvert l'origine de l'auréole des saints. Selon eux, c'était une représentation de l'ectoplasme entamant sa sortie par le haut du crâne. Les peintres de l'époque auraient ainsi voulu signaler la faculté des Élus à se décorporer.

Les antireligieux s'emportèrent, affirmant que tout cela n'était que publicité pour la calotte.

Il y avait tant d'intérêts, tant de sacré et tant de tabou en jeu. Amandine, Stefania, Raoul et moi savions que nous manipulions une bombe qui pouvait nous exploser au visage. Déjà l' « accident » de Jean aurait dû être pour nous un avertissement.

Mais la curiosité était toujours la plus forte. Nous voulions tant savoir ce qu'il y avait après Moch 2.

Stefania nous en parlait à chaque envol. Elle l'avait touché, ce fameux second mur, mais elle ne se sentait pas pour l'instant capable de le franchir. Il lui manquait encore quelque chose qu'elle ne parvenait pas à définir.

Elle n'était pas la seule. Si d'autres bouddhistes tibétains, puis les moines taoïstes, puis les derviches tourneurs, les zoroastriens, les témoins de Jéhovah, les trappistes de l'abbaye de Mont-Louis, les jésuites de l'abbaye Saint-Bertrand passèrent sans trop de difficulté le premier mur comatique, aucun n'arrivait à passer le second.

Nous visitâmes leurs différents lieux de culte et apprîmes beaucoup de leurs cérémonies. Toutes les religions avaient en fait conservé dans leur mémoire les techniques d'envol. Qu'importait si leurs serviteurs les appelaient « prière éternelle » ou « contact avec le monde divin ».

Pour évoluer, le destin d'un homme doit en passer par les douze signes du zodiaque. D'après certaines traditions orientales, il lui faut s'incarner au moins douze fois dans chacun de ces signes, soit cent quarante-quatre fois en tout. C'est un minimum. Il fera ainsi le tour de tous les ascendants de chaque signe et connaîtra toutes les personnalités accessibles au cours d'une vie humaine. Pour mériter de devenir un esprit pur, il est indispensable d'expérimenter toutes les formes de caractère, toutes les formes d'existence.

Mais cent quarante-quatre réincarnations ne suffisent pas à la plupart des êtres. Le Bouddha en aurait connu cinq cents avant de comprendre le monde et la grande majorité d'entre nous est quelque part entre notre mille et deux millième réincarnation humaine.

L'astrologie assure que les douze signes du zodiaque sont comparables aux douze heures inscrites au cadran d'une horloge. La grande aiguille pointe vers notre signe, celle des minutes indique notre ascendant. Ensemble, elles déterminent le contrat à remplir lors de notre réincarnation présente.

À quelle heure sommes-nous donc de notre vie « totale » ?

Extrait de la thèse *La Mort cette inconnue*, par Francis Razorbak.

134 – INTERNATIONALISATION

Lucinder nous rendit visite et nous conseilla de ne pas pavoiser trop vite. Nombre de religieux étaient en pleine effervescence. Le Pape, de même que certaines communautés intégristes, considérait d'un mauvais œil l'ingérence de la thanatonautique dans la vie monastique.

Quand Raoul protesta que nous n'y étions pour rien, le Président rétorqua que, tout de même, plus d'une centaine de religieux de tous horizons étaient déjà passés de vie à trépas en voulant poursuivre nos expériences. Mon ami déclara qu'ils auraient dû se préoccuper davantage des conditions scientifiques de décorporation plutôt que de faire uniquement confiance à leur foi. Lucinder accepta l'argument mais nous le sentîmes préoccupé.

Se pouvait-il qu'en plein XXIᵉ siècle il redoute le pouvoir des ecclésiastiques ?

Dans notre thanatodrome des Buttes-Chaumont, nous œuvrions pour notre part à rendre les décollages toujours plus sûrs. Stefania avait constaté que l'envol se passait mieux quand elle tenait sa colonne vertébrale bien droite, le dos calé, le menton plaqué sur la poitrine et les épaules dégagées. Nous conçûmes en conséquence un trône copie conforme des sièges suédois imposant cette position ergonomique.

Nous installâmes autour du fauteuil une bulle de verre l'isolant des bruits du monde extérieur. En effet, nombre d'accidents étaient survenus parce que quelqu'un avait dérangé par inadvertance un thanatonaute en plein envol. Le cordon d'argent du pilote surpris s'était brisé avant qu'il ait pu le rétracter. Un coup de téléphone intempestif, une porte claquée par un simple courant d'air, et c'était parfois le décès assuré ! On ne badine pas avec ces choses-là.

Pour favoriser davantage encore l'essor, nous mîmes en place un système de sonorisation polyphonique de haute qualité pour que l'âme s'envole agréablement au son de musiques liturgiques ou sacrées.

Un grand couturier et un savant électronicien collaborèrent à l'élaboration d'un costume vraiment confortable.

Dorénavant, l'uniforme du thanatonaute ne serait plus un survêtement ou un smoking. Il ressemblerait à une tenue d'homme-grenouille. À Paris, nous choisîmes un textile blanc.

L'idée eut beaucoup de succès. La mode vestimentaire fit son entrée dans les divers thanatodromes de la planète. Les Nippons optèrent pour le noir, les Américains le violet, les Britanniques le rouge. Les photographes de presse étaient enchantés : enfin, ils disposaient d'un visuel fort.

Il était logique qu'au costume succède l'écusson. Le nôtre représenta un phénix traversant des cercles de flammes allant en se rétrécissant.

À chaque thanatodrome, ses spécificités religieuses et culturelles. Les Africains partaient en costume de cérémonie parmi les battements des tam-tams. Ils avaient pour écusson des éléphants, des guépards et des perroquets. Les

Jamaïcains préféraient le reggae et la marijuana. Les Russes appréciaient les chants orthodoxes et la vodka. Les Péruviens mâchaient des feuilles de coca et s'envolaient sous le charme des flûtes de Pan. Ils avaient pour blason le masque mortuaire du Grand Inca.

Les champions internationaux faisaient la une des journaux. Chacun avait son favori. Les paris se donnaient libre cours chez les bookmakers londoniens. Qui serait le premier à traverser le deuxième mur comatique ? L'Espagnol (écusson à tête de taureau) était donné à douze contre un face à l'Américain (écusson à tête d'aigle). Les témoignages sur les bulles-souvenirs s'accumulaient, tous différents, tous passionnants. Les ventes du *Petit Thanatonaute illustré* grimpèrent en flèche.

Dans leur boutique, ma mère et mon frère commercialisèrent des trônes d'envol *made in Buttes-Chaumont* et des boosters (j'avais mis au point une formule placebo très bien tolérée par le foie et les reins) ainsi que des combinaisons avec capteurs électriques. L'argent rentrait à flots.

La thanatonautique ne faisait pas que se répandre dans le monde, elle devenait aussi plus confortable, plus pratique, plus précise. Grâce au fauteuil à bulle de verre protectrice et au costume, l'au-delà semblait à la portée de tout un chacun.

135 – MYTHOLOGIE CELTE

Selon la mythologie celte, les Thuata de Dänann, tribus vouées à la déesse Dana, accoururent des îles du nord du Monde pour envahir l'Irlande. Ils livrèrent également bataille aux Fomoiré, les dieux-démons borgnes et dotés d'un seul membre. Ceux-ci durent se réfugier dans les profondeurs : lacs, gouffres, puits. Ils vivaient dans le monde d'en-bas, un univers parallèle qu'ils nommaient *Si* (la paix) ou encore *Tir na nog* (la Terre des jeunes). De là, ils aidaient les humains à s'épanouir. À un druide venu les consulter, ils donnèrent les quatre talismans magiques : le chaudron de dagda qui rassasie indéfiniment ceux qui y goûtent, la lance de Lug qui tue même si elle ne fait que frôler l'ennemi, l'épée de Nuada qui rend invincible celui qui la détient, et enfin la pierre de Fàl qui, par son « cri », confirme la royauté de quiconque y pose les pieds.

Extrait de la thèse *La Mort cette inconnue, par Francis Razorbak*.

136 – DEUXIÈME MUR COMATIQUE

Malgré les tentatives qui se multipliaient, Moch 2 restait inviolable. Sukumi Yuka, moine zen, parvint cependant à le toucher et prétendit avoir distingué quelque chose derrière des lumières rouges qu'il décrivit « semblables à des geishas ». Étrange expression pour un homme voué à la spiritualité ! Il refusa de fournir plus amples précisions, se contentant de répéter qu'il avait hâte de repartir pour les retrouver.

Il n'eut pas l'occasion d'en dire davantage. Son second essor fut le dernier. Il gisait dans une flaque de sperme, le corps tendu comme pour une étreinte amoureuse, quand ses compagnons se résolurent à le débrancher.

L'information fut tenue rigoureusement secrète. Si des gens se figuraient trouver dans la mort l'éternel plaisir sexuel, la thanatonautique provoquerait encore de nouvelles hécatombes !

On guetta le pionnier qui, par un premier aller-retour, nous rapporterait un témoignage plus précis. Ce fut un yogi indien, Rajiv Bintou. Il décrivit ce qui lui était survenu dans un livre qui ne tarda pas à devenir un best-seller international, *Plus près de la fin* (éditions du Nouveau Continent).

Comme Félix jadis, Rajiv Bintou tomba dans le piège du succès. Il ne parvenait plus à se concentrer sur ses facultés spirituelles. Pour décoller, il lui fallut utiliser des herbes hallucinogènes et, au retour, il ne se souvint plus de rien.

Malheureusement, le thanatodrome de Paris n'eut jamais l'occasion d'accueillir Rajiv Bintou. Lors d'une ultime expérience, son équipe l'attendit vainement plus de quarante-cinq minutes avant de se résoudre à admettre la perte de son âme. Ils confièrent son enveloppe charnelle au Smithsonian Institute de Washington où elle est soigneusement conservée dans du formol.

Nous dûmes nous contenter de la poésie qui imprégnait son ouvrage pour marquer la zone au-delà de Moch 2 d'une rouge couleur érotique.

Extrait de *Plus près de la fin* :

« Ô déroutant monde qui stagne après le deuxième mur comatique

Les perles de ta jouissance sont comme des nénuphars.

Ils annoncent l'érection de la thanatonautique !

Chaque envol sera comme un orgasme amoureux.

La conquête des Morts permettra d'écrire la suite du *Kama-sutra*.

Ce livre n'est que le premier chapitre d'un univers de plaisir dont la mort nous promet cent volumes.

Ô déroutant monde de l'au-delà.

Ainsi, nos âmes finissent dans l'extase.

Ce n'est que logique puisque nous sommes nés dans la douleur. »

Trois mois plus tard, la liste des morts s'allongeait. Toutes les religions recrutaient des moines thanatonautes et les sacrifiaient sur l'autel de la connaissance de l'au-delà. Toutes en faisaient une question d'orgueil. Il importait de prouver que son interprétation du monde était seule véridique. Tous les moyens étaient bons pour entourer ces décollages de tout le cérémonial nécessaire à un acte religieux.

Quel acte pouvait-il être considéré comme plus religieux, puisque décoller c'était précisément s'approcher de l'au-delà ?

On entra dans la phase « mystique monumentale », avec des départs depuis le Sacré-Cœur à Paris ou la pyramide de Khéops en Égypte. Et nous, tout ce que nous savions de la contrée après Moch 2, c'était qu'elle était « rouge et emplie de plaisirs ».

Stefania n'en pouvait plus d'impatience de s'y rendre.

Beaucoup de méditation, d'exercices de contrôle du souffle et des battements cardiaques et enfin, le 27 août à dix-sept heures, à force de travail et de volonté, elle y parvint.

Avec des gloussements incontrôlables, tout écarlate et palpitante, elle s'éveilla baignée de sueur dans son fauteuil.

— Ouaouh ! s'exclama-t-elle, encore tout émoustillée.

Comme Raoul se penchait pour mieux entendre son récit, elle l'empoigna par le cou et l'embrassa à pleine bouche. Mon ami se laissa faire sans trop se débattre tandis qu'une tempête noircissait le regard marine d'Amandine.

— Allons, raconte-nous, dit Raoul, se reprenant avec peine.

— Waw, waw, waw, dit-elle, c'était fabuleux. Après le second mur, c'est sexe, plaisir, jouissance, c'est le grand pied, *the big foot,* la grande orgie romaine, la baise, c'est super !

On eut du mal à comprendre. Elle ne parlait que par impressions. Le mot « plaisir absolu » était celui qui revenait le plus souvent. « Plaisir, jouissance, extase » et puis surtout une volonté presque obsessionnelle d'y revenir pour s'envoyer en l'air.

On tenta de lui en demander plus.

Elle disait que c'était comme un orgasme puissance mille. Une sensation de plénitude. Même avec la drogue, même avec ses meilleurs amants, elle n'avait jamais, paraît-il, jamais ressenti autant de force et de diversité dans la pâmoison.

Je rougis.

Cette nuit-là encore, je rêvai de la femme en satin blanc avec son masque de squelette. La mort. Elle enfilait des porte-jarretelles et me promettait des trucs pas possibles. Le plaisir au-delà de toute imagination.

137 – STEFANIA S'ENVOIE EN L'AIR

Nous étions au restaurant thaïlandais et nous avions beaucoup de mal à empêcher une Stefania toujours très enjôleuse de parler trop fort et de contenir son exaltation. Elle dégageait de surcroît une telle aura de sexualité que tous les regards masculins étaient fixés sur elle.

Ceux des femmes aussi, d'ailleurs. Même Amandine ne

parvenait plus à rester indifférente aux accents rauques, aux paroles extasiées de Stefania.

Elle ne parlait que de plaisir !

Le plaisir ! Après tout, quelle est notre principale motivation ici-bas ? Que recherchons-nous dans cette vie ? Pourquoi travaillons-nous, nous intéressons-nous aux autres, qu'est-ce qui nous fait courir ? Le plaisir !

Il fallut plusieurs assiettes de riz basmati pour calmer l'Italienne et que, de retour dans notre penthouse, elle retrouve une attitude scientifique et consente à se pencher sur notre carte.

Alors, après Moch 2 ? Eh bien, à environ « coma plus vingt-quatre minutes », l'ectoplasme était envahi d'agréables sensations. Après la zone bleue et la zone noire, la zone rouge. Celle du Plaisir. Dopé, le thanatonaute accélère son vol vers la lumière. Les parois du tunnel rouge sont tendres comme du velours. L'âme a l'impression d'avoir regagné la matrice maternelle et de s'apprêter à renaître. Merveilleux !

Et tout à coup, les fantasmes les plus secrets se réalisaient. Les hommes dont avait rêvé Stefania sans pouvoir les séduire étaient là, lui tendant les bras et multipliant les propositions impudiques. Elle s'était livrée avec eux à des jeux érotiques qu'elle n'avait jamais même osé imaginer. Mais il n'y avait pas eu que le sexe. Elle avait dégusté avec délices des nourritures qui l'avaient toujours tentée mais qu'elle ne s'était jamais permise de toucher.

Elle s'était découvert des envies qu'elle ne se connaissait pas. Des femmes, même, s'étaient occupées d'elle avec les plus suaves des caresses. Il lui avait fallu s'accrocher très fort à ses prières tibétaines pour renoncer à ces délices et rentrer au thanatodrome. Elle avait dû avoir recours à toute sa volonté. Elle avait pensé à nous qui l'attendions pour savoir. Mais ce n'était pas ça le plus important.

Elle avait aperçu un nouveau mur comatique, Moch 3.

Elle reprit la carte, raya « Débouche peut-être sur Territoire 3(?) » puis, étirant sa langue comme une écolière appliquée, écrivit à la place :

– Emplacement : coma plus 24 minutes.

– Couleur : rouge.

– Sensations : plaisir, feu. Zone chaude et humide où l'on affronte ses plus délirants fantasmes. Zone perverse aussi, car elle nous révèle les plus inexprimés de nos désirs. Il faut les regarder en face et s'en laisser envahir, sinon on reste collé à la paroi gluante. La lumière est toujours là, comme pour nous intimer de poursuivre notre chemin.

– S'achève sur : Moch 3.

Après cet intermède, la vie au thanatodrome changea un peu. Revenue du pays pourpre les sens exacerbés, Stefania se jeta carrément à la tête de Raoul. Elle n'eut d'ailleurs pas trop à le bousculer. Dès la première rencontre, mon ami n'avait pas caché sa fascination pour les rondeurs voluptueuses de l'Italienne.

Contrairement à ce qui s'était passé avec Amandine, il afficha sa liaison au grand jour. Je n'osais plus pénétrer dans les toilettes de la salle d'envol de crainte de déranger le couple dans ses ébats.

Amandine était en plein désarroi et bien sûr, comme toujours, elle vint chercher auprès de moi consolation et réconfort. Délaissant le restaurant thaïlandais de M. Lambert où nous risquions trop de tomber sur les deux amants enlacés, elle s'invita un soir chez moi sans crier gare. Il y avait quelques œufs dans mon réfrigérateur. J'improvisai une omelette aux échalotes roussies. Je ne suis pas grand cuisinier et l'omelette s'avéra un peu trop cuite mais Amandine n'en avait cure.

– Toi, Michael, tu es le seul homme qui me comprenne vraiment.

Je détestais ce genre de phrase. Baissant la tête, j'ôtai discrètement quelques morceaux de coquille d'œuf que j'avais laissés choir par inadvertance dans le plat.

Je disposai deux de mes plus belles assiettes sur la table de la cuisine. Machinalement, elle s'assit.

Je partageai soigneusement l'omelette en deux. Amandine resta là, fixant sa portion sans la voir.

– Tu ne manges pas ? demandai-je. Elle n'est pourtant pas si ratée.

– Je suis convaincue qu'elle est délicieuse, ce n'est pas ça. Je n'ai pas faim, soupira-t-elle.

Elle me prit la main et me fixa avec un air de chien mouillé abandonné.

– Mon pauvre Michael... Comme je dois t'ennuyer avec mes histoires de cœur...

Je la regardai, elle était encore plus belle lorsqu'elle était triste. Ce soir-là, je dus écouter par le menu tout le récit de son histoire d'amour avec Raoul. Comme il était doux, comme il était plein d'initiatives et attentionné. Elle m'affirma qu'il était l'homme de sa vie, et que jamais elle n'avait été aussi amoureuse. Je lui répondis qu'elle ne devait pas s'en faire, Stefania n'était qu'une aventure, il finirait par revenir vers elle.

Je ne comprenais pas comment un homme pouvait ne pas être fou amoureux de cette biche douce aux yeux bleu marine. Même pour la replète et trop audacieuse Transalpine.

– Tu es si gentil avec moi, Michael.

Mais il n'y avait rien dans son aura qui sonnait en résonance avec la mienne. Elle me considérait comme un ami, ou comme un collègue asexué. Peut-être était-ce mon désir tellement exacerbé qui lui répugnait. Peut-être pressentait-elle ma passion niagaresque et en redoutait-elle les effets.

– Tu es si gentil, Michael ! Laisse-moi dormir avec toi ce soir, je t'en prie. J'ai si peur de me retrouver toute seule entre mes draps froids !

Je verdis, je rougis, je toussai.

– D'accord, balbutiai-je.

J'enfilai un pyjama de coton que je boutonnai jusqu'au cou. Elle conserva sa combinaison de soie. Je sentais auprès de moi une peau satinée, un corps menu dégageant des effluves de mousse et d'ambre. J'étais au supplice. Aucune femme n'avait jamais suscité en moi un tel bouleversement.

Tremblant d'émotion contenue, j'approchai ma main de son épaule et effleurai son épiderme fin.

Amandine, benoîtement blottie dans mes draps, était une émanation de plaisirs promis. Mon cerveau était en pleine ébullition. Un dixième de mouvement supplémentaire et je connaîtrais ce qu'avait connu Stefania là-haut. Une forte explosion. Ce devait être mon hypophyse qui m'envoyait cette impression de douleur. Mes doigts parcoururent encore quelques pas sur cette route dangereuse.

Elle me saisit la paume et la repoussa avec un sourire désolé.

— Ne gâchons pas une si belle amitié, murmura-t-elle. Tu es mon seul et unique ami, je ne veux pas te perdre.

138 – ENSEIGNEMENT YOGI

Le corps humain est constitué de sept chakras qui sont autant de points d'énergie.

Premier chakra : Situé au-dessus des organes sexuels, du coccyx et de l'anus. En bon état, il fournit une énergie vitale.

Deuxième chakra : Situé juste au-dessous du nombril. En bon état, il donne la puissance d'agir.

Troisième chakra : Situé au bas du plexus solaire. En bon état, il autorise les énergies terrestres et cosmiques à irradier le corps.

Quatrième chakra : Situé au centre du plexus solaire. En bon état, il permet de bien se sentir dans sa peau.

Cinquième chakra : Situé en bas de la gorge. En bon état, il permet une excellente communication.

Sixième chakra : Situé entre les deux sourcils. En bon état, il permet de sentir son énergie intérieure et donne la clairvoyance.

Septième chakra : Situé au milieu de la calotte crânienne. En bon état, il permet de percevoir instantanément les choses essentielles.

Précepte d'enseignement du Hatha yoga.

Extrait de la thèse _La Mort cette inconnue,_ par Francis Razorbak.

Tant de journalistes réclamèrent une interview de Stefania que ma mère organisa une conférence de presse dans la salle prévue à cet effet, au thanatodrome des Buttes-Chaumont. Ma génitrice prit un malin plaisir à débusquer tous les représentants de magazines érotiques ou pornographiques et à les chasser sur-le-champ. «Manquerait plus que notre petite Stefania fasse la couverture des journaux cochons!» marmonnait-elle, rageuse.

En grande diva, la thanatonautesse s'installa sur l'estrade et surprit l'assemblée qui l'attendait depuis un bon quart d'heure en annonçant qu'elle ne raconterait les plaisirs rencontrés après le second mur qu'à ceux aptes à les entendre. Or elle ne voyait en face d'elle que des journalistes à la mentalité enfantine, incapables de se débarrasser de leurs tabous.

D'abord, une bonne psychanalyse pour tous. Ensuite, nous en reparlerons ! lança-t-elle avec son grand rire dévastateur, renvoyant l'assistance et la planète entière à leurs peurs hypocrites.

Il y eut un murmure de protestations étonnées. Ma mère fut très contrariée d'avoir dérangé tant de monde pour rien. La prochaine fois, plus personne ne répondrait à ses invitations et ça n'était pas bon pour le commerce !

La découverte d'un territoire voué à l'extase était cependant un événement trop important pour demeurer longtemps secrète. Des rumeurs ne tardèrent pas à courir, d'autant plus chaudes qu'on manquait d'informations précises.

Des partis réactionnaires et des mouvements conservateurs ou intégristes nous couvrirent d'anathèmes.

«Repaire de sorcières», bomba-t-on sur la porte de notre thanatodrome, devant laquelle s'attroupaient en permanence des manifestants aigris brandissant des banderoles du type «Halte à la débauche», «Fermez ce lupanar», ou «La mort n'est pas un bordel».

Stefania tenta d'apostropher ces contestataires.

– Je n'ai jamais dit que la mort était un bordel ! lança-t-elle à une cohorte hostile qui brandissait le poing. J'ai simplement précisé que l'une des zones du Continent Ultime était un lieu de plaisir. Mais j'ignore ce qui se trouve après le troisième mur. Il nous reste encore tant de choses à découvrir.

– Silence, fille maudite ! hurla un vieux monsieur très digne, décorations à la boutonnière.

Il voulut gifler l'exploratrice. Raoul et moi nous interposâmes. La rixe dégénéra en bataille de rue. « Nous deux contre les imbéciles », murmurai-je pour m'encourager, mais j'étais couvert de bleus quand les forces de l'ordre se décidèrent à intervenir.

Le président Lucinder nous rendit une nouvelle visite.

– Je vous avais prévenus, les enfants ! De la discrétion, toujours de la discrétion et encore de la discrétion. Pour vivre heureux vivons cachés. Apparemment, nous dérangeons beaucoup de monde. Le Pape émet des bulles contre nous et des dignitaires de toutes confessions m'inondent de malédictions.

– Tous des pisse-vinaigre ! s'exclama Stefania. Ils ont peur de la vérité, ils redoutent d'apprendre ce qu'est véritablement la mort, ce qu'il y a derrière tous ces murs ! Vous imaginez la tête du Pape si, au bout, on tombait sur un dieu qui se proclamerait en faveur de l'avortement et du mariage des prêtres ?

– Peut-être, Stefania, peut-être. Mais, pour l'heure, n'oubliez pas que nous n'avons pas encore rencontré Dieu et que le Vatican est une institution fondée en 1377 alors que la thanatonautique ne possède qu'à peine quelques mois d'expérience.

L'Italienne se dressa, splendide et généreuse, prête à affronter amis et adversaires.

– Voyons, Président, vous n'allez quand même pas me faire croire que vous êtes disposé à courber l'échine devant une poignée de bigots !

– En politique, il faut savoir faire des concessions, trouver des compromis et...

– Pas de concession, pas de compromis, trancha Stefania. Nous sommes ici pour lutter contre l'ignorance et nous poursuivrons nos explorations. L'homme ne connaît pas de limites. C'est là sa première qualité !

Le président de la République écarquilla les yeux. C'était

la première fois qu'il affrontait Stefania Chichelli. Il comprit mieux la qualité de nos résultats. Il fallait une volonté iné- branlable pour côtoyer régulièrement la mort et cette petite femme rondelette la possédait. Personne, aucune autorité publique, morale ou religieuse, ne la contraindrait jamais à reculer. Il la salua avec respect.

L'intervention présidentielle eut pour seul résultat de rendre Stefania plus volubile auprès des journalistes. Sans plus d'hésitation, elle évoqua crûment les délices qu'elle avait connues dans cette troisième zone où tous les désirs, toutes les perversions se concrétisaient.

Les manifestations reprirent de plus belle. Le Saint-Siège interdit la thanatonautique à tous les serviteurs de l'Église catholique, apostolique et romaine sous peine d'excommu- nication. Dans une bulle intitulée « *Et mortis mysterium sacrum* », le Pape décréta officiellement la mort taboue. Tout cheminement d'un vivant vers le pays des morts préalable à son décès serait dorénavant considéré comme un péché capital.

« Mort aux hérétiques ! » scanda-t-on sous les balcons du Vatican. « Croquons la pomme de la connaissance ! » répon- daient nos partisans.

Toute cette agitation nous était égale, mais le président Lucinder, lui, ne la prenait pas à la légère. L'Église possédait encore une grande influence dans le pays et il avait besoin de toutes les voix possibles pour sa future réélection.

« Tant mieux si la mort mène à l'orgasme, confia Stefania au *Petit Thanatonaute illustré*, et tant pis si tant de pisse- vinaigre la considèrent dorénavant comme un lieu de débauche ! » Notre amie n'y allait pas par quatre chemins. Nous n'étions quand même pas si sûrs de nous.

Les gens ont toujours peur de ce qui est nouveau. Un phénomène de repli était irréversible. Nous avions déjà de la chance d'avoir pu aller si loin sans entraves.

140 – MANUEL D'HISTOIRE

COMMENT SE DÉBARRASSER DES VIEUX

Dans certaines cultures de l'ancien temps, il existait des

pratiques visant à se débarrasser de personnes trop âgées, donc inaptes à la vie économique ou sociale. Chez les Esquimaux, on se débarrassait de la vieille grand-mère en l'amenant loin sur la banquise où elle se faisait manger par les ours. En général, elle y allait d'elle-même lorsqu'elle s'estimait en trop dans sa société. Chez certaines familles normandes, on faisait grimper les vieux à l'échelle et les derniers barreaux étaient sciés. On disait la phrase rituelle : « Viens, mémé, monte au grenier. » Au grenier...

Manuel d'histoire, cours élémentaire 2ᵉ année.

141 – LUCINDER A UNE IDÉE

La fois suivante, Lucinder choisit de nous rencontrer sur son terrain. Estimant que, chez lui, nous serions plus malléables, il nous convoqua à l'Élysée. Dans son bureau de travail, il n'était pas seul. S'y trouvait aussi une femme en strict tailleur croisé.

Le chef de l'État nous expliqua qu'il ne voulait pas entrer en guerre contre les religions.

– Vous avez tort de sous-estimer les pouvoirs anciens. Le modernisme ne peut s'imposer à la hussarde. Il nous faut composer.

Stefania ne l'entendait pas de cette oreille.

– Vous ne savez pas ce que j'ai vu, je ne vois donc pas sur quoi on pourrait composer.

Lucinder fit un petit sourire.

– Certes, nous n'avons pas eu la chance de débarquer dans le pays rouge, mais disons, hum, que nous sommes capables de concevoir ce que vous y avez ressenti.

– Prétentieux ! Qui peut prétendre comprendre les désirs d'une femme ! clama Stefania.

Amandine ne put contenir un petit pouffement.

Quoi qu'il en soit, Lucinder ne voulait pas se laisser entraîner sur la pente de la provocation. Selon lui, il ne servait à rien d'affronter de face les religions. Celles-ci n'étaient ni bonnes ni mauvaises, elles ne faisaient qu'essayer de survivre.

Raoul rappela que Darwin s'était fait une réputation internationale justement en attaquant les religions et que, sans cette provocation, le darwinisme n'aurait pu émerger aussi vite. Lamarck, qui ne l'avait pas compris, disparut dans les oubliettes de l'Histoire.

Lucinder accepta l'argument, mais il ne démordait pas pour autant de son ambition de rassembler tout le monde, réactionnaires ou modernes.

– Il y a un moyen de concilier l'aile gauche et l'aile droite. Il faut ramener la thanatonautique dans la rationalité. Répondons à la religion par la science. C'est maintenant ou jamais qu'il faut faire taire les derniers sceptiques, d'où mon idée d'avoir recours à Madame.

Il nous présenta la femme en veste croisée.

– Le professeur Rose Solal est astrophysicienne et astronome, expliqua Lucinder. Depuis longtemps elle travaille sur un projet particulier, «Éden». Projet «Éden», projet «Paradis», vous voyez que vos recherches présentent quelques similitudes, d'autant que le but d'«Éden» est de découvrir la localisation exacte dans l'espace du... Paradis.

Localiser le Paradis dans l'espace, l'objectif nous parut difficilement concevable. Nous avions évidemment toujours parlé d'un «continent des morts», mais ce n'était pour nous qu'une vue de l'esprit. Nous considérions l'au-delà comme une autre dimension, une réalité différente qui accueillait l'âme au sortir de notre corps. Un univers parallèle, en quelque sorte. Tel était notre postulat.

Que cette contrée puisse réellement exister dans le ciel étoilé qui nous surplombe ne nous était jamais venu à l'idée. Certes, nombre de peuples de l'Antiquité en avaient été persuadés mais tant de fusées, de navettes, de missions Spoutnik ou Apollo envoyées dans l'espace nous avaient prouvé que le ciel n'était peuplé que de galaxies et d'étoiles !

Le président Lucinder était décidément un homme hors du commun, ouvert aux expériences les plus téméraires.

Dès le lendemain, Rose Solal rejoignait notre équipe au thanatodrome des Buttes-Chaumont. Nous étions désormais cinq à y œuvrer.

La Genèse est le premier texte à fournir une situation géographique précise au Paradis : le confluent des sources des fleuves mésopotamiens Tigre et Euphrate. En 379, saint Basile fait figure de précurseur en matière d'astronomie en le plaçant au-delà du firmament des étoiles, dans un univers plus ancien que le monde visible.

Dante, pour être poète, n'en estime pas moins que le Paradis se doit de se situer dans un lieu bien concret, en l'occurrence dans l'« enveloppe » qui selon lui entoure les étoiles. Le jésuite allemand Jeremie Drexel (1581-1638) se livre à des calculs compliqués pour affirmer que les Élus s'en vont à exactement 161 884 943 milles de la Terre. Thomas Henri Martin (1813-1933) a une vision large : le Paradis, dit-il, se trouve dans tous les corps célestes.

Jermain Porter (1853-1933), directeur de l'Observatoire de Cincinnati (Ohio) et ancien étudiant en théologie, cherche dans ses télescopes l'emplacement astronomique du Paradis. Il est convaincu qu'à force d'explorer la voûte du ciel, les scientifiques ne pourront pas manquer de découvrir la « Jérusalem céleste ».

Le révérend Thomas Hamilton (1842-1925), utilisant les travaux des astronomes Maedler et Proctor, assure que le Paradis se trouve sur l'étoile Alcyon, dans le groupe des « Pléiades », à cinq cents années-lumière de nous. Le physicien français Louis Figuier (1819-1863) avait déjà placé ce qu'il nommait le « Palais des Morts » dans le soleil. Logique pour son temps, il assurait : « Il ne peut être sis plus loin, sinon les Élus mettraient trop de temps à l'atteindre. »

Extrait de la thèse *La Mort cette inconnue*, **par Francis Razorbak.**

143 – EMBUSCADE

Je dormais tranquillement dans mon appartement du troisième étage du thanatodrome quand, soudain, quelque chose me réveilla. Un frôlement, un bruit imperceptible... Je m'assis dans mon lit, tous mes sens brusquement en alerte.

À tâtons, je cherchai mes lunettes sur ma table de chevet. Elles n'y étaient pas. Quel ennui ! J'avais dû les laisser sur mon bureau ! Or, s'il y avait un cambrioleur dans la pièce, il me fallait me lever pour aller les chercher et le malfaiteur ne m'en laisserait sûrement pas le temps. Il m'aurait assommé avant.

Que faire ? Je réfléchissais à toute vitesse. La meilleure défense réside dans l'attaque. L'homme ne devait pas savoir que j'étais incapable de le distinguer.

– Allez-vous-en ! Il n'y a rien ici qui puisse vous intéresser ! criai-je dans le noir.

Pas de réponse. Et, si je ne voyais rien, je percevais distinctement une présence. Un étranger était dans ma chambre.

– Sortez ! répétai-je en cherchant la lumière.

Je bondis hors de mes draps. Heureusement, je porte un pyjama, me dis-je, comme si cela avait de l'importance en un tel moment. Je connaissais par cœur la place de l'interrupteur. Vivement j'allumai. Il n'y avait personne. Même floue, j'aurais discerné une silhouette. Mais là, aucun doute : la pièce était vide. Pourtant, il y avait bien quelqu'un et quelqu'un d'hostile en plus, j'en étais sûr.

Il se produisit alors quelque chose de terrible. Je reçus un coup en pleine poitrine. Un uppercut décoché par rien, ou alors par l'homme invisible !

Je finis par découvrir mes lunettes. M'en emparant, je les plaçai rapidement sur mon nez. Toujours rien. Ce coup, l'avais-je rêvé à l'issue d'un cauchemar dont je ne me souvenais plus mais qui m'aurait réveillé ?

Me secouant, j'éteignis et me recouchai en conservant tout de même mes lunettes. Je m'étendis, ramenai les draps sur mes épaules et attendis...

Ce fut à cet instant que la chose se manifesta vraiment. Une présence me pénétra, s'introduisant par mes orteils et m'envahissant le corps. Affreuse sensation ! N'importe quel cambrioleur aurait été préférable à cet ectoplasme qui m'attaquait. Et qui parlait !

– Cessez de toucher aux forces qui vous dépassent !

Je me débattis mais comment se défendre contre une âme en embuscade ?

– Qui êtes-vous ? Qui êtes-vous ? criai-je.

Mais je connaissais la nature de mon ennemi : sûrement un religieux soucieux de nous contraindre à interrompre toute expérience thanatonautique.

Je luttais mais il avançait toujours. L'ectoplasme était dans mes genoux, dans mon ventre, palpait mes intestins de l'intérieur.

Ainsi, les forces mystiques avaient décidé de nous déclarer la guerre. À notre manière. À leur manière. Par la méditation, par la décorporation, par l'attaque ectoplasmique. Nous avions sous-estimé nos adversaires. Comment se défendre contre des ennemis qui traversent tous les murs et même nos barrières de chair ? Mon corps ne m'appartenait plus. Il était hanté par un fanatique rendu fou furieux par nos recherches sur le Paradis. Si c'était un curé, fuirait-il si je m'agenouillais et priais la Vierge Marie ?

Mais s'agenouiller est indigne d'un combattant. Étrange, ce qui me vint à l'esprit en ce moment d'horreur, ce fut le souvenir d'un cours de tir à l'arc zen. Pour réussir son tir, il faut visualiser la cible dans son esprit. Alors on devient l'arc, le centre de la cible, la flèche même. Et la flèche a rendez-vous avec le centre de la cible.

Je me levai, adoptai la position de combat et fermai les yeux. Aussitôt, mon adversaire m'apparut. J'avais affaire à l'ectoplasme d'un moine petit et gringalet. Si je soulevais les paupières, il disparaissait. Si je les abaissais, il était là, en face de moi, prêt pour un duel dont j'ignorais les règles. Quel paradoxe que de devoir fermer les yeux pour mieux voir ! Ce sont les enfants qui agissent ainsi pour chasser le danger, pas les adultes !

Les yeux hermétiquement clos, je visualisai parfaitement mon adversaire et le fis rétrécir dans mon esprit. Puis je plaçai un arc transparent entre mes mains et adoptai la position du tireur bandant son arme.

L'ectoplasme cessa de rire.

Nous étions deux esprits en un seul corps. Le sien et le mien. Il sortit lui aussi une arbalète et me mit en joue. Je tirai. Il tira simultanément. Ma flèche atteignit l'ectoplasme en plein front. Je m'affalai.

« Je ne sais si celui qui m'a créé
M'a destiné au ciel ou à l'enfer.
Une coupe, une adolescente, un luth au bord d'un champ,
Je m'en satisfais au comptant et te laisse ton paradis à crédit.

Ignorant, ce corps matériel n'est rien,
Le cycle des cieux, la face de la terre ne sont rien.
Fais attention dans ce combat entre la mort et la vie,
Nous sommes attachés à un souffle et ce souffle n'est rien.

Ne poursuis pas le bonheur, la vie est le temps d'un soupir. »

Omar Khayyām (1050-1123), *Rubai Yat*.

Extrait de la thèse *La Mort cette inconnue*, par Francis Razorbak.

145 – FICHE DE POLICE

Note aux services concernés
Remous parmi les acteurs du mouvement thanatonautique. Nous souhaiterions extirper ces expériences à leurs racines. La thanatonautique est un danger pour nous tous. Avons déjà signalé à plusieurs reprises nécessité d'intervenir. Réclamons autorisation d'agir.

Réponse des services concernés
Impératif d'attendre. Situation sous contrôle. Inquiétude prématurée.

146 – LA COURSE CONTINUE

Noir et silence.
J'ouvris enfin les yeux. Lumière opaque. Une silhouette charmante et gracile apparut dans le halo. Un ange, sans doute.
Il se pencha sur moi. L'ange ressemblait étrangement à une femme mais belle, comme on n'en voit jamais sur terre. Elle était blonde, avec des yeux bleu marine.
Son parfum sentait l'abricot.

Autour de nous, tout était maintenant blanc et serein.

– Ué... on... eo... Je... ai...eu.

Les anges devaient parler un langage à eux, un angélique jargon incompréhensible aux non-anges.

– Ué... mon... ero... Je tai... eu.

Elle répéta patiemment sa psalmodie et passa une main douce et fraîche sur mon front lisse.

– Tu es mon héros. Je t'aime.

Je regardai autour de moi, passablement hébété.

– Où suis-je ? Au Paradis ?

– Non. Au service de réanimation de l'hôpital Saint-Louis.

L'ange sourit, rassurant... Je reconnaissais ce visage. Je l'aurais reconnu entre mille. Amandine. Je sursautai. Tout me revint en mémoire. J'avais lutté contre un ectoplasme intégriste.

– J'étais évanoui ?

– Oui, depuis trois heures.

Amandine cala un coussin contre mes reins pour que je puisse m'asseoir plus confortablement. Jamais je ne l'avais vue si attentionnée à mon égard.

Près d'elle, Raoul, Stefania et l'astrophysicienne guettaient mes réactions. Raoul m'expliqua que Stefania avait été réveillée par mes cris. Elle s'était précipitée dans mon appartement et elle avait assisté aux derniers instants du duel.

– On se serait cru dans *Règlement de comptes à OK Corral,* soupira l'Italienne. Je n'ai même pas eu le temps d'intervenir que tu l'avais déjà éliminé.

– Il... il... est mort ?

Le célèbre rire de Stefania retentit dans la chambre.

– Les ectoplasmes ne meurent pas comme ça. Ton type a dû regagner dare-dare son enveloppe charnelle. Gageons que ce curieux a déjà signalé à ses amis que la maison est bien défendue.

Amandine m'embrassa.

– Mon amour ! Penser que nous avons été si souvent si près l'un de l'autre et que je ne me suis jamais doutée que tu étais le meilleur. Tu as réussi une décorporation. Faut-il que je sois aveugle pour ne pas savoir apprécier ce qui est à portée de ma main. Il aura fallu cette histoire terrible pour que je réalise que tu es un guerrier. Un vrai !

Elle se pressa contre moi et je sentis la moelleuse douceur de ses seins contre mon bras. Une langue avide se fraya un chemin entre mes lèvres.

Ce baiser ne me laissa évidemment pas indifférent. J'avais attendu si longtemps cette seconde...

147 – MYTHOLOGIE JUIVE

GILGOULIM : Le *Zohar*, « Livre des Splendeurs », ouvrage de référence des cabalistes, attribue plusieurs causes aux réincarnations. (*Gilgoulim* signifie littéralement « transformations ».) Parmi elles : ne pas avoir eu d'enfant, ne pas s'être marié. De surcroît, si quelqu'un se marie mais meurt sans avoir engendré, époux et épouse passeront par une réincarnation avant de s'unir de nouveau dans deux autres vies. Car, pour les cabalistes, l'union entre un homme et une femme embrasse les trois dimensions, physique, émotionnelle, spirituelle, et constitue un chemin capital vers l'infini.

La tradition juive considère que, d'une manière générale, il est fréquent que des époux se soient déjà connus dans d'autres vies.

FEMME SANS ENFANT : Un homme s'avérait incapable d'engendrer, raconte un texte de la Cabale. Un sage lui expliqua qu'en fait son épouse n'était pas réellement sa compagne. Il l'avait reçue en propriété alors qu'il n'en était pas propriétaire. Et comme l'âme de sa femme était de nature profondément masculine, il était normal qu'elle n'ait pu lui donner de descendance.

MARIAGE : Selon le *Zohar*, le mariage constitue un important terrain d'expérience, essentiel au développement spirituel. Les époux s'unissent pour résoudre les conflits nuisibles à leur croissance intérieure. À chacun, à chacune, l'autre qu'il mérite.

ÉLEVER UN ENFANT : Similairement, l'expérience d'élever

un enfant est considérée comme un élément indispensable de l'existence terrestre. Si l'on n'a pas été capable d'élever correctement un enfant durant au moins l'une de ses vies, on continuera à se réincarner jusqu'à la réussite complète de cet exercice.

Extrait de la thèse *La Mort cette inconnue,* **par Francis Razorbak.**

148 – ENSEMBLE ENFIN

Au lendemain de mon combat, à peine remis de mes contusions, Amandine m'invita à souper chez elle, dans son appartement du deuxième étage. Elle avait dressé une table romantique, décor floral et chandelles odorantes.

– Crois-tu, Michael, que certaines personnes sont destinées à vivre ensemble ? me demanda-t-elle à brûle-pourpoint.

J'avalai de travers une bouchée de toast au saumon de Norvège et engloutis une flûte de champagne.

– Oui, sans aucun doute.

Elle se pencha vers moi et nos fronts se touchèrent.

– Ne penses-tu pas qu'en dépit de nombreux obstacles, ceux voués à se rencontrer finissent toujours par se trouver, parce que leur destin est inscrit quelque part dans un grand livre ?

J'approuvai derechef tandis que ma dulcinée poursuivait :

– Je suis convaincue que, là-haut, lorsque Stefania franchira la dernière porte, elle découvrira ce grimoire contenant la liste complète de tous les couples passés et à venir.

Je méditai la proposition :

– Est-ce que ce sera vraiment une bonne chose ?

– Bien sûr, on ne perdra plus son temps en vaines errances. Ceux destinés à s'aimer s'aimeront d'emblée. Plus de mariages de complaisance, plus d'erreurs d'estimation, plus de tromperies, plus de divorces. Chaque clef rencontrera son unique serrure. J'en suis persuadée.

– Peut-être.

Une moue adorable s'inscrivit sur son visage doré par les bougies.

– Non, il n'y a pas de peut-être. Michael, notre rencontre

n'est pas un hasard. Depuis toujours nous devions arriver à cet instant. C'était écrit.

Je ne répondis pas. Je tentai de faire diversion.

Elle vint s'asseoir sur mes genoux et m'enlaça de ses bras délicats. L'instant auquel j'avais tant rêvé était enfin arrivé.

– Tu es timide, Michael, mais je saurai te guérir de ta timidité, murmura-t-elle dans mon cou.

149 – JUSTES NOCES

Une semaine plus tard, je me mariais.

Tout était allé très vite. J'avais pris ma décision, Raoul aussi. Dans les somptueux jardins de l'Élysée obligeamment prêtés par le président Lucinder, nous célébrions de doubles noces, en présence de tout le gratin de la politique et du show-business convié à la cérémonie.

Dans son smoking noir flottant autour de ses épaules, Raoul avait plus que jamais l'air d'un rapace s'apprêtant à fondre sur sa proie, Stefania en l'occurrence, petite poule caquetante à son bras, dans une minirobe qui faisait ressortir davantage encore ses formes avantageuses.

Moi, j'étais très détendu dans mon smoking bleu nuit de location. La femme de ma vie arborait une longue robe à traîne.

Rose était éclatante de bonheur. Derrière, Amandine s'efforçait de faire bonne figure. Tout s'était passé si vite !

– Félicitations, félicitations.

Rose et moi, Raoul et Stefania, nous serrâmes des mains innombrables. J'avais évidemment choisi pour témoins Raoul et Amandine, mes compagnons des premières heures. En plus, je devais bien ça à Amandine.

Il avait fallu sa déclaration passionnée pour que je réalise l'erreur de ma focalisation amoureuse, l'aveuglement de mon désir. La femme qu'il me fallait se nommait Rose.

« Le moi n'est ni un point particulier, ni une intersection de l'espace. Il n'est pas le même pour tous les hommes. Il n'est pas identique chez le même homme aux différentes étapes de son développement. Lors des premiers stades de la vie, l'existence du moi se réduit presque à la vie du corps, tandis que les plus hauts degrés de l'intelligence et de l'esprit ne se manifestent guère, sinon inconsciemment. En grandissant, chaque être humain, selon ses moyens, devient de plus en plus conscient de l'essence transcendante de son âme.

Cette élévation consiste à gravir degré après degré l'échelle de vie de l'âme. Nous passons de l'âme animale pour aller jusqu'au domaine vivant que nous portons tous en nous. »

Adin Steinsaltz, *La Rose aux treize pétales. Cabale du Judaïsme.*

Extrait de la thèse *La Mort cette inconnue*, par Francis Razorbak.

151 – COMME UN GRÉSILLEMENT

La fête finie, les nuits de noces consommées, nous reprîmes les envols. En grande forme, Stefania réussit aussitôt trois décollages. Je reportai ses indications sur un programme informatique qui remodelait le Continent Ultime. Grâce à lui, on pouvait examiner sous tous les angles chaque parcelle du pays des morts. Le tout ressemblait un peu à une trompette très évasée. Moch 1, Moch 2, Moch 3, *Terra incognita*, les mentions montraient le chemin déjà parcouru.

Dans les thanatodromes du monde entier, des équipes s'affairaient mais les ectoplasmes qui parvenaient à surmonter leurs souvenirs s'embourbaient dans le territoire rouge du plaisir et souvent y restaient. Sur terre, dans leurs fauteuils, des thanatonautes défunts affichaient des sourires béats, si bien qu'on se prit à considérer que Moch 3 était en fait le seuil pur et simple de la mort et que nul ne pourrait jamais le franchir et en revenir. Le Continent Ultime conserverait son mystère, gardé par une auréole de délices. On avait si souvent qualifié l'orgasme de « petite mort », après tout.

Comme à chaque tournant vraiment essentiel, Raoul nous réunit au cimetière du Père-Lachaise.

– Mes amis, ici s'arrêtent sans doute nos expériences. Même nos concurrents étrangers les plus doués demeurent cloués devant Moch 3.

Il leva les yeux vers la lumière des étoiles comme s'il attendait qu'une idée nouvelle lui tombe du ciel.

– Je fais pourtant de mon mieux, protesta Stefania. Mais quand j'arrive au troisième mur, mon cordon ombilical est tellement étiré que je sens qu'il claquera si je le sollicite davantage.

– Il nous faut une idée nouvelle, répéta mon ami.

Rose se serra contre moi, puis me chuchota à l'oreille :

– C'est peut-être une bêtise, mais j'ai constaté un jour un phénomène étrange.

– Quoi, ma chérie ?

– J'étais venue assister au décollage de Stefania et j'écoutais la radio.

– Oui et alors ?

– Au moment où ses battements de cœur ont ralenti, il y a eu soudain comme un grésillement dans le haut-parleur.

Voilà. Par hasard, ce jour-là, Rose avait découvert le premier système de détection de l'aura.

152 – FICHE DE POLICE

Nom : Solal
Prénom : Rose
Cheveux : Noirs
Yeux : Bleus
Taille : 1 m 70
Signes particuliers : Néant
Commentaires : Pionnière du mouvement thanatonautique. Astronome et astrophysicienne. Épouse et collègue de Michael Pinson
Point faible : Scientifique

« Il existe une plante comme l'épine
Elle pousse au fond des eaux
Son épine te piquera les mains
Comme fait la rose
Si tes mains arrachent cette plante
Tu trouveras la vie nouvelle. »

L'épopée de Gilgamesh.

Extrait de la thèse *La Mort cette inconnue*, par Francis Razorbak.

154 – EURÊKA !

Avec la trouvaille de Rose, tous nos travaux étaient relancés. Nous partions sur une voie nouvelle. Nous savions déjà que le cerveau émettait des ondes, par exemple alpha ou bêta, durant les phases de sommeil ou proches du sommeil. Il était donc logique qu'une modification de l'action radio du cerveau intervienne au moment de la décorporation.

Le décollage suivant de Stefania s'effectua à proximité d'un transistor. On entendit effectivement un faible *slash*, la sortie du corps s'était bel et bien accompagnée de l'émission d'ondes.

Raoul mit au point un système sensible aux hautes, basses et moyennes fréquences, afin de repérer sur quelle longueur d'onde précisément les ectoplasmes émettaient. Stefania se livra à une courte méditation, et de nouveau, le *slash* retentit comme un feulement. Nous examinâmes cette « trace » sur l'oscilloscope. Il s'agissait d'une longueur d'onde très basse, aux crêtes très espacées.

Raoul tripota plusieurs manettes. Une ligne surmontée de chiffres apparut sur l'écran de l'oscilloscope. Il reporta les nombres sur une table de fréquences... Il partit des petits rayons gamma dont les crêtes ne sont séparées que d'un angström, poursuivit au-dessus des rayons X et par-delà les rayons ultraviolets. Il dépassa le spectre des couleurs visibles à l'œil nu et dont la crête est d'un millimètre, les ondes télévision à un mètre, les ondes radio et parvint à la plage « ondes cérébrales ». Il effectua encore quelques réglages.

– Nous avons affaire à des ondes extralongues espacées de plus d'un kilomètre, annonça-t-il. Il s'agit d'une fréquence radio très basse d'environ 86 kilohertz.

Nous poussâmes des cris de jubilation. Nous disposions enfin d'une preuve scientifique, matérielle, de l'activité extracorporelle des thanatonautes. Personne ne pourrait désormais nier la réalité de nos expériences.

Informé, Lucinder décida sur-le-champ de nous attribuer un budget supplémentaire qu'il prit sur la caisse noire de la Présidence.

Au moyen d'instruments de plus en plus sophistiqués, nous identifiâmes précisément l'empreinte ectoplasmique de Stefania : 86,4 kilohertz. Raoul conçut un détecteur d'envol permettant de connaître la seconde exacte où le corps vital de Stefania se désolidariserait de son corps physique.

Dès lors, une question s'imposait : où situer géographiquement le Continent Ultime ? En effet, si l'ectoplasme voyageait en demeurant détectable grâce à un système radio, nous devions être à même de suivre ses déplacements. Alors, où était donc le Paradis ? Où se trouvait ce continent immatériel dont nous dressions les cartes depuis si longtemps en ignorant son emplacement ?

Au plus haut du thanatodrome, j'installai une vaste antenne parabolique, plutôt un radiotélescope, de cinq mètres de diamètre. Une jolie marguerite sur notre penthouse.

Une nouvelle étape de notre conquête du continent des morts s'ouvrait à nous. Nous entrions dans la « phase astronomique ».

Champagne !

155 – MYTHOLOGIE TIBÉTAINE

Vibration : Tout émet, tout vibre. La vibration varie selon le genre.
Minéral : 5 000 vibrations par seconde.
Végétal : 10 000 vibrations par seconde.

Animal : 20 000 vibrations par seconde.

Humain : 35 000 vibrations par seconde.

Âme : 49 000 vibrations par seconde.

Au moment de la mort, le corps astral se sépare du corps physique car il ne peut supporter l'abaissement des vibrations de son enveloppe charnelle.

Enseignement du *Bardo Thödol*.

Extrait de la thèse *La Mort cette inconnue*, par Francis Razorbak.

156 – LE PARADIS, C'EST OÙ DÉJÀ ?

Stefania s'installa en position du lotus sur le trône d'envol. Elle savait qu'aujourd'hui le radiotélescope serait branché et que, pour la première fois, nous tenterions de suivre l'envol de son âme.

Je me demandais encore comment nous pourrions discerner quelque chose se déplaçant à la vitesse de la pensée.

Amandine régla les appareils de mesure physiologique. Raoul brancha son système de récepteur radio. Quant à Rose et moi, nous avions déployé sur une grande table le plan des constellations entourant la Terre.

Penser que l'une d'elles était peut-être le Paradis...

Était-ce un acte hérétique ? Dévoiler l'emplacement physique de l'au-delà, voilà qui ferait rager les religions. Elles rechignaient déjà à nous voir toucher à leur principal fonds de commerce !

Stefania abaissa les paupières, c'était sa manière de fermer les écoutilles avant la plongée.

Ses narines palpitèrent plus lentement.

Lorsqu'elle sentit que sa concentration était suffisante pour lui insuffler le calme indispensable au décollage, elle saisit la poire de l'interrupteur des boosters et sa bouche articula doucement :

– Six... cinq... quatre... trois... deux... un. Décollage !

Le récepteur radio branché sur la fréquence de 86,4 kilohertz émit une sorte de plainte. Le son d'une « âme qui décolle » !

Dans la salle, la nervosité était telle que Rose me serra

le bras fortement. La mort pouvait enfin être suivie à la trace. Raoul n'avait pas voulu convier la presse, mais il vérifia le bon fonctionnement de la caméra vidéo. Nous disposerions au moins d'un film de ce premier décollage suivi.

Nous attendîmes. Stefania filait à la vitesse de la pensée mais les ondes radio ne voyageaient pas aussi vite. Plus elle s'éloignait, plus nous les percevions avec retard. Au bout de huit minutes, nous obtînmes une émission précise permettant une bonne localisation dans l'espace.

C'était maintenant à moi de jouer. Je m'approchai de l'écran de contrôle du radiotélescope. On y captait bien le signal de l'âme de Stefania. Je réglai plusieurs molettes pour situer sa distance, sa direction, sa vitesse de progression. À côté de moi, Rose se livrait à ses propres observations.

– Ça y est. Moi aussi, j'ai le signal.

Elle s'empara de deux règles en plastique et les croisa dans la zone où elle avait repéré l'émission, la situant par rapport à l'axe polaire.

– Stefania fonce vers la Grande Ourse. Elle vient de dépasser Saturne. Elle va si vite qu'elle doit traverser des météorites.

Elle voyageait vraiment à la vitesse de la pensée. Cent fois plus vite que la vitesse de la lumière !

– Où est-elle maintenant ?

Yeux rivés à l'écran, Raoul constata :

– On dirait qu'elle quitte le système solaire.

Rose fut encore plus précise :

– Elle a doublé Uranus. Elle...

– Que se passe-t-il ?

– Elle va si vite !

– Où est-elle ?

– Elle vient de sortir de notre système solaire. Son signal nous parvient avec beaucoup de temps de retard désormais.

– Elle a quitté notre galaxie ?

– Non. Au contraire, elle paraît même foncer vers le centre de la Voie lactée.

– Le centre de la Voie lactée ? Mais qu'y a-t-il par là ?

Rose nous l'expliqua en traçant un dessin en forme de spirale.

– Notre galaxie est formée d'une masse de deux bras spiralés d'un diamètre de cent mille années-lumière. Il y a de tout là-dedans : des planètes, des gaz, des satellites, des météorites. Notre galaxie compte cent milliards d'étoiles. Son âme a peut-être envie d'en visiter une en particulier...

– Que peut-elle y chercher ?

– Le Paradis, l'Enfer... Après tout, le système solaire n'est situé qu'à la périphérie extérieure d'un bras de la spirale de notre galaxie.

Tous, nous étions à l'écoute des instruments. Le moindre crépitement était une trace du fabuleux périple de notre amie.

– Où est-elle maintenant ? s'inquiéta Raoul.

– Elle file toujours vers le centre de notre galaxie.

– C'est-à-dire ?

Rose reprit ses règles, croisa plusieurs lignes.

– Elle se dirige vers la constellation du Sagittaire. Plus précisément, vers l'ouest de cet ensemble.

Le Paradis se situerait dans la constellation du Sagittaire ?

J'aidais Rose dans ses calculs.

– Par là. Elle a doublé cette étoile. Elle poursuit sur sa lancée.

– Elle est loin ?

– Assez, oui. À au moins cinquante milliards de kilomètres. À côté de l'âme de Stefania, toutes nos fusées et nos navettes spatiales se traînent vraiment comme des escargots.

– Où est-elle maintenant ?

– Elle va vers...

– Vers où ?

Rose considéra l'écran où toutes sortes de chiffres défilaient depuis quelques minutes.

– Elle a disparu. Le signal a disparu.

– Comment ça ? s'affola Raoul.

– Il n'y a plus d'émission.

D'angoisse, Rose lâcha ses règles qui tombèrent sur le sol avec un bruit mat, déroutant dans ce silence. Amandine, l'infirmière qui gardait son calme dans les moments les plus cruciaux, vérifia très professionnellement l'état physiologique de Stefania.

– Elle est toujours vivante, murmura-t-elle.

– Comment est-il possible que le signal se soit effacé ? Je croyais que des ondes si longues se déplaçaient très vite et sans limites dans l'univers, dis-je.

– C'est incompréhensible, reconnut Rose.

157 – TROUBLANT

Le corps de Stefania ne bougeait toujours pas et nous ignorions où était à présent son âme.

– Qu'est-ce qu'on fait ? On essaie de la réveiller ?

Rose vérifia tous les appareils.

– Attendez... Il y a peut-être une explication à cette disparition du signal.

Rose actionna ses règles et prit son ordinateur tant ses opérations devenaient compliquées. Elle sourit.

– Il me semble que...

S'épanouissant de plus en plus, elle se précipita sur l'écran.

– Oui, tout correspond. C'est parfait.

– Qu'as-tu découvert ? demandai-je.

Je n'avais jamais vu Rose aussi excitée.

– Stefania n'a pas cessé d'émettre.

– C'est une étoile ?

– Pas vraiment.

– Une planète ?

– Non plus.

– Une supernova, un amas stellaire ?

– Rien de tout ça.

Elle désigna du doigt la carte du Continent Ultime. Nous regardâmes tous cet entonnoir multicolore qui se rétrécissait. Ensemble, nous saisîmes ce qu'elle nous indiquait :

– Un trou noir !

Rose approuva de la tête.

Voilà qui expliquait tout. Il était facile, maintenant, de comprendre pourquoi les signaux radio avaient disparu. Les trous noirs sont de gigantesques aspirateurs qui avalent tout ce qui passe à leur portée : matière, lumière, ondes... Et même les âmes, savions-nous à présent !

– Un trou noir...

Raoul semblait lui aussi en proie à des milliers de questions. Il en exprima une.

– Il existe des dizaines de trous noirs déjà répertoriés. Pourquoi, au moment de la mort, les âmes se dirige-raient-elles vers celui-ci plutôt que vers tel autre ?

– Ce trou noir n'est pas n'importe quel trou noir. Il est situé à l'exact emplacement du centre de notre galaxie, expliqua Rose.

158 – MANUEL D'HISTOIRE

En 1932, c'est-à-dire au début du XXᵉ siècle, l'astrophysi-cien Jan Oort a étudié la masse de l'univers. Pour ce faire, il a observé la vitesse d'éloignement des étoiles dans la Voie lactée, disque formé par notre galaxie. Il en a ainsi déduit la force de gravité les propulsant, puis la masse globale. Quelle ne fut pas sa surprise de constater que la Voie lactée n'était même pas constituée pour moitié de matière visible !

Il se trouvait donc dans le ciel quelque chose de très « lourd », d'aussi pesant que toutes les étoiles visibles et qu'on ne pouvait ni détecter ni voir. Cette étrangeté, il la nomma « matière fantôme ».

Manuel d'histoire, cours élémentaire 2ᵉ année.

159 – MYTHOLOGIE JUIVE

« Le centre d'où provient l'Origine produit la lumière la plus secrète. Elle est d'une pureté, d'une diaphanéité, d'une délicatesse qui ne se peut comprendre. Lorsqu'il se répand, ce point lumineux devient un palais qui enveloppe le centre. Lui aussi est translucide. Ce palais, source du Point Inconnaissable, est moins diaphane que le point originel. Mais de ce palais, se répand la lumière originelle de l'Univers. Et à partir de là, couche sur couche, chacune forme le vêtement de la précédente, comme la membrane sur le cerveau. »

Zohar, Le Livre des Splendeurs.

Extrait de la thèse *La Mort cette inconnue*, par Francis Razorbak.

Dieu était-il tapi au fond d'un trou noir ? L'au-delà n'était-il qu'un trou noir ? J'avais examiné un jour la photographie d'un trou noir dans un magazine scientifique. Elle représentait un anneau orange flamboyant avec, en son centre, une petite tache d'un orange moins vif. L'image m'avait rappelé l'énigme de Raoul : comment tracer un cercle et son centre sans lever son crayon. Je savais à présent que ce n'était pas un simple jeu de l'esprit.

Un cercle et son centre ! Serait-ce la représentation de Dieu, la figure même de la mort ?

Stefania apprit, stupéfaite, à son retour, qu'elle avait traversé le tiers du diamètre de notre galaxie pour se précipiter dans un trou noir placé exactement en son centre.

Raoul dessina une carte pour le situer. Cela ne lui fut pas difficile. Il suffisait de tracer avec un compas le cercle formé par les deux branches de notre Voie lactée, puis de placer un point en son milieu. Rose l'aida cependant. Son savoir d'astronome complétait nos propres connaissances en médecine, biologie et mystique de tous horizons.

Elle nous expliqua que les trous noirs sont considérés comme l'étape ultime d'une étoile morte et dotés de densités extraordinaires.

La pression y est telle que la Terre, si elle y était aspirée, serait compressée pour être transformée en une bille d'un centimètre cube pesant le même poids que l'ensemble de notre planète !

– La puissance des trous noirs est faramineuse, disait Rose. Rien ne peut s'en échapper, ni matière ni rayonnement. En outre, ils sont très difficiles à repérer. Nous ne les discernons que lorsqu'une étoile se fait gober. À ce moment-là, elle émet un rayonnement X qui permet de déduire l'emplacement du trou noir, cimetière des étoiles dont c'est là le cri d'agonie.

Or une source de rayons X avait été remarquée en plein centre de notre galaxie. Les astrophysiciens l'avaient nommée Sagittarius A ouest. Ils avaient calculé que le trou noir était un monstre d'une masse cinq millions de fois supérieure à celle du Soleil et estimé son diamètre à sept cents millions de kilomètres (2,5 heures-lumière, soit un diamètre quatre fois plus petit que celui de notre système solaire).

Sagittarius A ouest ! Tel était peut-être l'appellation scientifique du continent des morts !

Ce coin de l'univers était peu connu, même s'il en était le carrefour central.

Nous divulguâmes l'information, sans nous rendre compte de l'émotion qu'elle provoquerait de par le monde. Nos expériences précédentes auraient dû nous servir d'avertissement mais Raoul estimait que nous avions des devoirs vis-à-vis de la science et tant pis pour les risques que nous encourions.

À Akademgorodok, en Sibérie, une équipe de cosmonautes russes détourna une navette spatiale pour tenter de visiter notre trou noir-Paradis. Quelle sottise, car si l'âme d'un thanatonaute pouvait filer plus vite que la lumière, c'était loin d'être le cas d'un engin spatial même des plus avancés ! Ces pirates du ciel auraient besoin d'un minimum de cinq cents ans, ne serait-ce que pour sortir du système solaire, et d'au moins mille ans pour atteindre le trou noir le plus proche ! Et quand bien même, par des moyens de survie inconnus jusqu'alors, ils auraient réussi à devenir millénaires, ils disparaîtraient aussitôt, avalés, pulvérisés à jamais dans le vortex du trou noir.

À l'heure qu'il est, ces Russes errent toujours, envoyant de temps à autre des signaux de localisation que capte le petit récepteur, installé sur le toit du musée de la Mort du Smithsonian Institute de Washington.

Et s'ils avaient été les seuls à s'envoyer ainsi en l'air sans réfléchir plus avant ! Dans le seul mois qui suivit notre découverte du Continent Ultime, plus de cent cinquante thanatonautes amateurs, désireux de rejoindre le Paradis, disparurent sans retour.

Plus sérieusement, en dépit de toutes les interdictions et de tous les anathèmes, les clercs de toutes confessions repartirent de plus belle à l'assaut de Moch 3. Eux avaient l'avantage de disposer de techniques d'envol déjà inscrites dans leur pratique religieuse et opéraient avec rigueur, utilisant à fond toutes les recettes de leur mythologie. Tout leur était bon pour percer enfin le troisième mur comatique.

Consolation à nouveau, la boutique familiale, au bas de notre thanatodrome, ne désemplissait plus. Rose était devenue notre astronome en chef. C'étaient ses autographes qui étaient à présent les plus recherchés.

161 – MANUEL D'HISTOIRE

Longtemps les hommes ont ignoré ce qu'il y avait au centre même de leur galaxie. Ils savaient que l'univers qui les entourait tournait à la vitesse de 250 millions d'années par tour, mais ils ne savaient pas autour de quoi.

Manuel d'histoire, cours élémentaire 2ᵉ année.

162 – MOCH 4

À l'étonnement général, sous la direction du rabbin Freddy Meyer, l'équipe de la yeshiva libérale de Strasbourg franchit, la première, le troisième mur comatique. Les thanatonautes juifs avaient eu une idée géniale : travailler non plus seul, mais en groupe. Le rabbin Meyer avait en effet constaté que la plupart des décès des explorateurs étaient provoqués par l'étirement de leur cordon ombilical qui, trop fin, claquait bien avant l'approche de Moch 3. Question : qu'est-ce qui est plus solide qu'un seul fil ? Réponse : trois fils tressés. Dès lors, il n'y avait plus qu'à s'envoler en nouant ensemble plusieurs cordons ectoplasmiques.

Méthode : une première ronde de trois rabbins serre et protège le cordon ombilical de deux autres qui, eux-mêmes, protègent celui de leur chef, Meyer, qui peut ainsi s'avancer sur le continent des morts sans risque de rupture.

Le raisonnement de Meyer avait été pragmatique : six élastiques soudés sont plus fermes qu'un seul. Il en irait donc de même avec les cordons ombilicaux.

Évidemment il y avait un risque : une seule défaillance et toute la pièce montée s'effondrait ! Les Strasbourgeois avaient cependant réussi.

En direct sur les chaînes de télévision américaines, le rabbin Meyer annonça qu'au-delà de Moch 3 s'étendait une vaste plaine. À l'infini, des défunts en file indienne avançaient lentement, dans il ne savait quelle attente.

– Si mon père était encore là-bas en train de faire la queue ? s'écria Raoul.

Dès lors, il perdit tout sang-froid. Il voulut rencontrer au plus vite le rabbin thanatonaute et ses disciples. Les Strasbourgeois consentirent volontiers à nous rendre visite dans notre thanatodrome des Buttes-Chaumont.

Le rabbin Meyer, petit bonhomme chauve, arborait une paire d'épaisses lunettes noires qui lui donnait bizarre allure. Surprise : derrière les verres, ses yeux étaient fermés. Comme il était affalé dans un fauteuil du penthouse, je crus d'abord qu'il dormait mais quand il se mit à parler, les paupières toujours closes, je compris que ce pionnier de l'infini était aveugle. Aveugle !

– Ça ne vous gêne pas pour thanatonauter ?

– Un ectoplasme n'a pas besoin d'yeux.

Il sourit, le visage tourné vers moi. Il lui suffisait d'entendre ma voix pour savoir exactement où je me trouvais.

Il s'empara de ma main et je compris que, par ce contact, il apprenait tout de moi. Il percevait ma personnalité à travers la chaleur de ma paume, la moiteur de ma sueur, les lignes sur ma peau, la forme de mes doigts.

– Vous n'avez pas de canne blanche, constatai-je.

– Inutile. Je suis peut-être aveugle mais je ne suis pas boiteux.

Ses disciples pouffèrent. Visiblement, ils adoraient leur maître et ses facéties. Moi, cet humour me mit mal à l'aise. Les gens frappés de cécité sont censés être tristes et accablés et non pas rieurs et plaisantins. En plus, il s'agissait là d'un religieux et d'un savant érudit, donc d'un homme sérieux par excellence.

Méfiant, Raoul fit voleter ses longues mains à quelques centimètres de ses lunettes. Meyer protesta, impassible :

– Cessez d'agiter vos doigts. Vous provoquez un courant d'air et ça risque de m'enrhumer.

– Vous n'y voyez vraiment rien ?

– Non, mais je ne me plains pas. Je pourrais aussi être sourd. Ça, ça doit être vraiment pénible.

Ses élèves étaient aux anges. Lui reprit, plus gravement :

– Vous savez, on trouve davantage d'informations intéressantes dans les sons que dans les images. Avant d'être aveugle et rabbin, j'étais chorégraphe et, depuis toujours, j'aimais jouer du piano. C'est une fugue de Bach qui m'a donné l'idée de tresser les cordons ombilicaux.

Le rabbin se dirigea sans aide vers le piano, tira le tabouret et s'assit. Une musique quasi mathématique résonna sous la verrière enchantant les plantes vertes de notre décor tropical.

– Écoutez ce passage. Vous percevez les deux voix ?

Je fermai les yeux pour mieux entendre. Effectivement, ainsi concentré, je discernai deux voix qui se superposaient. Meyer commenta :

– Bach était un génie de la tresse. En mêlant deux voix, il donne l'illusion d'en créer une troisième qui n'existe pas et qui est pourtant plus riche que la somme des deux précédentes. Cette technique vaut pour tout, pour la musique, pour l'écriture, pour la peinture et que sais-je encore ? Gardez bien vos paupières closes.

Je songeai à la découverte qui m'avait permis de mettre le moine-ectoplasme en déroute. Les yeux empêchent parfois de voir. En me contraignant à l'obscurité, je compris mieux les propos du rabbin. Il égrenait des notes. Deux voix coexistaient mais l'air qu'on entendait ne ressemblait à aucune. Pour moi, la musique n'avait constitué jusque-là qu'un arrière-fond, parfois agréable, parfois déplaisant, de l'existence. De la saisir soudain comme une science pure fut un bouleversement. Je n'avais jamais fait qu'entendre, j'apprenais à écouter.

Freddy Meyer s'esclaffa sans cesser de jouer.

– Excusez-moi, quand je suis heureux je ne peux m'empêcher de rire.

Amandine déposa un Bloody Mary sur le piano. Le rabbin s'interrompit pour le boire. Nous le considérions tous avec le même regard extasié que ses disciples. Ensuite, il nous conta son voyage.

Passé Moch 3, s'étendait une zone très vaste et surpeuplée. Dans une immense plaine cylindrique, s'entassaient des ectoplasmes aux cordons coupés. Il y avait là des milliards de morts patientant dans une plaine orange où ils paraissaient en transit. Ils étaient là comme un long fleuve, se déplaçant lentement. Ils ne volaient plus, ils se traînaient. Il était facile de les survoler. Au centre du fleuve, les défunts se serraient en grappes drues. Ils avançaient un peu plus vite à la périphérie, se regroupant pour discuter ensemble de leur vie antérieure. Des savants se disputaient sur la primauté de leurs inventions. Des actrices se chamaillaient sur la qualité de leurs interprétations. Des écrivains critiquaient sans aménité leurs œuvres respectives. Mais la plupart des morts se contentaient d'avancer doucement. Certains semblaient là depuis une éternité. Bien sûr, comme dans toutes les foules, il y avait des gens pour chercher à doubler tout le monde en jouant des coudes !

Voilà, après le troisième mur comatique, il y avait cette gigantesque queue. Peut-être les défunts étaient-ils soumis à une épreuve du temps ? Peut-être voulait-on leur enseigner la patience ? Leurs gestes étaient ralentis. Ils restaient là à ne rien faire, simplement à attendre.

– L'épreuve du temps... C'est peut-être cela l'enfer, dis-je.

– Oui, mais en tout cas, pas pour nous. Pas pour les thanatonautes. Nous, nous sommes capables de voler par-dessus les myriades de morts qui encombrent le cylindre orange. D'ailleurs, la contrée est assez belle, semblable un peu à ce qu'on m'a dit des photos prises de la planète Mars. Il y a là, autour du fleuve central des morts, des berges, des coteaux, et au loin une lumière comme un soleil merveilleux. Un soleil tellement attirant et vers lequel se déverse le flot des trépassés... Je n'ai pourtant pas osé m'aventurer trop loin en ce quatrième territoire. Je craignais de m'embourber dans le temps tandis que mes amis rabbins, les pauvres, m'attendaient dans le... rouge couloir des plaisirs.

Raoul Razorbak consignait au fur et à mesure les propos de Freddy Meyer :

– Décrivez-nous plus précisément cette zone, je vous en prie, rabbi.

– Plus on avance et plus l'atmosphère se réchauffe.

Plus les parois du cylindre tournent vite. J'ai ressenti l'impression d'être enfermé dans une moulinette fonctionnant au ralenti, tout en sachant qu'au fond je serais broyé. Cette sensation de vitesse contraste singulièrement avec la patience et la lenteur exigées des âmes qui sont là. Que ces murs tournoient si rapidement donnerait au contraire l'envie de courir et de se mouvoir au plus vite, et pourtant, c'est impossible !

– C'est à cause de la force centrifuge du trou noir, signala Rose.

Amandine s'étonna :

– Votre ectoplasme perçoit réellement la chaleur et la vitesse ?

– Mais oui, mademoiselle. Nous n'en souffrons pas mais nous les ressentons.

Le rabbin souleva puis reposa la calotte noire sur sa tête, affichant son perpétuel air de bébé. Il touchait à tous les objets autour de lui comme à autant de hochets. Il avait senti, sans doute plus fortement que moi, la note de séduction dans la voix d'Amandine mais il ne s'en offusquait pas. Ce petit juif souriait, hilare, tel un gros bouddha.

– Vous n'avez pas été impressionné par le spectacle de tous ces morts ? demanda la jolie blonde, très admirative.

– Oh, après les quelques premiers milliards, c'est comme pour tout, on s'habitue, dit-il sobrement.

Raoul s'empara de la carte. Avec satisfaction, il effaça, pour la repousser, la mention *Terra incognita* et nota les indications du rabbin Meyer.

Le territoire rouge se termine par Moch 3 débouchant sur :

TERRITOIRE 4

– Emplacement : coma plus 27 minutes.
– Couleur : orange.
– Sensations : lutte contre le temps, salle d'attente, « ciel » tournant, plaine immense. Zone de courants d'air, balayée par les vents. Milliards de morts s'avançant en file indienne en un vaste fleuve de couleur grise (normal, il est formé d'ectoplasmes). On y affronte le temps. On y apprend la patience. On peut s'y entretenir avec des morts célèbres.

– Rabbin, avez-vous « perçu » le fond du couloir ? s'enquit Amandine.

– Appelez-moi Freddy, je vous en prie. Et n'hésitez pas à prononcer le verbe « voir ». En tant qu'ectoplasme, je vois parfaitement. Sorti de son corps, on ne souffre plus d'aucun handicap. Enfin, pour répondre à votre question, oui, j'ai vu au fond, droit devant à plusieurs centaines de mètres, un autre mur. Moch 4 ?

– Était-il plus étroit que Moch 3 ? interrogea Raoul.

– À peine. Moch 4 doit faire les trois quarts du diamètre de Moch 3.

Raoul nota.

– La courbe de l'entonnoir est donc tangente. Plus on avance, plus la trompette devient tuyau. Encore une question, rabbin...

– Appelez-moi Freddy.

– D'accord. Dites-moi, Freddy, n'auriez-vous pas aperçu dans la file d'attente un homme d'environ quarante ans, avec une mèche comme ça, des lunettes, une dégaine comme la mienne et des mains toujours enfoncées dans ses poches ?

Pour une fois, Freddy ne rit pas.

– Vous parlez d'un parent à vous ?

– De mon père, murmura Raoul, si bas que nous eûmes peine à l'entendre. Il est mort il y a près de trente ans.

– Trente ans..., soupira Freddy. Je crois que vous n'avez pas bien compris mes propos. Il y avait des milliards de défunts dans cette file. Comment aurais-je pu les examiner un par un ? Comment aurais-je pu distinguer votre père parmi cet immense troupeau ?

– C'est vrai, rougit Raoul. Ma question était stupide. Mais mon père est mort si tôt et j'étais encore si jeune... Il est parti en emportant son mystère.

– Et si ce mystère constituait précisément votre héritage ? dit le rabbin. En vous abandonnant dans le doute, il vous a légué le moteur qui a entraîné par la suite toutes vos entreprises.

– Vous croyez vraiment ?

Le Strasbourgeois pouffa de nouveau.

– Comment savoir ? Par moments, j'ai tendance à

confondre un peu psychanalyse et Cabale ! Les deux sont parfois liées. Vous êtes sûrement plus calé que moi là-dessus.

Raoul soupira :

– J'aurais tant de choses à lui demander... C'est lui qui, le premier, a eu l'idée de la thanatonautique.

Les disciples brisèrent le malaise qui s'instaurait en réclamant de visiter notre thanatodrome. Ils examinèrent avec respect notre attirail de propulsion. Eux se contentaient de méditation et d'une décoction de racines amères. Nous leur montrâmes comment détecter l'instant précis du décollage grâce à notre récepteur d'ondes gamma, comment nous programmions les retours grâce à une minuterie électrique faisant également office de sécurité.

Ils étaient passionnés.

– Avec de tels appareils, nous améliorerons encore nos performances ! s'exclama le vieux sage.

Encore une synergie. Nos talents mutuels s'additionneraient pour en dépasser la simple somme. Deux modes de penser différents. Deux mélodies qui s'uniraient pour créer une nouvelle musique.

163 – FICHE DE POLICE

Nom : Meyer
Prénom : Freddy
Cheveux : Blancs
Yeux : Bleus
Taille : 1 m 60
Signes particuliers : Rabbin, porte en permanence une calotte sur la tête
Commentaire : Pionnier de la thanatonautique. Inventeur de la technique des cordons tressés qui permit le franchissement de Moch 3
Point faible : Aveugle

164 – CÉCITÉ ET CLAIRVOYANCE

Nous logeâmes les six rabbins de la yeshiva de Strasbourg dans les appartements du premier étage. Au rez-de-chaussée, ils s'exercèrent à de nouvelles chorégraphies afin de tisser plus solidement leurs cordons en vue de prochains envols.

Les uns après les autres, ils décollèrent à partir du fauteuil de notre thanatodrome. Quand ils se furent familiarisés avec nos méthodes, nous installâmes de nouveaux trônes de départ et ils reprirent leurs envols collectifs.

Stefania partait souvent avec eux, faisant parfois la pointe de la pyramide ectoplasmique. À les voir décoller et revenir ensemble, ils semblaient tous bien s'amuser, là-haut. Freddy était toujours rieur à son réveil, comme s'il venait de s'en payer une bonne tranche !

Sa gaieté me troublait. Freddy était non seulement rabbin, mais aveugle et vieux. Trois raisons de faire preuve de davantage de tenue ! Et puis, je ne comprenais pas qu'on puisse thanatonauter en plaisantant. La mort, c'était tout de même quelque chose d'effrayant.

Moi, j'avais toujours pris la mort et l'amour au sérieux. Tous deux exigent de la gravité. Les femmes en pâmoison ont toujours présenté des masques de douleur.

Une fois, après un atterrissage, j'entendis le rabbin raconter une blague plutôt grivoise. « Ce sont deux vieux qui se souviennent d'un hôtel où, après le dîner, on a droit à un spectacle assez peu ordinaire. Un artiste sort son sexe et, l'utilisant comme un maillet, casse d'un coup trois noix. Ils y reviennent un peu plus tard, le spectacle continue. L'artiste a vieilli mais il est toujours là. Cette fois, il casse non plus trois noix normales mais trois noix de coco. À la fin, les deux vieux vont voir l'homme dans sa loge et lui demandent pourquoi il a procédé à cet échange. Et l'artiste de répondre : "Ah ! Vous savez ce que c'est, avec l'âge, la vue baisse". »

Les autres rirent. Moi, j'étais un peu choqué.

Que le rabbin, malgré sa fonction, prenne la mort à la légère, me heurtait. Je lui en fis la remarque.

— Quelqu'un, quelque part, a mal interprété la parole divine, déclara-t-il. Un prophète un peu sourd a compris « Dieu est amour » au lieu de « Dieu est humour » ! Tout est drôle, y compris la mort. Comment aurais-je pu accepter ma cécité sans humour ? Il faut rire de tout et sans retenue.

— Ce type est un peu bizarre, dis-je à Stefania.

Elle n'était pas de mon avis. La méditation tibétaine lui avait permis de mieux comprendre le sage alsacien. Freddy en avait terminé avec son cycle de réincarnations. Ceci serait sa dernière vie. Il ne serait plus ensuite qu'un pur esprit, libéré de toute souffrance. Il n'avait donc plus rien à prouver. Il était apaisé, à présent. Lors des précédentes migrations de son âme, il avait déjà connu l'amour, l'art, la science, la compassion. Maintenant, il touchait presque à la connaissance absolue. C'était de sa profonde sérénité qu'émanait cette bonhomie contagieuse. Quant à ses blagues, si elles me choquaient, c'était parce que j'avais moi-même la tête farcie d'interdits.

Il était vrai qu'autour du rabbin flottait comme une aura d'ondes bénéfiques. Si Stefania avait raison, je l'enviais. J'aurais bien aimé, moi aussi, en avoir fini avec mon cycle de vies. Avoir tout compris par-delà les apparences. Disposer d'une âme apaisée. Hélas, j'étais encore jeune sur cette terre. Je n'en étais probablement qu'à ma centième ou deux centième incarnation. Mon karma était encore assoiffé de connaissances et de conquêtes.

Heureusement que Freddy ne rechignait pas à nous délivrer son savoir ! Le soir, nous faisions cercle autour de lui dans le penthouse et il nous contait, gravement cette fois, des récits de la Cabale et nous enseignait le sens secret des mots et des chiffres.

— Selon la Cabale, nous sommes tous immortels, la mort n'étant qu'une étape du développement intérieur qui déterminera la phase suivante de notre existence. La mort n'est qu'un seuil. Elle ouvre une porte sur une autre vie. À nous d'être le plus lucide et serein possible ! La peur, la confusion mentale, le refus de mourir sont les pires états qu'on puisse connaître. Plus l'être est en paix, plus il est à même d'accomplir en douceur une transition réussie vers un autre monde. Il est écrit dans le *Zohar* : « Heureux celui qui meurt la conscience claire. La mort n'est que le passage d'une maison à une autre. Si nous sommes sages, nous ferons de notre prochaine demeure une maison plus belle. » Et le rav Elimelech de Lizensk, toujours si joyeux, s'écriait : « Pourquoi ne me réjouirais-je pas, sachant que je suis sur le point de quitter ce bas monde pour entrer dans le monde supérieur de l'Éternité ? »

Amandine mangeait des yeux ce thanatonaute qui, entre tous, s'était avancé le plus loin possible dans le Continent Ultime. Elle s'étonna que la croyance en la réincarnation fasse partie de la religion juive.

– Il s'agit d'un enseignement secret, expliqua le petit homme chauve en secouant sa calotte. D'ailleurs, rares sont les rabbins qui partagent mes idées. Je suis réformiste, libéral et cabaliste. Autrement dit, je sème la pagaille en matière de judaïsme.

– Quand même, insista Amandine, existe-t-il dans votre religion une procédure pour mourir ?

– Bien sûr. Les mourants ont pour instructions de clore les portes de leurs sens, de se concentrer sur le centre psychique du cœur et de stabiliser leur souffle. Alors, est-il écrit dans le *Zohar,* l'âme prendra le plus haut de tous les chemins.

Le plus haut de tous les chemins... Nous nous tûmes, tentant de l'imaginer.

– Vous vous servez de méditation pour décoller. Quelle est votre technique ? demanda Stefania. Vous est-elle propre ou l'avez-vous aussi tirée de vos enseignements ?

– Notre méthode nous vient des temps les plus anciens. Nous la nommons Tsimtsoum. Le prophète Ézéchiel s'en servait déjà, sept siècles avant Jésus-Christ. Le rabbin Aaron Roth la codifia ensuite dans son *Traité sur l'agitation de l'âme,* suivi par la suite par Maïmonide et le rabbin Isaac de Louria. Tsimtsoum signifie « retrait ». Pour faire tsimtsoum, méditer donc, il faut devenir un instant comme étranger à son corps, le regarder de loin et observer tout ce qui lui arrive.

– Comment y parvenez-vous, en pratique ?

– Nous nous concentrons sur notre respiration et plus particulièrement sur l'action de l'air sur notre sang et l'action du sang sur notre organisme.

– Votre méthode n'est pas très différente de la mienne, commenta Stefania, la bouddhiste tibétaine.

Freddy rit de bon cœur.

– Oui, mais si on se veut résolument moderne, on peut

se décorporer de bien d'autres manières. Rien ne vaut une bonne cuite ou une bonne partie de jambes en l'air !

Coup de froid.

– Ah, Freddy ! Vous ne pouvez jamais vous arrêter de plaisanter, protesta à moitié Amandine.

– Mais non, fit-il très sérieusement. Tous les actes de notre vie sont des actes sacrés : manger, boire, respirer, faire l'amour, autant de manières d'honorer Dieu et l'existence qu'il nous a confiée !

Comment distinguer une expression dans les yeux vides derrière les épaisses lunettes noires ? Un sourire d'enfant illumina le visage ridé quand le rabbin récita des aphorismes que, précisa-t-il, il avait appris de son maître spirituel, le rav Nachman de Bratslav :

– C'est un grand devoir d'être toujours dans la joie, d'éloigner de toutes nos forces tristesse et amertume. Toutes les maladies qui fondent sur l'homme ont pour origine la dégradation de la joie. Celle-ci provient d'une distorsion du « chant profond » (Nigoun) et des dix rythmes vitaux (Defiquim). Quand joie et chant s'éteignent, la maladie s'empare de l'homme. La joie est le plus grand des remèdes. Il nous faut donc trouver en nous un seul point positif et nous y attacher. Poil au nez.

Sur ce, il réclama à Amandine sa boisson favorite, un Bloody Mary, l'avala d'un trait et déclara qu'il était temps pour lui et ses disciples de se coucher.

165 – DÉCORPORATION

Rose et moi décidâmes un soir de nous décorporer conformément aux enseignements de Freddy. Après nous être contentés de nourritures légères pour dîner, nous nous étendîmes sur le sol, à même la moquette synthétique. Nous nous concentrâmes sur notre respiration et le sang baignant notre organisme.

Toujours suivant les indications de Freddy, si une crampe surgissait, nous absorbions notre douleur avant de l'oublier et, chaque fois que notre esprit s'égarait, nous ramenions le vide en nous en ne songeant plus qu'à contrôler notre souffle.

Nous passâmes ainsi une demi-heure immobiles sur le plancher, le dos en compote, avant d'être ensemble pris de fou rire. Apparemment, la méditation juive, ce n'était pas notre tasse de thé.

Mutine, Rose me mordilla l'oreille :

– Freddy a parlé également de plus agréables façons de sortir de son corps.

Je caressai ses longs cheveux noirs :

– Je n'aime pas tant me saouler. L'alcool ne m'apporte pas la félicité, rien que des nausées et un fameux mal de crâne !

– Reste une autre technique, fit-elle, étirant voluptueusement ses membres endoloris avant de se précipiter dans mes bras.

Prestement, nous nous déshabillâmes mutuellement.

– Il est dit que, pour bien méditer, il faut se débarrasser de tout ce qui nous alourdit, rappela mon épouse.

– Il est dit que, pour bien méditer, il faut sentir le sang battre dans ses tempes. Et je le sens, répondis-je, incorrigiblement scientifique.

– Il est dit que, pour bien méditer, il importe de s'allonger confortablement sur un lit, dit Rose, m'entraînant vers notre moelleuse couche conjugale.

Nos corps s'enlacèrent et progressivement nos esprits s'unirent vers la joie. Nos deux enveloppes charnelles s'étirèrent timidement hors de nos carcasses brûlantes pour fusionner au-dessus de nos têtes, le temps de quelques secondes d'extase.

166 – PHILOSOPHIE AUROVILLIENNE

« L'Évolution ne consiste pas à devenir de plus en plus saint ou de plus en plus intelligent ou de plus en plus heureux. L'Évolution consiste à devenir de plus en plus conscient. Il faut beaucoup de temps avant de pouvoir supporter la vérité des vies anciennes. Plus le corps psychique grandit, plus ses souvenirs mentaux deviennent clairs d'une vie à l'autre.

La mort n'est plus ce masque grimaçant qui nous rappelle que nous ne nous sommes pas trouvés mais un passage tranquille d'un mode d'expérience à un autre. Jusqu'au jour où nous aurons assez grandi pour infuser assez de conscience dans ce corps afin qu'il rende notre esprit immortel. »

Satprem, *Sri Aurobindo ou l'Aventure de la Conscience.*

Extrait de la thèse *La Mort cette inconnue*, par Francis Razorbak.

167 – PERTES

Raoul avait dessiné la galaxie en plaçant en son centre une sorte de bouche d'évier en trompette. Le Continent Ultime. Ce qu'il y avait de plaisant dans cet emplacement, c'est qu'il répondait au besoin naturel qu'ont toujours eu les humains de connaître le centre du monde. Successivement, ils ont cru qu'il s'agissait d'une ville, puis d'un pays, puis de la Terre, puis du Soleil. Nous savions désormais que le système n'était qu'une broutille, à la périphérie d'une immense galaxie, laquelle avait pour centre un aspirateur broyeur de tout et même d'âmes.

Dieu logeait-il là ? Y avait-il ainsi des dieux tapis au centre des millions de galaxies qui forment l'Univers ? Rien que d'y penser me donnait le vertige. Quel casse-tête !

Le président Lucinder vint inspecter le nouvel agencement de notre thanatodrome. Nous disposions désormais de huit fauteuils d'envol, un pour Stefania, les autres pour Meyer et ses disciples.

Plaçant l'Assemblée nationale devant l'étendue de nos percées sur le Continent Ultime, le chef de l'État avait réussi à débloquer un véritable budget de guerre pour la thanatonautique. Il n'aurait plus à jongler entre caisse noire et Anciens Combattants et nous pourrions acquérir une antenne radio-astronomique d'un format gigantesque. Ainsi, nous pourrions enfin voir nombre d'âmes en partance pour l'audelà et pas seulement les ectoplasmes de nos compagnons.

Curieux, Lucinder demanda ensuite à assister à un envol

groupé. Freddy dessina pour lui la figure que sa bande effectuerait là-haut. Le Président remarqua qu'elle ressemblait à une ronde de parachutistes se tenant par la jambe. Freddy en convint, précisant toutefois qu'il fallait en plus veiller à bien tresser les cordons ombilicaux.

– Vous devriez venir avec nous, Président.

– Merci bien, répondit notre protecteur. J'y suis déjà allé une fois mais je crois être plus utile à la cause de la thanatonautique en étant chef d'État plutôt qu'ectoplasme.

L'équipe prit place dans les bulles de protection. Tous en position du lotus et vêtus de leur uniforme blanc, ils étaient assez impressionnants.

– Six... cinq... quatre... trois... deux... un. Décollage !

Huit *slash* crépitèrent les uns après les autres dans le récepteur radio. Stefania était partie la première. Normal, elle serait là-haut en tête de l'échafaudage.

Je déclenchai mon chronomètre, plaçai les minuteries de secours sur « coma plus cinquante minutes », puis, grâce à notre antenne parabolique, nous suivîmes le trajet de notre commando d'âmes. Il y avait près d'une heure à attendre. D'humeur enjouée, Lucinder proposa une partie de cartes. Nous nous installâmes autour d'un guéridon pour un gin-rummy, tout en lorgnant de temps à autre vers les écrans de contrôle.

Raoul fut le premier à jaillir de sa chaise, la renversant presque.

– Un rabbin est mort ! s'exclama-t-il.

– Quoi ! Comment ? s'effara Lucinder.

Je découvris avec affolement que l'électrocardiogramme et l'électroencéphalogramme d'un des membres de la yeshiva de Strasbourg étaient plats.

– Il a dû se produire une catastrophe, là-haut !

– Ils auraient passé le quatrième mur pour chuter dans un monde infernal ?

Je secouai la tête.

– Impossible. Il n'est que « coma plus vingt-sept minutes ». Ils sont encore dans le deuxième territoire, le pays noir.

Je me précipitai sur tous les instruments de contrôle. Tous les corps charnels étaient nerveux. Quel drame connaissaient-ils, là-bas ? Amandine tâta le pouls des sept survivants. Elle frémit. Un second rabbin nous avait quittés !

– Je n'y comprends rien, fit-elle, se tordant les mains. Ils ont déjà traversé maintes fois cette zone sans problèmes. Ils devaient bientôt tresser leurs cordons...

Dans le laboratoire, l'ambiance n'était plus qu'angoisse. Raoul était rivé au pouls de Stefania. Je me concentrai sur les récepteurs radio. C'était étrange. Il y avait abondance de signaux et ils ne correspondaient pas tous à ceux de nos amis. Étions-nous confrontés à des âmes parasites, des âmes pirates ? Quelque autorité supérieure aurait-elle décidé de couper la « route de l'au-delà » ?

Nous vérifierions ces assertions plus tard. Pour l'heure, il était urgent de limiter l'hécatombe et de ramener au plus vite nos amis avant que tous ne trépassent.

Ensemble, nous nous dépêchâmes de déclencher les minuteries. Six thanatonautes furieux ouvrirent successivement les yeux. Tous tremblaient de colère. Stefania semblait mimer encore une lutte.

– Que s'est-il passé ? Que s'est-il passé ?

Difficilement, elle prononça un nom :

– Les Haschischins !

168 – HISTOIRE HASCHISCHINE

Il y eut jadis des hommes qui crurent avoir découvert le paradis sur terre : les Haschischins.

Sont connus sous l'appellation de « Haschischins » les ismaéliens adeptes de la réforme d'Hasan i-Sabbah. Ils furent ainsi nommés parce qu'ils consommaient beaucoup de haschisch avant de se lancer dans des commandos-suicide. Leur célébrité est telle qu'ils sont à l'origine du mot français « assassin ».

La secte est issue d'une branche de l'Islam chiite. Ses membres se déclarèrent partisans du neveu de Mahomet, lequel, étant descendant du Prophète par les femmes, n'était pas reconnu par l'ensemble des musulmans.

Selon les témoignages du voyageur vénitien Marco Polo (1323) et de nombreux historiens persans, les Haschischins vivaient dans la forteresse d'Alamut, à 1800 mètres d'altitude, dans le Mazenderan, au sud de la mer Caspienne. Confinés dans leurs montagnes et ne disposant pas des moyens d'entreprendre des guerres conventionnelles, ils imaginèrent d'envoyer des commandos de six hommes (les fidawis) chargés de poignarder des chefs ennemis, le plus souvent tandis qu'ils se livraient à leurs dévotions dans des mosquées.

Le maître de ces assassins était sacré « Vieux de la Montagne ». Le premier d'entre eux fut évidemment Hasan i-Sabbah, le fondateur de la secte.

Ceux désignés pour commettre les meurtres étaient anesthésiés avec du haschisch, introduit dans leur nourriture sous forme de pâte mêlée à de la confiture de rose. Le Vieux de la Montagne leur parlait longuement et les hommes s'endormaient car le haschisch est une drogue soporifique et non pas excitante. Assoupis, ils étaient transportés dans un jardin secret, au fond de la forteresse d'Alamut. À leur réveil, ils s'y retrouvaient environnés de jeunes esclaves, filles et garçons, empressés à réaliser tous leurs désirs sexuels. Ils étaient arrivés en guenilles. Ils se découvraient en robe de soie verte rehaussée de fils d'or et, tout autour, c'était le Paradis : vaisselle de vermeil, vins suaves à profusion, roses aux délicats parfums, haschisch à volonté. Drogue, sexe, alcool, luxe et volupté ! Ils étaient convaincus d'être dans les jardins d'Allah, d'autant plus que ce lieu était une oasis particulièrement rare en une région aride et montagneuse.

Ils étaient ensuite de nouveau anesthésiés à la pâte de haschisch, puis ramenés au point de départ dans leurs anciennes défroques. Le Vieux de la Montagne leur déclarait alors que, grâce à ses pouvoirs, ils avaient eu la chance de goûter furtivement au Paradis d'Allah. À eux d'y retourner définitivement en mourant en guerriers ! Le sourire aux lèvres, les fidawis partaient alors docilement assassiner vizirs et sultans. Arrêtés, ils marchaient au supplice, le visage extasié.

Il n'y avait que les prêtres haschischins de haut échelon (sixième degré) à connaître le secret des faux jardins d'Allah.

La secte s'occupa d'abord de ses propres intérêts en promouvant le message d'Hasan i-Sabbah. Puis les Vieux de la Montagne constatèrent que leurs sbires fanatisés pouvaient rapporter gros. Ils louèrent leurs services au plus offrant. Les assassins se précipitaient pour se porter volontaires quand leur chef demandait : « Lequel d'entre vous me débarrassera de tel ou tel ? » Ainsi périt, entre autres, la poétesse Açma, fille de Marwan, qui avait osé médire de ses alliés médinois, lesquels firent aussitôt appel aux bras mercenaires des haschischins.

La forteresse d'Alamut fut conquise en 1253 par le grand khan mongol Hulagu, général du grand khan chinois Mongkha. Les assassins eurent beau réclamer l'appui des sultans qu'ils avaient aidés, ceux-ci se gardèrent bien d'intervenir, trop contents de se débarrasser de ces dangereux trublions.

Les haschischins massacrés purent vérifier qu'ils n'avaient connu qu'un ersatz de Paradis. Un monde sacré artificiel, fabriqué par les hommes pour les illusionner.

Extrait de la thèse *La Mort cette inconnue,* par Francis Razorbak.

169 – MERCENAIRES DE L'AU-DELÀ

– Nous avons été attaqués par des ectoplasmes pirates, expliqua Stefania, encore haletante, l'uniforme frissonnant sous ses seins lourds. Ils étaient une vingtaine, dissimulés derrière le premier mur comatique. Profitant de l'effet de surprise, ils ont coupé de leurs dents les cordons de Lucien et d'Albert.

Freddy avait découvert avec étonnement que le monde des ectoplasmes possède ses propres normes. En rêve, les gens peuvent bien se battre et le sang couler. De même, dans le Continent Ultime, des ectoplasmes de même nature peuvent lutter entre eux et se couper leurs cordons ombilicaux terrestres. Il venait de le découvrir mais ne savait pas comment expliquer le phénomène. Peut-être suffisait-il d'une émission de haine ou d'agressivité pour provoquer la violence ? En tout cas, les deux pauvres rabbins avaient été proprement aspirés par la lumière au fond de l'entonnoir.

Et comment Stefania et Freddy pouvaient-ils aussi aisément désigner leurs assaillants comme étant des «haschischins»? Transmission de pensée entre âmes. Meyer avait d'abord cru à une bataille organisée par des Arabes. Réflexe manichéen : Arabes contre Juifs, ç'aurait été trop simple. Ceux-là étaient les derniers descendants des haschischins, lesquels voyaient dans cette attaque contre des rabbins un excellent moyen de réveiller la guerre sainte et de s'autodésigner comme le fer de lance de l'Islam conquérant. Ils veilleraient à ce que l'escarmouche connaisse une vaste publicité dans le monde musulman.

Stefania était furibonde.

— Ils se sont jetés sur nous. Ils nous ont empoignés. Ils tentaient de casser nos cordons en les tirant d'un coup sec ou en les enroulant sur leur cheville. L'effet de surprise passé, nous nous sommes défendus !

— Et drôlement, même ! renchérit Freddy. Nous avons à notre tour expédié *ad patres* trois de ces pirates. Ils savent désormais que nous ne nous laisserons pas «assassiner» sans réagir.

Le combat s'était déroulé un peu à la façon d'une bataille sous-marine entre hommes-grenouilles, sauf qu'au lieu de couper le tube d'arrivée d'air comprimé, il s'agissait de saboter les cordons argentés. Alentour, les défunts du jour s'effaraient de voir des thanatonautes s'entre-tuer !

Le président Lucinder, qui avait pourtant décidé d'arrêter de fumer depuis déjà trois jours, s'empara d'une des cigarettes biddies de Raoul.

— À long terme, dit-il en exhalant d'odorantes volutes d'eucalyptus, il faudra déclarer le Continent Ultime «zone démilitarisée». Quiconque y pénétrera chargé d'intentions belliqueuses en sera immédiatement chassé.

— Par des bataillons d'ectoplasmes onusiens ? ricana Stefania.

— Pour l'heure, nous sommes impuissants. Tout le monde a le droit de monter là-haut, y compris les haschischins, et nous sommes incapables de les maîtriser au sol. Nous ne pouvons pas déclencher un conflit, même local, pour protéger un Continent Ultime qui appartient somme toute à tout le monde.

Je n'avais encore jamais réfléchi aux aspects diplomatiques de notre exploration. D'ordinaire, les pionniers plantaient le drapeau de leur pays sur le territoire qu'ils découvraient. Ainsi naissaient les colonies. Venaient d'abord les explorateurs, puis les défricheurs, ensuite les commerciaux et enfin les administrateurs. À coups de guerres territoriales, on dessinait à volonté de nouvelles frontières, parfois tracées avec une règle comme pour de nombreux pays d'Afrique. Mais nous, nous n'avions marqué en rien les zones que nous avions pénétrées, si bien que le Continent Ultime n'était actuellement la propriété d'aucune nation. De toute évidence, les premiers à user de la force pour s'en emparer risquaient d'en devenir les maîtres. Comme au Far West, ce serait à qui dégainerait le plus vite !

Naïf que j'étais, je m'étais toujours figuré que des hommes et des femmes rompus à la méditation et capables de jouer leur vie sur nos fauteuils d'envol ne pouvaient être que de braves gens, animés du seul souci de faire reculer les limites de la connaissance.

Finie l'aventure, finis les cascadeurs de la mort, finis les mystiques rêveurs ! Avec la vulgarisation des envols, se reproduiraient là-haut tous les problèmes que nous avions mis tant de temps à résoudre ici-bas. Dans l'au-delà, n'importe quelle secte, n'importe quelle horde de fanatiques, n'importe quelle bande de coquins s'avéraient aussi puissantes qu'un Etat. Quelques haschischins ne représentant qu'une cinquantaine de meurtriers écervelés menaçaient de s'approprier le Paradis, simplement parce qu'ils avaient été les premiers à avoir eu l'idée de le prendre par la force !

Comment les contrer ?

Le président Lucinder parut découragé :

— De la prudence, mes amis. Il importe d'éviter tout incident diplomatique ou politique avec le Liban, l'Iran et encore plus l'Arabie Saoudite.

Stefania s'indigna :

— Mais ni l'Iran, ni le Liban, ni l'Arabie Saoudite ne soutiennent les haschischins. Ils sont les ennemis de tous les Arabes.

— Même les autres chiites les détestent et les méprisent, renchérit un rabbin rescapé.

— Allez savoir ! gémit presque Lucinder. Les Saoudiens

se sont mis en tête de construire un gigantesque thanato-drome non loin de La Mecque. À quels mercenaires ont-ils pu faire appel pour prendre la tête de la course ? Or ils sont nos principaux pourvoyeurs de pétrole et nous ne pouvons pas nous offrir le luxe de nous fâcher avec eux, même pour quelques petits problèmes de thanatonautique.

– Mais c'est de vie et de mort qu'il s'agit, protesta Rose.

– Désolé, mes enfants, mais je dois d'abord me préoccuper des sept milliards d'êtres qui, sur notre planète, ont l'âme bien chevillée au corps et, plus particulièrement, des soixante millions d'individus dont une bonne moitié d'électeurs qui, dans notre pays, circulent dans des voitures qui roulent grâce au pétrole, se vêtent de tissus issus du pétrole, se réchauffent au pétrole, se...

– En ce cas, si nous dénichions un émir saoudien prêt à s'allier avec nous ? demandai-je à brûle-pourpoint.

– En ce cas, carte blanche ! dit le chef de l'État en ouvrant largement les bras.

170 – THÉOLOGIE CORANIQUE

« Dieu a assigné à ceux-ci un rang plus élevé qu'à ceux-là. Il a fait de belles promesses à tous mais il a destiné aux combattants une récompense plus grande encore qu'à ceux qui restent dans leurs foyers. »

Coran, sourate IV, 97.

Extrait de la thèse *La Mort cette inconnue,* **par Francis Razorbak.**

171 – ÇA SE COMPLIQUE

Les haschischins n'avaient été que les précurseurs d'une guerre de religion que nous n'avions pas prévue. Certes, tout au début de nos expériences, nous avions vu des clercs rivaliser d'ardeur pour arriver les premiers dans le monde des morts mais jamais nous n'avions imaginé que le conflit puisse prendre une telle ampleur.

Hindouistes contre musulmans, protestants contre catholiques, bouddhistes contre shintoïstes, juifs contre islamistes : ce furent d'abord les principales confessions qui s'empoignèrent aux abords du Continent Ultime. Entrèrent ensuite en lice dissidents et confréries soucieux d'autonomie : chiites iraniens contre sunnites syriens, dominicains contre jésuites, taoïstes de la ligne Tseu contre partisans de Tchang-tseu, luthériens contre calvinistes, juifs libéraux contre juifs ultra-orthodoxes et antisionistes, mormons contre amishs, témoins de Jéhovah contre adventistes du Septième Jour, adeptes de la secte Moon contre disciples de la scientologie !

J'ignorais que la théologie comptât tant de nuances. Je découvrais qu'il existait tant de dissensions entre les religions humaines qu'il était inutile d'espérer que les croyants de toutes confessions se retrouveraient un jour là-haut par le seul désir d'œcuménisme.

Tandis que des ectoplasmes se tendaient des embuscades et s'entre-tuaient au nom de leur foi, je relisais les notes où Raoul avait minutieusement répertorié toutes les mythologies et les théologies du monde et constatais qu'en fait nombreux étaient les points communs entre elles. Il me semblait que toutes cherchaient à raconter une même histoire et à transmettre un même savoir en usant de paraboles et de mots différents.

Le conflit qui envenimait les cieux ne tarda pas à avoir ses répercussions ici-bas. Des terroristes haschischins lancèrent une voiture bourrée d'explosifs contre notre thanatodrome. Nous ne dûmes notre salut qu'à la maladresse de l'artificier qui avait mal réglé ses bombes, lesquelles explosèrent avec lui à une centaine de mètres de notre bâtiment.

Avec son sang-froid coutumier, Raoul nous réunit dans notre penthouse. Nous étions maintenant trop nombreux pour nous répandre sur les dalles du Père-Lachaise.

Il déploya une carte du Continent Ultime.

— Il est naturel que les religions veuillent conquérir le pays des morts car celle qui contrôlera le monde spirituel sera maîtresse aussi du monde matériel. Imaginez que les musulmans pakistanais l'emportent, ils bloqueraient les cycles de réincarnation des bouddhistes indiens !

Stefania était devenue une spécialiste du combat ectoplasmique. Elle avait élaboré toutes sortes de parades destinées à protéger son propre cordon d'argent.

— Il ne faut pas négliger les possibilités d'alliance, même les plus inattendues, dit-elle. Nous avons perdu deux rabbins amis lors de notre dernier envol mais, grâce au soutien des musulmans bédouins, nous avons pu tuer une bonne dizaine de haschischins enragés. Nous ne devons donc monter qu'en groupe assez puissant pour mettre nos ennemis en déroute et poursuivre notre exploration. Après tout, c'est ça qui compte !

— Au lieu de partir à six ou sept, décoller à dix ou vingt..., fit pensivement Raoul.

— Exactement, souligna énergiquement Stefania. Ce sont toujours les plus nombreux qui gagnent. Pourquoi ne pas s'envoler à cinquante ou même à cent ?

— Très bien, remarqua Freddy, mais il n'existe pas cent rabbins thanatonautes.

— Pourquoi se cantonner aux rabbins ? dis-je. Il est peut-être temps d'opérer des rapprochements. J'ai constaté, par exemple, que la Cabale et le Yi King présentaient bien des points communs.

L'Italienne applaudit l'idée. Là-haut, elle nous servirait d'ambassadrice.

Une semaine plus tard, une vingtaine de moinillons asiatiques qui, à première vue, se ressemblaient comme autant de gouttes d'eau frappaient à la porte de notre thanatodrome. Ils appartenaient au monastère de Shao-lin, lieu où l'on enseigne précisément depuis des millénaires que religion et combat vont de pair. Les moines de Shao-lin sont ainsi réputés pour être les plus grands experts en kung-fu. Ils sont à la source de la science et de la pratique des arts martiaux. Eux marient depuis toujours guerre et méditation.

Freddy envisagea avec ravissement de nouvelles chorégraphies ectoplasmiques. Il dirigeait non plus un commando mais une véritable escadrille de guerre capable de se grouper en formation de forteresse volante.

Il nomma notre armée céleste l'armée de l'Alliance, l'alliance entre toutes les religions de bonne volonté.

L'enfant regardait le vieil homme qui dansait et semblait danser pour l'éternité.

— Grand-père, pourquoi danses-tu ainsi ?

— Vois-tu, mon enfant, l'homme est comme une toupie. Sa dignité, sa noblesse et son équilibre, il ne les atteint que dans le mouvement. L'homme se fait de se défaire, ne l'oublie jamais.

Extrait de la thèse *La Mort cette Inconnue*, par Francis Razorbak.

173 – GUERRES

Nous n'avions pas été les seuls à chercher des alliés. Les haschischins qui semblaient nous haïr personnellement se trouvèrent eux aussi d'insolites associés. Eux baptisèrent leur armée « Coalition » et la rassemblèrent dans le thanatodrome qu'ils avaient implanté au cœur même de leur ancienne forteresse d'Alamut. Pour commencer, ils se lièrent avec des moines shintoïstes du temple Yasukuni.

C'est là, dans ce lieu sacré proche de Tokyo, que sont honorées les âmes des 2 464 151 soldats tombés au cours de toutes les guerres du Japon impérial.

Quoi qu'il en soit, rabbins libéraux plus moines de Shao-lin contre muftis haschischins plus moines Yasukuni, les hostilités ralentirent sérieusement l'exploration du Continent Ultime. Il y eut des batailles terribles, comme celle du 15 mai où deux cents soldats de l'Alliance affrontèrent six cents adeptes de la Coalition. Freddy, le pacifique Freddy, improvisa à cette occasion ce qu'il faut bien qualifier de première stratégie de lutte ectoplasmique.

Il envoya un petit groupe de taoïstes et de rabbins en éclaireurs tandis que le gros de l'armée alliée se dissimulait derrière le premier mur comatique, affrontant les bulles-souvenirs. La lutte était si chaude sur les pourtours de la corolle que les Coalisés en oublièrent l'existence de Moch 1. Dès que les Alliés s'y engouffrèrent, ils les poursuivirent en se tenant mutuellement le cordon ombilical pour se protéger. La mauvaise rencontre qui les attendait n'était pas celle qu'ils avaient escomptée. En effet, ce ne furent pas les Alliés mais les bulles-souvenirs qui les assaillirent.

Nos hommes profitèrent de la surprise pour couper le plus possible de cordons ombilicaux. Trois cents Coalisés, haschischins en tête, foncèrent ainsi ce jour-là vers la lumière.

Côté alliés, on se résigna à déplorer une petite centaine de ce qu'il fallait bien appeler des « morts ».

Freddy estima que si la victoire avait été somme toute facile, c'était parce que le passé des rabbins et des hommes de Shao-lin était sans aucun doute beaucoup plus limpide que celui des haschischins. Eux n'avaient pas encouragé des massacres au Liban, pratiqué des attentats terroristes en tout genre. Ils n'avaient pas à se garder de leurs victimes d'antan en même temps que de leurs ennemis présents.

Paradoxalement, ces guerres ectoplasmiques donnèrent à la conquête de l'au-delà ses vraies lettres de noblesse. À travers le monde, les religions connurent un regain de ferveur en même temps que, hélas ! les fanatiques devenaient plus nombreux. Certaines sectes cherchèrent même à profiter de l'occasion pour s'élever au rang de religion reconnue. Il suffisait d'un commando pour mettre en péril les représentants d'une confession établie. Heureusement, les gens partaient nus pour le Continent Ultime. Ils n'avaient aucune possibilité d'emporter avec eux armes, mitraillettes, fusils ou même poignards. Sinon, étant donné la férocité des empoignades, c'eût été le massacre des clercs.

Faute de photos et de films, au début journaux et télévisions parlèrent peu des guerres ectoplasmiques. Mais, toujours à la pointe de l'information en la matière, le *Petit Thanatonaute illustré* eut l'idée de dépêcher son reporter, Maxime Villain. Ancien moine trappiste demeuré longtemps muet, ce journaliste avait acquis une fantastique mémoire visuelle. Si certains êtres sont des émetteurs, lui, toujours taciturne, était un récepteur. Il captait tout et le restituait ensuite à ses lecteurs. Pour eux, premier reporter ectoplasmique, il griffonna quelques images des combats terribles qui se déroulaient dans l'au-delà. Enfin une guerre propre et sans danger pour le citoyen moyen. Bien assis dans leurs fauteuils, de paisibles amateurs se passionnèrent pour l'invisible conflit.

N'empêche qu'il nécessitait des effectifs toujours accrus. Dans notre thanatodrome des Buttes-Chaumont, nous fûmes obligés d'abandonner nos appartements particuliers pour laisser place à une quantité de trônes d'envol. Cinquante clercs de l'Alliance au moins devaient désormais décoller simultanément si on voulait triompher de l'ennemi.

Le bâtiment s'était transformé en une véritable tour de Babel. Il résonnait de langues étrangères et souvent incompréhensibles les unes pour les autres mais, tous unis dans la même volonté de conquérir l'au-delà, les représentants des différentes confessions s'entendaient à merveille et se débrouillaient pour échanger leurs techniques de méditations et de prières.

L'Alliance devenait chaque jour plus hétéroclite. Aux rabbins libéraux, aux moines taoïstes et aux sages bouddhistes du début, s'ajoutèrent des marabouts animistes ivoiriens, des muftis turcs, des moines shintoïstes de l'île d'Hokkaido (ennemis traditionnels des moines shinto du temple de Yasukuni), des derviches tourneurs grecs et même trois chamans inuit, six sorciers aborigènes d'Australie, huit sorciers bushmen, un guérisseur philippin, un Pygmée dont nous ne comprîmes jamais les croyances ainsi qu'un sage cheyenne. Notre armée comprenait ainsi plus de deux cents pieux soldats, preuves vivantes qu'il est possible d'instaurer une parfaite harmonie entre toutes les fois terrestres.

Une ambiance sereine régnait dans le penthouse, lieu de rencontre de tout notre petit monde. Loin des rigueurs de leurs monastères, nos dévots échangeaient des plaisanteries de collégiens. Pour ma part, je tentai de faire bonne figure en proposant une énigme :

– Vous savez comment on peut tracer un cercle et son axe sans lever son stylo ?

Moines et rabbins se passionnèrent pour ce défi au bon sens.

– Impossible ! finirent-ils par s'exclamer.

– Ni plus ni moins que la thanatonautique, répondis-je avec flegme avant de leur indiquer la solution.

Derrière, j'entendis Raoul, toujours en avance d'une énigme, débiter à une assistance attentive la charade de Victor Hugo :

– Mon premier est bavard. Mon deuxième est un oiseau. Mon troisième est au café. Mon tout est une pâtisserie.

Il y avait là matière à discussion. Surtout parce que la solution semblait simple. Tandis que Freddy jouait du Gershwin sur le piano et qu'Amandine concoctait ses savants cocktails, je me creusais la cervelle : « Mon premier est bavard ? Une pie. Mais une pie, c'est aussi mon deuxième, l'oiseau... Et qui, quoi, se trouve dans un café : un poivrot, un serveur, une bière ? »

174 – MYTHOLOGIE ISLAMIQUE

Selon la tradition islamique, le Paradis est immense et s'étage sur huit cercles cylindriques. Irrigué par quatre fleuves, il est un lieu de délices. Là se prélassent les quatre premiers califes, les dix premiers hommes convertis à l'Islam par le Prophète ainsi que sa fille, Fatima. Tous possèdent soixante-dix pavillons recouverts d'or et de pierres précieuses. Chaque pavillon comprend sept cents lits occupés par sept cents houris. Sept animaux ont trouvé place au Paradis : le chameau d'Elie, le bélier d'Abraham, la baleine de Jonas, la jument Borak, la fourmi et la huppe de Salomon, le chien des Sept Dormants.

Le Prophète offre à tous ses hôtes des plaisirs divers mais d'une sensualité infinie.

Extrait de la thèse *La Mort cette inconnue*, **par Francis Razorbak.**

175 – LA BATAILLE DU PARADIS

L'atmosphère œcuménique et bon enfant de notre thanatodrome ne nous faisait pas oublier la réalité des durs combats d'un conflit qui ne faisait que commencer.

L'Alliance et la Coalition étaient lancées dans une guerre sans merci. Chaque jour, nos thanatonautes se réveillaient en sueur, tremblant de tous leurs membres et annonçant de nouvelles pertes. Freddy Meyer, notre rabbin chorégraphe promu chef de guerre, décida que l'heure était venue de lancer notre grande offensive. La célèbre « bataille du

Paradis » eut lieu en l'an 2065 de notre ère. Raoul, Rose, Amandine et moi la suivîmes de notre mieux à l'aide de notre antenne parabolique mais nous ne pouvions que constater l'agitation qui régnait parmi les âmes. Maxime Villain en donna plus tard dans son journal une assez bonne relation. La voici :

BATAILLE AU PARADIS

Alors que la brume créée par les étoiles mourantes s'épaissit aux alentours du vortex béant du trou noir qu'on nomme Paradis, je vois s'avancer l'armée du rabbin Freddy Meyer, forte de ses moines chinois affables, de ses bouddhistes paisibles, d'impressionnants sorciers cheyennes et de joyeux marabouts africains animistes. Leur groupe est soudé. Les légions de l'Alliance ont rapproché leurs ecto-plasmes de façon à tenir en échec leurs adversaires les plus inouïs.

Les troupes de la Coalition surgissent quelques minutes plus tard. En première ligne, planent des moines shintoïstes, tels de terribles bombardiers prêts à décimer les cordons ombilicaux. En position de karatékas, ils font tournoyer le tranchant de leurs mains comme autant d'invincibles faux. Derrière eux, disposés sur deux ailes, ricanent des has-chischins tandis que des dominicains psalmodient des prières.

Le ciel grouille d'âmes. Des deux côtés, des renforts arrivent de tous les thanatodromes du monde. D'une part, près de mille deux cents rabbins, animistes, bouddhistes, caba-listes et taoïstes. De l'autre, deux mille trois cents moines shintoïstes, chamans, haschischins et dominicains.

À la tête de l'Alliance, le rabbin Meyer communique par télépathie ses ordres à ses troupes. Chez les Coalisés, le général Shiku, grand stratège japonais, transmet de même ses instructions. Signalons que, depuis leur défaite du 15 mai, ses âmes ont appris à maîtriser leurs plus pénibles souvenirs afin de n'en pas être immédiatement victimes dès la zone noire.

Quoi qu'il en soit, ils ont décidé cette fois de demeurer à l'extérieur du Paradis afin de mieux contrôler le passage des cordons ombilicaux ennemis. Les Alliés, quant à eux, se sont placés près des portes afin d'avoir dans leur dos la lumière qui, espèrent-ils, attirera et aveuglera leurs adversaires.

Shiku et le Vieux de la Montagne donnent le signal de la charge en prenant leur cordon ombilical à pleine main. Les haschischins déferlent sur l'aile essentiellement défendue par les sorciers animistes et cheyennes. Les rabbins libéraux accourent à leur secours mais sont arrêtés par les moines shintoïstes qui, du tranchant de leur paume, coupent leurs cordons comme autant de tiges de fleurs dans un jardin. Moines taoïstes et dominicains se lancent dans la mêlée.

Toute stratégie semble avoir disparu. Ce n'est plus qu'une gigantesque foire d'empoigne parmi les étoiles. Alentour, les défunts du jour continuent d'affluer et passent, à peine intrigués par ces âmes qui luttent avec un tel acharnement sur les pourtours du Paradis.

Les Alliés constatent à un moment qu'en raison d'effectifs moindres, ils commencent à avoir le dessous. Ils foncent vers le premier mur comatique. Craignant qu'ils ne reprennent leur tactique du 15 mai, Shiku entraîne ses troupes à leur poursuite.

Sur les corniches du deuxième monde, de plus en plus escarpées, les pieux combattants s'affrontent en même temps que leurs plus horribles souvenirs. Les âmes sont transies dans ce lieu qui sent la terre et la mort. De nombreux cordons sont coupés et des ectoplasmes de guerriers trépassés filent vers la lumière. Trois haschischins s'en prennent à un rabbin libéral qui tente d'échapper à leurs mouvements saccadés par des pas de danse yiddish. Grâce à des sauts de kung-fu, un moine taoïste parvient à trancher d'un seul mouvement six cordons ombilicaux dominicains. Un Mohican se retrouve seul contre un groupe d'Iroquois. En grappes serrées, des moonistes résistent à des scientologues. Les sectes semblent vouloir tout spécialement en découdre entre elles. Se créent des associations bizarres. Un marabout africain sauve un chaman indonésien, prisonnier d'un exorciste catholique-romain qui se demande un peu ce qu'il fait là. Une bande de moines zen se perd dans la corniche. On assiste à une belle charge de gourous indiens, bien tassés en position du lotus, contre des derviches tourneurs virevoltant en toupie.

Eux ont mis au point une ligne de défense tournante qui permet d'abriter les soldats les plus épuisés de leur camp. Une horde de jésuites coince un groupe d'ayatollahs chiites pour être à son tour attaquée par des haschischins. Ils ne doivent leur salut qu'à un commando de Druzes et à un petit groupe d'Alaouites.

Ça y est, le dernier des Mohicans est mort. Des Cheyennes le vengent. Contre-attaque des derviches tourneurs soutenus par des marabouts. Regroupement en triangle des moines zen afin d'empêcher des chamans indonésiens d'accourir à la rescousse de juifs libéraux.

Les cordons ombilicaux claquent comme des élastiques. On se mord, on se tire. Crocs-en-jambe et crocs-en-cordon. La lumière du fond du tunnel éclaire ces duels d'une lueur blanche. Des visages effrayés ou enragés pâlissent comme sous des néons. De loin, j'aperçois des groupes liés par leurs cordons tentant des manœuvres compliquées et souvent vouées à l'échec. Plus la moindre pitié. Plus la moindre miséricorde. Chacun se bat pour tuer ou être tué.

Les Alliés semblaient au début les plus aptes à triompher mais ils sont de plus en plus dominés par la hargne de leurs adversaires. C'est dans leur camp que les cordons coupés sont les plus nombreux.

Le rabbin Meyer envoie le signal télépathique de la retraite et court vers le deuxième mur comatique. Général Shiku toujours en tête, les Coalisés suivent. Mais franchissant Moch 2, ils découvrent la zone rouge, pleine de délices et de plaisirs. Après les douloureux souvenirs, les dévots sont contraints d'affronter leurs fantasmes sexuels. Quelle lutte titanesque que cette bataille où des moines transparents tentent de se couper mutuellement leurs cordons argentés tout en repoussant leurs désirs les mieux refoulés !

On ne sait plus où s'arrête l'horreur et où commence l'orgie. Dominicains et haschischins sont les plus frappés par ces visions sexuelles qui les assaillent de partout. Sans doute étaient-ils plus frustrés que les juifs et les bouddhistes car leurs lignes sont décimées tandis que les Alliés, que leur religion autorise à posséder des femmes et à faire l'amour sans tabou, résistent sans trop de mal.

Aux prises avec une entreprenante geisha qui veut à tout prix fouiller sous leur cordon ombilical, le général Shiku et le Vieux de la Montagne prennent la fuite, suivis par ce qu'il reste de leurs combattants ectoplasmiques.

À qui attribuer la victoire dans cette bataille du Paradis ? Sans nul doute aux visions érotiques !

Maxime VILLAIN.

176 – MYTHOLOGIE AZTÈQUE

Les Aztèques étaient convaincus que le sang humain des sacrifices fournissait l'énergie nécessaire à la bonne marche du cosmos, à la course des planètes et au retour des saisons. Les victimes au torse déchiré et aux entrailles exhibées par les poignards d'obsidienne des prêtres rejoignaient les dieux aux noms desquels ils périssaient car, jadis, ces dieux s'étaient eux-mêmes sacrifiés pour sauver le monde. La mort des hommes constituait donc le moteur de l'Univers. Une guerre n'était qu'un moyen de trouver du combustible, à savoir des captifs destinés au sacrifice. Chacun se pliait cependant volontiers à ce destin auquel préparait l'éducation de tout guerrier aztèque.

Extrait de la thèse *La Mort cette inconnue*, par Francis Razorbak.

177 – ŒCUMÉNISME

La bataille du Paradis sema le désarroi parmi les valeureux conquérants de l'au-delà. Tant d'hommes de Dieu morts en vain... Les dominicains, mortifiés, se demandèrent comment ils avaient pu se laisser convaincre par les fanatiques haschischins au point de s'associer à eux. Ils considéraient avec mépris les rares rescapés de la secte réfugiés dans leur forteresse des montagnes et frémissaient au souvenir des actes cruels qu'à leurs côtés ils avaient perpétrés.

Avaient-ils bravé les foudres papales rien que pour mériter vraiment les flammes de l'Enfer ?

En délégation, ils se rendirent à notre thanatodrome des Buttes-Chaumont, multipliant les excuses et marmonnant des prières.

Ce ne serait pas en perpétrant des guerres qu'on parviendrait à percer les mystères du Continent Ultime. Les dévots de toutes confessions l'avaient compris. La bataille du Paradis marqua un tournant historique dans leurs relations. Au temps des violentes oppositions, succéda celui de la grande compréhension.

Face à une assemblée bariolée, debout dans notre penthouse, Raoul prit la parole :

— Soyez-en convaincus, toutes les religions sont bonnes. Seules sont mauvaises les intentions de certains individus qui se prétendent uniques dépositaires de la vraie foi. Zoroastriens, Alaouites, chrétiens, orthodoxes, musulmans, juifs, protestants, shintoïstes, taoïstes, chamanistes, sorciers, guérisseurs, marabouts, et même membres des sectes, toutes vos confessions ont eu accès, à un moment donné, au grand savoir commun. À une fabuleuse connaissance. Au grand mystère de la mort. Ensemble, nous unirons nos efforts pour le retrouver, intact, car en lui réside le mystère de la vie. Ensemble, nous découvrirons le pourquoi de notre présence sur la terre et quel doit y être notre comportement. Les religions ne sont que des quêtes du bon mode d'emploi de l'existence humaine.

Moines, sorciers, rabbins et autres l'ovationnèrent.

Un moine japonais zen expliqua que jadis, dans les temps les plus anciens, il n'existait pas de multiples religions mais une seule, non pas une multitude de dialectes mais une seule langue. Il n'y avait pas des philosophies diverses, des cultures disparates, différentes sagesses, mais une seule et la vraie. Les hommes l'avaient oublié. Employant des langues incompréhensibles les unes pour les autres, ils n'avaient fait que décrire le même ancien savoir, lequel avait perdu de son sens originel à force d'interprétations successives. Ainsi étaient nés les antagonismes. Tous les différends n'étaient que malentendus.

Accolades. Solennelles poignées de main. Un œcuménique accord mondial fut signé aux Buttes-Chaumont, instaurant les deux premiers commandements de la thanatonautique.

Article 1 : Le Paradis n'appartient à aucune nation, ni à aucune confession en particulier.

Article 2 : Le Paradis est ouvert à tous et personne n'a le droit d'en entraver le libre accès.

Avec ces premières lois juridico-religieuses, c'en était fini de la période anarchique. Les voyages au Paradis étaient désormais réglementés. Plus personne ne pourrait se permettre d'y faire n'importe quoi sous prétexte qu'il n'y existait aucun contrôle.

Les accords des Buttes-Chaumont instaurèrent un nouveau climat d'entente interreligions.

Le général Shiku initia le rabbin Freddy Meyer au rituel de la cérémonie du thé. Il ne s'offusqua pas que l'Alsacien le préférât au citron.

À présent que notre thanatodrome était devenu un lieu de rendez-vous pour clercs du monde entier, nous installâmes à leur intention une salle de rencontre en sous-sol. Contrairement au penthouse aux vitres étincelantes de lumière, l'endroit était sombre, empli de reliques, d'estampes et de gris-gris les plus divers. Moines, imans ou sorciers de passage à Paris aimaient s'y retrouver pour s'y recueillir ou dialoguer. Ce qu'aucun conflit sur terre n'était parvenu à imposer, une seule bataille au Paradis y avait réussi. Toutes les religions entreprirent de collaborer pour aller plus vite, plus loin. Jusqu'au fin fond du continent des morts !

178 – MYTHOLOGIE CHRÉTIENNE

« Était-ce son corps ? Je ne sais.
Était-ce hors de son corps ? Je ne sais. Dieu le sait.
Il fut enlevé jusqu'au troisième ciel... »

Deuxième Épître de saint Paul aux Corinthiens XII, 2.

Extrait de la thèse *La Mort cette inconnue*, par Francis Razorbak.

179 – MANUEL D'HISTOIRE

14 mai 2065 : bataille du Paradis
18 juin 2065 : accords des Buttes-Chaumont
20 juin 2065 : premiers édits thanatonautiques

Manuel d'histoire, cours élémentaire 2ᵉ année.

180 – MOCH 4

Un peu éméché d'avoir une fois de plus trop fêté les accords des Buttes-Chaumont, Freddy nous conta, volubile, son histoire personnelle.

Élève d'une école de ballet, il s'était destiné jadis à devenir sinon danseur étoile du moins chorégraphe. Il appréciait aussi alors tous les sports aériens. Les arabesques, les vrilles, l'impression de s'envoler vers les cieux, c'était tout ce qui lui plaisait. Or, un jour où il s'adonnait au deltaplane, sa sangle ventrale claqua. Ses deux sangles d'épaule ne suffirent pas à le soutenir et, un deltaplane étant démuni de parachute, il tomba. Il distingua en bas une vaste plaine et un seul arbre. Un unique arbre. La dégringolade ne dura que quelques secondes mais Freddy eut le temps de prier et de jurer que s'il réchappait de ce coup du sort, il se vouerait tout entier à une religion. Au hasard, pourquoi pas la foi juive.

Il atterrit sur l'arbre, mais de manière telle que s'il fut épargné, deux rameaux lui crevèrent les yeux. Il était sauvé mais désormais aveugle. Il n'en respecta pas moins sa promesse. Il n'était pas juif, pourtant il entra à la yeshiva de Strasbourg où il eut la chance d'avoir pour maître un Lamed vav. Un jour, il se le jurait, lui aussi deviendrait un Lamed vav.

Et c'était quoi, un Lamed vav ?

Un homme qui se réincarnait par pure compassion pour les hommes d'ici-bas, alors qu'ayant tout accompli il était libre de sortir du Gilgoulim, le cycle infernal des retours à la vie.

Les Lamed vav étaient les sages secrets de la religion juive. Leur bonté et leur miséricorde contribuaient à améliorer le monde. Ils étaient au courant de leurs vies antérieures, savaient lutter contre l'ignorance, étaient dénués d'ambitions personnelles.

Stefania signala que pareils personnages existaient aussi dans le bouddhisme tibétain. Ils s'y appelaient bodhisattvas et eux aussi retournaient délibérément à l'existence terrestre bien qu'ils soient délivrés du cycle des réincarnations. Il n'y avait pas plus grand acte de miséricorde que de retourner sur terre, par pur amour pour le reste des humains enchaînés à leur roue karmique.

– Il doit y en avoir dans toutes les religions de ces sages qui choisissent de revenir en dépit des douloureuses expériences vécues pendant leurs réincarnations, dit Freddy. Chez nous, la tradition hassidique les désigne comme étant des Lamed vav, ce qui correspond au nombre 36. Chaque génération, une poignée de ces justes se sacrifient en secret pour sauver toute l'humanité. Ils méprisent l'orgueil et ne désirent pas la notoriété. On célèbre leurs pouvoirs psychiques et leurs connaissances de la vie et de la mort. Je pense parfois que Jésus-Christ était peut-être un Lamed vav, lui aussi.

Ces soirées de libations, encouragées par une Amandine qui veillait à ce que le verre du grand thanatonaute ne demeure jamais vide, n'affectaient en rien le travail de Freddy. Il continuait d'inventer de nouvelles chorégraphies célestes. Il imagina une tour Eiffel ectoplasmique, constituée de plusieurs rondes d'âmes se soutenant en spirale les unes les autres. Tous les cordons argentés seraient noués, tressés et disposés au centre de l'édifice afin que tout le monde protège tout le monde.

En signe de réconciliation, le rabbin en confia la pointe à son ex-ennemi, le Vieux de la Montagne, qui avait surgi chez nous un soir, penaud, repenti et comptant désormais ses disciples sur les doigts d'une seule main. L'ancien chef des Assassins accepta avec reconnaissance. Il savait qu'il serait ainsi le premier à traverser le quatrième mur comatique !

Notre ballet mystique décolla le 21 juillet. Sans difficulté, ses membres franchirent le premier, le second, le troisième, et même le quatrième mur comatique. Ils virent ce qu'il y avait derrière et nous le racontèrent. Dès leur retour, Raoul s'empressa de remettre à jour notre carte du Continent Ultime.

Le territoire orange se termine par Moch 4. Il débouche sur :

TERRITOIRE 5

– Emplacement : coma plus 42 minutes.
– Couleur : jaune.
– Sensations : passion, force, toute-puissance même. Là, tous les mystères auparavant incompréhensibles trouvent leur solution. Les musulmans voient le vrai jardin d'Allah. Les catholiques retrouvent le Paradis originel. Les juifs percent les secrets de la Cabale. Les yogis découvrent le sens de leurs chakras et voient apparaître leur troisième œil. Les taoïstes trouvent le chemin du Tao pur.

La zone jaune est le pays de la connaissance absolue. Tout ce qui paraissait jusqu'ici insensé reçoit sa raison d'être. Le sens de la vie apparaît en son entier, de l'infiniment grand à l'infiniment petit.

Le territoire jaune s'achève par Moch 5.

Certains dévots avaient été tellement subjugués par les révélations du pays doré qu'ils avaient voulu y demeurer, mais les cordons avaient été si solidement tressés qu'ils n'avaient pu se désolidariser de leurs compagnons.

Tous revinrent donc intacts. On sabla le champagne. On convoqua les journalistes afin que le monde sache que l'œcuménisme généralisé avait permis d'accomplir un nouveau pas en avant dans la découverte du Paradis et de la connaissance tout court.

181 – PHILOSOPHIE SOUFIE

« Je suis anéanti, et les parcelles de mon corps ont été
[jetées

Dans ce firmament qui est ma patrie originelle
Toutes sont ivres, joyeuses, amoureuses du Vin
De l'Invisible, par crainte de cette prison qui est
[moi-même

Le temps abrégera cette vie tumultueuse
Le loup de l'anéantissement mettra en pièces ce troupeau
Dans l'esprit de chaque homme règne l'orgueil ; pourtant
Les coups de la mort feront baisser les têtes
[orgueilleuses. »

Rubai Yat, Djalâl od Dîn Rûmî (XIIIᵉ siècle).

Extrait de la thèse *La Mort cette inconnue*, par Francis Razorbak.

182 – MOCH 5

À son apogée, le thanatodrome des Buttes-Chaumont fit décoller simultanément près de cent vingt clercs de toutes les religions. Ils se rejoignaient ensuite dans le territoire jaune pour tenter le franchissement de Moch 5.

– Six... cinq... quatre... trois... deux... un. Décollage !

Premier étage. Départ des trente moines qui composeraient le sommet de la chorégraphie.

– Six... cinq... quatre... trois... deux... un. Décollage !

Deuxième étage, destiné à les soutenir.

– Six... cinq... quatre... trois... deux... un. Décollage !

Troisième étage, autre étai.

– Six... cinq... quatre... trois... deux... un. Décollage !

Les fondations de l'édifice.

En haut, tous s'attendaient aux abords de la corolle du Paradis puis tressaient méthodiquement leurs cordons en fonction des figures créées par Freddy. Un spécialiste des nœuds marins se joignit aux saints hommes pour les aider à composer des liens solides, faciles à faire et à défaire. Un moniteur de parachutisme apporta ses conseils afin que tous puissent rester le plus longtemps groupés, conformément aux techniques du vol en chute libre.

Soudés en une longue procession articulée, les thanatonautes traversaient d'abord les différents murs. Les morts en attente dans la zone orange les saluaient au passage car ils avaient pris maintenant l'habitude de les voir, ce qui constituait pour eux une distraction. Ils expliquaient même aux nouveaux arrivants qu'il n'y avait rien à craindre de cette troupe qui s'étirait, doublant tout le monde sans pour autant rompre leurs cordons ombilicaux.

Ce fut ainsi que la caravane mystique, forte de cent vingt thanatonautes, parvint, passé Moch 5, au sixième territoire. Au retour pourtant, ils parurent plus désabusés qu'excités. Ils ne semblaient pas du tout heureux d'avoir accompli ensemble ce grand progrès. Au contraire même, leur amitié avait l'air d'en avoir pris un coup et l'œcuménisme aussi.

Ils se plièrent cependant volontiers à notre interrogatoire.

Après le territoire jaune, dirent-ils, venait le territoire vert. Vert comme la végétation, le feuillage des arbres. Il y avait des fleurs splendides, des plantes merveilleuses s'achevant en étoiles multicolores. Le pays vert, c'était celui de la beauté absolue.

– Alors, quelle est l'épreuve ? demanda Raoul.

– Justement, c'est trop beau. La zone verte est insupportable de beauté, murmura un rabbin.

– C'est magnifique, approuva à contrecœur un moine bouddhiste.

Je n'y comprenais plus rien. Comment la beauté absolue pouvait-elle être une épreuve ? Freddy expliqua :

– C'est si superbe qu'on perd toute envie d'être homme pour ne plus souhaiter que devenir fleur à l'odorant calice. On en vient à se détester tant on se sent laid par rapport à tant de splendeurs. On voudrait se confondre avec la somptueuse végétation du lieu et ne plus exister sous aucune autre forme. Il est certes particulièrement pénible d'être confronté au savoir absolu mais d'être brusquement mis en contact avec la plus idéale beauté constitue une épreuve encore plus dure à surmonter.

Le rabbin aveugle semblait en effet pour une fois complètement désemparé. Au piano, il égrena tristement quelques notes d'une sonate de Chopin.

– Il a raison, dit sombrement Stefania. Recevoir la beauté pure après avoir subi la connaissance, ça vous enlève toute envie de redescendre. Il nous a été très difficile de nous y résigner. Heureusement, encore une fois, que nos cordons étaient solidement liés !

Raoul, Amandine, Rose et moi ne parvenions pas très bien à comprendre en quoi la vision de la beauté était une épreuve si déconcertante mais nous n'en complétâmes pas moins notre carte du Continent Ultime, repoussant encore la mention *Terra incognita*.

TERRITOIRE 6

– Emplacement : coma plus 49 minutes.

– Couleur : verte.

– Sensations : de grande beauté, et aussi de négation de soi-même, d'être hideux. La vision de la beauté est une épreuve terrible.

S'achève sur Moch 6.

Le pays vert laissa aux dévots comme un goût amer. Ils n'avaient pas été préparés à voir la beauté. Les uns après les autres, ils prétextèrent des obligations diverses et rentrèrent chez eux. Ces splendeurs, ils voulaient les accaparer au seul profit de leur paroisse. Il n'était plus question de se faire la guerre comme au temps des haschischins, mais l'heure n'était plus à l'œcuménisme, plutôt au chacun pour soi. La course était lancée et que le meilleur gagne !

Freddy et ses trois disciples rescapés de toutes les guerres ectoplasmiques furent seuls à nous rester fidèles et à demeurer avec nous. Il faut dire qu'à force de constance, Amandine était parvenue à séduire le vieux sage aveugle. Le couple ne cachait plus son idylle. Quant aux autres Strasbourgeois, ils s'étaient accoutumés à la vie parisienne et n'étaient pas pressés de regagner leur yeshiva, surtout sans leur maître.

Les décollages reprirent en ordre dispersé. Chaque confession comptait sur ses champions. Chacune espérait être la première à découvrir « Dieu », sitôt franchi le barrage de la beauté. À beaucoup, il semblait évident que seul « Dieu » pouvait être là-bas, au fond du tunnel bleu, puis noir, puis rouge, puis orange, puis jaune, puis vert. La beauté était sa dernière parade, l'ultime frontière avant le Paradis.

Après avoir affronté ses souvenirs, au bout de la peur,

écœuré de plaisir, toute patience lasse, saisi par la connaissance absolue, affolé par l'idéale beauté, qui donc pouvait-on rencontrer, sinon le Grand Architecte de l'Univers ?

Dans leurs thanatodromes respectifs, moines, sorciers, imams, curés et rabbins tendaient leurs mains vers lui.

Qui le rejoindrait le premier ?

183 – MANUEL SCOLAIRE

APPRENONS À HONORER LES MORTS

Il ne faut jamais dire du mal des morts. Surtout des morts récents. Car ceux-ci peuvent encore être actifs dans notre monde. Les morts qui patientent en longue file dans le pays orange ne sont pas désœuvrés. Ils observent discrètement les vivants. Ils tentent souvent de communiquer avec les êtres qu'ils aimaient sur terre. Si on émet des ondes favorables au souvenir d'un cher disparu, son âme peut venir nous soutenir dans nos projets. En revanche, si l'on n'éprouve que du ressentiment pour lui, son âme ne peut plus nous aider.

Là-haut dans le pays orange, alors que le mort est soumis à l'épreuve de la patience, il tente de contacter tous ceux qu'il aimait et ceux qui l'aimaient. Cela l'occupe. Cette communication ne peut réussir que si le vivant ressent toujours de l'amour pour le mort. C'est ainsi qu'on voit, parfois, le mort agir suffisamment sur l'être aimé au point de le faire dépérir. On appelle cela « mourir de chagrin ». Ce n'est pas forcément une mauvaise chose. Les âmes de deux amoureux peuvent ainsi se retrouver ensemble à patienter dans la longue file du pays orange.

Manuel d'instruction civique, cours élémentaire 2ᵉ année.

184 – TRAJECTOIRES CONCURRENTES

La phase « que le meilleur gagne au sprint » fut moyennement intéressante. Comme les thanatonautes partaient maintenant le plus souvent seuls ou en petits groupes, ne disposant plus du soutien de la pyramide pour les arracher aux merveilles de la connaissance pure ou de la beauté idéale, beaucoup tranchèrent eux-mêmes leur cordon pour rester là-haut.

Demeurés plus lucides, peut-être en raison de leurs égarements passés, les dominicains furent les premiers à atteindre Moch 6 en se servant d'une des figures acrobatiques que leur avait enseignées Freddy. Pourtant, ils ne parvinrent pas à le franchir.

Il en alla de même pour notre équipe.

Progressivement, le public s'était désintéressé de nos expéditions et nous ne faisions plus la une des journaux.

Pour l'ensemble des gens, il semblait désormais évident que la thanatonautique n'était qu'une course sans fin. Moch 1, Moch 2, Moch 3, Moch 4, Moch 5, Moch 6... Pourquoi pas ensuite Moch 124 ou Moch 2018 avec toutes les couleurs de l'arc-en-ciel, toutes les épreuves possibles et pourquoi pas un triathlon olympique ?

L'Osservatore Romano, organe de presse du Vatican, railla ces prétendus pionniers qui avaient osé douter de l'infini des cieux. « La thanatonautique est le dernier opium du peuple », titra le journal britannique *Times*.

La thanatonautique devint la cible des plaisanteries des caricaturistes, des showmen et des marionnettes de la télévision. Elle perdait tout caractère sacré pour devenir un fonds de commerce parmi d'autres.

Dans la boutique familiale, les ventes déclinaient. Ma mère et mon frère avaient beau lancer de nouveaux posters, des tee-shirts aux plus belles couleurs de l'au-delà, des casquettes avec motif en relief, des sandalettes ailées, des affichettes fluo visibles uniquement dans le noir, des rations alimentaires « spécial thanatonaute », les clients se faisaient rares. Bon, après Moch 6, il y aurait Moch 7, et quel intérêt ?

Raoul pestait :

— Ce n'est pas notre faute, quand même, si cette aventure commence à présenter des aspects répétitifs. Ce n'est pas nous qui avons inventé la géographie du Continent Ultime. Nous nous acharnons seulement à la découvrir et c'est toujours aussi passionnant.

Il ne décolérait pas. Si les gens se moquaient de notre

entreprise, les crédits diminueraient. Les caisses noires présidentielles n'étaient pas inépuisables.

Lucinder nous restait pourtant attaché. Si le public ne se captivait que pour le spectacle, eh bien, qu'on lui en fournisse ! Il suggéra une série de cours de méditation télévisée, tous les dimanches matin, en remplacement des traditionnelles leçons d'aérobic. Freddy et Stefania y feraient merveille. Le Président avait même trouvé un titre pour leur show : « Le XXIIe siècle sera spirituel ou ne sera pas. » Il en était très content.

– Il nous prend pour des singes savants ou quoi ? s'énerva Stefania.

– Il faut le comprendre, dis-je. Après tout, c'est normal que les gens se lassent de ces interminables murs comatiques. Moi-même, parfois, j'ai l'impression que nous n'en finirons jamais !

– Erreur ! s'exclama Freddy. Moch 6 sera la dernière frontière.

Nous le sommâmes de s'expliquer. Serein, insondable à l'abri de ses lunettes noires, le rabbin parla.

– Dans la Bible, dans la Cabale comme dans nombre de textes sacrés, il est écrit qu'il existe sept ciels. Sept ciels, donc sept territoires après la mort. Vous connaissez d'ailleurs tous l'expression « aller au septième ciel ». Sept, pas un de plus, pas un de moins. J'en ai discuté avec des religieux d'autres confessions et nous avons tous constaté que ce chiffre 7 revenait toujours pour décrire les pays de l'au-delà. Moch 6 sera probablement le dernier mur.

– Et qu'y aura-t-il derrière ? demandai-je.

Freddy eut un geste d'impuissance.

– Le centre du trou noir, Dieu, un ticket de loterie, une luciole, une impasse peut-être... À nous d'y aller voir !

Sans enthousiasme, je me penchai sur mes boosters.

185 – PHILOSOPHIE ORIENTALE

« Alors Almitra répondit :
– Vous voudriez connaître le secret de la mort. Mais

comment le trouverez-vous sinon en le cherchant au cœur de la vie ?

La chouette dont les yeux faits pour la nuit sont aveugles au jour ne peut dévoiler le mystère de la lumière.

Si vous voulez vraiment contempler l'esprit de la mort, ouvrez amplement votre corps à la vie. Car la vie et la mort sont un, de même que le fleuve et l'océan sont un.

Dans la profondeur de vos espoirs et de vos désirs repose votre silencieuse connaissance de l'au-delà. Fiez-vous aux rêves car en eux est cachée la porte de l'Éternité. »

Khalil Gibran, *Le Prophète*.

Extrait de la thèse *La Mort cette inconnue*, par Francis Razorbak.

186 – MÊME LES ÉTOILES SE RÉINCARNENT

Rose avait les yeux rivés à l'écran détecteur d'ecto-plasmes. Dix-huit moines taoïstes avaient décollé, depuis plusieurs minutes déjà. Elle était convaincue qu'ils avaient réussi à percer le sixième mur. Ma femme avait sans doute raison puisqu'au bout d'une heure passée à nous tourmenter, nous constatâmes que leurs enveloppes charnelles ne donnaient plus aucun signe de vie biologique. Paix à leurs âmes.

Freddy estimait qu'il faudrait reconstituer une caravane de cent vingt mystiques multiconfessionnels pour réussir, mais ses anciens amis déclinèrent l'invitation du rabbin, tant ils persistaient à vouloir agir séparément pour que la gloire ne rejaillisse que sur leur seule religion.

Mon épouse suggéra d'abandonner un peu nos préoccupations mystiques pour réorienter nos recherches du côté de l'astronomie et de l'astrophysique. J'étais d'accord, mais que pourrions-nous apprendre de plus sinon que le Continent Ultime était bien un trou noir, situé au centre de la Voie lactée ?

Rose avait son idée :

– Vous cherchez à connaître ce qu'il y a au fond du trou. Or il se trouve que les astrophysiciens le savent depuis longtemps.

– Ah oui ! ricana Raoul, sceptique.

– Et qu'y a-t-il ? demandai-je.

– Une fontaine blanche.

Une fontaine blanche ! Freddy quitta le fauteuil d'envol sur lequel il se reposait pour arpenter la pièce. Malgré son agitation, l'aveugle se débrouillait pour ne se heurter à aucun des appareils, pourtant nombreux, qui encombraient notre laboratoire.

– La fontaine blanche, c'est le contraire du trou noir, précisa Rose. Celui-ci absorbe la lumière, celle-là la rejette. Le trou noir attire la matière, la fontaine blanche la déverse. Certains croient que le big-bang ne serait qu'une fontaine blanche, productrice de matière et de lumière. Les fontaines blanches seraient même peut-être à l'origine des nouveaux univers.

Rose se livra alors à un passionnant cours magistral d'astrophysique. Chaque trou noir marquerait la mort d'une galaxie puisqu'en avalant les étoiles il les compresse et les transforme en énergie pure. Le centre de notre galaxie est constitué d'un vortex qui aspire et fait tournoyer la matière qui l'entoure. Il est même prévu que d'ici à plusieurs millions d'années, le soleil s'y laissera gober. Le plus fascinant étant que, comme l'explique fort bien la science physique, rien ne se crée, rien ne meurt, tout se transforme. La mort d'une étoile génère une énergie qu'expulse la fontaine blanche, laquelle a un peu la forme d'un tromblon au canon évasé.

Ainsi, même les étoiles se réincarneraient ! Les trous noirs et les fontaines blanches ne seraient que des passerelles vers des univers parallèles. Rose affirma que, de même que chaque galaxie dispose de sa propre surface, voire de son dieu particulier, chacune aurait aussi son propre big-bang et son anus cosmique. Chaque galaxie pourrait même posséder son propre espace-temps. Nous, nous nous trouverions donc dans l'univers de la Voie lactée, avec le dieu, le temps, la mort, la conscience propres à celle-ci.

Rose nous avait tous très impressionnés avec cette idée de trou noir correspondant à chaque fois à une fontaine blanche et donc à une renaissance dans un autre espace-temps. Freddy se rassit pour mieux digérer la leçon.

– Mais que deviendraient des ectoplasmes, passé la fontaine blanche ? interrogea-t-il.

Ma femme connaissait ses limites.

– Alors là, finie la science et retour à la religion. Peut-être que les âmes sont recrachées, elles aussi, et se réincarnent ensuite dans un autre monde ?

Amandine proposa que nous montions dans le penthouse boire des cocktails et reposer un peu nos méninges. La séance nous avait épuisés, nous y consentîmes volontiers. Là, parmi les plantes vertes, détendus, le vieil aveugle et la ravissante blonde nous annoncèrent leur intention de se marier. Amandine assurait que Freddy était l'homme de sa vie et elle était toute disposée à se convertir au judaïsme s'il l'exigeait. Mais son fiancé n'en demandait pas tant. Il était assez libéral pour s'autoriser un mariage mixte.

Ils s'unirent donc et, avec les disciples de la yeshiva de Strasbourg, nous fîmes la fête. Jamais je n'avais vu Amandine aussi rayonnante, tandis que son nouvel époux tapait des airs traditionnels sur le piano, et que nous dansions en cercle. Freddy avait vingt ans de plus qu'elle, deux yeux de moins, mais il savait apaiser ses angoisses et la faire rire. Qu'y a-t-il de plus important dans un couple ?

187 – MYTHOLOGIE TAOÏSTE

« Très loin à l'est de la mer de Chine, à l'endroit où le ciel est décollé de la Terre, est un abîme immense, sans fond, qu'on nomme "le Confluent universel". Là, toutes les eaux de la Terre et celles de la Voie lactée (fleuve collecteur des eaux célestes) s'écoulent sans que jamais son contenu n'augmente ou ne diminue. Entre ce gouffre et la Chine, il y a cinq grandes îles, Tai-yu, Yuan-kio, Fang-hou, Ying-tcheou, P'eng-lai. À leur base, ces îles mesurent chacune trente mille stades de tour. Leur sommet plane à neuf mille stades de circonférence. Les édifices qui couvrent les îles sont tous en or et en jade. Les animaux y sont familiers. La végétation y est merveilleuse. Les fleurs embaument. Les fruits mangés préservent de la vieillesse et de la mort. Les habitants de ces îles sont tous des génies, des sages. Chaque jour, ils se visitent en volant à travers les airs. »

Lie-tseu.

Extrait de la thèse *La Mort cette inconnue*, par Francis Razorbak.

188 – RIEN QUE DES ENNUIS

Nous voulions aller au bout de notre aventure et franchir le si difficile sixième mur. Il fallut pourtant des circonstances assez dramatiques pour nous contraindre à écrire le chapitre final de notre quête.

En juillet de cette même année, il se produisit un phénomène étrange. Les intégristes revenaient à la charge. Il y eut encore des graffitis sur nos portes : « Laissez Dieu tranquille », signé « Les gardiens du mystère ». Plus tard, des menaces de mort nous parvinrent par téléphone et par courrier. De nouveau le Saint-Siège entra en lice, en rappelant l'interdiction de décoller sous peine d'excommunication et édicta la fameuse bulle « *Et mysterium mysteriumque* » qualifiant d'hérétique quiconque tenterait de voir ce qu'il y avait derrière le sixième mur avant d'y être appelé par le Très-Haut.

« Les gens trop curieux meurent bêtement », martela une voix sur le répondeur du laboratoire. Raoul se fit tabasser en pleine rue. Comme à son habitude, il avait oublié de se défendre. Des curés et des imams s'unirent pour manifester, entourés de leurs ouailles, devant notre bâtiment. Des tonnes d'ordures furent déversées aux alentours. Les vitres du magasin familial volèrent en éclats, heureusement après la fermeture. Des badauds, ébahis par tant de rage, contemplèrent avec curiosité la boutique saccagée.

D'être de nouveau au centre d'une controverse, nous redevînmes à la mode. Auprès des jeunes, nous retrouvâmes notre statut de héros, acteurs de la plus grande aventure du millénaire. Eux faisaient la queue pour obtenir un autographe des célèbres thanatonautes Freddy Meyer et Stefania Chichelli, et vouaient un culte à la mémoire du précurseur Félix Kerboz. Notre échoppe, rapidement redécorée par des dizaines de volontaires bénévoles, ne désemplissait plus. Après les lettres de menaces affluaient les messages de soutien. On nous suppliait de ne pas plier devant l'obscurantisme et les craintes moyenâgeuses.

Dans d'orageux meetings, des bagarres éclatèrent entre partisans et détracteurs de la thanatonautique.

Ces derniers devenaient de plus en plus violents. Un jour que Rose, seule dans la boutique, remplaçait ma mère, une camionnette se gara devant l'immeuble. En descendirent trois hommes encagoulés et vêtus de blousons de cuir, brandissant des manches de pioche. Ils entreprirent aussitôt de mettre le magasin à sac et mon épouse comprit que son salut était dans la fuite. Mais ils la poursuivirent.

Elle prit ses jambes à son cou et fila vers la rue. Haletante, à bout de souffle, elle se réfugia sous une porte cochère. Les autres se rapprochaient vite. Elle reprit donc sa course sous les yeux de passants comme toujours indifférents. Elle vira à gauche, à droite, à gauche encore pour se retrouver acculée dans une impasse. Frêle jeune femme contre trois gaillards armés, Rose n'avait aucune chance. Ils l'abandonnèrent, bleuie d'ecchymoses, le front en sang.

Deux heures s'écoulèrent avant qu'un locataire du voisinage consente à se pencher sur cette femme étendue sur le sol, que d'autres avaient dépassée sans broncher, affirmant plus tard qu'ils avaient cru que ce n'était qu'une pocharde de plus, affalée à cuver son vin.

À l'hôpital Saint-Louis où on l'emmena d'urgence, des médecins désolés me déclarèrent qu'elle était arrivée trop tard pour qu'ils puissent la sauver. Elle avait perdu trop de sang. Encore heureux qu'un homme compatissant lui ait permis de mourir dans un lit d'hôpital, tant de gens agonisaient toute la nuit sur des trottoirs sans que nul ne songe même à alerter la police !

Rose était allongée, inerte, en salle de réanimation. Seuls des appareils la maintenaient en vie.

Que faire pour la sauver ? Je courus rejoindre mes amis. Raoul me conseilla de m'adresser à Freddy. Dans ces circonstances terribles, seul le vieux rabbin saurait comment agir.

Le sage strasbourgeois me prit entre ses bras et me fixa de son regard aveugle :

– Tu es prêt à tout, vraiment prêt à tout pour la sauver ?

– Oui.

J'étais catégorique. Rose était ma femme et je l'aimais.

– Assez pour risquer ta propre vie pour préserver la sienne ?

– Oui. Mille fois oui.

Le rabbin me dévisageait avec son âme, je le sentais. Avec son âme, il cherchait à percevoir si je disais vrai. J'attendis, le cœur battant, qu'il consente à me croire.

– En ce cas, voici la solution. Fixe une heure précise avec les médecins pour le débranchement des appareils. Nous tâcherons alors de décoller en même temps qu'elle. En nous accrochant à son cordon ombilical et en nous efforçant de le retenir avant qu'il ne se casse, nous parviendrons peut-être à la ramener à la vie. Tu viendras avec nous et c'est toi qui la sauveras.

189 – FICHE DE POLICE

Note aux services concernés

Violence du côté du thanatodrome des Buttes-Chaumont. Faut-il intervenir ?

Réponse des services concernés

Pas encore.

190 – LE GRAND ENVOL

C'était possible. J'étais convaincu que c'était possible. La Grande Faucheuse ne cueillerait pas ma Rose. Je courus à l'hôpital.

Le responsable du service de réanimation ne comprit pas vraiment pourquoi je tenais tant à fixer la mort de ma femme à 17 heures précises mais il m'assura que j'avais fait le bon choix. Mieux valait avoir recours à l'euthanasie que de maintenir en vie un être humain à l'état de légume. Il accéda volontiers à ma demande. Des familles endolories lui en avaient déjà présenté de plus étranges. Il me promit de commencer à consulter sa montre dès 16 h 55 et 0 seconde.

Je ne dormis pas de la nuit. Ce n'est pas en se répétant que demain on mourra volontairement qu'on obtient de beaux rêves. Tout éveillé, je cauchemardais plutôt, tentant d'imaginer quelles bulles-souvenirs m'assailleraient pour me tailler en pièces et quels vices cachés me dévoileraient le pays rouge.

Je me forçai à avaler un petit déjeuner puis un repas consistant avant de passer l'après-midi à réviser avec Freddy la figure que nous utiliserions pour sauver Rose. Pas de pyramide cette fois mais une structure plate, une sorte de filet dans lequel nous espérions recueillir ma femme.

Je serais au centre, tenant deux rabbins strasbourgeois par les mains, deux moines taoïstes de Shao-lin (revenus là pour d'obscures raisons politiques) par les jambes. Je ne saurais jamais ce que Freddy leur avait promis pour qu'ils consentent à se joindre à nous mais, dans la grande salle d'envol, je découvris dix-huit autres rabbins, treize moines bouddhistes tibétains et, bien sûr, Stefania.

N'ayant pour ma part pas grande confiance en mes capacités de méditation, je vérifiai soigneusement mes boosters chimiques.

Nous avions tous enfilé notre tenue blanche de thanatonaute, chacun fixant l'écran où se dessinaient nos battements cardiaques et notre activité électro-encéphalique.

Mes compagnons fermaient déjà les yeux, prêts à serrer la poire de décollage quand la sonnerie retentirait. 16 h 56, indiquait la pendule. 16 h 57...

J'allais mourir pour la seconde fois mais ce serait mon premier décollage volontaire. Après tout ce temps passé à envoyer des gens au continent des morts, était venu le jour d'y aller moi-même ! J'étais persuadé d'échouer et de décéder pour de bon mais je n'avais pas le choix. Le souci de sauver Rose passait avant toute autre considération.

16 h 57 et 10 secondes. Mes mains sont moites sur le pressoir.

16 h 57 et 43 secondes. De part et d'autre de moi, Freddy et Stefania sont particulièrement sereins. Nous avons plusieurs fois répété en piscine nos positions respectives pour

former la chorégraphie idéale qui me permettra d'aller très loin si besoin est. Avec les figures qu'il a élaborées, Freddy pense que nous pourrons atteindre le cinquième mur comatique. Pour ma part, je compte bien intercepter Rose avant Moch 5. Je n'ai aucune expérience des vols intersidéraux.

16 h 58 et 3 secondes. La salle d'envol est plongée dans une pénombre propre à nous apaiser. Des chants grégoriens montent doucement. Je comprends maintenant quel effet calmant ces musiques peuvent avoir pour des thanatonautes en partance.

16 h 58 et 34 secondes. Soudain, la porte s'ouvre. Une silhouette apparaît en ombre chinoise. Je la reconnais. Raoul. Compte-t-il filmer mon baptême de la mort ? Non, il me lance un clin d'œil puis, sans hésiter, enfile une tenue blanche et se dirige vers une sphère d'envol. Il se place comme nous en position du lotus et prend dans sa main une manette de boosters.

16 h 58 et 56 secondes. La porte s'ouvre de nouveau. Une silhouette gracile aux cheveux blonds un instant inondés de la lumière du dehors se dirige à son tour vers un trône. Comme Raoul, comme moi, Amandine n'a encore jamais décollé. Elle va le faire maintenant pour Rose. Pour moi.

Elle s'empare d'un de nos uniformes. C'est la première fois, en dehors de son mariage, que je la vois en blanc. Elle installe les différents appareils et se plante dans le bras l'aiguille qui lui injectera le liquide mortel.

16 h 59 et 20 secondes. Je souris. J'ai vraiment les meilleurs amis du monde. Si c'est dans les coups durs qu'on les reconnaît, eh bien, là, je les reconnais. Leur présence me donne de la force. Quelle chance j'ai de les avoir connus ! *J'ai vraiment les meilleurs amis du monde.*

17 h 00 minute et 2 secondes. Premiers arpèges d'une toccata de Bach. C'est comme une sonnerie censée ouvrir la porte des cieux. Sésame toccata, faites que, là-haut, nous ne nous heurtions pas à un mur infranchissable.

17 h 00 minute et 25 secondes.

– Prêts ? demande Freddy à la ronde.

Vingt-huit voix répondent en même temps :

– Prêt !

Combien de fois ai-je entendu ce mot sans être concerné !

Le rabbin décompte :

– Six... cinq... quatre... trois... deux... – Ne pas se demander : « Mais qu'est-ce que je fais i... » Serrer les dents. Serrer les fesses. – deux... un. Décollage !

De mes mains moites, je presse la poire des boosters. Je sens les liquides glacés se déverser dans mes veines, et... je meurs !

191 – PHILOSOPHIE ORIENTALE

« Votre peur de la mort n'est que le frisson du berger lorsqu'il se tient devant le Roi dont la main va se poser sur lui pour l'honorer. Le berger ne se réjouit-il pas sous son tremblement de ce qu'il portera l'insigne du Roi ? Pourtant, n'est-il pas conscient du tremblement ?

Car qu'est-ce que mourir sinon se tenir nu dans le vent et fondre dans le soleil ?

Et qu'est-ce que cesser de respirer sinon libérer le souffle de ses marées inquiètes pour qu'il puisse s'élever et rechercher Dieu sans entraves ?

C'est seulement lorsque vous boirez à la rivière du silence que vous chanterez vraiment. Et quand vous aurez atteint le sommet de la montagne, vous commencerez enfin à monter. Et lorsque la terre réclamera vos membres alors vous danserez vraiment. »

Khalil Gibran, *Le Prophète*.

Extrait de la thèse *La Mort cette inconnue*, par Francis Razorbak.

192 – LÀ-HAUT

Stefania a raison : tant qu'on n'est pas mort, on ne peut pas savoir ce que c'est.

C'est impossible à décrire avec des mots. Pourtant je vais tenter de vous faire partager ces émotions telles que je les ai ressenties. Soyez conscient cependant (si vous n'êtes jamais mort précédemment) que mes paroles ne feront qu'effleurer la réalité.

314

Certaines sensations sont indicibles et ces sensations, je les ai toutes ressenties ce jour-là, ce jour où je suis parti pour essayer de sauver ma femme avant qu'elle ne soit happée par ce Continent Ultime que j'avais tant et tant étudié.

Une fois pressé le bouton de décollage, ma première impression est qu'il ne se passe rien. Mais alors, strictement rien. J'ai même envie de me lever pour annoncer à la ronde que l'expérience a raté et qu'il faut tenter autre chose. J'hésite, de crainte de me ridiculiser, et je décide de patienter cinq minutes au cas où un événement se produirait enfin. Moi, je suis un novice, mais les autres savent. S'ils ne bougent pas, c'est que tout est normal.

Je bâille. Sans doute l'effet des anesthésiants qui me donne l'impression d'être un peu saoul. La tête me tourne. Je m'attache à garder mon dos bien droit comme le conseille sempiternellement Stefania.

Ma dernière pensée consciente est pour Rose et je me répète que je dois la sauver. Maintenant, je sais que je vais mourir. Un souvenir me revient. J'étais encore tout petit et c'était la première fois que je montais sur un grand-huit. Au départ, le chariot gravit lentement la pente. Une fois qu'on se trouve au sommet, on se dit qu'on ferait mieux d'être ailleurs et qu'il faut descendre avant qu'il ne soit trop tard. Déjà, cependant, le chariot se précipite en avant, des filles hurlent de terreur ou de joie, et on ferme les yeux en priant pour que cette torture cesse au plus vite. Elle ne cesse pas. On est emporté à droite, puis immédiatement ramené à gauche, loopings la tête en bas, on est à deux doigts de tomber dans le vide et on se dit que le pire, c'est qu'on a payé pour souffrir tant d'effrois !

Bon, donc, je m'endors doucement. Je me sens léger. Très léger. J'ai l'impression que, si je le voulais, je pourrais flotter comme une plume, et je constate qu'en effet... je flotte comme une plume ! Du moins, une partie de mon corps s'y efforce, comme si l'autre, instinctivement, refusait de quitter la vie. J'ai beau aimer Rose de tout mon cœur, la mort m'effraye terriblement. Je n'ai pas envie de quitter comme ça mon appartement, mon quartier, mon bistrot, mes amis.

Encore que mes amis, et surtout mon principal ami, soient tous là, m'accompagnant dans cette terrible épreuve.

Tout ce que je ressens, Raoul le ressent. Toutes mes craintes, il doit les partager. Soudain, quelque chose de bizarre se produit. Une bosse jaillit du sommet de mon crâne, tendant mon cuir chevelu à l'extrême. Comment empêcher cette monstruosité ? Mon cœur bat si lentement que je ne peux plus bouger. J'assiste, impuissant, à l'accouchement par le sommet de mon crâne d'un autre moi, inconnu jusqu'ici. Ma conscience balance. Restera-t-elle en bas avec le moi assis en tailleur ou partira-t-elle avec le moi s'extirpant de ma tête ?

Je pousse, tirant, tirant vers l'extérieur.

Vertiges. Flou. Disparition de la notion de temps. Le moindre de mes mouvements prend un siècle. Dans la réalité, il ne s'agit sûrement que d'une fraction de seconde. Griserie. Une corne sort de mon crâne. Plus précisément, une corne se terminant par une tête. Ma tête. Mon « autre » tête. Je suis comme scindé en deux. Double et en même temps comme totalement effacé. Je meurs alors que la corne ne cesse de grandir, belle, blanche, transparente.

À présent, elle dispose de deux bras qui pèsent sur mes fontanelles pour mieux se libérer de mon crâne. À son sommet, une bouche s'ouvre en un gémissement silencieux. Ma seconde tête pleure en se délivrant de mon corps. Comme pour une naissance. Mon corps physique accouche de mon âme. Éblouissement. Picotements. Douleur et plaisir. Tour à tour, je vois le monde avec mes yeux de toujours et avec les prunelles de mon âme. Mon âme observe plus particulièrement ce qui se passe dans mon dos.

Je constate, effaré, que nous sommes deux dans mon enveloppe charnelle. « L'autre » continue de sortir. Ce n'est plus une corne mais un vague ballon étiré. Je le vois et il me voit.

Incroyables, les effets d'une décorporation !

Mon « moi » hésite entre se tapir dans ma chair ou s'en aller vers ce ballon auquel poussent à présent des jambes. « Rentre », intime mon corps à mon âme. « Pars », m'exhorté-je. Je repense à Rose, à *tous* mes amis autour de moi risquant leur vie pour me venir en aide et, dans un effort de volonté, j'ancre ma conscience dans l'être transparent jaillissant du haut de mon crâne. Je suis autre. Autre dans mon nouveau corps transparent.

Flash.

Un ectoplasme, je suis devenu un ectoplasme. La baudruche issue de mon crâne reproduit très fidèlement la forme de ma tête, se prolonge par mon cou transparent, mes épaules transparentes, mon torse transparent, mes bras transparents, mon bassin transparent, mes jambes et mes pieds transparents. Je suis comme démoulé ! Tel un long intestin fripé et entortillé, une corde transparente pend de mon nombril, me reliant à un type loin en bas, assis sur un fauteuil en position de lotus. Et le plus drôle, c'est que ce type en bas, eh bien, c'est moi !

Je suis devenu une âme et j'en vois surgir d'autres alentour, giclant de crânes et de fronts. Nous sommes quarante à flotter juste sous le plafond du thanatodrome et maintenant, j'ai très envie d'aller plus haut.

Freddy, très à l'aise dans son rôle de vieux routier de l'espace, nous fait signe de monter. Suivez l'aveugle ! D'accord, mais le plafond... Il a déjà traversé le plafond, suivi des religieux, Raoul et Amandine à leurs trousses. Je suis maintenant seul à contempler quarante corps raidis comme autant de statues molles. Comment imiter les autres ? Je ne suis pas un passe-muraille mais j'ai peur de m'attarder ainsi, loin de tous. M'armant de tout mon courage, je ferme mes yeux transparents et hop, passe au travers des plafonds, des planchers, gravis étage après étage, et déjà c'est la terrasse du toit.

Les autres sont là à m'attendre. Ensemble, nous nous élevons. Paris d'en haut, c'est formidable ! Je contemple la cathédrale Notre-Dame quand un avion supersonique fonce sur nous. Trop tard pour l'éviter mais quelle importance ? Il transperce sans dommage nos corps éthérés. Au passage, j'examine les manettes du cockpit et les entrailles d'un pilote. Fantastique, j'ai scanné un jet !

Freddy m'arrache à mon émerveillement. Il faut nous dépêcher si nous ne voulons pas manquer Rose. De fait, nous arrivons trop tard à la verticale de l'hôpital Saint-Louis.

Rose est déjà passée et se trouve désormais entre nous et le Continent Ultime.

C'est ma faute si nous l'avons manquée. Avec mes hésitations devant le plafond, j'ai ralenti toute l'équipe. Toujours au commandement, Freddy nous ordonne de foncer de toute la puissance de notre pensée. Nous filons bien à trois fois la vitesse de la lumière, doublant rayon de soleil sur rayon de soleil. Bzzz... On passe Jupiter, Saturne, Pluton, Uranus, Neptune et bzzz... c'est le vide intersidéral !

Heureusement, les ectoplasmes ne sont sensibles ni au manque d'oxygène ni aux lois de la gravité, ne ressentent ni faim ni soif. Nous savons qu'il règne ici une température glaciale mais cela ne nous fait ni chaud ni froid. L'ectoplasme, c'est le mode de transport du futur ! L'âme ne connaît aucun obstacle, bat tous les records de vitesse et ne risque (sauf rares exceptions comme nos anciennes guerres de religion) pratiquement pas d'accident.

Je m'amuse de croiser le petit vaisseau spatial piraté par des cosmonautes russes partis à la découverte du trou noir centre de notre galaxie, après que Rose en eut révélé l'existence. L'équipage ignore évidemment mes signes de connivence.

Devant moi, les rabbins m'exhortent à me dépêcher. D'accord, mais comment faire pour accélérer ? Facile, il suffit d'y penser. Tout est si nouveau, si étrange, si inconnu de mes étroits îlots d'imagination.

Stefania me sourit. Elle est peut-être transparente mais, comme les autres, je la reconnais parfaitement. Nous filons côte à côte, entre étoiles et planètes. Sur ma droite, il y a aussi Raoul, Amandine et Freddy. Toute notre escadrille d'ectoplasmes thanatonautes vole, plane, fuse vers le Continent Ultime.

Bientôt, j'aperçois Rose. Elle est là-bas, très loin devant et oui, elle se dirige *tout* droit vers... la mort. La mort, matérialisée par un grand halo multicolore : l'entrée du trou noir. En fait, pour un trou noir, l'endroit est plutôt lumineux ! Tout autour de la corolle, planètes et étoiles aspirées se percutent en un féerique feu d'artifice en forme de galaxie tourbillonnante. Les étoiles non encore gobées, sous l'effet de la vitesse qui les entraîne au fond du trou noir, deviennent roses, puis blanches, puis rouges, violettes, éclatent en rosaces, en fleurs, en gouttes de rosée brillantes. La lumière, pourtant si rapide, est ici déviée. Les rayons se courbent, s'arrondissent, dansent avant d'être détournés par l'aimant absolu.

Spectacle magique, mais à dépasser rapidement.

Autour de nous, les défunts du jour se précipitent vers l'attirante lumière, arrachant en toute hâte leurs cordons ombilicaux. Celui de Rose claque avec les autres. Un instant, je me dis que tout est fichu. Mais non, Freddy pense qu'il est possible de le récupérer. Il nous fait signe cependant de bien veiller à préserver nos propres cordons.

Notre escadre se regroupe pour mieux les tresser, conformément aux indications de Freddy. Cela me rassure un peu. C'est comme se livrer à une difficile escalade, mais nanti d'une bonne corde de rappel.

Notre groupe glisse de concert dans la bouche béante du trou noir. Son diamètre est immense : plusieurs millions de kilomètres, probablement !

Plus nous nous rapprochons, plus le halo de lumière grandit, révélant d'autres cercles à l'intérieur. Félix avait raison : ce n'est pas une couronne mais un entonnoir. On distingue des parois s'enfonçant vers un couloir qui n'en finit pas de s'étirer.

Je tends mes bras transparents en direction de Rose, au loin.

Nous parvenons à une plage. Autour et devant, il y a comme une mer de néon bleu, à peine illuminée par un coucher de soleil scintillant. À plus de mille à l'heure, j'en frôle les vagues. Au passage, elles me transmettent une douce électricité, réconfortante et fortifiante. Je suis bien ici. J'y suis même mieux que n'importe où ailleurs auparavant.

J'ai alors une pensée effrayante : Rose a raison de foncer, nous avons tort de vouloir retourner au monde.

Je me secoue. Ma femme sort de mon champ de vision. Nous précipitons notre allure grâce à notre pensée. Il suffit qu'un seul de nous pense et tout le monde sait ce qu'il a dans l'esprit.

J'accélère encore. Ce pays gigantesque, je l'aurais pourtant volontiers parcouru à loisir pendant des jours et des mois. Jamais je n'avais connu de si folles sensations. Voiture de course, moto, plongeoir le plus élevé, rien n'égale cette ivresse de victoire et de vitesse.

Je coule, je fonce, je glisse, je me répands vers la source d'illumination centrale. Une force splendide envahit mon corps transparent. Je scintille comme la mer qui nous entoure. De fulgurantes lumières clignotent sur mes ongles translucides.

Les défunts du jour sont nombreux à l'entrée du vortex. Je découvre difficilement Rose dans la foule.

Nous pénétrons à sa suite dans la corolle de la fleur stellaire. Elle est telle que je l'ai vue dessinée tant de fois sous la dictée des précédents thanatonautes. Tout tourne, tout nous aspire. Freddy se précipite dans l'espoir de saisir Rose avant qu'elle ne franchisse le premier mur comatique mais elle va trop vite. Si ses disciples n'avaient pas retenu le cordon du rabbin, il se serait brisé.

Rose disparaît.

Comprenant que j'ai la frousse, Raoul me saisit par la main pour qu'avec notre bande je passe Moch 1.

Gloup !

Un monstre gigantesque surgit aussitôt. La femme en robe de satin blanc au masque de squelette flotte dans l'espace noir comme un dirigeable dans un film d'horreur. Ses rires stridents m'assourdissent. Je suis comme un moucheron devant cet être dix, puis cent, puis mille fois plus grand que moi.

La femme en satin blanc a un corps superbe. Elle soulève sa robe, dévoilant de longues jambes d'un galbe parfait qu'elle étire voluptueusement. Sa poitrine menue se gonfle et son décolleté laisse deviner la naissance de ses seins.

Elle rit toujours, m'invitant à me perdre dans les replis de sa robe de satin blanc. Le masque de squelette me fixe, guettant mes réactions tandis qu'elle rapetisse comme pour mieux se mettre à ma portée.

Maintenant qu'elle est de taille plus raisonnable, j'en profite pour tenter de le lui arracher. Mes mains s'élancent vers les bords du masque. Tranchants, ils font gicler de mes doigts un sang transparent et poisseux. Malgré mon dégoût, je ne relâche pas mon étreinte. Je tire de toutes mes forces.

Derrière ce masque, il y a quelque chose d'essentiel qu'il me faut découvrir à tout prix.

Qui se cache derrière le masque de squelette de cette femme qui m'attire tant ?

Amandine ? Rose ? Ma mère ? Raoul ? Ma mort, cette mort que j'étudie pour compenser je ne sais quel manque ?

Un bras se lève lentement. Très lentement, il enlève le masque...

Le masque est presque retiré. Et je vois...

Incroyable ce qu'il y a derrière ce masque ! Si inattendu ! Et pourtant tellement simple...

193 – PHILOSOPHIE BOUDDHISTE

« Voici, ô moines, la Vérité sainte sur la suppression de la douleur :

L'extinction de cette soif s'opère par l'anéantissement complet du désir, en bannissant le désir, en y renonçant, en s'en délivrant, en ne lui laissant pas de place.

Voici, ô moines, la Vérité sainte sur le chemin qui mène à la suppression de la douleur, c'est ce chemin sacré à huit branches qui s'appellent foi pure, volonté pure, langage pur, action pure, moyens d'existence purs, application pure, mémoire pure, méditation pure. »

Bouddha, Discours de Bénarès.

Extrait de la thèse *La Mort cette inconnue*, par Francis Razorbak.

194 – LA MORT EN FACE

Je recule et deviens tout petit.

Mon ectoplasme se fige d'étonnement. Le sang cesse de gicler de mes doigts.

Derrière le masque de squelette, il n'y a qu'un squelette. Une autre tête de mort. La femme en satin blanc se l'arrache pour en découvrir une autre, puis une autre et une autre encore. Elle en rejette ainsi plus d'une centaine, comme autant de représentations identiques de la mort.

La mort, ce n'est que ça. La mort est la mort est la mort est la mort est la mort, et rien d'autre.

L'être ou la chose redevient titanesque. Ses jambes se transforment en tentacules qui m'emprisonnent. Je me débats de mon mieux. Comme je comprends à présent la terreur de Bresson !

– Tu vas regretter d'être monté ici ! s'exclame le squelette, avec de nouveaux rires.

Et comme il redevient femme masquée, je vois des doigts roses pourrir, de la chair moisir, se putréfier. Deux index ne réussissent qu'à traverser mon visage ectoplasmique en cherchant à me crever les yeux.

Soudain, je n'ai plus devant moi qu'une araignée recouverte de satin blanc.

Télépathiquement, j'essaie des formules magiques pour m'en débarrasser. « *Vade retro Satanas.* » Vainement. Me vient à l'esprit la litanie de la peur de *Dune*. Je la prononce : « Je ne connaîtrai pas la peur. La peur est la petite mort qui conduit à l'oblitération totale. J'affronterai ma peur. Je lui permettrai de passer sur moi, au travers de moi. Et lorsqu'elle sera passée, je tournerai mon œil intérieur sur son chemin. Et là où elle sera passée, il n'y aura plus rien. Rien que moi. »

Je ferme les yeux et répète mentalement chaque phrase.

Le rire cesse et la femme en blanc explose en bulles de lumière.

Une seule demeure. C'est la lumière centrale qui nous indique le chemin. Au travers de cette clarté, j'aperçois en ombres chinoises les silhouettes de mes amis. Je les rejoins. Tous ont combattu leur monstre. Leur monstre personnel.

Freddy le confirme : nous avons passé Moch 1. Et Rose est toujours loin devant.

Après le premier mur comatique, la couleur change. Le bleu vire au violet, puis au marron. Il y a des reflets noirs. Sont-ce les teintes de l'Enfer ?

Nous ralentissons notre course tandis que, comme les grêlons d'une insolite tempête, les bulles-souvenirs fondent sur nous.

Le couloir se tord, se transforme en ressort. Je voyage toujours vers la lumière de la mort en essayant de ne pas prêter attention à leurs morsures. Quelle impression de force ! Il n'y a pas vingt minutes que mon âme est sortie de ma chair et je suis déjà à des centaines d'années-lumière.

Aucune sensation de perte, encore moins d'appauvrissement. Je viens simplement de quitter une armure rouillée. Je croyais que cette armure me protégeait. En fait, elle me compressait l'âme, le souffle, l'intelligence.

Avec cette armure, j'ai encaissé des coups, persuadé que mes blessures n'y inscriraient que de simples rayures. Vaste méprise. Tout a touché mes sensibles racines. Tous les coups de mon existence, je les revis un par un. Paradoxalement, ceux que j'ai reçus ont laissé moins de traces que ceux que j'ai donnés. Mon âme est comme un arbre où seraient gravés au canif des mots et des souvenirs.

Tout se passe très vite. Je revois ma naissance, ma mère me nourrissant de force, mon père me donnant des vertiges et seul à s'amuser en me forçant à jouer à l'avion, mes premières irruptions de boutons et la honte qu'ils me causèrent, mon accident de voiture, l'hécatombe des prisonniers de Fleury-Mérogis, Félix acculé au suicide, la foule du Palais des Congrès me conspuant, les lettres d'insultes, les lettres de menaces, et ma perpétuelle culpabilité. « Assassin ! Meurtrier ! », me lancent au visage des hommes dont j'ai oublié jusqu'au nom. « Assassin, assassin, assassin, assassin », me répète une voix intérieure. « Tu as tué cent vingt-trois innocents. » « Désolée, Michael, mais vous n'êtes pas du tout mon type d'homme. » Les mauvais souvenirs se mêlent à des cauchemars anciens.

À tout prendre, je préfère encore la rencontre avec la femme en robe de satin blanc. Tant pis, je fais face à mon passé avec le maximum d'honnêteté.

Rose est elle aussi freinée par la grêle des bulles-souvenirs. Je tiens peut-être là l'occasion de la rattraper. Je m'approche avec beaucoup de difficultés, luttant contre la tempête de ma propre vie. Je progresse pourtant. Ça y est, je l'ai presque rejointe. Télépathiquement (puisque ainsi s'expriment les ectoplasmes), je lui lance : « Nous sommes venus te chercher pour t'aider à redescendre. » Elle ne me prête aucune attention. Elle a retrouvé son premier amour. C'est un astronome américain. Quand il l'a laissée tomber, elle a cherché à le reprendre en poursuivant les mêmes études que lui. Rose ne m'en avait jamais parlé. Maintenant, je comprends mieux nombre de ses sentiments.

Elle discute avec les souvenirs de son amant. Il lui dit qu'il s'ennuyait avec elle. Il lui dit que, dans un couple, le plus important est de ne jamais s'ennuyer. Elle était douce et gentille, certes, mais elle ne lui apportait rien de spécial. C'est pour cela qu'il l'a quittée.

En larmes, Rose s'enfuit. Je n'ai pas eu le temps de lui jurer que non, on ne s'ennuie pas avec elle que, déjà, elle a traversé le deuxième mur comatique.

Je ne puis courir après elle. Freddy me retient par mon cordon argenté. Il me rappelle que le but de cette expédition consiste à tous rentrer vivants sur terre et que, si je me précipite trop, je briserai mon cordon et ne pourrai plus ni secourir Rose ni faire demi-tour.

Freddy, Stefania, Raoul et Amandine me tenant les mains, nous passons ensemble Moch 2.

Stefania nous a certes souvent vanté les plaisirs du pays rouge mais je n'avais jamais imaginé tant de fantasmes et de perversions concrétisés ! Une autre Amandine, l'Amandine que j'ai si longtemps désirée, se présente en guêpière et bas résille et tente de m'enlacer. Je cherche comme échappatoire la véritable Amandine mais celle-ci s'abandonne dans les bras d'un bel éphèbe noir aux muscles saillants.

De jeunes garçons caressent Raoul, dont je n'avais jamais pensé qu'il puisse refouler des tendances homosexuelles. Habituée des lieux, Stefania en profite pour se mêler un instant à une bande de jeunes filles qui connaissent les plus intimes ressorts d'un corps de femme. Sur la banquette arrière d'une Rolls Royce, Rose se livre à un prince de contes de fées.

J'ai envie de la tirer de là mais l'Amandine de mes fantasmes, dont la longue crinière blonde contraste avec ses vêtements de cuir noir, m'attrape le visage et le plonge entre ses seins tièdes tout en riant comme une diablesse.

De son côté, Freddy est entouré d'un harem de femmes arabes, toutes portant un diamant étincelant au nombril. Un par un, comme effeuillant une marguerite, il leur ôte leurs voiles de soie.

Où sommes-nous allés nous fourrer ? Mon Amandine de rêve me caresse le cou de l'extrémité de ses cils qu'elle fait battre très vite. Un papillon nerveux me chatouille de ses longues ailes de soie. J'avais donc ce fantasme-là ? C'est délicieux. Amandine me sourit avec un regard des plus coquins. Puis, avec sa bouche, elle me...

195 – FICHE DE POLICE

Note aux services concernés
Un groupe de thanatonautes expérimentés a décollé ce matin. Il est encore embourbé dans le deuxième territoire. Devons-nous intervenir ?

Réponse des services concernés
Non, pas encore.

196 – PHILOSOPHIE BOUDDHISTE

« Si malgré nos vertus nous avons une vie malheureuse, cela est dû à notre mauvais karma passé.

Si en dépit de notre méchanceté nous avons une vie heureuse, cela est également dû à notre karma passé.

Nos actions présentes auront à leur tour toutes leurs conséquences à la première occasion possible. »

Narada Thera, *Doctrine de la Renaissance*.

Extrait de la thèse *La Mort cette inconnue*, par Francis Razorbak.

197 – DANS LES NUAGES

... Elle me mordille les oreilles. Ça reste entre nous mais j'aime bien. J'adore même ça. Surtout sur l'angle supérieur. Et puis le lobe. Et la nuque aussi. Pas le cou. En revanche, j'aime bien sur la pointe des épaules. Elle le sait. Elle sait tout sur ma sensualité ! Elle en profite. En abuse. Puis mon Amandine de rêve, devenant encore plus audacieuse, me...

Mais, s'arrachant aux houris, Freddy bat le rappel et nous

intime de surmonter nos pulsions sexuelles. Nous nous serrons les uns contre les autres en nous tenant mutuellement nos cordons ombilicaux. Près de moi, un moine taoïste n'en mène pas large. Il sait que nous nous avançons vers des territoires splendides mais dangereux.

Plusieurs fois nous tentons de rattraper Rose. En vain. Elle a déjà traversé Moch 3 et rejoint la foule des morts en attente.

Comme elle, nous pénétrons dans le pays orange. La file des trépassés s'étend à perte de vue. Certains s'étonnent de nous voir toujours nantis de nos cordons. Qu'est-ce que c'est que ces étranges touristes venus du monde de la vie pour visiter le continent des morts ? La plupart, cependant, se désintéressent de nous.

Je cherche Rose dans la cohue.

Il y a là des bataillons entiers de soldats massacrés dans des guerres exotiques, des victimes d'épidémies foudroyantes, des accidentés de la route en pagaille. Des morts, des morts, encore des morts, de toutes races et de tous pays. Des lépreux, des condamnés à mort électrocutés, des grilleurs de feux rouges, des torturés politiques, des fakirs imprudents, des constipés chroniques, des explorateurs empoisonnés par des flèches au curare, des nageurs sous-marins qui ont trop taquiné le requin, des fusiliers marins, des éthyliques frénétiques, des paranoïaques qui ont fui leurs ennemis imaginaires par la fenêtre du neuvième étage, des sauteurs à l'élastique dont l'élastique l'était trop, des vulcanologues trop curieux, des myopes qui n'ont pas vu le camion s'approcher, des presbytes qui n'ont pas vu le ravin, des astigmates qui n'ont pas reconnu la mygale, des lycéens qui n'ont pas compris qu'une vipère, ça ne ressemble pas à une couleuvre.

Nous bousculons tout le monde.

« Rose, Rose », émets-je en langage télépathique.

Plusieurs femmes nommées Rose se retournent. Des Rose pleines d'épines, d'épis ou de dépits. Comme ceux des autres, leur ectoplasme raconte leur histoire. Une victime d'un mari jaloux, une paysanne surprise dans une meule de foin par un père vindicatif, une vieillarde décédée sans avoir profité de ses richesses que dilapident déjà ses petits-enfants...

Je progresse parmi d'autres défunts. Des morts, des morts, encore des morts. Des drogués en overdose, des femmes trop battues, des glisseurs sur peaux de bananes, des enrhumés malchanceux, des fumeurs époumonés, des marathoniens gagnants, des pilotes de Formule 1 qui ont loupé le virage, des pilotes d'avion qui ont manqué la piste d'atterrissage, des touristes qui se figuraient que Harlem était beaucoup plus pittoresque le soir, des amateurs de vendettas familiales, des découvreurs de virus inédits, des buveurs d'eau du tiers monde, des ramasseurs de balles perdues, des collectionneurs de mines de la Seconde Guerre mondiale, des racketteurs de blousons qui sont tombés sur des policiers en permission, des voleurs de voiture piégée.

Il y a aussi des motards qui étaient persuadés qu'il y avait assez de place pour doubler le camion en haut de la côte, des camionneurs qui ont donné un grand coup de volant pour éviter une moto juste en haut de la côte, des auto-stoppeurs qui ont vu tout à coup, juste en haut d'une côte, une moto les frôler et un camion leur foncer dedans.

Des greffés du foie discutent avec des greffés du cœur. Des enfants critiquent leurs parents qui ne les ont pas encore retrouvés alors que, jouant à cache-cache, ils s'étaient simplement cachés dans le réfrigérateur.

Aucune tension entre les défunts. Ici règne la paix universelle. Des Bosniaques côtoient avec aménité des Serbes. Des clans corses se réconcilient. Un naufragé de la mer s'entretient avec un naufragé de l'espace.

Freddy nous rappelle que nous n'avons pas de temps à perdre en distractions. Nous nous rassemblons autour de lui, prêts pour la figure que nous avons répétée au laboratoire. Nous soutenant les uns les autres en veillant à préserver nos cordons ombilicaux, nous nous constituons en pyramide. Au sommet, Freddy, Raoul et Amandine me tiennent sur leurs épaules.

Je communique à Rose que nous sommes là pour la faire revenir à la maison. « À quoi bon ? » répond-elle. Elle estime que son heure est venue. Il faut savoir en finir avec l'existence et elle est satisfaite de sa fin : elle est morte après avoir réussi sa vie. Elle est partie alors qu'elle était heureuse et que ses projets aboutissaient. Que demander de plus ?

Je lui rétorque qu'elle est morte avant d'avoir eu un enfant et que, moi, je souhaite un enfant d'elle. Elle riposte en me rappelant une phrase de Stefania : «Le problème, c'est que les gens se figurent indispensables sur cette terre et ne sont pas capables de tout abandonner, quel orgueil ! »

Elle estime que le monde est suffisamment peuplé pour qu'elle n'ait pas à regretter de le laisser sans descendance. Enfin, pour ne plus entendre mes exhortations, elle prend ses jambes à son cou et joue des coudes pour dépasser la masse des trépassés en attente.

Mon épouse et nous à ses trousses passons ainsi le quatrième mur comatique et gagnons le pays du savoir.

Sans le demander, j'apprends pourquoi $E = mc^2$ et je trouve ça génial. Je comprends pourquoi l'humanité se déchire constamment dans des guerres. Je vois même où sont cachées les clés de ma voiture que je cherche depuis si longtemps.

J'obtiens un tas de réponses à des questions que je ne me suis jamais posées. Comment, par exemple, on peut conserver des bulles dans une bouteille de champagne rien qu'en introduisant une cuillère d'argent dans le goulot. (Ça, ça a toujours été pour moi un grand mystère !)

Je comprends qu'il faut accepter sans se plaindre le monde tel qu'il est et sans juger qui que ce soit. Je comprends que la seule ambition d'un humain ne peut être que de chercher à sans cesse s'améliorer. Mon intelligence se dilate à en faire exploser ma cervelle. J'ai conscience de tout, de la vie, des êtres, des choses. – Qu'il est agréable de tout comprendre ! Comme Adam a dû être heureux en croquant la pomme de la connaissance et Newton en la recevant sur la tête !

Ah oui, la rencontre avec le savoir est peut-être l'épreuve la plus difficile entre toutes.

J'avance dans le savoir. Le grand savoir et le petit savoir. Le savoir absolu et le savoir relatif. Soudain je m'arrête, frappé par une révélation : je n'ai jamais aimé. Certes, j'ai éprouvé de la compassion, de l'attendrissement. Je me suis réchauffé auprès de mes amis, de gens avec lesquels j'avais plaisir à être et à discuter. Mais les ai-je vraiment aimés ? Suis-je seulement capable d'aimer ? D'aimer quelqu'un d'extérieur à moi et qui ne soit pas moi ? Je me dis que je ne suis sûrement pas le seul dans ce cas et qu'ils sont certainement nombreux, les humains qui n'ont jamais vraiment aimé, mais ce n'est pas une raison. Je n'y vois ni excuse ni consolation. L'expérience de la mort m'aura au moins ouvert les yeux sur une idée qui m'avait toujours paru entachée de stupide sensiblerie : il faut aimer pour être heureux.

Aimer est le plus grand acte d'égoïsme, le plus beau cadeau qu'on puisse s'offrir à soi-même. Et pour l'instant, je n'en ai jamais été capable !

Et Rose ? Après tout j'ai cru l'aimer, puisque je suis mort pour elle. En fait, je ne l'aime pas assez. Rose, si je te tire de là, si nous nous tirons de là, je t'assommerai de mon amour. D'un amour immense et gratuit ! La pauvrette, elle s'étonnera sûrement de ce qu'il lui arrive. Il n'est rien d'aussi effrayant qu'un grand amour subitement livré par quelqu'un qui s'est toujours efforcé de modérer ses sentiments. Ce sera effrayant et en même temps délicieux ! Comme il me tarde de le lui annoncer, que je suis capable de comprendre ce que c'est que d'aimer vraiment !

J'accélère mon vol et les autres aussi. Rose est au bout du tunnel. Après avoir, comme nous, fait le plein de connaissances, elle franchit le cinquième mur comatique et entre dans le pays de l'idéale beauté.

Flop !

Quel choc !

Après avoir affronté la peur, les désirs, le temps, le savoir, voici le merveilleux pays vert, ses fleurs, ses plantes, ses arbres splendides aux couleurs chatoyantes comme des ailes de papillon. Comment encore décrire l'indescriptible ? J'aperçois un parfait visage féminin, je plane au-dessus de son corps et il se transforme en fleur aux pétales en vitraux de cathédrale. Dans des lacs transparents, des poissons aux longues nageoires de cristal nous sourient. Des gazelles grenadine sautillent par-dessus des aurores boréales.

Ce ne sont pas des hallucinations. L'idéale beauté ramène

à la surface tous mes souvenirs de beauté et les entraîne à leur paroxysme. Mes compagnons eux aussi ont leurs propres visions. Des papillons noir fluo volettent autour de Raoul. Des dauphins argentés jouent autour de Stefania. Freddy est cerné de jeunes faons vert et blanc au dos couvert d'écume. Quelque part retentit le *Prélude à l'après-midi d'un faune* de Claude Debussy. La beauté, c'est aussi la musique. Et les parfums, je sens partout comme des odeurs légères et mentholées.

Devant, Rose ralentit un peu puis repart de plus belle vers l'attirante lumière centrale qui me captive moi aussi tant ses ondes sont positives.

Ma femme arrive ainsi au sixième mur. Moch 6. Celui qu'aucun thanatonaute au monde n'est encore jamais parvenu à franchir !

Comme elle se dépêche, elle qu'aucun cordon n'entrave plus, dans sa course vers l'inconnu !

Floup !

Elle est de l'autre côté. Elle est dans la *Terra incognita* !

Freddy nous indique qu'il nous faut maintenant modifier notre position. Il réclame une large base se poursuivant par une pointe fine. Il nous annonce que seuls lui et moi tenterons le passage. Lui, parce qu'il est expérimenté entre tous, moi, parce que je suis seul capable de convaincre ma femme de revenir.

Raoul m'encourage.

– Allez ! Tout droit, toujours tout droit vers l'inconnu !

198 – PHILOSOPHIE SOUFIE

« Je viens de cette âme qui est l'origine de toutes les âmes
Je suis de cette ville qui est la ville de ceux qui sont sans
[ville
Le chemin de cette ville n'a pas de fin, va, perds tout ce
[que tu as, c'est cela qui est le tout.

Dans la mer de la fidélité, je me dissous comme le sel
Il ne me reste ni impiété, ni foi, ni certitude, ni doute

Dans mon cœur brille une étoile
Et dans cette étoile-là sont cachés les sept cieux. »

Rubai Yat, Djalâl od Dîn Rûmî.

Extrait de la thèse *La Mort cette inconnue,* par Francis Razorbak.

199 – NOUS Y VOICI

Freddy m'épate. Il s'avance sans complexe vers cette frontière que nul humain n'a encore jamais franchie. Le cordon démesurément étiré, il s'avance hardiment, et moi je traîne les pieds. Je suis un peu las des surprises de la mort. Pourtant, je sens que là derrière se dissimule le dernier mystère, le mystère final de la mort.

Je connaîtrai enfin le secret le plus secret. Qui donc a causé davantage de victimes que... la mort ? Ici, derrière ce rideau, s'achèvent tous les thrillers et tous les romans d'amour. Ici, derrière ce rideau, la science-fiction rejoint le fantastique et toutes les mythologies du monde fusionnent avec la science exacte.

J'hésite d'abord, et puis je me précipite.

Le voilà enfin, l'ultime territoire du Continent Ultime.

Je le vois.

Un instant j'oublie Rose. Mystère des mystères, secret des secrets, jamais révélé aux hommes, je te vois. Je te vois, je te sens, je t'entends. Ici est la fin. Ici est le cimetière des éléphants. Ici meurt la lumière, toutes les lumières, les sons, tous les sons. Les âmes, toutes les âmes. Les idées, toutes les idées.

Je suis au Paradis.

Des millions de musiques célestes éclatent dans ma tête. Des débris d'étoiles m'adressent de gentils adieux. Une étoile qui meurt et un homme qui meurt accomplissent le même chemin. Ils vont au Paradis.

Je marche dans la brume, foulant de mes pieds cotonneux un territoire précieux. Mes bras translucides s'élèvent comme pour un salut. Mes genoux se plient pour une génuflexion. J'embrasse ce sol flou.

Par erreur ou par amour, je suis au Paradis. Et que c'est

beau ! Plus beau encore que toutes les visions d'idéale beauté du sixième territoire. Elles n'étaient que reproductions et imitations. La réelle beauté du Paradis les surpasse toutes.

Le Paradis est mon seul pays, ma seule patrie, l'unique objet de mon chauvinisme. Je suis d'ici. Il me semble avoir toujours connu cet endroit, avoir toujours su que de là je venais et que là je devais retourner. Sur terre, là-bas, si bas, je n'étais que de passage. En vacances. Je suis un ectoplasme, je n'ai jamais vraiment été Michael Pinson. Je ne suis qu'un pur ectoplasme. Jamais je n'ai été ce triste, ce stupide Michael Pinson.

Il est si bête, ce type, alors que mon vrai moi est si... léger. La légèreté, voilà la vertu cardinale. Mon ambition est de demeurer une vapeur pensante. J'ai été attaché à la terre et à mon corps. Erreur jeunesse.

Je vois Rose et je l'aime bien davantage que sur terre. Pourquoi redescendrions-nous vers nos peaux étriquées, nos corps douloureux et nos cervelles farcies de soucis effarants ? Nous sommes bien tous les deux, ici. Nous n'avons plus peur du temps. Nous n'avons plus peur de rien.

Je me fiche des thanatonautes qui m'attendent à la porte du Paradis. Ils sont bien bêtes de rester là. Moi, j'ai retrouvé mon pays et mon monde. Révélation des révélations. Je suis dans ma source. Je vois le vrai soleil. À côté, l'autre, celui des Terriens, me semble jaunâtre. Le blanc, le vrai blanc, le blanc pur n'existe qu'au Paradis.

Je suis au Paradis. J'étais venu pour en préserver Rose, quelle dérision !

La brume s'éparpille. Sous moi apparaît la longue file des morts. Elle forme comme un fleuve qui, plus loin, semble se diviser. Je descends examiner le phénomène de plus près. Le fleuve des âmes se scinde en effet en quatre branches et, au milieu des âmes humaines, je discerne maintenant des âmes animales et même végétales. Sans doute le Paradis possède-t-il une deuxième porte par où elles se sont engouffrées. Il y a là des anémones marines et des algues, des ours et des roses. Les végétaux aussi ont une âme. Je le sais puisque à présent je comprends tout.

Le syncrétisme absolu. Nous sommes tous solidaires et,

sur terre, tous ensemble, nous avons souffert. Il faut vivre en évitant toute violence. Ne pas faire violence aux autres quelle que soit leur nature, ne pas se faire non plus violence. Cette loi de l'existence me pénètre jusqu'au bout de mes orteils. Je n'étais donc que ça, un humain ignorant voué à monter un jour au Paradis jauger son ignorance.

Le fleuve, charriant âmes humaines, animales et végétales, se divise en quatre branches. Quels ouvrages entassés dans le bureau de Raoul évoquaient-ils déjà un pays irrigué par quatre fleuves ? Les hindous en parlaient, les juifs aussi. Des phrases du mémoire de Raoul me traversent l'esprit : « MYTHOLOGIE HÉBRAÏQUE. Le Paradis réside dans la septième sphère céleste. Deux portes y donnent accès. On y est invité à danser et à se réjouir. On voit quatre fleuves, l'un de l'air, l'un de miel, l'un de vin, l'un d'encens... » « Le Paradis est arrosé par quatre fleuves », disait aussi le Coran.

D'un bout du monde à l'autre, les Anciens savaient et s'étaient servis de métaphores pour décrire un même paysage.

Quatre fleuves. Quatre subdivisions. Quatre types d'âmes, pas seulement le bien et le mal, plutôt quatre tonalités comme les graves, les médiums, les aigus et les suraigus. Quatre façons d'être une âme.

Suivant Rose, Freddy et moi remontons les quatre fleuves de défunts.

Et soudain, j'aperçois les anges.

200 – PHILOSOPHIE CHRÉTIENNE

« Les Bienheureux verront alors clairement la solution des mystères dont la raison affirmait ici-bas la vérité avec la soumission docile de la foi. La Trinité, l'incarnation, la rédemption, les lois cachées de la providence dans le gouvernement des âmes, dans le gouvernement du monde et dans son action sur les peuples dont l'histoire est trop souvent pour nous ou une énigme ou un long scandale. Ils connaîtront l'économie surnaturelle des voies de Dieu pour la sanctification de Ses élus et les merveilles infinies de l'essence même de la Divinité. »

Monseigneur Élie Meric.

Extrait de la thèse *La Mort cette inconnue*, par Francis Razorbak.

201 – AU BOUT

De loin, on croirait des lucioles.

Des anges.

Je sais d'emblée que ce sont eux.

Les anges du Paradis.

Le spectacle valait le voyage.

Freddy me prend aux épaules, me secoue comme un prunier. Il me crie que nous nous sommes juré de ramener Rose au pays des vivants, pas de rester avec elle au continent des morts. Il me conjure de ne pas oublier ma mission. Il a capté toutes mes pensées tout à l'heure. On se comprend si vite, entre ectoplasmes !

Le rabbin parle et me ramène à la raison. Le délire est terminé. Mort, je t'ai déjà vaincue sous ta forme de femme en satin blanc, tu ne me séduiras jamais, même en m'apparaissant comme un Paradis.

Freddy est content. Il est conscient d'avoir ramené le calme dans mon esprit. Même le Paradis sera moins puissant que ma volonté. Je sais qui je suis. Une âme pure et un corps charnel, pour l'heure pas encore dissociés. Je suis esprit et matière, et l'esprit doit demeurer plus fort que la matière. Je dois conserver l'équilibre entre le cœur et la raison.

Je sais qui je suis. Je sais qui nous sommes. Pas deux âmes parmi d'autres, mais deux thanatonautes en mission. Nous ne sommes pas des morts, mais des vivants capables d'explorer le Continent Ultime et d'en revenir. Et nous sommes là pour sauver Rose.

Nous suivons la branche « miel » du fleuve des trépassés. Nous nous mêlons à eux. Les défunts nous observent avec ahurissement car nous possédons toujours nos cordons ombilicaux. J'ignore pourquoi je ne l'ai pas encore brisé mais, en tout cas, il tient bon.

Les quatre files sont très longues. On pourrait se croire au comptoir d'un aéroport surchargé en période estivale.

À tue-tête, je hurle « Rose ! Rose ! » et un vieillard dévoré par ses chats affamés perçoit mon appel et me signale qu'elle est devant. Sans doute a-t-elle déjà franchi les contrôles, sans doute est-elle déjà à la pesée.

– Eh oui, télépathe-t-il, fataliste. Certaines âmes sont parfois favorisées. Elles rattrapent et doublent des âmes en attente dans le pays vert depuis des tas de siècles. Allez savoir pourquoi...

– Vous dites qu'elle est à la pesée ?

– Mais oui. À la pesée de son âme. Ils vont examiner ce qu'elle a commis de bien et de mal dans cette existence avant de décider de sa prochaine réincarnation.

– Et c'est où la pesée ?

– Tout droit. Vous ne pouvez pas vous tromper. C'est toujours tout droit.

202 – PHILOSOPHIE TAOÏSTE

« Le Sage aime cette vie tant qu'elle dure et l'oublie ensuite pour une autre vie. Celui qui est un avec l'âme universelle garde son moi où qu'il aille.

Le feu est au fagot ce que l'âme est au corps. Il passe à un autre fagot comme l'âme passe à un corps nouveau. Le feu se propage sans l'éteindre. La vie continue sans cesse. »

Tchouang-tseu.

Extrait de la thèse *La Mort cette inconnue*, par Francis Razorbak.

203 – FICHE DE POLICE

Note aux services concernés
Vous avez refusé d'intervenir pour les arrêter. Maintenant ils sont là. Espérons qu'il n'est pas trop tard. À vous de vous débrouiller.

Réponse des services concernés
On se débrouillera.

Freddy et moi pataugeons dans la brume blanche parmi les âmes humaines et non humaines. Nous allons vers une vallée où les quatre bras du fleuve des trépassés se rejoignent. Les morts avancent toujours vers la lumière. Les anges les entourent de plus près.

Les anges, a priori, ce sont des ectoplasmes comme vous et moi. Ils n'ont pas de cordons ombilicaux mais sont enveloppés d'un halo phosphorescent et parcourus de mouvements multicolores. Ils nous considèrent et leur halo s'irise de nouveaux et fantastiques chatoiements, comme s'ils étaient capables d'exprimer leurs pensées en modifiant simplement leurs couleurs.

Ils tournoient de bas en haut et de gauche à droite, à la manière de fœtus dans un ventre de mère, et nous demandent ce que nous fabriquons ici avec nos cordons intacts.

– Nous cherchons une femme.

Un ange me déclare qu'il est celui qui permet de retrouver ce que l'on a perdu.

Je lui décris Rose. Il confirme qu'elle est proche de la pesée. Il me montre au loin, surplombant la vallée où convergent les quatre bras du fleuve, une montagne de lumière recouverte de vapeurs. C'est de son sommet que part la lueur centrale qui nous guide depuis notre entrée au Paradis.

Avec les trépassés, nous gravissons le sentier qui conduit à la lumière.

Sur la cime, flottent trois anges aux auras encore plus lumineuses que celles des précédents.

– Ce ne sont pas des anges comme les autres, me souffle Freddy, ce sont des archanges.

De fait, ils étincellent, tandis que la foule des morts s'approche péniblement d'eux à petits pas.

Le rabbin me montre Rose, au-dessus de nous, noyée dans la lumière de la montagne et l'éclat des archanges. Là-bas, sur un terre-plein, se regroupent les défunts sur le point de comparaître.

– Au suivant, annonce un archange.

Le suivant, c'est Rose.

– Vas-y, convaincs-les de la laisser partir, me presse notre rabbin.

Lui ne peut plus me suivre. Il maintient mon cordon comme le sien, si étiré qu'il semble sur le point de se rompre. Nous sommes vraiment en train de jouer avec nos vies. Je dois continuer seul tandis que lui veillera à préserver nos cordons.

Je vole vers les archanges, criant presque :

– Attendez ! Avant de juger cette femme, je dois vous dire que nous, les vivants, nous ne voulons pas qu'elle comparaisse devant vous.

L'archange me considère sans surprise. Sa voix télépathique est douce et rassurante. Il semble ouvert à tous les arguments. Cet agent de la mort n'a rien d'effrayant. Il s'efforce même de me réconforter en même temps que les défunts rassemblés alentour.

– Expliquez-vous.

– Rose est morte, victime d'une bande de voyous, mais elle n'a rien à faire ici.

Les deux autres archanges sont tout aussi avenants. Dans cette clarté, ils me rappellent un peu les extraterrestres de *Rencontres du troisième type,* le film de Steven Spielberg.

Ils me demandent de quel droit je me permets d'intercéder ici. Ils examinent le rabbin derrière moi et nos cordons intacts.

– Vous voulez la ramener sur terre, c'est cela ?

– Oui. Nous sommes quarante vivants à être montés jusqu'à vous pour la sauver.

Les trois archanges se réunissent pour une intense discussion. L'un déploie une ficelle transparente pleine de nœuds et paraît y lire nombre d'informations intéressantes.

Il me considère, considère Rose, discute encore avec les autres et parle enfin :

– Pour que quarante humains aient pris tant de risques, il faut vraiment que cette femme soit encore nécessaire à votre bas monde. Nous vous autorisons donc à la redescendre mais nous ne lui rendrons son cordon que si elle le désire et le demande elle-même.

Rose hésite. Désormais, son destin repose entre ses mains. Je perçois que son esprit en finirait volontiers avec le jeu de la vie. Comme moi tout à l'heure, elle se figure qu'ici est son vrai pays, sa seule patrie. En même temps, quelque chose en elle, peut-être l'amour qu'elle me voue, lutte contre ce sentiment.

Autour de nous, morts et anges attendent avec intérêt de quel côté penchera la balance.

– Quelle chance d'être à ce point adorée d'un mortel ! murmure un hara-kiri nippon.

Un enfant martyr approuve.

Un ange signale que c'est la première fois qu'il voit pareil embrouillamini.

Un autre se félicite qu'on nous ait laissés monter. La situation est intéressante.

Rose dévisage les archanges. Mais ceux-ci refusent d'intervenir dans sa décision. Si elle le souhaite, on procédera à la pesée de son âme. Sinon, elle est libre de retourner en arrière et de reprendre le feuilleton de son existence, avec ses hauts et ses bas, ses bonnes actions et ses mauvaises. On est seul responsable de sa destinée.

D'un peu plus haut derrière, Freddy nous observe. De loin, on se croirait à un mariage dans une fantastique cathédrale blanche. Un couple face à face, Rose et moi, derrière, une longue et grise file d'invités, et devant, une montagne de lumière.

Rose avance d'un pas vers les archanges, en accomplit un second. Je retiens mon souffle et soudain, elle fait volte-face et se jette dans mes bras.

– Excusez-moi, dit-elle, mais il me reste encore beaucoup de choses à accomplir en bas.

Des anges, surpris, changent de couleur. La scène, qui présentait jusqu'ici un aspect jaune clair, devient plus bleue. Les archanges nous sourient, attendris. Des chérubins petits comme des libellules s'affairent. Un cordon ombilical dont je ne distingue pas le bout jaillit du ventre de mon épouse pour s'élancer vers l'entrée du trou noir. Rose est rebranchée. De nouveau un cordon relie son âme à son corps.

Nous rejoignons Freddy. Il sait que nous avons réussi.

Des défunts nous saluent :

– Bon retour dans le monde matériel, les gars !

– Ils en auront besoin, soupire un psycho-killer américain

grillé sur une chaise électrique. Moi, le monde matériel, je préférerais crever que d'y revenir. Si vous voulez mon avis, la vie c'est qu'une vallée de larmes.

Nous ne l'écoutons pas.

Le retour est évidemment plus plaisant que l'aller. Nous ne craignons plus pour nos cordons ombilicaux. Nous redescendons la montagne de lumière, longeons les quatre branches du fleuve des morts, puis le fleuve unique. Comme des saumons, nous sommes trépassés retournés à la source et nous ne la quittons que pour mieux y revenir plus tard.

Derrière le sixième mur comatique, tous nos amis sont là et applaudissent mentalement notre retour. Tout ce temps, ils attendaient, inquiets de constater la tension extrême de nos cordons ombilicaux, redoutant que nous ne puissions plus faire demi-tour.

Raoul, Stefania, Amandine, moines chinois et rabbins qui nous ont permis de connaître le fond de la vie et de toucher le fond de la mort papillonnent joyeusement. Nous retraversons les territoires et les Moch.

Défilent la beauté, le savoir, la patience, le plaisir, la peur.

Nous sommes presque sortis du trou noir. Dehors, les étoiles palpitent misérablement, comparées à la grande lumière de là-bas, au fond. Nous voletons, heureux, quand surgit soudain une bande d'ectoplasmes patibulaires.

205 – PHILOSOPHIE HINDOUISTE

« L'homme est semblable à une taie d'oreiller. Une taie peut être rouge, une autre noire et ainsi de suite, mais toutes contiennent le même coton. Il en va de même pour les hommes : l'un est beau, l'autre est laid, un troisième pieux, un quatrième méchant, mais c'est le même Dieu qui réside en tous. »

Ramakrishna.

Extrait de la thèse *La Mort cette inconnue*, par Francis Razorbak.

Nous nous étions imaginés réconciliés avec le Vieux de la Montagne, désormais privé de ses haschischins trucidés et de ses Coalisés revenus à la raison. Pas du tout. Après quelques politesses dans notre thanatodrome, son naturel était revenu au galop. Faute de thanatonautes musulmans, à présent que la grande alliance avait été signée entre les religions, il avait rameuté une petite troupe de thanatonautes mercenaires.

Il nous lance télépathiquement que l'œcuménisme n'est qu'un piège pour endormir toutes les confessions et permettre aux juifs de mieux envahir le Paradis.

Freddy rétorque que nul n'est propriétaire du Continent Ultime et qu'il est normal que des prêtres se soient entendus pour condamner toute violence. Le dernier des haschischins réplique qu'il connaît toutes les entourloupes verbales dont sont capables les rabbins et qu'il ne s'y laissera plus prendre.

Je m'amuse de repérer dans sa troupe le gros Martinez, notre ennemi d'enfance, qui s'était porté candidat-thanatonaute au temps des hécatombes, et que nous avions alors refusé sans qu'il nous reconnaisse. Il nous détestait à présent d'autant plus que nous l'avions sauvé d'une mort alors certaine. C'est curieux, mais les gens qui vous ont nui vous en veulent de ce qu'ils vous ont fait. Si en plus vous leur rendez service, leur haine ne connaît plus de bornes.

Les mercenaires sont plus nombreux que nous et j'ai très peur. Ce serait stupide de mourir ainsi après une telle équipée !

Mais Freddy sait que le Vieux de la Montagne n'en veut en fait qu'à lui. Justement parce qu'il a cherché à le comprendre et à s'en faire un ami après que ce dernier eut tenté de le tuer, lui et les siens. Le haschischin réagit exactement comme n'importe quel Martinez.

Pour nous protéger, avant que nous ayons pu l'en empêcher, le rabbin dénoue son cordon et se détache. Il tente une manœuvre de diversion.

— Fuyez vite, nous ordonne-t-il. Si nous restons ensemble, aucun de nous ne rentrera.

Nous hésitons à l'abandonner mais ses accents télépathiques sont si impératifs que nous finissons par obtempérer, emportant de force Amandine qui veut à tout prix combattre aux côtés de son mari.

— Freddy ! crie Amandine.

— Partez, laissez-moi, je deviendrai un Lamed vav.

À la manière d'un lasso ectoplasmique, il fait tournoyer son cordon argenté tandis que les mercenaires fondent sur lui.

— Freddy !

Le vieux sage nous adresse des signes apaisants.

Un dernier message retentit à nos oreilles :

— Partez ! Je me réincarnerai dès que possible. Guettez la naissance d'un enfant qui portera les mêmes initiales que moi. Il reconnaîtra mes objets usuels. Fuyez et rappelez-vous : F.M. !

Il reçoit des coups. Il en rend. Avec son expérience des guerres du Paradis, le vieux rabbin aveugle parvient à couper rapidement les cordons de quelques-uns de ses assaillants avant qu'ils ne le recouvrent.

Se reprenant, Stefania veut foncer dans le tas. Nous la suivons mais il est déjà trop tard. Le Vieux de la Montagne a tranché le cordon de Freddy.

Un dernier geste fataliste et le rabbin est aspiré par la lumière.

Les mercenaires se retournent alors contre nous.

— Toi et moi contre les imbéciles, dit Raoul.

Corps à corps. Amandine combat Martinez avec courage. Rose affronte deux âmes hostiles. Raoul charge quelques tueurs à gages. Et moi, pas de chance, je me retrouve seul contre le Vieux de la Montagne en personne !

Le bonhomme ne me veut pas de bien.

J'esquive quelques coups de mon mieux. L'autre est à l'aise avec un aussi piètre adversaire que moi. Il me passe mon cordon ombilical autour du cou comme pour m'étouffer. Il serre et mon âme a mal. Il tord mon filin à l'extrême. J'attends le claquement qui me renverra vers les archanges quand l'étreinte se relâche. Après s'être débarrassée assez facilement de Martinez, Amandine est arrivée par-derrière et a coupé le cordon de l'obstiné haschischin.

L'homme est effaré de ce qui lui arrive : une femme l'a mis K.O.

À force d'expédier des gens dans des paradis artificiels, il se doute que le vrai doit être moins coulant. Il tente désespérément de renouer les lambeaux de sa ficelle d'argent, accumulant doubles nœuds et nœuds de sécurité. Mais dans la mort comme dans la vie, il n'existe pas de joker. Les chats ont peut-être neuf vies, mais pas les hommes. Perdu, c'est perdu. Aucun nœud du haschischin ne tient.

Floup !

Le Vieux de la Montagne est aspiré par la lumière comme une miette par un siphon d'évier. Parmi les mercenaires survivants, c'est la débandade.

Nous poussons un soupir de soulagement. Amandine nous supplie de tenter de sauver son mari comme nous l'avons fait pour Rose, mais nous savons tous que, pour Freddy, il est trop tard et que nous ne pourrons rien.

Désolés, nous quittons le vortex du Paradis. Nous débouchons sur le bord évasé du trou noir où des étoiles incandescentes hurlent leurs derniers rayons d'agonie avant d'être aspirées.

Descente. Revoici le système solaire. Slalom entre les planètes. Rebonjour les cosmonautes russes qui n'ont pratiquement pas avancé depuis notre premier passage. Traversée d'un champ de météorites. Freinage à proximité de la lune. Déjà la boule turquoise de la terre se profile sous nos ventres. Voici l'Europe, voici la France, voici Paris. Impossible de se perdre. Votre cordon ectoplasmique vous ramènera toujours à votre point de départ.

En sécurité au-dessus de la capitale, nous dénouons les nôtres et raccompagnons l'ectoplasme de Rose à l'hôpital Saint-Louis. Elle s'enfonce dans le toit comme dans un marécage. Pourvu que notre trop longue escapade ne lui ait pas causé de lésions irréversibles !

Nous, nous rentrons au thanatodrome. Dire que mon alter ego est resté là, bien tranquillement assis, pendant que je me livrais à tant d'acrobaties !

Nous retraversons le toit, les étages, les planchers, nous regagnons nos corps de douleur.

Mon ectoplasme et mon enveloppe charnelle sont face à

face. Le translucide et le coloré. Le solide et le vaporeux. Le léger et le lourd. Il importe maintenant de les recoller. Je rentre dans moi comme dans une épaisse salopette de ski rembourrée. Nul ne m'a appris comment on réintègre son ancienne peau. J'improvise. À tout hasard, je passe par le haut de mon crâne puisque c'est par là que je suis sorti.

Ce n'est pas tellement plaisant de retrouver son corps de chair. Je sens aussitôt mes rhumatismes, mes aphtes, mes démangeaisons, mes caries, bref, tous ces petits maux qui vous persécutent en permanence.

Me voici de nouveau réuni à moi-même. Nous ne sommes plus qu'un, mon corps et mon âme. Mes orteils sont envahis de picotements.

Je soulève lentement mes paupières. Je redécouvre le monde « normal » et, dans ce monde « normal », la première chose que je vois, c'est l'écran de l'électrocardiogramme et ses petits pics. Mes battements cardiaques se réaccélèrent progressivement.

Quand nous sommes tous remis d'aplomb, je m'empresse d'appeler l'hôpital. Justement, ils allaient me téléphoner. Les médecins sont tout excités. Miracle, il s'est produit un miracle ! Rose s'est subitement réveillée. Elle a toute sa conscience. Elle va bien.

Je rejoins les autres, tristement regroupés autour du fauteuil où Freddy gît, la bouche béante, comme pour mieux nous répéter les initiales de l'enfant dans lequel il se réincarnera.

F.M.

Ses yeux vitreux d'aveugle sont grands ouverts. Je m'approche et doucement, tendrement, lui ferme les paupières. À jamais dans cette existence-ci.

TROISIÈME ÉPOQUE :
LE TEMPS DES PROFESSIONNELS

207 – ENSEIGNEMENT DU TAROT

La mort est la treizième carte du tarot. Elle ne porte pas de nom. Elle constitue en fait une coupure dans la série des images du tarot. Les douze premières cartes sont comme les douze premières heures de la journée. Ce sont « les petits mystères ».

Passé la douzième heure, midi, surgit la mort, et la plongée dans une autre dimension, celle des « grands mystères », les douze autres heures de la journée.

Au sens ésotérique profond, le treizième arcane signifie la mort du profane qui renaîtra initié. La carte n'est pas maléfique.

Si l'on ne parvient pas à franchir le stade de la mort, on ne peut progresser.

Signification du tarot de Marseille.

Extrait de la thèse *La Mort cette inconnue*, par Francis Razorbak.

208 – MANUEL D'HISTOIRE

LES CROYANCES DE NOS AIEUX

Sondage effectué en Europe en 1981 (fin du deuxième millénaire) concernant les croyances des populations, classées selon leurs différentes confessions. (Source : *Les Valeurs du temps présent*, Jean Stoetzel, PUF, 1983.)

Sur 100 personnes croient :	Catholiques	Protestants	Non pratiquants
À la vie après la mort	52	38	13
Au Paradis	45	43	8
À l'Enfer	30	16	3
À la Réincarnation	23	21	12
En l'âme dissociée du corps	66	56	24
En Dieu	87	75	23

Manuel d'histoire, cours élémentaire 2ᵉ année.

209 – ANGÉLISME

– Croire qu'il existe des... anges ! Et puis quoi encore ?

Ce Rubicon-là, mon frère Conrad refusait de le franchir. Son scepticisme et son matérialisme naturel avaient déjà été soumis à rude épreuve. Il se refusait à s'avancer davantage dans ce délire moderne que nous avions baptisé du nom de thanatonautique.

Certes, les anges, c'était un peu dur à avaler. D'ailleurs, si quelqu'un m'avait dit auparavant qu'après la mort les anges vous accueillaient, j'aurais ricané doucement. En toute honnêteté, je n'aurais jamais pu croire à la moitié de la moitié du dixième de toutes ces choses que j'avais vécues avec mes sens.

Tout était si « étonnant ».

Cependant, admettre que la mort était un continent avait été pour nous l'étape la plus difficile et nous l'avions franchie. Nous avions admis être dotés d'une âme capable de voyager. Nous avions admis que cette âme était immatérielle. Nous avions admis qu'un cordon argenté la rattachait à notre enveloppe charnelle. Alors, pourquoi pas les anges ? Toutes les religions y faisaient allusion d'une façon ou d'une autre, après tout.

Le président Lucinder nous pria de garder le plus grand secret sur nos récentes découvertes. Pour l'heure, il importait de dissimuler ce que nous savions du fin fond du Paradis.

– Ces anges, quelle histoire ! Il ne nous manquait plus que ça. Et pourquoi pas Dieu, pendant que vous y êtes ?

Il estimait que nous étions en possession d'une bombe et qu'il fallait en retarder l'effet. Le Président piqua ensuite une colère en apprenant l'assassinat du rabbin Meyer par le Vieux de la Montagne et ses mercenaires.

– Qu'est-ce que cet enturbanné qui ne connaît que le langage de la violence et de l'exclusion ? Il veut faire la guerre aux Infidèles, là-haut ? Nous ne lui permettrons pas de pirater le Paradis.

– Il est déjà mort, dit Raoul. Il y a eu un duel terrible mais Michael et Amandine l'ont emporté et l'ont tué.

– Peu importe, s'exclama Lucinder, derrière son bureau d'acajou, j'en ai par-dessus la tête des guerres de religion ! Nous sommes au XXIe siècle, plus au Moyen Âge. On ne saurait tolérer éternellement l'intolérance. Laissez-moi faire.

210 – MYTHOLOGIE HINDOUISTE

« L'homme vise à la libération.

Répéter le mantra *hare krishna* trente-cinq millions de fois permet de se libérer des péchés les plus graves, à savoir :
– tuer un homme de la haute caste des brahmanes ;
– dérober le bien d'autrui ;
– accaparer de l'or ;
– coucher avec une femme de la basse caste des parias.

Aurait-on même répudié toutes les règles du Dharma qu'on obtiendrait ainsi la pureté et la libération. »

Kali, *Samtarana Upanisad.*

Extrait de la thèse *La Mort cette inconnue*, par Francis Razorbak.

211 – NATIONS UNIES

Dès la semaine suivante, M. Jean Lucinder, président de la République française, prononça une allocution devant l'assemblée générale des Nations unies. Il insista sur la nécessité de pacifier le Continent Ultime, à présent que la thanatonautique était entrée dans les mœurs. Après l'ère du bricolage, l'ère de la médecine, l'ère de la peur, l'ère du désir, l'ère économique, l'ère astronomique, l'ère de la violence, il était plus que temps d'entrer dans l'ère juridique.

Aux législateurs de prendre leurs responsabilités. La thanatonautique devait être soumise à une charte, avec ses lois, ses amendements, son code de bonne conduite obligatoire. Sinon, il n'y aurait qu'un éternel Far West au-dessus de nos têtes.

– Nous avons déjà voté deux lois sur la thanatonautique, et pour quel résultat ! remarqua, désabusé, le représentant de la Guinée-Équatoriale.

– Elles sont insuffisantes, il en faut donc des nouvelles, insista Lucinder.

Et face à une assistance plutôt distraite, il proposa avec force deux articles qui seraient connus par la suite comme les troisième et quatrième lois en matière de thanatonautique.

Article 3. Il est interdit de couper le cordon ombilical de quelque ectoplasme que ce soit.

Article 4. Chaque corps physique sera tenu responsable des activités de son ectoplasme.

Suivait un barème concernant les peines de prison et les amendes proportionnelles aux délits commis par des ectoplasmes.

Le président de la République française était formel : le Continent Ultime devait demeurer territoire neutre, à l'instar de l'Antarctique. Nul ne devait être autorisé à s'y battre ou à s'y livrer à des campagnes de possession.

Le secrétaire général de l'ONU abonda dans son sens :

– Le Paradis est à tout le monde. Si nécessaire, nous y enverrons des Casques bleus chargés de maintenir la paix et de garantir la libre circulation des morts et des thanatonautes.

Un murmure d'étonnement court la salle. Le représentant des îles Fidji leva la tête de son journal et celui du Surinam sursauta, tiré de sa torpeur.

– Mais oui, pourquoi pas ? poursuivait le secrétaire général. Après tout, le Vieux de la Montagne avait bien levé une armée privée pour s'approprier les lieux. Il nous est donc tout à fait possible d'y envoyer notre propre force d'interposition, en l'occurrence des Casques bleus ectoplasmiques. Une police karmique, en quelque sorte.

Les troisième et quatrième lois furent adoptées à une grande majorité des voix. Une vingtaine de pays se prononcèrent contre ou choisirent de s'abstenir afin de ne pas s'attirer de problèmes du côté de l'Arabie Saoudite qui, tous le savaient, avait officieusement encouragé et financé les opérations du Vieux de la Montagne.

En revanche, la proposition de créer une police karmique fut rejetée. Il n'existait pour l'heure au Paradis aucune violence légitimant une telle opération qui, par ailleurs, risquait de coûter très cher. En outre, on en revenait aux problèmes « terrestres » de tout envoi de Casques bleus : seraient-ils autorisés à tuer en cas de nécessité ou ne seraient-ils là que pour empêcher de tuer ? En un tel endroit, quel casse-tête ! Les délégués préférèrent renoncer à ce projet d'armée onusienne ectoplasmique.

Lucinder avait eu raison de ramener le problème des batailles ectoplasmiques sur le terrain juridique. Les trouble-fête du Continent Ultime seraient mis dorénavant au ban de l'humanité. De surcroît, avec les lois thanatonautiques, nos activités recevaient enfin une reconnaissance officielle. Beaucoup se doutaient que nous avions dépassé Moch 6 mais, à toutes les questions, nous opposions le mutisme le plus complet.

Dans le magasin du bas, ma mère commercialisait désormais un plan complet du Continent Ultime, avec ses six portes et ses sept territoires connus. Le tout ressemblait un peu à une trompette, avec une base largement évasée et un sommet pointu. Les couleurs avaient été reportées dans l'ordre : bleu, noir, rouge, orange, jaune, vert, blanc. La carte était plutôt jolie et parfaite pour orner le mur d'un scientifique en herbe ou d'un impénitent rêveur.

En guise de légende, Conrad avait barré d'un trait les mots *Terra incognita*. N'avions-nous pas découvert tout (vraiment tout ?) de ce territoire lointain ?

Bien sûr, nous indiquions un territoire blanc, mais nous nous abstenions de parler des anges ou de la montagne de lumière. Il était encore trop tôt.

Dans le penthouse de notre thanatodrome des Buttes-Chaumont, notre équipe de thanatonautes tenait sa énième réunion. Freddy n'étant plus là pour témoigner, chacun m'assaillait de questions sur ce qu'étaient la «pesée de l'âme» et, bien sûr, la réincarnation qui s'ensuivait.

Je contais et racontais encore comment nous avions touché le fond du Paradis, l'interminable file des morts se scindant en quatre, la vaste plaine blanche, la montagne de la pesée, les trois archanges-juges.

– J'ai vu mais il ne suffit pas de voir. Il faut comprendre.

Et tout à mon but de sauver ma femme, je n'avais pas songé à m'informer ou à poser des questions aux anges. Il m'avait simplement semblé qu'arrivés là on «pesait» nos bonnes et nos mauvaises actions avant d'être réincarnés selon sa vie passée.

– Vous vous imaginez la portée d'une telle assertion? m'assena le président Lucinder.

Brandissant la photo d'un homme aux tempes grises et au regard profond qu'il portait en permanence sur lui, Raoul me demanda si j'avais entr'aperçu son père.

Je fis la moue. Il y avait une foule si dense de trépassés, là-haut. Non, je n'avais pas vu son père, tout comme je n'avais d'ailleurs pas vu le mien. Mon ami avait lui-même constaté comme le fleuve des trépassés grossissait dès le territoire orange. Nos âmes migraient lentement et en troupeau serré. Impossible de reconnaître qui que ce soit dans ce flot tumultueux de millions d'âmes en transit.

Amandine, dont les habituelles robes noires avaient désormais des allures de deuil, interrogea alors:

– Tu es vraiment convaincu que c'est là le bout? Qu'il n'y a plus rien après?

Je soupirai. Comment en être sûr?

– Au fond, il y a une montagne de lumière. C'est la montagne de pesée des âmes qui émet cette lueur qui nous attire dès la première porte. Et puis, passé le jugement des karmas, je n'imagine pas ce qui peut encore arriver. Je n'ai d'ailleurs rien vu de spécial derrière la montagne pour la simple et bonne raison que cette montagne est si lumineuse qu'elle dissimule tout horizon possible.

– Il y a donc peut-être encore autre chose derrière la

montagne..., remarqua ma femme qui, toute à son dilemme entre revenir ici-bas ou pas, ne s'était lors de son voyage nullement souciée d'examiner les lieux.

Désireux surtout de retrouver son père, Raoul proposa un nouvel envol collectif pour une plus ample exploration. Moi, je n'étais pas très chaud pour repartir là-haut mais les autres étaient évidemment très excités à l'idée de rencontrer les anges, de comprendre le sens de leur vie, de voir le bout de la conscience, et tout ça, et tout ça.

Amandine, Stefania et Rose levèrent d'emblée la main, se portant volontaires. Mon épouse se prétendait parfaitement remise de son hospitalisation et en grande forme. Elle tenait à retourner là-haut pour vérifier si son hypothèse de fontaine blanche de l'autre côté du trou noir tenait la route. En ce qui concernait Amandine, je crois qu'en dépit de la mort de Freddy, son « baptême » du décollage l'avait tellement enchantée qu'elle était partante pour toute nouvelle aventure.

Bon gré mal gré, j'acceptai de leur servir de guide.

Nous décollâmes tous ensemble un vendredi 13. Je m'en souviens très bien, c'était le vendredi 13 mai. Une journée particulièrement venteuse. Dehors, les arbres ployaient sous les tornades et les nuages se couraient après. Je n'aime pas trop le vent mais, bon !

Nous nous alignâmes tous les cinq dans nos ovoïdes de plastique, nos survêtements spéciaux branchés sur les ordinateurs. La vidéo ronronna.

Six... cinq... quatre... trois... deux... un. Décollage...

Je pressai la poire. En avant pour le pays des anges.

212 – MYTHOLOGIE JUIVE

Trois âmes correspondent à trois cerveaux :

– Hypothalamus : *Rouach*. Niveau de nos besoins de survie : manger, boire, dormir, se reproduire.

– Système limbique : *Nefesh*. Niveau de nos émotions : peur, désir, envie, émotion.

– Cortex : *Nechamah*. Niveau de notre raison : logique,

stratégie, philosophie, esthétisme et capacité de contrôler les deux autres cerveaux.

Selon la Cabale, plusieurs changements mentaux et physiologiques se produisent au moment exact de la mort physique. Le *Zohar* explique que le Nefesh, ou notre bio-énergie, se dissout avec la détérioration du corps. Le Rouach, lié au courant d'énergie vitale, reste un peu plus longtemps mais finit aussi par se dissiper. La partie transcendantale, le Nechamah, abandonne complètement la forme corporelle. Cette partie supérieure du Soi est alors accueillie par les âmes de ceux qui l'ont aimée pendant son existence terrestre. Son père et les membres déjà défunts de sa famille se réunissent autour du Nechamah et il les voit, il les reconnaît comme tous ceux qu'il a connus ici-bas et tous accompagnent son âme là où elle doit demeurer.

Au moment de la mort, il est permis de voir ses parents et ses amis de l'au-delà. Si le trépassé était vertueux, ils se réjouissent et lui souhaitent la bienvenue. Sinon, il n'est reconnu que par ceux jetés dans le Gehinom (purgatoire). C'est là que les âmes sont lavées de leurs souillures.

Le Gehinom ne se découvre qu'après la mort physique. Sa nécessité pourrait se comparer à celle d'une bonne douche après un match éreintant ou au passage par une chambre de décompression d'un plongeur sous-marin avant de remonter à la surface.

Extrait de la thèse *La Mort cette inconnue*, par Francis Razorbak.

213 – CHEZ LES ANGES

Mon second voyage ectoplasmique se passa moins bien que le premier. Lors de mon premier envol, je ne songeais qu'à secourir Rose et penser aux autres permet d'oublier ses propres angoisses.

Là, je réfléchissais à trop de choses en chemin. Y aurait-il des mercenaires d'un autre haschischin ou quelques adorateurs de Belzébuth en embuscade, prêts à nous attaquer par surprise et à couper nos cordons ombilicaux ?

J'avais peur.

Je cachais ma peur.

En escadrille serrée, nous filions dans l'espace à la vitesse de la pensée. Nous traversâmes le Soleil qui, en raison de la rotation terrestre, se trouvait alors directement sur la voie menant au centre de la galaxie.

Je refoulais ma sempiternelle question parasite (« Mais au fait, qu'est-ce que je... »). Enfin, vous voyez de quelle question je veux parler.

Revoir les cosmonautes russes ne me fit même pas rire. Passer parmi les météorites me donnait la chair de poule et l'approche de chaque nouvelle planète me semblait une bonne occasion de reposer mon ectoplasme.

Je considérais la galaxie alentour. Comme c'était grand ! Des étoiles en veux-tu en voilà. Quelqu'un devrait monter faire le ménage parmi toutes ces étoiles qui traînent dans la Voie lactée. La Voie lactée ! Les Grecs l'avaient appelée ainsi parce que cette giclée d'étoiles leur évoquait une giclée de lait sortie du sein de la déesse Héra, épouse de Zeus.

Baignés de lait maternel, nous voguons en touristes vers le pays des morts.

Pour oublier mes craintes, je me régale du spectacle sans cesse renouvelé du monde intersidéral. En même temps qu'il vole, mon ectoplasme voit tout.

La nébuleuse d'Orion ressemble à une coquille Saint-Jacques en passe de se dissoudre. J'y distingue le nuage d'étoiles nommé Tête de Cheval qui ressemble en effet à une sorte de cou terminé par un angle. Plus loin sur ma gauche, il y a la ligne en rebond de la constellation du Cygne et puis les étoiles variables des Nuages de Magellan, pareilles à une salière renversée. Arrive la supernova de Véga. Tous ces noms m'apparaissent naturellement à l'esprit mais, en fait, c'est Rose qui me les souffle à distance. Elle a compris que ce spectacle astral me fascine et elle m'apporte de son savoir. Merveilleuse femme !

Virage. Loin devant nous, à droite, on distingue la galaxie d'Andromède. Elle est sœur de la nôtre et séparée d'à peine deux millions d'années-lumière. Autour de son axe central, les étoiles d'Andromède sont plus jaunes que les nôtres. Sans doute parce qu'elles sont plus jeunes. On pourrait en déduire que notre bonne vieille Voie lactée est plus âgée que sa parente Andromède.

Un cours d'astronomie en plein espace, c'est fabuleux ! Plus passionnant que n'importe quel safari.

Mais, ici aussi, il y a des fauves. Dans la constellation du Chien de Chasse (pur hasard), deux galaxies sont sur le point de se toucher. La plus petite, en forme d'oursin, est attirée par la plus grosse, en spirale.

– C'est la galaxie M 51, une galaxie carnivore, m'explique télépathiquement Rose. Elle est si énorme qu'elle aspire toutes les autres galaxies qui passent à sa portée. Là, elle est en train de dévorer la galaxie NGC 5195. Quand les deux masses seront suffisamment proches l'une de l'autre, l'un des bras spiralés de M 51 s'avancera pour capter NGC 5195.

– Et la « manger » ?

– Non. Elles s'associeront pour former une galaxie encore plus immense, donc plus attirante et encore davantage carnivore.

Comme quoi la prédation est partout présente. Même la matière inerte connaît ses drames.

Nous filons toujours vers notre objectif central. Nous traversons des systèmes planétaires exotiques, des nuages de poussières rouges et blanches, des météorites gelées avec leurs prémices de vie prêtes à éclore sur une planète qui leur permettra d'exister. Des zones d'amas d'étoiles succèdent à de grandes étendues vides où il n'y a plus que le noir, le froid et le rien.

Voici enfin la corolle du trou noir de la mort. Des étoiles s'entrechoquent sur son bord, cernant l'entrée du gigantesque tunnel d'un cercle effervescent.

Nous nouons nos cinq cordons argentés en une tresse de sécurité bien serrée et, utilisant l'une des chorégraphies ectoplasmiques de Freddy, repartons à l'abordage de la dernière zone.

Premier territoire : nous sommes aspirés dans le vortex, tout comme le « jus lumineux » des étoiles voisines et toutes sortes d'ondes et de particules. Nous parvenons sur la plage du Continent Ultime. La membrane du premier mur comatique vibre comme un tympan quand on la percute ou la traverse. Tiens, le monde des morts ressemble aussi à une oreille humaine. Schlouf ! Je passe le mur mou.

Deuxième territoire : à nouveau la peur du passé, la lutte contre des monstres infatigables. Ces cerbères seront toujours là à m'attendre au pays de la fin.

Troisième territoire : encore mes fantasmes, toujours plus rouges, toujours plus noirs. J'aime bien les retrouver. Comme ce doit être affreux, une vie sans fantasmes ! Je ne me laisse cependant pas engluer, ni par mes désirs ni par mes plaisirs.

Quatrième territoire : patience. Le fleuve des trépassés s'écoule lentement dans la plaine orange. Je survole la masse grouillante en prêtant cette fois plus d'attention à ceux qui la composent. Miracle, je reconnais tant d'êtres que j'ai rêvé de rencontrer ! Marilyn Monroe, Philip K. Dick, Jules Verne, Rabelais, Léonard de Vinci. Se pressent aussi quelques figures mythiques de mes livres d'histoire : Charlemagne, Vercingétorix, George Washington, Winston Churchill, Léon Trotski.

Elle est si hétéroclite, cette foule. Il y a là encore James Dean, Fred Astaire (qui ne peut s'empêcher d'esquisser quelques pas de claquettes pour passer le temps), Molière, Gary Cooper, la reine Margot, Lilian Gish, Louise Brooks, Zola, Houdini, Mao Tsé-toung, Ava Gardner, les Borgia (groupés en famille autour de Lucrèce).

Les plus impatients s'efforcent de demeurer bien au centre du fleuve pour rejoindre la lumière au plus vite. Les moins disciplinés trament aux alentours. Beaucoup profitent de cette halte pour des rencontres insolites.

On se dispute dans la famille du dernier tsar de Russie, chacun reprochant aux autres de n'avoir pas prévu la Révolution. Louis XVI s'efforce de les réconcilier : lui non plus n'a pas vu venir le coup. Il se détourne pour discuter cartographie avec Marco Polo. La vraie passion de ce sympathique ectoplasme royal, c'était ça : la cartographie. Il s'intéressait un peu aussi à la serrurerie, mais dessiner les fleuves du Canada et déplacer les mots *Terra incognita* étaient vraiment le hobby préféré et inconnu de Louis XVI.

Le Paradis, c'est vraiment le dernier salon chic où l'on cause ! Je repère de haut Victor Hugo avec sa grande barbe, en train de draguer Diane chasseresse. Raoul est sympathique mais il lance toujours des énigmes et n'en donne pas la solution. J'atterris près de Victor Hugo et en profite pour lui réclamer la solution de sa charade sur la pâtisserie. Au début, il est agacé car je le dérange de sa drague mais lorsque je lui explique mes raisons, il éclate de rire et m'explique.

« Mon premier est bavard, c'est un bavard. Mon second est un oiseau, c'est oiseau. Mon troisième est au café, c'est café. Solution : la pâtisserie c'est la Bavaroise au café. En effet c'était tellement facile que je n'y avais pas pensé. »

Quelle chance de pouvoir poser les questions aux personnes les mieux renseignées. Si je disposais de davantage de temps, je chercherais Stradivarius pour connaître le secret des colles de ses précieux violons. Je tenterais de savoir où a disparu Saint-Exupéry et pourquoi d'en haut on distingue des dessins géants sur le Chili et le Pérou.

Je repère soudain un visage connu. Mon arrière-grand-mère Aglaé ! Je me précipite vers elle. Elle me reconnaît aussitôt et comprend d'emblée pourquoi je me suis approché si vite. Oui, elle avait vu comment je m'étais comporté à sa mort mais elle ne m'en voulait pas car elle avait lu dans mon cœur mes véritables sentiments. Tant d'autres qui pleuraient n'étaient que des hypocrites avides d'attirer l'attention !

Je suis si content que j'ai envie de chercher mon père pour le lui raconter. Mais mon arrière-grand-mère Aglaé m'apprend qu'elle l'avait déjà mis au courant et que, d'ailleurs, il est maintenant loin devant.

Je reprends mon vol, l'esprit plus léger.

En bas, Raoul recherche vainement son père, Amandine croise Félix et fait semblant de ne pas le reconnaître, malgré les appels désespérés du premier des thanatonautes. Stefania plane tranquillement au-dessus de la foule des trépassés, poursuivant son chemin vers la lumière. Mon astronome d'épouse est en tête de notre groupe, pressée de vérifier si le fond du trou noir donne sur une fontaine blanche.

Cinquième territoire : le savoir. Je découvre par hasard, et sans la demander, la recette du quatre-quarts. Un quart de beurre, un quart de farine, un quart de sucre, un quart d'œufs. Ça aussi, ça fait partie du savoir. Il ne faut pas que j'oublie la recette avant mon retour sur terre.

Sixième territoire : place à la beauté. Les parterres de

dentelles violettes se succèdent. Mauves, ocre, rouges, jaunes, des images fractales chatoient à l'infini. Des papillons irisés s'échappent de becs d'hirondelles roses. Des grenouilles bleues, noires et blanches déploient des ailes de libellules. Une licorne d'or se dresse sur ses pattes arrière. La beauté est polymorphe. Comme la peur.

Septième territoire : nous debouchons ensemble devant Moch 6, nos cordons toujours bien liés.

Ce voyage était peut-être moins excitant de n'être plus le premier mais jamais les décollages ne deviendraient une routine. La navette Challenger n'avait-elle pas explosé alors qu'à force d'exploits on commençait à croire les vols spatiaux définitivement sans danger ? Rien n'est sans danger, même si la décorporation s'avérait une méthode de découverte de l'univers vraiment soft. À aucun instant, il ne nous fallait perdre notre prudence. Nous allions loin, très loin et vite, si vite. À ce rythme, le moindre incident pouvait prendre des proportions dramatiques.

Ce que nous découvrions maintenant, nous n'aurions jamais pu le déceler, fût-ce avec le meilleur télescope embarqué sur satellite ! Nous étions dans les étoiles, au centre de la galaxie, au fond du trou noir et avec la possibilité d'en sortir. Quel astronome pourrait nourrir plus grande ambition ?

Pour nous, les cinq mousquetaires de la mort, c'était maintenant le bout du voyage. Nous étions parvenus au grand rideau masquant le dernier aspect du trépas. Je m'avançai tandis que les autres hésitaient à me suivre. Ils voyaient bien que le fleuve des morts transperçait la membrane de Moch 6 mais appréhender le dernier visage de la vie emplit de crainte tout être raisonnable. Je haussai les épaules. Après tout, moi, j'y étais déjà allé. Je soulevai un pan du rideau terrifiant et invitai mes amis à me suivre.

Agressive et magnétique à la fois, la flamboyante lumière nous frappa. Pour ma part, surpris, je constatai être content de retrouver cette vaste plaine cylindrique blanche et ses voiles de brume. En bas, le fleuve des morts se scindait en quatre bras.

Apparurent les premiers halos des anges, si colorés, si lumineux face à nos ectoplasmes si ternes ! Si on me demande un jour quelle est la plus belle ambition d'un homme, je connais désormais la réponse : la plus belle ambition est de rendre son âme aussi belle que celle d'un ange bienveillant. Mais comment réaliser pareille prouesse ?

Un ange à l'allure sportive voleta vers nous et nous demanda les raisons de notre présence ici, avec nos cordons intacts. Curiosité ? Désir de faire avancer la science ? Même Stefania à la langue d'ordinaire si bien pendue resta coite. Ce fut « lui » qui répondit à notre place :

— Vous êtes des Grands Initiés, n'est-ce pas ?

— Des quoi ? s'étonna Raoul.

— Des Grands Initiés, répéta patiemment l'ange.

Apparemment, notre intrusion ne l'étonnait pas trop. « Grands Initiés », « ils » avaient un terme pour désigner les « vivants » qui s'avançaient jusqu'ici. Cela signifiait que d'autres nous avaient déjà précédés et avaient gardé l'information secrète. D'autres thanatonautes ? Des moines, des chamans, des rabbins, des sages qui, discrètement et sans l'aide des techniques modernes, se seraient adonnés à ce genre de voyage depuis la nuit des temps ?

L'ange souriait. Je compris alors pourquoi lui et ses confrères ne m'avaient guère posé de problèmes lors de mon premier passage au Paradis. Des « Grands Initiés », depuis toujours ils étaient accoutumés à en recevoir, même si, nous l'apprîmes par la suite, leurs visites n'avaient guère été fréquentes.

214 – MYTHOLOGIE SIBÉRIENNE

Dans la religion chamanique sibérienne, après la mort tout s'inverse. On entre dans un pays où tout ce qui est haut est en bas, tout ce qui est clair devient obscur.

Il arrive parfois qu'on entre dans le pays des morts lors d'une cérémonie chamanique, lors d'une maladie, d'une intoxication ou d'un rêve. Il arrive parfois qu'on fasse une incursion dans le pays des morts sans s'en apercevoir.

C'est pour cela qu'il faut en connaître quelques éléments précis.

Dans le pays des morts, les arbres poussent à l'envers en

dressing haut leurs racines, les fleuves coulent vers les montagnes, la nuit est lumineuse sous la clarté noire de la lune, alors que la journée est sombre sous le pâle reflet du soleil.

Voilà des petits détails permettant de savoir à coup sûr qu'on n'est plus chez les vivants.

Extrait de la thèse *La Mort cette inconnue*, par Francis Razorbak.

215 – ASALIAH

Notre hôte se nommait saint Jérôme en français, Asaliah en hébreu, ce qui signifie « celui qui indique la vérité ». Mais il possédait une appellation dans beaucoup d'autres langues. Il était Ptah pour les Égyptiens, Enki pour les Sumériens, Apollon pour les Romains, Mapanos pour les Gaulois, Diancecht pour les Celtes irlandais, Freyr pour les Germains, Svarog pour les Slaves, Sâvitr pour les hindous, Xochipilli pour les Aztèques, Illapa pour les Incas...

Sa tâche ici était de déceler la vérité et d'aider les âmes à s'élever spirituellement. Bien volontiers, il répondit aux questions de Raoul sur l'organisation du Paradis. Il y avait soixante-douze anges principaux et sept cent mille anges secondaires. La hiérarchie était simple. Une première triade comprenait les Séraphins, les Chérubins et les Trônes, une seconde les Vertus, les Dominations et les Puissances. La troisième, la plus élevée, réunissait les Principautés, les Archanges et les Anges. Trois archanges principaux : l'archange Gabriel (messager et initiateur), l'archange Michel (le pourfendeur de dragons), l'archange Raphaël (guide des médecins et des voyageurs).

Nous avions le choix : nous pouvions considérer les anges comme des saints, des Lamed vav ou des Bodhisattvas, des Bouddhas, des Élus, ou des Tsadiks. Leurs désignations variaient selon les religions. C'étaient des parfaits qui avaient réussi leur vie et pouvaient sortir du cycle des réincarnations mais qui avaient malgré tout préféré se consacrer à la gestion des âmes en transit. Pour ne pas nous y perdre, nous optâmes pour le générique « ange ».

Sur ce, saint Jérôme-Ptah-Xochipilli s'excusa. Avec la

foule qui se pressait en bas, ce n'était pas le travail qui lui manquait. Nous poursuivîmes seuls notre visite.

Je me demandais si, au-dessus de ces cohortes, il y avait encore un dieu ou des dieux. Les juifs disent bien que Dieu est un et, pourtant, Freddy m'avait appris qu'en hébreu, Dieu se dit *Élohim* et que ce nom est pluriel. Alors ?

Soixante-douze anges principaux... Ce chiffre me rappelait aussi quelque chose.

– C'est le nombre d'échelons de l'échelle de Jacob, me remémora télépathiquement Raoul.

216 – ANGES PRINCIPAUX

Quelques exemples de dénominations d'anges principaux, issues de la Bible mais qui pourraient aussi bien être grecques, chinoises, indiennes, etc.

1er ange : VEHUIA, celui qui est le maître de la méditation et de l'illumination spirituelle.

2e ange : JELIEL, celui qui apaise les révoltes injustes.

3e ange : SITAEL, celui qui protège de l'adversité.

4e ange : ELEMIAH, celui qui permet de déceler les traîtres.

5e ange : MAHAASIAH, celui qui perrnet de vivre en paix avec son entourage.

6e ange : LELAHEL, celui qui guérit les maladies.

7e ange : ACHAIAH, celui qui aide à percer les secrets de la nature et à mettre en place les technologies nouvelles.

8e ange : CAHETHEL, celui qui chasse les mauvais esprits.

9e ange : HAZIEL, celui qui aide à obtenir la faveur des Grands et le respect des promesses.

10e ange : ALADIAL, celui qui protège ceux qui craignent qu'on ne découvre leurs secrets.

Parmi les plus utiles, en vrac, il y a encore :

12e ange : HAHAIAH, celui qui domine le monde des rêves et révèle parfois, sous une forme onirique, des mystères sacrés.

13e ange : IEZALEL, celui qui domine l'amitié, la réconciliation et la fidélité conjugale.

14ᵉ ange : MEBAHEL, celui qui protège des usurpateurs de fortune.

16ᵉ ange : HAKAMIAH, celui qui protège des malveillances des traîtres.

17ᵉ ange : LAUVIZH, celui qui éloigne la tristesse et les terreurs de la nuit.

18ᵉ ange : CALIEL, celui qui apporte un secours rapide lors de coups du sort imprévus.

20ᵉ ange : PAHALIAL, celui qui protège les prêtres et les magiciens.

23ᵉ ange : MELAHEL, celui qui permet de voyager sans incident.

26ᵉ ange : HAAAIAH, celui qui permet de gagner des procès.

38ᵉ ange : HAAMIAH, celui qui aide à découvrir des trésors.

42ᵉ ange : MIKAEL, celui qui protège les hommes politiques et les gouvernants.

50ᵉ ange : DANIEL, celui qui donne l'inspiration à ceux qui hésitent entre plusieurs choix.

53ᵉ ange : NANAEL, celui qui aide les scientifiques.

59ᵉ ange : HARAEL, celui qui convainc les enfants d'être plus respectueux envers leurs parents.

69ᵉ ange : ROCHEL, celui qui aide à retrouver les objets perdus ou ceux qui les ont volés.

72ᵉ ange : MUMIAH, celui qui aide les entreprises à réussir et les hommes à vivre plus longtemps.

N.B. En cas de problèmes précis, contrairement à l'expression populaire « mieux vaut s'adresser au bon Dieu qu'à ses saints », il est recommandé de faire appel à l'ange spécialisé en la matière plutôt qu'à une globalité divine.

Extrait de la thèse *La Mort cette inconnue*, par Francis Razorbak.

217 – EN BONNE COMPAGNIE

Stefania, qui avait retrouvé son allant, accosta un ange qui semblait simultanément homme et femme. Ses compagnons ne lui adressaient pas la parole et lui-même ne paraissait pas souhaiter leur compagnie.

– Quel est votre nom ?

Lui non plus n'était pas trop surpris de nous voir là. Il répondit volontiers :

– Samaël. Mais, dans votre monde, on m'appelle plus souvent Satan ou ange de la Mort ou Hadès ou Grand Hermaphrodite, Nergal pour les Sumériens, Seth pour les Égyptiens. Je dois être connu encore sous des tas d'autres noms mais, désolé, ils ne me viennent pas tous à l'esprit.

Lui brillait d'une lumière étrange... Une lumière noire ! Un peu comme ces lampes qui, dans les boîtes de nuit, donnent aux vêtements blancs une coloration crue.

Stefania réprima un mouvement de recul.

– Et on vous tolère ici, au Paradis ? Il eut un rire tonitruant.

– Bien sûr. Paradis, Enfer, c'est la même chose. On me tolère ici comme en bas, dans votre monde. Je suis d'ailleurs le plus indispensable de tous les anges. Je séduis les ignorants, je les pousse dans leurs mauvais penchants pour mieux leur prouver leur ignorance. Certes, je n'ignore pas que j'ai, sur terre, une mauvaise image, mais pourtant ce n'est qu'en prouvant leur ignorance aux ignorants qu'on peut les faire progresser ! Grâce à moi, ceux qui ont tout faux peuvent se reprendre. Votre sagesse populaire ne dit-elle pas qu'avant de remonter il faut toucher le fond ? J'aide les gens à toucher le fond pour remonter.

Soudain, son expression n'eut plus rien de « satanique ».

– En fait, je suis au service du Bien mais peut-être de façon trop originale pour que vous le compreniez.

Stefania réfléchissait. Moi, j'avais déjà compris. Ce n'était ni en s'empiffrant, ni en forniquant, ni en s'enivrant qu'on déclenchait catastrophes et conflits mortels ! Les plus grandes guerres ont toujours été lancées au nom du Bien, jamais en celui du Mal. Et cette même sagesse populaire invoquée par Samaël n'assurait-elle pas aussi que d'un mal peut venir un bien ?

Comme il s'éloignait, un ange se présentant comme étant saint Pierre-Hermès-Aniel-Mercure, l'ange des éclaircissements, nous expliqua que les diables n'étaient que les ombres des anges.

– Vous êtes saint Pierre ! s'exclama Stefania, l'Italienne

qui n'avait pas oublié son catéchisme. Vous êtes le saint Pierre gardien des clefs du Paradis ?

– Mais oui, dit-il. De précédents Grands Initiés m'ont désigné ainsi parce que je suis souvent le seul ange à prendre le temps d'informer les nouveaux venus.

– Saint Jérôme-Xochipilli s'est déjà donné la peine de nous fournir quelques explications.

– Alors vous avez eu de la chance.

– Ça signifie quoi, « les clefs du Paradis » ?

Saint Pierre-Hermès hocha gentiment la tête.

– Il n'y a pas de clefs au sens matériel du terme. C'est une image. En fait, je donne les clefs qui permettent de comprendre le Paradis.

Là-dessus, il revint sur les soixante-douze anges principaux. Comme tout ange, ils ont leurs revers ténébreux, soixante-douze diables principaux, donc. Tous disposent de leur propre palais qu'on nomme ici une sphère. En tout, il y en a ainsi cent quarante-quatre.

Saint Pierre-Hermès est prolixe. Il ouvre d'autres serrures. Gabriel, le Grand archange, est la projection du Diable lui-même, et vice versa. Aux trois archanges correspondent trois Grands Princes Démons : Belzébuth, Shaïtan et Yog Sottoth, le Chaos Rampant décrit dans l'Apocalypse.

– Impressionnant, celui-là, non ?

Il nous désigne un ange noir complètement filamenteux, glissant rapidement au-dessus du fleuve des trépassés. À son approche, les rangs tremblent comme sous un zéphyr glacé.

– Peut-on contacter les anges sans monter jusqu'ici ? demandai-je.

– Bien sûr. Tout être humain a réellement son ange gardien et son démon personnel.

Ainsi, et depuis toujours, l'imagerie populaire qui m'avait paru si naïve n'avait fait que révéler la « vérité » vraie. Ange gardien, démon personnel...

Les Grands Initiés avaient transmis leur savoir sous la forme la plus accessible possible et, du coup, « on » ne les avait pas pris au sérieux, qualifiant toutes ces croyances de pure superstition. Pourtant, « on » savait. Du moins, beaucoup de gens savaient. Et depuis longtemps. Depuis toujours.

– Ange gardien et démon personnel sont donnés le jour de la naissance. Ils seront là ensuite pour intercéder en faveur de l'âme lors de sa pesée par les archanges. Il existe un moyen simple de faire appel à eux. Il suffit de prier ou encore de produire une émotion correspondant au domaine de l'un d'entre nous. Une vibration secoue alors le méridien de sa sphère. L'ange descend pour juger s'il y a lieu d'intervenir. Nous fonctionnons uniquement sur un mode vertical, de haut en bas et de bas en haut. Nous sommes associés chacun à un méridien émotionnel, faisant fonction de monte-charge, lequel n'est programmé que pour un unique état : colère, paix, harmonie... Pas de libre arbitre. Impossible de changer de registre. Moi, par exemple, je n'aide que ceux qui veulent « comprendre », puisque je suis saint Pierre-Hermès, l'ange des clefs et des éclaircissements.

Voilà. C'était aussi simple, aussi « mécanique » que cela. Il suffisait d'y penser pour qu'un ange intervienne. Je saisissais enfin la puissance et l'utilité de la prière. Prier, c'est solliciter l'intervention d'un ange très précis.

– Évidemment, il y a un prix à payer, précisa notre initiateur.

Je fronçai mes sourcils ectoplasmiques. Comment ça, les services des anges n'étaient pas gratuits ? Comment se monnayaient-ils donc ?

– En karma. C'est un troc. Il faut être prêt à renoncer à une part de ses énergies pour réaliser un vœu, à moins de disposer d'un état de pureté intérieur tel qu'il permet de recevoir sans compensation l'aide angélique. Mais c'est rare.

Un troc ? Oui. Un peu comme dans *Faust*. Il faut vendre son âme pour avoir du pouvoir. Je consignai mentalement les clefs fournies par saint Pierre-Hermès :

1. Toujours respecter les anges et ne pas s'autoriser la moindre pensée négative à leur égard.

2. Toujours passer par leur hiérarchie : la sollicitation doit être transmise aux anges inférieurs spécialisés par les anges supérieurs généraux.

3. Chaque sollicitation se paie en perte d'énergie, en érosion du karma, en sacrifice de sa propre personne, à moins de jouir du comportement d'un saint.

4. On peut solliciter aussi bien un ange qu'un diable. Leur

efficacité est identique, seul le prix à payer diffère. Pour accomplir une vengeance, il vaut donc mieux faire appel à un ange de justice qu'à un diable de colère.

5. On ne peut demander à un ange qu'une chose à la fois. Un ange égale une mission et pour une période donnée.

6. La mission accomplie, libérer l'ange en se disant « je n'ai plus besoin de toi ». Un ange ne doit pas demeurer trop longtemps sur terre. Il y génère un désordre. Il lui faut réintégrer au plus vite son palais. S'il reste trop longtemps vide, des énergies négatives risquent de remonter des sphères inférieures correspondantes.

La haine fait vibrer la sphère correspondant à la hiérarchie des haines, laquelle est sans doute gérée par un diable des mondes inférieurs. L'amour mobilise une sphère des mondes supérieurs. Les anges blancs sont activés par l'amour du Bien, les noirs par l'amour du Mal. Quoi qu'il en soit, toutes les prières sont entendues.

Soudain, l'existence me devint très claire. Dans la vie, on obtient toujours ce qu'on désire. Lorsqu'on ne l'obtient pas, c'est qu'on ne le désire pas vraiment. Les anges, eux, distinguent les véritables désirs des caprices d'enfant. Ils ne réalisent que les premiers.

Sur ces bonnes paroles télépathiques, je me dis que si le monde entier apprenait qu'il était possible d'avoir tout ce qu'on désire, on n'en avait pas fini avec les problèmes. Les Grands Initiés de tout temps avaient eu raison d'entourer toujours leurs révélations de mystère.

Saint Pierre-Hermès sursauta comme s'il venait de recevoir un appel et nous quitta. Probablement quelqu'un sur terre était en train de prier pour qu'il vienne.

Amandine, Stefania, Raoul, Rose et moi continuâmes à parcourir les lieux autant que nous le permettaient nos cordons ombilicaux noués.

Des séraphins s'ébattaient comment autant de petits oiseaux-mouches à forme humaine. J'en attrapai un et remarquai alors qu'il était nanti de six ailes, semblables à celles des libellules.

– Pourquoi as-tu six ailes, petit ange ?

Il me toisa avec dédain.

– C'est écrit dans toutes les Bibles. J'ai deux ailes pour

me couvrir la face, deux autres pour me couvrir le sexe, deux enfin pour voler.

Face à ce minuscule angelot qui se moquait de mon ignorance, j'osai la grande question qui m'avait brûlé les lèvres pendant tout notre entretien avec saint Pierre-Hermès. Mais j'avais compris que le grand fournisseur de clefs ne consentirait à donner que celles qu'il voulait bien confier. Mon séraphin était sûrement moins expérimenté en la matière.

— Dis-moi, bon angelot, j'ai vu ici des trépassés, des anges, des archanges, des diables... Mais y a-t-il un dieu, un dieu au-dessus de vous ?

Il eut un infime mouvement en direction de l'arrière de la montagne.

— Qu'est-ce que j'en sais ? dit-il. On n'a jamais aperçu de dieu par ici mais certains anges croient cependant que Dieu existe et qu'il est partout. Pour ma part, je suis agnostique. Je suis comme saint Thomas que tu croiseras peut-être, je ne crois que ce que je vois.

Il eut un petit rire d'ange.

J'insistai, contemplant moi aussi la montagne de lumière du jugement dernier.

— Et là derrière, est-ce que le couloir du Paradis se poursuit ?

— Qui sait ? fit-il avec malice. Peut-être que oui et peut-être mène-t-il à Dieu. Moi, ma place est ici. Et toi, ta place est en bas.

Il battit des ailes et s'enfuit.

Rose nous poussait à aller voir derrière la montagne s'il existait bien une fontaine blanche équilibrant le trou noir, mais nos cordons d'argent étaient déjà beaucoup trop étirés pour s'aventurer plus loin. De surcroît, Stefania insistait pour que nous regagnions au plus vite nos enveloppes charnelles. Nous étions partis depuis un bon moment et il fallait nous dépêcher si nous ne voulions pas courir le risque de ne retrouver que des tas de chairs nécrosées.

À regret, nous nous précipitâmes vers notre thanatodrome.

Dès le tombeau, le défunt est soumis au jugement de deux anges : Munkar et Nakir. Selon leur décision, le tombeau se transforme en enfer préliminaire, en purgatoire préliminaire ou en paradis préliminaire. Les anges pourront ensuite intercéder auprès de Dieu pour sauver les damnés. Grâce à eux, ils sortiront de l'enfer et deviendront alors pareils à des *tso'rom* (petits concombres). En se baignant successivement dans trois fleuves, ils retrouveront leur blancheur.

Extrait de la thèse *La Mort cette inconnue*, par Francis Razorbak.

219 – PREMIERS SOUCIS

Dès notre retour, Raoul bondit de son fauteuil. Il était surexcité. Son regard sombre lançait des éclairs et ses mains voletaient autour de son corps comme deux araignées malignes.

– Qu'y a-t-il ? Tu as vu ton père ?

– Non, mais un ange m'a raconté son histoire.

– Saint Pierre-Hermès ?

– Non, il a refusé, mais Satan, lui, a accédé volontiers à ma prière.

Le désir de savoir de Raoul était depuis toujours si intense qu'il devait évidemment produire une forte vibration. Mais la vérité était-elle si affreuse que seul un ange noir puisse la lui révéler ? Je frémis avant même que mon ami n'ait entamé son récit.

Vers la fin, avait dit Satan, M. et Mme Razorbak ne s'entendaient plus du tout. Francis délaissait complètement sa femme et se consacrait tout entier à la rédaction de sa thèse, *La Mort cette inconnue*. Plus il avançait dans ses recherches, plus elle s'éloignait. Elle en vint même à prendre un amant, un certain Philippe.

L'inévitable se produisit. Le père de Raoul surprit un jour les tourtereaux en pleins ébats. Colère. Dispute. Menace de divorce. Mme Razorbak le prit de haut et assura qu'elle se battrait jusqu'au bout. Si séparation il y avait, elle ne se ferait pas à ses dépens, mais à son avantage, avec une forte pension alimentaire et la garde de Raoul.

Le soir même, Francis Razorbak se pendait à sa chasse d'eau. Pour son fils, ce n'était plus un suicide mais un assassinat. Par son comportement adultère, sa mère avait poussé son père, si sensible, à la pire extrémité. Ainsi, elle percevrait tranquillement l'héritage et profiterait à sa guise de son amant.

Nul n'avait percé la supercherie. Il était logique qu'un professeur de philosophie passionné par la mort en arrive à se la donner pour mieux découvrir l'autre côté du miroir. Même Raoul l'avait cru ! Sans l'aide de Satan, jamais il n'aurait connu la vérité.

La vérité est la pire de toutes les armes et l'ange ténébreux n'avait pas lésiné sur les détails et les mobiles. En fait, c'était comme si, pour la première fois, une enquête policière avait été résolue au Paradis. Que de possibilités offrait la découverte du Continent Ultime !

Dans le penthouse, devant les cocktails d'Amandine, nous tentâmes d'apaiser notre ami. Mais toutes nos objurgations semblaient produire sur lui un effet contraire. Plus nous lui répétions que toute cette affaire appartenait au passé, plus nous le priions de faire la part des choses, de laisser les morts en paix et les vivants vivre leur vie, plus Raoul s'enfonçait dans sa fureur.

— Elle l'a tué, elle a tué mon père ! criait-il, la tête entre ses mains en forme de serres.

— Non, il s'est suicidé. Tu ne peux pas savoir ce qu'il avait dans la tête quand il l'a passée dans la chaînette.

— Moi pas, mais Satan oui. Mon père aimait sa femme et elle l'a trahi, c'est tout.

— Satan ne fait que pousser les ignorants dans leur ignorance, insistai-je.

Mais Raoul n'était plus capable de raisonner la tête froide. C'est comme si tout, autour de lui, était déformé par cette idée obsessionnelle.

Au comble de la rage, il se leva, renversant chaise et verre, et partit dévaler en trombe les étages du thanatodrome.

Devinant ce qu'il comptait faire, je cherchai en hâte le numéro de téléphone de sa mère pour la mettre en garde. Je lui dis que son fils, désormais convaincu qu'elle avait provoqué la mort de son père, accourait pour le venger. Elle me jura qu'il se trompait, qu'elle se justifierait aisément mais s'empressa de raccrocher.

Quelques affaires rapidement jetées dans un sac et déjà elle n'était plus là quand un Raoul défiguré par la haine défonça sa porte.

Il rentra, l'air mauvais. Faute de trouver sa mère, il avait foncé chez le fameux Philippe, l'amant de l'époque. Il s'était rué sur lui mais c'était l'autre, plus costaud, qui l'avait envoyé au tapis. Tout cela était d'un ridicule ! Le fier thanatonaute était redevenu un gosse en colère, tapant du pied et désireux de tout casser !

Comme il est facile de se laisser submerger par la haine !

Pour la première fois, je compris qu'il vaut mieux, souvent, ne pas connaître la vérité. Mieux valait la poursuivre que la rattraper, et c'était pourquoi saint Pierre-Hermès s'était tu. Freddy ne disait-il pas que « le sage cherche la vérité tandis que l'imbécile l'a déjà trouvée » ?

— Ma mère est la pire des garces, fulminait Raoul de retour parmi nous.

— Qui es-tu pour oser la juger ? s'emporta Stefania tout en passant un linge mouillé sur ses ecchymoses. Après tout, ton père aussi avait ses torts. Il la délaissait et ne s'intéressait qu'à ses bouquins. Tu m'as toi-même avoué qu'il ne s'est pratiquement jamais occupé de toi non plus. Elle, elle t'a élevé !

Mais Raoul était dans un tel état qu'il était impossible de le raisonner.

— Mon père était un savant philosophe, répétait-il. Il s'était voué à la science. Il a ouvert la voie aux recherches sur la mort. Et ma mère l'a tué !

Rose posa sa main fraîche sur son front brûlant.

— Rien n'est simple, murmura-t-elle de sa voix musicale. En fait, tu devrais remercier ta mère. En « suicidant » ton père, elle a créé en toi une soif de connaître, un appétit qui avait besoin d'être comblé. Grâce à elle, tu as mené à bien tes études de biologie, *tu* t'es spécialisé dans l'hibernation des marmottes, tu es devenu un pionnier de la thanatonautique et *tu* as fini par découvrir le Continent Ultime.

— Et la vérité, aussi, marmonna Raoul.

— Si ça peut te consoler, rappelle-toi que, là-haut, elle sera forcément jugée un jour. Comme les autres, son âme sera pesée. Les anges disposent de tous les éléments de l'affaire, y compris du témoignage de ton père. Justice sera faite. Ce n'est que de l'orgueil humain que de s'imaginer qu'on peut rendre justice ici-bas. La justice est une illusion.

— Oui, renchéris-je. Fais confiance aux anges et au destin. Là-haut, ils la puniront comme elle le mérite.

— Peut-être la feront-ils renaître en crapaud? suggéra Amandine pour le consoler.

Il but d'un trait la rasade de cognac qu'elle lui servit et en réclama une autre.

— Il y a sûrement des crapauds heureux, grogna-t-il. Je voudrais qu'elle soit réincarnée en cafard pour bien l'écraser d'un coup de talon.

Moi aussi je réclamai un verre d'alcool.

— Tu sais, Raoul, je crois que tu devrais faire une bonne psychanalyse, soupirai-je, parce qu'en fait tu n'étais pas prêt à entendre les révélations de Satan.

— N'oublions pas que Satan est quand même un ange du mal, remarqua Amandine.

J'empoignai Raoul par l'épaule.

— Souviens-toi, nous avons lutté ensemble contre les adorateurs de Satan et te voilà maintenant en train de te faire soutenir par lui pour résoudre tes petits problèmes personnels! Tu n'es qu'un Faust d'opérette.

J'en eus soudain assez de le voir ainsi se vautrer dans sa rage, j'aurais voulu secouer comme un prunier cette triste épave avinée.

— Écoute-moi bien! m'exclamai-je. Nous allons encore avoir besoin de toi au thanatodrome, tous les jours et à chaque minute. Alors, laisse tomber ta mère. Nous n'avons pas de temps à perdre.

Raoul éclata d'un rire mauvais.

— Qu'est-ce que c'est que ce monsieur Je-sais-tout qui vient me faire la morale? Dis donc, tu t'es un peu regardé, Michael? J'en ai aussi appris de belles, sur toi.

Je haussai les épaules.

— Impossible, dis-je. Satan t'a fait des confidences sur

ton père parce que *tu* le souhaitais de tout ton cœur. Mais pourquoi t'aurait-il parlé de moi ?

– Mon ami, mon vieil ami, mon plus ancien ami... J'ai vibré assez fort pour qu'il m'apprenne deux vérités sur toi.

D'instinct, je sus que ces vérités me feraient mal. Seuls vos vrais amis savent où vous frapper pour que ça fasse mal. J'eus envie de crier « Vas-y, vipère, crache ton venin ! », mais la peur l'emporta. Je me bouchai les oreilles tandis qu'il prononçait ses révélations. À la mine des trois femmes, je compris que c'était grave. C'était surtout la seconde information qui avait le plus touché Rose.

À peine eus-je ôté mes mains de mes oreilles que Raoul bégaya :

– Tu n'as pas bien entendu ? Tu veux que je répète ?

– Je ne veux rien savoir ! criai-je.

Mais avant que je n'aie eu le temps de replacer mes doigts dans mes pavillons auditifs, il hurlait déjà :

– Tes parents étaient stériles ! Toi et Conrad vous n'êtes que des enfants adoptés ! Vérité une.

J'eus l'impression d'avoir été renversé par un camion. L'engin me poursuivait depuis longtemps. Il venait de me réduire en bouillie. Tout s'effondrait autour de moi. Mon passé n'était plus mon passé. Ma famille n'avait jamais été ma famille. Mon père n'était pas mon père. Ma mère n'était pas ma mère, ni mon frère mon frère. Et arrière-grand-mère Aglaé...

Raoul me dévisageait avec délectation. À mon tour de souffrir ! Une expression sadique se peignit sur son visage tandis qu'il s'apprêtait à envoyer son second missile.

– Vérité deux !

Un camion qui vous écrase, c'est déjà terrible. Pas question d'en laisser passer un autre sur vos entrailles déjà chaudes et sanguinolentes. Je poussai très, très fort mes doigts vers mes tympans. Ne pas savoir. Surtout, ne pas savoir. Par pitié, qu'on me laisse digérer d'abord la première vérité. Mais ça y était, Raoul devait déjà avoir de nouveau énoncé la seconde. Le désarroi se lisait dans les regards d'Amandine, de Stefania et surtout de Rose. Furieux, je détachai mes mains pour décocher un coup de poing fulgurant dans le menton de celui qui avait été mon meilleur ami.

Se massant doucement la figure, il afficha un visage mauvais et ravi.

– Merci, dit-il. J'aime bien recevoir un bon uppercut... Surtout de la part de mes « meilleurs amis ».

Il fallait que je réponde quelque chose pour le moucher définitivement. Je n'eus pas le temps de réfléchir à une repartie fine. J'articulai une phrase qui ne voulait rien dire, comme si j'avais prononcé une sentence.

– C'est celui qui le dit qui l'est !

220 – MYTHOLOGIE JUIVE

« (...). Ils verront le monde qui leur est maintenant invisible et ils verront le temps qui leur est maintenant caché. De plus, le temps ne les fera pas vieillir. Car ils demeureront dans les hauteurs de ce monde-là, ils seront semblables aux anges et pareils aux étoiles, ils seront transformés en toutes formes qu'ils voudront, de beauté et de grâce, de lumière en splendeur de gloire. Car devant eux s'étendront les espaces du Paradis. On leur montrera l'éminente beauté des vivants qui sont sous le trône ainsi que toute l'armée des anges, qui sont maintenant empêchés par ma parole de se faire voir et obligés par commandement à se tenir en leurs lieux jusqu'à ce que vienne leur avènement. »

Baruch, L I, 8-11.

Extrait de la thèse *La Mort cette inconnue*, par Francis Razorbak.

221 – FICHE DE POLICE

Note aux services concernés

Informations confidentielles transmises à des mortels par des anges peu scrupuleux. Risque de fâcheuses conséquences. Intervention indispensable pour mettre un terme à cette aventure dangereuse.

Réponse des services concernés

Vous vous affolez toujours pour des broutilles. Nous contrôlons parfaitement la situation. Tout s'est toujours très bien passé. Il n'y a aucune raison pour qu'il en aille différemment cette fois-ci.

Il est nécessaire d'être très fort pour affronter la vérité. Combien parmi nous peuvent-ils entendre la vérité et conserver leur sang-froid ? Dès que furent compris les effets pervers de la thanatonautique, le ministère de l'Éducation nationale instaura très vite des cours d'A.S.V. (Affrontement Serein de la Vérité). Cet enseignement fut d'abord cantonné aux classes supérieures mais se répandit rapidement dans les classes élémentaires. Il fait partie depuis peu des épreuves du baccalauréat.

Manuel d'histoire, cours élémentaire 2ᵉ année.

223 – ORPHELIN

À peine regagnés notre chambre, Rose et moi nous fîmes l'amour. C'était elle qui s'était élancée vers moi. Elle me chuchota qu'elle voulait très vite un enfant de moi. Cela tombait bien. Moi aussi je voulais un enfant d'elle depuis longtemps.

Jusque-là, nous n'avions eu que des animaux et des plantes. Nous y étions allés progressivement. D'abord une plante verte (monotone), puis un oranger (qui produisait des fruits immangeables), puis un poisson rouge (Léviathan, qu'on avait retrouvé un jour, sans raison, le ventre en l'air), puis Zouzou la tortue marine (sans cesse occupée à se goinfrer de petits asticots), puis le cochon d'Inde (baptisé Bouye-bouye parce qu'il couinait tout le temps « bouy, bouy, bouy » pour nous signaler qu'il avait faim), puis un chat qui avait mangé le cochon d'Inde, puis un chien (qui avait vengé le cochon d'Inde en tourmentant sans cesse le chat).

Un enfant serait maintenant le bienvenu. Ne serait-ce que pour venger à son tour le chat en tirant les oreilles du chien, sa queue, ses pattes, ses paupières et sa truffe. Les enfants sont naturellement doués pour rétablir les égalités.

Toujours scientifique, Rose consulta un calendrier.

– Les dates pourraient coller, décréta-t-elle.

– Avec un peu de chance, on pourrait même accoucher de la réincarnation de Freddy, remarquai-je.

Freddy avait dit qu'il foncerait dans le pays orange afin de tenter de se réincarner dans un an. Hum, trois mois s'étaient déjà écoulés... Mais avec un peu de chance, on y arriverait peut-être quand même.

En tout cas, l'idée ravit Rose. Ce serait fantastique de devenir les parents de la réincarnation de Freddy.

Encore une fois nous étions des pionniers. Qui avait déjà pensé à faire un enfant pour réceptacle d'une âme préalablement choisie ? C'était un peu comme si on fabriquait un vase pour y mettre des fleurs déjà en stock.

— Au travail, dis-je avec entrain.

Notre étreinte fut joyeuse, pourtant je surpris comme une expression triste sur le visage de Rose quand elle reposa la tête sur le traversin.

Je lui demandai ce qui n'allait pas tout à coup. Elle soupira et me fit jurer de toujours me boucher les oreilles quand Raoul chercherait à m'assener la seconde vérité.

— Ça lui passera, dis-je. Raoul est amer parce qu'il a été malheureux d'apprendre que sa mère a tué son père, je le comprends.

— Mais toi, tu n'y es pour rien, protesta-t-elle. Je ne vois pas pourquoi, par quel plaisir malsain, il veut maintenant à tout prix te révéler les vilaines confidences de Satan. En tout cas, tu l'as bien sonné. J'ignorais que mon mari possédait un tel talent de boxeur ! fit-elle en se serrant de nouveau contre moi.

Je fis la moue.

— C'est la première fois que je frappe quelqu'un avec une telle volonté de lui faire mal... Et là, j'ai perdu mon meilleur ami.

— Non, déclara-t-elle avec assurance. Raoul n'a rien contre toi. Ainsi que le serinait mon oncle Guillaume : « Quand quelqu'un est en colère contre vous, il n'est pas vraiment en colère contre vous, il est seulement en colère contre lui-même. »

Nous refîmes l'amour. Je chassai le « au fait, qu'est-ce que je fais... » toujours parasite, pour le remplacer très vite par des pensées, puis des sensations bien plus agréables.

Ensuite, Rose, ravissante dans sa chemise de nuit, se pencha au balcon pour contempler la nuit étoilée. La lune était immense. Alentour, les étoiles faisaient leurs intéressantes.

— Je me demande parfois si nous ne jouons pas aux apprentis sorciers, maugréa-t-elle. Regarde comme la découverte de la dernière zone du Paradis nous a jetés les uns contre les autres.

— Tu ne vas quand même pas soutenir les obscurantistes qui veulent qu'on interdise nos explorations ?

— Non, bien sûr. Simplement placer des garde-fous pour éviter de vilaines éclaboussures. L'histoire de Raoul est peut-être un avertissement. Tu t'imagines, si n'importe qui se rend là-bas et tombe sur un ange qui lui apprend des vérités inopportunes !

— Il suffit de conserver son calme. Raoul m'a appris que j'étais orphelin, et alors ? Cela n'a modifié en rien mon comportement. Au contraire, je suis à présent davantage reconnaissant à mes parents adoptifs de m'avoir accueilli et élevé.

Je fus tenté de lui demander la seconde vérité pour voir si j'étais capable de l'encaisser. Elle refusa. Elle me fit promettre de ne jamais demander à l'entendre. Je lus dans son regard qu'elle était convaincue que celle-là provoquerait bien davantage de dégâts que la première.

Pourtant, je ne voyais pas ce qui pouvait être plus terrible que d'apprendre que des parents qu'on avait toujours crus siens n'étaient pas nos vrais parents.

Nous nous endormîmes dans les bras l'un de l'autre.

Au matin, Raoul n'était plus là. Il avait disparu, nul ne savait où.

Je restais seul au thanatodrome avec « mes » trois femmes : Rose, Amandine et Stefania. Mon épouse avait fixé à l'un des murs du penthouse un immense poster représentant la galaxie avec, en son centre, le puits sans fin du Paradis. J'observais souvent cette image, aboutissement de tous nos efforts. Tout partait de là et tout revenait là-bas. Toutes les énergies, toutes les lumières, toutes les idées, toutes les âmes. C'était une poubelle et une matrice. Le sens de nos existences.

Le Paradis.

Freddy était là-bas... Et pas seulement Freddy, tous nos

premiers thanatonautes : Marcellin, Hugues, Félix, Rajiv... des détenus de Fleury-Mérogis en pagaille...

Parfois, le soir, je m'installais devant le récepteur de la grande antenne que nous avions installée au sommet du thanatodrome et je regardais sur l'écran de contrôle les morts s'envoler comme autant de nuées de pigeons. Bon voyage, chers contemporains.

Un point vert symbolisait chaque trépassé. Certains s'élançaient plus vite que d'autres. Leur besoin de quitter ce monde était sans doute plus fort. Très rarement, j'observais une âme revenant sur la terre. Etait-ce un rescapé de la médecine, un thanatonaute isolé, un amoureux qui ne voulait pas quitter sa belle, un assassiné qui voulait se venger sous forme de fantôme, un moine en méditation ou encore un ange rendant discrètement visite à l'humain qui l'invoquait ?

En ce qui concernait Raoul, nous pensions qu'il errait quelque part sur cette terre bien matérielle, en quête de sa mère en chair véritable. En fait, il n'était pas loin. Impuissant à la découvrir, navré de lutter contre nous, il traînait de bar en bar et prétendait que l'absorption d'alcool lui permettrait le cas échéant d'améliorer sa technique d'envol.

Un jour, dégrisé, il constata qu'il venait d'entamer avec lui-même un grand débat sur la justice. Il retourna au thanatodrome, sonna à ma porte, s'excusa de m'avoir fait du mal et promit solennellement de ne plus jamais tenter de me révéler la seconde vérité que, par chance, je n'avais pas entendue.

Je le remerciai sans trop de conviction. Savoir qu'il existait une information qui pouvait bouleverser mon existence du tout au tout et demeurer volontairement dans son ignorance, cela ne me plaisait pas tant que ça.

Le soir, ma mère et mon frère adoptifs me rendirent visite. Ce n'étaient peut-être que des étrangers, cependant je mesurais l'importance qu'ils avaient prise dans ma vie. Mes parents m'avaient toujours traité comme l'un des leurs, sans laisser transparaître le moindre indice. Ils m'avaient choyé. Ils avaient gardé le secret. Ils m'avaient engueulé et donné envie de me révolter contre eux comme si j'étais leur vrai enfant. J'avais pu me débarrasser de mon complexe d'Œdipe avec mon faux père nul, j'avais pu tomber inconsciemment amoureux de mon exécrable mère, j'avais pu entrer en rivalité avec mon lamentable frère. Pour tout ça, mille mercis.

La vraie justice, c'est peut-être ça : être capable de dire merci à ceux qui vous ont fait du bien et de ne pas lécher la main de ceux qui vous ont nui. Ça a l'air simple comme ça, mais souvent on se retrouve bêtement à faire le contraire et on ne sait même plus pourquoi.

Je les embrassai comme jamais encore je ne les avais embrassés, en me disant que, quelles que soient les circonstances, je n'accepterais jamais de m'entretenir là-haut avec mes vrais parents, qui m'avaient abandonné comme un tas de chiffons. Je ne voulais pas connaître les raisons (sûrement très bonnes) qui les avaient poussés, je ne voulais même pas voir leurs visages. S'ils m'avaient abandonné, je les abandonnais. Quant à ceux qui m'avaient adopté, je les adoptais.

Je n'avais qu'un seul vrai foyer : ma pesante mère et ce crétin de Conrad. La vérité de Raoul m'avait permis de comprendre une vérité encore bien plus précieuse.

On ne choisit pas forcément ses amis, mais... on peut quand même choisir sa famille !

224 – MYTHOLOGIE CHRÉTIENNE

« Or, si l'on prêche que le Christ est ressuscité des morts, comment certains parmi vous peuvent-ils dire qu'il n'y a pas de résurrection des morts ? S'il n'y a pas de résurrection des morts, le Christ non plus n'est pas ressuscité. Mais si le Christ n'est pas ressuscité, vide alors est notre message, vide aussi est notre foi [...]. Si c'est pour cette vie seulement que nous avons mis notre espoir dans le Christ, nous sommes les plus à plaindre de tous les hommes [...]. Si les morts ne ressuscitent pas, mangeons et buvons car demain nous mourrons. »

Deuxième Épître de saint Paul aux Corinthiens I, 15.

Extrait de la thèse *La Mort cette inconnue*, par Francis Razorbak.

Profitant que, pour l'heure, le secret restait bien gardé, nous multipliâmes les voyages afin d'explorer au mieux, et si possible jusqu'au bout, le dernier sas du Paradis.

Les anges s'étaient accoutumés aux visites de notre petit groupe de thanatonautes. Ils nous appelaient « leurs grands initiés à la petite semaine ». Bon gré, mal gré, ils acceptaient de répondre à nos questions, comme si ces entretiens entraient dans une procédure déjà bien connue d'eux.

Quand on les connaît un peu, les anges s'avèrent aimables et extrêmement sages. Il s'agit quand même de super-bodhisattvas, de l'élite des Lamed vav, de saints entre tous.

Peu à peu nous percions mieux le sens de la vie, mais nous restions seuls à le savoir. Lucinder jugea un jour que cette situation avait assez duré. Il était à la veille de briguer un troisième mandat présidentiel. Sur tous les plans, politique, économique, diplomatique, son bilan était désastreux. Il n'avait plus qu'un atout à jeter dans la bataille électorale : la thanatonautique. Parler des anges et du Paradis était plus prudent qu'évoquer les indices de récession, les chiffres du chômage en horrible progression et un déficit de la balance commerciale complètement démoralisant.

Lucinder comptait donc sur nous pour lui reconstruire une image de vainqueur. Après tout, il était l'homme qui avait lancé la campagne d'exploration du Continent Ultime, projet audacieux s'il en était. Le public souhaiterait sûrement en apprendre davantage encore sur ce qui se passait après la mort. Et comment mieux y parvenir qu'en glissant dans l'urne un bulletin au nom du président sortant ?

Tout se paie : un vote égale un pas de plus vers l'explication de votre mort. Tel était en substance le programme électoral de notre ami.

Pour ma part, je n'étais pas convaincu que le temps était venu de dévoiler aux gens qu'il existait un pays blanc passé Moch 6, peuplé d'anges, et où les défunts devaient rendre compte de toutes les bonnes et de toutes les mauvaises actions commises durant leur passage ici-bas. J'étais bien placé pour mesurer les ravages de la vérité.

Et que ne pourrait-on pas apprendre là-haut ? Qui avait

commandité l'assassinat de Kennedy, manigancé la mort de Marilyn Monroe, armé la main de Ravaillac ? Qui était le Masque de Fer ? Où était caché le trésor de Barbe-Noire le pirate ? Là-haut, si on le désirait très fort, on avait accès à toutes les solutions, à toutes les réponses. Était-ce vraiment une bonne chose ?

De plus, quand tout un chacun saurait qu'il suffit d'en appeler de tout cœur aux anges pour que ses vœux se réalisent, quel grabuge en perspective ! Les désirs des uns vont souvent complètement à l'encontre des souhaits des autres. Certains convoitent le pouvoir, d'autres un héritage, certains ne rêvent que de paix et d'autres que de carnage. Comment satisfaire simultanément l'ensemble des Terriens ?

Un monde où tous les désirs se réaliseraient sur simple sollicitation des anges, ne serait-ce pas un véritable enfer ? «Méfions-nous de nos désirs, nous risquerions d'être bien ennuyés s'ils se réalisaient», disait Freddy. Je me souvenais avoir souhaité la mort d'un professeur de géographie particulièrement irascible. Je me souvenais avoir souhaité disposer d'un harem de femmes serviles. Je me souvenais avoir souhaité être mort. Heureusement que les anges ne m'avaient pas exaucé, tout comme ils n'avaient pas exaucé tant de tyrans souhaitant devenir les maîtres du monde !

— Non, affirmai-je avec force. Il ne faut pas divulguer l'existence des anges. Les hommes ne sont pas encore prêts pour pareille annonce.

— Allons, allons, fit le Président avec un bon sourire. Mon cher Michael, on vous a bien appris que vous n'étiez qu'un enfant adoptif et vous n'en avez pas fait une montagne !

Certes. Mais une seconde vérité, inconnue de moi celle-là, me hantait... N'osant avouer mon obsession, j'avançai simplement :

— Peut-être, mais considérez Raoul et sa mère !

D'une pichenette, il évacua le problème.

— Razorbak a besoin de repos. Razorbak boit beaucoup trop d'alcool. Je l'ai convaincu de suivre une cure de désintoxication. Il m'a promis de venir nous donner un coup de main pour ma campagne présidentielle aussitôt qu'il irait mieux.

— Mais sa mère, contrainte de se cacher en permanence ?

– Il lui a pardonné.

La nouvelle me stupéfia.

– Comment êtes-vous parvenu à obtenir sa grâce ?

Le Président se frotta les mains, enchanté.

– Ces anges sont décidément très pratiques. Ce n'est pas moi qui ai convaincu Raoul, c'est Stefania. L'ange noir Satan avait provoqué tous ces dégâts, elle a obtenu de l'archange Gabriel, son blanc alter ego, qu'il les répare. Vous voyez, mon cher Michael, on peut faire confiance au Paradis. Le mal qu'il génère, il est capable de le transformer en bien.

Que répondre à cela ? D'ailleurs, qui étais-je pour contre-carrer le chef de l'État ? Raoul aurait certes pu émettre des objections mais il n'était pas là, et pour cause ! Quant à Stefania, Rose et Amandine, elles ne voyaient aucune raison de ne pas divulguer à tous l'ultime secret. Je me soumis donc à la volonté générale.

C'est ainsi que nous entrâmes dans notre période « show-biz ». Nous entamâmes un cycle de conférences à travers le monde, racontant un peu partout nos entrevues avec anges, archanges, séraphins, djinns et même diables. Au départ, nous nous y rendions tous ensemble, Stefania, Amandine, Rose et moi. Mais, peu à peu, il s'avéra que seule Amandine était vraiment très douée pour ce type d'exercice.

La ravissante infirmière d'abord muette, puis réservée, disposait soudain d'un talent oratoire certain. Les plus silencieux s'avèrent souvent les meilleurs orateurs dès qu'on leur en donne l'occasion.

Amandine savait communiquer sa passion de la thanato-nautique. Elle évoquait avec émerveillement le Paradis, où elle remontait de plus en plus souvent pour rechercher (vainement jusqu'ici) Freddy et discuter avec saint Pierre. De plus, son récent veuvage lui donnait un surcroît de crédibilité. Une veuve ne saurait mentir sur un sujet la touchant de si près, surtout quand son époux avait été le meilleur chorégraphe des envols thanatonautiques !

Les conférences d'Amandine devinrent de véritables spectacles. Elle surgissait tout de noire vêtue dans le blanc des projecteurs, tandis que des chœurs entonnaient l'ouverture de *Carmina Burana*. Ange blond au corps de corbeau, elle ressemblait de plus en plus au fantasme d'elle que je croisais à chacune de mes incursions extraterrestres.

Un soir, alors qu'elle achevait son exposé, un journaliste leva la main.

– Cette « pesée des âmes » me semble incompréhensible, vous voulez vraiment dire que, là-haut, ils comptent les points comme autant de malus et de bonus ?

Elle prit son temps avant de répondre.

– Oui. L'existence, c'est un peu comme le baccalauréat. On redouble jusqu'à ce qu'on obtienne la moyenne.

Il y eut une rumeur dans l'assistance.

– Mais alors, poursuivit l'homme, combien faut-il de bonus et de malus pour que l'âme en finisse avec son cycle de réincarnations ?

Saint Pierre n'avait pas dû être chiche avec ses clefs. Amandine fournit des chiffres précis :

– Six cents points. Selon le barème imposé par les trois archanges-juges, il faut six cents points pour ne plus avoir à repasser l'examen de vie.

Brouhaha dans la salle. La vie n'était-elle qu'une vaste salle de classe où tout se résumait à gagner le plus de bons points possible en évitant de son mieux mauvaises notes et zéros pointés ?

Cette vision « scolaire » du destin avait de quoi en décevoir beaucoup. Mais elle avait au moins le mérite d'être cohérente.

– Un seul acte bénéfique peut rapporter six cents points d'un coup, précisa Amandine.

Murmure de soulagement. Il suffisait donc de bien se comporter une seule fois dans sa vie pour être sauvé ! Cependant, déjà la conférencière complétait :

– ... Mais, de la même façon, un seul acte maléfique peut gâcher une vie tout entière. On peut se perdre ou se sauver à coups d'actions qui semblent sur le moment anodines, m'a confié un ange. La pesée est très subtile et les juges se livrent à de très longs calculs. En fait, il n'y a pas un défunt sur dix mille qui arrive à obtenir six cents points et à se transformer en esprit pur. La plupart sont recalés et donc réincarnés.

D'autres questions fusèrent.

– Y a-t-il aussi des animaux là-haut ?

– Oui et, lorsqu'ils se sont bien comportés lors de leur cycle animal, ils sont réincarnés en humains. Les humains sont au plus haut de l'échelle de la réincarnation car ils sont les seuls à disposer d'une conscience abstraite.

– Cela signifierait-il que nous avons tous été animaux avant de devenir humains ?

– Sûrement. L'évolution va de minéral à végétal, de végétal à animal, d'animal à humain, d'humain à esprit pur. Tel est le sens de la vie.

Amandine venait de divulguer tous les secrets du monde et, pourtant, les questions continuaient de pleuvoir :

– Une régression est-elle possible ?

– Évidemment. Si on se conduit trop mal au cours de son existence, on retombe dans une forme de vie antérieure. D'humain, on redevient animal. Mais il s'agit là de cas très rares.

– Alors qu'arrive-t-il aux gens mauvais mais pas assez méchants pour retourner au stade animal ?

– Ils se réincarnent en humains dont l'existence sera particulièrement désagréable et dans laquelle ils devront faire preuve malgré tout de leurs meilleurs côtés. En fait, l'Enfer est ici-bas, sur cette terre. Ceux qui se sont mal comportés renaîtront dans des pays en proie à des guerres ou à des famines endémiques. Ils seront pauvres, malades, handicapés... Dans ces circonstances terribles, ils auront davantage encore d'occasions de se racheter. Ils pourront se sacrifier pour les autres de manière plus éclatante encore. Leur bonne volonté sera plus facile à démontrer.

Le journaliste releva aussitôt la main.

– Entendez-vous par là que ceux qui naissent dans de riches familles occidentales sont tous des gens qui ont eu une bonne conduite dans leur vie antérieure ?

Amandine soupira.

– Ce serait trop simple. On peut être malheureux, atrocement malheureux même, au sein d'une riche famille occidentale et on peut aussi être heureux, très heureux, dans la chaleur et la solidarité d'un bidonville du tiers monde. Après tout, ce sont nos pays soi-disant les plus évolués qui connaissent le plus fort taux de suicide.

L'assistance se dirigea, perplexe, vers la sortie.

« Ainsi en va-t-il de la résurrection des morts : on est semé dans l'ignominie, on ressuscite dans la gloire, on est semé dans la faiblesse, on ressuscite dans la force, on est semé dans un corps physique, on ressuscite dans un corps spirituel. »

Première Épître de saint Paul aux Corinthiens XV, 42-44.

Extrait de la thèse *La Mort cette inconnue*, par Francis Razorbak.

227 – NOMBRIL

Raoul était reparti à la recherche de sa mère qui, ignorant son revirement, se terrait toujours. Il parlait moins, mais il semblait toujours habité par la rage. Privé des effets anesthésiants de l'alcool, il était chaque jour plus amer. Après avoir si longtemps tenté de rejoindre son père, il ne parvenait plus à présent à trouver sa mère. Après tout, ce n'était qu'une quête psychanalytique courante. Encore une fois le complexe d'Œdipe faisait des siennes. Si ce n'est que Raoul avait tout inversé. Il était amoureux de papa et voulait tuer maman.

Stefania s'efforçait de le réconforter de son mieux et ils avaient, ensemble, de longues conversations. Avec moi Raoul se taisait, comme honteux de son comportement passé.

Amandine faisait maintenant figure de star. Elle était devenue notre thanatonautesse n° 1. Elle allait et venait entre les Buttes-Chaumont et le Paradis où saint Pierre, avec qui elle était devenue très liée, l'appelait, prétendait-elle, « ma petite initiée ».

Lucinder grimpait dans les sondages préélectoraux tandis que Rose et moi nous préoccupions surtout de la géographie complète du Paradis. Qu'y avait-il après la zone de pesée des âmes ? Nous l'avions maintes fois approchée, mais jamais nous n'étions parvenus à contourner la montagne de lumière pour découvrir ce qu'il y avait derrière, nos cordons argentés s'avérant trop courts. Et comme en plus Rose était enceinte, aucun de nous deux n'avait envie de risquer sa vie pour le savoir.

Mon astronome d'épouse persistait à penser qu'au bout du trou noir se trouvait son contraire, une fontaine blanche projetant les âmes à la façon d'un fusil à canon évasé. Les morts étaient aspirés d'un côté puis propulsés de l'autre vers leur réincarnation. En attendant d'y aller voir, elle s'était attelée plus prosaïquement à une étude sur les rayons gamma, davantage chargés d'énergie que les rayons X ou ultraviolets. Elle mit au point un nouveau détecteur de rayons gamma qui nous permit d'encore mieux observer, depuis la Terre, les abords du Paradis et le centre de notre galaxie.

Finissant de prendre mon bain, je m'attardais un jour à considérer l'eau qui s'évacuait en glougloutant dans la bonde. Tout le secret de l'astronomie était là, dans ce vortex, tel un trou noir où se précipitait cette eau usée. Un cercle au centre plein d'énergie. Je songeais à la vieille énigme de Raoul : comment tracer un cercle et sa circonférence sans lever son stylo ?

L'eau partait vers les égouts. Mais par où s'évacuaient nos âmes ? En toute chose, ne jamais rechercher la tête, toujours se concentrer sur le centre. Stefania affirmait que le vrai moi réside dans l'ancien corridor qui nous relie un temps à notre mère. Le nombril. Par là, nous avions reçu nourriture, sang et force et puis, à la naissance, la porte s'était refermée. Mais, selon Stefania, le nombril n'en demeurait pas moins un point important. Notre centre de gravité, donc notre centre réel.

En contact avec toutes les zones qu'il avait jadis nourries, il suffisait de le réchauffer en cas de maladie pour qu'il irradie tout le corps.

Avec le nombril de notre ventre, nous commençons à vivre. Dans le nombril de la galaxie, nous mourons.

Je fixai la baignoire maintenant vide et enfilai un peignoir sur ma peau moite.

En Égypte antique, durant la XVIIIe dynastie, le traitement des pharaons et de certains notables morts obéit à un cérémonial d'embaumement très précis et très strict. On commence par coucher le corps sur le dos. Le maître de cérémonie est en général un prêtre d'Osiris, habillé comme Horus. Il est accompagné de quatre assistants qui symbolisent les quatre points cardinaux. Ceux-ci épilent le cadavre puis incisent l'abdomen sur la partie gauche à hauteur du diaphragme. Le prêtre d'Osiris insère sa main à l'intérieur de la plaie et commence à vider les organes nobles susceptibles de pourrir : foie, rate, poumons, intestin, estomac. Une fois nettoyés, ils les réinsèrent après les avoir traités dans des solutions conservatrices à base de plantes. Les aides enduisent la cage thoracique avec du goudron pour éviter que les chairs ne s'émiettent. Puis ils bourrent le corps avec de l'huile, du tissu et de la myrrhe pour redonner la forme d'un ventre rebondi. De même pour le crâne. Ils enfilent dans les narines du défunt une baguette rigide pour lui percer les deux cavités nasales. L'embaumeur peut ainsi faire pénétrer un outil recourbé avec lequel il va hacher menu la cervelle qu'il expulsera ensuite en soufflant dans l'autre narine. Une fois la cervelle éjectée, le maître de cérémonie va déposer du goudron à l'intérieur du crâne. Il le répartira uniformément sur toute la surface interne en faisant pivoter délicatement la tête dans tous les sens pour que cela nappe bien. Le corps est enfin recouvert de bandelettes de lin jaune safran. Sur le visage on place une paire d'yeux factices en bois, puis un masque funéraire en cartonnage peint à l'image du mort. Le visage peint doit être jeune et paisible.

D'après le papyrus n° 3 de Boulaq (Le Caire).

Extrait de la thèse *La Mort cette inconnue*, par Francis Razorbak.

229 – HISTOIRE D'ANIMAUX

Les conférences d'Amandine étaient de plus en plus courues. Dans la boutique de ma mère, ses affiches, où elle posait dans des tenues toujours très sexy mais jamais nue, se vendaient comme des petits pains. Leur succès phénoménal enrichit considérablement la petite entreprise familiale. Mais ce ne fut pas là la conséquence la plus importante des prestations si remarquées d'Amandine.

Au début, elles n'avaient attiré que des intellectuels, assoiffés d'originalité, et des curieux, avides d'ésotérisme en tout genre. Le bouche à oreille avait ensuite fait venir les scientifiques. Puis une chaîne de télévision avait eu l'idée de retransmettre un show de notre thanatonautesse. Assailli de questions, son standard téléphonique n'avait pas résisté. Soudain, les gens s'intéressaient à leurs karmas. Ils voulaient tout savoir : qui étaient-ils avant leur présente existence, que deviendraient-ils après ? Éternelles interrogations : D'où viens-je ? Qui suis-je ? Où vais-je ?

Un soir, après une conférence, alors que nous étions réunis au restaurant thaïlandais, la conversation roula sur le thème des réincarnations animales. Était-il possible que tous les gens assis à cette table aient jadis été musaraigne, grenouille ou limace ?

Tout en nous apportant des apéritifs parfumés à la rose et des croquettes aux crevettes, M. Lambert vint se mêler à nos digressions. Il avoua se reposer parfois debout sur une jambe. La position lui procurait une sensation de confort incroyable. Il en déduisait avoir été autrefois héron et nous montra comment, en effet, il conservait avec un unique support un équilibre parfait.

Amandine « supposait » avoir été lapin. Elle aussi fit sa petite démonstration. Elle savait faire bouger ses oreilles de façon assez spectaculaire. Elle les articulait d'avant en arrière et on distinguait parfaitement le muscle au travail sur le côté de ses joues. Son nez frémissait parfois telle une truffe et elle nous rappela en riant qu'en plus elle adorait les carottes.

En y réfléchissant bien, il me sembla pour ma part avoir des souvenirs de renard. Lubie ou illusion ? Je perçus au fond de moi les sensations qu'on connaît lorsqu'on court au galop, à quatre pattes parmi les herbes. Je savais ce que c'était que plier puis déployer sa colonne vertébrale à chaque foulée, en l'équilibrant astucieusement de sa longue queue de fourrure. Je me concentrai davantage et je me souvins des longs hivers, blotti bien au chaud dans mon terrier avec ma renarde et mes renardeaux. Il n'existait pas de meilleur repos au monde.

Au printemps, je m'étais enchanté de longues courses dans la forêt, m'enivrant de l'odeur des mousses et du thym qui venait fouetter mon museau lorsque j'étais au grand galop. Comment pouvais-je savoir ce qu'est une course à quatre pattes ? Comment pouvais-je connaître la sensation de la chaleur du terrier durant l'hiver ?

Plus j'y réfléchissais, plus les souvenirs de ma vie de renard étaient précis. Je ne courais pas assez vite pour arriver à chasser efficacement. Je me rappelais des rencontres douloureuses avec des hérissons. L'odeur de la forêt. Quand j'étais renard, en respirant ainsi dans le sens du vent, je pouvais avoir une cartographie complète des alentours. Ça, je m'en souvenais. Comment était-ce possible ?

Les autres aussi s'étonnaient de souvenirs exogènes.

Le sujet passionnait tout le monde dans le restaurant. La conversation devint vite générale. Un gros monsieur au long nez s'attribua des souvenirs d'éléphant, une petite dame timide s'avoua ancienne caille, un bonhomme effacé se remémora sa vie de dinosaure *Tyrannosaurus rex* en exhibant des dents effectivement très pointues. Après les vies animales, on en vint aux vies humaines.

Détail étrange : beaucoup de maladies trouvaient, grâce au karma, des explications logiques. Ceux qui avaient la gorge fragile étaient souvent des réincarnations de guillotinés de la Révolution française. Les asthmatiques étaient d'anciens noyés. Les priapiques étaient d'anciens pendus. Les claustrophobes avaient été abandonnés dans des oubliettes. Les hémorroïdiens s'étaient fait empaler. Les parkinsoniens, électrocutés. Les fragiles du foie étaient empoisonnés. Les ulcéreux à l'estomac s'étaient fait hara-kiri lors de leur dernière vie. Les psoriasis avaient été brûlés. Les migraineux s'étaient suicidés d'une balle de revolver dans le crâne. Un myope avait été taupe.

Chacun se souvenait presque précisément d'existences farfelues. Dans le restaurant, il y avait évidemment beaucoup d'ex-chevaliers médiévaux, huit ex-pharaons, des ex-curés, des ex-prostituées.

Chacun avait des souvenirs de vies étrangères. Le plus probablement des scènes vues... à la télévision dans des films hollywoodiens. Car, autant je voulais bien croire ceux qui se prenaient pour d'anciens manants, autant il fut indispensable de signaler à ceux qui se prenaient pour Indiana Jones, Barbarella, Tintin, Astérix, ou Hercule Poirot, que ces personnages n'avaient jamais existé. Ce fut malgré tout un bon moment.

Lucinder vint nous rejoindre au restaurant. Il semblait lui aussi de bonne humeur. Il mangea avec appétit les nouilles au basilic, puis nous parla politique.

Après une première remontée, les sondages stagnaient. Lucinder sentait le moment venu de créer l'événement qui impressionnerait définitivement une opinion publique toujours volatile. Si Amandine pouvait raconter une véritable pesée d'âmes plutôt que de se contenter d'assener aux gens des concepts philosophiques et moralistes, ce serait beaucoup mieux, affirma-t-il. C'était lors de ce dialogue final préludant à la réincarnation que tout se jouait. Il fallait connaître en détail ce système de bonus et de malus. Ainsi naquit l'idée d'*Entretien avec un mortel*.

Impossible d'expédier là-haut une caméra ectoplasmique pour filmer une scène que nous-mêmes n'avions en fait qu'entr'aperçue. On pourrait évidemment observer les détails et répéter les phrases. Mais lequel d'entre nous disposait d'une mémoire suffisamment performante pour enregistrer puis restituer tous les dialogues télépathiques entre les archanges-juges et l'âme en voie de se réincarner ?

– Maxime Villain ! s'écria Rose. Le reporter ectoplasmique, le journaliste du *Petit Thanatonaute illustré*. C'est un surdoué de la mémoire. C'est l'homme de la situation.

– Parfait ! s'exclama Lucinder. Il est même capable de représenter la scène en dessins. Mes électeurs disposeront ainsi d'images du Paradis sans même quitter leur fauteuil.

Il calculait déjà le nombre de voix supplémentaires que ce témoignage lui rapporterait !

Je savais par moi-même que les ectoplasmes jouissent d'une vue parfaite puisqu'ils ne regardent qu'avec leur cœur et non plus avec leurs yeux. Freddy l'aveugle n'avait-il pas été le plus excellent des thanatonautes ? Pourtant, chaque fois que je rencontrais Maxime Villain, je me demandais comment il se débrouillait là-haut sans ses épaisses lunettes.

Petit, myope et rondouillard, avec sa barbichette et ses airs moqueurs, Maxime Villain évoquait irrésistiblement Toulouse-Lautrec.

Dès le lendemain, nous le fîmes venir au thanatodrome.

– Quelle chance vous avez d'avoir une mémoire pareille, minauda Amandine quand il accéda à notre invitation. Moi, si je ne note pas instantanément, j'oublie tout de suite.

Le journaliste étira ses lèvres épaisses en un sourire navré.

– Moi, mon problème, c'est justement que j'ai trop de mémoire, dit-il. Je préférerais oublier un peu de temps en temps.

Comme la jeune femme présentait une mimique étonnée, il s'expliqua :

– Dès qu'une information entre dans mon cerveau, elle n'en sort plus. Je suis encombré de connaissances inutiles. Ma culture est tellement gigantesque qu'elle en devient pesante. Dix fois j'ai commencé d'écrire un livre pour m'arrêter après quelques pages tant, avec mes innombrables références littéraires, j'avais l'impression de commettre un plagiat. Pour créer une œuvre personnelle, il importe d'abord d'oublier toutes les autres. J'en suis incapable.

Moi qui avais toujours envié sa mémoire encyclopédique, je découvrais qu'elle constituait pour lui un handicap. C'est vrai que c'est parfois si agréable d'oublier... Si seulement je pouvais enfouir au fond de quelque méandre cette satanée deuxième vérité !

Du coup, Lucinder, taquin, s'autorisa à présenter comme une qualité exceptionnelle son énorme « faculté d'oubli ». Il était libre ainsi de prendre des mesures proposées par ses prédécesseurs et qu'il avait stigmatisées lorsqu'il était lui-même dans l'opposition. Il pardonnait volontiers à tous ceux qui l'avaient offensé, ce qui lui avait valu une réputation de magnanimité et avait beaucoup contribué à sa popularité.

Pauvre Maxime ! Lui ne savait pas oublier. Aussi demeurerait-il toujours journaliste et n'accomplirait-il jamais ses ambitions d'écrivain !

Autant bénéficier pour l'heure de ses capacités. Nous commençâmes à élaborer les dispositifs de sa mission. Nous mîmes au point le plan suivant : Stefania, Rose, Amandine et moi ferions diversion en discutant avec les anges tandis que, de son côté, Maxime graviait le plus haut possible la montagne de lumière afin de pouvoir écouter les jugements ultimes.

Inutile d'attendre plus longtemps. Trois jours plus tard, notre groupe s'envolait pour un reportage ectoplasmique encore plus sensationnel que ces récits des batailles du Paradis qui avaient valu à Villain une notoriété unique en son genre.

Maxime entreposa l'ensemble des dialogues dans son cerveau. Avec les dessins afférents, ils furent publiés dans le *Petit Thanatonaute illustré* et plus tard dans *Entretien avec un mortel,* second ouvrage d'Amandine Ballus. Le manuscrit original, document de valeur historique, se trouve actuellement sous verre au musée de la Mort du Smithsonian Institute de Washington.

230 – MANUEL D'HISTOIRE

Les thanatonautes ont toujours manifesté le plus grand respect envers les anges. De toute façon, il suffit d'apercevoir un ange, un vrai ange, pour comprendre qu'il faut le respecter. Les anges sont peut-être ce que seront les hommes de l'an 100 000. Ils sont un million de fois plus évolués et plus subtils que nous. Ils ont une autre perception du temps. Les humains sont bloqués entre un passé dont ils doivent s'accommoder et un avenir qui leur fait peur. Les anges, eux, transcendent présent, passé et futur. Ils nous offrent un concept totalement nouveau, celui de « présent-futur ». L'ange distingue en permanence les conséquences à court, moyen et long terme de chacun de ses actes et il choisit d'agir dans le « présent-futur », comme nous nous servirions d'un mets dans un buffet à volonté. À l'avance, si nous sélectionnons les carottes râpées, nous savons quel goût elles auront dans notre bouche. De même, l'ange, à chaque action accomplie, en connaît déjà les conséquences.

Manuel d'histoire, cours élémentaire 2ᵉ année.

390

Quand il était petit, Maxime Villain était un enfant normal, à une différence près : lorsqu'il parlait, personne ne l'écoutait. Il commençait une phrase et, comme par hasard, il y avait toujours quelqu'un pour l'interrompre aussitôt. À table, à la maison, on le coupait d'un « passe-moi le sel ». À l'école primaire, l'instituteur déclarait : « Passons maintenant au cours suivant. » Il suffisait qu'il ouvre la bouche pour que l'attention des autres soit attirée par n'importe quoi ou que quelqu'un se mouche.

Maxime en était d'autant plus mortifié que, lui, de son côté, écoutait soigneusement tout interlocuteur et pouvait demeurer des heures sans rien dire à emmagasiner toutes les informations qu'on lui transmettait.

Flattés de son attention, il avait ainsi multiplié les amis qui lui avaient transmis tour à tour leur intérêt et donc leur savoir dans des domaines aussi hétéroclites que l'hypnose, le secourisme, la littérature victorienne, l'informatique, la lutte gréco-romaine, l'astrophysique, la stratégie des guerres napoléoniennes, les mathématiques, la musique dodécaphonique et bien d'autres encore. Tout lui était bon pour remplir son réservoir de matières à penser.

Cependant, Maxime ne supportait pas de toujours prendre sans rien pouvoir échanger. Au début, il avait essayé de son mieux de forcer l'écoute. Après tout, il ne quémandait qu'un peu d'attention. Mais à peine commençait-il à échafauder un raisonnement que ses parents bâillaient et changeaient de conversation ou que ses professeurs disaient distraitement : « Très intéressant mais hors sujet. » Pareil avec ses amis.

Était-ce sa voix, grave et douce, qui était soporifique ? Les sons graves, en agissant sur le cœur et la poitrine, bercent et endorment. Des sonorités aiguës, au contraire, excitent et retiennent parce qu'elles s'adressent directement au cerveau. Maxime se dit qu'une voix haut perchée racontant n'importe quoi avait plus de chances d'être écoutée qu'une voix grave énonçant des choses passionnantes.

Il tenta donc de modifier la sienne, sans guère obtenir de résultats. De dépit, il se fit moine trappiste. Parmi ces hommes ayant fait vœu de silence et avec qui il n'y avait pas de dialogue possible, il se sentit enfin accepté et estimé.

Il eut là tout le loisir de réfléchir à sa situation et finit par s'accepter tel quel. Il était né récepteur. Il ne serait jamais émetteur. Il quitta en paix son monastère et continua à accumuler les connaissances à l'écoute des autres. Bien sûr, il ne restituait toujours rien de son savoir puisqu'il n'intéressait toujours personne, mais il devint ainsi une vaste banque de données humaines, extensible à l'infini. Avec tout ce qu'il avait engrangé de connaissances, que beaucoup auraient estimées parfaitement inutiles, il aurait gagné haut la main n'importe quel jeu télévisé à base de questions dites de culture générale.

Maxime Villain ne se lassait pourtant pas de s'informer en tout. Il découvrit que le journalisme lui permettrait de mieux assouvir sa passion. Il passa par toutes les rubriques : faits divers, science, potins, politique, culture. Et quand il écrivait, il n'avait pas à s'inquiéter de sa voix : parmi la masse d'abonnés au journal, il trouverait bien au moins un lecteur attentif.

Pour mieux se faire comprendre et retenir l'attention de ce lecteur mythique, il entreprit aussi de dessiner. « Les mots ne suffisent pas toujours, pensa-t-il. Une image s'avère souvent nécessaire pour les compléter. » Il livra désormais tous ses articles assortis d'un dessin. Il devint ainsi le chroniqueur vedette du *Petit Thanatonaute illustré*.

Au départ, l'écriture n'était pour lui qu'un vecteur de secours. Il comprit vite que des structures rigoureuses étaient nécessaires pour construire un récit. Il se passionna pour l'écriture dès lors qu'il la considéra comme une science exacte. Maxime Villain se mit à espérer rédiger un texte dont le ou les moteurs seraient si puissants que le premier mot lu, n'importe quel lecteur serait captivé, hypnotisé au point d'être incapable de l'abandonner et contraint de le lire jusqu'au bout.

Ce texte-là, ce serait sa revanche sur tous ces gens qui, jamais, ne l'avaient écouté.

Maxime disait : « Dans mon code des valeurs, je place très haut la littérature. Je sais que son but ultime n'est pas de faire de jolies phrases, ni de beaux personnages, ni même une jolie intrigue. Le but ultime de la littérature, c'est de faire rêver les gens plus loin ! »

Faire rêver les gens plus loin...

N'empêche, en dépit de tous ses projets ambitieux, Maxime était resté journaliste sans jamais parvenir à achever le moindre livre. Il plaçait peut-être la barre trop haut.

232 – MYTHOLOGIE JUIVE

« Quand le moment est venu pour un homme de quitter le monde, ce jour est redoutable. Les quatre points cardinaux le mettent en accusation, les châtiments lui viennent des quatre côtés à la fois. Les quatre éléments (eau, terre, feu, air) se disputent dans le corps de l'homme, chacun le tirant de son côté. S'avance alors un messager dont la proclamation s'entend dans les soixante-dix mondes. Si l'homme s'avère digne de cette proclamation, il est accueilli avec allégresse dans tous les mondes et sa mort devient une fête dont se réjouissent tous les mondes. Mais s'il en va autrement, s'il est indigne, malheur à lui ! »

Zohar.

Extrait de la thèse *La Mort cette inconnue*, par Francis Razorbak.

233 – FICHE DE POLICE

Nom : Villain
Prénom : Maxime
Cheveux : Bruns
Taille : 1 m 62
Signes particuliers : Néant
Commentaire : Pionnier de la thanatonautique
Point faible : Allure insignifiante

234 – ENTRETIEN AVEC UN MORTEL

Texte d'*Entretien avec un mortel,* tel qu'il fut rapporté et illustré par le journaliste Maxime Villain.

La scène se passe aux confins ultimes du Paradis, au pied de la montagne de lumière où siègent les grands archanges, arbitres de nos destinées. Acteurs : les trois archanges plus Charles Donahue, quidam tout juste décédé. L'ange gardien de Charles Donahue n'a pas pu venir, ce qui ne changera d'ailleurs en rien le sens et la valeur du jugement prononcé.

ARCHANGE-JUGE GABRIEL : Bonjour, monsieur Donahue.

ÂME : Où suis-je ?

Le défunt regarde autour de lui et masse la région de son ectoplasme où son bras gauche lui a été récemment amputé. Il lève la tête et examine la colline du Jugement ultime et les trois archanges-juges en train de manipuler des ficelles transparentes, pleines de nœuds.

ARCHANGE-JUGE MICHEL : Vous êtes ici dans le Centre d'orientation des âmes et nous allons procéder à la pesée de votre existence passée.

ÂME : Une pesée ?

ARCHANGE-JUGE RAPHAËL : Un jugement. Votre vie va être mise en examen afin que nous puissions juger de votre comportement et décider s'il y a lieu ou pas d'en finir avec le cycle de vos réincarnations sur Terre.

ÂME : J'ai été très bien.

ARCHANGE-JUGE GABRIEL (examinant des documents) : C'est vous qui le dites.

ÂME : J'ai entendu dire dans la file d'attente que j'avais droit à un ange gardien pour avocat. Il n'est pas là ?

ARCHANGE-JUGE MICHEL : Vous avez effectivement droit à la présence de votre ange gardien mais aussi à celle de votre démon personnel. Il s'avère qu'ils sont tous deux actuellement en pleine activité dans le bas monde. Vous savez ou vous ne savez pas que l'ange gardien vous est assigné le jour de votre naissance. Or, une personne née le même jour que vous a nécessité l'envoi d'urgence et de son ange gardien et de son démon. Une pénible affaire de licenciement abusif. Ce sont des circonstances exceptionnelles, mais ne nous étendons pas là-dessus. Ne vous inquiétez pas : vous serez jugé en toute équité. Les consciences de votre ange gardien et de votre démon planent sur cette montagne et nous les entendrons simultanément.

ARCHANGE-JUGE GABRIEL : Votre cas sera examiné avec la plus grande objectivité. Vous êtes ici dans le lieu de justice entre tous. Nous savons déjà tout de vous. Nous connaissons jusqu'aux intentions qui ont préludé à tous vos actes.

ÂME (avec véhémence) : Je n'ai rien à me reprocher. J'ai été très bien. Je me suis marié. J'ai eu trois enfants. J'ai laissé un bel héritage à ma famille avant de mourir. À l'heure qu'il est, ils doivent avoir une bonne surprise, si vous voulez mon avis.

ARCHANGE-JUGE RAPHAËL (tandis que Gabriel brandit une ficelle transparente pleine de nœuds) : Ce n'est pas cela « bien se comporter ». Vous voyez ces nœuds ? Tous correspondent à un acte de votre vie.

Chacun est en effervescence de bulles-souvenirs assez semblables à celles qui accueillent les défunts, passé le premier mur comatique.

ARCHANGE-JUGE RAPHAËL : Vous parliez de votre femme. Je constate ici que vous l'avez souvent fait pleurer. Vous la trompiez, n'est-ce pas ? Avec une idiote, qui plus est.

ÂME (fataliste) : Les mœurs sont assez libres, de nos jours...

ARCHANGE-JUGE GABRIEL (très sec) : Adultère simple. Malus de 60 points. (Il étudie d'autres bulles-souvenirs.) Vous avez évoqué vos enfants, aussi. Mais vous êtes-vous réellement occupé d'eux ? Je vois ici que vous vous arrangiez toujours pour partir en vacances au moment de leur naissance, que vous prétextiez ensuite des voyages d'affaires pour échapper aux pleurs nocturnes, si bien que votre femme s'est là encore toujours retrouvée seule aux moments où elle avait le plus grand besoin de vous.

ÂME : J'étais toujours débordé de travail et c'est pour le bien-être de ma famille que je m'échinais. En plus, à chacun de mes retours, je couvrais mes gosses de jouets.

ARCHANGE-JUGE MICHEL : Vous vous figurez que des jouets remplacent la présence d'un père ? Désolé. Malus de 100 points.

ÂME : C'est quoi cette histoire de points et de malus ?

ARCHANGE-JUGE RAPHAËL : Pour en finir avec son cycle de réincarnations et devenir un sage, il faut s'être acquis un bonus de 600 points pendant son dernier passage sur Terre.

Pour l'instant, vous en êtes à un malus de 160 points. Poursuivons. (Il déroule sa corde et s'arrête sur une série de nœuds particulièrement blancs.) Vous avez fait enfermer vos vieux parents dans un asile de troisième catégorie où vous ne leur rendiez visite qu'à peine une fois par an.

ÂME : Ils étaient gâteux. Et puis avec mon travail, j'étais vraiment débordé...

ARCHANGE-JUGE GABRIEL : Quand ils vous ont élevé, vous aussi vous étiez « gâteux », comme vous dites. Incontinent, qui plus est. Et braillard, désordonné, sale, baveux, incapable de vous tenir correctement sur vos deux jambes. Vos parents ont quand même eu la patience de supporter vos caprices.

ARCHANGE-JUGE MICHEL : Et puis, il a bon dos, votre travail ! Parlons plutôt de votre secrétaire !

ÂME (surprise) : Ah, vous êtes aussi au courant de ça ?

ARCHANGE-JUGE RAPHAËL : Ici, nous savons tout, nous voyons tout, nous comptons tout. Vos parents étaient désespérés de ne plus vous voir. Vous leur manquiez vraiment. De plus, dans les hospices, plus les vieillards reçoivent de visites, mieux les infirmières les traitent. Ceux qui sont abandonnés, elles se disent que, de toute façon, personne ne tient à eux. Forcément, elles les négligent.

ÂME : Je leur ai envoyé quand même pas mal de cadeaux.

ARCHANGE-JUGE MICHEL : Toujours la même rengaine. Eux non plus ne réclamaient pas de cadeaux. Ils souhaitaient de la présence. Comme votre femme, comme vos enfants.

ÂME : Vous n'exagérez pas un peu ? Ils n'étaient pas si malheureux que ça, à l'hospice. Chaque fois que j'allais les voir, ils m'assuraient que tout allait bien...

ARCHANGE-JUGE GABRIEL : Parce qu'en plus ils vous aimaient et ne voulaient pas vous culpabiliser. Encore un malus de 100 points ! Pas brillant, tout ça ! On en est déjà à − 260.

ÂME : Attendez. C'est un peu trop facile. On juge les gens et on les condamne. C'est à croire que vous êtes de parti pris et que vous ne considérez que les mauvais côtés. J'ai quand même accompli de bonnes actions dans ce bas monde.

ARCHANGE-JUGE MICHEL : À quoi pensez-vous ?

ÂME : J'ai monté une usine de bouteilles ! J'ai fait travailler des chômeurs, j'ai nourri des familles, j'ai produit des objets qui aidaient les gens à mieux vivre. Ah...

ARCHANGE-JUGE GABRIEL : Parlons-en de votre usine de bouteilles ! Elle a pollué toute la région.

ARCHANGE-JUGE MICHEL : Et quelles conditions de travail là-dedans ! Vous aviez créé un climat de conflit permanent entre vos cadres et vos ouvriers. Vous montiez les uns contre les autres afin de tous les casser.

ÂME : Diviser pour mieux régner est une loi du management moderne. Vous ne pouvez pas me reprocher d'avoir fait des études commerciales !

ARCHANGE-JUGE GABRIEL : Pour l'usine, malus : 60 points. Déjà 320 sous le niveau du tolérable. On va maintenant y ajouter en vrac les « broutilles ».

ÂME : Les broutilles ? Qu'est-ce que c'est encore ?

ARCHANGE-JUGE RAPHAËL : Sur toute votre existence, vous avez commis, je cite : 8 254 mensonges nuisibles à votre entourage ; 567 lâchetés simples et 789 lâchetés graves ; 45 petits animaux écrasés sous vos pneus. De surcroît, Monsieur votait n'importe quoi aux élections, Monsieur s'adonnait aux jeux d'argent avec les biens du ménage, Monsieur roulait dans une voiture bruyante, Monsieur...

ÂME (air consterné de l'ectoplasme Donahue) : Vous me prenez pour le parfait salaud, on dirait !

ARCHANGE-JUGE RAPHAËL : Je n'ai jamais dit ça. (Il consulte encore sa cordelette pleine de nœuds d'où s'échappent maintenant des bulles-souvenirs comme autant de bulles de champagne en suspension) : Vous donniez régulièrement votre sang aux hôpitaux. Bonus : 20 points. Vous avez sauvé un automobiliste sur une autoroute alors que sa voiture était sur le point de s'enflammer. Bonus : 50 points. Vous donniez vos vieux vêtements aux compagnons d'Emmaüs au lieu de les jeter à la poubelle. Bonus : 10 points.

ÂME : Et n'oubliez surtout pas les circonstances de ma mort.

ARCHANGE-JUGE GABRIEL (fixant toujours la cordelette) : Effectivement, elles méritent attention. Vous avez percuté un platane afin d'éviter un cycliste alors que déboulaient face à vous deux gros camions cherchant à se doubler. Leurs chauffeurs sont d'ailleurs juste derrière vous à attendre leur...

L'ectoplasme Donahue se retourne et découvre derrière lui deux trépassés impatients.

ÂME : Ah !

ARCHANGE-JUGE GABRIEL : Pour une fois, vous avez eu le bon réflexe, je dois le reconnaître. 10 points de bonus, mais vous auriez pu en obtenir davantage si, en plus du cycliste, vous aviez aussi épargné le platane.

ÂME (outrée) : Quoi !

ARCHANGE-JUGE MICHEL : Mais oui, c'était un jeune platane qui ne demandait pas mieux que de continuer à pousser et à ombrager la route et vous, vous l'avez cassé en deux ! La prochaine fois, débrouillez-vous pour éviter et les camions et le vélo et le platane pour vous planter tout bonnement dans le fossé. Peut-être qu'ainsi votre voiture aurait pris feu et vous auriez péri carbonisé. C'est très bien vu par ici, la mort par le feu.

ÂME : Parce que c'est une atroce façon de périr ?

ARCHANGE-JUGE RAPHAËL : Plus la mort est douloureuse, plus elle se rapproche du martyre. La mort par le feu vous aurait valu un bonus de 100 points !

ÂME : Qu'avez-vous voulu dire avec votre prochaine fois ?

ARCHANGE-JUGE GABRIEL (très patient) : Il faut 600 points pour en finir avec le cycle des réincarnations, nous vous l'avons précisé dès le début de la pesée. Or, vous achevez cette existence avec un total de − 230. Pas terrible, tout ça.

ARCHANGE-JUGE MICHEL : Surtout si l'on constate que Monsieur en est tout de même à sa 193e réincarnation sous forme humaine. Nous ne pouvons que vous renvoyer dans un autre corps. Tâchez de réussir mieux qu'un minable − 230, au prochain examen.

ÂME (effarée) : Un autre corps ?

ARCHANGE-JUGE MICHEL : Un autre corps, une autre existence. Une vie que vous allez choisir.

ÂME (de plus en plus sidérée) : Parce qu'on peut choisir sa vie ?

ARCHANGE-JUGE GABRIEL : Bien sûr, dans la vie, on obtient toujours ce que l'on a choisi.

ARCHANGE-JUGE MICHEL : Et puis, nous sommes ici au

service des âmes. Nous sommes là pour vous aider à vous améliorer. C'est pour votre bien, pour vous permettre de vous amender, que nous allons vous réincarner.

ARCHANGE-JUGE RAPHAËL : Nous allons vous donner l'occasion de réparer les erreurs de vos vies précédentes. Choisissez vous-même vos atouts et vos handicaps de départ pour votre nouvelle existence. Voyons ce que nous avons en stock avec − 230 points.

Les trois archanges appellent deux séraphins qui n'ont cessé de voleter au-dessus d'eux pendant toute la scène. Ceux-ci leur apportent aussitôt des cordelettes aux bulles-images riches en informations.

ARCHANGE-JUGE RAPHAËL : Nous avons ici la liste toute fraîche des futurs parents en train de faire l'amour à l'heure qu'il est.

ÂME : Je vais pouvoir choisir mes parents ?

ARCHANGE-JUGE MICHEL : Combien de fois faudra-t-il vous répéter que l'on peut choisir sa vie ? Mais attention surtout à ne pas se tromper ! Alors, vous préférez des parents plutôt sévères ou des parents plutôt souples ?

ÂME (perplexe) : Hum... Quelle différence ?

Un séraphin projette une image télépathique. Un gros monsieur et une grosse dame nus dans un lit, en quête d'une position où ni l'un ni l'autre n'étouffera son partenaire de son poids. Après avoir essayé en vain, lui dessus, elle dessous, puis le contraire, ils s'emboîtent sur le flanc comme des petites cuillères.

Le téléphone sonne mais la femme fait signe à l'homme de ne pas répondre. Celui-ci est rouge et tout en sueur. Il ahanne bruyamment. La femme grimace et tord sa chevelure.

ARCHANGE-JUGE GABRIEL : M. et Mme Dehorgne, un couple sympathique. Gentils, protecteurs, aimants. Un seul défaut : leur profession. Ils sont dans la restauration et leur établissement est peu achalandé. Le soir, ils vous obligeront donc à finir tous les restes ; leurs spécialités, c'est le cassoulet de Castelnaudary et les profiteroles au chocolat. Comme eux, vous deviendrez rapidement obèse. Alors, ils vous intéressent, les Dehorgne ?

ÂME (contemplant avec dégoût le couple et ses inconfortables ébats) : Évidemment que non.

ARCHANGE-JUGE GABRIEL : Tous les parents ont leurs avantages et leurs inconvénients. Avec votre note, vous ne pouvez pas vous permettre de faire le difficile.

Nouvel envoi d'images télépathiques.

ARCHANGE-JUGE RAPHAËL : La famille Pollet. Le père tient un bureau de tabac, fume beaucoup, boit trop. La femme est analphabète et soumise comme un chien. Le soir, M. Pollet rentre souvent fin saoul et frappe tout le monde, y compris épouse et enfants. Avec lui, les coups de ceinturon pleuvront dru, je peux vous l'assurer.

Précisément, ledit Pollet est en train d'empoigner les fesses de sa femme et de les griffer jusqu'au sang. Loin de se plaindre, elle pousse un gémissement extatique.

ÂME : Mais ils sont sado-maso ! J'ai horreur de ça. Aux suivants, s'il vous plaît !

ARCHANGE-JUGE GABRIEL (dubitatif) : Avec – 230 points...

ARCHANGE-JUGE MICHEL : Les de Surnach. Bon chic, bon genre. Jeunes, sportifs, toujours dans le coup, des parents du genre copains. Ils ont beaucoup d'amis, sortent souvent en boîte, voyagent à travers le monde.

Tous contemplent deux beaux jeunes gens s'enlaçant joyeusement sous des couvertures.

ÂME (très intéressée) : Enfin, vous me proposez autre chose que des monstres !

ARCHANGE-JUGE GABRIEL : Pas si simple. Tout à leur bonheur, ils vous laisseront faire tout ce que vous voudrez mais ils sont tellement dynamiques qu'à côté d'eux, vous aurez toujours l'air effacé et timoré.

ARCHANGE-JUGE RAPHAËL : D'abord vous les jalouserez, ensuite vous les haïrez. De leur côté, ils sont si fous l'un de l'autre qu'ils ne vous accorderont qu'assez peu d'affection. Vous serez un enfant renfrogné et vite aigri. Eux, même à soixante ans, ils paraîtront toujours jeunes. Vous, dès douze ans, vous ne serez déjà qu'un petit vieillard. Comme c'est difficile d'accepter l'idée qu'on déteste ses propres parents, vous en voudrez rapidement à la terre tout entière.

ÂME : D'accord, j'ai compris. Qui d'autre encore ?

ARCHANGE-JUGE RAPHAËL : Nous avons le devoir de vous montrer le bon et le mauvais côté des choses, même si votre choix en devient plus difficile.

ARCHANGE-JUGE MICHEL : Considérons les Gomelin. Un couple déjà âgé qui croyait ne plus pouvoir avoir d'enfant. Grâce aux nouvelles techniques de fécondation in vitro, cette dame déjà ménopausée pourra accoucher. Vous arriverez dans cette famille tel un cadeau inespéré. Ils vous gâteront à tout va. Vous les aimerez et même les adorerez.

ÂME (de plus en plus méfiante) : Où est le piège, cette fois ? Ils me rendront obèse à force de bonbons ? Ils me battront à chaque mauvaise note car ils voudront être fiers de mes résultats scolaires ?

ARCHANGE-JUGE GABRIEL : Non. Ils sont vieux, d'accord, mais très doux.

ÂME : Parfait pour moi, alors.

ARCHANGE-JUGE RAPHAËL : Vous croyez ? Vous les aimerez tant que vous deviendrez incapable de sortir du cocon familial. Vous resterez toujours à la maison, renfermé, inapte à vous ouvrir aux autres. Vous admirerez tant votre mère qu'aucune femme au monde ne lui sera comparable à vos yeux. Nul homme ne vous semblera susceptible d'égaler votre père, si sage et si compréhensif.

ARCHANGE-JUGE MICHEL : Or, ils sont âgés et mourront bientôt, vous laissant tendre orphelin abandonné. Vous vous retrouverez comme un oisillon tombé du nid avant d'avoir appris à voler. Et vous vivrez en permanence dans le regret de leur disparition.

ÂME (désolée) : Qui d'autre en réserve encore ? Un couple s'étreint passionnément sur la moquette d'un salon cossu.

ARCHANGE-JUGE GABRIEL : Les Chirouble. Ils sont peut-être en train de s'enlacer mais ils divorceront d'ici à quelques jours.

ARCHANGE-JUGE MICHEL : Parents séparés. Vous serez confié à votre mère. Elle a déjà un amant qui vous détestera. Ils vous enfermeront dans un placard pour faire l'amour plus tranquillement. Elle vous frappera chaque fois que vous pleurerez parce qu'elle craindra que son amant ne la quitte à cause de vous. Votre père vous prendra parfois le week-end mais lui aussi s'intéressera davantage à ses maîtresses qu'à vous.

ÂME : De mieux en mieux...

ARCHANGE-JUGE RAPHAËL : Mais non, ces parents présentent quelques avantages. En vous grandira une rage telle que vous voudrez vous venger de la vie. Vous détesterez toutes les femmes parce qu'elles vous feront penser à votre mère. Cette indifférence vous rendra irrésistible et fera de vous un grand séducteur. Vous haïrez aussi tous les hommes à cause de votre père et, du coup, vous serez assoiffé de pouvoir pour mieux les dominer. C'est avec ce genre d'enfance malheureuse qu'on devient chef d'entreprise dynamique ou homme d'État à poigne.

ARCHANGE-JUGE MICHEL : En plus, il vous suffira d'évoquer votre affreuse jeunesse pour que chacun compatisse et vous pardonne vos méchancetés.

ARCHANGE-JUGE RAPHAËL : Et si vous rédigez votre auto-biographie, elle se vendra comme des petits pains et les producteurs s'en arracheront les droits cinématographiques. Les gens adorent les récits d'enfance malheureuse.

L'ectoplasme Donahue hésita un instant. Il était a priori assez charmant, ce couple qui semblait beaucoup s'amuser sur le tapis. Il se reprit pourtant.

ÂME : Je n'ai pas envie d'être Cosette ou Gavroche. Autre chose.

ARCHANGE-JUGE GABRIEL : – 230, désolé, c'est tout ce que nous avons à vous proposer. Les gros restaurateurs, les buralistes ivrognes, les BCBG dynamiques, les vieux parents-gâteaux et les divorcés teigneux. Choisissez et vite, car il vous faudra décider ensuite de vos handicaps-santé.

ÂME : Mais vous me demandez d'opter entre la peste et le choléra !

ARCHANGE-JUGE RAPHAËL : Il fallait y songer avant. Vous vous seriez mieux comporté avec vos parents, votre femme et vos enfants, avec un meilleur score, on vous aurait sûrement proposé mieux. Le mort avant vous n'avait que – 20 points et rien qu'avec ça, nous avons pu lui donner une agréable famille de négociants en vins. Des gens charmants qui lui donneront une excellente éducation et sans doute la chance de devenir assez sage pour ne plus avoir à se réincarner.

ARCHANGE-JUGE GABRIEL : Il y a encore la possibilité de renaître dans un pays du tiers monde. Vous ne mangerez pas à votre faim mais vous bénéficierez d'un environnement chaleureux.

ÂME : Tant qu'à souffrir, vie pénible pour vie pénible, je préfère encore ne pas changer de pays.

ARCHANGE-JUGE MICHEL : Alors, sans vouloir vous influencer, je vous conseille les divorcés teigneux. Plus vous souffrirez dans cette existence-ci, plus vous risquerez d'acquérir des points pour votre vie suivante. Il faut voir à long terme. Une existence, c'est vite passé.

Alentour, les séraphins projettent les images de tous les couples proposés.

ARCHANGE-JUGE RAPHAËL : À mon avis aussi, c'est un bon choix. Il vous permettra de progresser. Ce sera difficile au début, mais l'âge adulte vous apportera quelques compensations.

ÂME (s'adressant à Gabriel) : Et vous, qu'est-ce que vous en pensez ?

ARCHANGE-JUGE GABRIEL : Je sélectionnerais plutôt les Pollet, avec le buraliste saoul et violent. Je suis convaincu qu'il ne faut pas hésiter à choisir une enfance vraiment pourrie. Ensuite, les choses ne peuvent aller qu'en s'améliorant. Viendront alors le jour jouissif où votre père n'osera plus vous frapper parce que vous serez devenu plus fort que lui, le jour encore plus jouissif où vous quitterez la maison en claquant la porte, échappant à leur tyrannie...

ÂME : Mais vous m'avez reproché d'avoir négligé mes parents dans mon existence précédente !

ARCHANGE-JUGE RAPHAËL : Chaque vie est différente. Il n'existe pas de règle absolue. Il est normal de chercher à se soustraire à l'influence de méchants parents. Quitte à leur pardonner plus tard, ce qui vous vaudrait quelques points de bonus bien pratiques !

L'ectoplasme Charles Donahue réfléchit longuement en examinant attentivement les projections de chaque couple.

ÂME (en soupirant) : Bon, en avant pour les divorcés teigneux.

ARCHANGE-JUGE MICHEL : Je maintiens que c'est un bon choix. Dans neuf mois, si vous le voulez bien, vous serez donc réincarné dans la famille Chirouble.

ARCHANGE-JUGE GABRIEL : Passons maintenant aux problèmes de santé. Eux aussi, vous pouvez les choisir. Avec vos – 230 points, vous devez en prendre deux dans la liste suivante : rhumatisme paralysant, ulcère à l'estomac, perpétuels maux de dents, névralgie faciale chronique, crises de nerfs incessantes, myopie proche de la cécité, surdité, strabisme divergent, strabisme convergent, mauvaise haleine permanente, psoriasis, constipation, maladie d'Alzheimer, paralysie de la jambe gauche, bégaiement, bronchite chronique, asthme.

ÂME : Euh...

ARCHANGE-JUGE GABRIEL : Dépêchez-vous, sinon je décide à votre place. Il y a du monde qui attend derrière vous !

ÂME : Alors, au hasard : ulcère et asthme.

ARCHANGE-JUGE GABRIEL (notant) : Pas mal. Monsieur est connaisseur.

ÂME : C'est que, dans ma vie précédente, j'ai déjà souffert de bronchite chronique et de rages de dents perpétuelles. C'était insupportable. Autant changer.

ARCHANGE-JUGE GABRIEL : Encore une petite formalité. Vous voulez renaître en homme ou en femme ?

ÂME : Quelle différence ?

ARCHANGE-JUGE GABRIEL : Homme, vous êtes tenu de remplir vos obligations militaires et votre durée de vie est de quatre-vingts ans en moyenne. Femme, vous accouchez dans la douleur et vous vivez environ quatre-vingt-dix ans.

ÂME : Une minute, si je renais en femme, je ne pourrai plus devenir le grand chef charismatique et le séducteur que vous m'avez promis.

ARCHANGE-JUGE MICHEL : Voilà bien un a priori d'homme. Vous vous trompez, l'avenir est aux tyrans féminins. Aux « tyranes ». Il suffit d'inverser les rôles. Tous les hommes seront à vos pieds et rien ne vous empêchera d'exercer vos pouvoirs de domination. D'ailleurs, les mœurs ne cessent d'évoluer. On voit de plus en plus de femmes à la tête de nations ou d'entreprises.

ÂME : Un accouchement, ça doit quand même faire très mal, non ?

ARCHANGE-JUGE RAPHAËL : Je vous recommande la péridurale. Et puis, vous savez, l'orgasme sexuel féminin est neuf fois supérieur à l'orgasme masculin. Seules les femmes connaissent le vrai plaisir.

ÂME : Vous êtes sans doute mieux informés que moi en la matière.

ARCHANGE-JUGE MICHEL : Pourquoi croyez-vous donc qu'il naît tellement plus de filles que de garçons ? Les gens se renseignent avant de choisir.

ÂME : D'accord pour le sexe féminin, alors.

ARCHANGE-JUGE GABRIEL : Venons-en à présent à votre mission globale. Vous ne vous en souvenez sans doute pas mais votre âme est apparue il y a de cela sept cent mille ans avec pour tâche d'accomplir une œuvre qui révolutionne complètement l'art de la peinture. Or que vois-je sur votre fiche ? Rien que quelques gribouillis à peine prometteurs en marge de vos cahiers d'écolier. Vous n'avez profité d'aucune de vos vies antérieures pour remplir votre mission.

ARCHANGE-JUGE RAPHAËL (déçu) : Et voilà pourquoi l'humanité reste à la traîne dans bien des domaines... Il suffit que quelqu'un n'accomplisse pas son destin sur la terre pour que tout un domaine artistique ou scientifique ne se développe pas !

ÂME : Avec tout mon travail en bas, je n'ai jamais eu une minute de libre pour mes loisirs.

ARCHANGE-JUGE MICHEL (consterné) : Vous vous moquez de nous ? Je constate ici que, dans vos existences précédentes, vous avez été chasseur de mammouths, conducteur de charrettes, chambellan dans un château, explorateur en Afrique, pêcheur de perles, acteur de cinéma et, avec tout ça, vous n'avez jamais déniché une petite semaine pour réaliser au moins un tableau ?

ÂME : J'ai bien peur de n'y avoir jamais pensé.

ARCHANGE-JUGE GABRIEL : Il le faudra maintenant. L'humanité tout entière attend votre apport pictural. À cause de votre fainéantise, la peinture est toujours en quête d'un second souffle. Des centaines d'artistes et de graphistes vous attendent pour mieux s'exprimer et enrichir votre message. Certains meurent sans avoir rien peint.

ÂME : Je suis vraiment désolé. Je m'efforcerai de faire de mon mieux cette fois-ci. Quand même, peintre, c'est un métier de crève-la-faim. Il faut souvent attendre la cinquantaine pour être enfin reconnu.

ARCHANGE-JUGE GABRIEL (moqueur) : Et alors, Monsieur est pressé, il a un train à prendre ? Vous disposerez de quatre-vingt-dix ans pour réfléchir et acheter des pinceaux, ça ne vous suffit pas ?

ÂME : En plus, en tant que femme, j'aurai encore plus de mal à m'imposer...

ARCHANGE-JUGE RAPHAËL : Les difficultés accroîtront vos mérites. Si votre œuvre est aussi bouleversante que nous nous y attendons, si vous réalisez votre *Joconde,* je m'engage à vous accorder 700 points de bonus à votre prochain passage. Voilà qui vous autorise 100 points de malus ! De quoi mener une bonne petite vie de débauche entre deux toiles.

ARCHANGE-JUGE GABRIEL : Si Monsieur est pressé, on peut lui arranger le coup de Mozart.

ARCHANGE-JUGE MICHEL : Bonne idée, le coup de Mozart !

ÂME (intéressée) : C'est quoi, le coup de Mozart ?

ARCHANGE-JUGE GABRIEL : Vous réalisez très vite votre chef-d'œuvre, vous êtes moyennement reconnu, vous gagnez juste assez pour survivre et continuer à composer en grande quantité mais aussi en grande qualité et puis, hop ! vous mourez jeune. À trente-cinq ans, comme Wolfgang Amadeus Mozart. On peut même aller jusqu'à trente-neuf, Si ça vous arrange.

ÂME (intéressée) : C'est tentant. J'accepte bien volontiers. Merci.

ARCHANGE-JUGE GABRIEL : Attendez, nous n'en avons pas encore fini. Il nous reste à choisir votre mort.

ÂME : Ma mort ! Mais je suis mort !

ARCHANGE-JUGE GABRIEL : Je parle de votre prochaine mort. Nous devons décider de tout par avance.

ÂME : Vous voulez dire que, la dernière fois, j'ai opté stupidement pour le platane ?

ARCHANGE-JUGE GABRIEL : Eh oui ! Vous voulez quoi maintenant ? Un autre accident de voiture, une overdose de cocaïne, être assassiné par un de vos fans ou de vos soupirants éconduits ? Nous disposons de toutes les morts possibles : la bavure policière, le pot de fleurs qui tombe d'un balcon par hasard, la noyade, le suicide. Plus la mort est douloureuse, plus le bonus est important. Grâce à leurs 500 points de bonus, beaucoup de cathares jetés au feu ont pu ainsi en finir avec leur cycle de réincarnations. L'immolation par le feu, c'était la mode, à l'époque. Mais il y a désormais plus moderne : 300 points de bonus pour avoir péri condamné innocent sur une chaise électrique ou victime d'un cancer généralisé.

ÂME : Tant pis pour les suppléments. Je souhaiterais mourir vite, sans m'en apercevoir et dans mon lit. M'endormir vivant et me réveiller mort.

ARCHANGE-JUGE RAPHAËL : Désolé, ectoplasme Donahue, mais avec votre note de − 230 points, nous ne pouvons pas vous offrir de décès aussi agréable. Votre passage de vie à trépas ne peut qu'être violent. D'ailleurs, cela dotera votre œuvre d'une aura supplémentaire.

Songez à Van Gogh ! Voilà un homme qui a su bien peindre, bien souffrir et douloureusement mourir. Du coup, il a mérité ses 600 points et a pu en finir avec son cycle de réincarnations. Il est devenu un esprit pur. Prenez-le pour exemple.

ÂME (plaintive) : Mais je ne veux pas souffrir !

ARCHANGE-JUGE GABRIEL : De toute façon, on n'est pas sur terre pour s'amuser. En plus, avec les parents que vous vous êtes donnés, vos débuts ne vont pas être roses !

ÂME : Quelle plaie ! Bon, je prends le suicide. Mais un suicide vite fait, rapide et sans douleur.

ARCHANGE-JUGE GABRIEL : Jetez-vous par une fenêtre.

ÂME : Impossible. J'ai toujours été sujet au vertige.

ARCHANGE-JUGE RAPHAËL : Tranchez-vous les veines dans une baignoire d'eau tiède. Mais attention, si vous ne voulez pas vous rater, il faut entamer profondément vos poignets. Sinon, ça ne marchera pas. Veillez à bien aiguiser votre rasoir.

Moue écœurée de l'ectoplasme Donahue.

ÂME : Bon, va pour le suicide au rasoir...

ARCHANGE-JUGE GABRIEL (lissant les nœuds de la cordelette) : Donc, je récapitule. Nous sommes bien d'accord : vous renaissez femme avec un ulcère à l'estomac et des crises d'asthme. Vos parents divorcés vous battent comme plâtre. Vous vous dépêchez de peindre ce satané tableau. Vous mourez, veines tranchées, dans votre baignoire. Pour le reste, libre à vous d'improviser. Au suivant ?

ARCHANGE-JUGE RAPHAËL : Pas encore. Reste à rédiger la fiche signalétique.

ÂME : C'est quoi encore, ça ?

ARCHANGE-JUGE GABRIEL : Ne vous inquiétez pas. Il s'agit de déterminer quelques-unes de vos qualités. Mais là, vous n'avez pas votre mot à dire, c'est nous qui calculons.

ARCHANGE-JUGE MICHEL : J'énumère :

Force physique : niveau inférieur à la moyenne.

Beauté : supérieure à la moyenne.

Intensité du regard : supérieur à la moyenne.

Sonorité de la voix : niveau moyen.

Charisme : niveau très supérieur.

Habileté aux jeux d'esprit : niveau inférieur.

Aptitude au mensonge : niveau supérieur.

Aptitudes techniques : niveau inférieur.

ÂME : Ça signifie quoi ?

ARCHANGE-JUGE GABRIEL : Que Madame aura du mal à passer son permis de conduire ou qu'elle sera incapable de réparer toute seule sa machine à laver. C'est tout.

ÂME : Bof ! Du moment que je serai belle et intelligente, je trouverai toujours quelqu'un pour me dépanner.

ARCHANGE-JUGE MICHEL : Je continue :

Intelligence : moyenne.

Capacité de séduction : niveau supérieur.

Endurance : niveau inférieur.

Opiniâtreté : niveau supérieur.

Aptitudes culinaires : niveau inférieur.

Irritabilité générale : niveau supérieur.

ÂME : Je serai irascible ?

ARCHANGE-JUGE GABRIEL : Assez, oui.

ARCHANGE-JUGE MICHEL (agacé d'être sans cesse interrompu) :

Aptitude à jouer d'un instrument musical : niveau inférieur.

Aptitude au tir au revolver : niveau supérieur.

Goût pour les activités sportives : niveau inférieur.

Désir d'enfant : niveau moyen.

ÂME : Ah, il a bon dos, le libre arbitre : qu'est-ce que vous allez encore m'annoncer ? Si je serai douée pour les mots croisés ? Pour une réincarnation choisie, il y a quand même trop d'éléments prédéterminés et indépendants de ma volonté. Je proteste.

ARCHANGE-JUGE MICHEL : Vous voyez, vous êtes déjà colérique ! Finissons-en :

Aptitude à la bagarre : niveau supérieur.

Pleurnicheries : niveau supérieur.

Goût pour l'aventure : niveau inférieur.

Allez, au suivant !

ÂME : Encore une question. Je me souviendrai de tout ca ?

ARCHANGE-JUGE MICHEL : Bien sûr que non. Vous ne vous souviendrez de rien, pas même de votre passage ici. Ce serait trop facile !

ARCHANGE-JUGE GABRIEL : Par moments, cependant, il vous semblera avoir des pressentiments, des intuitions. C'est tout ce qu'il vous restera de cette conversation. À vous de faire alors confiance à vos intuitions. Mais assez bavardé. Précipitez-vous pour descendre avant que vos parents n'aient fini de faire l'amour, sinon vous manquerez votre train. Allez, hop !

Client suivant !

235 – MYTHOLOGIE CHRÉTIENNE

« Nous serons les frères des anges. Lorsque nous serons introduits dans la cour céleste, quel ravissement devant les splendeurs des chœurs angéliques. Et pendant toute l'Éternité, quelle joie de fraterniser avec cette myriade d'Esprits bienheureux ! Les anges sont des esprits éminents auprès desquels nos artistes et nos génies ne sont que des Pygmées. »

Chanoine G. Panneton.

Extrait de la thèse *La Mort cette inconnue*, par Francis Razorbak.

CARTE COMPLÈTE DU TERRITOIRE DES MORTS

1. Décollage.
2. Cessation des signes de vie. Émission du signal radio fréquence 86 kHz env.
3. Coma.
4. Sortie du monde.
5. Vol à travers l'espace. Durée : 18 minutes environ.
6. Apparition d'un vaste cercle de lumière tournoyant dit Continent Ultime. Limbes. Plage bleue.
7. Accostage sur le Territoire 1.

TERRITOIRE 1

Zone : coma plus 18 minutes.
Couleur : bleu.
Sensations : attirance, eau, espace. Fraîcheur et réjouissance.
Attraction par une lumière claire.
Recommandation pour poursuivre : ne pas craindre de franchir le premier mur de la mort.
S'achève sur Moch 1.

TERRITOIRE 2

Zone : coma plus 21 minutes.
Couleur : noir.
Sensations : Peur, répulsion, froid, terreur.
Sur neuf corniches de plus en plus escarpées, confrontation avec les plus pénibles des souvenirs.
Lumière toujours présente mais estompée par les souvenirs.
Recommandations pour poursuivre : comprendre son passé et être capable d'assumer chacun de ses actes.
S'achève sur Moch 2.

TERRITOIRE 3

Zone : coma plus 24 minutes.
Couleur : rouge.
Sensations : plaisir, feu, chaleur, humidité.
Confrontation avec les plus pervers de ses vices et les plus fous de ses fantasmes. Ici remontent à la surface les plus refoulés des désirs. Leur faire face sans se laisser emporter.

En cas de laisser-aller, risque de rester collé à la paroi gluante.

Recommandation pour poursuivre : accepter ses fantasmes sans s'y embourber.

S'achève sur Moch 3.

TERRITOIRE 4

Zone : coma plus 27 minutes.

Couleur : orange.

Sensations : lutte contre le temps, courants d'air, vents forts.

Vision d'une file de morts s'étendant à l'infini, cheminant lentement à travers une plaine immense et cylindrique.

Confrontation avec le temps. Apprentissage de la patience avec des minutes transformées en heures et des heures en mois. Possibilité de rencontres et de discussions avec des morts célèbres.

Recommandations pour poursuivre : se libérer de la peur de perdre son temps ou de la volonté d'en gagner. Accepter l'immobilisme. Agir comme si l'on était immortel.

S'achève sur Moch 4.

TERRITOIRE 5

Zone : coma plus 42 minutes.

Couleur : jaune.

Sensations : passion, force, toute-puissance. Solutions à tous les mystères jusque-là incompréhensibles. Découverte du sens des chakras et apparition du troisième œil pour les yogis. Découverte du chemin du Tao pur pour les taoïstes. Résolution des secrets de la Cabale pour les juifs. Apparitions du jardin d'Allah pour les musulmans et du jardin d'Éden pour les chrétiens.

Lieu de la connaissance absolue. Tout trouve sa raison d'être. Découverte du sens de la vie, de l'infiniment grand à l'infiniment petit.

Recommandations pour poursuivre : ne pas se laisser impressionner par le savoir. Se laisser emplir de connaissances sans vouloir les dévorer toutes comme autant de gourmandises pour l'esprit.

S'achève sur Moch 5.

TERRITOIRE 6

Zone : coma plus 49 minutes.

Couleur : vert.

Sensations : de grande beauté, découverte de paysages somptueux, visions de rêve et de perfection, fleurs splendides, plantes merveilleuses s'achevant en étoiles multicolores. Le pays vert, c'est celui de la beauté absolue.

Mais c'est aussi le lieu d'une épreuve inattendue. La vision de la beauté absolue apporte la négation de soi-même. On se sent hideux, inutile, grossier, balourd.

Ce n'est plus une sensation d'humilité, c'est une impression de négation de soi-même.

Recommandation pour poursuivre : accepter sa propre laideur.

S'achève sur Moch 6.

TERRITOIRE 7

Zone : coma plus 51 minutes.

Couleur : blanc.

Lieu peuplé d'anges et de diables. Au centre, le long fleuve des morts. Au fond, la montagne lumineuse du Jugement dernier. Ici s'achève la migration des âmes vers de nouvelles réincarnations. Trois archanges en pèseront les mérites.

Recommandations pour poursuivre : être prêt à payer pour ses mauvaises actions. Réclamer spontanément une réincarnation permettant de réparer les torts et les nuisances causés lors des précédentes existences.

S'achève sur la montagne de lumière.

Manuel d'histoire, cours élémentaire 2ᵉ année.

237 – APPRÉHENSION

Publiée par le modeste *Petit Thanatonaute illustré,* l'interview de Charles Donahue bénéficia cependant d'un retentissement mondial. Elle fut traduite dans toutes les langues et commentée par les plus éminents psychologues, philosophes, prêtres, psychanalystes et politiciens.

Notre ami le Président se montra évidemment le plus loquace.

Il mobilisa toutes les chaînes de télévision pour un discours annonçant l'entrée dans une ère messianique. Il affirma que la thanatonautique ouvrirait toutes les portes jusqu'ici fermées. Il y aurait dorénavant un avant et un après la découverte du Continent Ultime. À l'écouter, on devinait qu'en fait il aurait souhaité que cette nouvelle ère soit qualifiée de lucindérienne. Plus de calendrier chrétien avec datation d'avant ou d'après Jésus-Christ. Nous étions en l'an 68 après la naissance de Jean Lucinder.

Si Lucinder ne suscita pas l'adhésion de tous sur sa personne, chacun n'en comprit pas moins que quelque chose d'essentiel venait de se produire. Une grande porte s'était ouverte, laissant la tempête balayer une pièce longtemps close.

Quel bouleversement que d'apprendre que la mort était un pays, que ce pays était peuplé d'anges, que des archanges nous y jugeaient sur nos vies passées... L'*Entretien avec un mortel* nous avait de surcroît enseigné que nous vivions dans un monde moral.

Il y avait de bonnes et de mauvaises façons de se comporter ici-bas. Les humains n'étaient plus sur terre que des écoliers chargés de bien apprendre leurs leçons, à savoir l'empathie, la générosité, l'élévation de la conscience.

C'était si simple, si puéril, si moral. Seuls les livres de catéchisme en tout genre y avaient pensé et, au fil des siècles, le plus grand nombre avait cessé d'y croire. Combien de clercs de toutes confessions avaient pourtant seriné depuis toujours que l'avenir appartenait aux gens gentils !

Il était déjà trop tard pour intervenir quand je perçus les risques d'une telle divulgation. Désormais, tout le monde savait. Il importait de laver son karma de tous ses miasmes, d'éviter d'entacher son existence de la moindre vilenie. Vivre, souffrir, mourir : plus rien n'avait d'importance, tout n'était qu'épisode jusqu'à l'apogée de l'esprit pur.

Nous méditâmes là-dessus dans notre penthouse. À travers les verrières, éclairées par de petites flammes de bougies, nous apercevions la lueur des étoiles.

Amandine la star avait adopté des allures de prêtresse. Elle ne se vêtait plus que de longues robes noires chinoises au col relevé et à la jupe longuement fendue. Elle avait enlevé toutes les lampes pour les remplacer par des candélabres. Nous baignions dans une lumière orange.

Le premier, je rompis le silence :

– L'heure est critique. Nous sommes dépassés par les événements. Nous ne contrôlons plus rien. La thanatonautique nous échappe.

– Il fallait s'y attendre, elle touchait à trop de points essentiels, déclama Amandine d'une voix de tragédienne. En découvrant la mort, nous avons donné un sens à la vie.

Toujours soupe au lait, Stefania s'emporta :

– Pour Christophe Colomb, ç'a été pareil. Il a peut-être découvert l'Amérique mais il a raté son retour. Il s'imaginait impressionner les gens avec ses perroquets et son chocolat. On s'est moqué de lui. On mériterait bien qu'on se fiche de nous !

Toujours Colomb...

– Ce pauvre Colomb est mort dans la misère et l'oubli, remarqua Rose. Nous, nous n'en sommes quand même pas là.

– Mais le pire, c'est que sa découverte lui a complètement échappé, s'énerva encore l'Italienne. La preuve c'est que, si l'Amérique s'appelle comme ça, c'est à cause d'Amerigo Vespucci, le seul découvreur officiellement reconnu alors par la cour d'Espagne. Nous aussi, on nous dépossède de notre travail !

Manifestant mon accord, je tapai du poing sur la table basse, manquant renverser les cocktails d'Amandine. C'était drôle mais, depuis l'abandon de Raoul, je me sentais obligé de donner des coups de gueule à sa place. Comme si, dans tout groupe, il fallait nécessairement un personnage irascible et sanguin !

– Nous devons conserver la maîtrise de la thanatonautique, tempêtai-je. Nous en avons été les pionniers, son contrôle nous revient de droit.

– Mon pauvre chéri, depuis la publication d'*Entretien avec un mortel,* nous sommes dépassés, soupira Rose.

– Vous avez entendu ce qu'ils disent aux actualités ? s'excita Stefania. Le nombre de crimes et délits a brusquement chuté. Il n'y a plus que les fous qui tuent !

– Qu'allons-nous faire ? interrogea Amandine, pratique.

– Rien, dit Rose. Nous serons confrontés à une vague de gentillesse généralisée. Le monde n'a encore jamais connu ça. On verra bien ce que ça donnera.

En silence, navrés, nous sirotâmes nos boissons trop sucrées et pas assez alcoolisées. Berk.

238 – MYTHOLOGIE INDIENNE D'AMAZONIE

Jadis, les Indiens Guaranis vivaient dans le ciel avec les dieux. Leur occupation consistait à entretenir le feu des étoiles et la lueur des planètes. Or, un jour, un jeune guerrier maladroit transperça la voûte céleste en tirant avec son arc. La terre lui apparut alors avec toutes ses richesses. Les troupeaux, le gibier, les ruches à miel, les poissons, les fruits lui semblèrent si appétissants qu'il fit part de cette découverte à ses frères. Profitant d'un instant d'inattention des dieux, les Guaranis lancèrent une liane pour descendre sur terre. Ils arrivèrent ainsi sur le grand fleuve Orénoque, au cœur de la forêt. Ils se régalèrent des nourritures terriennes, mais bientôt les animaux méfiants se firent rares. La pluie inonda les fruits et ceux-ci pourrirent. Grelottants de fièvre, les Indiens demandèrent à retourner parmi les dieux. Mais il était trop tard. La voûte céleste s'était refermée et les Guaranis étaient condamnés à vivre sur cette terre difficile qu'ils avaient tant convoitée.

Extrait de la thèse *La Mort cette inconnue*, par Francis Razorbak.

239 – UN MONDE DE DOUCEUR

Le monde devint progressivement plus gentil. Plus question de souiller son karma par de mauvaises actions, on risquerait de se retrouver crève-la-faim en Afrique, sans-abri à New York ou RMiste à Paris.

Aucun ouvrage de science-fiction n'aurait osé imaginer une réalité aussi suave. Partout la gentillesse gagnait du terrain, telle une maladie contagieuse.

Les bonnes œuvres croulaient sous les dons. Il fallait faire la queue de longues heures pour y déposer son chèque ou ses meilleurs vêtements. Les hôpitaux débordés ouvrirent des listes d'attente pour satisfaire les innombrables donneurs de sang en puissance.

À travers le monde, des conflits endémiques s'éteignirent d'eux-mêmes, contraignant des marchands d'armes ravis à fermer leur commerce générateur de malus. Tout ce qui, de près ou de loin, risquait d'être considéré comme une mauvaise action était désormais voué au mépris général. Les toxicomanes se retrouvèrent en panne de dealers. Sur simple demande, les banquiers accordaient des crédits au taux le plus bas. Ils ne s'informaient plus des capacités de remboursement de leurs clients. Une faillite pour générosité leur vaudrait assurément une promotion dans l'au-delà.

Les bonnes âmes affluaient devant les sébiles des mendiants. Ces derniers se dotèrent de machines acceptant les cartes de crédit et n'acceptèrent plus les chèques que sur présentation d'une pièce d'identité.

Plus besoin de verrouiller les portes, obsolètes les systèmes d'alarme. On pouvait dorénavant laisser grandes ouvertes les issues des appartements, des voitures, des coffres-forts. Voler ! Nul n'y songeait plus.

Plus de mesquineries, plus de cambriolages, plus d'altercations, plus de rixes, plus de violences. En revanche, le commerce florissait. Ne voulant pas pécher par avarice, tout le monde multipliait les cadeaux à tout le monde. Dès qu'un aveugle paraissait désireux de traverser une rue, des dizaines de bras se tendaient et beaucoup de personnes frappées de cécité se retrouvèrent ainsi sans le vouloir perdues sur des trottoirs opposés.

Le tiers monde reçut des subsides considérables. Si on était recalé à l'examen et contraint de se réincarner dans un pays pauvre, autant s'assurer qu'il se serait enrichi entre-temps et que sa prochaine vie y serait plus confortable. Il était de l'intérêt général que diminue considérablement le nombre de mauvais foyers où renaître.

Les gens affichaient des sourires plus ou moins forcés, évitant de mécontenter leur prochain par des sourcils froncés, une grimace ou une mauvaise parole.

Chacun avait dûment enregistré les règles : le cycle des réincarnations se poursuivait indéfiniment si on ne devenait pas assez bon et assez sage pour mériter d'être transformé en esprit pur. Tous faisaient donc de leur mieux.

Les ateliers de peinture, de musique, de poterie et même

de cuisine étaient combles. Qui savait si, à l'instar de l'ecto-plasme Donahue, il n'était pas porteur d'un don caché à réaliser au plus vite ? D'ailleurs, même les plus laides des œuvres trouvaient preneurs. Des mécènes anxieux de secourir les pauvres artistes les affichaient courageusement dans leur salon.

Apprendre, progresser, savoir, s'améliorer. « Entretenez la beauté de votre âme. Cultivez-la comme un jardin », clamaient les publicités des écoles par correspondance.

Les patrons suppliaient leurs salariés d'accepter des augmentations que ceux-ci refusaient, désireux plutôt de disposer de temps libre pour explorer leurs talents. « Des bibliothèques, pas des sous », revendiquèrent les syndicats. Des maçons volontaires en construisirent à tour de bras.

Simultanément, bien sûr, la thanatonautique connut un regain d'intérêt. Qui ne souhaitait pas monter là-haut retrouver « ses chers disparus » ou, du moins, faire une bonne fois le point sur son karma ?

240 – MYTHOLOGIE INDIENNE NAVAJO

Les Indiens d'Amérique, et tout particulièrement les Navajos, ont une crainte maladive de la mort. Au point de n'être qu'à peine capables d'approcher un cadavre. Dès qu'une personne est morte, ils l'enterrent vite avec une grande répugnance et toutes sortes de précautions afin de le toucher le moins possible. Le corps est enterré en un lieu secret, le plus loin du village. On ne touche plus aux affaires du mort, on n'approche pas de sa tente, on considère que tout ce qui lui appartenait est désormais sale.

Dans la mythologie navajo, il y a deux Jumeaux Héroïques qui jadis ont dérobé les armes du soleil pour massacrer les monstres qui voulaient tuer les Navajos.

Ces monstres sont la Vieillesse, la Saleté, la Misère et la Faim. Le fait que ces monstres soient encore vivants n'est qu'un petit cafouillage des Jumeaux Héroïques. Et il ne faut pas y prêter attention.

Extrait de la thèse *La Mort cette inconnue*, par Francis Razorbak.

Affairé à boire, Raoul n'avait remarqué aucun de ces bouleversements. Sa cure de désintoxication n'avait pas vraiment été une réussite. Il buvait toujours, même s'il trouvait de moins en moins de barmen acceptant de le servir, passé un état d'ivrognerie avancé.

Au thanatodrome, il n'y avait donc toujours que moi et « mes » trois femmes : Rose, Stefania et Amandine. Durant cette période, notre passe-temps favori consista à dévorer les rubriques de naissances des journaux en quête de la réincarnation de Freddy. F.M., F.M., F.M...

Nous en avions dégotté des bébés F.M. ! François Morlon, Fatima Maouich, Frank Mignard, Félicité Munin, Fernand Mélissier, Florent Mouchignard, Fabien Mercantovitch, Firmin Magloire, Florence Mervin... À chaque fois, nous prenions rendez-vous avec les heureux parents mais, quand on présentait au bambin, parmi dix autres montres, stylos et médailles, la montre, le stylo et la médaille ayant appartenu à Freddy, aucun n'avait encore tendu sa menotte vers les objets familiers de notre ami perdu.

– Il est trop tôt, me consolait Rose. Tu te souviens de la file d'attente ? Freddy doit encore être pris dans l'embouteillage des morts du territoire jaune. Il y avait même là Victor Hugo en attente de réincarnation, et si lui n'est pas déjà passé avec ses siècles d'avance, alors Freddy !

– Les défunts ne vont pas tous à la même vitesse. Bavard comme il était, Victor Hugo traînasse à discutailler. D'autres se dépêchent. Regarde comme l'ectoplasme Donahue était pressé de se réincarner !

– Il est recommandé de patienter et Freddy a toujours su se montrer patient, me rappela Rose.

En fait, je la soupçonnais d'espérer que ce serait elle qui accoucherait du prochain avatar de notre rabbin-chorégraphe. Après moultes discussions, nous baptisâmes d'ailleurs par avance notre futur nouveau-né Frédéric Marcel Pinson. Mais entre nous, nous l'appelions Freddy junior.

J'assistai à l'accouchement. Que c'était beau ! Un baiser, une étreinte et neuf mois plus tard, tant d'amour se transformait en 3,2 kilos d'une tendre petite boule rose, assoiffée d'affection. Jamais je n'avais été aussi ému. Même la vision du continent des morts n'était rien, comparée à ce miracle si simple et des milliards de milliards de fois répété : l'éclosion d'une vie.

Quelques jours plus tôt, nous étions deux dans notre appartement du thanatodrome des Buttes-Chaumont. À présent, nous y étions trois. Existe-t-il magie plus admirable ? À côté, la thanatonautique et mon karma n'étaient que brou-tilles. Seul lui comptait. Notre « Freddy junior ».

242 – FICHE DE POLICE

Note aux services concernés
Estimons qu'il y a vaste méprise. Erreur d'avoir laissé la thanato-nautique se développer. Enregistrons actuellement plus de dix décollages par jour. Technique de plus en plus sûre. Chérubins, séraphins, anges et diables gênés dans leur travail.

Réponse des services concernés
N'exagérons rien. La thanatonautique, nous le savons tous, s'inscrit dans une longue tradition. Une tradition millénaire. Nous avons toujours laissé entrer ceux qui savent entrer. Rien ne justifie encore un changement d'attitude.

243 – PHILOSOPHIE TAOÏSTE

« Toute vie est comme un rêve. Il ne convient pas de s'affliger de la mort qui n'est qu'un changement de forme. Pourquoi regretterait-on une demeure habitée un seul jour ? »

Lao-tseu.

Extrait de la thèse *La Mort cette inconnue*, par Francis Razorbak.

244 – JUNIOR

Nous attendîmes un an avant de soumettre notre Freddy junior au test des objets personnels de feu Freddy senior.

C'était une technique tibétaine pour reconnaître les réincarnations. En Afrique, il existait une coutume similaire chez certaines tribus. On coupait une phalange du mort afin de repérer le fœtus qui naîtrait privé de cette même phalange. La cérémonie de reconnaissance tibétaine nous semblait plus adéquate.

À quatre pattes sur la moquette, Rose, Amandine et moi agenouillés près de lui, l'enfant considéra ces montres, stylos et médailles à profusion comme autant d'intéressants et inédits hochets. D'habitude, nous tenions plutôt à l'écart ce genre d'objets, de crainte qu'il ne les abîme ou, pire, ne les avale.

Le petit s'intéressa d'abord aux montres, en secoua joyeusement quelques-unes, s'arrangea pour en briser deux (justifiant ainsi toutes mes craintes précédentes quant à mes propres biens) et saisit enfin amoureusement celle ayant appartenu à notre cher rabbin.

Déjà nous étions prêts à nous précipiter dans les bras les uns des autres. Freddy Meyer était revenu sur terre sous les traits de notre fils ! Rose calma le jeu.

— Ne nous emballons pas, chuchota-t-elle tandis que le gamin continuait de sinuer entre la forêt d'ustensiles divers disposés sur le tapis.

Je bondis à nouveau quand il brandit fièrement le stylo de Freddy. Il l'avait distingué entre tous et l'avait de suite saisi.

Pas de doute, à cet instant je fus convaincu que nous avions retrouvé le bon Freddy Meyer. À moins que ce ne soit lui qui nous ait retrouvés, là-haut, au moment du choix parental. Il n'était pas bête, notre sage. Il savait bien que nous le reconnaîtrions ! En tout cas, j'en étais sûr : Freddy Meyer et Frédéric Marcel Pinson ne possédaient qu'un seul et même karma.

Avec toutes les connaissances que ce gamin portait déjà en lui, qu'est-ce que nous allions gagner comme temps !

— Dès qu'il aura l'âge, je l'inscrirai dans un cours de danse et de chorégraphie, annonça Amandine, enthousiaste.

— Il ira aussi dans une école talmudique, complétai-je. En plus, si nous racontons la vie de Freddy senior à Freddy junior, cela lui permettra d'accomplir un formidable bond en avant dans le cycle des réincarnations.

– Il profitera d'un coup de soixante ans d'expérience. Il sera le premier humain à disposer des souvenirs de deux vies.

Rose ne cacha pas les vastes ambitions qu'elle entretenait pour notre enfant prodige.

– À vingt ans, il sera déjà un grand sage. Peut-être est-ce ce qui est arrivé à Mozart ? Il était la réincarnation d'un autre fantastique musicien et ses parents l'ont compris d'emblée.

Les uns et les autres, nous multipliâmes, enchantés et ravis, les propositions d'avenir.

Nous ne portions plus attention au bambin, quand Freddy junior nous doucha net en lâchant le stylo noir de Freddy senior pour un bien plus alléchant crayon orange fluorescent.

Le souffle coupé, nous le suivîmes tandis qu'il poursuivait ses pérégrinations. Il envoya valser la montre et la médaille du défunt Strasbourgeois pour mieux s'emparer d'un briquet jetable bleu de mer et d'une barre de chocolat dans son papier doré. C'était fichu. D'un coup, nous considérâmes notre fils bien-aimé comme un inconnu. Une prolongation d'un quelconque quidam que nous n'avions même jamais fréquenté !

Rose chercha à nous consoler et à se réconforter elle-même en assurant que, quand même, ç'avait dû être quelqu'un de bien pour qu'il ait réatterri dans un foyer tel que le nôtre.

N'empêche, ce n'était pas Freddy, et l'enfant nous sembla soudain, comment dire ?... étranger. Nous étions déçus. Nous n'avions donné le jour qu'à un bébé normal, issu du karma d'on ne savait qui. Il n'était pas l'aboutissement de l'existence d'un saint homme mais simplement d'un homme.

Nous avions maintenant l'impression d'avoir adopté un petit Coréen ou d'avoir été trompé sur la marchandise.

Quelle déception ! Le petit fut quand même autorisé à manger sa barre de chocolat. Il s'en mit plein la figure et Rose le débarbouilla presque avec dégoût.

Au lit, le soir, nous eûmes une scène de ménage. Mon épouse me reprocha d'avoir baptisé un peu trop à la légère l'enfant du prénom de Freddy. Maintenant que nous savions qu'il ne s'agissait pas de lui, il traînerait l'appellation comme le boulet d'une vie qui ne lui appartenait pas !

Avec une mauvaise foi qui jusque-là ne m'était pas coutumière, je rétorquai méchamment que c'était à elle qu'incombait la faute. Après tout, c'était son ventre à elle qui avait fabriqué ce « machin ». Pas le mien. Avec un peu d'application, elle aurait mieux réussi son bébé ! Furieuse, elle envoya valser la couette et répliqua qu'on avait toujours su qu'il n'y avait qu'une chance sur des milliards pour que cela marche. Une chance sur des milliards aussi pour qu'on retrouve le « vrai », me désolai-je.

Elle aussi était déconcertée mais il ne fallait pas pour autant oublier que cet enfant était le nôtre, issu de ses gènes et des miens. Pourquoi ne serait-il pas plus tard quelqu'un de bien ?

– Il faut peut-être le rendre aveugle pour qu'il ait vraiment les mêmes chances et les mêmes talents que l'autre, ricanai-je.

La moutarde remonta au nez de Rose. Après tout, c'était de son fils que nous parlions et, comme toute mère, elle le défendrait bec et ongles. Jamais je ne l'avais vue aussi furieuse. En vrac, elle me lança toutes sortes de vieilles rancunes à la figure. Elle me reprocha mon absence d'initiative, ma perpétuelle soumission à Raoul, mon manque de caractère, mon incapacité à empêcher ma mère et mon frère d'envahir notre appartement, pour un oui pour un non ils s'invitaient sans prévenir à dîner, sans se soucier de savoir si elle avait eu le temps de faire les courses et sans jamais apporter de fleurs, les radins !

Je ripostai qu'elle n'était de toute façon pas si fine cuisinière que ça, qu'elle était tellement absorbée par ses travaux d'astronome que c'était à peine si elle s'occupait de son cher Freddy junior alors qu'après tout, c'était elle la mère.

Une phrase en entraîna une autre sans que nous ayons souhaité la prononcer, ni elle ni moi. Au final, Rose enfila des vêtements au hasard et s'enfuit se réfugier chez sa propre mère.

Je me retrouvai seul, comme un idiot, en compagnie de Freddy junior qui, entendant que ça pleurait, enclencha ses propres sirènes. J'agitai vainement ses joujoux préférés et finis par l'emporter dans mon lit.

Mon fils assoupi, je m'affalai dans le salon et cherchai un peu d'apaisement dans la lecture d'un livre d'épouvante. Lire des choses vraiment abominables relativise vos petits problèmes mais là, je ne parvenais pas à oublier mon comportement absolument mesquin vis-à-vis de Rose et les horreurs que je lui avais dites.

Ce fut le moment que choisit Raoul pour rentrer à l'improviste au thanatodrome et s'introduire dans mon appartement, très éméché.

Il tenait à peine debout mais comprit cependant que j'étais totalement abattu. Je lui racontai la scène avec ma femme. Raoul eut une expression bizarre puis, avec l'assurance d'un ivrogne, il s'approcha de moi et déclara :

– Michael, l'instant est venu de te livrer le deuxième secret.

Ordinairement, je me serais empressé de me boucher les oreilles ou de lui lancer un bon coup de poing pour le faire taire. Mais là, j'étais hors de moi. Oublieux de toutes les promesses faites à mon épouse, je le pressai au contraire de parler :

– Ça a quelque chose à voir avec Rose ?

– Euh, si on veut, oui.

– Vas-y, parle.

Il s'affala sur la moquette maintenant débarrassée de toutes les reliques de Freddy senior. Je m'allongeai à plat ventre à côté de lui. Raoul riait bêtement, bavant sur mon tapis. Je retins mon envie de le secouer. Il risquait de vomir du gros rouge qui tache et Rose ne me pardonnerait jamais les dégâts.

– Alors, cette seconde vérité ? interrogeai-je nerveusement en ramassant mon ami pour le poser dans un fauteuil.

Il hoqueta :

– C'est... rapport... à l'amour.

– À l'amour ! m'étonnai-je.

– Ouais. Y a une femme qui t'aime et qui t'attend quelque part.

Encore quelques bafouillis et Raoul débita enfin un récit cohérent. Dans ma précédente existence, j'avais connu le grand amour. *Le* Très Grand Amour. Des moments intenses avec une femme merveilleuse. Hélas, dans notre vie antérieure, cette femme avait été stérile et nous n'avions pu concevoir d'enfant. Elle en éprouva un énorme chagrin et moi aussi. Un jour, toute à sa peine, elle ne prit pas garde en traversant une avenue et se fit renverser par une voiture. Les anges pensaient que c'était une forme de suicide. En tout cas, moi, j'avais tant souffert de sa perte que j'étais mort de tristesse dans les mois qui avaient suivi.

Son ivresse se dissipant, mon ami m'expliqua que lorsqu'un couple avait connu un amour aussi intense sans pourtant enfanter, ils avaient le droit de se rejoindre dans leur réincarnation suivante pour combler cette lacune.

Je devais donc retrouver cette femme puisque c'était ma vraie femme. Raoul savait presque tout d'elle. Satan lui en avait dit beaucoup.

Dans cette vie-ci, ma femme se nommait Nadine Kent. Elle était américaine mais habitait Paris. Je l'avais sans doute croisée plusieurs fois au hasard des rues mais, mon esprit tout accaparé par la thanatonautique, je ne l'avais pas reconnue.

– Nadine Kent ! répétai-je, rêveusement.

– Oui, c'est le nom que m'a indiqué Satan.

– Satan est l'ange du mal.

– Mais son action s'étend aussi aux âmes perdues, dit Raoul, aussi tentateur que son ténébreux interlocuteur.

Il avait mené son enquête. Nadine Kent était d'une beauté sublime, pourtant elle n'avait connu que peu d'hommes dans sa vie. Quand on lui demandait pourquoi elle s'entêtait, si merveilleuse, à vivre seule, elle répondait avec un sourire attendre le Prince charmant. Elle était âgée maintenant de vingt-neuf ans et ses parents redoutaient qu'elle demeure à jamais vieille fille.

– Mais ce Prince charmant...

– C'est toi, bougre d'âne, espèce de koala visqueux ! Je me demande ce qu'une telle splendeur a bien pu te trouver, même dans une de tes vies antérieures !

Une quinte de toux interrompit son fou rire.

– Tu te rends compte, mon vieux Michael ! Une fascinante déesse t'attend depuis sa naissance. Elle ne veut que toi, tous les autres lui semblent insipides. Tu en as de la veine ! Non seulement tu as déjà connu un grand amour mais tu en as un autre en réserve !

L'amour, l'amour... Ce n'est pas que je ne voulais pas aimer mais voilà qu'on me désignait du doigt qui il me fallait aimer en particulier. Une certaine Nadine Kent dont j'ignorais tout et même l'existence jusqu'à présent.

Je compris soudain pourquoi, moi aussi, j'avais toujours éprouvé tant de mal à séduire une femme puis à m'adapter à une vie de couple. En fait, depuis le départ, j'étais programmé pour faire un enfant à cette Nadine Kent. Rose et Freddy junior n'étaient qu'une erreur d'aiguillage... Du moins, ce fut ce que je pensai à cet instant-là.

Dans mon désarroi, je saisis l'annuaire du téléphone et cherchai à la lettre K. Kent Nadine, son numéro s'étalait là, noir sur blanc, en lettres minuscules. Sans plus attendre, je saisis mon combiné.

245 – MYTHOLOGIE JUIVE

« Il y a au Paradis deux portes de diamant et, près d'elles, soixante-dix milliers d'anges serviteurs. Quand un Juste (un homme pur) arrive, ils ôtent de dessus lui le linceul qu'il portait dans sa tombe et le vêtent de huit habits de nuées de gloire. Et sur sa tête, ils placent deux couronnes, l'une de pierres précieuses et de perles, l'autre d'or. Et ils mettent dans sa main huit branches de myrte. Et ils le font pénétrer en un lieu où coulent huit ruisseaux d'eau parmi huit cents essences de roses et de myrtes. Et chaque Juste dispose pour lui seul d'un baldaquin d'où sortent quatre fleuves, l'un de lait, l'un de vin, l'un de nectar et l'un de miel. Et soixante anges se tiennent debout devant chaque Juste et lui disent : "Va et goûte au miel avec joie car tu t'es bien occupé de la lecture du Livre". »

Yalkout, Genèse 2.

Extrait de la thèse *La Mort cette inconnue*, par Francis Razorbak.

Une voix féminine âgée :
— Allô ?
Avais-je composé un autre numéro, dans ma hâte ?
— Pourrais-je parler à Nadine ? dis-je d'un ton mal assuré.
L'heure était tardive. Je perçus une hésitation au bout du fil. Ce devait être sa mère.
— S'il vous plaît ! implorai-je.
— Je vais la chercher, consentit, avec une pointe de méfiance, la voix éraillée.
Attente. Bruits de pas légers. Une main délicate s'empare de l'appareil. Une bouche s'approche du combiné.
— Allô ? Qui me demande ? interrogea une voix douce et familière depuis au moins trois cents ans de réincarnations.
Aucun doute. C'était Elle.
— Allô !
Silence.
— C'est moi, ânonnai-je.
À l'autre bout du fil, je perçus comme un sanglot. Un sanglot de joie. Ensemble, d'une voix entrecoupée de pleurs, nous commençâmes à parler. Nous nous dîmes des choses insensées. Des confidences que deux personnes qui ne se sont jamais rencontrées n'auraient jamais osé se dire.
Avec la thanatonautique, j'avais déjà connu des moments difficiles périlleux, mais jamais rien d'aussi émouvant, émouvant et terrible, que cette succession de phrases confiantes et tendres. Et je savais qu'elle éprouvait le même sentiment.
— Il y a si longtemps que j'attends ton appel, fit doucement Nadine.
— Je sais, soupirai-je.
Encore un silence.
— Allô ? m'affolai-je.
— Non, je n'ai pas raccroché. Je suis là. Pour toi, je serai toujours là.
Je suffoquais.
Ce fut cet instant que choisit Freddy junior pour surgir, le visage barbouillé de sommeil. Pour glapir de surcroît son premier mot :

– Papa !

Une petite main potelée entreprit d'essuyer mes larmes sur ma barbe naissante. Je pris mon fils dans mes bras et l'emportai vers sa chambre. Comme je le bordais soigneusement, je fermai la porte ornée des nuages bleu-blanc peints par mon épouse. Je ne voulais plus entendre les « allô, allô » désespérés qui retentissaient dans le combiné.

Ça y était. Je la connaissais, cette fameuse vérité ! Satané Satan ! Pourquoi me l'avoir apprise ? J'aurais payé cher pour ignorer à jamais l'existence ici-bas de Nadine Kent.

Je maudis Raoul, je maudis les anges en général et Satan en particulier, je maudis la thanatonautique.

J'embrassai mon enfant dont, déjà, les paupières se refermaient sur des yeux aussi bleus que ceux de sa mère.

Dans le salon, Raoul riait comme un diable. « Allô ! allô ! » pleurait encore le téléphone. Je m'en emparai précipitamment.

Je n'en pouvais plus.

J'aurais voulu ne pas être moi. Ne pas avoir de femme destinée. Je me sentais incapable d'assumer un vieux contrat signé dans des vies précédentes.

Je voulais arracher cette peau qui recouvrait mon âme.

Je me labourai la main avec mes ongles jusqu'au sang. Pourquoi m'avait-on imposé une situation aussi ingérable ? Je ne pouvais fuir nulle part, dans aucun pays, partout cette situation me poursuivrait.

Arrêtez la planète, je veux descendre.

Arrêtez la planète, je veux descendre.

Je me repris et murmurai avec une angoisse incontrôlable :
– Oublie-moi, Nadine. Par pitié, oublie-moi pour cette vie-ci. Trouve-toi un autre homme et je t'en supplie, Nadine, sois heureuse !

Puis, sans ménagement, je saisis Raoul au col et le flanquai à la porte.

247 – MYTHOLOGIE ÉGYPTIENNE

Formule pour ne jamais mourir (à prononcer vingt-huit fois tous les jours avant de s'endormir) :

« Je suis l'âme de Ré qui est sorti du Noun, cette âme du dieu qui crée Hou.

Mon abomination est la mauvaise conduite.

Je n'ai pas de considération pour elle. Je crois en Maât et je vis d'elle.

Je suis Hou, qui ne peut pas périr en ce mien nom d'Âme.

Je suis venu de l'existence de moi-même, avec le Noun, en ce mien nom de Khépri en lequel je viens à l'existence chaque jour.

Je suis le maître de la lumière et mon abomination est de mourir. Je suis le Noun, ceux qui font le mal ne peuvent pas me nuire.

Je suis l'Aîné des dieux primordiaux ; mon âme c'est les âmes des dieux, l'éternité, et mon corps est la pérennité car mes manifestations sont l'éternité comme maître des années et régent de la pérennité.

J'ai effacé mes péchés, j'ai vu mon père, le maître du soir, celui dont le corps est à Héliopolis.

J'ai la charge, comme crépusculaire, des habitants du crépuscule, sur la butte occidentale, celle de l'Ibis. »

Livre des morts égyptien.

Extrait de la thèse *La Mort cette inconnue*, par Francis Razorbak.

248 – UNE AUTRE SOCIÉTÉ

La découverte du septième ciel apportait chaque jour de nouveaux changements. Les temples étaient désertés. Pourquoi participer à des cérémonies religieuses puisque le mystère de la mort s'était évaporé ? Même les prêtres perdaient la foi. Les principaux prélats avaient beau clamer, toutes religions confondues, que si nous avions découvert les anges, nous n'avions pas pour autant trouvé Dieu, c'en était fini de la dévotion et du mysticisme.

Des temples furent transformés en musées, d'autres en théâtres, d'autres encore en maisons particulières. Le fin du fin était de se construire une piscine dans une église.

Les reflets multicolores des vitraux se réverbéraient dans

l'eau et une musique d'orgue résonnait au moment des plongeons.

Cependant, au fur et à mesure que les religions périclitaient, la thanatonautique se développait. Les thanatodromes privés éclosaient un peu partout comme des champignons. Certains étaient de véritables offices de tourisme : « Week-end dans l'au-delà. Visite guidée. Formation spirituelle accélérée. Boosters fournis. Accompagnement par moine diplômé de thanatonautique. Rencontre possible avec les anges. »

Évidemment, la plupart de ces publicités étaient mensongères. Les excursions s'arrêtaient généralement à la troisième ou quatrième zone. Nous avions payé assez cher pour savoir comme il était dangereux de s'aventurer plus loin.

Raoul avait peut-être renoncé à retrouver sa mère mais il n'en restait pas moins éthylique et amer. Après le coup de Nadine, ça m'était égal et je n'avais plus envie de m'occuper de lui.

Au thanatodrome, les femmes prenaient le relais. Amandine et Rose (avec laquelle je m'étais vite réconcilié) étaient en pleine forme tandis que Raoul et moi faisions figure de guerriers las et désabusés. Elles prenaient plaisir à élever Freddy junior, devenu la mascotte du lieu. Il faut dire que le gamin était rieur, curieux de tout et facile à vivre. Peut-être qu'au fond les enfants sont de grands sages et que seule l'usure de la vie rend les adultes déraisonnables ?

S'il n'était pas la réincarnation de Freddy senior, Freddy junior était sûrement celle d'un joyeux luron plutôt sportif, étant donné sa propension à courir partout dans tous les coins.

Amandine le rattrapait pour un câlin. « Papa », « Maman », « pipi », « caca » étaient les quatre mots qu'il aimait aligner successivement. Plus tard, il lui faudrait une bonne psychanalyse pour lui apprendre à séparer ces quatre notions distinctement.

Avec mon fils, la vie continuait. L'humanité évoluait. Mes gènes se perpétuaient dans le noyau de ses cellules.

– Encore à jouer avec ce gosse ! ricanait Conrad. Il doit en avoir par-dessus la tête de toi, Papa-pot-de-colle ! Moi, mes mômes, je leur fiche la paix.

– Papa-pipi ? demanda à brûle-pourpoint Junior.

Mon frère éclata de rire et lui répondit :

– Non : papa-caca.

Je soupçonnais Conrad d'être un mauvais pédagogue.

Mon frère avait monté une entreprise de thanatonautique. Il bâtissait des thanatodromes n'importe où dans le monde, à la demande. En promoteur avisé, il innova en dotant, au gré des clients, ses salles de décollage d'un décor mythologique ou mystique. Avec lui, on pouvait s'envoler depuis une réplique de la pyramide de Khéops ou d'une copie de la chapelle Sixtine. Aux moins fortunés, il proposait des thanatodromes individuels, des huttes de bois semblables à des saunas mais nanties de tous les appareillages nécessaires pour réussir son décollage. En option, pour un prix forfaitaire de deux cent mille francs, il fournissait système de sonorisation et uniforme de thanatonaute identique aux nôtres.

Les affaires de ma mère étaient aussi en plein boom. Elle avait ouvert une maison d'édition pour publier les œuvres complètes d'Amandine Ballus : *Le Vademecum du mourant, Quelques idées pour un week-end au Paradis, La Thanatonautique en dix leçons, Asthmatiques, cardiaques et épileptiques : quelques précautions à prendre avant de mourir...*

Tous étaient des best-sellers, pourtant la concurrence était rude. Les manuels pratiques de thanatonautique, tous comme les récits-témoignages, faisaient florès.

S'envoler était désormais à la portée de tous. Quant à ceux qui n'avaient pas les moyens de s'acheter tout le bric-à-brac de Conrad, ils pouvaient toujours quitter leur corps en méditant !

249 – PHILOSOPHIE INDIENNE

« L'état d'esprit au moment de la mort détermine la forme reçue pour la vie suivante. Mais comment un désir vertueux pourrait-il germer in extremis dans l'esprit de celui qui, toute sa vie, s'est adonné au mal ? Il arrive pourtant que de bonnes tendances refoulées ou accumulées au cours de vies anté-

rieures changent du tout au tout au moment de la mort l'âme
d'un homme qui a passé toute son existence dans l'erreur. »

Ma Ananda Moyî.

Extrait de la thèse *La Mort cette inconnue,* par Francis Razorbak.

250 – ÇA SE COMPLIQUE

La vie n'était qu'un passage. Bon gré mal gré, au fur et
à mesure que la connaissance du Continent Ultime se répandait ici-bas, l'idée faisait son chemin parmi les populations
humaines. Il y avait d'autres vies avant, il y en aurait d'autres
après, l'âme survivait au corps. Si le Paradis n'était pas
palpable, il n'en possédait pas moins sa place géographiquement précise dans l'Univers : le trou noir situé au centre
de notre galaxie. À peu près tout un chacun savait maintenant qu'il y avait un continent « spatial » formé de sept ciels
et que, dans le dernier, résidaient des anges, capables de
résoudre tous les problèmes.

Le premier à pâtir de ces révélations fut notre président
Lucinder.

On n'était plus qu'à un mois des élections quand un de
ses rivaux, un certain Richard Picpus, affirma être monté au
Paradis et y avoir appris d'un ange qu'il était la réincarnation
de Jules César.

– Quel ange ? exigea de savoir Lucinder au cours d'un
débat public.

– Mumiah, celui qui aide à la réussite de nos entreprises,
bien sûr, rétorqua l'autre sans se démonter.

Lucinder, pour qui Jules César constituait un modèle et
qui connaissait donc sa vie par cœur, chercha vainement à
le piéger. Devant les journalistes ébahis, Picpus décrivit en
détail le forum de la Rome antique et les problèmes de santé
du vainqueur de Vercingétorix. Même Lucinder en fut aba-
sourdi.

Mythomanie, ou mémoire encyclopédique, après Picpus-
Jules César, se portèrent candidats Robert Mollin qui assurait réincarner Napoléon Bonaparte et Philippe Pilou qui
jurait être Alexandre le Grand. Mais nous savions les anges

peu bavards et doutions de la véracité des affirmations de cette pléthore de nouveaux prétendants.

Lucinder pouvait se prévaloir d'être le premier chef d'État à avoir défloré le Paradis, César, Napoléon et Alexandre n'en avaient pas moins bâti de prestigieux empires. Chacun s'affirmait apte non seulement à redonner à la France un rayonnement international mais aussi à conquérir définitivement le Continent Ultime.

Quel piège ! Lucinder avait trouvé plus « paradisant » que lui. Il nous réunit aussitôt pour chercher ensemble comment le tirer de là. Si ces pseudo-César, Napoléon et autres Alexandre convainquaient les électeurs, les batailles reprendraient et la galaxie redeviendrait vite incontrôlable !

Ce fut Rose qui suggéra d'avoir recours aux historiens. Après tout, ces hommes illustres n'avaient pas eu des vies exemplaires ! Ç'avaient été des fornicateurs et des tyrans, oui ! Ils avaient dévasté des continents entiers et provoqué des morts innombrables. Nous ressortîmes les vieux dossiers. Jules César et ses guerres civiles sonnèrent le glas de la République romaine, Napoléon fut le fossoyeur de la Révolution française et ses conflits inutiles ensanglantèrent l'Europe, Alexandre le Grand avait des mœurs douteuses et son fameux empire n'avait duré que le temps de sa courte vie...

Des personnages bizarres nous apportèrent un soutien inattendu. Un avatar de Vercingétorix rappela à la télévision comment César n'avait pas hésité à affamer les populations pendant le siège d'Alésia. Pendant une heure, il raconta les horreurs de la guerre gallo-romaine. Or, dans ce conflit, les victimes gauloises avaient été les ancêtres des électeurs d'aujourd'hui.

Une inespérée réincarnation de Joséphine répandit dans la presse féminine des ragots sur les coucheries adultères de l'Empereur. Elle souligna les massacres de la guerre d'Espagne, la débâcle de la campagne de Russie, l'erreur de Waterloo morne plaine.

Alexandre le Grand s'en tira mieux parce qu'il n'y avait que les spécialistes de l'Antiquité à bien connaître les détails scabreux de son existence. Il y eut quand même quelques jolis récits de massacres et d'orgies.

Face à ce déferlement, Lucinder conserva le plus grand silence sur ses vies antérieures. Son présent seul suffirait à plaider en sa faveur, déclara-t-il, et son présent seul déterminerait son avenir. Comme la grande majorité des électeurs n'avait jamais approché d'anges de près ou de loin et était bien incapable de se targuer de quelque existence illustre, on approuva sa discrétion. Son attitude fut d'autant plus appréciée que nul n'ignorait que c'était sur les actes commis dans cette vie-ci qu'on serait jugé plus tard. Il n'y avait pas de quoi se vanter de n'être que Picpus après avoir été César !

N'empêche, Alexandre le Grand et son visage d'ange plaisaient aux foules. Il était fier, imbu de lui-même, prétentieux, qu'importe il plaisait. Une semaine avant les élections, les sondages lui accordaient 34 % des intentions de vote, nous étions loin derrière avec 24 %. Jules César et Napoléon étaient en queue de peloton avec respectivement 13 et 9 %.

– Il nous faudrait un miracle de dernière minute ! soupira le candidat Lucinder.

– J'ai une idée, murmura rêveusement Amandine.

251 – PHILOSOPHIE HINDOUISTE

« Si la perspective de ces continuels recommencements produit une certaine lassitude chez les penseurs hindous, s'ils aspirent à mettre un terme à ce jeu pénible des morts et des renaissances successives, les masses, au contraire, s'en accommodent joyeusement. »

Alexandra David-Neel, *L'Inde où j'ai vécu.*

Extrait de la thèse *La Mort cette inconnue*, par Francis Razorbak.

252 – ÉLECTION, SUITE

Amandine avait effectivement eu une idée, et une bonne. Quasiment à la veille du scrutin, Maxime Villain, le « reporter ectoplasmique », rejoignit notre équipe préélectorale. Lucinder eut son « miracle ».

Villain convoqua une conférence de presse au cours de laquelle il annonça tranquillement que les anges s'étaient prononcés en faveur de Lucinder. Pourquoi ? Tout simplement parce que eux, et eux seuls étaient au courant de toutes ses vies, ce qui les portait à lui faire confiance.

Cette caution fut déterminante. Peu étaient prêts à risquer de prendre un mauvais point en votant pour un candidat jugé indésirable par les Cieux. Seuls les malades et les impotents ne se rendirent pas aux urnes. Lucinder fut réélu avec 73 % des voix.

Bravo, Maxime ! Grâce à ses contacts renommés avec les anges et son honnêteté légendaire, Lucinder était encore président ! Nul ne se serait jamais permis de mettre en doute les paroles de Villain qui avait consigné si fidèlement l'*Entretien avec un mortel.*

Pourtant, le cher homme s'était mis sur le dos un bien mauvais malus. Il avait carrément menti. Jamais les anges n'avaient émis quelque opinion que ce soit sur ce scrutin. À vrai dire, ils s'en fichaient, de nos élections.

En récompense sur terre de son péché, Maxime Villain reçut une médaille de thanatonautique des mains du Président.

— Tu ne serais pas par hasard la réincarnation de Machiavel ? m'enquis-je en rigolant, lors de la cérémonie.

Le petit homme sourit modestement.

— J'aurais préféré que tu me compares à Dante ou à Shakespeare.

— Tu as menti.

— En es-tu sûr ? Je ne sais même pas s'il est possible de mentir. La vérité change selon l'espace et le temps. Lucinder a été élu ? Eh bien, c'est que, là-haut, ils voyaient la chose d'un bon œil.

Et de me lancer, lui aussi, un clin d'œil.

253 – FICHE DE POLICE

Message aux services concernés

Nous vous avions prévenus. Il est trop tard. Les ennuis vont commencer.

Situation toujours bien en main. Ne nous sous-estimez pas.

254 – MYTHOLOGIE JUIVE

« Avant que le fil d'argent ne lâche... »

Ecclésiaste XII, 6.

Extrait de la thèse *La Mort cette inconnue*, par Francis Razorbak.

255 – LE PASSÉ ÉLUCIDÉ

Après la réélection de Lucinder, la thanatonautique expérimentale devint la thanatonautique de masse. Les gens partaient de plus en plus souvent jusqu'au fond du Paradis.

Et cela n'était pas sans conséquence.

N'importe qui pouvait prétendre s'être entretenu avec un ange et rapporter de là-haut son petit scoop en forme de coup de tonnerre. On annonça ainsi au journal télévisé qu'on avait retrouvé la trace d'Adolf Hitler. Il aurait été réincarné en bonzaï.

– En bonzaï ! s'étonna Rose. Je croyais que les ectoplasmes humains ne pouvaient plus revenir à une forme végétale.

– D'après ce que m'a expliqué saint Pierre, il semblerait qu'en certains cas ce soit possible, dit Amandine. On se réincarne généralement de façon à s'améliorer mais si, lors d'une existence humaine, on s'avère aussi bête qu'un animal, on recommence tout au niveau animal. Et si, humain, on a été encore plus bestial que le plus sauvage animal, on retourne au végétal et peut-être même aussi loin qu'au minéral.

J'étais sidéré. Hitler en bonzaï de salon !

On retrouva le bonzaï à l'adresse indiquée par quelque ange indiscret. L'avatar du Führer appartenait à un gosse d'une famille aisée. Le gamin n'arrivait pas à comprendre en quoi la vie d'un bonzaï était une punition. Lui soignait très bien le sien et y tenait beaucoup.

Je considérai la chose et l'évidence me sauta aux yeux. La vie d'un bonzaï est un supplice permanent. On met une plante dans un pot trop petit pour elle et on en coupe ensuite systématiquement toutes les excroissances. C'est la torture d'un végétal élevée au niveau d'un art. Sans eau, les membres sans cesse recoupés, sans place, sans air, sans nourriture, le bonzaï n'est que souffrance.

Contraint à ne pas croître, l'arbuste reste à jamais nain, alors que tout ce qui vit sur cette terre dispose du plus élémentaire des droits qu'est celui de grandir.

Certes, sous prétexte qu'ils les jugeaient plus jolis ainsi, les Chinois ont longtemps estimé justifié d'enfermer les pieds de leurs filles dans d'étroites bandelettes pour les empêcher de grandir. Mais dans le cas du bonzaï, c'était pire ! Il ne s'agissait pas uniquement des pieds. On lui coupait ses branches, membres supérieurs, et ses racines, membres inférieurs. Tous les jours.

Le plus subtil châtiment pour un abominable criminel de guerre, c'était bien de le réincarner en bonzaï japonais. J'eus des frissons en me souvenant comme moi-même j'avais été malheureux lorsque mes parents me forçaient à enfiler les vêtements trop étroits de mon frère Conrad, juste pour faire des économies.

La bonne idée, chapeau, les archanges-juges ! Il y eut cependant des hommes pour se croire plus malins qu'eux et plus fins justiciers ! À grands coups de pétitions, on réclama la condamnation à mort du bonzaï. Pour finir, on déterra la chose jusqu'à ce que mort libératrice s'ensuive, mettant ainsi un terme (à mon plus vif regret, d'ailleurs) à son éternel supplice.

S'ensuivit une pluie de « révélations » plus ou moins vérifiables. Pour ma part, je ne parvenais pas à croire les anges si bavards avec autant de gens, et je les examinais à chaque fois avec la plus grande circonspection. À en croire certains touristes de l'au-delà, Ravaillac était innocent du meurtre d'Henri IV. Le Masque de Fer était la sœur cachée de Louis XIV. Raoul Wallenberg, le diplomate suédois si courageux dans le sauvetage des juifs hongrois sous l'occupation nazie, avait bien été tué par le KGB, tout comme les résistants martyrs de l'Affiche rouge avaient été dénoncés par leurs « amis » du Parti communiste français. John Lennon avait lui-même contacté son assassin afin de se faire suicider. Le chevalier d'Éon était un hermaphrodite. Nicolas Flamel avait réalisé sa fortune en cambriolant et en assassinant des bourgeois, il avait ensuite expliqué son enrichissement soudain par la prétendue découverte du secret de la transmutation des métaux. Jack l'Éventreur était bien William Gull, médecin de la famille royale.

On constata que, somme toute, les tyrans sanguinaires avaient reçu un châtiment adéquat. Staline était réincarné en souris de laboratoire, Mussolini était un chien de cirque, Mao était canard à laquer, quant aux généraux fascistes sud-américains ils étaient pour la plupart réincarnés en oies qu'on gave pour faire du foie gras de Noël.

Mais, en dehors de ces « méchants », d'autres personnes profitèrent de révélations célestes douteuses pour se faire mousser.

Vrai ou faux, des petits malins étalèrent leurs vies antérieures pour obtenir quelques avantages dans cette existence-ci. Un épicier asiatique parisien assura être la réincarnation de Modigliani et entama un procès aux héritiers de ses anciens marchands de tableaux afin qu'ils lui reversent leurs considérables plus-values. Une charmante professeur d'aérobic télévisé jura être la réincarnation de Botticelli. Elle put s'installer à son compte grâce à une vente aux enchères de plusieurs de ses toiles, récupérées dans des musées.

On ne comptait plus les litiges et les exigences de réparations en tout genre ! C'était toute l'histoire humaine, à en croire certains, qui demandait à être révisée, éclairée, expliquée, démystifiée.

256 – MYTHOLOGIE CHRÉTIENNE

« Il y a nécessité de nature pour l'âme d'être purifiée et guérie. Si elle ne l'a pas été dans sa vie terrestre, la guérison s'opère dans les vies futures et subséquentes. »

Saint Grégoire de Nysse.

Extrait de la thèse *La Mort cette inconnue*, par Francis Razorbak.

Freddy junior grandissait et notre intérêt pour la thanatonautique décroissait alors que celui du public ne cessait, au contraire, de s'amplifier.

Je me consacrais de plus en plus au seul univers de mon foyer. Le monde s'ouvrait et je me fermais. À cette époque de mon existence, j'étais convaincu que l'essentiel dans une vie était de se marier, d'avoir des enfants et de construire une cellule familiale suffisamment solide pour que cet état dure le plus longtemps possible. Une vie familiale saine se perpétuerait jusqu'à devenir atavique et on éviterait ainsi l'apparition d'enfants caractériels, tyranniques ou apathiques.

J'étais heureux. J'aimais Rose. L'éveil de Freddy junior me passionnait. Je l'initiai au goût des livres comme j'y avais moi-même été initié par Raoul. Rose lui apprit à observer les étoiles. Jadis, la contemplation des étoiles relativisait les problèmes humains. À cause de nous, cela avait bien changé.

Il me semblait qu'en communiquant à Freddy ma fringale de lecture, je lui offrais la liberté de s'éduquer ensuite par lui-même. Chaque soir, je racontais donc à mon fils ce qui me paraissait comme le plus intéressant pour un enfant de trois ans : des légendes, des contes, des fables, des histoires courtes avec de beaux décors.

Mais, au-delà des murs de notre douillet appartement, avec retard certes, la société ne cessait de recevoir les ondes de choc du mouvement thanatonautique dont nous avions été les pionniers.

Stefania rentra un jour passablement énervée. Un inconnu l'avait abordée dans la rue pour lui offrir une forte somme. Non pas pour la séduire, mais juste comme ça, pour faire une bonne action ! Elle s'était battue pour le refuser.

– J'en ai marre de tous ces doux, de tous ces bons, de tous ces mièvres.

– Tu préférais la violence, peut-être ? demanda Rose. Tu divagues !

Stefania était rouge de colère.

– Non, je ne divague pas. Avant, quand quelqu'un se

montrait gentil, c'était parce qu'il le voulait. Il avait le choix entre être gentil ou méchant et il avait librement opté pour la gentillesse. Maintenant, tout le monde est gentil par superstition pure! Ils ont tous peur d'être recalés là-haut à leur examen. C'est nul.

Un mendiant, vêtu de haillons indiquant clairement sa condition, apparut alors à la porte qu'il n'était plus utile de fermer. Il était entré tranquillement et s'était dirigé tout droit vers notre réfrigérateur. S'y étant emparé d'un sandwich au saumon fumé et d'une petite bière bien fraîche, il s'assit confortablement, histoire de participer à notre conversation.

Stefania fonça sur lui et, avant que j'aie pu réagir, lui arracha promptement sandwich et canette des mains.

— Vous gênez pas, surtout! éclata-t-elle.

L'homme contempla, stupéfait, l'Italienne hors d'elle. Depuis que toutes les portes étaient ouvertes, comme tous ses congénères, il s'était habitué à pénétrer dans n'importe quel appartement et à se servir à sa guise.

— Mais... mais... vous êtes folle, bafouilla-t-il.

— Espèce de malotru, on ne vous a pas appris à frapper avant de pénétrer chez les gens!

Le clochard s'indigna:

— Vous osez me refuser l'aumône!

— C'est pas qu'on te refuse l'aumône, c'est qu'on supporte pas que tu empuantisses la maison avec ta saleté et tes habits graisseux.

Le pauvre hère nous prit à témoin, Rose et moi.

— Ça va pas dans son ciboulot, à cette bonne femme! Elle ne se rend pas compte... Si elle me refuse l'aumône, ça lui vaudra une tripotée de mauvais points pour son karma!

Nous regardâmes Stefania avec inquiétude.

— Rien à cirer! tempêta-t-elle. Fous le camp, vermine!

L'homme la dévisagea, narquois.

— D'accord, je m'en vais. Mais après ça, vous étonnez pas de renaître... (il chercha un instant le pire) de renaître cancéreuse.

Stefania approcha son visage du sien, sans se soucier de son haleine fétide.

— Tu peux me répéter ça?

Il sourit, goguenard, et réaffirma avec force:

– Vous renaîtrez cancéreuse.

Je ne vis pas partir la main de l'Italienne mais, sur la table, des verres vibrèrent quand retentit la bonne paire de gifles.

L'homme était plus étonné que fâché. Cette femme avait osé se livrer à un acte de violence sur un mendiant. Il frotta ses joues endolories.

– Vous m'avez frappé ! fit-il, les yeux écarquillés.

– Ouais. Et c'est pas la peine de me lancer encore je ne sais quelle malédiction. Le cancer ? Très bien. Autant alors que je m'amuse un peu dans cette vie-ci, en attendant. Et toi, tu as tout intérêt à déguerpir au plus vite avant que je t'envoie mon pied où je pense.

– Elle m'a frappé, elle m'a frappé, chantonna-t-il presque.

Il réalisait soudain que cette paire de gifles venait quasiment de l'élever au rang de martyr. Être victime d'une mégère violente et agressive, cela devait sûrement vous valoir pas mal de points de bonus.

Il franchit la porte, radieux.

Stefania se tourna vers nous.

Elle se passa une main sur le front.

– Ma parole, on devient tous cinglés ! dit-elle.

Nous ne savions quoi répondre. De fait, à cet instant-là, Rose et moi tremblions pour notre amie. Renaîtrait-elle vraiment cancéreuse ?

– Tu n'aurais pas dû prendre le risque de le frapper. On ne sait jamais..., commençai-je.

Elle m'interrompit sans ménagement.

– Mais enfin, vous ne comprenez pas que notre monde n'est plus peuplé que de larves et de lavettes ! Plus d'émotions, plus de peurs, plus de conflits ! Il n'y a plus ici-bas que des êtres mous et superstitieux. Ils ne sont pas bons. Ils sont égoïstes. Ils ne se soucient que de leur karma. Ils ne cherchent à faire le bien que pour s'assurer un bon statut dans leur prochaine vie. Qu'est-ce qu'on s'ennuie !

Je réalisai soudain que moi aussi, au fond, j'avais toujours été gentil par égoïsme. Par fainéantise aussi, et pour ne pas me compliquer la vie. Être méchant oblige à s'occuper des autres, à se soucier de leurs défenses, à imaginer des vacheries. Mais être gentil, ça permet de ne toucher ni d'être touché par personne. La gentillesse est juste un confort pour être tranquille.

Stefania arpentait notre salon comme une lionne en cage.

– J'en ai marre de vous. J'en ai marre des bons sentiments. J'en ai marre de cette société depuis que nous lui avons révélé ce qui aurait dû lui rester caché. Salut, les thanatonautes ! Je m'en vais. Et elle s'en alla sans autre forme de procès. Elle prit ses affaires et quitta notre immeuble des Buttes-Chaumont sans un au revoir à Raoul, qui, même saoul, était pourtant toujours son mari.

258 – MYTHOLOGIE JUIVE

Le corps et l'âme sont-ils égaux devant le jugement divin ?

Le corps pourrait accuser l'âme d'avoir péché puisque, depuis qu'elle l'a quitté, lui gît inerte au fond du tombeau. À quoi l'âme pourrait rétorquer que délivrée du corps pécheur, elle plane sereinement dans les airs comme un oiseau.

L'âme et le corps pourraient-ils ainsi échapper au jugement divin ? On posa la question à un sage. Comme tous les sages, il répondit par une parabole, celle du roi qui avait choisi pour gardiens de son verger un aveugle et un cul-de-jatte.

Le cul-de-jatte ne tarda pas à s'extasier sur les fruits magnifiques. «Laisse-moi grimper sur ton dos pour les cueillir, proposa-t-il à l'aveugle. Ensuite, nous les mangerons ensemble.» L'aveugle s'avéra incapable de résister à la tentation et, au retour du roi, il ne restait plus rien des fruits de son verger. Au monarque qui s'étonnait, l'aveugle répondit qu'il n'avait rien vu, le cul-de-jatte qu'il aurait été bien incapable de grimper à un arbre pour s'emparer du moindre fruit.

Le roi ne réfléchit pas longtemps. Il ordonna au cul-de-jatte de monter sur l'aveugle. Ensemble, ils furent roués de coups de bâton comme s'ils n'étaient qu'un.

De même, ensemble, l'âme et le corps comparaîtront. De même, ensemble, ils seront jugés.

Talmud de Babylone (Sanhédrin 9 a/b).

Extrait de la thèse *La Mort cette inconnue*, par Francis Razorbak.

259 – MANUEL D'HISTOIRE

Grâce à la thanatonautique, le monde connut la paix, la prospérité et le bonheur. L'humanité avait enfin achevé une ambition vieille de plus de trois millions d'années depuis son apparition sur Terre. Jusque-là, la mort avait été considérée comme une peine et une souffrance. Avec l'exploration du Continent Ultime, les craintes avaient été désamorcées. Une bonne conduite sur Terre et, là-haut, la récompense attendait.

Grâce aux thanatonautes, en même temps que les guerres, haines et jalousies disparurent de la surface de la planète, une nouvelle ère s'annonça. Le paléontologue américain Thunder proposa de supprimer l'appellation *homo sapiens* pour la remplacer par un plus moderne *homo thanatonautis*. L'*homo thanatonautis* est un homme qui maîtrise dorénavant non seulement son existence et sa mort mais aussi toutes ses vies antérieures et futures.

Quel bond en avant pour l'humanité !

Manuel d'histoire, cours élémentaire 2ᵉ année.

260 – VISITE AU MUSÉE

La vie continua, même sans Stefania.

Rose et moi décidâmes de profiter du week-end de la Pentecôte pour emmener Freddy junior à Washington visiter le fameux Smithsonian Museum où étaient conservées toutes les reliques de notre aventure. Le déplacement valait la peine. Dans cette imposante structure de béton, nous redécouvrîmes notre premier fauteuil de décollage, nous lûmes avec émotion la liste des premiers volontaires sacrifiés sur l'autel de la thanatonautique, nous nous attardâmes devant nos propres reproductions, personnages de cire mimant les activités quotidiennes des thanatonautes.

Personnellement, je me trouvais peu ressemblant avec ce rictus bizarre et cette grosse seringue à la main. Amandine, façon starlette, était beaucoup plus réussie, avec son fourreau noir moulant.

Dans un coin, l'enveloppe charnelle de Rajiv Bintou, le thanatonaute indien qui s'était attardé dans le monde des plaisirs, était toujours sous perfusion. Si l'envie lui prenait un jour de revenir, son corps restait à sa disposition, conservé dans ce congélateur transparent. À côté, une pancarte précisait en tout cas que son cordon ombilical était encore intact.

Il y avait aussi une maquette du blockhaus de Bresson, avec une notice narrant sa triste aventure. Des marionnettes s'envolaient selon les différentes figures thanato-chorégraphiques composées par le rabbin Meyer pour les décollages en groupe. Une gigantesque fresque de trente mètres de long sur dix de large rappelait assez fidèlement la bataille du Paradis. En appuyant sur un bouton, on déclenchait même la sonorisation des combats, des « oh », des « prends ça, crapule », des « sales chiens d'Infidèles », des « attention, je meurs », ainsi que des bruits de coups et un son de tissu déchiré censé reproduire le bruit produit par les cordons ombilicaux lorsqu'ils claquent. En fait, cette mise en scène était stupide, car les ectoplasmes, même thanatonautes, ne produisent aucun bruit et, même s'ils en faisaient, ils ne retransmettraient pas dans le vide intergalactique.

Le Smithsonian Museum était immense. Partout alentour, des distributeurs automatiques judicieusement placés donnaient aux visiteurs une impression de Paradis tout en leur permettant de se gaver de pop-corn, de hot-dogs et de rafraîchissements glacés. Les Américains font toujours bien les choses.

Au centre de la galerie principale, une sculpture montrait Félix Kerboz serrant la main à travers les siècles à Christophe Colomb. Inutile de dire que le grand éphèbe souriant statufié là n'avait rien à voir avec la brute épaisse que nous avions connue.

J'imaginais assez bien dans l'avenir son nouveau profil

grec sur des pièces de monnaie associé à notre devise :
« Tout droit, toujours tout droit vers l'inconnu ! »

Moi je préférais notre ancienne devise : « Tous ensemble contre les imbéciles ! » Toujours d'actualité.

Amusante, la recréation de l'interview de l'ectoplasme Donahue. Trois vieux automates de cire aux grandes barbes blanches étaient juchés sur un promontoire translucide en Plexiglas éclairé par des néons (la montagne de lumière du Jugement dernier, sans doute) et, de leur bouche animée, ils répétaient inlassablement : « Ici seront pesées toutes les bonnes et les mauvaises actions de ton existence passée. »

Il y avait plus loin un détecteur d'envol ectoplasmique (invention de Rose, ma femme), une grande antenne parabolique, un écran avec de fausses taches vertes. À se croire aux Buttes-Chaumont !

Pour parachever l'exposition, les responsables du musée avaient conçu une superbe maquette en relief censée représenter le Paradis. Un cône de carton-pâte de trente mètres de haut dans sa partie évasée se prolongeait d'un couloir qui allait en rétrécissant pour finir sur un diamètre de deux mètres. Il suffisait de s'avancer sur un tapis roulant pour y pénétrer et glisser lentement au travers des corridors aux couleurs changeantes. Chaque franchissement d'un mur comatique était symbolisé par un rideau dont les épaisses franges de plastique empêchaient de voir ce qu'il y avait derrière.

À chaque Moch de plastique traversé, on entendait un bruit de succion puis on se retrouvait dans le territoire noir, rouge, orange, etc. Autour de nous, s'illuminaient au fur et à mesure des diapositives illustrant nos récits du continent des morts. Quelque part, une voix off commentait : « Contemplez ici quelques exemples des démons que crurent apercevoir les premiers thanatonautes quand ils passèrent Moch 1. » Des images sataniques ne rappelaient en rien notre copain le vrai Satan.

En ce qui concerne la zone des plaisirs, les organisateurs n'avaient pas voulu choquer les enfants. Quelques personnages se contentaient de baisers sur la bouche. Pour le territoire de la patience, le tapis roulant ralentissait si brusquement que d'aucuns croyaient à une panne. Dans la zone du savoir, la voix off débitait des informations du genre théorème de Pythagore, $a^2 + b^2 = c^2$. Un vrai petit cours de rattrapage à l'usage des élèves des écoles. En guise de summum de beauté, quelques papillons rachitiques voisinaient avec des dauphins rieurs.

Les familles photographiaient à tour de bras et s'esbaudissaient du moindre commentaire.

– Si tu es bien sage, un jour, toi aussi tu visiteras le Paradis, assurait un papa à son bambin.

Je me gardais bien de dire des choses pareilles à Freddy junior !

Au bout du tapis roulant, tout simplement la sortie. Après l'enfermement plusieurs heures dans le musée, la clarté du jour faisait fonction de territoire blanc ! Merci. Pas de meilleure récompense pour des visiteurs un peu las. Dans une vaste salle, se côtoyaient des cafétérias où il faisait bon s'asseoir et se reposer un peu et des magasins de souvenirs encore mieux approvisionnés que celui de ma mère : teeshirts, faux trônes de décollage, maquettes de démons, maquettes d'anges, livres d'images angéliques ou diaboliques, plateaux-repas pour décollages faciles.

Freddy junior se régala de barbe à papa et réclama plusieurs porte-clefs aux noms d'anges qui manquaient encore à sa collection. Pour ma part, j'hésitai devant une cassette vidéo en images de synthèse promettant de faire connaître « comme en vrai » toutes les sensations d'un envol thanatonautique.

J'y renonçai. Finalement, tout ce déballage m'écœurait un peu. Nous abrégeâmes notre séjour outre-Atlantique.

261 – MYTHOLOGIE JUIVE

« La naissance de l'homme ici-bas ainsi que sa mort ne provoquent qu'un déplacement de l'esprit qui est ôté d'un endroit et déplacé vers un autre. C'est ce qu'on appelle Gilgoulim, la migration des âmes. »

Zohar.

Extrait de la thèse *La Mort cette inconnue*, par Francis Razorbak.

La thanatonautique devenait vraiment un sport de masse. C'était fou, le nombre de gens qui s'élançaient là-haut pour avoir un avant-goût de leur dernier voyage. La mort, après tout, c'est vrai, concerne tout le monde.

Vu les encombrements dans l'espace, les décédés du jour étaient obligés de se frayer tant bien que mal leur chemin entre des «touristes» aux cordons ombilicaux intacts, friands de sensations inédites.

Les Japonais fournissaient le gros des troupes. Pour eux, la thanatonautique était une façon de rechercher leurs ancêtres auxquels ils vouent un culte inébranlable. Pas étonnant alors qu'une société nippone ait été la première à mettre au point des «objets ectoplasmiques». Des méditants zen se chargèrent de les projeter dans le Paradis en se servant de la puissance de leur pensée.

De grandes marques imaginèrent aussitôt de se lancer dans le marketing ectoplasmique. En 2068, défunts et thanatonautes eurent pour la première fois l'attention attirée par une affiche apposée sur la route de la réincarnation. Une publicité pour Coma-Cola : «Avec Coma-Cola, rafraîchissez votre âme. »

Des sociétés d'assurances emboîtèrent le pas à la firme d'Atlanta. «Vous êtes ici ? Vous avez donc commis une imprudence. Ne la répétez pas. Dès votre prochaine réincarnation, adressez-vous aux Assurances générales londoniennes. AGL, la sécurité dans toutes les existences ! »

Les réclames se limitèrent d'abord à la corolle externe mais, bientôt, on en installa devant puis derrière le premier mur comatique.

Des agences spécialisées virent le jour. Elles s'approprièrent sans rien demander à personne les surfaces et les emplacements que nous avions dessinés sur nos cartes. Des moines se recyclèrent et, se concentrant par la prière, projetèrent précisément dans la zone désirée les messages destinés à être lus sur le Continent Ultime.

Les tarifs variaient selon les superficies. Les formats allaient de 1 m sur 2 à 10 m sur 20. Au ciel, il n'y a pas de restrictions, *tout* dépend de l'énergie du support médiumnique.

Les clients ne manquaient pas. En vrac, après Coma-Cola et les AGL, des tour-operators pour voyages ectoplasmiques (« Avec Airmort, aller-retour garanti »), des couches-culottes (« À l'aise dans votre future peau de nouveau-né avec Impermeablex, les couches-culottes qui relient les ex-vieillards incontinents aux futurs bébés incontinents qu'ils redeviendront »), des produits laitiers (« Grâce aux yaourts Transit, partez sans lourdeurs vers les paradis naturels »), des literies (« Matelas Somnis, le secret des méditations réussies »), les fauteuils de décollage de mon frère Conrad (« Trônes Empereur : des catapultes vers l'au-delà, tous les morts en restent baba »), des groupes de rock (« la musique de Dead-Stroy, même les anges en raffolent »), et jusqu'à des alcools (« Lucillius, l'apéritif si fruité qu'on aimerait trinquer avec les séraphins »).

Certains médiums particulièrement doués parvenaient même à rendre clignotants leurs messages publicitaires. En arrivant dans le trou noir du Paradis, on avait désormais l'impression de se retrouver aux abords d'un grand super-marché. Quoi qu'en pense Raoul, le Continent Ultime était à présent vendu aux marchands du Temple.

L'ONU imposa toutefois un comité d'éthique international pour mettre un terme aux abus. Interdite, la publicité pour un médicament réactivateur de mémoire (« Avec Memorix, vous vous seriez souvenu de toutes vos sottises ») aux abords de la zone noire des mauvais souvenirs. Pas de réclames pour des poupées gonflables dans la zone rouge des fantasmes, ni pour des montres dans le pays de la patience, ni pour des encyclopédies dans la zone du savoir, pas plus que pour une galerie d'art dans la beauté absolue. Il ne fallait quand même pas exagérer !

Aux étals des libraires, les ouvrages ad hoc s'accumulaient : *La Mort et ses formalités, Paradis, terre de contrastes, Mourir et puis après ?, Manuel de savoir-vivre à l'usage des rencontres avec les autres défunts, ses ancêtres et les anges, La Route de la réincarnation : plan complet et conseils pour ne pas s'égarer, Quelques exemples de chorégraphie ectoplasmique.*

Sur terre, tout devenait simple et limpide. Le commerce marchait, les gens s'aimaient, la pauvreté disparaissait.

Plus de religions. Plus de vieilles haines séculaires entre peuples. Le monde entier s'était rangé sous la bannière des bonnes actions.

Où étaient passés les cyniques, les ironiques, les moqueurs ? Même l'humour n'était plus de mise. L'humour se fonde sur la dérision et les excursions au continent des morts avaient prouvé que rien n'était dérisoire, que toute chose, tout comportement, même le plus anodin, avait son prix, que tout était observé et comptabilisé en haut lieu.

Autre problème : le fatalisme total qui s'emparait des populations. « À quoi bon entreprendre quoi que ce soit, se disaient les gens, de toute façon mes vies antérieures ont déjà défini mon karma, je ne fais que vivre sur un acquis de plusieurs milliers d'années. Pourquoi accomplir des efforts inutiles, si ma destinée est déjà écrite là-haut, au Paradis ? » Du coup, la paresse gagnait l'humanité en même temps que la gentillesse. Et pourquoi se donner du mal quand il suffisait d'entrer dans une boutique ou chez des particuliers pour se servir à loisir ?

Sans motivations matérielles, qu'est-ce qui pouvait inciter les gens à se lancer dans des entreprises ou à imaginer de nouveaux projets ?

J'avais toujours été en proie au doute quant aux révélations sur le Continent Ultime. Mon malaise s'accentua encore quand, un jour, j'assistai à une scène étrange. Un enfant traversait la rue quand surgit une voiture de sport. À la vitesse où il roulait, jamais le conducteur ne pourrait freiner à temps. Songeant à mon premier accident, je me précipitai : « Attention ! » Le gosse s'arrêta, me regarda, considéra le bolide qui s'approchait, et énonça posément :

– Bah ! Si c'est là mon destin, rien ne peut l'arrêter.

Et il resta là, les bras ballants, à attendre d'être écrasé sans se rendre compte que mon avertissement faisait également partie de son destin ! Je bondis donc et le sauvai juste à temps.

– Petit crétin, tu as failli crever bêtement !

Il me toisa avec suffisance.

– Pas du tout, puisque j'étais voué à être sauvé par toi. Aujourd'hui, en tout cas...

Il repartit en gambadant comme s'il avait envie de se faire tuer plus loin, rien que pour me jouer un mauvais tour !

263 – FICHE DE POLICE

Message aux services concernés
Arrêtez ça tout de suite. La thanatonautique présente d'énormes dangers. Les humains en sont déjà à poser des publicités sur le chemin de la réincarnation. Multiplication de témoignages insensés sur le Paradis. Vous prions instamment d'intervenir.

Réponse des services concernés
Oui. La situation prend une tournure inattendue. Nous y réfléchissons sérieusement.

264 – APATHIE

Était-il vraiment possible que toute notre aventure n'ait servi qu'à cela : rendre l'humanité complètement apathique, fataliste et démotivée ?

Dans ce cas, j'avais accompli un fantastique péché et j'aurais besoin d'une quantité de réincarnations pour réparer cette erreur funeste. Je n'en pouvais plus d'enjamber dans la rue des gens allongés tranquillement à attendre que leur existence présente s'écoule. Ce n'était même plus du fatalisme, c'était du renoncement à la vie !

En me souvenant du gamin indifférent à tout, j'éprouvais des frissons.

Au thanatodrome des Buttes-Chaumont, l'ambiance n'était guère plus réjouissante. Rose, Freddy junior et moi nous refermions de plus en plus sur notre cellule familiale tandis qu'Amandine poursuivait ses tournées de conférences.

Quant à Raoul, avec la perte de Stefania, sa femme, succédant à celle de ses parents, il avait trouvé une nouvelle bonne raison de boire. Il semblait rechercher dans l'alcool comme un troisième monde, un monde par-delà la vie et la mort. Peut-être qu'après tout l'alcool est au bout de toutes les quêtes. Dans ce cas, autant s'être fâché assez tôt avec Raoul pour ne pas me laisser entraîner sur cette pente.

Un soir, je restai à écouter du jazz dans le penthouse. J'appréciais tout particulièrement un solo plaintif et triste au saxophone, le genre de musique que personne n'écoutait plus.

De retour d'un de ses shows, Amandine me rejoignit. Je la regardai à peine. Ecartant une plante verte, elle se laissa tomber sur un fauteuil d'osier près de moi.

– Tu es fatigué ? me demanda-t-elle.

– Non. J'ai la maladie des états d'âme.

– Des états d'âme ? Qui n'en a pas ?

Allumant une des cigarettes biddies dont Raoul laissait toujours traîner des paquets partout, elle ajouta :

– Tu te souviens de ce que disait Freddy ? « Les sages cherchent la vérité, les imbéciles l'ont déjà trouvée. » Et voilà que le monde entier a trouvé sa vérité.

– Alors, le monde entier est bête.

– Oui, mais c'est notre faute.

Je me tus, bourré de remords. Je repensais à ce jour où j'avais demandé à ma mère ce que signifiait le mot « mort ». Je revoyais la main glacée de mon arrière-grand-mère Aglaé pendant hors des draps. Je revoyais aussi l'image étonnante, gravée à jamais dans mon esprit, de ces trois archanges lumineux réunis là-haut pour nous juger.

En fait, ils ne sont pas bienveillants. Ils sont terrifiants. Malgré leur sourire. Je commençais à comprendre Stefania. La bonté imposée, c'est aussi écœurant que la soupe de mash-mellows au miel et au sirop de grenadine.

Rose apparut dans le penthouse en claquant des mains.

– Si vous avez faim, dépêchez-vous de descendre. Le repas est prêt et Junior est déjà en train de tout dévorer. Il ne restera bientôt plus que des miettes.

265 – ENSEIGNEMENT YOGI

Il est cinq observances pour demeurer solide dans sa vie :

– La santé. Le corps doit rester en bonne santé si on veut

garder une conscience claire. Il faut être propre, ne jamais remplir son estomac à satiété.

– Le contentement. Apprécier ce que l'on a.

– La persévérance. Ne pas se laisser submerger par les plus petites des émotions : peur de l'imprévu, peur de la contrariété, abandon au plaisir vite pris.

– L'étude. Avancer vers la connaissance par la lecture des textes sacrés et par la méditation.

– L'offrande à Dieu. On ne vit pas pour soi mais pour quelque chose en nous qui nous dépasse. Avant tout, rester humble.

Extrait de la thèse *La Mort cette inconnue*, par Francis Razorbak.

266 – MISE EN COMPTE

Nous savions déjà, depuis *Entretien avec un mortel,* que six cents points étaient nécessaires pour mettre un terme au cycle des réincarnations et devenir un esprit pur. Une nouvelle conversation avec saint Pierre fournit à Amandine des clefs plus précises. Elle nous rapporta le barème officiel.

MALUS

Mensonge :	de – 10 à – 60 points
Médisance :	de – 10 à – 70 points
Humiliation :	de – 100 à – 400 points
Non-assistance à personne en danger :	de – 100 à – 560 points
Abandon d'enfant :	de – 100 à – 820 points
Abandon de parent :	de – 100 à – 910 points
Acte de cruauté sur animal :	de – 100 à – 1370 points
Acte de cruauté sur humain :	de – 500 à – 1450 points
Crime entraînant la mort d'autrui :	de – 500 à – 1510 points
Récidive :	malus multiplié par 1,5

(Le nombre de points soustraits varie selon les cas, compte tenu de la volonté de nuire, du plaisir pris à faire le mal, de l'irresponsabilité, de l'égoïsme ayant motivé les actes et les non-actes.)

BONUS

Don intéressé :	de +	10 à + 50 points
Don désintéressé :	de +	10 à + 90 points
Apport de joie à l'entourage :	de +	10 à + 100 points
Assistance à animal en danger :	de +	50 à + 120 points
Assistance à personne en danger :	de +	100 à + 270 points
Production d'une œuvre d'art :	de +	100 à + 410 points
Idée originale permettant progrès :	de +	100 à + 450 points
Sacrifice de soi au profit d'autrui :	de +	100 à + 620 points
Bonne éducation d'un enfant :	de +	150 à + 840 points
Coefficient multiplicateur :	bonus multiplié par 1,2	

Tant de précision rendit les gens encore plus frileux. Plutôt que de risquer de commettre un péché, certains préféraient se suicider tout de suite afin de remettre les compteurs à zéro, comme on disait à l'époque. L'expression n'était d'ailleurs pas qu'une métaphore. Une firme nippone avait effectivement mis sur le marché un compteur de bonnes et de mauvaises actions. Le *karmographe*. La chose consistait en une sorte de petite montre à écran à cristaux liquides et clavier numérique. Les gens la portaient à leur poignet droit, le gauche demeurant réservé à la connaissance de l'heure.

Il suffisait de noter, chaque soir avant de se coucher, les actes commis pendant la journée pour savoir où on en était exactement avec son karma. Pas assez de bons points et un cheval s'inscrivait sur l'écran du karmographe. Premier signe de l'échelle de dégénérescence karmique, laquelle passait en descendant à un chien, un lapin, une limace, une amibe. Les cas les plus graves étaient représentés par une tige de persil ou un champignon.

Avec le karmographe, on pouvait mourir serein en sachant exactement où on en était dans le barème, sans plus craindre d'affronter le jugement des archanges. Évidemment, l'opération de compte et de décompte exigeait beaucoup de franchise avec soi-même.

Au thanatodrome, nous jouâmes avec l'appareil. Rose constata qu'elle disposait d'un bonus de 400 points. Moi, j'en étais plus humblement quelque part entre +0 et +5 points. Je n'avais pas commis trop de vacheries dans mon existence mais je n'avais pas non plus été un saint. Finalement, Raoul avait raison : je n'étais pas un héros, j'étais un type neutre. Même dans mon karma j'étais moyen.

Freddy junior était quant à lui fasciné par sa machine. Son karmographe presque vierge annonçait gentiment +25 points. Le gamin n'en devenait pas moins obsessionnel. À peine avait-il tiré la queue de cheval d'une camarade du square qu'il consultait aussitôt son karmographe pour savoir si c'était grave.

L'appareil avait remplacé avantageusement la confession.

267 – HORS JEU

Conrad n'avait pu obtenir les droits de reproduction du karmographe.

Les Nippons avaient veillé au grain. Leur brevet était bien protégé. Mon frère s'était donc résolument tourné vers un tout autre commerce : les pilules « hors jeu », à savoir des pilules « spécial suicide sans douleur ». « Mieux vaut une vie nouvelle qu'une existence ratée » était son slogan. C'était simple et ça disait bien ce que ça voulait dire.

Conrad, qui s'était toujours montré si sceptique envers la thanatonautique, était à présent le premier à encourager les gens à faire le grand saut, les affaires avant tout !

Ironie du sort : il compta vite parmi ses premiers clients son propre fils, mon neveu Gustave, désespéré d'avoir échoué en composition de mathématiques. En guise de lettre d'adieu, l'adolescent avait griffonné : « Vous inquiétez pas. Un petit tour vite fait au pays des morts et je reviens dans une autre peau. »

Ses parents étaient convaincus qu'il avait sans doute raison, mais ils n'en ignoraient pas moins où le gamin allait se réincarner. « Tant d'efforts et d'éducation soigneusement programmée bêtement gâchés par une mauvaise note en maths, il y a de quoi s'arracher les cheveux ! » se lamentait Conrad qui se demandait s'il devait pleurer ou pas la mort de son propre fils.

Rose et moi, nous nous inquiétâmes. Et si Freddy junior était tenté lui aussi ? Une contrariété est si vite arrivée de nos jours. Nous avions beau connaître le Paradis, nous ne souhaitions pas pour autant que notre enfant y parte trop tôt, en s'autorisant à claquer lui-même son cordon ombilical, qui plus est.

Pour mieux le dissuader d'échapper à cette mode qui se répandait dans les écoles et les lycées, nous remplaçâmes en douce les pilules de cyanure « hors jeu » qu'il s'était achetées avec son argent de poche par d'inoffensifs bonbons en sucre glace. Et pour qu'il ne cède pas à une brusque envie de sauter dans le vide, nous fîmes installer des grillages à toutes les fenêtres.

Rose faisait de son mieux pour le réconforter en toutes circonstances. S'il rentrait avec un carnet rempli de mauvaises notes, nous lui offrions des cadeaux pour le consoler. Nous ne le grondions jamais, nous le couvrions d'affection, nous l'assurions sans cesse de notre soutien.

Il était essentiel que notre fils aime sa vie au point de se persuader que jamais il ne trouverait de parents aussi chouettes dans une autre incarnation.

Mais tous les parents n'étaient pas aussi efficaces que nous. Les suicides d'enfants se multipliaient, tout comme ceux des adultes, d'ailleurs.

Un mécontentement, une insatisfaction, et hop ! Les plus sensibles se promenaient avec une capsule de cyanure implantée en permanence dans une dent creuse et, au moindre souci, ils mettaient fin à une existence jugée ratée. La vie étant un jeu, pour ne plus y participer, il suffisait de dire pouce et de se mettre « hors jeu » grâce à la pilule mise en vente libre par mon frère Conrad.

Résultat : on ne voyait pratiquement plus de vieux dans les rues (une première ride, et en avant pour une nouvelle jeunesse avant de connaître l'irréparable outrage des ans), non plus de gens soucieux ou trop sensibles. Il ne restait que des êtres immatures obsédés par l'idée de faire le bien, par paresse ou par superstition.

Il y avait là un vrai problème de société. Les meneurs d'hommes et les créatifs sont pour la plupart des gens qui ont connu une enfance difficile et s'en sont sortis à la force du poignet en se forgeant des caractères d'acier trempé pour mieux survivre. Mais à présent que le suicide promettait une remise des compteurs à zéro au moindre ennui, les futurs élites disparaissaient avant d'avoir eu le temps de prendre de l'âge.

Lucinder et son gouvernement comprirent le problème. Dans l'administration, ils ne côtoyaient plus que des mous et des nuls, incapables de prendre toute décision tranchée tant ils redoutaient de léser les uns ou les autres. Il importait d'agir au plus vite afin que les plus intelligents et les plus sensibles des jeunes cessent de se suicider.

La mort devenue banale, il importait également de promouvoir la vie ici et maintenant, et non pas ailleurs et dans on ne savait quel futur. La chose n'était pas évidente. Plus personne ne tenait tellement à la vie au point de se battre pour elle ou de serrer les dents en cas d'adversité. Pire, chacun espérait voir en qui il allait se réincarner, un peu comme on joue à la roulette ou au loto. Ce ne devait pas être les bons numéros qui manquaient, là-haut !

Ainsi naquit l'ANPV, l'Agence nationale pour la promotion de la vie. Lucinder mit à contribution les meilleurs publicitaires afin qu'ils inventent des slogans, des idées, des concepts pour que les gens s'attachent à leur existence plutôt que de s'en aller à tire-larigot.

Qui aurait cru ça avant les années 2000 ? On serait sûrement mort de rire à l'idée qu'il faudrait un jour faire de la publicité pour que les gens apprécient ce qu'il y a de plus élémentaire, de plus naturel et de plus simple au monde : la vie.

268 – PUBLICITÉ

La vie, un moment riche en émotions. Suzanne M., vingt ans, étudiante, témoigne :

« Au début, moi, la vie j'aimais pas trop. Même, je

trouvais ça ringard. Mes parents étaient vivants, mon oncle, mes grands-parents et tous les ratés de la famille étaient vivants, et moi je me demandais comment ils se débrouillaient pour rester là à supporter de vieillir et de pourrir sur pied comme des loques. Quels imbéciles !

Ouais, la vie, je trouvais ça nul. J'ai même essayé de la fuir avec la drogue et l'alcool. Mais la drogue m'a rendue malade et l'alcool aussi. Alors j'ai eu envie de sortir de la vie. Et puis, j'ai eu une idée. Avant de m'en aller, pourquoi ne pas faire le tour du monde ? Là, je me suis aperçue comme la vie c'est super. Les plantes vivent, les animaux vivent, même les pierres vivent. Alors je me suis dit : pourquoi pas moi ?

Maintenant, je ne regrette pas mon choix et quand je vois tous ces jeunes qui hésitent, je leur dis : allez, les gars, faites vous aussi le tour du monde. Vous verrez, la vie, c'est un truc qui restera à la mode encore longtemps ! »

**Ceci est un message de l'ANPV,
l'Agence nationale pour la promotion de la vie.**

269 – FICHE DE POLICE

Message aux services concernés

Cela devient de la pure folie ! Si forts que vous soyez, ne vous laissez pas aller à l'orgueil. Ne refusez pas de reconnaître vos erreurs. Votre laxisme est préjudiciable. Très préjudiciable. À tous.

Réponse des services concernés

La peur vous aveugle. Un peu de calme, s'il vous plaît. Et surtout pas d'affolement. Veillons toujours au grain.

270 – MYTHOLOGIE JAPONAISE

« Nous ne sommes que des grains de sable mais nous sommes ensemble.

Nous sommes comme les grains de sable sur la plage, mais sans les grains de sable la plage n'existerait pas. »

Poème en langue yamato (japonais ancien).

Extrait de la thèse *La Mort cette inconnue*, par Francis Razorbak.

L'Agence nationale pour la promotion de la vie faisait de son mieux mais n'obtenait que des résultats dérisoires. Il fallut un événement tragique, l'affaire Lambert, pour mettre fin d'un coup au mouvement suicidaire.

Cela se passa un dimanche, à notre thanatodrome des Buttes-Chaumont. Nous permettions parfois à nos amis d'utiliser nos trônes de décollage. M. Lambert, le patron de notre restaurant thaïlandais favori, nous avait justement demandé d'en essayer un. Nous n'avions pas de raison de nous y opposer, d'autant plus que comme M. Lambert était en quelque sorte le chef de notre cantine personnelle, nous tenions à conserver les meilleurs rapports avec lui.

Il s'assit. Nous réglâmes nos appareils. Il compta « six, cinq, quatre, trois, deux, un, décollage » et pressa la poire dans les règles.

Rien d'anormal jusqu'ici. Le bizarre se produisit au retour. Quand M. Lambert ouvrit les yeux, j'eus l'impression de me retrouver en face d'un autre Jean Bresson. Il était fébrile, nerveux, même son visage ne ressemblait plus à celui de notre placide restaurateur thaï. Nous avions devant nous un homme au regard fixe et dur. Un autre homme. Peut-être un Mr Hyde qu'aurait toujours dissimulé jusqu'ici le Dr Jekyll-Lambert ?

– Vous vous sentez bien, monsieur Lambert ? demandai-je.

– Oooh ououi ! Pour aller, ça va. Ça va même très bien. Jamais je ne suis allé aussi bien.

– Vous avez pu visiter le Continent Ultime ? s'enquit Amandine.

– Oooh ououi ! Pour visiter, j'ai visité. C'est vraiment un endroit très, très intéressant.

Sa voix était celle de l'ancien Lambert, ses traits aussi et, pourtant, j'aurais juré que nous n'avions plus affaire à la même personne.

Par la suite, il s'avéra sardonique, avec même un je-ne-sais-quoi de pervers dans la prunelle. Il avait tout oublié de la cuisine et jusqu'à sa chère recette des nouilles au basilic. De la cuisine, il se fichait d'ailleurs à présent. Il mit subitement en vente son restaurant. Que ses clients autrefois tant choyés aillent se faire nourrir où bon leur semblerait ! Il s'en lavait les mains. Il quitta la ville et nous ne le revîmes plus.

Cette histoire me troubla beaucoup. J'en parlai avec des confrères d'autres thanatodromes. Ils m'assurèrent avoir déjà rencontré des cas similaires. Comme moi, ils avaient songé à un syndrome du Dr Jekyll. L'appellation resta.

Nous décidâmes une vidéo-conférence pour discuter du problème. Mr Rajawa, responsable du thanatodrome indien, avait une explication à proposer. Une explication mystique, mais quand même une explication.

Selon lui, c'étaient les suicidés qui étaient à l'origine du phénomène. Quand quelqu'un se tue délibérément avant d'en avoir terminé avec le temps de vie qui lui a été alloué lors de son dernier jugement, son ectoplasme se transforme en une âme errante. Elle reste là, à planer au-dessus du sol, en quête d'un corps où se rematérialiser afin de vivre ce qui lui restait à vivre. Or, il est très difficile de trouver des corps vacants et beaucoup de suicidés errent ainsi depuis des millénaires.

Ces âmes errantes, les vivants les ont souvent qualifiées de « fantômes ». Comme elles sont misérables et désolées, elles jouent à effrayer les humains pour s'assurer qu'elles possèdent encore quelque pouvoir. Elles effraient les craintifs et les naïfs en tapant contre les murs la nuit, en faisant se soulever les parquets ou vibrer les lustres. Au pire, elles peuvent provoquer des pluies et des orages inopinés, mais c'est bien là leur seule force. Leurs agissements sont dérisoires et devraient susciter la pitié plutôt que l'effroi.

— C'est ce que nous nommons les mauvais esprits, signala le directeur du thanatodrome de Dakar.

— Et nous les *blolos, blolos bians* pour les hommes, *blolos blas* pour les femmes, précisa le responsable d'Abidjan.

— Peut-être, mais avec cette nouvelle mode du suicide, les airs doivent être saturés de fantômes à la recherche d'une enveloppe charnelle, soupira son collègue de Los Angeles.

Mr Rajawa poursuivit ses explications :

— Lorsqu'un vivant médite ou qu'il se livre à la thanatonautique, il abandonne un temps son corps physique. Il suffit qu'une âme errante passe par là pour qu'elle s'y engouffre.

Nous restâmes là tous cois à nous entre-regarder. Quels risques avions-nous donc tous pris au cours de nos nombreux voyages ! Et, pire encore, à cause de tous les « touristes » qui, grâce à nous, partaient dans l'au-delà, des tas de fantômes disposaient maintenant d'un joli lot de corps à enfiler. Quel paradoxe ! Ces suicidés qui se figuraient s'envoler pour une vie meilleure s'introduisaient dans la première existence venue ! Et encore, s'ils avaient de la chance ! Il n'était pas si facile de se trouver là au bon moment, face à une enveloppe charnelle vacante.

Chacun y alla de son cas de « possession » au retour. De brusques changements d'humeur et de comportement étaient maintenant élucidés.

– Il faut donner l'alerte, dis-je. Il faut que les gens cessent de se suicider et même de thanatonauter. C'est trop dangereux !

Chacun chez soi, nous organisâmes des conférences de presse. Tout le monde ne nous crut pas. Il y eut des sceptiques pour déclarer que nous voulions pratiquer notre sport entre nous alors qu'il se démocratisait et que, bientôt, même les ouvriers pourraient thanatonauter le dimanche. Que répondre à ça ? Malgré nos avertissements, les agences de voyages ectoplasmiques continuèrent à faire des affaires. Il y aurait toujours des têtes brûlées pour partir se promener sur les continents les plus ultimes, convaincus qu'ils étaient que les accidents n'arrivaient qu'aux autres.

L'idée de se faire piquer son corps lors d'un décollage en découragea pourtant quelques-uns. Ce n'était pas agréable de penser que n'importe qui, en cas de malheur, se ferait ensuite passer pour vous et se glisserait dans votre famille et jusque dans le lit de votre femme sans que nul soit capable de faire la différence.

Pour les candidats au suicide, il en alla différemment que pour les touristes de l'au-delà. Les uns cherchaient l'exploit, les autres la sécurité et le bonheur. Conrad eut beau solder son stock de pilules « hors jeu » invendues, il n'y avait plus guère d'acheteurs. Se transformer en âme errante en quête d'un corps, et cela peut-être pour les siècles à venir, ce n'était pas un futur très enthousiasmant.

Les gens avaient compris qu'un suicide ne remettait pas du tout un compteur à zéro, qu'une existence devait obligatoirement être vécue jusqu'au bout. On réapprit à s'accoutumer des petites misères.

L'explication de mon confrère indien avait un autre avantage : elle réconfortait les parents de bébés ou d'adolescents morts trop tôt, par maladie ou accident. Il pouvait s'agir de suicidés qui, après réincarnation dans une enveloppe physique étrangère, avaient encore quelques années à vivre. Un homme qui se suicide à soixante ans alors qu'il aurait dû décéder à soixante-six renaîtra ainsi dans la peau d'un enfant voué à mourir à six ans.

C'était décidément une science complète que de gérer son karma et chaque jour apportait son lot de nouvelles lois.

Raoul se murait dans le silence. Je savais qu'il songeait sans cesse à Stefania. Nous en avions eu des nouvelles par les journaux. Elle avait regroupé autour d'elle une bande de « méchants ». L'Italienne bouddhiste tibétaine que nous avions tant aimée professait un peu partout que le bien devait s'équilibrer avec le mal. Que, quelles que soient maintenant nos connaissances, les envies de se suicider reprendraient face à un monde si fade.

Sous son égide, une horde de loubards en blouson de cuir noir, juchés sur des motos, s'efforçait de son mieux de promouvoir des actes aussi démodés que le vol, le meurtre, le viol ou le pillage. Mais la crainte d'abîmer son karma restait trop forte, Stefania avait du mal à s'adjoindre des acolytes et son initiative demeurait isolée.

Stefania faisait un peu figure de curiosité nationale et, même lorsque des policiers avaient la possibilité de l'arrêter, elle ou quelques-uns des siens, ils s'en abstenaient. Ils redoutaient que l'opération puisse être considérée comme une agression et se disaient que, de toute façon, ces bandits seraient assez punis lors de leurs réincarnations.

Pourtant, pour Raoul et pour moi aussi, Stefania devenait une grande préoccupation. En incarnant le mal, elle prouvait qu'il y avait encore des risques à prendre en ce bas monde. Elle donnait du relief au bien. En sacrifiant son karma pour assainir la société, elle se livrait finalement à un acte de pure abnégation.

Nous sentions tous confusément qu'en réalité, Stefania la maudite était une sainte. Nous ne savions plus que faire. Finalement, nous décidâmes de repartir là-haut voir un peu ce qu'il s'y passait.

272 – PUBLICITÉ

M. Vinstack, quarante-deux ans, célibataire, dirige une agence de mannequins. Il aime la vie et il nous dit pourquoi :

« Pour moi, la vie, c'est les femmes. Toutes sont différentes. Avec une bouche, des yeux, des jambes, des seins, un parfum, une démarche, une coupe de cheveux, un port de cou différents. Jamais je n'aurai le temps de les connaître toutes. C'est pour cela que je suis content que la vie soit somme toute assez longue. J'en suis à mon douzième mariage. J'adorerais vivre cent ans pour connaître un maximum de femmes. Comme les femmes n'existent que dans la vie, je dis merci la vie et je dis merci les femmes. »

**Ceci est un message de l'Agence nationale
pour la promotion de la vie.**

273 – ÇA SE COMPLIQUE ENCORE

Toujours autant de casse-cou sur le chemin du Paradis ! Ah ! oui, les décollages n'avaient plus rien à voir avec ceux des premiers temps quand nous évoluions, seuls, parmi les défunts.

Désormais, à peine avait-on quitté la Terre qu'on se retrouvait englué dans une foule de touristes ectoplasmiques, aux cordons ombilicaux noués à celui de leur guide, moine recyclé.

Et toujours autant de réclames, sinon plus ! Des films à ne pas rater dans les prochaines existences, des publicités pour des repas tout préparés, des aliments pour chats et chiens familiers, des cigarettes, des voyages insolites... Et bien sûr, une grande affiche de l'Agence nationale pour la vie, vantant les mérites du retour à la vie !

Lucinder s'était efforcé d'instaurer la plus grande sécurité sur le Continent Ultime. Dès l'entrée, une pancarte projetée par un derviche tourneur turc donnait le ton :

« Bienvenue au Paradis. Vous êtes ici à mille années-lumière de la Terre. Attention, danger ! Interdiction de voyager seul. Veillez à tresser soigneusement votre cordon ectoplasmique à celui de votre guide. »

S'ensuivaient les différentes lois édictées avec l'appui des Nations unies :

Article 1. Le Paradis n'appartient à aucun pays, ni à aucune religion.

Article 2. Le Paradis est ouvert à tous et nul n'a le droit d'en entraver le libre accès.

Article 3. Il est interdit de couper le cordon ombilical ectoplasmique d'autrui. Un tel acte est criminel et sera poursuivi comme tel.

Article 4. Tout corps physique sera tenu responsable des activités de son ectoplasme.

Article 5. Les touristes thanatonautes sont priés de laisser cet endroit aussi propre qu'ils souhaitent le trouver lors de leur mort effective.

Article 6. Il est interdit de déranger les anges dans leur travail.

Article 7. Il est interdit de mémoriser les souvenirs et les fantasmes appartenant à autrui. Chacun est libre propriétaire de ses propres expériences, au Paradis comme ici-bas.

Article 8. Il est interdit d'apposer des graffitis ectoplasmiques sur les publicités décorant les couloirs.

Article 9. Il est interdit de se dissimuler derrière les portes comatiques afin de jouer des mauvais tours aux morts en transit.

Article 10. Il est interdit de parler aux archanges durant la pesée d'une âme.

Article 11. Il est interdit d'interférer en faveur ou en défaveur d'une âme au moment de la pesée. Aucun témoignage extérieur ne saurait influencer les archanges.

Article 12. Le Paradis n'est pas un parc d'attractions. Les parents accompagnés de leurs enfants sont priés de bien les tenir en laisse par leur cordon ectoplasmique.

Tout avait été prévu pour le confort et la sécurité des touristes. Sur la surface de la première porte comatique s'étalait :

« Moch 1. Attention : souvenirs agressifs. Personnes sensibles s'abstenir. Ceux qui sont incapables d'assumer leur passé sont priés de décrocher leur cordon ombilical de leur guide et de regagner leurs corps. »

Les défunts du jour et les thanatonautes ne s'en ruaient pas moins en masse, en dépit de l'avertissement. Certains jouaient à combattre leurs souvenirs douloureux à la façon de catcheurs. Comme tout cela était indécent ! Des touristes grecs jouaient les voyeurs en examinant des bulles qui ne les concernaient en rien.

Alentour, des publicités vantaient les mérites de psychanalystes et de détectives privés, à l'intention de ceux qui avaient encore la possibilité de réparer leurs torts.

Comme à chaque passage dans le pays noir, je retrouvai mon accident de voiture, mes prises de bec avec mon frère, la mort de Félix Kerboz, l'amour fou jadis porté à Amandine, sans parler d'un tas d'événements mineurs que je n'avais jamais vraiment digérés. Je commençais à y être habitué.

Moch 2 et retour dans la zone rouge des plaisirs. Certains touristes avaient des fantasmes parfaitement dégoûtants. Moi, je pensais que ce lieu ressemblait de plus en plus à l'intérieur chaud et humide d'un sexe de femme. Peut-être qu'Amandine, elle, s'imaginait dans un sexe d'homme...

Ici, les publicités concernaient des sex-shops, des peep-shows et des vidéos pornos, malgré les amendements.

Bousculant ses fantasmes d'orgies et de jeunes étalons surdimensionnés, Amandine m'entraîna pour que je ne me heurte pas de nouveau à son double en cuir noir. Une femme me poursuivit en criant s'appeler Nadine Kent. Je lui hurlai télépathiquement de me laisser, que j'étais marié et père de famille. Le fantasme de Nadine se métamorphosa alors pour adopter les formes généreuses de Stefania.

Décidément, je fantasmais sur toutes les femmes de mon entourage.

Dans le doute, Amandine me reprit la main jusqu'à Moch 3.

« Attention. Ici, Moch 3. Vous êtes sur le point de pénétrer dans le pays orange. Que les impatients fassent demi-tour tant qu'il en est encore temps. »

La traversée ne dura que deux ou trois minutes mais elle nous parut s'éterniser pendant quatre ou cinq heures. Partout des publicités pour des fabricants de montres. Décidément, ce n'était pas la peine de promulguer des lois si elles n'étaient même pas respectées.

Je ne m'émerveillais plus de rencontrer des vedettes ou des hommes célèbres. J'avais simplement hâte de sortir de là. On se blase de tout.

Le temps, quel terrible adversaire !

Zone jaune. « Attention, Moch 4. Vous êtes sur le point de pénétrer dans le pays de la connaissance. Abstenez-vous si vous n'êtes pas en mesure d'apprendre toutes les vérités du monde. »

– Eurêka ! Eurêka ! beuglèrent télépathiquement des touristes grecs, très excités.

Moch 6, enfin.

« Bienvenue au septième ciel. Ici s'achèvent les destinées. Vous êtes dans le fond lumineux du trou noir. À ceux qui comparaîtront devant les juges, souhaitons une bonne réincarnation. Aux autres, il est rappelé de ne pas déranger les anges au travail », émettait le derviche tourneur officiel.

Nous nous avançâmes dans la zone blanche de la pesée des âmes. Les anges commençaient à bien nous connaître. Ils ne prêtèrent aucune attention aux touristes mais, en revanche, trois d'entre eux s'approchèrent de Raoul, d'Amandine et de moi.

Quelques Grecs posèrent des questions qu'ils firent mine de ne pas entendre.

– D'accord, disaient les Hellènes, c'est ici l'Olympe mais où est Zeus ?

Ils n'avaient rien compris, ces idiots. Pas de Zeus, de Jupiter, de Quetzalcoatl, de Thor ou d'Isis. Les anges n'ont pas de chef hiérarchique. De même, les anges n'ont pas de nom, ils portent tous les noms. Les anges n'ont pas de nationalité, ils possèdent toutes les nationalités, toutes les religions, toutes les philosophies. Quelle stupidité que ce chauvinisme qui porte à croire que ses propres divinités sont forcément plus imposantes que celles des autres !

Je ne perçus pas immédiatement que le cri télépathique poussé soudain par l'un des Grecs n'était pas d'étonnement mais de frayeur. Tout devint plus clair quand il hurla dans sa langue que, télépathiquement, nous comprenions tous :

– Mon cordon ombilical est coupé !

– Impossible ! répondit calmement son guide. Il est toujours lié à la tresse de notre groupe.

– Non, pleurnicha l'autre. C'est en bas qu'on l'a tranché !

Cela signifiait que, pendant que l'ectoplasme se promenait ici, sur Terre son corps avait été assassiné. Comme son cordon était effectivement noué à celui des autres, il leur restait lié. Ce ne serait que lorsque le groupe déferait ses nœuds que le malheureux désormais défunt serait aspiré vers sa prochaine réincarnation. C'était horrible de se savoir ainsi mort, loin, ailleurs !

Nous réalisions à peine la situation qu'un autre criait déjà au meurtre ! Les uns après les autres, les dix-huit touristes grecs firent la même triste constatation. Leur pelote de cordons était bel et bien intacte mais plus rien ne la reliait à la Terre. Tous avaient perdu leur corps physique ! Ensemble, ils filèrent rejoindre le long fleuve des morts.

Eh oui, les enveloppes charnelles sont à tout instant vulnérables et il est toujours dangereux de les abandonner. Pris d'appréhension, Raoul, Amandine et moi écourtâmes au plus vite notre voyage pour regagner précipitamment ces confortables armures qu'étaient nos corps.

Les journaux du soir désignèrent les auteurs du forfait céleste : Stefania et sa bande. L'Italienne avait adressé des communiqués aux principales agences de presse pour annoncer qu'elle s'attaquerait dorénavant aux thanatodromes et expédierait derechef dans le Continent Ultime les amateurs de promenades extraterrestres. Elle entendait rendre ainsi à la mort sa peur et son mystère. Vaste programme !

– Stefania a raison ! s'exclama Raoul. Nous sommes allés trop loin.

Je protestai.

– Mais c'est toi qui, le premier, as voulu tout savoir sur la mort ! Et maintenant que nous en avons percé les secrets, tu regrettes ?

Mon ami avait décidément changé du tout au tout. Arpentant le penthouse, il décréta :

– Nous aurions mieux fait de demeurer dans l'ignorance. Oppenheimer aussi a regretté d'avoir conçu la bombe atomique.

– Il est trop tard pour revenir en arrière, murmurai-je.

– Il n'est jamais trop tard pour bien faire, déclara Raoul.

Amandine, Rose et moi hochâmes la tête. Raoul avait soudain les mêmes accents que sa femme :

– Bon, on est parvenus à mettre un terme aux suicides. Mais regardez un peu autour de vous comme les gens sont devenus mièvres ! Il ne se passe plus rien. Plus de guerre, plus de crime, plus d'adultère, plus de passion tout court. Seule Stefania fait preuve de courage.

Certes, le monde était insupportable. J'étais venu à la thanatonautique pour lutter contre mon ennui et la thanatonautique avait rendu le monde entier ennuyeux !

Par la verrière, j'entrevis un jeune garçon qui, furtivement, collait une affiche à la sauvette. Un portrait de Stefania en noir et blanc avec, en grosses lettres rouges : « Ensemble pour réorganiser le mal ! »

274 – PHILOSOPHIE ROSICRUCIENNE

« Par vos désirs, vous attirez votre vie. Autour de vous existe une atmosphère mentale qui attire tout mais qui n'attire pas indifféremment toutes choses. Cette atmosphère mentale est faite de vos désirs. Elle est aussi faite de vos peurs qui sont la partie négative de vos désirs. Ce sont les deux faces de la même pièce de monnaie. En plus de vos désirs conscients, existent vos désirs et vos peurs inconscients. Ainsi vous attirez les personnes et les événements qui forment la trame de votre vie. L'action n'est qu'un désir solidifié.

Nous ne pouvons nous libérer qu'en déliant les nœuds émotionnels des situations passées et actuelles. »

Max Heindel, *Cosmogonie des Rose-Croix.*

Extrait de la thèse *La Mort cette inconnue*, par Francis Razorbak.

275 – LA VOLEUSE D'ÂMES

Ce furent les cris de Freddy junior qui nous rameutèrent, Rose et moi, devant la télévision. Le dessin animé portoricain qu'il suivait attentivement s'était soudain interrompu. Des bandes blanches et noires zigzaguaient sur le petit écran.

– Papa, y a une panne.

Ce n'était pas une panne. Les zébrures laissaient déjà la place à l'image de Stefania.

– Elle est parvenue à pirater la cinquante-troisième chaîne, la plus populaire et à l'heure de la plus grande écoute ! s'exclama Rose, très admirative.

Nous fîmes taire notre fils, indigné d'être privé de son émission favorite, et j'augmentai le son pour mieux entendre les paroles de notre amie.

Quelque part dans une forêt, juchée sur un monticule herbeux, Stefania haranguait une petite foule. Gros plan sur son visage autrefois si joyeux et à présent tendu.

– Merci à tous d'être venus, disait-elle. Je sais quel courage il faut pour promettre de s'adonner au mal au risque de souiller son karma. Mais c'est pour le bien de l'humanité tout entière que nous agissons.

Rumeur d'approbation. Travelling sur des garçons en débardeur noir aux muscles tatoués et des filles aux longs cheveux pendants sur leurs jeans déchirés. En même temps qu'à des millions de téléspectateurs, Stefania s'adressait à ses fidèles.

– Le monde n'est par lui-même ni bon ni mauvais. La nature, Dieu, ou quelque principe que ce soit à qui nous attribuons la direction de notre existence, n'apportent ni récompense ni châtiment. À nous de tirer leçon de nos expériences. Il n'est qu'une seule faute : l'ignorance.

» Toute l'histoire de l'humanité est pleine d'abominations et d'atrocités. À nous encore d'en tirer les leçons. Un enseignement reçu dans la douleur est toujours plus efficace qu'une leçon apprise dans la joie.

» Or, je peux vous l'assurer, à l'heure du jugement dernier vous revivrez tous les plaisirs et toutes les souffrances que vous avez procurés à votre prochain. Toutes vos expériences. Car la Terre est lieu d'expériences. Toutes vos actions ici-bas, vous en saisirez l'importance au moment de votre mort. En réalité, je vous l'affirme, lorsque les archanges vous indiqueront la portée des plus blâmables de vos actes, ils ne réagiront ni par la colère ni par l'indignation. Ils se moqueront juste de votre sottise.

» Le but d'une existence n'est pas la bonté. Le but d'une existence est la réalisation de soi-même. Le but d'une existence n'est pas d'être gentil, mais d'être sans cesse conscient. Le but d'une existence est d'abolir l'ignorance.

» En Italie, durant les trente ans de règne des Borgia, le pays a connu la guerre, la terreur, le meurtre, l'empoisonnement et a produit Léonard de Vinci, Michel-Ange et tout le courant spirituel de la Renaissance. En Suisse, ils ont l'amour fraternel, cinq siècles de paix et de démocratie, et qu'est-ce qu'ils ont produit ? Des montres pour pouvoir mesurer précisément le temps de leur ennui sans fin.

» Depuis la nuit des temps, le Bien lutte contre le Mal, le Beau contre le Laid, le Vrai contre le Faux, le Yang contre le Yin, et c'est de cette confrontation constante qu'ont toujours jailli le savoir et le progrès car les uns ne sont jamais allés sans les autres.

» Or, avec la connaissance du Continent Ultime, avec cette tendance si humaine de toujours vouloir tout simplifier, les gens ont ramené le but de l'existence à une seule et unique exigence : la bonté ! Quelle erreur ! En vérité, je vous l'affirme, le Mal est indispensable à l'équilibre des choses ici-bas.

Une cinquantaine de filles et de garçons, plus patibulaires les uns que les autres, scandèrent autour d'elle :

– Nous ramènerons le Mal ! Nous ramènerons le Mal !

– Merci, mes amis. Merci. Dans une première tentative de ramener l'humanité à une juste vision de la réalité, nous avons déjà envoyé dans l'au-delà un groupe de touristes grecs, thanatonautes de circonstance, qui n'avaient que faire au Paradis. Ce n'est qu'un début, nous continuerons notre combat. En vérité, je vous l'affirme, nous ne nous arrêterons pas là.

Les yeux noirs de Stefania lançaient des éclairs. Elle était comme transfigurée dans sa volonté de convaincre de la justesse de sa cause.

Un barbu hirsute bondit à côté d'elle.

– Par la menace et la violence, nous terroriserons les thanatonautes. Nous obtiendrons la fermeture des thanato-dromes. Quiconque se livrera à un décollage sera d'avance par nous condamné à mort. Dernier avertissement, les touristes de la mort !

Rires et applaudissements. Vrombissements de motos.

Une punkette au regard cerné de khôl et à la bouche écarlate cria, dominant le tumulte :

– Il n'y a pas que les thanatodromes ! Le Mal doit être partout ! Et il faut en finir avec la mièvrerie ambiante ! Pour cela, il est des actions très simples !

– Qu'est-ce que tu proposes ? demanda une voix éraillée.

– Pourquoi ne pas relancer le hard rock ? On n'entend plus que de la musique classique ou planante dans les magasins et sur toutes les radios. Y en a vraiment marre. Je veux des concerts rock du tonnerre !

– Du rock, du rock ! scandèrent les militants du Mal.

– Vous en voulez ? J'en ai.

La caméra se porta sur l'amateur de rock. Grimpé sur sa moto, cigarette aux lèvres, un type mal rasé, bandana au front, brandissait comme une relique une cassette. Dessus était inscrit le nom d'un groupe, AC/DC, et un titre, très vieux bien que prometteur, *Highway to Hell*. Sa monture était nantie d'un lecteur de cassettes. Il y glissa celle que tous autour de lui contemplaient avec envie.

Il augmenta le volume au maximum et l'air s'emplit de sons de plus en plus violents.

Tous se trémoussèrent aussitôt dans une sorte de barbare

danse tribale, entourant Stefania leur chef et imitant ses mouvements lascifs.

Une même excitation les gagnait. À eux seuls, ils réveilleraient le monde.

– Si nous existons, c'est que Dieu le veut ! cria Stefania.

– Si nous tuons, c'est que Dieu le veut ! hurla le barbu.

– Si nous aimons le hard rock, c'est que Dieu le veut ! s'exclama la punkette.

– Dieu est le bien mais Dieu est aussi le mal, car Dieu est tout, reprit Stefania, essoufflée. Là-haut, j'ai croisé Satan et, en réalité, je vous l'affirme, c'est quelqu'un de très respectable ! Arrête la musique, Billy Joe.

Le motard obtempéra immédiatement. Aucun danseur, et pourtant ils étaient tous en extase, pareils à des derviches tourneurs, ne protesta. Apparemment, Stefania était vénérée dans son clan d'adorateurs du Mal et on lui obéissait au doigt et à l'œil.

– Il n'y a pas que le hard rock à avoir disparu. Il y a aussi l'alcool. Les gens n'osent plus boire car ils redoutent de mal se comporter sous l'effet de l'alcool. Toutes les distilleries ont pratiquement disparu de la surface de la Terre. Ouvrons-en de clandestines et répandons les bouteilles partout.

Je songeai in petto qu'elle aurait dû voir de temps en temps son ancien mari. En voilà un au moins qui n'avait pas renoncé ! Et visiblement, des bouteilles, il savait où en dégoter.

Les promoteurs du Mal n'en trouvèrent pas moins l'idée excellente. Généraliser l'ivrognerie, c'était une idée qui leur bottait. L'alcoolisme, cela promettait des hommes qui roueraient de coups femmes et enfants, des automobilistes saouls écraseurs de braves gens et pourquoi pas des viols, toutes pulsions libérées ! Une excellente pierre dans le jardin de la gentillesse !

– Ouais. Bravo l'alcool !

– Et après l'alcool, il y a encore...

– La drogue, suggéra Billy Joe, qui apparemment comprenait vite.

– La drogue ! approuva Stefania. Recréons des réseaux de dealers. Il doit bien y en avoir encore quelques stocks dans les banlieues. Il suffira de demander poliment aux anciens caïds. Ils nous fileront de la coke sans problèmes tellement ils seront sûrs de commettre une bonne action en venant en aide à des camés en manque.

Les sons d'AC/DC retentirent de nouveau en arrière-fond violent avant que Stefania ne résume :

– Mes amis, vous savez tous maintenant ce que vous avez à faire : recruter de nouveaux adeptes, assassiner des thanatonautes, répandre l'alcool et les stupéfiants. Ensemble, en vérité je vous l'affirme, nous parviendrons à réinstaurer l'équilibre sacré entre le Bien et le Mal.

Puis, fixant droit la caméra et s'adressant à son audience cathodique, elle conclut calmement :

– Le Mal vient de renaître. Tous, tremblez ou venez nous rejoindre !

Une sorte de brouillard envahit le petit écran puis Freddy junior put reprendre le cours de son dessin animé.

276 – FICHE DE POLICE

Message aux services concernés

N'y sommes pour rien. Mouvement humain spontané. N'avions pas besoin de Stefania Chichelli pour mettre thanatonautes hors d'état de nuire. Réaction naturelle à laxisme qui n'a que trop duré.

Réponse des services concernés

Aucune importance que vous soyez ou non en cause. Nous en tenons encore à antique politique d'ouverture.

277 – MYTHOLOGIE ZOROASTRIENNE

Un cinquième des trépassés surgiront de la terre, dotés de corps et présentant le même aspect qu'au moment de leur décès, de l'endroit où le souffle avait abandonné leur corps. Ils surgiront deux par deux, le père et le fils, la femme et le mari, le maître et le disciple, celui qui commande et celui qui obéit.

Levez-vous, ô êtres corporels, vous qui avez respecté les yasat, vous qui êtes décédés sur cette terre !

Extrait de la thèse *La Mort cette inconnue*, par Francis Razorbak.

278 – BILAN

En dépit de toute sa fougue et de toute son éloquence, Stefania échoua à ranimer les forces du Mal. Elle ne parvint jamais à rassembler plus d'une centaine de voyous, lesquels s'échinèrent à la délinquance dans l'indifférence générale.

L'Italienne distribua par milliers des tracts que les gens ramassaient sans les lire pour les jeter dans la poubelle la plus proche. Ils contribuaient ainsi à la propreté de la ville, un bonus facile à prendre.

Quelques journaux reprirent le texte sans plus de résultats. Il ne manquait pourtant pas d'intérêt :

« Quels sont les péchés par excellence ?

Tuer ? Or si un dieu, n'importe quel dieu, existe, il n'a jamais empêché les peuples de s'exterminer entre eux. Au contraire, les guerres sont devenues un moyen comme un autre d'éviter la surpopulation et d'empêcher ainsi les humains d'écraser les autres espèces.

Voler ? Qui sommes-nous pour prétendre que quoi que ce soit nous appartient à nous seuls et pas à un autre ? Voler n'est pas un péché, c'est plutôt le refus de donner à autrui qui en serait un.

Ne pas respecter le nom de Dieu ? Mais si un dieu existe, il s'agit certainement d'une entité très sage et très intelligente, donc dénuée d'orgueil et de prétention. Dieu, si un dieu existe, se moque éperdument et de ceux qui le vénèrent et de ceux qui l'insultent.

Ne pas respecter les choses sacrées ? Mais rien n'est sacré. Les prêtres qui se prétendent les interprètes d'un dieu ne font que commettre eux-mêmes le péché d'orgueil. Qui peut oser affirmer que tel lieu, telle chose sont sacrés ? Prétention, uniquement prétention.

Les anges ne sont pas au fait de tout. Il y a une autorité au-dessus d'eux. Appelez-la Dieu, si vous voulez, mais sachez que ce Dieu se fiche absolument des bonnes actions et de la gentillesse.

Peuples du monde, réveillez-vous ! La gentillesse, il n'y a rien de pire. »

Dans sa fureur, notre amie avait jeté aux orties le *Livre des morts tibétain*, son bréviaire d'antan, pour se ruer sur le *Petit Livre rouge* de Mao Tsé-toung. Elle s'enflammait pour le goût de l'action de ce président chinois.

Comme lui, elle estimait que c'est dans la contradiction que se révèle la vraie nature du monde et elle se comparait volontiers au Grand Timonier en parlant de la nécessité d'une révolution permanente et en se préparant, elle aussi, à une Longue Marche. La contradiction est le moteur de la pensée, disait Mao. La révolution par le Mal est une nécessité pour l'humanité, complétait Stefania Chichelli.

Mao avait eu son armée rouge, elle avait son armée noire. Ses troupes s'amusaient bien dans leurs débauches. Tant mieux, c'était toujours ça de gagné. Au prix où ils paieraient leurs péchés là-haut, autant qu'ils profitent d'abord du plaisir de faire un peu le mal ici-bas.

Difficile de faire marche arrière pour un monde envahi par la bonté ! Les « pauvres », disait-on partout, pris de pitié pour ces malheureux propagateurs du mal aux karmas si endommagés !

Grâce à eux pourtant, l'existence devenait moins fade. On guettait leur prochaine mauvaise action qui pimenterait un peu le si insipide quotidien. Ils avaient d'ailleurs des admirateurs qui louaient leur altruiste courage. Et puis aussi, avec ces « méchants », on pouvait se gagner à bon compte quelques points de bonus.

À présent que tous les vêtements possibles avaient été donnés aux Compagnons d'Emmaüs, dès que quelqu'un trouvait par hasard de la drogue, de l'alcool ou des armes dans un grenier, il l'expédiait aussitôt aux amoureux du Mal. Ceux-ci eurent beau tuer en nombre les touristes du Paradis, cela n'empêcha pas les affaires des agences spécialisées de tourner de plus belle. Être assassiné, c'était sans aucun doute une bonne façon de mourir en martyr.

C'est à cette époque que Lucinder décida de mettre fin à ses jours. Des badauds le découvrirent déchiqueté au pied de la tour Montparnasse. Le Président avait enjambé le parapet par un jour de pluie qui rendait la chaussée miroitante.

Sauter dans le vide demande beaucoup de courage. Surtout par mauvais temps. En plus, beaucoup de ceux qui sautent par les fenêtres s'en tirent. Il faut dire qu'en général ils choisissent les quatrième ou cinquième étages. Alors, soit ils atterrissent en douceur sur un capot d'automobile ou un tas d'ordures, soit ils se retrouvent les jambes broyées, paraplégiques dans un fauteuil roulant.

Lucinder, lui, ne s'était laissé aucune chance. Il avait sauté du cinquante-huitième étage. Comme toujours efficace, il s'était mis en position de parachutiste la tête la première pour que ce soit sûr et rapide.

Pourquoi s'était-il tué alors que tous les indicateurs politiques étaient au beau fixe ? Avec le recul, je me demande si, comme Stefania, il n'avait pas été tout à coup dégoûté par cette société molle qu'il avait lui-même contribué à créer. Fallait-il qu'il s'en veuille pour s'autocondamner ainsi à se transformer en âme errante !

Une femme de ménage découvrit le testament que le défunt avait posé sur son bureau :

« J'ai enfin compris que cela ne sert à rien d'être célèbre, avait écrit notre ami. L'immortalité, c'est rasoir. Je veux qu'on ôte mon nom de tous les livres d'histoire et des dictionnaires. Je veux qu'on déboulonne toutes mes statues. Je veux qu'on supprime toutes les plaques des rues à mon nom. Je souhaite les obsèques les plus simples, sans pompe et sans cortège. Je ne veux pas être inhumé dans un cercueil capitonné sous une dalle de marbre. Ni fleurs, ni couronnes, ni larmes, ni Requiem, ni oraison funèbre. Je demande à être enterré sous un arbre. Et sans stèle signalant ma présence. Je veux retourner directement à la terre, être envahi par les racines de l'arbre, grignoté par les limaces, les lombrics, les punaises. Malgré mon suicide, peut-être me réincarnerai-je ainsi en humus fertile ? Si ma chair n'a servi qu'à peu de chose de mon vivant, qu'elle soit au moins un bon compost après ma mort.

J'ai mis longtemps à comprendre, mais maintenant j'entrevois le sens de la vie. Président ou clochard, roi ou esclave, nous sommes tous pareils. Rien que de petits grains de sable perdus dans l'univers. Je revendique le privilège de n'avoir été qu'un grain de sable pour l'humanité. Je n'étais qu'un grain de sable, certes, mais je sais bien que, sans grains de sable, il n'y aurait jamais de plages. »

Bien entendu, le ministre de l'Intérieur décida de brûler sur-le-champ un texte aussi subversif.

La mort du président Lucinder aurait pu donner un nouveau coup de frein au mouvement thanatonautique. Il n'en fut rien. Après ses grandioses obsèques, contrairement à des vœux d'ailleurs ignorés de tous, on lui consacra des chapitres entiers dans les manuels d'histoire, on érigea une gigantesque statue à son effigie sur la place de l'Hôtel-de-Ville. Le gouvernement par intérim décréta que le thanatodrome des Buttes-Chaumont qu'il avait créé s'appellerait dorénavant thanatodrome Lucinder, de même que la médaille thanatonautique serait à présent médaille Lucinder. On ne compta plus les villes et les villages qui lui dédièrent avenues, rues et places.

On peut parfois choisir sa vie, mais il est bien difficile de choisir sa mort !

Richard Picpus fut élu facilement président. Sa première allocution fut un hommage à Lucinder. Il affirma que son seul objectif était de poursuivre l'œuvre du grand « Initiateur » de la thanatonautique.

C'est à la fin de ces cérémonies que Raoul me confia qu'il avait l'intention de se remarier. Stefania s'était tant éloignée de son existence qu'il se considérait libre.

280 – PUBLICITÉ

Sur l'écran de la télévision, un homme en blouse blanche, la quarantaine souriante, devant un tableau noir.

« Bonjour, je suis le professeur Filipini. Je suis un scientifique. J'ai longtemps effectué des recherches sur la vie. Voyez cette formule (le professeur brandit une règle vers le tableau), c'est celle de l'hydrogène. Un atome, un électron, rien de plus simple. Regardez au-dessous (la règle se déplace sur le tableau). C'est la formule de l'ADN. Acide désoxyribonucléique. Plutôt compliquée, non ? Eh bien, la vie, c'est ça, et il y en a très peu dans l'Univers. L'Univers est constitué à 99 % de pauvre hydrogène et on n'y trouve que 0,00000001 % d'ADN tant c'est complexe, la vie. Même l'homme est incapable d'en fabriquer, de la vie.

Ne gaspillez donc pas la vôtre. Chaque vie est précieuse. Si vous ne vous respectez pas vous-même, respectez la vie chimique qui est en vous. »

Suave voix féminine off : « Ceci est un message de l'ANPV, l'Agence nationale pour la promotion de la vie. »

281 – MYTHOLOGIE MÉSOPOTAMIENNE

« Mais toi Gilgamesh
Que sans cesse ton ventre soit repu
Sois joyeux nuit et jour
Fais de chaque jour de ta vie
Une fête de joie et de plaisirs
Que tes vêtements soient propres et somptueux
Lave ta tête et baigne-toi
Flatte l'enfant qui te tient par la main
Réjouis l'épouse qui est dans tes bras.
Voilà les seuls droits que possèdent les hommes. »

L'Épopée de Gilgamesh.

Extrait de la thèse *La Mort cette inconnue*, par Francis Razorbak.

282 – ÉPOUSAILLES

L'élue de Raoul, c'était Amandine. Je ne m'y attendais plus. Ni Rose ni moi n'avions surpris de tendres regards, de frôlements de mains, de baisers volés lors des soirées au penthouse. Nous n'avions pas entendu de portes claquer pendant la nuit entre les deux appartements. De surcroît, au cours de ses interminables beuveries, Raoul n'avait cessé de pleurer Stefania.

Enfin, les faits étaient là et les mariés radieux.

Neuf mois plus tard, Amandine donna le jour à une petite Pimprenelle. L'événement bouleversa la personnalité de Raoul du tout au tout. Lui qui avait toujours vécu en fonction de ses parents, voilà qu'il se retrouvait père à son tour et passé de l'autre côté de la barrière. À présent, il jetait sur ses propres géniteurs un regard tout différent.

Nous eûmes une longue discussion dans son salon. Devenu soudain lucide, Raoul comprenait comment sa mère avait pu se détourner d'un homme qui la délaissait pour ne se préoccuper que de la mort. Certes, elle avait haï son père, elle l'avait trompé, mais elle ne l'avait quand même pas assassiné de ses mains. C'était lui qui, réalisant sa solitude dans un monde dont, tout à l'au-delà, il se désintéressait, avait pris la décision de se pendre. Sa femme ne l'avait pas elle-même attaché à la chasse d'eau !

Il parlait et Pimprenelle vociférait. C'était sa façon de communiquer avec le monde. Dès qu'elle ne recevait pas l'attention qu'elle souhaitait, qu'on ne lui tendait pas au plus vite le joujou qu'elle réclamait, elle hurlait. Amandine se chargea de la calmer.

Sous les décibels de la gamine, Raoul me confia ses dernières réflexions :

– Il n'y a qu'une seule manière d'aimer ses parents : tout leur pardonner, quoi qu'ils aient fait. Ensuite, il n'y a plus qu'à se pardonner soi-même de ne pas leur avoir pardonné plus tôt.

Mon ami se remémora les petits riens qui font les grandes rancunes enfantines. Ainsi, quand il était petit, il ne supportait pas que sa mère fasse la vaisselle plutôt que de s'occuper de lui. « Attends trois minutes », lui disait-elle. Il lui en voulait alors de le négliger et de ne pas céder instantanément à sa tyrannie. Il se fermait à son amour pour la punir, s'en privant du même coup.

À la réflexion, ses rapports avec ses parents ressemblaient assez aux miens !

Pimprenelle hurlait toujours et Raoul se précipita à son tour. Dans ses bras, elle se remit lentement de ses pleurs. Saurait-elle, elle aussi, lui pardonner un jour de n'être pas accouru plus vite ? Saurait-elle, un jour, lui pardonner de ne pas lui avoir offert tout l'amour et tous les jouets du monde ?

283 – PUBLICITÉ

Un grand garçon dégingandé, tignasse ébouriffée, vêtu de jeans, se prélasse dans un fauteuil de cuir fauve.

« Salut. Je m'appelle Thomas Frilinot. Moi, la vie, j'aime bien la passer avec une bande de copains. La vie, seul, c'est déjà bien, mais avec des copains, c'est encore plus marrant. Qu'est-ce qu'on fait de notre vie ensemble ? Heu, ben on joue aux cartes et puis... bof, on joue surtout aux cartes. Et moi, les copains, les cartes, j'aime ça. Et la vie aussi, évidemment. Parce que, sans la vie, les cartes et les copains, ça serait vraiment nul, non ? Alors, vive la vie, les gars ! »

Douce voix off : « Ceci est un message de l'ANPV, l'Agence nationale pour la promotion de la vie. »

284 – PHILOSOPHIE VÉDIQUE

« L'homme a mille têtes
Il à mille yeux, mille pieds
Couvrant la terre de part en part
Il la dépasse encore de dix doigts.
L'homme n'est autre chose que cet univers
Ce qui s'est passé, ce qui est à venir.
Il est le maître du domaine immortel
Parce qu'il croît au-delà de la nourriture. »

Rig-Veda.

Extrait de la thèse *La Mort cette inconnue*, par Francis Razorbak.

Cette nuit-là je fis un rêve.

Le rêve avait été si fort, si réaliste, si logique, si cohérent et si effrayant en même temps, que je m'empressai de le consigner au réveil en ses moindres détails. En voici le récit, tel que je le rédigeai ce matin-là.

« L'archange Gabriel descend sur Terre pour s'adresser à l'assemblée générale des Nations unies. Son discours est simple et direct. Les humains ne cessant de se reproduire, ses services, dit-il, sont complètement submergés par les défunts de chaque jour. Sept milliards d'humains, c'est trop ! Comment peser toutes ces âmes avec seulement trois juges-archanges, même travaillant vingt-quatre heures sur vingt-quatre ! Le pays orange est saturé d'âmes en attente. Les dossiers sont bâclés. Il y a eu des erreurs. Des sages ont été réincarnés en gangsters tandis que de parfaites crapules devenaient esprits purs, avec un cycle de réincarnations prématurément et injustement interrompu.

L'archange Gabriel présente donc un choix aux humains : soit réguler enfin convenablement les naissances, soit envoyer de l'aide au ciel. Après tout, puisque des ectoplasmes issus de corps vivants viennent jusqu'aux abords du Continent Ultime, pourquoi ne resteraient-ils pas pour aider à recenser et à contrôler les fiches karmiques ?

Réunis en session d'urgence, les chefs d'État de la planète comprennent parfaitement le problème. Ils reconnaissent qu'il leur est impossible d'imposer un strict contrôle des naissances. Ils optent donc pour la seconde solution : l'envoi de fonctionnaires ectoplasmiques au Paradis.

Une nouvelle caste de ronds-de-cuir voit le jour. Des habitués de la paperasse se transforment tous les matins en agents ectoplasmiques et s'assoient sur leurs trônes de décollage tout comme d'autres, à la même heure, prennent le métro ou leur train de banlieue. Là-haut, les anges ont prévu pour eux des bureaux où ils analyseront tout à leur aise les fiches de leurs clients.

Bien sûr, ces fonctionnaires internationaux sont tous assermentés. Cependant, l'un d'eux commet la première incartade en avertissant son fils, après consultation de sa fiche, que s'il ne cesse pas de terroriser ses camarades de classe, il sera réincarné en limace.

Cela semble anodin, pourtant le serment est brisé.

Nul n'est parfait et les administrations, allant toujours en se développant avec l'accroissement des populations, les ectoplasmes assermentés sont bientôt si nombreux que les incidents se multiplient.

Par exemple, en ce qui concerne le gamin qui s'entête à jouer les mauvaises têtes, son père finit par modifier un peu sa cordelette, histoire d'arranger le karma de son rejeton. Il ajoute 100 points. Hop là ! Vite fait. Pas vu, pas pris.

Mais il n'y a pas que la famille, il y a les amis. Et les amis des amis... Et ceux, toujours bien informés, qui, sachant que les fonctionnaires, même assermentés, ne sont jamais si bien payés que ça, s'arrangent pour découvrir leur identité et leur adresser une enveloppe à bon escient. Quelques billets, et voilà une bonne réincarnation d'assurée !

Peu à peu, il s'instaure un véritable marché noir des bonnes réincarnations. Les riches paient pour savoir où en est exactement leur karma et combien de péchés ils peuvent encore se permettre. D'avance, ils s'assurent de renaître dans des familles aisées et en excellente santé. De sorte que les riches restent riches et sains dans leur vie suivante. Les pauvres restent pauvres et malades dans leur existence suivante.

Ce n'est plus un rêve, c'est un cauchemar. Une nouvelle bourgeoisie apparaît : les Thanatocrates.

Quel que soit son comportement ici-bas, il devient impossible d'être réincarné en mieux si on n'a pas les moyens financiers pour soudoyer un fonctionnaire ectoplasmique. Autrefois, ce qui effrayait le plus les populations, c'était de commettre des péchés. Désormais, c'est d'être pauvre, parce qu'on sait qu'on le demeurera à jamais, pour toutes ses réincarnations, sans aucune possibilité de sortir de ce cercle vicieux d'échec.

Toutes les règles du jeu en sont modifiées. On ne vit plus que pour l'argent. Tout est bon pour en obtenir : le vol, la prostitution, l'escroquerie, le crime, le trafic de drogue.

C'est le contraire de la période vertueuse. Tout acte ne vise qu'à la conquête d'argent.

Mon fils Freddy est assailli par des racketteurs à la sortie du lycée. Ma femme Rose se fait arracher son porte-monnaie au supermarché.

La mafia renaît de ses cendres. Nul n'hésite plus à engager des tueurs professionnels pour s'emparer des biens d'autrui ou se débarrasser d'un rival commercial. Avoir de l'argent permet de se refaire une virginité karmique, alors pourquoi se gêner ?

Le monde est entièrement dominé par l'argent. Les restes des différentes religions lancent une campagne pour que les humains cessent de se mêler des affaires du Paradis.

Mais renoncer à l'au-delà, c'est rendre à nouveau toutes les responsabilités aux anges, or ceux-ci ne sont plus capables de gérer les sept milliards d'habitants de la planète. Le monde devient donc de plus en plus sauvage et de plus en plus ignorant... »

Je m'étais éveillé frissonnant et en sueur. Était-il possible que nous nous soyons fourvoyés à ce point ?

J'en étais convaincu, les anges m'avaient adressé un message par leur voie de communication habituelle : le rêve. Et sa teneur en était claire : tout arrêter avant que la situation ne dégénère au point de devenir incontrôlable.

Rapidement, je me douchai, m'habillai et descendis déjeuner avec les autres au café. Je n'y trouvai que Raoul. Junior était déjà parti à la maternelle. Amandine et Rose étaient allées faire des courses.

Je regardai le chat du bistrot. Il avait l'air tranquille. Le genre de chat qui a tout compris et ne fait que se prélasser dans sa réincarnation. Heureuse bête. Elle renaîtrait probablement sous la forme de quelqu'un de très relax.

C'est alors qu'un policier bondit dans le café en hurlant. Il était difficile de comprendre ce qu'il beuglait mais en gros cela signifiait : « Votre thanatodrome, ils sont en train de saccager votre thanatodrome ! »

« De même que le corps de l'homme consiste en membres et en parties de rangs divers ayant tous entre eux des actions et des réactions de manière à former un seul et même organisme, ainsi le vaste monde consiste en une hiérarchie de choses créées qui, lorsqu'elles ont les unes les autres des actions et réactions appropriées, forment littéralement un seul corps organique. »

Zohar.

Extrait de la thèse *La Mort cette inconnue*, par Francis Razorbak.

287 – ATTAQUE À FORT BUTTES-CHAUMONT

C'étaient les adorateurs du Mal. Stefania avait dû leur ordonner de détruire notre thanatodrome. À travers les fenêtres du rez-de-chaussée et du magasin, nous les vîmes tout démolir à coups de batte de base-ball et de chaîne de vélo.

Raoul me donna un coup de coude.

– Toi et moi contre les imbéciles ?

Cette phrase me replongea d'un coup dans le passé. Quand Raoul et moi étions encore les meilleurs amis du monde et lorsqu'il m'impressionnait tant en usant de sa voix contre les adorateurs de Belzébuth. L'enjeu était difficile et pourtant nous avions réussi. Là encore, la victoire semblait hors de notre portée. Mais voir le magasin de ma mère saccagé, les boules-souvenirs contenant de la neige, fendues, laissant couler leur joli liquide, les posters du Paradis déchirés, les tee-shirts souillés, les photos d'Amandine recouvertes de moustaches ou autres dessins obscènes, me survolta.

Nous franchîmes la porte. D'abord, personne ne nous prêta attention. Raoul put même s'emparer d'un long tube de métal protégeant un poster géant et me le tendre.

Il me passait le relais. D'un coup, j'oubliai comment nous nous étions fâchés, comment il était devenu alcoolique. Je serrai fort l'arme improvisée.

Nous étions ensemble. Lui et moi contre les imbéciles. Lui et moi contre le monde entier.

Il saisit lui aussi un tube d'aluminium. Il y avait là deux loubards assez effrayants. Hirsutes, puants, le corps tatoué de têtes de mort et de signes infernaux, ils arboraient des rictus de rage et de barbarie.

L'un était occupé à fendre à coups de couteau les foulards représentant la carte du Paradis pendant que l'autre cassait avec les dents les poupées des anges les plus populaires.

– Arrêtez ça tout de suite ! aboya Raoul.

Notre irruption les stupéfia. Ils étaient persuadés que, dans un monde si gentil, plus personne n'oserait s'opposer à leur razzia. Ils avaient déjà nargué avec succès police et soldats. Ils se sentaient invincibles.

Un instant ils s'arrêtèrent, interdits, mais se reprirent vite. Le plus grand s'approcha de nous, presque en souriant. Il tendit la main comme pour serrer l'une des nôtres, puis, arrivé à proximité, il me décocha un grand coup de pied dans le bas-ventre. J'aurais dû rester sur mes gardes. J'avais oublié que les adorateurs du Mal ne respectaient rien et n'avaient aucun code d'honneur.

Je m'effondrai, coupé en deux. J'eus juste le temps de voir Raoul bondir pour punir le mécréant d'un grand coup de tube d'aluminium sur la tête. Le second nous fonça dessus.

La scène tourna au pugilat. Je me relevai et me bagarrai du mieux que je pouvais. À ma grande surprise, je ne me battis pas trop mal. Peut-être les guerres du Paradis m'avaient-elles donné plus d'assurance. Après tout, n'avais-je pas terrassé, avec l'aide d'Amandine, certes, le terrible maître des haschischins ?

Je saisis une statue de plâtre représentant Félix et l'écrasai sur la tête du grand. Le type s'effondra. Merci, Félix. Le second ne réclama pas son compte et s'enfuit vers les étages pour aller chercher des renforts. Nous le poursuivîmes.

Au sixième étage, nous surprîmes quatre costauds armés de haches qui s'amusaient à tout réduire en miettes. Ils avaient détruit les fauteuils, cassé un par un tous les écrans de contrôle, ainsi que les oscilloscopes permettant de repérer les envols.

Celui qui semblait leur chef présentait un visage qui m'était familier. Pour la première fois, la reconnaissance fut réciproque.

– Tiens, tiens, qui vois-je ? dit-il.

Raoul le reconnut aussi. C'était le gros Martinez. Notre ennemi de classe dont nous avions épargné la vie lors des premiers envols thanatonautiques. Je me rappelai une leçon de Meyer : « Si quelqu'un vous fait du mal et que vous ne vous vengez pas, il vous en voudra très fort. Si quelqu'un vous fait du mal et que non seulement vous ne vous vengez pas mais qu'en plus vous lui sauvez la vie ou vous lui faites du bien, il vous détestera d'une haine terrible. Mais il faut aimer ses ennemis, ne serait-ce que parce que cela leur porte sur les nerfs. »

C'était le cas. Loin de nous être reconnaissant de lui avoir épargné les hasardeuses expériences de Fleury-Mérogis, Martinez nous en voulait de l'avoir privé de la célébrité de Félix. Il fonça avec sa hache que Raoul tenta maladroitement de bloquer de son tube d'aluminium. Celui-ci fut coupé en deux.

Simultanément, deux malabars se ruèrent sur moi.

Raoul, d'un coup de pied bien ajusté, atteignit les doigts de Martinez crispés sur la hache. L'arme tranchante chuta.

– Salopard, j'aurai ta peau ! dit notre ex-camarade de classe.

Il attrapa Raoul par la tête et commença à serrer. Mais, svelte et souple, mon ami se dégagea pour le saisir à la taille.

Je n'eus pas le temps de suivre plus avant leur duel. Déjà mes adversaires me submergeaient. Nous nous battîmes comme des gamins, je leur tirais les cheveux et ils me griffaient le cou de leurs longs ongles sales. On roula par terre. Les autres étaient sur le point d'avoir le dessus quand soudain une voix retentit.

– Je suis là les gars !

Maxime Villain accourait à la rescousse, armé d'un nunchaku. Avec cette arme orientale il était assez risible, mais son renfort tombait à pic. C'est quand même utile d'avoir des copains.

– Il faut appeler la police ! braillai-je.

– Ça ne servira à rien, répondit Villain. Ils n'oseront

jamais se battre, même les flics ont peur d'abîmer leur karma !

Ce fut le grand tohu-bohu. Les objets volaient, visant les visages, les coups de batte de base-ball fouettaient l'air, entrecoupés des coups sourds des poings contre la chair. Nous étions tous si occupés à nous taper dessus et à nous étrangler que nous ne prêtâmes pas attention à un vrombissement de moto suivi de pas secs montant l'escalier.

Une silhouette apparut dans l'embrasure.

Stefania.

– Assez ! intima-t-elle.

Elle pointa un gros revolver automatique calibre 9 mm. Nous levâmes les mains.

La ronde Italienne avait beaucoup maigri dans ses forêts. Les châtaignes et les écureuils, ça ne nourrit pas. Elle était splendide, avec une grande cape noire à revers rouge. Ainsi, elle ressemblait un peu à mon fantasme du troisième territoire. Elle nous contempla avec ravissement.

– Il y a longtemps que je souhaitais cette entrevue, dit-elle.

– Il suffisait de téléphoner. On aurait pris rendez-vous, remarqua Raoul, narquois.

Apparemment, elle ne goûtait pas l'humour de son ancien mari. Derrière elle, ses sbires grondèrent.

– Cesse de débiter des niaiseries, Raoul, lança-t-elle, usant du ton de chef de guerre qu'elle était devenue.

– Mais je t'écoute, Stefania, je suis tout ouïe.

– Sache alors que mes hommes et moi sommes venus ici pour détruire le thanatodrome. J'ai beaucoup, beaucoup réfléchi, Raoul. Nous nous sommes trompés. Nous nous sommes égarés dès le début. Il faut détruire le monstre que nous avons bâti.

Martinez, qui saignait de la bouche, proposa en se massant la joue :

– Et si on commençait par détruire ces types-là ?

– Non, dit-elle fermement. Ce sont mes amis.

Elle s'approcha à me frôler :

– Vous êtes mes amis, Michaelese, Raoul, Maxime. À vous, jamais je ne ferai de mal. Mais tout ça, il est nécessaire de le démolir. Allez-y ! commanda-t-elle.

Et sa bande recommença de tout saccager, tout casser.

Ils démembrèrent les trônes de décollage, ils brisèrent les appareils, ils écrasèrent les fioles.

– Raoul, suppliait Stefania tout en continuant à nous tenir en joue avec son arme à feu. Par pitié, mettez un terme à la thanatonautique. Sinon, ça ne pourra aller que de mal en pis.

Raoul baissa les mains et s'approcha d'elle. J'étais persuadé qu'elle allait tirer mais aucune balle ne sortit du canon lorsqu'il prit ses lèvres.

Meyer avait raison quand il répétait : « Il faut aimer nos ennemis, ne serait-ce que parce que cela leur porte sur les nerfs ! » Ils s'embrassaient et cet instant de violence suspendu par un baiser avait quelque chose de féerique. Trop féerique. Martinez ne put le supporter. Profitant de la stupeur générale, il ramassa sa hache et la planta dans le dos de Raoul.

Tout se passa si vite que nul n'eut le temps de réagir.

Raoul ouvrit grand les yeux de surprise puis, comprenant qu'il venait de se faire assassiner, il sourit et recommença à embrasser goulûment Stefania. C'était elle qu'il aimait le plus et il voulait partir sur un baiser. Il avait découvert la mort, le sens ultime de la vie et pourtant, à l'approche de son trépas, il ne pensait qu'à un dernier instant de plaisir. Aimer encore un peu sur cette terre avant de partir ailleurs.

Puis il tomba sur les genoux, la hache toujours plantée dans le dos.

– Vite, criai-je, il n'est pas trop tard, il faut remettre en marche un trône de décollage ectoplasmique, nous allons le récupérer avant que son âme n'ait atteint le monde des morts !

– Non ! dit Stefania, des sanglots dans la voix. Non, laissez-le mourir tranquillement.

Elle fit un signe à ses sbires et ils nous ligotèrent.

Les mains liées, je me précipitai en avant pour m'approcher de Raoul. Il n'était pas encore complètement parti. Il ouvrit les yeux, me reconnut, sourit et marmonna quelque chose que je fus le seul à entendre :

« Le lien est dénoué
J'ai jeté à terre tout le mal qui est en moi

Ô Osiris puissant
Je viens enfin de naître
Regarde-moi, je viens de naître. »

Il se traîna pour embrasser les jambes de l'Italienne puis eut un ultime soubresaut.

Nous perdions du temps, j'étais en rage. Mais Stefania avait pris sa décision : Raoul devait mourir « normalement ». Comme autrefois, sans qu'on cherche à le retenir. Avant, je me souviens, les gens mouraient et on ne se préoccupait que de leur enterrement et de leurs regrets. Il est si courant de nos jours de rattraper les mourants que je l'avais oublié.

L'âme de Raoul partait avec un baiser pour dernier souvenir de ce « bas » monde.

Jolie mort, en vérité ! J'aimerais réussir ainsi la mienne. Je réfléchis que Raoul avait su aimer. Il avait aimé son père au point de le suivre dans son aventure. Il avait aimé sa mère au point de lui pardonner de ne pas l'avoir aimé assez. Il avait aimé les livres. Il m'avait aimé au point de m'entraîner dans son sillage. Il avait aimé Amandine. Il avait aimé Stefania. Meyer disait : « Il est très difficile d'aimer vraiment. En général on n'a qu'une seule vie pour ça, il ne faut pas la rater. »

Le cadavre de Raoul gisait dans les bras de Stefania. Ses yeux s'embuèrent. Autour de nous, ses sbires ne savaient plus très bien que faire. Leur chef en pleurs : voilà qui était contraire à tous les préceptes des adorateurs du Mal ! Ils restaient là les bras ballants.

— Allons, partons, dit-elle.

Les motos pétaradèrent. Les adorateurs du Mal disparurent comme ils étaient apparus.

Je considérai le cadavre de mon ami. L'enveloppe charnelle était probablement déjà vidée de son âme. Pourrait-on remettre un esprit dans ce tas de viande ?

Il était maintenant trop tard, l'âme de Raoul devait déjà être dans le territoire orange, mêlée à des milliards de morts. Jamais nous ne le retrouverions. Quand je fus convaincu qu'il était mort, irrémédiablement mort, je compris que Raoul avait été mon frère. Mon seul vrai grand frère.

J'eus envie de hurler à la lune comme les coyotes du

désert. *Aouuuuuu*. Mais personne n'aurait compris que c'est ma seule manière naturelle d'exprimer ma peine. Quand son meilleur ami meurt, il ne faut pas hurler à la lune comme un coyote, il faut pleurer. Tout le monde sait cela.

288 – MANUEL D'HISTOIRE

Ce fut en 2068 que Maxime Villain, l'un des maîtres de la thanatonautique, énonça :

« Tant que l'homme sera mortel, il pourra être décontracté. »

C'était la réponse à travers les siècles au philosophe américain Woody Allen.

En effet, qu'y a-t-il de plus horrible que l'immortalité ? Imaginez-vous une vie qui n'en finit pas de durer, de se répéter, de s'étendre à l'infini ?

On deviendrait rapidement blasé de tout, triste, démotivé, acariâtre. On n'aurait plus d'objectif dans le temps, plus d'espoir, plus de limite, plus de peur. Les jours s'égrèneraient machinalement sans qu'on les apprécie. Les gouvernants surdoués pourraient régner sans fin. Tout serait partout bloqué par les plus forts qui ne vieilliraient jamais. Personne n'aurait la possibilité de mettre fin à sa vie.

L'immortalité est mille fois pire que la mort.

Heureusement que nos corps vieillissent, que notre temps sur terre est limité, que nos karmas se renouvellent, que chaque nouvelle vie est remplie de surprises et de déceptions, de joies et de trahisons, de mesquineries et de générosité.

La mort est indispensable à la vie. Vraiment, soyons décontractés... car, par chance, un jour nous mourrons !

Manuel d'histoire des classes de cours élémentaire 2ᵉ année.

289 – ECTOPLASME RAZORBAK

L'archange Gabriel accueillit l'ectoplasme Raoul Razorbak avec la déférence due à un Grand Initié.

– Cette fois, c'est pour de bon, constata-t-il simplement.

Après un court conciliabule, les trois archanges-juges se

souvinrent qu'avec un Grand Initié, il n'était nul besoin de pesée ou de marchandage pour une vie future. Cette âme-ci était déjà au courant de tout. La procédure était forcément différente.

L'archange Raphaël expliqua brièvement à Raoul que ses mérites dans ses vies antérieures lui avaient valu cette mort assez rapide par un coup de hache dans le dos. Ses mérites lui avaient aussi valu d'accéder à toutes les connaissances qu'il avait souhaitées et, surtout, de devenir un Grand Initié. Le temps n'était pourtant pas encore venu pour son âme d'être transformée en esprit pur : il avait trop péché par orgueil, s'était laissé aller à l'ivrognerie, avait entretenu des velléités de vengeance.

Néanmoins, face à un Grand Initié, et compte tenu des qualités qui lui avaient permis d'accéder à ce rang, la coutume voulait que les archanges abandonnent leurs prérogatives de juges. À l'ectoplasme Raoul Razorbak, donc, de décider lui-même de sa prochaine réincarnation.

L'âme de notre ami remercia avec gratitude. Il était le premier à savoir n'être pas en possession des six cents points indispensables pour mettre fin au cycle.

– Je veux être réincarné en arbre, annonça l'ectoplasme de Razorbak.

– En quoi ? s'effara l'archange Gabriel.

– En arbre, répéta fermement Raoul.

L'archange Michel tenta de le raisonner.

– Voyons, vous n'ignorez pas que la conscience évolue du minéral au végétal, du végétal à l'animal et de l'animal à l'humain. Nous réservons ce genre de régression aux franches crapules. Arbre, c'est indigne de vous.

– Peut-être, mais je suis si fatigué ! C'est en toute lucidité que je vous prie de m'accorder cette régression. Je suis las de l'agitation du monde des humains. Même les animaux bougent trop. Je veux retrouver l'immobilité des végétaux. Pour moi, ce ne sera pas une régression mais un apaisement.

– Qu'il en soit fait selon votre volonté ! soupira l'archange Gabriel.

– Très bien, fit l'âme, ragaillardie. Montrez-moi donc ce que vous avez à me proposer comme corps végétal. Il doit bien y avoir quelque part des couples de végétaux en train de copuler, du pollen de marguerite entrant en contact avec les étamines mâles d'une congénère. Introduisez-moi dans une graine, un tubercule, un oignon ! Je jaillirai ensuite du sol pour toute une vie de saine immobilité. Tranquille, enfin tranquille.

– Mais les végétaux n'ont pas du tout la vie tranquille ! s'exclama l'archange Raphaël. Le vent les fouette, les herbivores les broutent, les pluies les noient, animaux et humains les écrasent sans y prendre garde.

– Oui, mais comme les végétaux n'ont pas de système nerveux, ils n'en souffrent pas.

Un séraphin projeta plusieurs bulles d'amours végétales. C'était assez poétique. Ensemble, Raoul et les archanges les examinèrent avec candeur.

– Eh, regardez, là ! s'exclama l'archange Michel. Une graine de cépage de Sauternes est en train de se faire féconder en France. C'est du Château-Yquem, un excellent cru. Voyez ce cep ! Il est exposé à un bon soleil, il jouit d'une humidité suffisante, les viticulteurs l'entretiennent avec amour. Ça pourrait être sympa de devenir un petit plant de vigne.

Raoul regarda avec attendrissement le végétal qui allait être son parent. Il trouva son futur père un peu tordu mais bien sympathique. Il décida donc d'être raisin.

290 - PHILOSOPHIE HINDOUISTE

Pour chacun, il existe un « Livre de la vie ». Les Orientaux l'appellent « Archive akhashique ». Sur ses pages sont consignés les actes et les pensées des vies antérieures de chacun et les vies futures nécessaires pour en apaiser le karma. L'esprit peut choisir de commencer par celle-ci ou par celle-là, de régler des dettes contractées dans une vie vécue au XVIIe siècle plutôt que celles de sa dernière vie. Le mal infligé dans la dernière réincarnation est peut-être déjà compensé par le bien effectué lors d'une vie précédente.

Extrait de la thèse *La Mort cette inconnue*, par Francis Razorbak.

291 – FICHE DE POLICE

Message aux services concernés
  Et maintenant ?

Réponse des services concernés
  Vous aviez raison. Il est grand temps d'intervenir.

292 – ENCHAÎNEMENT

Une chatte en chaleur miaule sur le trottoir à 2 h 11 du matin. Un insomniaque agacé pousse un juron, ouvre sa fenêtre et lance une pantoufle en direction du félin. Le projectile rate sa cible et aboutit sur le pare-brise d'une voiture. L'automobiliste freine sec. Tant mieux pour la chatte qui traversait la rue en courant, tant pis pour le véhicule qui se trouvait derrière, dont le chauffeur n'a pas eu le temps de réaliser ce qui se passait et a embouti la première voiture.

Le choc provoque une fuite d'essence dans le réservoir. Tout le monde descend. Tandis qu'on discute constat et assurance, un passant laisse tomber un peu de cendre incandescente de sa cigarette dans la flaque. L'essence s'embrase. Les deux voitures explosent. Une aile enflammée s'envole pour retomber dans la poubelle où s'est réfugiée la chatte. Affolée, elle s'élance vers un muret, bousculant au passage une boîte de conserve vide où se terrait un gros rat. Dérangé, l'animal se précipite vers un terrain vague.

Deux gaillards s'y exercent à smasher dans un panier de basket-ball à la lumière d'un réverbère. Quand l'un aperçoit le rat, il sursaute et expédie son ballon loin au-dessus du mur. Poursuivant sa trajectoire à grande vitesse, il rebondit contre une vitre alors qu'une femme téléphone à son époux. Sous les éclats de verre, elle pousse un cri strident. Or le mari est aiguilleur du ciel et converse en plein travail. Au cri d'effroi de sa femme résonnant dans l'écouteur, il a un mouvement de côté. Cela suffit à pousser une molette.

Il se trouva que cette molette indiquait à un avion de ligne en approche sa position précise par rapport à la piste d'atterrissage.

2 h 13 du matin à ma montre-bracelet. J'ai tout dit.

Ah non ! Je consulte mes notes et constate que j'ai oublié d'indiquer comment on trace un cercle et son axe sans lever son stylo.

Il suffit de plier un coin de la feuille de papier. Marquez un gros point sur le bord, à cheval sur le côté pile et le côté face. Partez de ce point pour tracer un demi-cercle sur le bord rabattu. Quand vous arrivez à la limite du bord du papier, stop. Il n'y a plus qu'à déplier le papier pour achever, sans lever le crayon, le cercle autour du point servant d'axe. Face a aidé pile.

Vous aurez ainsi usé d'une incursion dans une autre dimension pour mieux réaliser quelque chose d'apparemment impossible. Utiliser une autre dimension...

Raoul avait raison, pour résoudre certains problèmes il faut admettre que l'on peut rentrer dans un autre type d'espace où l'on a tous les droits. Cela va bien au-delà de toutes les mystiques. Ce n'est juste que s'élargir l'esprit. S'amuser à s'élargir l'esprit. Comme disait Maxime Villain, le seul objectif des écrivains doit être là : « Faire rêver plus loin. » Faire rêver de l'autre côté de la feuille. Faire rêver de l'autre côté de la mort. Tout est possible dans l'écriture, pourquoi ne pas en profiter ?

Parfois, juste en écrivant ou en lisant, je pénètre vraiment dans d'autres dimensions.

Je crois qu'il en va de même avec les destinées. Pour qu'elles soient complètes, il faut qu'elles commencent dans un univers et s'achèvent dans un autre.

Si je me reposais maintenant mes questions familières : « d'où viens-je ? », « qui suis-je ? », « où vais-je ? », je crois que je pourrais essayer d'y répondre.

Je sais que je suis un être humain, vivant ici et maintenant. Pourquoi ? Pour participer à la découverte de la thanatonautique. Je sais que la pensée humaine peut tout : voler et traverser la matière à la vitesse de l'imagination, s'emmagasiner dans des livres, tout fabriquer, tout modifier, tout tuer. Je sais que le temps, l'espace, le savoir, la beauté, tout est à l'intérieur. Tout est au centre. À l'extérieur, il n'y a que des reflets.

Je sais que je ne suis qu'un *cadavre en sursis*.

Je me relis, j'ai tout dit. J'ai tout écrit, je peux tout oublier.

Merci aux anges de m'avoir donné le temps de raconter l'histoire de la conquête du Continent Ultime. Mais dois-je la publier ? Cet apport sera-t-il un Bien ou un Mal pour l'humanité ?

Pile, je publie. Face, je ne publie pas. Perpétuelle réflexion sur l'envers et l'endroit. Je lance. La pièce roule sous un fauteuil. À quatre pattes, je regarde. Pile.

Une dernière phrase encore pour mon livre : « Jusqu'au dernier instant, j'ai craint qu'ils ne m'empêchent d'écrire cet ouv... »

294 – LU DANS UN QUOTIDIEN

« Michael Pinson, Amandine Ballus, Rose Pinson, les principaux pionniers de la thanatonautique, sont morts hier soir dans des circonstances insolites. Un Boeing 787 s'est abattu sur leur thanatodrome. La catastrophe aurait pour origine une erreur humaine, incombant à un aiguilleur du ciel. Des experts recherchent actuellement dans les décombres la boîte noire de l'appareil qui apportera de plus amples précisions.

Leur mort aurait été instantanée. Les enquêteurs ont reconstitué qu'au moment du décès Michael Pinson était en train d'écrire à son bureau. Toutes les feuilles ayant été calcinées lors du drame, on ignorera toujours quel message le pionnier de la thanatonautique cherchait à transmettre.

À l'heure qu'il est, ils sont sûrement dans ce Paradis qu'ils ont tant contribué à faire découvrir. Paix à leur âme. »

(En vente dès la semaine prochaine : un numéro spécial sur la vie et l'œuvre des thanatonautes français.)

Une vieille légende hindoue assure qu'il y eut un temps où tous les hommes étaient des dieux. Mais ils abusèrent tant de leur divinité que Brahma, le maître des dieux, décida de leur ôter le pouvoir divin et de le dissimuler en un lieu où il leur serait impossible de le retrouver. La difficulté fut de trouver la bonne cachette.

Convoqués à un conseil pour résoudre ce problème, les dieux mineurs suggérèrent : «Enterrons la divinité de l'homme dans la terre.» Brahma répondit : «Cela ne suffira pas car l'homme creusera et la trouvera.»

Les dieux mineurs proposèrent alors : «Dans ce cas, jetons la divinité au plus profond des océans. – Non, dit encore Brahma, car tôt ou tard l'homme explorera les profondeurs des océans et il est certain qu'un jour il l'y découvrira et la remontera à la surface.»

Les dieux mineurs conclurent : «Nous ne savons pas où cacher la divinité puisqu'il ne semble pas exister sur terre ou dans la mer d'endroit que l'homme ne puisse atteindre un jour.»

Brahma réfléchit et rendit son verdict : «Voici ce que nous ferons de la divinité de l'homme : nous la cacherons au plus profond de lui-même car c'est le seul lieu où il ne pensera jamais à la chercher.»

Et depuis, dit la légende, l'homme a fait le tour de la Terre. Il a exploré, escaladé, plongé et creusé sans jamais découvrir ce qui se trouve en lui.

Extrait de la thèse *La Mort cette inconnue*, par Francis Razorbak.

296 – MANUEL D'HISTOIRE

QUIZZ

Pour vous préparer au baccalauréat, testez votre connaissance en thanatonautique en répondant en moins de cinq minutes, montre en main, aux questions suivantes :

1. Quels étaient le nom et le prénom du premier thanatonaute à avoir officiellement réussi un voyage ectoplasmique ?

2. Citez la phrase célèbre du philosophe américain Woody Allen.

3. Combien de murs comatiques sur le Continent Ultime ? (Attention ! de murs, pas de territoires...)

4. Quelles sont les trois principales techniques permettant une décorporation ?

5. Qu'est-ce qu'un tachyon ?

6. Comment s'appelait le premier thanatonaute à franchir le second mur comatique ?

7. Où fut construit le grand thanatodrome de Paris ?

8. Quelle est la seule manifestation perceptible d'un envol ectoplasmique ?

9. Où se trouve le Paradis ?

10. Qu'apporta Freddy Meyer à la thanatonautique ?

11. À quelle date eut lieu la bataille du Paradis ?

12. Quels sont les noms chrétiens des trois archanges-juges de nos destinées ?

13. Comment procéder à une méditation en vue d'une décorporation ?

14. Pourquoi Stefania Chichelli se transforma-t-elle en rebelle ?

15. Comment protéger son cordon ombilical argenté lors de l'envol de son âme ?

16. Qu'arrive-t-il aux ignorants ?

17. Qu'arrive-t-il aux sages ?

Manuel d'histoire, classe de terminale.

297 – FICHE DE POLICE

Message aux services concernés
À vos ordres. Sommes prêts.

Réponse des services concernés
Au travail.

298 – LE TEMPS DE L'OUBLI

De nouveau je vole vers le Paradis en compagnie de mes amis. Mais cette fois, nos cordons ombilicaux sont coupés et nous savons que, pour cette existence-ci, ce sera le dernier voyage.

Rose, Amandine et moi avons péri dans nos appartements du thanatodrome des Buttes-Chaumont, victimes d'un Boeing fou. Villain a trébuché chez lui dans sa cuisine et heurté de plein fouet l'angle aigu de sa machine à laver la vaisselle. Nous avons tous décollé à la même seconde. Sans appareils, sans uniformes, sans trônes, sans presser de poire. Sans égrener nos fameux « six... cinq... quatre... trois... deux... un. Décollage ».

Nous ne sommes plus des thanatonautes. Nous sommes des défunts du jour, contents quand même d'être ensemble pour cet ultime périple.

Nous traversons à toute allure le système solaire et sa périphérie. Nous planons presque avant de filer vers le centre de la galaxie.

Nous n'éprouvons plus aucune appréhension aux portes de la mort. Sur le Continent Ultime, nous sommes désormais chez nous. Nous y avons si souvent excursionné, comme d'autres à Palavas-les-Flots ou à Trouville.

Je ne prête pas attention aux clins d'œil de la femme en satin blanc au masque de squelette. Il y a longtemps que je ne redoute plus ses orbites vides et son rictus édenté.

Nous passons par toutes les couleurs d'une mort ordinaire. Bleu, noir, rouge, orange, jaune, vert, blanc. Il semble cependant qu'en haut lieu on soit pressé de nous voir. Nous fonçons parmi la foule des trépassés en attente comme si nous étions encore des thanatonautes.

Bientôt, nous débouchons sur la montagne de lumière. Nous ne nous sommes pas trompés. Les archanges sont là à nous attendre. Pour mieux nous parler, ils interrompent le fleuve des trépassés, sans se préoccuper des protestations d'ectoplasmes pressés.

Saint Pierre paraît navré. Comme d'habitude, c'est lui qui se charge des explications. Depuis les temps les plus reculés, il y a toujours eu des thanatonautes pour vouloir explorer le Continent Ultime. Les anges accueillaient leurs rares visiteurs avec gentillesse et leur ont confié volontiers les mystères du Paradis. Au retour, certains ont voulu transmettre ces « révélations » aux autres humains. Abraham,

Jésus, Bouddha, Mahomet, et tant d'autres ont apporté leur témoignage. Ainsi sont nés la Bible, le *Livre des morts tibétain*, l'Évangile, le Coran, le Tao-tö-king chinois... et tous les livres sacrés du monde.

Les anges avaient fait de ces humains des Grands Initiés et ceux-ci ne s'étaient pas montrés ingrats. Ils avaient cherché à faire profiter de leurs connaissances toutes les générations à venir afin que celles-ci progressent, s'améliorent et avancent plus rapidement vers l'état d'esprit pur. Les Grands Initiés avaient ainsi apporté leur contribution et aux hommes et aux cieux.

Ils avaient cependant entouré leurs « révélations » de mystère, de mysticisme, de symboles hermétiques. Ils les avaient dissimulées sous une chape de légendes et de mythologies étranges. Or nous, qu'avions-nous fait ? Nous avions brisé le secret, nous avions trahi et, du même coup, fourvoyé nos congénères et semé le trouble sur la Terre.

Les anges avaient toujours été bienveillants envers les Grands Initiés car, jusqu'à nous, tous avaient été des sages. Nous, nous avions été des inconscients. Nous avions appris à tous le sens de la vie et le sens de la mort. Nous les avions répandus à tort et à travers. Nous avions convié n'importe qui à nous suivre. Nous avions amené des touristes en pagaille là où le mystère doit rester mystère et le secret, secret.

« Le sage cherche la vérité, l'imbécile l'a déjà trouvée. »

L'archange Gabriel agacé nous parle de notre « œuvre ». Des batailles pour la possession du Paradis, des panneaux publicitaires dans les couloirs de la mort, un *Entretien avec un mortel* publié dans la grande presse, des karmographes à foison... Ah ! que de désordres ! Il était vraiment grand temps de mettre un terme à nos stupides agissements.

— Très bien, dit Rose. On va redescendre sur Terre et défaire tout ce que nous avons fait !

— Plus la peine, ricane Satan. On n'a plus besoin de vous en bas. Nous y avons mis le temps, mais nous avons finalement décidé de laisser la police des anges intervenir. Regardez ce qui se passe en ce moment.

Un chérubin projette des bulles d'images. Des thanatodromes, grands et petits, officiels et officieux, explosent, frappés par la foudre. Les trônes de décollage gisent désarticulés. Les manuels d'histoire de la thanatonautique se désagrègent en poussière. Le musée de la Mort du Smithsonian Institute de Washington est en flammes, la boutique de ma mère aussi. Les publicités ectoplasmiques se dissolvent sous nos yeux. Un typhon passe sur le bas monde, balayant au passage tout ce qui, de près ou de loin, a trait à la thanatonautique, l'effaçant à jamais de l'esprit des humains. Toute l'œuvre de notre précédente vie retourne au néant.

– Vous avez voulu jouer aux dieux, tonne l'archange Gabriel. Mais les hommes doivent comprendre la vérité par eux-mêmes. Le savoir sacré ne saurait être vulgarisé.

Je m'interroge soudain :

– C'est pour ça que vous avez déjà tué Raoul ?

– Oui. Il était le premier et le plus dangereux d'entre vous.

Le courroux gagne jusqu'à un charmant séraphin.

– Encore un peu et avec votre manie de mettre de la lumière là où doit régner l'obscurité, il y aurait eu des lampadaires et des prostituées sur le chemin de la réincarnation.

Timidement, je tente de nous défendre :

– Nous ne sommes que de simples humains et comme tous les humains nous commettons des erreurs.

– Non, gronde l'archange Michel. Vous êtes de Grands Initiés. Au lieu d'en jouir dans le silence, vous avez étalé le sens de la vie et ainsi annihilé le moteur même de l'existence : la curiosité, l'envie d'apprendre, d'avancer sur le chemin du savoir.

– Mais c'est justement ce que voulait Raoul !

– Et c'est ce qui lui a valu précisément d'être initié. Mais notre savoir ne souffre pas d'être galvaudé. Même les membres des sectes les plus farfelues, même les illuminés d'un jour ont toujours compris qu'ils devaient se tenir cois et ne s'exprimer que par métaphores. Mais vous vous êtes crus plus malins que les autres. Vous vouliez populariser la « mort », vous avez tout gâché...

Les archanges reprennent la litanie de nos fautes.

– Vous avez dessiné et vendu des cartes géographiques du Paradis, annonce d'un air navré l'archange Raphaël.

– Vous avez publié des... manuels touristiques.

– Vous avez élaboré des machines à mourir.

– Vous avez répété nos paroles.

– Vous avez suscité des milliers d'âmes errantes en encourageant le suicide.

– Vous nous regardez sans terreur.

– Vous nous manquez de respect.

– Vous nous considérez comme vos serviteurs et non comme des maîtres.

Les trépassés en attente de jugement cessent de s'impatienter pour s'intéresser à la scène. Depuis tout le temps qu'ils sont ici, ils n'ont encore jamais vu les archanges perdre leur imperturbabilité pour s'exciter ainsi contre de pauvres ectoplasmes.

– Traîtres, vous n'êtes que des traîtres !

Une question me tracasse depuis le début de ces réprimandes. J'interromps pour la poser.

– D'accord, mais dans ce cas, pourquoi nous avez-vous laissés faire ?

Quelques anges affichent une expression sardonique. Peut-être sont-ce là les « policiers célestes » qui sont intervenus contre nous. Apparemment, ceux-là souhaitaient nous mettre hors d'état de nuire dès le début. Ce sont les autres, ceux qui s'énervent maintenant, qui nous ont autorisés à continuer.

L'archange Gabriel n'en mène pas large.

– Nous voulions savoir jusqu'où vous oseriez aller.

– Nous aussi, nous éprouvons parfois de la curiosité à l'égard des humains, ajoute l'archange Michel, honteux. Ils ont parfois l'esprit si tortueux... Pour le père de Raoul, il y avait déjà eu des conciliabules. Avec sa thèse *La Mort cette inconnue*, il avait dépassé les bornes. Sa publication aurait levé trop de voiles.

– Ensuite, quand son fils a pris la relève, nous nous sommes demandé que faire de ces thanatonautes qui considéraient la découverte de la mort comme un sport. Il y avait les curieux comme moi, donc partisans du oui. En face, il y avait les partisans du non et la « police céleste » qui ne cessaient de tirer la sonnette d'alarme. Cependant, en haut, dans leur majorité, les soixante-douze anges blancs principaux et leurs soixante-douze doubles noirs estimaient qu'il fallait attendre et voir. Ils ont conseillé aux anges d'en bas, notre police, de ne pas s'affoler. La thanatonautique, pensions-nous, s'autodétruirait d'elle-même. Des humains ordinaires seraient incapables de se concentrer suffisamment pour mener à bien une expérience aussi cruciale. Mais vous n'étiez pas des humains ordinaires. Vous êtes arrivés jusqu'à nous et méritiez ainsi de devenir de Grands Initiés. Seulement après, vous avez provoqué trop de dommages. Ah ! Ces agences de voyages ectoplasmiques... Même avec la meilleure volonté, les anges ne pouvaient plus tolérer pareilles incursions dans leur monde secret. Pas plus que des hommes affirmant : «Je sais tout.» Vous auriez dû méditer l'allégorie biblique d'Adam et la pomme de la connaissance. Il ne faut jamais atteindre la connaissance absolue, seulement tendre vers elle...

— En ce qui vous concerne, en tout cas, la plaisanterie est terminée, tranche l'archange Raphaël. La thanatonautique est morte en même temps que vous.

— Mais c'est trop tard, se lamente Rose. Trop de gens ont lu nos ouvrages. Le souci du karma est entré dans les mœurs de tous.

L'archange Gabriel l'interrompt d'un geste dédaigneux.

— Vous commettez de nouveau le péché de douter de notre puissance, nous qui avons déjà envoyé un Déluge noyant tous les péchés de l'humanité. Après toutes ces images que nous vous avons montrées, vous nous estimez toujours incapables d'implanter l'oubli dans les mémoires ? Dans *toutes* les mémoires ?

— Nul ne se souviendra de votre action, déclara saint Pierre. Vous ne serez plus qu'une autre de ces vagues légendes auxquelles personne ne croit vraiment, comme le monstre du Loch Ness, le yéti de l'Himalaya ou le triangle des Bermudes. Des mythes évoqueront sans doute les thanatonautes mais vous m'entendez : *personne ne s'imaginera que la thanatonautique a réellement existé. Je vous en fais le serment solennel.* Elle ne sera plus qu'une arrière-pensée dans l'esprit de gens particulièrement sensibles.

— Et Stefania ? demandé-je.

— Stefania oubliera aussi. Mais, contrairement à vous, elle sera épargnée car elle a tenté de poursuivre l'œuvre de Satan en des temps où, avec tous ces mièvres, ces gentils et ces superstitieux, il avait vraiment besoin d'un coup de main.

Satan acquiesce, content.

Les mères s'angoissent :

– Et Freddy junior ?

– Et Pimprenelle ?

– Ils oublieront aussi. Ne redoutez rien pour eux. Ils ne seront pas châtiés pour les péchés de leurs parents.

299 – MYTHOLOGIE MÉSOPOTAMIENNE

« Six jours et sept nuits passèrent
Les tempêtes du déluge soufflaient encore
Les tempêtes du sud couvraient le pays.
Le septième jour
Les tempêtes du déluge
Qui telle une armée
Avaient tout massacré sur leur passage
Diminuèrent d'intensité.
La mer se calma
Le vent s'apaisa
La clameur du déluge se tut.
Je regardai le ciel, le silence régnait.
Je vis les hommes redevenus argile
Les eaux étales formaient un toit.
J'ouvris une petite lucarne.
La lumière tomba sur mon visage
Je m'agenouillai et me mis à pleurer.
Voilà tout était fini. »

Épopée de Oum Napishtim,
également appelé... Noé, dans la Bible.

Extrait de la thèse *La Mort cette inconnue*, par Francis Razorbak.

300 – MYTHOLOGIE JUIVE

Selon la Cabale, le fœtus est un grand sage. Déjà, dans le ventre de sa mère, il connaît tous les secrets du monde.

Mais, juste avant sa naissance, un ange descend pour le faire taire. Il lui applique un doigt sur la bouche et lui dit « chut »... Le fœtus dès lors oublie tout. Il n'y a que son inconscient qui se souvient vaguement des « grands secrets ». C'est à cause de ce contact angélique que nous avons un enfoncement sous le nez : « La gouttière des lèvres. »

Freddy Meyer, *Notes de travail*.

301 – LA SOLUTION

Nous sommes encore devant la montagne de lumière.

Aucun ange ne songe à prendre notre défense, à Rose, Amandine, Villain et moi. Tous n'émettent plus qu'une lumière stable indiquant leur résolution définitive et sans appel. L'archange Gabriel reprend la parole.

– Plus tard pourtant, dans très longtemps, des milliers d'années peut-être, d'autres Grands Initiés surgiront ici, de vrais initiés car nous n'accepterons jamais plus de touristes. Nous leur conterons votre aventure et lentement, très lentement, ils découvriront vos exploits.

Mince consolation ! On écrira je ne sais quand pour nous une autre *Odyssée*, une Bible, un roman, allez savoir quoi ! Raoul avait raison de penser que toutes ces prétendues « mythologies » cachaient la vérité.

– Qu'allez-vous faire de nous ? s'inquiète Amandine.

– Vous suivrez la voie commune. Comme tous les autres morts ne disposant pas de 600 points, vous serez réincarnés et, bien sûr, votre réincarnation ne se souviendra en rien de votre vie antérieure.

Dans ma tête, je me martèle : « J'ai été thanatonaute, j'ai été thanatonaute, j'ai été thanatonaute. » Si j'imprègne mon âme de cette assurance que la thanatonautique a vraiment existé et que j'en ai été l'un des précurseurs, peut-être qu'elle s'en souviendra quand même un peu dans sa prochaine incarnation.

– Avancez, ordonne l'archange Gabriel. Vous vouliez savoir ce que masque la montagne de lumière du jugement, n'est-ce pas ?

Il sourit.

– Encore quelques pas et vous saurez.

– Vous consentez enfin à nous montrer le fond du Paradis ? s'étonne Rose, enchantée.

– Bien sûr, puisque vous ne retournerez plus sur Terre clamer à tous vents ce que vous aurez vu.

Ma femme avance comme dans un rêve. Même en ce dernier instant, l'astronome en elle est heureuse de satisfaire sa curiosité. Elle court presque pour découvrir ce qu'il y a de l'autre côté du trou noir.

– À vous, Michael.

– Je ne passe pas en jugement ?

– Pas de jugement pour les Grands Initiés. Je l'ai déjà expliqué à Raoul. Mais faites-nous confiance. Vous êtes encore jeune. Vous n'avez connu que cent cinquante-trois formes humaines. Nous avons prévu pour vous une sympathique petite réincarnation.

Je m'approche. Rose me considère avec anxiété.

– Toi et moi, ensemble contre les imbéciles, émets-je télépathiquement.

Elle se précipite et son ectoplasme embrasse longuement ma bouche. Mes lèvres ne sentent rien mais mon âme s'émeut.

– Ensemble, répète-t-elle.

À mon tour, je franchis la montagne de lumière et ce que j'aperçois derrière est vraiment mirifique. Cela dépasse tout ce que nous avions vu dans toutes les autres zones du Paradis.

Soudain, je comprends tout. Comme nous étions loin du compte. Personne n'aurait pu s'attendre à ça, forcément. Fabuleux, c'est simplement fabuleux.

Je vois le fond du fond du trou noir et je suis tout simplement sidéré. Ce n'est pas du tout ce que je croyais. J'en tremble d'émotion. Maintenant, je sais.

De l'autre côté de la mort, il y a...

MANUEL D'HISTOIRE

QUELQUES DATES À RETENIR

1492 : Premiers pas sur le continent américain.
1969 : Premiers pas sur la Lune.

Manuel d'histoire, cours élémentaire 2ᵉ année.

Remerciements à :

David Bauchard, Jean Cavé, Docteur O'Brian, Jérôme Marchand, Frédéric Lenorman, Olivier Ranson, Patrice Serres, Richard Ducousset, Guillaume Aretos, Catherine Werber, Docteur Loïc Étienne.